HVIVS OPERIS LAVDES

rum scriptorum operibus non sine acri sumpserit ingenio, tamen et in versibus pangendis et in sermone conficiendo semper est suus, utpote qui omnia concinne, lepide, scite narret. Oratione modo gravi modo faceta utitur hic professor linguae Latinae peritissimus, adeoque fluenti, ut haec fabula, quae etiam vocum sententiarumque varietate singularis est, ad alliciendos legentium animos perapta esse videatur. Quare optandum est, ut huic operi eiusque scriptori, quem iure dixeris hac in 'Menippea' palmam adeptum esse, vultu adrideat fortuna sereno."

—Victorius Ciarrocchi, scriptor Latinus

CAPTI

CAPTI

Fabula Menippeo-Hoffmanniana Americana

Stephen A. Berard

CATARACTA PUBLICATIONS
Clinton, Washington, USA

CAPTI: FABULA MENIPPEO-HOFFMANNIANA AMERICANA

Cataracta Publications
Clinton, Washington USA
stephanus@boreoccidentales.com

Design and production: Erica Swanson
Fonts: Gentium Book Basic, Almendra, Raleway

First Published by AuthorHouse 08/29/11
Second Revised Edition Published by AuthorHouse 09/27/13
Third Revised Edition Published by Cataracta Publications 02/06/20

ISBN-13: 978-0-9910049-2-8
BISAC: Fiction / Literary

For more information on the *Heptologia Sphingis* series and other works by Stephen A. Berard, visit **Boreoccidentales.com.**

VENERI APOLLINIQVE
SACRVM

PRAEFATIO

Ad Editionem Alteram et Retractatam

Post fere biennium hanc fabulam relegens, ut fieri assolet, minus ea quae me scripsisse opinatus eram quam ea quae vere scripseram tandem dispicere potui. Correctis igitur digiti lapsibus aliquot, exculto nonnihil macrorum usu, sanatis paucis versibus prius claudicantibus – quis enim poetam mediocrem post tot pedes pactos paulo meliorem factum miretur? – hoc novum exemplar, a priore tantummodo paucis singulis minimis differens, summisso animo lectori offero.

STEPHANVS BERARD
Aquis Albis Vasintoniensibus
Mense Iulio anni MMXIII

PRAEFATIO

Ad Editionem Tertiam et Retractatam

Funduntur celeres imbres nunc impatientes;
blanditur tenero cytiso nunc melligera aura.
Quos Eurus nudavit hiems splendore revestit
ramos egelide patulos. Sat saepe colonus
depurgat stabulum, segetes vigilat cerasumque
amputat, aptat et intortos vite ampelodesmos.
Dum spirat, pariter messes curat numerosas,
sulcos verborum aestimat et concinnat aratque
barbarico caelo tenebratus nempe poeta.

STEPHANVS BERARD
In Whidbey Insula Civitatis Vasintoniensis
primo d. m. Nov. MMXVIII

Omnibus mihi in hoc opere condendo umquam opitulatis quive animos mihi confirmaverunt gratas gratias ago, praesertim Dianae Johnson, Victorio Ciarrocchi, Gaio Licoppe, Franciscae Deraedt necnon illi poetae qui olim hortatus est ut poesi meae architecturam aliquam maiorem pararem: Roberto Duncan.

CAPITVM TABVLA

Ad Lēctōrem

Sī sollemnia dicta togātaque somnia quaeris,
    attere Vergilium aut scalpe relicta forī.
Sī nova verba meō plēctrōrum ex ōrdine pellis,
    dēmās largōs et sarcophagīs calamōs.
Antīquum ingenium sī mūtō saepe recentī,
    aevīs perlongīs plūribus hoc tribuās.
Hīc Mūsae servit leviōrī lingua Latīna,
    serpēns quae satura est scit tamen īcere tē.

... kurz, der Geist trägt den Körper wie ein unbequemes
Kleid, das überall zu breit, zu lang, zu ungefügig ist.[1]

—ex *Prinzessin Brambilla,*
auctōre E. T. A. Hoffmann

αἰὼν παῖς ἐστι παίζων, πεσσεύων· παιδὸς ἡ βασιληίη.[2]

—Hērāclītus

---

[1] "... nē multa, spīritus corpus gerit velut incommodam vestem ubīque nimis lātam, nimis longam, nimis inhabilem."
[2] "Vīta est puellus lūdens, latrunculōs movēns: puellī est rēgnum."

1
Rēgna Magica: Pars Prīma

Centuriātim ululant fugientēs – eia! – puellī
Terram Disnēī. Mūrēs et pūmiliōnēs
lāpsant et grȳllī cum daemonulīs prasinātīs,
rattīs persimilēs sē ex immergente carīnā
5   ēnīxīs, fugitant praeter cubitōs ibi mātrum
prōlis amaxiculās prōpellentēs prope portās,
hīc cīnēmatomāchinulam nitidam iam nūllum
in nānum intentam tentam pugnō genitōris
dētrūdunt. Longinquē autem eximiōs post quercūs
10   ac quassantia summa salignea perfuriōsē
illīus Statuum Coniūnctōrum Decumānae
cernitur interdum Cervīnī Montis acūmen
adsimulātum, iam dēhīscēns parte sinistrā
nec cinerēs vomitāns nec magma aut flūmina fūmī
15   ēvolvēns. Oblīqua reclūdit vastula plāga
(at non geologicē!) suffūsa ēlectronicā aurā
igniculīs et caeruleīs ossa, ēn!, chalybeia,
contrabium cōnexiculīs contortuplicātum.
Omnia quae, quamvīs longē, dīlūcida sentit,
20   compāgem intortam hanc in singula solvere callet
Spectātor, mīrē cui ardua iam patefacta.
Nec cum plēbe fugit cumque officiālibus ūnā,
seu pictōrātō ōrnātū seu veste forēnsī,
Terrae quae mundī cūnctī laetissima fertur
25   esse, sed - īnsolitum! - contrā undās effugitōrum
accurrentēs dēcernit iam intendere cursum,
dictōs contrā aequālēs hōs ut per vada salmō
rīvī firmiter appulsantia ad ōva reddenda,
missile fūrtīvum per fluctūs ūsque ad fīnem,
30   per gena prōpulsum in dēsīderium atque occāsum.
Inturbātus prōcēdit per praetereuntēs
ōtium agentēs, nunc fugientēs perpavibundōs

conpiscēs illum ēvādentēs sīcut egēnum
patriciī in triviīs habitantem viscium olentem.
35 Vt prīmum tum ferriviae sub trāminiductum
trānsit, quae dēnīs septēnīs orbe minūtīs
sē semel hortōs laetificōs circumvehit hōsce,
ingentem strepitum sentit. Quō sē convertēns
dēfixōs videt illāpsī piscēs-hominēs – ēn! –
40 rūdere pontis, iaccā illīc umerum tunicātum
glaucā et nigrā Praedōnum propiusque lacertum
extrūsum ē fartūrā atque illīc sēmioperta
crūra ruīnāque īnfūsā tumidōque maīzīō
parte superspersō tenilūdiacīsque deorsum
45 soccīs sursumque exuviīs adhūc bene mundīs
curtātīs cincta albīs – crūra et quīs (miserandum!)
est titulō hōce "Parātus LA™" scrīptus tumulus iam!
Ac subitō exoritur nunc impetus ēripiendī
vīvum etiamnum aliquem – quod nōn hīc, nempe, decēret
50 Observantī illī, cui mentem squāmea vēra
invādunt: salmō pulsus sōlum ad sibi nōtum
turbinibus quī ingentibus, ēsurientibus omnis
vīs, ēlectrificīnīs pāstum ad tunditur ūdum
fēlīnum (pāstum tamen haud ā fēlibus umquam)
55 flūmina per varia et crēbrō volventibus annīs
in regiōne inter Spectante Favōnium et Arcton.
Quī "Prōgressūs" ante Deī fānum trucidātī
sunt et sat similēs mōnstrō illī sacrificātīs
omnia adaequantī, nīl ex nostrīs reverentī,
60 omnia sorbentī et simul omnia parturientī
Nātūrae, quam nōs vocitāmus; namque nec illa
Terrula quae Miculī est dīvīnīs frūgibus obstat,
ac Miculus, quamvīs fictus, nīl est nisi rōdēns.
Nunc aliquō rīvō salmō nunc vīvior innat,
65 alter nōn ūrīnātus prōfundius umquam,
rictū taetrior haud fuit umquam squāmiger alter
quippe quod in persanctō hōc fānō sustulit illa
māiestās Glabrōrum Dīvī Sīmiulōrum
dētrīmentum hoc, nōn magnum aut aequābile vērē,
70 dētrīmentulum utīque nec illīsō allice pēius
respectō penitus quot Nūmen perdiderit iam
nūperius Salmōnum dē speciēbus alumnīs,
contrā et centēna annōrum iam mīlia abisse
post cōnsanguineīs tōtīs Hominem Īnsipientem –

4

75   hui! - subitō orbātum quī quondam sēmipropinquī
       – exceptō sānē nemorālī Grandipede ipsō
       quī quā rīdiculē timidus pavidusque superstat,
       adiectō quod adīre potest hic quaelibet arva
       culta ā faeëricīs dīs pūmilinūminibusque et
80   daemonibus Boreīs trollī quī ibī vocitantur
       haudque ignōta illī prōlī quam exōtica glaeba
       extrāterrestris peperit. Namque inde et Adōnis
       nostrās ingemitus, quippe Elvis, vīsitat orbem!
       Pectore quae volvēns Spectātor sēria noster
85   ānfrāctūs sequitur lāpsōrum vastitiemque
       corporibus cēdēns vīvōrum atque exanimōrum
       ac cumulīs ex rūdere caesitiō, rosulentō,
       albō, nātālī lībō obductam memorante
       spūmam vel bellāria dulcia cētera picta
90   Drēsdēnsēs simul et strāgēs ac bellica fāta
       bella barōca tholīs Furiīs miscentia dīrīs.
       Fermē ūnā āctā iam cessant hortī quatitārī –
       aeternum, ut modo vīsum est, perdūrante – minūtā.
       Quōs tamen, id quod vexat Contemplantem aliquantum,
95   quassūs plūs oculīs sentit quam corpore tōtō.
       Ecce at partibus in multīs incendia oborta!
       Congressī quō hortī mediī crēvēre rotundī
       horrentēs terrae cīvēs sunt phantasiārum,
       forsan eō quam Drēsdēnsēs miserābiliōrēs
100   quod necopīnātae hae prōrsus clādēs cecidēre
       nec prius ūlla erat hīsce potestās aufugiendī,
       hinc nec thēsaurōs pretiōsōs ēripiendī!
       (Quodsī tālia concepta absurdissima dūcās,
       quaesumus aequanimē dum nārrāta opperiāris
105   omnia erunt atque ingenium Spectantis apertum!)
       Nōnnūllī intereā plēbem compōnere temptant,
       turmās īnstituunt, animōs firmant tremebundīs,
       ignēs oppugnāre aliī, laesō opitulārī
       incipiunt aliī. Bīga immaculāta, peralba,
110   oblectāmine Sīmiulī nūper resolūta,
       hūc illūc trepidat, bēluālī capta pavōre,
       post sē frēna trahēns, frūsta ex tēmōne bifurcō
       lignea, multicolōra, micantēs undique iactāns
       scintillās, etiam interdum in flōrālia cōgēns
115   cursantēs hominēs aliquotque inter rhododendra;
       nunc concors ut pār currit, nunc diffugere optant

ut duo equī, nunc sistunt et mutuō impediuntur.
Bīgā autem iam porrō quid fiat haud manet ipse
Spectātor spectātūrus spectāculum et istud
120   normās restituentis Sīmiulī Peregrīnī,
subspeciēī; quīn contrā haec respūta relinquit.
Namque, amplissima quamquam in scaenā hāc singula
                    abundant
"Disnēī in Terrā Terrae Mōtūs," cerebellī
persuādēre nequit fibrulīs frontālibus hīsce
125   astūtīs, prīmum quia perfecta omnia pārent
atque superficiēs sine sūtūrīs nimis aequa est;
rērum effractārum est aspectus sīcut aquālis.
Quid sit falsum oculō dēcernere nunc nequeunte,
īmō pectore utīque nequit suspendere sēsē
130   illa incrēdulitās quam commentīcia gignunt.
Disnēium sē textum, māteriemve, vidēre
crēdere cessat Stulticulānīs ex atomillīs
cōnstantem quōrum Miculī est subparticula omnis,
invicem energiā cōnsistēns Submiculānā.
135   Lūminibus melioribus, ēn, sī praeditus esset
multō, offendisset pictūriculās atomiscīs
longē māiōrēs atque omnimodīs rudiōrēs.
Scaenae vērē haud Disnēia est mōlēcula quaeque
adsimulātula, quīn contrā est pūrē Sonÿāna
140   aut forte ā Texīnstrūmentīs prōdita nūper.
Impetus ergō, quod solitum, ipsum sē stimulandī
exsistit subitō subigēns aliquid petat inde
sēcūrum, longum, semper quod prōvideātur
– quod nōn deēst, Castellō rēctā ā fronte iacente
145   Condormīscentis Bellae. Nunc prōgrediendī
praestigiō omissō, sursum volitāre sinit sē
Observāns fastīgātās ad turriculās nāns
sēmirutās. Saxō Olōrīnō est adsimile adhūc
nempe Novō illī, nunc autem bombā nucleārī
150   mīlibus ā tribus explōsā vel forte duōbus.
...Scīlicet altivolāre volentem nīl nisi oportet,
vecte retractō, bullam pollice dēprimat atque
scandit in aurās. Cui crūrum vel participātū
haud opus est, nam compactum est valdē VR hocce
155   īnstrūmentulum et ūtēns, quī Vudius vocitātur
plērumque, Aedibus prō Mediīs in grāmine cōnstat
immōtīs pedibus perlongē nunc Anaheimō.

...At nē tam cito dēfrīgēscat fābula nostra!
Omnīnō deest turricula ūna atque altera partim,
160   quod tamen haud magnum est, nam sōlī ex omnibus ipsī
concessum est Vudiō turrēs hās quondam habitāre.
Castellō in Bellae Quae Dormit dēgit et ōlim
phantasiā in vērā nec quicquam ēlectronifictā
mīrificās noctēs trēs trēsque diēs. Minimē erat
165   lautum autem; occāsum quae spectat turricula illa –
an quondam quae turris – contignātum erat antrum
tantum, sellula cui pertūsula et addita munda,
quae gestābilis, atque grabātulus et TV parvum.
Causa hōrum fuerat (sōlī nempe est Vudiō ipsī
170   lūcida fortasse) impulsus Vudiī hīc quasi mundō in
vērō vīvendī, Disnēī Terram habitandī
tamquam terram quamvīs, tālia ubī facienda
quālia agenda alibī: cibus et somnus capiendus
et facienda lavācra et Tȳlenol™ inveniendum
175   contrā et prūrītum vestis nova prōspicienda
et perinepta in caupōnīs cōnāmina amōrum.
Nec poterant tardae deesse hōrae, taedium amārum,
quae, quod et exitus ostendit, TV suppeditāvit.
Atque operae pretium haec fuit experientia dēmum.
180   Post triduum valdē aequum animum satis est is adeptus.
Terra haec phantasiae somnī locus atque cacandī
nunc erat atque ideō Vērus quī dīcitur Orbis
Terrārum tantum nunc ūnus dē innumerātīs.
Lūstrīs ante tribus mīrābile cōnsilium istud
185   perfēcēre sodāliciī, quī nōmine nōtī
collēctīvō "Optāta Data" est, patria et stips larga.
(Mīlia erat duo summa haud parva patrī tunicātō,
pistrīnae dominō parvae Doctā in Regiōne
Seattlēnsī.) Sēlēctus erat tunc vix adulēscēns
190   annōs quattuor et decem ubī complēverat "hērōs" –
quippe ut dīcēbant – ob "plāgam" tunc vocitātam,
quae tamen haud quicquam efficiēbat, iūdice mātre,
ipsīus dēmum ad dōtem rēs amplificandī.
Hērōs nunc superat nōtum Lacum Olōrum, per quem
195   iam fluitant mūrī fragmenta ūnumque cadāver.
Castellī frōns nūdātus parte integumentō
dīmidiī saeclī contigna intēcta fatētur.
Ipsō in castellō nīl incendī videt ille,
turris at occāsum spectāns cecidit simul omnis

200 ut turris nīl nunc nisi contrabiī veteris pars
fīla ēlectrica et ex cōnexū ēvulsa superstent.
Quod rē parvī mōmentī est. Eidēticus illī est
nempe recordātus penitus; quārē āëre in ipsō
ēlātus locum eundem quit, iamprīdem ubi mānsit,
205 iam reperīre iterum. Properē nunc in sibi nōtam
cōnsīdit veterem statiōnem. ...Sed tamen estne
"cōnsīdit" rēctē dictum sī pervolitāre
aurās sē albidulās scit tantum oculīs Anaheimī
at pedibus simul ūdō in caespite inesse Seattlī?
210 Aspectum, utcumque, hunc horrendum vastitiēī
incolumī prīscae Terrae nunc commemorātae
mente impōnere erit facile, etsī convariātus
saepe est annīs hīs hic percrēber paradīsus
additaque īnsuper et lac gallī et lāna caprīna.
215 Vt solitum, tum mēns Vudiī, ut pote quae stimulāta
nōn satis, omnia commūtāta haec ēnumerāre
incipit automatē quasi nōn sibi cōnscia sēnsim
dōnec, vecte aptātō iam mox dexteram in axem,
circulum in ūsque volūbilius plūs plūsque rotātur,
220 oblītīs pedibus quibus, in mediō āëre volvēns
sē Austrālī, simul Arctōō in prātō ad numerōs sē
oscillat cōnstāns ut pendulum et ōrdine certō.
Prīmum nunc post circuïtum – mōre aegrōtō illō
quōmet tempore praeteritō crēbrōs therapeutās
225 attentōs, studiōsōs fēcit is illacrimandōs –
ēvomere incipit hōs numerōs nīl significantēs
certum ūllī nisi plānē ipsī sibi: "quattuor atque
trīgintā" (vīsōs quod ad ignēs pertinet omnēs);
"quadringentōs vīgintī" (quō addit numerātor
230 aedificī lāpsūs, mūrī tēctīve ruīnam
tōtīus); "centum trēs" (structūrās renovātās
ōlim aut mūtātās); nunc "quīnque" (recentia signa
quae videt hinc); nunc "quīnque et trīgintā" (anteriōre
ex aspectū sunt dīgressa herbācea cūncta
235 partibus in cēntēnīs); "sex et..."

"Quid malum...!" īnfit īnstitor grandis, corpulentus, pūnicantī faciē, bovīnōs armōs notīs multifāriam persignātus, amictus subūculā manicīs solūtā ad nodulōsque tinctā, cui, in grāmine inter turbās Seattlītārum stantī, Zoltan est nōmen quīque, post plūsculum mercis ē cistīs exemptum (scīlicet fercula duo crystallīs noviaevālibus referta) commodumque in Vudium respiciēns, animadvertit, ictus tamquam fluctū pavōre subitāriō, iuvenem cassidem VR gerentem nunc amplissimō modō mente mancōrum pendulātim vacillāre, ōris quam stolidissimō aspectū, appulsō lūsōriō vecte ūsque dextrōrsum – quō scit intrā programma eum iam darvisum rotantem esse factum!

Remissō cui illabōrābat opere, prōripit ad pūpulum – quod ille certē iam vidētur – per cōnexūs ēlectricōs ad saltātiunculam oscillābundam incitātum, temperat autem sibi quīn praeceps pūpulō inermissimō dēripiat capite cassidem, quippe quia dīcerēs Zoltanem pūpulumque hunc potissimum, nē quid iam dē cēterā pūpulōrum gente dīcāmus, haud brevī necessitūdine esse iūnctōs. Quō forsitan accēdat et, mīrum dictū, Vudium hunc Fabam modo apud scītulōs Seattlītās auctōritāte vigēscere neque ipsum Zoltanem potestātēs ēmolumentaque omnīnō respuere.

Quid rēctē sit faciendum sē īnscium cognōscentī ērumpit ōre bucculentō nesciōquae vōciferātiō ex linguā Hūngaricā secundae aetātis advenārum capta significātū quidem incerta certissimē tamen, ut eī satis compertum, longē in dēterius vergēns. In amōrem quondam Vudiānum Disnēī Terrae piē respiciēns nūper dēcrēvit Zoltan amīcum, iam annōs nātum duodētrīgintā, indubiē satis fore urbanulum ut argūmentum quod erat "Disnēī Terrae Mōtus" aequō animō ferre posset. Quam opīniōnem iam nimis liquet amīcō fātālem fuisse ... an, quod saltem adhūc spērātur, nōn ita prōrsus fātālem.

Hoc temporis Zoltan nē suspicātur quidem vexātiōnis causam nōn esse argūmentum sed ipsīus potius Virtuālis Reālitātis technologiae dēfectum quendam, scīlicet quod haec ūsque ad prōposita māxima sua – quod quidem hercle vērō dēplōrandum! – nōndum pervēnit. Dē quō (sī licet aliquantulō in postera prōspicere) Zoltan mox certior factus inhorrēscet propter trēs ferē teratoctētūs ex quibus programma cōnscrīptum est nec minus propter sēdecim mēnsēs quōs ipse huic labōrī īnsūdāvit ūnā cum collēgīs ēlectristīpitibus (quōrum quīdam ob aspectum plūs etiam quam Zoltan inquiētūdinis movēre solent prīsculīs) marginēs prōdigiōsōs inhabitantibus – quōs et incīsōrēs computātōriī latebricolae dubiaeque indolis automata et similia apparātuncula vermēscenter vigentia sēmisentientiaque – Imperiī Malignī Vilelmulī Gates. Disculōs īnsuper quōs hoc programma incolit nōndum vēnditat Zoltan, quīn contrā propediem prōditūram mercem, utpote paene perfectam, plūrifāriam urbis Rētisque nunc dēmōnstrat. Ad quod opus īnstrūmentum computātōrium ab ipsō factum quattuor accumulātōriīs reonerābilibus longaevissimīs mōtum adhibet quae in plostellī commerciālis suī īmā parte affabricāvit. Quibus adiectīs, plostellum XL ferē chīliogrammatīs ingravuit; quō negōtium hoc manū pulsum (fānulum īnsuper mysteriōrum antipostmodernōrum, noviaevālium, cyberecclēsiasticōrum, retrōneuromysticōrum – quippe penitus trānsportābile sī quis forte diplōma vēnditōris īnspicere postulet) quondam cūrātū facilius conversum est in REM ROTĀLEM ĪNFERNĀLEM, praesertim quod ad clīvōs attinet, quam quōs prope est ut Seattlum nīl aliud habeat. ...Quōcircā laus superīs nempe est reddenda ob plostellum recēns sufflāmine pedālī īnstructum.

Paucīs post mōmentīs Zoltan haesitābundus cōnsilium trepidum iniēns rem quadriangulam, suffuscam, immō subauream, sacciperiō dorsuālī parilem adit ā Vudiō paulō anteā humī iuxtā pedēs positam. Risculō aemula, lōrāmentīs umerālibus īnstructa pēra haec vidēlicet summā cūrā est conglūtināta (sine dubiō ab aliquō ex "lūdicrificibus" Vudiī, quōs hic dīcit) ē lignō quōdam levī sed rōbustō nȳlōniōque āthlēticō crassiōre intentē obducta. Quam reclūdente Zoltane, expanditur seriēs quadruplex ferculōrum vellūtellō nigrissimō inductōrum cūncta Vudiī oculāria lenticulāsque oculārēs continentium nōn aliter quam apud aurificēs habentur anulī et torquēs. Quodque pār, ad iugum nāsāle, rīmae accomodātum propriae iacet orbiculīs captantibus argenteō colōre lōrīsque īnfixīs religātum. Lentium adhaesīvārum pāria in thēcīs biiugibus condita sunt pariterque atque oculāria parte mediā rīmulīs retentōriīs īnserta. Super rīmam quamque est adfixum pittacium argenteum nigrā notā numerālī caelātum. Tōta compāgēs ad dōdrantem metrī ferē dispanditur. Quamquam inter oculāria compārent passim vēra sōlāria, plēraque tamen sunt tantummodo levius tincta. Cum sit īnsuper tōtus oculeus Vudius, nūllum inest pār praeceptō medicō ēditum. Vudiī enim quod rēfert nōn est lentium vīs corrēctīva sed et lentium et compāgulārum color fōrmaque; quod Zoltan, ut per occāsiōnem propōla elenchōrum butubattārumque atque simul socius ūnīus ex palaeopōliīs Līberimontānīs prō scītiōribus habitīs, satis cognitum habet, cum et ipse amīcō iam nōnnūlla perspicillula rāra suppeditāverit. Praeterquam porrō quod Vudius compāgulās oculārēs festīvē distīnctēque colōrātās lentēs autem subtīlius antepōnit, omnium tamen māximī interest compāgulās ipsās colōrātās (quod repertū difficilius quam Ūtēnsis atheus) trānslucēre. Perrārō Zoltan in pār incidit praeceptō medicō in fōrmam acceptissimam cāsū apparātum ... cui Vudius accipiēns lentēs tinctās repōnit.

Ad iuvenem Disnēī in Terrā rotantem, Seattlī oscillantem Zoltan iam adversum accēdit. Manifestē erit agendum ūnicum istō inter prōcessum dēcessumque mōmentulō statiōnis. Aliquot oscillātiōnibus prīmum obtemperāns ut Vudiī periodicitātem aestimet (quam certē ā prīmō cōnstat perfectē ōrdinātam futūram), oblīquē simul cōnspiciēns arbitrōrum frequentiam hīs trīgintā secundīs multō auctam, agilitāte et ipsī sibi inopīnātā rem perficit, mōtū scīlicet quasi ūnicō, cephalacūsticīs cassidī continuīs ab amīcī auriculīs paulō levātīs, tōtum simul apparātum capitālem exuēns. Quō factō exsistunt illī oculī, quōs Zoltan aquaticō colōre scit, hoc temporis autem ob oculāria leviter caeruleō colōre tincta in caeruleum ōceanicum vergentēs, quī praetereā inhūmānē inanimī, vacuī, nihil prōrsus spectāre videntur (caecōrum oculīs, rhythmō nōn vīsuālī sed internō mōtis, haud dissimilēs), quamvīs numerōrum ūsque continuētur flūmen (...quattuor mīlia sescenta novem et octōgintā ... septem et vīgintī virgula duo quattuor ... sex et quīnquāgintā bīliōnēs mīliō duo et septingenta mīlia centum ūnum et quadrāgintā ... virgula zērum zērum zērum zērum septem zērum ūnum...), vītae quāliscumque indicium in homine ā familiāribus interdum et "Vir Ligneus" amīcē nuncupātō.

Quīndecim ferē per secundās Vudius statua mera manet suī, immō versiō taxidermica ad similitūdinem satis vera. Tandem rigidum corpus Vudiānum automatī magis quam hominis modō quasi sponte ad quattuor fercula dispānsa accēdit, quae paene tōta oculāribus lentibusque sunt plēna. Intuente subsollicitē Zoltane, dextra Vudiāna dē prīmō ūsque ad ducentēsimum trīcēsimum quīntum pār sine properātiōne ūllā pernumerat (quamvīs hāc cum manū quodammodō cōnsociātum cerebricomputātōrium millisecundae aspectū omnia facile colligere possit ... quod et plānē proximum vērō est ut iam fēcerit) atque oculāria caerulea, quibus nōmen est "Perīclitantia," capite Vudiānō exuēns, rīmulae numerō dēsignātae CCXXXVI aptat, orbiculīs captantibus religāns. Quae manus, iterum quiētē, velut suī iūris, retrō ūsque ad numerum CCXII numerat oculāriaque haec domō removet.

Pār, nōmine "Loquentia," cui CCXII numerus attribūtus, tenuī compāgulā īnstructum perlucentī, zingiberis colōre ūberiōre tinctā, lentibus quasi carnulentō, gerēbat Vudius ante sibi Perīclitantia ad probātiōnem

11

VR inductum. Compāgulam ōlim repperit Zoltan in palaeopōliō quōdam remōtō Portulandiēnsī Vudiusque novās lentēs repōsuit ipse. Tabernārius iners ille, aspectū testūdineō, Geōrgium Will, dēmptō fastīdiō, commemorāns, tālium compāgulārum vidēbātur nescīre rāritātem, eās paene dōnō dāns. ...Anne tālī valet Vudius nunc apud Zoltanem auctoritāte ut hic quoque compāgulās oculārēs immoderātē aestimāre iam soleat? Quod plānē fierī potest sī spectāre volumus contāgiōsum, nē dīcāmus epidēmicum, multōrum ā Vudiō factōrum.

"...quō autem nōluerim technēn offendere vestram optimam, ut omnēs tēque et amīcōs perquam gnārōs scīmus; at ante..."

Vudius vidēlicet Loquentia dēnuō gestat. Oculīs subter, paululō anteā vel nē mammiferī quidem, paene tam vīvīs nunc hominisapientibusque appārentibus quam oculīs cuiusvīs, Zoltanī, conturbātō prīmum, dīlūcet tandem sententiam hanc praetruncātam rē vērā priōrem, ante quīndecim minūtās coortam sed, perāctō dēbitō rītū ā prīmō pārī ad CCXII numerandī, dēmptīs rīmaeque īnsertīs Loquentibus zingibereīs atque Perīclitantibus caeruleīs deinde extractīs indūtīsque, sē interim suspēnsam continuāre. Quō factō, ut vērum dīcātur, Zoltanī, alibī nōn ita simplicī, incrēvit tamen spēs cassidem istam placidō capitī modo obductam, ūnā cum Perīclitantibus aut forsan aliquandō et sōlam, Vudiō auxiliō oculārī identiplasticō eximiō esse futūram. Quā autem casside (quae eat rēctā in malam crucem!) errōrem māximum, superbissimum, immō forsan et legibus sanctum facinus commīsisse sē nunc animadvertit!

"...nōn initus mihi vīsificus satis esse vidētur dēnsātus. Cōnexus neuricus haud mihi perstet aequē..."

Quō autem prōtractō nunc accessū verbōsitātis garrītū technicō tripudiantis, Zoltan Vudium nīl tamen vidērī calamitātis accēpisse sentiēns laetātur, simulque, alterā in animī suī trutinae parte, secundum praesāgium nostrum, pancracticē piget.

"...scītō mē semper grātum tamen esse futūrum prō omnibus ā tē iam mihi amīcē et perbene factīs..."

Vultū Vudiānō frīgente adhūc aliquantum, vōx viget.

Zoltanis vicissim proprium subrīsum dentācem nunc prīmum vidēmus. Adeō quidem est eī levātus animus propter peccātum fēlīciter obrogātum ut hunc truncum simul īnsānientem et ingeniōsissimum amplectentī exosculārī libeat – cui tamen animī impetuī imprīmīs restitit ante omnia ob emptōrum fūrumve cohortem mercēs iam palpantem.

"Nē mī aberrēs, Vudī..." īnfit Zoltan adulēscentulum (amictum ātrā subūculā palliī in longitūdinem, barbarō dictō *"Skül Møb"* dēpictā) casside VR vecteque lūsōriō armāns dum simul pūblicae praesidet īnspectiōnī crystallōrum pȳramidulārumque et disculī compactī cui nōmen "Encyclopaedīa Nova Carcinōmatogenōrum Domesticōrum" atque alterīus disculī cui titulus "Cyber-Venus ad Gurdōnicōs" necnōn et disculōrum soniferōrum valdē varia gerentium, sīcut ventōs Antarcticōs, radiātiōnem astrālem (tachyoniī rārō vestīgiō interdum interpūnctam), cantūs Tibetānōs, dicta Iogi-Berrāna, Quayliāna, Limbaughāna, Bushiāna, īnsectōrum sonitūs ēlectricē amplificātōs (quibus et mūsicam inmixtam ex Īgoris Stravinskiī spatiō temporis mūsīvō quod apud nōnnūllōs cognōmentō "cīmicum mūsica" nuncupātur), "...aliquid tibi habeō."

Manet ergō Vudius sē rogāns, immō sibi iam persuādēns Zoltan quod habet esse adhūc aliud, forsan perquam mīrificum atque etiam omnīnō imparile, pār...

εἰ πάντα τὰ ὄντα καπνὸς γένοιτο, ῥῖνες ἂν διαγνοῖεν.[3]

—Hērāclītus

---

[3] "Versās in fūmum rēs ūniversās nārēs discrīminent."

2
Terra Lignea

...Zoltanis at xenium nē nōs prius intueāmur
quam dē nātūrā rērum paulisper agāmus.
Factus prīncipiō est Vermis. (Quod postibi forsan
hērōī nostrō īnfestum, qui Ligneus audit
5   Vir, nam vermiculus tarmes pote kryptonita esse
lignō; sed longē posthāc animāns ēmersit
cuī "Vudius" titulus quodque esset vel sibi nōtum.)
Vermis Avītus parvus erat, bellē articulātus,
artēque arbitrium Dīvī sibi suscipiēbat,
10   ob fōrmam assiduam cōnstantemque ūsque sapōrem
laetitiam praebēns, tāctūs quoque semper eōsdem.
Ōlim Vermiculus plūrālem sē esse reclūsit
Dīvō, cuī dein Vermiculī plūs suppeditābant
laetitiae quam Vermiculus prōvīderat umquam.
15   Ācriter Ipse adamāvit eōs quā mōrigerantēs,
mox cōnsuētōs et, quod summum, semper eōsdem.
Vermiculī numerō veniēbant semper eōdem.
Subdūcēbantur numerō quoque semper eōdem.
Quem numerum, quod longē post Is compertūrus,
20   "quīnōs" dīcēbant scītī multī moribundī.
Exstābant quīnī Genesis Vermēs manifestē,
omnī ventūrae reī perpetuum paradīgma.
Quīmet, incipientēs iam mox ingenerāre,
ipsōs sē geminant, quō cosmos dīlātātus
25   duplō est. Vndique nunc invādere significātūs
dīvīnum cerebrum coepērunt. Ipsene fēcit
haec? Vērē omnipotēns erat Ipse Deus necopīnāns?
Haud; nam multiplicēs aliī circumvolitābant

vermēs ... immō anguēs immānēs atque odiōsī,
30 ossōsī mundum cumulantēs sēnsibus ātrīs,
perdīrīs, minitantēs et dīvellere Dīvum.
Anguēs īnsuper hōs Invāsōrēs comitābant
rēs aliae dūrae, pulsantēs, cōnfragiōrēs,
plūrēs ūrentēs, aliquot quoque conglaciantēs,
35 nunc aliō fētēns aliud, nunc pervastābant
audītum strepitūsque perargūtīque fragōrēs,
strīdōrēs etiam īnstantēs. Obtundēbātur
ipse Deus atque haud, quod vērē ignōminiōsum,
nōverat umquam cūr mala tanta īnfesta creāsset.
40 Ecquid et ipse malignus erat Deus? At bona multa
plānē in mundum prōtulerat. ...Namque ecce benignī
Vermēs Mōrigerī! Quibus et saepe auxiliābant
cōmēs et sociī, ut tigna amplectentia celsa
sat crēbrō latere ā dextrō mundum atque sinistrō
45 quae semper bivia exstābant, numerō variābant
numquam, semper eandem explentia utramque per ālam
summam quam Vermēs omnēs dēmptō numerō ipsō
ālārum. Gemina omnia per sē conciliāvit
porticus orbis nātūrae: Caelestia Tigna
50 (quae "Radiī Dīvī" nōnnumquam nōmine nōta)
Vermem illum prīmōgenitum nunc efficiēbant,
adiectīs quīnīs quī posthāc inde subortī,
allātō numerō cūnctōrum Vermiculōrum.
Quō Vermēs patuit tunc ipsōs omnia vērē
55 explānāre ea quae Deus attulerat super ōrās.
Hīs accēdēbat terrestribus ēmolumentīs
paucīs - assiduā quamvīs simul exoriente
innumerandōrum caecōrum saepe malōrum
grandine inexpectātōrumque - repanda voluptās
60 dē caelō pendēns aliōquīn vētruculentō,
quae permīrificē sapiēbat semper ubīque
omniaque ūberibus caldōribus ūmificābat.
Quō Deus hoc magnum didicit: pote faucibus Orcī
carpī nōnnumquam necopīnātum quoque grātum -
65 dīvum, ut rē ēvāsit, mūnus stabile atque perenne.
Accrēscente Deī cosmō, pariterque et adaucta est

rērum summa bonārum quās excerpere quībat
circumiectīs ē tenebrīs. Celsē velut ista
dēsuper impendēns permultiiuga agglomerāta
70 rēs ōrī dīvō, quae pulsa ā Vermibus ipsīs
crispantī crepitū cōnstantīque oscillābat
ac, stata, sat facilis rursum in mōtum stimulātū.
Rērum summa Deus quās in terrīs generāvit
indubiē fuit haec caelestis pendula fōrma
75 (quicquid erat) quam longius, ut convibrābundam,
immō perpetuō contemplārī valuisset
...Istī nī statuissent tot vexantia claustra!
Quam Rem Caelicolam, nōnnumquam exinde remōtam
saepe redūxit praeproperē strīdēns ululātū,
80 indicium solidum quod erat vērae deïtātis.
Temporis autem dēcursū tunc multiplicāta
sunt mala necnōn et bona largē exstantia in orbe.
Aemula Caelestī Reī vībrābant bona multa:
āëre flāta sed extrēmō adhaerentia in ūnō
85 fīla, rudentēs pendentēs pulsaeque catēnae
nec minus Aurea Rēs hyalum inhabitāns, nōn mōta
sed sē ipsam cōnstāns mōtāns, perpellēns aeva.
Quam simul ac vīdit Deus extemplō sibi finxit
arcae carcereae fore ut ipse manū reserāret
90 perreverēns valvās, audēns et tangere pulsum!
Cētera erant bona complūra hīsce simillima rēbus
oscillābundīs, at nōn numerōs cumulābant
oscillantia per tempus, quīn assimulābant
Vermēs Priscōs et Caelī Radiōs, seriātim
95 īnstructōs simul et iuvantēs lūmina dīva
vīsū ūnō: vel ligneolī tenuēs, ubi iactī,
dīversē mixtī aut floccī ventō glomerātī
strāta super lancemve legūmina, pernumerāta
assiduē ex animō vegetō, sōlāmina dīva.
100 Nam Deus ipse animadvertit posse ēnumerārī
omnimodīs alimenta aequē in magnō atque minūtīs
saepeque vincere eō probitātem nēquitiam quod
perversa ac vitiōsa atque incōnstantia vītae
nōnnumquam sat nōbiliter repetī aut numerārī

105   sē patiēbantur. Serpentēs et violantēs
aut quīnī aut dēnī pervādere in arva solēbant
haec persēnsilia, ac Dominī Serpentum, angōrum
vērī prīmigenī prēstērēs perpopulantēs
omnia mergere, permiscēre, involvere nexīs
110   temptantēs perdamnificīs, et dīnumerārī et
symmetriās poterant redigī in variās vel opertī
adveniēbant interdum fōrmīs repetītīs
crēbrō perlūstrābilibus, sed saepe movēbant
sē incognōscibilēs atque īnfestē vehementēs.
115   Amplificātō dein cosmō, cum sē exonerāsset
prīmīs compedibus plūsque explōrāre valēret,
semper, sī fierī poterat, grātās faciēbat
rēs: seu sē oscillāns seu cētera multa volūtāns
seu contortās multiplicēs fōrmās iterātās
120   percēnsēns animō seu rērum significātūs
indāgāns: quō fīnīrentve forāmina quōve
hūc iniectae rēs īrent. Quae pergravia autem
Oppressōribus interdum impedientibus, ille
quemvīs in lūsum iūcundum cōnfugiēbat:
125   cursāre hūc illūc quotiēs poterat, vibritāre
sē aut versāre īnfīnītē aut, vōcēs reboandō
cōnstanter resonāre aliquō terrārum aliunde.
Ex hīs at nūllō concessō ut conveniēbat,
turbidus ipse Deus vix hanc vītam tolerābat
130   curriculō istōs Iniūstōs praevertere temptāns
technīs aut variīs capere ēlābīve Sevērōs,
rumpere per saeptum quodcumque et vōciferātūs
effugere omnēs mordentēs, tāctūs cruciantēs,
gestūs perplexōs aciemque odiōsam oculōrum.
135   Ignōtā ex causā – quam nōscere nōn cupiēbat –
Oppressōrēs sē semper praestāre solēbant
percōnfīdentēs quasi et ipsōs sē esse putārent
dīvōs. Vērum inter discursūs hōsque ululātūs
nōn sine vī inlātā quīnam esse omnēs poterant dī?
140   Nōnne aliquid mundō incuterat mala tanta sinistrum?
Aut fortasse aliquis? Quae sēcum saepe volūtāns,
Antitheum tandem sibi finxit. Vōcibus intus

18

conclāmantibus hīs saevīs, porrō esse patēbat
nōmen eī "Vudius." Cuius Dīvum miserēbat
145 extemplō quia nōn facilis vīta est Superōrum
Antipalī, comitēs et habet paucōs cacodaemōn.
Cui Deus omnipotēns aliquantula tunc reserāre
cōnstituit. Quae dūra satis phanerōsis et atrōx;
cuius auctōrēs vērī fuerant truculentī
150 Oppressōrēs īnstantēs hōrumque catervae
auxiliātōrum assiduē afflictantium ubīque
sordidulum Satanam. Dētectum est horribile atque
iniūstum nimis hoc: vōcēs hās hōsque boātūs
in capite Ipsīus clangentēs incessanter
155 atque īnsustentābiliter plūs forsitan esse
mērō accūsātū aut rixā nec concruciāre
Ipsum Oppressōrēs temptāre aut exanimāre,
quīn potius vōcēs impendere concupientēs
Ipsum participāre Deum sermōnibus ultrō,
160 cōnsociāre suās variās rēs. Haec ubi nōvit
Antitheus, oculī flammēscere, volvere vertex
coepit, daemonicum ōs effundere barbarolexēs,
quae commercia praeriperent cum carnificīnā
omnia; namque, Deō dispār, erat īnscius iste
165 quid sibi prōdesset vehementibus hīs inimīcīs
conversārī. Plūra autem Deus ipse vīdēbat.
Antitheō obsistente, rigente et rēiciente,
sēnsim irrēpēbant animōs, vītam violābant
vulnificae, volucrēs, vigilantēs omnivoraeque
170 vōcēs ... dōnec eī mentem invāsit Stygiālis
cognitiō: nōmen "Vudius" rēapse aliēnum
esse sibi utpote nōn ā sē sed ab Istīs fictum!
Quō dein compertō, cōnsuētūdō excidit omnis
longē inter Satanam et cūnctōs Celsōs Inimīcōs;
175 trīstibus in latebrīs tamen īrās saepe revolvēns
esse aliquid mūtātum in perpetuum sibi nōvit.
Horribilissima enim rērum quās fingere quībat
mente erat haec nova vīs quae cūncta innectit ubīque
irrevocābiliter, tenerīs nōn parcēns umquam
180 quīn illīs animam exterebrāns ex corpore mollī.

...Quam tamen et Satanae vim plānē habēre decēret!
Hanc numquid poterat capere ut superesset et ipse?
Expectāre diū statuit longē atque latēre
īnsidiāns. Tandem vigilāx sibi quid faciendum
185 esset dispexit cum trādiderat modo quīdam
ex Istīs aliquid – sīve inciderat modo forsan
in digitōs magicē – quod erat flāvum biiugumque,
ac Vexātōrum dēfōrmī in ōre rotundīs
bīnīs rēbus sat simile auribus īnspeciōsīs
190 dēpendentibus, obtūtum torvum tamen istum
compingentibus, interdum et mitigantibus ictum
terrōris. Tāle īnstrūmentum saepe gerēbat
Taetrōrum prīmus Tortōrum praecipuusque,
iste gravī vōce et peramārō ōdōre tabācī
195 quī hirsūtō Satanam amplexū laqueāre petēbat.
Nec sēnsit Satanas quā causā mente tenēret
ipse tabācum quid rē esset nec quōmodo vērē
vēnisset necopīnātō in faciem subitōque
rēs flāva ista; sed ēn quantillum suppeditābat
200 Oppressōrum nunc vegetāminis atque vigōris!
...Quam rem forsitan et contrā Istōs vertere posset!
Cōnfidēns igitur flāvō mox prōtegumentō
praefixō Antitheus rēs gestās prīmulum Eōrum
īnfestās valuit spectāre et perstrepitōsōs
205 clāmōrēs tolerāre animum vastāre minantēs.
Flāvōre aetheriō cōnsummātum est capitāle
illud: scīlicet ut Cōnflictantēs Sataniscō
prōdiderint tandem sacrāmentum numerōrum.
Nōminibus nīxus numerālibus ēnumerāre
210 is potuit cūncta et replicāre, referre, iterāre,
ante ut numquam rēs efflāre ac perblaterāre
omnēs. Omnia, quae longum perfēcerat aevum
sōlus, nōminibus tandem titulīsque valēbat
praesidiī causā concocta reīcere in ōra
215 Oppressōrum, ululāns numerālia tēla per aurās,
arcēns, īnfatuāns, timefāctōs percutiēnsque
spectāclō ogdoadum, enneadum, summultiplicumve
chīliomriadum et, post annōs cognitiōnis

dīnumerandī artis, glōssēmatibus philarithmīs.
220 Quae Satanam sēdābant, angōrēs minuēbant,
quamquam nempe modum vīvendī hunc haud faciēbant
magnī Carnificēs ipsī. Deus at gaudēbat
Lūciferum in mediō peramārō sē statuisse
impium et argūtum, truculentum atque ingeniōsum.
225 Omnia quae Deus in mundō plasmāverat umquam
Antitheusculus hic Vudius longē exsuperāvit;
namque Deusculus hic sē scībat Olympium Anactem
esse sed et simul immānī hunc flōrem calyce esse
circumamictum mōnstrificō velut hortum in arēnā
230 īnfīnītā torrentī Dominumque Suprēmum
esse Chaos. Cui pār sōlus Vudius Cacodaemōn
caeca intracta atque implacida ēnumerāns cicurābat,
mortālēs nimiētāte implectāns Vudiānā.
Attamen – īnsolitum quod erat vērē et necopīnum
235 ac simul et Deum et Antitheum valdē imprūdentēs
oppressit – surgit quondam inde, ubi nīl erat, ōvum
ātrum quod Nihilī ē tenebrīs caecīs vacuīsque
invicem – inaudītum! – flōrentia fortia prōfert
prōdigia omnigena ex vacuā nīgrēdine nāta:
240 mīra et mōnstrificē dēsignāta atque aliēna,
pulchra īnfōrmia, bella benigna, ātrōcia sacra,
hīc quae cōnfirment mentem, hīc quibus exanimēris.
Quae tamen, ecce, etiamsī pārent lentibus hīsce
arcenturque aegrē fūcīs quibus omnia tingō,
245 amplector nunc Circumdantibus ut peroperta.
Sōlus enim Vudius videor discernere certē
horriferum, nūmen, mōnstrum, mīrāculum et ōmen,
quae cum lentibus īnfīgō tum versibus artīs
tamquam ficta intus. Nīl cernunt cōnsiliōsī
250 concīvēs. Lūx ipsa latet quam vīvida gignat
collēgās hominēs, vīvāx quam vāticinētur
omnia prōrsus nostra gelū, quamque innumerātās
vōcēs contineat ventus spissē accumulātās
inque īnfīnītum variās – quamvīs simulentur
255 tālia quī scrībunt, in carmine tālia nōrit
scītus falsiloquē. Inhabilis fuerim laevusque

convīva, attamen illōrum quis concomitētur
mē per terrōrēs nemorālēs, caeca arcāna
indicta illa quibus nostrum partēs aliēnae
260   panduntur vērae nec quae per carmina sōla
panguntur? Nam versibus arcēmus peramāra
nōsque tuēmur fūnesta ac fērālia pulchrē
compōnentēs. Sed torvā sub corniculātā
fōrmā ipsā Phoebēs vēformīdābilis alget,
265   solvitur, obruitur fīdēns sibi homunculus omnis.
Nostrum māxima pars nōs effugit officiōsōs.
Mancus sed vegetus trahor invītē in tenebrōsa
vī impōnentia singula pernova perque pavōrēs.
Cēterum enim "facile" hūmānum per dēvia tantum
270   assequor artibus hīs oculōrum et Calliopēīs
necnōn Terpsichorēīs. At longē superat quod
prōripior trepidāns pavidō pede mīra in opāca
noctividus duplā speciē mihi nōtus et umbra
mē minor et māior praecellēns vī ingeniōque
275   longē. Membrīs iam cruciātīs praevehor inter
scaenās hās ūmēns noctūlūcus fugiēnsque
obtūtūs creperōs. Callēs iam multiplicantur
terrōsī per quōs properāmur dūrēscentēs
assiduē atque ipsī fīmus callēs taciturnī
280   circumfūsaque ubīque virecta intermina et arva
ātrivirentia, dum sē perpetuō trānsmūtat
volvēns ōs cosmī splendēscēns implacidumque.

ὁ ἄναξ, οὗ τὸ μαντεῖόν ἐστι τὸ ἐν Δελφοῖς,
οὔτε λέγει οὔτε κρύπτει ἀλλὰ σημαίνει.[4]

—Hērāclītus

3
Rēgna Magica: Pars Altera

"Ēn, Vudī mī," inquit Zoltan, "oculōs ad prōdigium prōcinge!"

Iam māximā ex parte recessit effūtītū technologicō plēnus īnstitōriae ēlocūtiōnis aestus prout globulus adventōrum Panōramatēnsium pӯgopērophorōrum, inter quōs passim et emptōris vultus, trānsfōrmat sē sēnsim in solita prōpudia longē pullātiōra, adipātīs digitīs mercem nāviter vīscantia. Luxuriōsius quidem quam cōnsequentius buccam exercēre solet Zoltan noster, nec deest plēbeiae ūbertātī quoddam solum alicunde trānsmīgrātum. Quāpropter quī Zoltanem loquentem audit quasi illōtō ex vitrō cerevisiālī lac bibit. Zoltan enim Petrusque, gemellī aspectū eīdem, īnfantēs quondam Americam ingressī, cum Pittiburgī tum Dētroitī quibusdam in latebrīs Hūngaricīs capsicō annuō rubrō perfūsīs aetātulam ēgērunt. Quam subsecūtī sunt aliquot annī vagulī, autobirotāriī, factiōsī, subinde pharmacopōlicī, quī ambōs mīrum in modum integrōs tandem Seattlum adēgērunt necnōn in formīdābilem istum, Rōmānē tribus crucibus adumbrātum, nātālem diem; quō tempore salūtem salmōnicam cognōvit Petrus, Zoltan invicem silicāceam ... atque etiam ex vīsceribus suīs antehāc occultissimum, scīlicet rāvum istud quod priōribus annīs satis saepe sub casside nazisticā antīquā ōrnāmentō habitāverat. Haec dēmum historia, crucibus ferreīs subūculārumque maniculīs replicātis et cannabicō odōre decorāta, fābulārum Horātiī Alger specimen admodum neōtericum, quod hīs tamen est prō vītā, pignorī est corpulentōs hōs, popīnam braxātōriumque inhālantēs frātrēs Hollis, nātōs Halász, nēminem umquam prō Frasier et Niles esse habitūrum. Quī simul corrēctī atque ā venēnīs magis minusve dēpurgātī sunt – plūs quidem Petrus quam Zoltan. Hunc etiam sī nōn alacritāte at certē quaestū superāvit ille, ut quī moderātor factus sit negōtiī piscāriī magnāriī cuius praecipua merx est deōrum Magiārum anteā mediterrāneōrum novimundana illa ambrosia cui nōmen salmōnācea.

Et fābula illa dē Īgore Hildāque Halász quī, annī quīnquāgēsimī sextī rērum novārum Hūngaricārum brevī oppressārum procellā ūtentēs, Vēlum Ferreum, tunc temporis nōndum vel rōbīginōsum, trānscendērunt est librī prōrsus digna – cuius quidem librī nōndum cōnscrīptī locōs tamen splendidiōrēs ipse Zoltan, utīque ūdulus, inhabitāre solet. Equidem Vudium Zoltanī conciliat, inter alia multa, ipsa, crēbrō invīta, Hūngaritās; nam ecce ūnum ex īdōlīs venerātis Vudiī – id quod, ob fānulum domī exstructum, sānē ad verbum dīcitur – est Bēla ille Bartók, aequē Hūngarus, cui nūper rērum perītī tardē perspicācēs incūnābula magis magisque autistica coniciunt.

At sunt dē necessitūdine Vudiī cum Bēlā Bartók, sīve cum huius modōrum scrīptōris umbrā, memoranda complūra. Perlēctō enim quōdam librō in quō scrīptum erat gravidae affectūs et fētūs animulum tangere posse, tunc temporis parēns futūra, mūsīvae prōlis avida, dē industriā ūnum quemque concentum, embolium mūsicum, spectāculum saltātōrium, fābulam scaenicam, recitātiōnem poēticam, convīvium pinacothēcicum, pelliculam peregrīnam adībat prout admittēbant caupōnāriae ministrātrīcis ratiōnēs hōrārum pecuniaeque, quippe haud suspicāns fētum suprā dictum aliquandō effectūrum esse ut ipsam paenitēret sē gravidam nōn potius autoraedārum tabernāculum composuisse vel furnō istī squalidō operam dedisse. Quam autem gestātrīcis paenitentiam haud umquam cōnsēnsit fētus, nec sānē artium studium, post adeptum, penitus umquam hebēscere sinēbat – quod tamen contrā morbum ac rērum asperitātem variam sat saepe sēcum per ōrātiōnem diffortem dēfendendum fuit. Vtcumque, nōn aliter ac cāsus Exxon-Valdéz nec sine fūsiōne, fātālēs incidērunt strictūrae mediō in opere ballēmaticō illō Bartókiānō, perartificiōsē quidem adhūc āctō, cui titulus "Prīnceps Ligneus."

Quā erat māter indigenitāte (quādrantāriā quidem ... at eccuius tanta accūrātiō intererat?), illīus saeculī sexāgēnīs prīmum annīs adimplētā, fimbriīs adeō scorteīs mitellāque bācātā decorāta sē in "Hinnuleam Currentem" trānsnōmināverat – vel, quoad certē ad vectīgālia attinēbat, modo in "Hinnuleam," nam admonēbat marītus prūdens Ministerium Vectīgālium Internōrum in nōmine quod erat "Currens" timōrem esse odōrātūrum – atque fīliō dēcrēverat ut ipsae Parcae Arāneae, omnium fāta nentēs, epōnymon dēstinārent. Ex ēventū igitur est data sors. "Prīnceps Ligneus Fava" manifestō nōminandus fuit īnfantulus sīve, agnōminis grātiā atque vernāculā dē rādīce, "Vudius." Mātrī autem, complūrēs post mēnsēs quibus membrula ista, mollibus incūnābulīs sinū fōta, tamquam rudium fascēs assiduē rigentia sēnserat, patefacta est nōminis īrōnīa dūra nec minus dīra.

Hic tamen nōn fīnis fātōrum, nam ēvāsit ut Prīncipulus ambulāre numquam didicerit. Circumvolvere sē quidem rotāreque, identidem prōrumpēns praecipitārī, tripudiāre ac saltitāre quoque sat mātūrē, immō praemātūrē, incēpit, necnōn et subinde saliēns volitāre, pedibus autem probē ingredī nullātenus umquam. Cum igitur thiasus hic sēmifer, in annōs furiōsior, tōtam in Favārum aedibus mediocribus supellectilem mediocrem incīsūrīs obsēvisset, omnem chartam parietālem mediocrem discidisset, ūnam quamque lucernam mediocrem, cūnctās trīculās domesticās nōn altē positās paene in ambiguum illīsisset, animadvertit sē quōdam diē Hinnulea in lātrīnae pavīmentō genibus nixam, scīlicet in hypogēō quō claustra fīlium exclūdēbant, lacrimīs permadefactam propriīs, supervacāneā ex clāmitātiōne raucam, membra ob dēspērātiōnem trementem, benevolī librī istīus dē īnfantium indolē ante et post partum cōnfōrmandā cōnscrīptī frustula lasanō singulātim īnserentem, crēbrō prōluentem quō expedītius subōceanicō cōnsociārentur caenō. Quae frustula nempe in focum torrentem inicere nōn potuisset, nam sī forte focum, aliquot iam per annōs cessantem, accendisset, fortasse an īnsiluisset ipse Vudiulus. ...Atque, contrā inūtilem īram in fīlium, cōnflagrātiō tamen cruciābilis appārēbat esse via salūtis haud lēgitima.

"...Hem, Lignicule, satin' ades?"

Vudius sē ex biographiā, certē sīcut māximā ex parte eī memorātā, extrahēns inque praesentium sēnsum reversus subrīdet leviter. Vidēlicet "Loquentia" ista quam vōciferātiōnēs etiam plūra callent.

Nīl aliud effātus Zoltan quasi sollemnis sarcinillam viridem ex coāctilibus factam porrigit, quae oculārium thēcula domesticē sed satis scītē concinnāta esse vidētur. Vudius, item sanctē suscipiēns, gemina vincula velcrōnīlia crepitū dīvellit. Subter habitat, papae!, omnium excellentissimus oculāris apparātulus. Compāgulae sunt trālūcidae, immō penitus perspicuae; color ipsa viriditātis substantia sine quā neque herba fit nec frōns nec nemus. Quippe et, ut quidem vidētur accipientī, prātōrum prōfert hinc virōrem, aspergit illinc menthae recēntis ūvidulae herbōsitātem, passim quoque postmerīdiānō sōle lūminōsī iūniperī dīlargītur iaspiditātem; umbrōsī et mūscī silvestris colōrem, ōcimī modo cōnsectī, Māiī virēscēns saepium, anatīnārum adeō cervīcum venetum. Lentēs invicem sunt quādam tinctae nebulā viridicantī; quās sī quis perspectet, omnia tenuem per aspersiōnem pelagiam contemplet.

"Aliquantillō quidem grandiōra sunt," inquit Zoltan vultū Vudiānō summissē venerābundō cōnfirmātus, "at crēdō ea capillāmentum tuum sat bene tentūrum." Quod capillāmentum ā Zoltane modo relātum, ā necessāriōrum ballēmāticōrum officīnā mūtuātum, generī solitō Amerin-dicō respondēns, īnfuscum est, Vudiī ipsīus crīnibus colōre proximum, mediō vertice rēctā dīvīsum, dēpendente utramque ante aurem spīrā: quippe habitus nōn tantum Hinnuleam Currentem salūtāns (quae salūtā-tiuncula quīngentōrum ferē mīlium passuum in septentriōnēs versus ūs-que prōtendit in quandam īnsulam Quakiutlēnsem ubi parēns nunc vītam dēgere māvult quod ipsa Eugeniusque, cuius fuit quondam squa lēgitima, nōn iam eōdem in monoxylō vēnāticō rēmigāre possunt) vērum etiam eō repertus ut – crēdās, nōn crēdās – induentem minus cōnspicuum reddat ... sīve, exāctius dictum, ut eum ita cōnspicuum reddat ut nōn sit cōnspicuus aliter. Nōn sānē quidem Titus quīvīs gregālem agnōsceret ex Theātrī Ballēmāticī Pacificī Boreoccidentālis lūminibus; prope cūncta enim eius phōtographēmata saltātōria in āctīs diurnīs Seattlēnsibus Vancūveriēn-sibusque posita tōticorporālia fuerunt paucissimaque valdē comminus facta. Ballātor plānē māximā ex parte nōn est faciēs. Optimō in casū ex crūribus, pedibus, manibus cōnstat; in pessimō utīque ex natibus torīs-que. Sunt nempe artium perītiōrum in numerō atque inter extrāneōs Vudiī collēgās complūrēs quī hanc faciem – vel, secundum rem, hās natēs – cum summā arte ballēmāticā incunctanter coniungere valeant. Dē quō autem hoc temporis nōn agitur; nam Scyllam nunc praeternāvigat Vudius omnīnō alteram.

At prīmum commemorandum est annōs ballātōriōs esse canīnīs sat similēs, ambābus ratiōnibus annōs duodētrīgintā nātum iam esse sēmise-nem, quamvīs eximiīs sit dōtibus disciplīnāve firmā. Tālem sērius ōcius prō alterō missum faciunt prīmās partēs dispēnsantēs. Quod agnōscēns Vudius, mūnus sibi histriōnicum explōrāns, paucīs hīs annīs partēs theā-trālēs quasi āvocāmentī grātiā suscēpit: fātum longē melius quam ut umbrīs cānīs venerābilibusque scholārum parietibus ballēmāticārum hae-rentibus gradātim immisceātur. Certantibus dissimulanter praestantissi-mīs, vix contigit eī modo in tempus ballēmāticum ventūrum "Avis Igne-ae" pars virīlis prīma, quae est Iōannis Tsarévitch. Quem exitum saltātōri-um ipse sibi potissimum dēstinat, hoc est, ingentem ... vel, quod partibus Tsarévitch accomodātius, arcipotentem. Certē equidem post illum Caesa-riōnem Russum āctum valdē diū in grege remanēre nōn cōgitat partibus magis honōrificīs tandem aliquandō acquiētūrus, velut Casshēī Incantātōris, quae pars nē sibi obvenīret iam nūperrimā hāc occāsiōne cum vigilāns tum in incubīs, etsī sānē sine iūstā causā, veritus est.

Haud igitur parum īrōnicum est quod Vudius minimē propter opus ballātōrium quattuor mundī partēs tangēns omnēs, vel paene omnēs, hodiē latēre vult sed potius propter particulam quandam suam temerāriam theātrī baxeātī; quod theātrī genus, quantum scit Vudius, īnstar ferē recēns est istīus Ātellānae vetustae cui nōmen *vaudeville*. Iuvenis quīdam magister fābulārum "subterrāneārum," ut temporibus hīs perbūrgēnsibus etiam cōmoediae paene ōrdināriae dīcī solent (quippe secundum Zoltanem aliōsque, nam ipse Vudius in rēbus cōmoedicīs talia discrīmina hauddum satis meditātus est), I. Thōmās Thumberman rēctō nōmine, ex negōtiō neglegentius Thōmāsculus Thumb sīve, minus barbarē, Thōmāsculus Polliculus ā sē ipsō nūper agnōminātus, abūsiōnem theātrālem subturpiculam istīus pelliculae cui titulus "Forrestius Gump," tamquam parōdiam urbānam astūtam impudentem, "Vudius Glop" cognōmentō, novissimē ēdit.

Timēbat Vudius nē per aliquam contrāserendipitātem sibi exitiō futūrum esset praenōmen fortuītō faustum. Quod tamen nōn ita accidit. "Vetera Glauca" gestāns, lentēs adhaesīvās subtīliter īnfuscātās, acceptās aetātis annō duodēvicēsimō, tempore quidem autismī suī adhūc minus refrēnātī, exemplō histriōnicō sat honestē āctō, alter est ipse sēlēctus ultimōrum duōrum iterum probandōrum. Vidēlicet salūtī eī fuit, ut solet esse, lentium tinctārum vīs illa associātīva magica quae eum admodum tenet. Vetera Glauca animī habitum tam autisticulum eī incutiēbant ut ipse aspectum habuerit mente nōnnihil retardātī – forsan autem, ut rēbātur, nōn satis. Alicui cēdēns īnstinctuī īnflātuīve divīnō, aut forte daemonicō, in secundō experīmentō etiam longius prōcēdēns corneum istud pār ·prīstinulum compāgulae nigrae, lentium colōre nē-meī-oblīviscāris leviter suffūsulārum gessit, quibus erat nōmen "Balba." Prīmō stringēbant; quāpropter accomodārī iussit. Bienniō exorta (tribusque mēnsibus, sex diēbus, quattuor hōrīs, sex et triginta minūtīs) ante Vetera Glauca, Balba sē ad societātem commūnicātiōnemque, quamvīs simplicius mōbiliōreque animō, cōnfōrmābant; quī quidem propriētātum congressus in ēventū admodum convēnit. Praetentandus alter – homunculus macrior, asthmaticus, quae rēs vērō partī Glopīnae aliquid cōntulerant – factus est Vudiī subsidiārius. Opīnātus est dēmum Dominus Polliculus peridōnea esse oculāria ista, quōrum quidem beneficiō Vudius Forrestiō illō adeō paulō īnsulsior vidētur.

Haud umquam Vudiō in mentem vēnerat ambitiōnem sē aliquandō eō ductūram esse ut, prōcēdere quaerēns, ad statum quīntī decimī vītae suae annī retrōcēderet. Quodsī autem successum attulit ita prosperum...?! Alicubī, forsan in *Geōgraphicīs Nātiōnālibus*, lēgit scientiam nātūrālem doctōs propter investīgātiōnēs neuroscientificās multum provectās decennium hoc, secundī mīllenniī ultimum, modo fīnem capiēns "Decennium Cerebrī" dēnōmināre statuisse; quantum tamen ad cultum cīvīlem populārem pertinet, longē aptius sit huic titulō speciōsō adiectīvum adiicere quod est *Dēfectī*. "Stultus Stultiorque," titulus cuiusdam experīmentī cīnēmatographicī cui Vudius numquam indulgēre dēcrēvit, vidētur huius aetātis ingenium dēpinxisse ad unguem. Stolidī hebetēsque, "Bīves Pȳgocephalīque" omnis quotientis intellegentiae sub LX iacentis hōc potissimum tempore ita flōrent ut forte numquam anteā putāsset quisquam, atque etiam ipsīus Vudiī anomaliuncula neurologica ex necopīnātissimō facta est eī vītae cīvīlis ēmolumentō; immō līberum ēvāsit eī arbitrium ob īnsipientiam, ut fertur, angelicam admīrātiōnem ab omnibus exquīrendī. Quidnam dēmum hominēs, vel saltem Septentrioamericānulōs, ad mystērium, vel adeō ad ipsam incarnātiōnem, dēfectiōnis mentālis hīs temporibus allicit? Ecquid "pūritātis politicae" conquīsitiō, ut dīcunt nōnnūllī: ista scīlicet opīniō nūllī licēre alterum antecellere atque ūnī cuique sollertissimō esse ob hoc ērubēscendum? Anne rēctē dīcunt quī praesēns Aevum Fatuum aestimant rēapse ā quōdam fierī animō dīluviālī sīve *Sintflutstimmung* idiosyncrāticē septentriocapitalisticamericānō, prae assēcūrātiōne cīvīlī fortasse mox dēfectūrā ad Buccōnālia ratiōnumque conturbātiōnem invītantī, nōnnūllō ingravātō neochīliasmō? An, ut volunt aliī, stultificātiō nova tantummodo ultimam, generālem necessāriamque participat dīlāpsiōnem quam et mathēmatica nova "tōtīus"que "linguae" īnstitūtiō necnōn et opīniō recēns omnem doctrīnam quartum superantem scholārem gradum idem esse quod "scientiam pyraulicam," ut quidem in ōre vulgārī fertur – nē quid nempe dīcātur dē ūniversā fermē nervōrum mōtōrum subcerebrālium vel reptilicōrum in Ecclēsiā Lūsōrum Vīsificōrum Computātōriōrumque cōnsacrātiōne?

Quae sententiae, sīve auscultātae sīve multifāriam lēctitātae, Vudiō, modō satis fabrīlī mentem sibi quandam adhūc cōnfigentī, ita certē singulātim liquent ut generātim interiūnctae lateant. Singulōrum āctiōnēs hārumque causās mente assequendī nōnnihil excultā facultāte, cālīginōsārum horribiliumque nōtiōnum istārum, velut SOCIETĀTIS INCLĪNĀTIŌNVM INCŌNSTANTIVM, contrā omnem sēdulitātem admodum rudis, saepe sē habet tamquam ante Suprēmum Tribūnal sine causidicō vocātus porculus pāgānulus. Istam dēliciārum populārium frivolārumque mentem lentibus adhūc tantum perrārō minimāque ex parte capere potuit ... sīve, ut sēmisermocinābantur therapeutae, nōndum satis valuit "appōsitum impressum mīmēticum integrātum congruentī cathexī factīciōsae coniungere."

Nihilōminus dēprehendit quam sollerter quamque simul sordidē, quālitātēs hīs diēbus saepius saepiusque interiūnctās praestāns, Thōmāsculus Polliculus nōn tantum dētexerit sed etiam dīvulgāverit prīmās partēs Glopiānās histriōnem sēmieponymum agentem ipsum esse "autisticum resipīscentem" – cacosyntheton auctōris indolem prōdēns. Quī bustirapus fēcundam hanc vēnam petēns proximum vērō est ut praealtē dēfōderit, quippe quia Vudius tantum apud intimōs, quōrum est utīque exiguus numerus, lentium thēsaurī significātiōnem commentārī solet vēram. Lentium quidem affluentiam, quod saltem sciat ipse Vudius, mōrī alicui scītulō iūnctam rērī videntur plērīque, scīlicet tālī artificis tribuendam esse pertrīcōsitātī, suī forte simul praecōniō, quālibus etiam adultī virī urbēs in ōrā maritimā occidentālī sitās inhabitantēs indemnātī sē dēdunt. Ecquem Polliculus ex amīcīs presserit? Zoltanemne frēgit? Lūcem? Iāsmīnēn? Scintillum? Patrem? V̄squene in īnsulam illam adiūtōrem mīsit blandiloquum quī apud mātrem sē lēgitimum therapeutam investīgātōremve fingeret?

Quae tamen cognōscere Vudius ex corde nōn vult. Equidem vītam suam haud speculātōrum modo summē tenet sēcrētam. Vērō enimvērō – hominis hominibus ūtī ineptī ineptārum sollicitātiōnum sine dubiō et aliud signum – eō sollicitātur quod nōn sollicitātur. Nōn enim valdē eī cūrae est quod optimus successus histriōnālis fortasse minus ab ipsō ingeniō pendeat quam ā praesentī pathologiae propriae glōriā inopīnātā fortuītāque. Ecquid, cōnsciā iam tōtā fermē urbe inclūsīs ūnīus cuiusque tōnsōre expressāriō pīlātāriō, ita iam in fābulā manēre potest Vudius ut nūllī, nē sibi quidem, imbēcillitāte suā impudenter, immō carnelevāliter, abūtī videātur? Quod faciēns nōnne eiusdem sit farīnae cuius Polliculus ipse? Profectō hīs scrūpulīs Vudius haudquāquam sōlus sineque auxiliō pungitur, quīn potius haec, ut in complūribus rēbus, aut ex librīs aut ex ōre monitōriō colligēns in cōnscientiam cīvīlem quandam decōrulam conglobāvit praescrīpta plānē observāns magis minusve aesthētica, quae is quōdam sēnsū quasi corporeō callet. Quā prō nāscentī cōnscientiā haud scit an ipse Polliculō rē minimē praestet. Sē quidem discessūrum comminātus

est, nempe ad summum histriōnicae suae fastīgium ēvectus, aliquamdiū
et ipsī sibi fidem faciēns. Quō factō, Polliculus, sānē ad fallāciās mundānās
perquam perspicācior, nōn sēmifictae cōnscientiae morsū vacillantem sed
potius vafrum subolēns stratēgēma, fābulae lūmen retinendī causā extemplō necopīnātōque mercēdem haud exiguō auxit. Vudius, manēns,
manifestus sibi vidēbātur abūsor opportūnus. Quod sānē in promptū fuerat in commodum suum vertit. Nōnne autem, contrā omnēs piās expurgā-
tiōnēs, hoc faciunt cūnctī? Sed tālia in aliīs, utpote ā sē nimis aliēnīs,
suspectāta vērisimile est Vudium numquam sponte esse perpēnsūrum.
Scit tantummodo haec: (I) "probōrum" in numerō esse, sī fierī potest, sē
mālle et (II) imbēcillitātis abūsum ā probīs nōn prō bonō habērī et (III),
contemptō omnī abūsū, flagrāre sē tamen dēsīdēriō, in speciem satis sincērō, fābulam hanc participāre quippe iam ita prosperantem ut sēcum
reputet Polliculus num per ōram maritimam occidentālem circumferre
eam velit ūsque tandem Angelopolim, scīlicet in omnium māximum monumentum potentiae mercātōriae fatuitātis abiectae. Sīcut igitur ūnus
quisque artifex in negōtiō dēnique oblectātōriō versātur, ita ipsa Vudiī
ōrnāmenta ballēmātica Diaghileviāna lautissima inlūstrissimaque, concinnitātis Neoatticae specimina, totiugīs iam annīs membra vestiunt ācroā-
matis tabernāriī!

At quod laudātus palam, clam lūdificātus nebulō in pūblicō agnōscī
aliōquīn piget abest tamen longē ā crīnītō istō integumentō Amerindicō
quō secundum sententiam ā Zoltane modo ēnūntiātam illa nova oculāria
(excantanter ālūcinanterque viridia) in sitū tenērī possunt. Nec dē fāmā
agitur nec dē īnfāmiā. Quod vexat est tōnsus Glopianus hoc temporis iūre
meritōque dēlitēscēns. Vudius enim nihil adhūc in vītā didicit nisi sē aliīs,
etsī plērumque modo Bohēmiānīs utpote paulō largiōribus, cautae dignitātis causā accommodāre. Quōmodo igitur potest tōnsuī, vel potius tōnsūs
inopiae, acquiēscere velut clāmitantī quōquōversus hunc homunciōnem
esse aut adrāsō capite Neonazistam aut mente tardātum ... ac rē vērā, quia
nec ātram iaccam scorteam bullātamque gerit nec camīsiunculam "Laecasīn Tibi!" locūtiōne vel similī ōrnātam, hunc crīnibus orbātulum apertissimē esse cerebrō captum?

Quae ā cōnspeciālibus existimāta Vudius dumtaxat ex aliquot annōrum
notātiōne animadversiōneque coniectāre cōnātur, quippe nīxus commūnī
arbitriō multō magis quam propriō rudiōre.

"Haec oculāria sunt longē tornātiliōra omnibus umquam permultīs
quae contuitus sum! Quantīnam cōnstant?"

Ad quae *At haec tibi gratis* labiīs tortuōsīs, oblātrātōriīs, negōtiola accommodāre solentibus ēlābuntur Zoltanī verba labiōrum quidem ipsī possessōrī omnīnō tam inopīnāta mīraque quam splendentium oculārium
smaragdinōrum hīs verbīs dominō factō. Inter postque grātiārum āctiōnem incrēdulitāte paene suffōcātam, vultū sānē Vudiānō longē magis
quam ōre ēmānantem, utrīque simul in mentem venit īnsolitum: ipsam
forsan huius fulgentis "prōdigiī" perspicillāris excellentiam sēmimagicam
"Zoltanī Praesentipecūniāriō" – quō nōnnusquam appellātur agnōmine –
suāsisse ut ab homine damnum capiat nōn ūnō tantum sed adeō duōbus
mūneribus, Zoltanis quidem mēnsūrā, sat lautīs fultō.

Antequam utrī succurrat quid nunc prōferat – nunc nempe "Loquentia" ad Vudiī subcorticem silvodendriticum subsistunt nervum linguālem
vix contingentia – animadvertunt ambō spissigradam multitūdinem diē
Saturnī fīnis septimānae longī Diēī Memōriālis celebrantem hōrā iam Erī-
nyum prandiālium praefuriōsē concrēbrēscentem dēhīscere tamen ante
aliquam perīnsolenter ōrnātārum fōrmārum pompam quae ab Aedium
Mediārum latere occidentālī ēgredī vidētur modoque eiusdem aedificiī
angulum praeteriēns, ā Vudiō Zoltaneque quadrāgintā ferē pedibus distāns, expedītō gradū Acum Cosmicam versus facessere. Prīmō putat Vudius sē illōrum carnelevālium Venetiānōrum versiōnem aliquam domesticam contuērī ac sub aliquā ex persōnīs mordāciter inhūmānīs vesteque
ēvidenter affabrē cōnfectā latēre forsan aliquem sibi nōtum collēgam;
sed, pompā (quod esse iam appāret) prōgrediente, argūmentum Venetiā-
num cēdit alterī. Nam īnsequuntur aliquot ōrdinēs petrulōrum, lautis-
simōrum scurrārum Francogallicōrum, habitū nīmīrum superciliōsōrum,
quōrum quisque aliīs colōribus aliāque fōrmā atque, ut vidētur, aliīs
ōrnātus est symbolīs. Quibus ex symbolīs Vudius, sibi sēcum aliquantum
suscēnsēns quamvīs plānē sciat Loquentia vim tantum satis pedestrem
ministrāre, nē ūnum quidem agnōscit.

Pōne petrulōs cernitur tandem sonōrum mūsicōrum īnsolitōrum fōns,
quī quidem, Vudiō incognitā causā membra cohorrēscente, iam antequam
animadversus, rem ambiguam inter absurdum prōdigiumque variat. Incēdēns enim symphōnia ex bēstiīs cōnstat deīsve bēstiālibus, crēbrō sed nōn
ubīque omnīnōve Aegyptiīs in speciem, amplīs iniectīs vēlāminibus: canibus hīc aureīs, illīc hyaenā ūnā, illīc duōbus sīmiīs; nec dēsunt taurus et
vacca, fēlēs, scarabaeus, libellula, accipiter, būbō, lacerta, phoenicopte-
rus, corvōrum pār, rubēcula, carpodacus, delphīnus quoque et cuiuspiam
generis balaena. Hoc est, hōrum animantium cōnspiciuntur saltem capita.

Bēstiae enim, pariter ac petrulī, sunt affluentibus altī, ut vidētur, cultūs pēplīs amictae, singulīs ōrnāmentīs nesciō quid hieraticum subicientibus, manuum parī quōque aut digitābulīs intectō aut – ut in sīmiō, scarabaeō, lacertā nōnnūllīsque aliīs – appendice quāpiam bēstiālī perartificiōsē fictā capitālīque congruentī. Praesertim admīrābile est quod, inhabilī plānē veste, pompeus quisque īnstrūmentō mūsicō exōticō suō perinde ac sī tōtam per vītam exercitātus solūtē paeneque ōtiōsē canere callet. Quōrum īnsuper īnstrūmentōrum, praeter forte sȳringem modo dispectam, Vudius nūllum nōmināre possit, quamvīs complūra vel generātim trālāticiīs accēdant.

Arripit convulsē dextera ex aliquō loculōrum orbiculō nexōrum, quibus braccae fuscae praegrandēs aspectū aliōquīn nōn perūtilēs obsitae sunt, ratiōnem hōrārum Fēstī Vītae Populōrum. Cui tamen dexterae oculī per quāsdam corporis ambāgēs coniūnctī sē vel ūnam secundam ā spectāculō rapidō sēvocāre abnuunt, praesertim cum possit iam iamque pompae īnstāre pars māxima.

Quō angustiārum mōmentō, tōtō super corpore pilulī sēmifēlīnum in modum – quod quamvīs scientifica doctrīna interdīcere videātur – et altiōrēs horrēscunt quam antehāc; nam, sub deī tigridifōrmis tympanulum pulsantis basilicō in speciem satis Indicō, cum cēterōrum lateant mūsicōrum pedēs, conspicātur Vudius brevissimō temporis mōmentō – scīlicet temporis spatiō quō incēdēns quispiam pedem modo levātum dēfert – ingentem, squāmōsum, ungulātum, ōrnāmentō simulācrōve haud similem pedem gigantēae avis!

Imprūdenter Vudius inhiāns ad Zoltanem vertitur, quī invicem, id quod sānē interturbat, in amīcum ōtiōsus respicit velut sī nihil māius quam scholae cuiuspiam superiōris incēdentem symphōniam aliquantum concinnam aspiciat! Ad Zoltanem autem ultrā rīmandum hoc temporis nōn vacat; nam īnsequitur iam bēstiālem symphōniam autocarrūca Cadillācāria longitūdinis ostentātiōnisque distortae, immō Līberāceānae. Vehiculum sīcut est sūmptuōsissimum, ita, contemptīs paradoxē dīvitiīs dignitāteque quās repraesentat, genere vagō, versicolōrī, coruscō, immō psȳchodēlicō est dēpictum, quō quidem Vudius mātris adulescentiae prīmae, turbulentulae admonētur.

Īnscius ferē quid faciat ac mōre sibi peraliēnō, Chicāgēnsī scīlicet – quam in urbem tantum bis, Loquentia tamen gerēns, advectus est, vidēlicet impressōrī mīmēticō satis saepe ad mōrēs nōvōs sibi oculāriter efficiendōs – corōnae sē īnserēns urbānitātisque paulisper immemor ulnātim sibi aperit viam quicquid potest sentīre intendēns per fenestellās illās prasinō colōre tam obscūrō tinctās ut nēmō vectōrum, nē gubernātor quidem ā fronte, ex Seattlēnsī āëre tam cottīdiānō quam amoenē frīgidulō, hōc forte temporis articulō nōn valdē aprīcō, ā merīs mortālibus cōnspicī posse videātur.

At mehercle vīdit aliquid modo? Iuxtā fenestellam, em, fōrmam? Ecquam faciem sēmioblīquam? Anne sibi finxerit? Panthērīnae dolō subcōnscientiae? Ita sānē, hoc profectō! Nam quod dispexit – vel potius quod sē dispexisse putat – longē nimis vidētur familiāre, immō domesticum. Frōns simul firmula et delicātula, venustula, mollicella. Oculī grandiōrēs avidī mōrōsī. Īmus nāsulus rotundulus, subductulus. Abundantia labra, quōrum īnferius salāciter dēclīvum, quasi ad pōtum sāviumve.

Rēapse Zoltanī quoque, residibus tamen pilulīs, vidētur pompa īnsolita atque in Vītae Populōrum Fēstō singulāris. Quae forsitan aequanimitās haud sit sēcrēta ab animī inclīnātiōne, annīs angulātim nec semper fēliciter pābulandī cōnfirmātā, in commodum ūsque proprium petendum. Duae quidem theōriae in animō iam fōrmantur, quārum sibi grātiōrem, plostellō multitūdinem Seattlītārum caffeam lactāriam sorbentium pompam versus lēniter fodicāns, nunc apud amīcum oculāribus zingibereō colōre tinctīs īnstructum experīrī meditātur. Ac nōnne post Virtuālis Reālitātis molestiam istam modo sustentam Vudiō aliquantillum mīrī dēbet?

"Vt opīnor egomet," inquit laevam pōne Vudiī spīram capitālisticum caput pannulō rubrō tēctus, "...Brambilla est. Dīcitur enim illa proximae septimānae concentūs parandī causā iam in urbe versārī. Forsan sequentēs cognōscere poterimus aliquid: verbī grātiā, quō locō dēversētur nunc ipsa."

Quod Zoltan haud scit an rēctē coniectātum sit. Brambillam certē oblectātrīcem opīnātur esse omnīnō tam variam occultamque quam eximiē immodicam – cui īnsuper, ubi unguēs resectī sunt, plūs in scirpiculō restet ingeniī quam plērīsque lūminibus populāribus tōtō in corpore liposūctō inest. Madonnā est etiam effūsior, Michaēle Jackson aenigma fortasse māius. Equidem edepol nēmō sēcūrē adfirmāre potest eam rē esse vērā mulierem; nam subinde in concentū cognōmentō "Brambillus Prīnceps" prōrsus vērisimilis prōdit – quāpropter ille "Quondam Prīnceps Vocātus" eī fertur lītem, adhūc in pendentī, intendere. Favet ipse Zoltan illī existimātiōnī pūblicae "Theōria A" nuncupātae, scīlicet fēminam esse Brambillam Brambillumque Prīncipem eandem esse sē prō virō gerentem, contrā "Theōriam B" semper tamen populārem, Brambillam esse reāpse virum sē prō fēminā gerentem Brambillumque Prīncipem esse virum sē prō fēminā gerentem quae sē invicem prō virō gerit, contrāque "Theōriam C" involūtiōrem quidem sed haud temere excutiendam, fēminam esse Brambillam sē prō virō gerentem sē prō fēminā gerentī Brambillumque igitur fēminam prō virō prō fēminā prō virō, necnōn et "Theōriam D" (propter illīus artem ingeniumque, Zoltanis quidem sententiā, longē minus probābile), scīlicet gemellōs esse eam, "E"ve "Theōriam" imprīmīs heterodoxam ideōque in praesentī Campīs Nivātēnsibus pignore locuplē-tissimam (quod ante Brambillae mortem autopsiamque aut, quod minus vērīsimile, eiusdem autoapocalypsin sub iūdice manet), scīlicet et Bram-billam et Brambillum ūnicum esse hermaphrodītum īnsolitē tolerābilem. Zoltan, quī ex temporibus autobirotāriīs suīs contrā frātrem Petrum lūcri-petiōrem, vel lūcrihabentiōrem, rebellet eādemque dē causā epitheta velut "būrgēnsis" "mōrum"ve "prīscōrum fautor" haud patiātur, nihilō-minus E Theōriae ultrō resistit, forsan quia haec ā quādam suā Veteris Mundī decōris observātiōne iamdiū ūnā cum capsicī annuī particulīs in artēriārum īnstrātō sibi, velit nolit, inhaerentī abhorreat.

Vtcumque rēs sē habet, Zoltan, quā est rudī benignitāte, tam inlūstris lūdiae propinquitātem, vel propinquitātis opīniōnem, amīcum utīque dē-lectātūram spērat. Cum sit mūnere et Vudius oblectātōrius neque ipse quidem spernendus, ecquis congressum huic cum illā ex tōtō exclūserit?

Haec sēcum sē ipsum purgāre temptantia reputāns videt subitō Zoltan portentum ā nesciō quō deō daemoniōve repentīnō incussum. Nam, acceptīs verbīs Zoltanis, amīcus, nūllō aspectū ā Cadillācā caleidoscopicē coruscantī remōtō, oculāria viridia thēculā extracta pernīcī mōtū, quō brevius dētegat oculōs, Loquentibus iam mūtāvit. Estō, Vudiī nōn familiā-rēs – hoc est, cēterī fermē omnēs Sōlis tertium ōrdine planētam habitan-tēs – ab hōc homine lentibus tinctīs tinctās lentēs alterās super ōre repō-nente indubiē haud valdē commovērentur; ita autem est Vudiō Zoltan necessārius ut tālis āctiō in illō nē cōgitārī quidem posse videātur. Vt plērīque Vudiī fercula oculārium lentiumque adhaesīvārum ōrdinibus re-plēta īnstitōris apparātum esse reantur, sīc Zoltan scit nīl nisi pȳramidem esse quam amīcus vigintī iam per annōs dē vertice in īmum versus cōnstruit, quā ille sē tāctūrum esse spērat aliquandō terram. In culmine est pārculum cummeum oculārium lūdicrōrum flāvum, "Flāvula" sīve "Opitulātōrium" nōmine, quod quidem Vudiō hoc temporis sat male sedēret sī forte esset eī causa induendī. Quibus Flāvulīs utcumque adiuvantibus, Vudius mundum hominis sapientis, qui dīcitur, speciēī quōdammodo suae, prīmum bene dispicere potuit. Quō adeptō animī cōnspectū novō inopīnātissimōque, et ulteriōrēs exoptāns vīsiōnēs – sīve "phantasiās," quās dīcit ipse – iam dūdum lentibus tinctīs "capere" solet.

In diēs annōsque anthrōpoīdior, nē dīcamus urbānior, Vudius sē ad classēs phantasiārum semper novās efficācius armāre didicit ut cuique novō lentium pārī māior īnsit potentia "phantastica." Zoltan, ut minimē psȳchologus nec tamen ūllātenus īnsipiēns, haec omnia sibi interpretārī cōnāns Vudium arbitrātur memoriā eidēticā nōn sōlum librōrum pāginās scaenāsque urbānās et tabulās numerīs cōnscrīptās atque effūsōrum bacillulōrum stīriārum dulcium struēs per oculāria colōrāta "phōtographāre" sed etiam tālia quālia āctiōnēs, perītiās, habitūs animī, mōrēs, immō nōn tantum hās rēs sed rērum complūrium compāginēs prope integrās.

Dēcursū temporum Vudius, potestāte frētus rērum compāginēs animō phōtographātās in ūnum coniungendī inque lentibus, ut quidem vidētur, recondendī plūs septem iam ōrdinēs pȳramidis deorsum tendentis adhūc cōnstituit, quibus nunc ducenta sex et trīginta pāria īnsident. Alia post vīgintī addita ultimus erit octāvō ōrdinī lapis impositus. Ōrdinēs īnferiōrēs, quippe recentiōrēs, multō saepius quam cēterī in ūsū versantur. Praeter occāsiōnēs īnsolitās regressiōnēsve ex industriā factās, ut in partibus Glopiānīs vel in Lūcis scrūtātiōnibus therapeuticīs, haud est Vudiō causa lentēs obsolētās in ōrdinibus superiōribus positās in manūs capiendī. Tōtum autem lentium thēsaurum tergō in omnēs partēs trahere solet proptereā quod immūtābilis rītūs necessitās postulat ut omnia pāria ōrdine prius pernumeret quam, exūtō pārī priōre rīmulaeque ad iūstam notam īnsertō, alterum pār ēlēctum, notam congruentem ubi assequitur, capiat induatque. Quondam vērō, cum Zoltan, cūriōsulus homō, Vudium interrogāvisset cūrnam hoc faceret, hic satis quidem probābiliter respondit necesse esse mentem miseram suam rīte commonefacere ubi iam tōtam per vītam ex octāvō suō annō fuisset quōque nunc pergeret; quā in ratiōne cōnfūsiōnem etiam minimam haud scīre sē an māximō dētrīmentō vel adeō perīculō fore sibi. Hās autem explānātiōnēs suspicātur interdum Zoltan esse forsan ex post factō per ratiōcinium excōgitātās vērāsque causās in Terrā Ligneā accidentium tantum Vudium quantum cēterōs fallere.

Quā tamen in mediō relictā quaestiōne, quod Vudius inaudītum in modum lentium ēnumerandārum rītum remīsit nec, contrā lēgem ferream priōrem, spatium quodquam sūmpsit ad animum praeparandum adeō

Zoltanem conturbat ut is quoque aliquid penitus contrā mōrem, immō contrā suum ipsīus commodum, facere adducātur. Quippe, ubi Vudium oculāria viridia nova gestantem laxātīs habēnīs Cadillācam curriculō pōne persequī videt, neglectō plostellō, amīcum persequitur invicem. Tantum post trīgintā quadrāgintāve gradūs inter multitūdinem serpentēs sēmitolūtim factōs, animadvertēns Zoltan nōn Vudium ūnicum prāvē agere, iter statim convertit ad modum victūs suī praesentem, undā repente vectus adrēnalīnī.

Taberna mōbilis vidētur esse intācta, quamvīs, magnae possessōrī sollicitūdinī, rotulīs iam lentē lābātur velut sī aliquis vel aliquī eam offenderint. Gubernātōris statiōnem occupāns, adopertīs paucīs forāminibus quae anteā laxāta, ad Acum Cosmicam pompamque iam ē cōnspectū abeuntem versus repetit gradūs, turbam, Mōȳsī nōn dissimilis, ante sē dīvidēns nōn baculō quidem magicō sed būcinulā pneumaticā ante aliquot mēnsibus plostellō affixā, quam autem adhūc tam rārō adhibuit ut iam sē saepiculē rogāverit quānam dē causā ēmerit – etsī sānē hoc nunc tandem liquet. Etiam opem ferente būcinulā, facit tamen Zoltan iam prōruēns ut calcī nōnnūllī īnsistātur prōsiliatque dē cōnulō edūlis passim glaciēs, velōcitātem autem plūs minusve, ut quidem raptim vidētur, innocuam tenēns, aspectum simul effugientis vītāns fūris.

Nōn ante attāctum Acūs Cosmicae aditum raedārium dispicit iterum pompam. Pōne Cadillācam multicolōrem iam sub trāminis ūnilongūriī viaeductū ēlātō dextrōrsum in Strātam Lātam flectentem sequitur grex scurrārum variē nūgantium – nōn tamen petrulōrum, quī iam ē cōnspectū abiērunt. Nōnnūllī in speciem pūpārum sunt indūtī quōrum paucōs Zoltan ut persōnās "cōmoediae artis" agnōscit, nam in superiōre Fēstō Vītae Populōrum ipse pūpārium quendam Rōmānum huiusce generis cōmoediam agentem convēnit – immō perdiū sermōnēs cum illō seruit.

Mīrābile vīsū, vigilēs pūblicī multitūdinem custōdiunt, obstructā pompae causā Strātā Lātā. Suspicātur Zoltan hanc pompulam sī nōn cum Brambillā ita certē cum summāte aliquō māximā auctōritāte vigente esse coniūnctam. Prōrsus enim incrēdibile est quod tempore fēstīvō Strātā Lātā commeātus pūblicus dēflectitur – nec minus invērīsimile quod eōdem tempore per Centrī Seattlēnsis āreās pedestrēs autoraedam agī concēditur. Anne initum sēnsōrium, ut dīcat amīcus, occultum aliquid permiscet?

Circumsaltantēs ad figūrās rapidē dēfertur cum plostellō Zoltan, cuius būcinula pneumatica aspectusque singulāris – scīlicet plostellī ātrī speciēs

stēllārum planētārumque et sīgnōrum zōdiacōrum imāginibus acrȳlicīs
sat vīlibus dēpictī necnōn symbolīs aliīs variīs pro mysticīs habendīs
atque anthrōpographiīs nostalgicīs velut Plōtīnī Piīque Viī Hērmānī –
efficiunt ut sē sat bene immisceat in modum currūs trāminī onerāriō
moderantium pompam fīniēns. Necessitātī cēdēns artis oblectātōriae,
ambitū nunc dextrōrsum nunc sinistrōrsum properat simul arrīdēns corōnae, in quā nec capillāmentum Amerindicum neque oculāria usquam
cōnspiciuntur viridia, būcinulāque sonat ipsum in numerum modōrum
mūsicōrum ēmānantium ā symphōniā dīmidium iam spatiī ad Denniam
Viam prōgressā. Iactāret quoque manū ad spectātōrēs, nisi ambābus
manibus, labōrem iam tacitē sed vehementer conquerentibus, ad guber-
nandum esset opus.

Sequitur per Strātam Lātam ūsque ad Prīmam Viam pompam, quae ad
angulum, adoriente commodum Favōniō, palliīs vestibusque in trānsversum reflātīs, sinistrōrsum in Campānodūnum iam flectitur. Vltrā Viam
Denniam dēcrēbrēscit iam vulgus neque hūc ad hoc mūnus convēnisse sed
in fēstum praecipuum prōcessisse vel tantum in tabernīs esse versātum
vidētur dōnec huiusce spectāculī animadverterētur accessus. Cūriōsissimī
autem rāriōrēs super interiōrem crepīdinem ā tergō segniōrum accele-
rant gressum vel etiam tolūtim currunt, vidēlicet, sīcut fortasse et amīcus
in praesentī deerrāns, ut rem mīram ūsque terminum assequentēs dē
vērā eius nātūrā indicia inveniant.

Prīmā iam in Viā intenditur pompae vēlōcitās, quō plūs quadrāgintā
annōs nātus īnstitor – quamvīs sānē nōn pessimı habitūs, ita tamen ex
sacchariīs multiplicibus ē vīnī spīritūs solūtiōne exsistentibus magnā ex
parte cōnstitūtus – subrīsum fēstīvum super ōs precārium fulciēns, brāc-
chiōrum questuī nunc iam generālem addēns, tribus quattuorve linguīs
inter dentēs profāna prōfert. (Extrā linguam Neoanglicam Hūngaricaeque
vestīgia, callet Zoltan noster et aliquantum Hispānicae triviālis necnōn
satis linguae Klingōnicae ut quōsdam ex adventōribus suīs movēre queat
atque in quibusdam dēverticulīs nocturnīs speciālī studiō dēditīs sē bene
habeat.) Auctīs mūsculōrum tormentīs ad fastīgium conversiōnis in cultum deī cuiuscumque levāmentum mātūrum praestantis, Zoltan, adeō
cessāns ut festīvitātis particeps lēgitimus nōn iam habērī perīclitētur,
pompam nunc videt, cursū trānsversam in viam aliquam dēflexō, īnferius
in saeptum statīvum ūnīus ex novissimīs, celsissimīs, bracteātē postmo-
dernissimīs multizōniīs Campānodūnēnsibus ex oculīs ēlābī.

Zoltan ad aedificium accēdēns amīcum tandem videt dextrā aditūs cum custōde colloquentem. In arbitrium modo veniēns audit, quod haud inopīnātum, Vudium intus admittī perineptē precantem. Custōs, Vudiī dispar, congressum eōrum nōn valdē in sērium convertere vidētur; nam rigidō vultū vigilārī efflōrēscere temptat subrīsulus.

At, subitō tumidus, Vudius capillāmentum exuit, quō prōditur tōnsus ille, īnstructōris centuriae militum cuiusvīs summum oblectāmentum.

"Glop," inquit, "Vudius tibi dīcō!" histriōnicō ēnūntiāns fulgōre.

Custōs tamen nīl referēns vidētur, prō officiī suī dignitāte, abstinentiam ā cachinnō aegrē restaurāre. Porta lāpsīva interim dēlābēns Zoltanem quoque, ob hoc dīverbium crepīdināle obturbātum, saeptō raedāriō exclūdit.

"Ignoscās quaesō mihi..." inquit vōce quam cōnfidentissimā, interiiciēns simul verbīs spatia nē sē anhēlum prōdat, "...ego quoque tardāns ... sum pompae ... quīn fuī."

"Itane?" inquit vertēns sē custōs ad Zoltanem dum ab irrīsū tēctō in bonitātem neglegentem fugiēns subrīsum sibi dispānsiōrem permittit, "Sīs schidulam ostendere."

Zoltan post cōnātum ad speciem factum chartulam sēcūritātis et in lacīniārum loculīs et per tōtīus plostellī forulōs pervestigandī – quod quidem nīl amplius efficit quam ut custōdī et alia fābella sumministrētur quā collēgās in conclāvī familiārī vacantēs dēlectet – sē dēdit. Sed ubi sē vertit amīcum appellātum, hunc nōn iam videt. Oculīs exquīrēns calvum iūvenem mox cōnspicit oculāribus smaragdinīs ōrnātum, crīnibus contextīs iam nōn capite sed manū incautulē pendulīs, adversus clīvum paene in Prīmam reversum ūnā cum aliquot adulēscentibus quōrum cultus inter Gothicum Sordidumque variat quīque, custōdī dissimilēs, persōnam scaenicam Glopiānam manifestō cognōscunt. Cum Zoltan, operōsē adversō clīvō prōpulsō plostellō, adulantium adulātīque symplegma dēnique assequitur, sunt iam concessa chīrographa quaedamque ex fēmellīs, panniculīs iniecta incolōribus atque ita fūcāta ut illud praecipuē temporis mōmentum inter merum pallōrem et rigōrem plēnum mortis accidentem admoneat, verba effundit dē mentis retardātiōnis significātiōne recondita "nōs"que "omnēs" quōdammodo retardātōs esse assevērāns, dum Vudius, ex urbānitāte distractē subrīdēns, in caelum ūsque suspicit. Immō nōn in caelum, sed forte in ipsīus turris fastīgium.

Postquam Gothisordidulī cōmiter appellantēs abeunt Vudiusque ā multizōniō oculōs tandem abstrahit ut subrīsūs cherubicī Glopiānī exemplar īnsolitē praecox, immō ferōx, ad Zoltanem prōmicet, hic quoque aspectum in altum referēns appropinquat. Praeter auram quandam lūcidam flāventemque, quae summā ex appendice ēmānāre vidētur, flāvidāsque nūbēs modo sibi Vudiōque impluere incipientēs, adumbrātum prōspicit notābile nihil.

"Haud sciō an perperam dīxerim," inquit quam neglegentissimē potest Zoltan, "...scīlicet pompam cum Brambillā esse iūnctam."

Īlicō horrendiōrēs quam umquam anteā in amīcō vīsī oculī, nunc subviridēs per lentēs paulō callaïnātī, ad Zoltanem vertuntur. Quōs sī hunc verbīs dēpingere oportēret vī aliquā prehēnsōs dīceret.

"At minimē, Zoltan, quicquam falsī mihi dīxtī!"

ὁ ἥλιος νέος ἐφ’ ἡμέρῃ.[5]

—Hērāclītus

---

[5] "Sōl cottīdiē novus."

4
Vltrā Lūcum

Lūx Sandrae sal.

Grātiās tibi agō ob respōnsum tam celere ad fasciculum ēlectronicum meum. Tē hōc praecipuē tempore, quippe mēnse Augustō Seattlum remigrāre parantem, mīror ad incohātās concursantēsque subinde meās dē ingeniī artificiōsī psӯchologiā perscrutātiōnēs pertractāre vacāre. Vt soleō, investīgātiōnum meārum tibi novissimum fructum adiungō, quī quidem, ut spērō, mihi commentātiōnis, tibi labōrum cōnstituet perorātiōnem. Nec plūrēs dēprōmendī convertendīve molestiās exspectō. Nōnne enim inest Legī Murphiānae cōdicillus aliquī rem quamlibet ēdīcēns tantum bene fierī posse quam bene fierī nōn iam valdē interesse?

Ipsā dē Vudiō Favā relātiōne susceptā (quam certē, ubi semel sollemniter cōnscripta erit, aliquandō integram accipiēs) prōrsus sum capta ipsa auctrīx, quamvīs minus dēmum ad opus doctōrāle cōnfert quam quod spērāvistis tū et Brennus Heins. Arduum est nōn tantum huius subiectī idiosyncraticum sed etiam tantulum istud quod coniectūrīs Albertī Forbet Doctōris huiusque sociōrum discrepant nōnnihil meae, nec vērō commentātiōnī contrōversa addere velim quae argūmentō nōn sint utīque necessāria. Quae dē autismō adhūc collēgī nōn ita multum prōficiunt; quō enim magis mentem autisticam perscrūtor eō plūs, quod apertē fateor, dētegō incertī. Argūmentātiōnēs causam autismī omnīnō neurochēmicam immūnologicamve suādentēs aliquantum surruere videntur eī tractātūs quī amygdalae aut neocerebellī anomaliās structūrālēs in numerīs significanter magnīs hominum autisticōrum invenīrī dēmōnstrāvērunt. Appāret hāc in rē et aliquid agere morphologiam neuroanatomicam – quod "aliquid" autem utrum prīmārium an secundārium sit nēmō adhūc affirmāre potuit. Enimvērō, cum amygdala moderārī videātur impetibus neuricīs in hippocampum trānsfluentibus, quī iam comprobātus est locus ad īnfōrmātiōnem incōnsciam repōnendan necessārius, haudquāquam vērīsimile putō dēfectum memoriae comprimendae atque huic adiūncta memoriae eidēticae nūllā censūrā temperātae mīrācula nōnnūllīs in subiectīs autisticīs vīsa nūllō modō ad amygdalae hypotrophīam nātīvam in eīsdem saepe repertam pertinēre. Nūllō hōc tempore in promptū documentō clīnicō certō, quidvīs in pignus tamen dō nī amygdala dicephala, hypo-hypertrophica per Tomographiam Positroniōrum Ēmissōrum in Vudiō dētecta causālī sit ratiōne cum singulārī pathologiā eius coniūncta.

Vōcem ūsurpāns quae est "singulāris pathologia" spectō plānē ad inaudītam, nē dīcam portentōsam, autotherapīam ab ipsō sibi explicātam atque, hōc amplius, eum commemorō nōn sōlum exiguō esse in numerō autismō afflictōrum quī, sīcut Templa Grandin Stephanusque Wilshire, vītam sibi pūblicam, operōsam, immō sollertem vindicāre potuērunt sed etiam ultrō, hīs dissimilem, māchinātiōnēs suī suggestīvās tālēs repperisse ut proprietātēs praestet, etsī subinde sine dubiō quādamtenus dēlūsiōnālēs dīcendās, ita tamen tam rōbustās ut nōn sōlum sē ipsum vērum etiam aliōs abundē ac plērumque fēlīciter stimulāre valeat. Mihi quidem satis persuāsum habeō Albertī Forbet relātiōnem rem plūs aequō in pēius vertisse atque, id quod multīs in praeteritīs autismī existimātiōnibus est factum, comperta eius plēraque exsolētīs sententiīs dē huius morbī nātūrā fundāta esse. Namque, ut fortasse memoriā tenēs, renūntiātiō ista Vudium (quem utīque, ut mihi interim sat necessārium factum hominem tibique haud ignōtum, nisi per doctrīnam, "subiectum" nuncupāre piget – quōcircā veniam, sī petenda est, petō) ... Vudium itaque nostrum iūdicāvit complūrium morbī notārum oppressiōnem perspicuam illam, quam sānē omnīnō negāre nōn licuit, aut magnā ex parte aut omnīnō "per compēnsātiōnem factīciōsam" effēcisse neque esse probābile eum praeter hanc compēnsātiōnem quicquam māius profēcisse. Investīgātiō ista nimis saepe spectāvit ad Vudiī "statum fundāmentālem," quem dīcunt, hoc est, statum quō lentibus suīs authypobolicīs caret, nec satis ad huius "statūs mīmēticōs," quōs etiam dīcunt. Ego contrā arbitror Doctōrem Forbet modō nimis generālī "mīmēsis" vocābulum istud ūsurpāsse, utpote quod amplectī haud possit mōrēs ratiōnēsque sē gerendī valdē variōs in sē invicem discrīmina rērum omnigenārum inclūdentēs prīncipiōrumque permultōrum comprehensiōnem, quāliscumque haec sit. Magnopere quidem dubitō quemquam aut Stephanī Wilshire dēlīneātiōnēs, quā nātūrāliter paeneque ultrō exortās, aut, alterā ex parte, Templae Grandin cōnfectōria, quā summō cum studiō ēlabōrāta, tantummodo in "mīmēticō" pōnere; apertē enim ambōrum opera reī spectātae vim et nātūram adaequē funditus concipiunt et amplectuntur ut opera hominum quī "solitī" dīcuntur. Adiiciendum est – id quod manus Forbetiāna aut ignōrābat aut forsan neglegere dēcrēvit – complūribus variīsque testimoniīs iam probātum esse lentēs tinctās dīversōrum colōrum ad difficultātēs pertractātiōnis sēnsōriae mītigandās nōnnihil prōdesse, tametsī quātenus Vudiī lentēs nōn modo nōn tantum factīciōsē fungantur sed etiam physiologicē remedient hauddum liquet.

Forbetiānī, Vudiī ratiōnibus sē gerendī tālia nōmina quālia "plērumque fictae" et "mīmēticae" atque "fallācēs" īnscrībentēs dupliciter, ut mihi quidem vidētur, falluntur. Prīmum scīlicet ob Vudiī rērum gestārum intāctile; nam nec scaenographiās neque ichnographiās habet quās prōferat. Quīn sunt eī tantum duo: perītia saltātōria atque habitūs mentis sīve mōrēs aliquot quī extrinsecus cōnfūsī videntur, implicātissimās per viās internās ēlabōrātī. Praesēns vīs saltandī prīstinam puerīlemque nimis sapiēbat pathologiam quam ut valdē movērentur investīgātōrēs. Pathologiam quandam operōsissimē ōrdinātam contuērī sē rēbantur. Exercitātiōnēs āctūsque ballātōriōs prō rītibus habuērunt autisticīs, praerigidīs, quamvīs et mīrē multiiugīs, saepius indicantēs ipsum opera ballātōria nōn nisi conglobātim, per singulōs scīlicet locōs integrōs, condiscere atque, admissō semel peccātō, semper, cum tractum tantum repetere posset praesentem, ūsque tamen dē inceptō tōtum locum redintegrāre. Mihi autem, postquam aliōrum lūminum ballātōriōrum īnsolentiās pertrīcōsitātēsque scrīptās lēgī, mōrōsitās haec Vudiāna mītiuscula quidem vidēbātur.

Mōrēs ā Vudiō mīmēticē (ut dīcitur) suos factōs vestīgantēs Forbetiānōs opīnor animum nimis in aliquot singula intendisse, maiōra lātiōraque saepius praetermittentēs. Nam ecce attendērunt Vudiō "Peregrīna" (L227) gerentī necessitūdinēs ad tantum perfūnctōriās redigī, animī mōtuum facilitātem ad ipsa rudīmenta, parvī autem fēcērunt quod eīsdem mōtus lentibus ille mīrum in modum imprōvīsīs corporālibus omnigenīs pār fiēbat – nōn, ut reor, sine auctōritāte Iacōbī illīus Bond, super quam pelliculārum vehementōsārum persōnam eum vel partim impressum esse suspicor. Estō, per factīcium oculāre validē est dīvīsum ingenium Vudiānum in segmenta, at ipsōrum "fragmentōrum mīmēticōrum" profunditās persuāsibilitās aptābilitās mihi quidem interdum plūs fideī faciunt quam nōn pauca ingenia solita atque arta. Immō, ad "fragmentōrum" dictōrum tōtum respectus, vidētur ille in summā, quamvīs quōdammodo segmentātus, perquam esse versātilis sollersque homō.

Istud quidem "ad tōtum respectus" est capitāle; nam Vudius, lentibus quibuspiam ductus, aliārum tamen persōnārum suārum nēquāquam oblī-vīscitur. Licet inclīnātiōnem aliquam schizoīdem exhibeat, schizophrenēs nōn est. Etiamsī lentium pār quodque nōmine peculiārī appellat, persōnās hīs innexās, īdem ferē manēns aliquā Vudius, nōn singulātim nōminat. Ex colloquiīs nostrīs persōnārum aestimō Vudiānārum quamque eī reī haud esse dissimilem quam cēterī commūniter "habitum animī" dīcimus, quamvīs plānē multō vehementiōrem. Ipse utīque quae aliīs sub persōnīs fēcit omnī tempore recordārī vidētur. Alterās persōnās istās aliās indūtās, ut ad tempus parum eius intersint, scit tamen iterum susceptās aliquandō sibi tantī mōmentī tamque abundantēs quam ōlim futūrās. Certē porrō ubi lentēs cum animī parte aliquantō excelsiōre, ut ita dīcam, iūnctās gestat, documenta ex alterā persōnā experiendā capta ad alterīus persō-nae mentem, etiamsī nōn ad huius cōpiam animī affectuum, māximē ad-hibēre valet.

Praesentem histriōniam Vudius commodissimē salūberrimēque capes-sisse vidētur mihi, quippe quia hoc faciēns ūnicam indolem suam nōn aspernātur sed potius agnōscit. Melius suādēre nēmō therapeuta potest quam ut quisque quō polleat eō māximē nītātur. Atque hoc dēmum facit ille – neque īnsuper ā quōquam impulsus, vērum, quod in optimā spē pō-nō, ultrō. Forbetiānī autem, sī nunc scrīberent, histriōniam forte tam par-vī fecissent quam artem saltātōriam; nam et illam omnīnō arguī potest ex "exercitātiōnibus praerigidīs rītuīque similibus" cōnsistere. Forsan et prō nihilō dūxissent illud, altiōre saltem in cothurnō, histriōnī impositum onus persōnae ipsum ingenium cognōscendī – facinus, ut cōnstat, haud autisticum. Vudium nempe summum genus theātrāle ingressum esse haud assevērō; sed hoc inceptum haud dubitō quīn cum animō tum fiscō eius valdē sit prōfutūrum. Ac prō partibus complūribus iam singulīs diēbus ab illō, ut adhūc idiōtā, admodum prosperē āctīs, nōnne in scaenā theātrālī similī tandem prosperā fortūnā ūtī possit ... ut quī dēnique sit iam et alibī aliterque lūdiō?

Enimvērō, quamvīs scholasticīs plērumque dēspicere libeat āctōrēs, vulgus tamen subinde lūmina cīnēmatographica paene rēgum in locum extollit in hīs saltem subcōnsciē agnōscēns laudāns amplexāns vēritātem quandam latitantem: nōs scīlicet rē omnēs velut in scaenā vītae partēs agere – id quod nōs sānē quidem doctulōs glōriōsulōs nōnnihil cōnster-net. At nōnne vērō vītae scaenicum indicāvērunt prīmum studiōsī quī-dam, vidēlicet psȳchologī et mȳthistoricī fābulārumque scaenicārum

scrīptōrēs praeclārī? Ante quidem inventās "id" et "ego" ac "super-ego"
dēsignātiōnēs minimī aestimābantur histriōnēs. Erat eīs fāma ut plūri-
mum brevis. Ecquis enim praeter aliquot linguae Anglicae professōrēs
nōmina eōrum nōverit quī Vilelmī Shakespeare in fābulīs ēgerunt? Quī
Bardus quidem ipse posterōs anticipāvit in fābulā cui titulus "Mercātor
Venetiānus" Antōniō in ōre pōnēns illud "mundum habeō ... prō scaenā in
quā sunt partēs ūnī peragendae semper cuique suae."

Animadvertī quoque conturbārī Forbetiānōs quārundam lentium
effectum bene dēfinīre nequeuntēs. Sīc enim dē "Iadziācīs" (L201) relātiō:

"Haec oculāria lūtea, īnsulsē splendida subiectum 'famēlica' appellat atque 'parasītica', dēsīgnātiōnēs sēnsū forsan aliquō absconditō
praeditae, carentēs autem elementīs quibuscumque psȳchometriae
perviīs. Est quidem seriēs lentium duodecim (vel tredecim – vidē
īnfrā ad nōmen L199), ab 'Irrīsōribus' (L172) incepta, quae lentēs
inter sē in nūllō differre videntur praeter dēscrīptiōnēs prōrsus
subiectīvās eīs ā subiectō attribūtās. Quandōquidem nōnnūllī aegrōtantēs sub pathologiīs dēbilitantibus huic similāribus, dēnūdātīs
mūnīmentōrum psȳchologicōrum īnfirmīs locīs discrepantiīsque,
ad tergiversātiōnem latēbrāsque cōnfugiunt, neutiquam est exclū-
denda fraudis saltem subcōnsciae suspiciō."

Īnsolēns quidem vidērī nōlēns ego omnimodoque agnōscēns fierī posse
ut annī haud paucī post relātiōnem Forbetiānam cōnscrīptam praeteritī
Vudiō satis multās occāsiōnēs sumministrāverint ad lentium ambiguārum
istārum nātūram sibi ipsı explānandam explānātiōnemque iūstīs verbīs
concipiendam, commemorō tamen mē post tantum paucās therapiae septimānās iam bonum successum habuisse. Vidēlicet, contrā illōs,
nōmenclātūrae Vudiānae prīmam faciem dūdum acceptō, nūllā plērumque significātiōnis clīnicae habitā ratiōne, cōnstantiam aliquam magis
generālem perspicere cōnāns. Quī quidem modus operandī magnam iam
cōpiam elementōrum reserāvit impressiōnisticōrum quae, quamvīs sit
incerta hōrum cum Vudiī pathologiā coniūnctiō, sine dubiō aliquid nōbīs
dē ipsīus animō retegere possunt.

Ex omnibus lentibus ambiguīs, quae dīcuntur, in "Iūdicem" (L180)
facillimē penetrāvī. Compāgulam pellūcidam, incolōrem, lentibus dīlūtī
amethystinī colōris īnstrūctam gerentem sē affirmat Vudius "rērum omnium" dispicere "dīvīsūrās" – quō et alia tālia magis philosophica poēti-
cave, in autismō labōrante aliōquīn numquam vīsa, adumbrātim adiicere
solet. Vbi paucīs absolvat urgeō, tālia prōsequitur quālia "luctāmen terrae

maris caelī inter sē attrahentium"; hīs tribus invicem viās aedificiaque "īnsidiantia"; "falcēs harpagōnēsque quibus hominēs inter sē angulātim inuncant prius etiam quam oculīs vōceve cōnferantur"; "mīlitiam inter ōrdinēs cīvīlēs in macellīs internīs, āēriportuum praetōriīs, dēversōriō- rum ātriīs effectam." Quōrum omnia prīmum sānē in tropōs vertēbam, sciēns simul nihil prōrsus magis inter autismī perītōs cōnstāre quam au- tisticōs cōgitātiōnis metaphoricae esse inhabiliōrēs. Sēnsim tamen dicta eius aliōrsum velle cognōscēbam – scīlicet aliquā ad verbum atque ad lit- teram. Crēbrō īnsuper sē excūsāns penitus comprehendere vidētur quibus dē causīs ego in expositiōnibus suīs haeream. Sua quidem mēcum nōn penitus sponte dissertāns, nihilōminus suī ipsīus nātūrae aenigmata sol- vendī studiō quōdam īnsitō āversiōnemque superante addūcitur iterum ac saepius in cōnsultātiōnēs nostrās.

Notātū dignum est in Iūdice, quī dīcitur, potentiae inhaerentis rēs subtīliter distinguendī parametra diem ex diē vel etiam hōram ex hōrā variārī. Interdum, ut quidem assevērat ipse, facultātem eī faciunt illae lentēs ut videat (sibive fingat) "loculōs" sīve "bullās trānslūcentēs" omnēs omniaque circumplectentēs. Potentiōrēs hominēs ā dēbiliōribus, ala- criōrēs ā rēmissiōribus bullārum testimōniō fultus dēcernere vult. Māxi- mē valēre dīcit ipsam eārum textūram, quippe quae singulārum bullārum cum "tōtīus terrae bullīs" societātem prōdat. Quās bullās māximās, mīrābile dictū, discrīminibus solitīs trālāticiīsque rārius congruere. Verbī grātiā, quod ad rēligiōnem attineat, nūllam esse bullam generālem pro- priē Catholicam vel Prōtestantem vel Hebraeam vel Islāmicam vel Bud- dhisticam. Vtrum rēligiōsā sit quispiam indole necne per bullās quidem saepe cōnspicārī sē callēre, perrārō tamen quam amplectētur cōnfessiō- nem. Quālis ferē sit quisque, nōn autem cūncta singula, bullās sē docēre. Acceptissimās sibi affert bullās subcaeruleās aureāsque, causās prōmere nequiēns.

Tālia utīque ex adumbrātiōnibus eius colligō; quae nempe effulgen- tiam hūmānam, quae dīcitur, redolēre nōn ignōrāns, litterārum appositā- rum indāgātiōnem suscēpī. Hāc parte nihil invēnī bullārum loculōrumve; illinc prōdiērunt in ipsīs colōribus nōnnūlla commūnia. Succaeruleum au- reumque, exemplī grātiā, in effulgentiae doctrīnā praesertim prō faustīs habērī, hoc ut līberālem ūtilitātisque suae immemorem fatēns hominem, illud ut sincērum summaeque virtūtis ōrnātum. Aliter tamen quam in effulgentiae narrātiōnibus, Vudiō bullae nōn ā corporis superficiē ēmānā- re videntur, sed potius, modō aliquō perdubiō, nunc satis corporālēs, nunc abstrūsiōrēs, hinc singulīs hominibus, illinc etiam coetibus hominum dīversīs locīs versantium obdūcī.

Nec mihi, ut māximā ex parte Iūngiānae, parvī vidētur mōmentī bullārum Vudiānārum et effulgentiae physioēlectricae prīncipia inter sē saltem ex parte congruere; tālis enim congruentia per partēs exsistēns opīniōnem mihi mūnīre vidētur incōnscium illud collēctīvum – vel quaecumque Vudius vī lentium dīcī possit accēdere rēgna – rē vērā aut ita multiplex multiangulumque aut ita abstractum esse ut elementa eius, etsī apud hominēs aliquātenus ūniversālia, singulīs tamen ab hominibus multimodīs sentīrī, multifāriē intellegī, varia in interpretāmenta doctrīnālia vertī possint. Haud sciō an hāc in rē – sīquidem in huiusmodī commercium epistulāre nōn persollemne argūmenta admittī licet aliquantō ōtiōsiōra – operētur cōnsecūtiō quaedam chaotica; quod pōnēns mihi nempe volō in archetypīs Iūngiānīs, rēbus scīlicet mente conceptīs, sīcut in corporālibus, ipsās prīmās percipiendī condīciōnēs reliquam progressiōnem catēnā perpetuā cōnstituere atque dēmum dēfīnīre. Quō fiat ut in mōribus maiōrum īnstitūtīsque quibuspiam ūnā versantium hominum observātiōnēs intrā eōsdem terminōs coerceantur, verbī grātiā, intrā effulgentiae doctrīnam his quadrāginta ferē annīs et plūribus ēlabōrātam, quamquam fierī potest ut aliquis hōrum omnium aliquantō expers faciem archetypōrum aliam contueātur, haud secus ac sī alius aliō ē prōspectū, hic īnsuper bene mānē, hic iam prōvectō diē, eundem contemplētur ex longinquō multiiugum montem. Quam sānē prōspectūs inaequābilitātem magis adaugeant quam minuant parametra Vudiī īnūsitātissima percipiendī. At ille certē, perspicientiā commūnī – nē dīcam sēnsū commūnī – plērumque carēns, existimātiōnēs valdē suās aliquō fastīgiō archetypicō, subcōnsciō sēmisubcōnsciōve exortās ibique modō nōnnumquam īnsolitō cōnfōrmātās atque exinde in verba conceptās commūnicāre temptat.

Cēterās perscrūtāns lentēs ambiguās, magnā etsī exspectātiōne capta, in spīnās tamen identidem incidēbam – immō in plēnum spīnētum. Quod cēterōs cēlārem, tibi, ut hīs studiī meī annīs necessāriae factae, dētegō: mē scīlicet inter hanc investīgātiōnem ita prīvātim implicātam esse ut quī in disciplīnā nostrā versantur, certiōrēs factī, indubiē mē "pathologiā contaminātam" vel etiam "trānslātiōne inversā" affectam arguerent. Quāpropter vērīsimile vidētur fore ut reperta mea dē lentibus ambiguīs numquam cōnscrīpta pūblicī iūris fiant – cuius sānē partem meī līberāliōrem cōnfitērī pudet.

At quidnī exemplum subministrem omnium vīvidissimum? Pār cui est numerus 178, "Tango" vocātum, scīlicet prō saltātū illō Argentīnō, ex compāgulā cōnstat russeā, pellūcidā, lentibus sēpiāceīs. Cuius in significātiōnem tantum post perscrūtātiōnem diūtinam illīusque repugnantiam cum incōnsciam tum sine dubiō partim cōnsciam coepī penetrāre. Ab initiō cōnstābat haec oculāria aliquō modō cum patre necnōn cum avō esse coniūncta. Gīnō Fava, pater, duōs et sexāgintā annōs nātus, popīnulam pīstōriam modestam possidet in regiōne ūniversitāriā sitam, caffeam expressam cēterāsque pōtiōnēs ex hāc concoctās praebēns. Bis hunc hominem placidum, amābilem colloquiī causā convēnī; cuius indolēs, reserāta semel, tam Ītalica vidētur – scīlicet magis fēstīva Neāpolitānaque quam vel melancholiā Siculā superbiāve Mediolānēnsī īnsignis – ut eum nōn tamen ex Ītaliā oriundum esse aegrē memoriā habeam. Pater enim Gīnōnis, etiam pīstor, histriōnis autem fīlius, Rōmā Bonäëropolim ēmigrāvit in vīcum portuālem dialectūs Italicās variās exaggerantem, quibus tunc immiscēbat sē et quīdam sermō cōnfūsus Ītalo-Hispanicus, "Lunfardo" vocātus. Vt Hispānoamericānī haud quidem improsperē temptāvimus Hispānicē colloquī; attamen aliquandō commoditātī cessimus Pūnicae.

Nōn dē Vudiī incūnābulīs, ā Forbetiānīs iam abundē vexātīs, interrogātūra Gīnōnem accessī, quīn potius dē rēbus temporibusque Argentīnīs fīliō umquam relātīs. Quae quārē petīverim fortasse requīrīs? Continuō – etsī aliquātenus simul custōdītē, quod fateor – patefacere cōnābor.

Quō accūrātius īnspiciēbam, eō īnstantius mihi efficiēbātur in animō imāgō Vudiī Bonäëropolim iter facientis, quamquam nihil prōrsus causae erat cūr eum fēcisse putārem. Vnicam eius in Americam Merīdiōnālem peregrīnātiōnem ballēmaticam Carācās Bogotamque factam compereram. Gīnō fīlium Argentīnam numquam obiisse affirmat; nec vult ipse quidem Vudius, viā saltem ūsitātā, iisse. Quidnam autem sibi velit istud "viā saltem ūsitātā" rogāveris? Em, opīniōnī sē Bonäëropolim vīsitāsse inhaeret et mīrābile quoddam: scīlicet subterrāneā ferriviā Seattlō vehī sē illūc! Nec secus advenientem inīre 1916 annum! Quae profectō omnia in nesciōquā dēlūsiōne posuī; quod fēcit aliquātenus et ipse, vidēlicet penitus agnōscēns tālia in vēritāte nostrā fierī nōn posse, persuāsum simul habēns sibi hās memoriās somniīs nōn esse exortās. Neque haec inter sē effūsē repugnantia fingit ūllō sē modō capācem esse explānāre, aliquā tamen Bonäëropolim adīre sē ūsque intendēns.

Quōniam est, saltem sub lentibus hōc tempore ūsū receptīs, homō, quamvīs sānē cēterōquīn nōnnihil imminūtus, haud stolidus Vudius, quī īnsuper plērāsque appellātiōnēs doctās ā mē ūsurpātās necnōn scopōs meōs methodologiamque aut intellegit aut intellegere vidērī scit (quod rē haud parvum est), hanc potissimum dēlūsiōnem, utpote experīmentum admittentem, impugnāre nōn prō absonō habuī. Rogāvī igitur ut ad istīus subterrāneae statiōnis locum mē addūceret expertum ūnāne Bonāëropolim advehī quīrēmus annōn. Quod cōnsilium prō optimō placuit; immō īlicō esse suscipiendum cēnsuit.

Perāctō solitō ēnumerandī rītū, "Tangōnem" induit, quod pār oculārium gerēns sermōne quōdam prōdigiōsō fābulārī solet Hispānoīdī, quem ego esse Lunfardicum coniiciō; apothēculā gestābilī dorsum onerat; forās facessit. Ante autem quam ad statiōnem pergamus, mē marsūpium tumultuāriē arripientem monet, nōn sine quōdam reprehēnsiōnis Gothicae afflātū, prō braccīs Genuēnsibus meīs camīsiolāque esse mūtanda aptiōra. Quārē meās ad aedēs prius esse eundum, tālārem mihi vestem reperiendam necnōn, sī fierī possit, petasum muliebrem quam labrōsissimum. Ipse braccīs ūtēns fuscīs, crassīs, iaccā ātrā, camīsiā candidā aspectum praebēbat quidem ad chronologiam ambiguum, annō certē 1916, ut opīnābar, nōn ita examussim congruentem. Dē quō ā mē interrogātus oppōsuit Lunfardicē vestēs istās utīque satis latēre, nec minus et oculāria. Praestāre autem in novā peregrīnātrīce vigilantiam.

Abstinēns ego quīn plūra dē normīs inīquīs prōferam, cēdō. Ad diaetam meam dēversō cursū, iniectā abaviālis generis veste anteā tantum semel, ut opīnor, ā mē sūmptā, inventā adeō mōle quāpiam petasī annum magis 1961 quam 1916 referentī, nunc prīmum cōnsuētūdine vestīmenta reiectānea aliāsque trīcās coacervandī gaudēns, mē ad iter continuandum promptam praebeō. Vudius nec vestem culpat nec capitis tegumentum, velut sī cultūs idoneī speciēs et cōnfōrmātiō tantum temere ac fortuītō affectandae sint ipsumque iter vel singula obscūrātūrum sīve trānsfōrmātūrum.

Quae mēcum raptim volūtāns, mīrābile dictū, lēniter inquiētor. Quīn, ut vērum dīcam, satis abundē conturbor. Immō, iānuā ēgressa meā impellor, quod sānē est mūnerī investīgātrīcis impārile, ut experīmentum prōrsus renūntiem. Etiam succurrit valētūdinem causārī; quod quidem simul cōgitātum corpore comprōbātur. Cōnscēnsā enim raedā, nimiā operātiōne cholinergicā, ut vidētur, oblita – sī licet ita per disciplīnam nostram euphēmein – bis in paulō viae subsistō, prīmā quidem vice in cassum, alterā, quippe in vestībulō alterīus aedificiōrum geminōrum glaucōrum prope Pūblicam Viam Quīntam sitōrum, quae vulgus "Pyxidēs Pernāriās" nuncupat, pepticum systēma triplicī viā, ut ita dīcam, expurgō. Ad vehiculum īnstabilis redambulāns propter comitis vultum colligō mē vidērī sēmimortuam. Ipsō illō iter differendum prōpōnente, ego, aliōquīn in discrīmine nimis pervicāx, īnstandum āiō.

Paucīs autem praeteritīs viīs, iam exsanguī nec rēctē gubernāre valentī animī dēfectiō imminet. Vbi raedam tandem ad marginem appellēns statuī, Vudius mē adiuvat ut in vectōris trānscendam sedīle. Deinde, oculāribus rīte atque improperanter commūtātīs, gubernāculum ipse cūrāns – namque contrā omnem querēlam optimō est iūre gubernātōris diplōma cōnsecūtus – in collem pergit modō omnīnō suō tardiusculō, mōrōsō ad necessitātis statiōnem cuiuspiam ex nosocomiīs ibi sitīs. Ego dēmum sīc marceor ut nē cōnscia quidem sim quidnam mihi per vēnās praebeātur (ecquid atropīnī dosidion?); at, quicquid id est, paucās post hōrās satis refecta, vergente vesperā, dīmitttī valeō.

Quīnque post diēs, quibus ineptiam propriam dēplōrābam, inceptum restaurāre volēns, mē Vudiō dēnuō iungō. Prō prīvātā raedā, coenautocīnētō in urbem vehimur mediam. Nunc quidem mītiōribus aegritūdinis notīs, raedā longā tamen dēscendentī sunt mihi continuō loca sēcrēta petenda; nec secus, ut angulō Secundae Marionisque, situī statiōnis subterrāneae ā Vudiō relātae, appropinquāmus, magis magisque marcēscō. Vī paullulā iam restantī mē ipsam prō philosophiam nātūrālem dēficiente, immō prōdente, exsecror. Vudium mox mē sentiō manibus sustentantem. Relīquisse mē vidētur animus; nam ecce ambulantēs nōs dēprehendō subitō contrāriam in partem! Ad Forum Praecursōrium versus in tabernulam aliquam pōtōriam dēductae porrigit mihi pōtiōnem ferventem dulcemque. Faciēs illīus iam oculāribus caret; id quod sibi vult eum lentēs aliquās adhaesīvās imposuisse.

Circumspicientī mihi appāret locus iste, cui sumus dēlātī, obscūrior, suspectior, inquilīnī foediōrēs. Vudius tamen, cui tālia, saltem sub plērīsque lentibus, funditus latēre solent, mē therapeutam sat pernīciter refovet; haesitantem commonet statiōnem istam nōs perbrevī intrāsse, mē autem intermortuam dēbuisse sē in frīgora rursum trahere externa. Quōrum ego tamen nihil reminīscor. Hoc illum invicem nōnnihil lābefacere vidētur, quamquam continuō, immō paene automatāriē, trānsit in interrogātiōnēs mihi scrūtābundās pōnendās, scīlicet eās prōrsus quās aliās alibī ipsa eī pōnere soleam, nec longē abest ut mē crēdulam teneat faciatque etiam statiōnis titulum mē in aditū cōnspexisse arbitrer. Vērum

adhūc prō certō sciō, sīquidem quicquam, cōgitātīs meīs memoriaeve pau-
cam esse fidūciam tribuendam.

Psӯchologus quīcumque arbitrātor nīmīrum mē in Vudiī systēma dēlū-
siōnāle subsūmptam esse iūdicet, etsī eum haud prō dēlūsiōnālī habeō quī
propriās opīniōnēs crēbrō scrūtētur mēque subinde roget num sē tandem
dēlīrāre existimem. Quīn immō ille mihi putāre vidētur nōs statiōnem
subterrāneam ideō māximē ūnā intervīsere temptāvisse ut ego sē ad cāsum suum aestimandum adiuvem.

Cum mē melius habērem, ad idem consultō deambulāvimus quadrivium; quō tamen nūlla sum imminūta. Vudius vidēlicet Tangōnem nōn iam
gerēbat, quod animadvertēns nōveram simul nē ipsum quidem statiōnem
istam arcānam dispicere valēre nec, idcircō, meīs dē rērum nātūrā opīni-
unculīs quicquam proximē impendēre. Dum lāophoricō domum advehi-
mur, audeō amplius interrogāre. Vix autem effāta, prōlātā semel istā locūtiōne "...trāmen subterrāeum Bonāëropolim..." ēmendat inopīnātō ille,
hōc modō plūra ad loca atque etiam plūrifāria in tempora hominēs vehī
assevērāns; sē prōporrō tantum nūperrimē percēpisse plūrem esse et
ipsam urbem Seattlum, scīlicet exstitisse plūra Seattla quam Seattlum
istum ūnum mihi nōtum; esse īnsuper nōnnūllōs quī inter haec ferriviā
subterrāneā interversārī calleant vel adeō quōquōversus.

Quō novissmō prōditō portentō, aspicit mē illō suō vultū diffidentī, vel
potius ēnervī, mihi prīdem perfamiliārī, quō eum sūmere soleō sānitātem
propriam nōn per iocum, cui vidētur inhabilis, sed ex animō in dubium
vocāre. Mihi contrā supervēnit coniectūra grātuīta pӯramidem oculārem
Vudiānam, pāce Forbetiānōrum, nōn tantum iam dūdum terram attigisse
sed aliquā ratiōne adeō esse propāgātam īnferius. Quod scrībēns significāre volō – vel significāre mihi videor – māchinam istam perceptōriam ā
Vudiō quondam creātam, quamvīs, id quod māximē dolendum est, in
commerciō hūmānō comprehendendō nōnnūllīs lacūnīs dēfōrmātam, aliquandō tamen eī facultātem forsan fēcisse rēs quāspiam, quālēscumque
fuerint, extrā plērōrumque sēnsum sitās vel dīnōscendī vel saltem mente
concipiendī. At plānē ēcastor hās rēs ab eō nōscitātās vēritātem commūnem nostram corporālem necessāriē participāre haud contendō! Coniectō
potius, mōta quidem symbolā scholārī quādam nūper perlēctā cuius
māteria est neurōrum ūsus vicārius, fierī posse ut et ille sīcut nōnnūllī,
membrō cerebrī aliquō disiūnctō, partēs integrās ad duplex ūsurpāverit
officium, scīlicet et prīstinum et novum ā membrō captō perveniēns.
Cōnstat enim, praeter aliquot membra mūnerī perspeciālī penitus dēdita,

textum cerebrālem magnā ex parte versātilem esse, sitūs singulōs singula mūnera sibi aliōquīn aliēna nōnnumquam suscipere posse, singulīs porrō temporis mōmentīs intrā cerebrum mīlia sēmitārum neuricārum et extinguī et simul nāscī, ipsam igitur cerebrī cōnfōrmātiōnem ūsuāriam quādamtenus volūbilem. Quae sī in Vudiō ita sē habeant, mīrum quīn huius accommodātiō, ut in aphasicīs fierī solet, aut manca sit aut fōrmā praedita quāpiam inexpectātā. Vt sit indiscissum Vudiī cerebrum, syndromē tamen quā labōrat, utpote systēmatis neuricī officia quaedam inhibēns, nōnne eum addūcere potuerit ut tractūs aliquot cerebrālēs in ūsum vicārium et compēnsātīvum fingeret? Equidem haud sciō an ipse eius rītus sīve, estō, ipsum factīcium oculāre huiuscemodī refōrmātiōnis īnstrūmentum authypobolicum praestiterit.

Quae sī sē plūs minusve ita habeant, haud mīrandum videātur hominem sīc cōnstitūtum Incōnscium Collēctīvum, quod dīcimus, inūsitātā viā obīre aliterque quam plērīque cōnspicārī. Enimvērō, ut cuiusque fit in māiōrem aetātem pathologiae summa sēnsim ūnica, ita et paulātim cuiusque rērum cōnspectus in penitus pecūliāre tetenderit. Meritō quidem Hinnuleae Currentis contribulēs trādunt Spīritūs Arāneās vīventibus fātum nēre, veterēs Graecī Rōmānīque Fāta omnium fortūnās pertexere, nam et intrā caput quisque neuricōs cōnexūs perpetuō prōnectēns hominem sibi sē novum paulātim contexit, ēns nusquam antehāc vīsum priōribus innectit, quod, sī tandem satis in līberum prōdūcātur, exsistere possit per ambās significātiōnēs "mōnstrum" quippe ut tantum hāctenus inaudīta, inaccessa praemōnstrāns quantum concīvēs simul magis cōnfōrmālēs cōnsentientēs accomodātōs conturbāns. Immō vērō iam scīmus omnēs nōn nisi per mōnstrificātiōnem, scīlicet per immūtātiōnēs geneticās incidentēs, exorīrī novum, exortōs esse nōs. Plānē nōn dīcō Vudium speciem aliquam futūram praenūntiāre, attamen haud absurdum est mente concipere eum, prō rērum necessitāte rēte neuricum proprium assiduō retexentem, imprūdenter ac fortuītō nec minus singulārī omnīnō modō Incōnsciī Collēctīvī vīciniam ferē illam subinde perlustrāre quam alioquīn tantum magī prīscī, "samānī" nuncupātī, rītibus venēnīsque exquīsītīs corrōborātī ingredī solēbant vel, quod sciam, adhūc solent.

Iam mē sum cōnfessa, Vudiī dēlūsiōne forsan coïnquinātam, mūnere therapeutae tantum nōn abdicāsse, neque ūllō modō exspectō interpretātiōnem hypotheticam suprā positam – quam nempe nē inter collēgās dīvulgēs quaesō – in Elenchum Psȳchologicum Americānum viam umquam inventūram. Vērum tū tē nīmīrum rogāveris, ut pār est, quīnam fiat ut tālia vel admittam. Quō tantum referre possum narrātiōnēs eius dē itineribus Bonaëropolim factīs cum omnīnō mihi nōn adfectātās vidērī tum tot singulīs scatēre tamque penitus inter sē congruere ut, relictā in incertō ipsōrum narrātōrum vēritāte quālicumque, aegrē dubitāre valeam num dē saltem in opīniōne vīsīs cognitīsque agātur. Sī Vudius fraudat, fraudantium hercle est omnium perītissimus. Sīn autem sē tantummodo dēlūdit, pathologiam eius perīnsolitam reddunt et dēlūsiōnum ipsum vīvidum et quod nec suī dēfēnsīvum nec epideiximanen sē praebet sed potius sē ipsum in dubium vocāre solet.

Etenim abundant cistātim mihi phōnocapsulae itinerum Bonaëropolitānōrum ēnārrātiōnibus impressae, quibus singillātim ōrdineque repraesentantur thermopōlīa titulīs tālibus īnsīgnīta quālibus *Sportsman* vel *Petit-Saloon* vel *Grando* necnōn cellae cerevīsiāriae braxātōriaque velut *Aues Keller* et *Royal Keller* quō Vudius noster assevērat politicomanēs turbulentōs sē cōnferre, immō sē contulisse, ēdicta sua cōnscrīptum. Nec minus agitur ibidem dē cabārētīs quibus nōmina *Última hora, San Francisco, La Vaquería* et complūribus aliīs in quibus, nōnnumquam super ipsō caupōniō abacō sīve in scālārum gradibus, fābulās dārī affirmat tangōnumque quoque saltātiōnēs agitārī, per rixam saepe diremptās aliquam, ūsque productās in vigiliam quartam. Dēpinxit mihi īnsuper Vudius genus canendī repertōriumque atque adeō corporis indolisque notās propriās duōrum clāvicinum, quibus nōmina Albertus López Buchardo et Eduardus Balterini, quōs apud cabārētōs dīcit clāvichordiīs canere semper bīnīs; nec supersedet quodcumque genus saltātiōnis tangōnāriae sēdulō dēmōnstrāre, operam praesertim tālibus dāns quae hunc ad terminum ferriviae subterrāneae trānstemporālis forsitan nōn iam exstent, quippe quia iam mediō saeculō praeteritō interierint. Quibus expositiōnibus cūriōsē, ut semper, prōlātīs – nam ob autismī ēlinguēdinem nīl nisi praeconcinnātum modō sēmihistriōnicō ex memoriae immānis thēsaurō exprōmere solet – addit et cuiusque favōrābilis caupōnae in vīcō Boihaemicō sitae ferculōrum grātiōsissimōrum periēgēsin, inculcāns laganum quoddam theobrōmate imbūtum necnōn copadium vitulīnum Mediōlānēnse cui sunt margō pōma terrestria frīcta. Persaepe ea quibus ipse in Viā Flōridā interfuisse vult fūcātē ēnarrāta auscultāvī. Quae quidem via ob angustiās passim interiectās atque – quamquam ipse Vudius, nisi versūs praemeditātus, tālis synthēseōs metaphoricae neutiquam vidētur capāx – ob ferīnam quandam raucamque libīdinem Novimundānam, vagātiōnibus īnsolentibus hominumque contemplātiōnī subblandīmentīsve adeō opācīs multō

aptior esse, sīve fuisse, vidētur quam quīcumque trāmes Matrītēnsis Rō-
mānusve aut platēa amoenula Parīsiēnsis. Tālia scīlicet mihi imāginor
cincinnē recitantem audiēns.

Partim ope Gīnōnis, patris, Argentīnōs in propinquō sēdem habentēs
aliquot convenīre potuī, quōs num Vudiī testimōnium cum parentium
avōrumve eōrum trāditiōnibus congruerent percontāta sum. Quō accēdunt et indāgātiōnēs bibliothēcāriae dē historiā Bonaëropolitānā factae,
quibus rēs ante Prīmum Bellum Mundānum in Argentīnā gestās vītamque
cīvīlem illīus aevī parum amplē in tabulās relātās esse cognōvī – prō quō
ob commentātiunculae meae necessitātem utīque dīs grātiās dēbeō! Ad
summam, nūllam mē repugnantiam dīlūcidam reperisse fatendum est,
cum, ut vērum dīcam, narrāns animum ita ad minūta singula attendat ut
rārissimē possit cuiusque vēritās approbārī. Aliquot sānē popīnārum
nōmina ab eō prōlāta invenīre potuī.

Narrāta eius nempe ideō nōn prō ultrō fictīs dūcō quia ipse rārissimē
tālia mihi sponte refert, quīn, hortante īnstanteque mē ut omnia explicātē
in memoriam redigat inque verba concipiat, tantum cunctanter, interdum et claudius, prōfert expositiōnēs numerōsās suās, quās, nī fallor, ex
repositōriō ingentī locūtiōnum metricārum vātum mōre dēprōmptās innectit, solūta vocābula, ut vidētur, vel spernēns vel hōrum in ūsum inhabilī linguā. Quamobrem eum dēlūsiōnī haud cōnfixum esse crēdiderim
neque sānē ipsīus dēlūsiōnis facile appāret mōmentum pathologicum. Vbi
rogō quā dē causā Bonaëropolim inque istum māximē annum neque aliōrsum vehātur, opīnārī sē dīcit dē familiā agī, addēns et "sapōrem," quem
dīcit, illīc passim exstantem – quem sapōrem, sī quidem haec vōx comprehendit facultātem commercium hūmānum agendī, autisticō aliōquīn
dapēs Tantaleās, intrā psychēs propriae labyrinthum intortum ab ipsō
contextum vel in alicuius fibrae cerebrālis claustrō aliquō vicāriē ūsurpā-
tō sibi finxerit.

Ait sē Vudius in ipsō trāmine subterrāneō aliquot necessitūdinēs iam
fēcisse, inter quās et ūnam cum aliā quādam in urbe Seattlō habitantī. Vt
tālia autem explōret necesse est lentēs quāsdam ex "ambiguīs" induat,
quod apud mē misellus aegrē vel omnīnō nōn valet. Vērō, ut manifestō
suggestiōnibus nimis facile adfectam, mē haud prō aptā arbitrīce habuī.
Immō nūper cēterārum lentium ambiguārum cognitiōnem sōlummodo
contemplāns sat absurdē trepidāvī!

Cum hōc bienniō, utpote commentātiōnī datō, aliōquīn ad poēsin nēquāquam vacāverim, abhinc tamen paucīs mēnsibus carminibus scrīpti-

tandīs sum retrō illāpsa, māchinātiō perspicua angōrem ex ambiguārum lentium tractātū nātum levandī. Quō invicem temporis commoneor studiōrum baccālaureandae meīque ipsīus interdum dēlūsiōnibus haud spernendīs dēfixae, cuius quidem sociae praecipuae psȳchologia arsque poētica. Illa mē scīlicet ut quōsdam timōrēs vī intellēctūs superārem adiūvit vel saltem ut ope ratiōnis proximam ad sānitātis īnsululam quam expedītissimē cōnfugerem, quippe quae, sīcut satis multī, psȳchologicam disciplīnam initiō ēlēgissem tantum cōnflictūs propriōs interiōrēs sēdandi grātiā quantum et aliīs hominibus aliquando aliquā succurrendī. Camēna vicissim, fautrīx meā sententiā etiam versūtior, aegide quādam ingeniōsā, repercutientī īnstruit quā ipsa illa ante inaccessa, per summum pavōrem aspectūs ūsque arcēns, ōlim tantum ob exitia circumiecta opīnābilis, numerīs tamen sempiternīs cyclīsque in quibus et ipsa rādīcāta ad perbreve tandem fascināta, mōmentulō tantum temporis obstupida, quā lūminī obdita simul intimō et ūniversō, dētegātur Gorgo. Quālis quidem inopīnātae potentiae, nisi ipsa essem subinde experta, haudquāquam meī similem capācem putāvissem; neque ob hoc iam mīror aevō quōque hērōicō tantopere ēnituisse poētās. Poēsis vērō ipsō māximē incertō suō pollet, vel potius ambivalentiā, sīve adeō multivalentiā – id quod saepius efficit ut, digitāriae similis vel līchēnī vel ex parente in prōlem perpetuō sē cōnservantibus mitochondriīs, plūrifāriam, etiam humillimō locō temporeve īnfaustō, vigēre valeat atque herī restincta hodiē rursum iactet sēsē. Neque enim sēcrēta est nec, vel necessāriō, perpōlīta. Herba commūnis solet esse, vulgivaga, hīc macrior foediorve, illīc perluxūriōsa, aliō locō dēlicātior, aliō silvātica, irrevocābilis, rīmulātim prōsēmināta. Nec, sīcut ars mūsica nōn sōlum ex sonīs iūcundīs, poētica ars ē verbīs pulchrīs rērumque dēscriptiōnibus decōrīs cōnstat; nam carmina bona nōn tantum ad rēs ipsās āctiōnēsve spectāre solent sed potius interiōra exteriōribus, affectūs iudiciō, apertum reconditō, cōnscium subcōnsciō iungentia significātiōnēs etiam ampliōrēs conquīrunt, cōnectunt, exprimunt quam et ipsa philosophia disciplīnaeque cēterae acadēmicae. Quamobrem in ūnicō discrīmine metaphysicō Occidentālī antīquō ad postrēmum rē vērā exsistente, scīlicet inter Platonis ideālismum nōminālismumque Aristotelis, Platonicīs saltem, utpote quī ex hāc parte Animum prīmum prīmordiālemque existimant, illinc rēs phaenomenālēs secundāriās, fallācēs, vēra in optimō cāsū dumtaxat symbolicē vel distortē repraesentantēs, poēsis, ut et aliae quaedam artēs tamquam mūsica et nōnnūlla artificia repraesentātiōnālia, prō īnstrūmentō ūtilissimō, pretiōsissimō, splendidissimō est habenda. ...Immō vērō physicī nostrī hodiernī omnia prōrsus, tantum mentem cōgitātiōnēsque quantum corpora, ex vī īnfōrmātiōnālī nesciō- quā volūbilissimā abstractāque exstāre docent ... vidēlicet corporis spīri- tūsque duālismum illum Occidentālem trāditum, iam dūdum philosophicē dēfendī nequeuntem, ita respuentēs ut cum holismō Orientālī concinere iam sibi videantur eōrum plērīque quī philosophārī dignantur!

Quae quālisve fuerit theūrgīa illa Neoplatonica antiqua nesciō, atta- men artēs nostrās recentiōrēs moderniōrēsque quā plērumque abstractiō- rēs plūsque idcircō īnfōrmātiōnis pressē sīve recondītē vel adeō cryptolo- gicē saepe comprehendere temptantēs, ut simul mentem et praecordia, corpus atque animum animamque, tōtum dēmum hominem adorientēs, haud mīror scītē ōrdinātās in diēs saepius ut organa holisticotherapeuti- ca, vicāria forsan moderna theūrgicōrum illōrum, experientiā applicārī. Succurrunt ratiōnēs relātiōnēsque satis occultae sed ad animum īnfōr- mandum exāctissimae Kandinskiānae, Bachiāna ratiōcinātiō mathēmatica animum simul īnflammāns, Borgesiāna cūriōsitās tam omnisciēns quam turbida, fūsūra salūbriter vēsāna reī physicae cum metaphysicā Scriābīni- āna.

...At hem quamdiū iam, dē tītivillitiīs istīs tibi scrīptitāns, germānum differō labōrem? Plūs trēs hōrās! Ventōsulī nūntiolī ēlectronicī cum teme- re prōfluant ac nimis rapidē spissentur, ad sententiam ūnam doctam digitī frīgent! Restat tamen ut ultimum aliquid referam. Haud parvum vidētur, etiamsī quid sibi rē velit dēmīror. Hodiē bene māne intervēnit apud mē Vudius rubidīs īnstructus oculāribus quōrum lentēs roseō colōre, scīlicet sīcut in dictō istō populārī, quās sciō 228 numerō, "Fortuné" nō- mine Francogallicō dēnōminārī, scīlicet prō Prīncipe Fortūnātō, Cinerel- lae procō et coniuge, persōnā in "Bellā Dormientī" versante, opere Tsai- kovskiānō quondam ā Vudiō āctō – quamquam, id quod mihi explānāvit quondam ille, pars Cinerellae et Fortūnātī, ā Mariō Petipā chorēographō numquam dēsignāta neque igitur umquam super scaenā ballāta, sōlī Vudiō studiō et dōtī esse vidētur. (Secundum ratiōnem taxonomicam ā mē ūsurpātam hae lentēs, indice dēscrīptīvō 17D dēsignātae, ad modālitā- tem sententiolārum cōnfōrmātae, temperāmentō "sanguinō et rōmanti- cō" serviunt.) Dīcit ille euntem sē prōspectum tesserās in concentum ad mē prius dēvertisse "aliquid mihi laetī participātum." In opus Gerardī Weeks titulō īnscrīptum "Quōmodo per Therapīam Paradoxicam Prōmō- veātur Trānsfōrmātiō Psȳchologica" intenta, tantum tardē quid velit sentiō. Commodum animum attendī cum intellegō eum "Fortunātum" modo faciē dēreptum alterō repente pārī commūtāvisse, ita quidem ut PRIŌRĒS IN ŌRDINE LENTĒS NŌN TAMEN PERNVMERĀVERIT! Antequam quicquam referre queam, cum mē amplexātam incertō honōrāvit osculō – quod, etiamsī satis piē frontī impressum, nihilōminus aliquid mīrābiliter prōvocat – forem iam ēgreditur. Ex mē parumper prae stupōre mūtā factā interrogātiō ēlābitur modo subopportūna: quō hāsce scīlicet vocet nōmine lentēs.

Prodigiōsō quōdam vultū respiciēns in mē ūnicum verbum, "Saharāna," prōfert. Quō animadvertō prō Fortunātī vī fēstā, frīvolā, subīnsulsā nesciō quid novum, incompertum, īlicō suppositum mē simul laeticifāre ac mediocriter inquiētāre. Adiciēns sibi continuō pergendum, mox autem sē retrō ostensūrum, ecce scālāria iam remēnsus tamquam silvestris bēstiola inter frondēs sē immittēns ē cōnspectū abit. Vt sequar urgente adfectiōne, prō prūdentiā intus resistō. Brevī post incitārī audiō Geōnis mōtōrium illīus. Fenestram accēdō occidentālem. "Saharāna" adhūc gerentem āvehī cōnspiciō. Hae quoque gubernantī servīre videntur.

Sī quid erit novī, certiōrem tē faciam. Valē!

Īnstrūmentum ecce adiūnctum.

The world stood revealed as one big walk-in closet – and it was full of beautiful, shimmery things.[6]

—ex *Super Vixens' Dymaxion Lounge*,
opere ā Hillary Johnson cōnscrīptō

πᾶν ἑρπετὸν πληγῇ νέμεται.[7]

—Hērāclītus

---

[6] "Mundus īlicō ingēns reperītur cella vestiāria micantibus redundāns."
[7] "Quadrupēs quodque pulsū pāstum agitur."

5
Iungala Attalica

Pluvisilvāticā speciē perviridī pannus attalicus figūrīs est ōrnātus meta-
morphicīs, animālibus, subtīlibus, ex tāftā smaragdineā sēricōque
ultrāmarīnō aquifōrmī cōnfectīs ūsque in syrmae partem interspersīs
extrēmam. Laevō ā latere surgit mediō femore tenus incīsūra, superior-
que vestis ambitus, ā locō subumbilīcārī sursum in umerōs sinuāns īmōs,
margō simul fit ambōrum membrōrum umerālium superimpositōrum,
sinūs ventōsōs in altum facientium, cēterae stolae tumidē ēminenterque
imperantium, mīrā mistūrā exstructōrum caeruleae chiffae vēlaeque viridis nebulōsae, iniectīs plūmīs cum pāvōnis tum colōris lacūs montānī pra-
sinī profundī. Quae plūmae plūmulaeque coniūnctim, illinc sūtūrā stric-
tius applicātae, hinc solūtius appendentēs, summā arte assimulant avium
lībrāmentum volātile. Nec dēsunt digitābula vellūtina veneta praeter ul-
nās ad ālās versus tendentia, cuiuslibet sēmidecōrae gestantis manuī utrīque sub umerālī praeminentī aspectum impertītūra undōsae graciliterque
fastīgātae in apicem pennae. At quamnam mīrāculum ōrnābit hoc, quippe
deae in speciem aviāriae Circaeaeve marī aliquō prīmōrdiālī, mysticō,
mortālī cōnspectuī abstrūsō, simul amictam, obstupefactīs spectātōribus,
ēnātūram? Fōrmam hanc ēmeditātus nōnne artificum ingeniōsissimus?
Vērum nōnne huiuscemodī cultūs vestifex propriam habeat apud sē cōn-
fectōrum aculiferōrum phalangem?

"Hoc sumptūra," inquit Scintillus, "schēmae colōrum pol edepol hīber-
nae estō!"

Quī quidem, Rēx Andrēas Sparks sollemnī quondam nōmine dōnātus,
hōc tempore apud Gregem Ballēmaticum Boreoccidentālem mūnere fungēns quod simul Vestiāriō Praefectī necnōn Vestificī Māximī dīcitur ūni-
cōve summātim dēscrībī licet eō vocābulō quod est *Chef de garde-robe* (cum
in tālibus amplius sit quod Francogallicius turbidiusque), animadversiōnem hanc studiōsam ēmittit dum simul digitī ad unguem nitidulī ultimam
versūtē refigunt aculam ut, quod Dracōnicē in praescrīptīs īnstātur, tenel-

lō limbō postrēma applicētur tractuum sēriēs. Beātrīcem scīlicet cōnsō-brīnam alloquitur, "Bea" agnōmine vocātam, quae, quamvīs cōnsōbrīna, propter aetātem māiōrem māterterae magis occupat locum.

Addit ille: "Iuxtā enim hoc tāle tantumque perviride caeruleumque plēraeque cutēs in lūrōrem Camemberteum vergant. Quodsī mea esset vestis, in Tribuum Tripudiō gererem quō frequentiōre stīpārer Adōnidum grege. Scīlicet meō aptissima convenit colōrī. Vidēn'?"

Brācchium sub lūmine appōnit textō mīram convenientiam dēmōn-strātum Beae, quae, ipsa digitābulōrum praelongōrum alterīus satagēns, nūllum tollit oculum. "Quīn," ait sē ipsum ēmendāns Scintillus, "eat in crūcem Tribuum istud Tripudium sī ego hōc ōrnātus prōdigiō Aquifolia invādam lūmen cīnēmatographicum aliquod adhāmātum!"

"Ā Geōrgiō Clūniō absit prōdigium!" īnfit Bea Scintillō molestē subrī-dēns subindeque ad opus revertēns.

"Cuius quidem cognōmen ōmen," addit ille.

Ad quod Beae, adhūc in opus intentae, augētur paulō subrīsulus. Quaestum hunc sarcinātrīcis temporāriae cōnsōbrīnī ope cōnsecūta, nūlla tamen in tōtō corpore est adūlātrix – quae īnsuper, dīvortiō quater factō, propter libīdinēs iūdiciōrum Alabāmēnsium necnōn et lēgum Mexicānā-rum dē reīs trādendīs alimōniō postlīminiālī omnīnō indiget. Quattuor et quīnquāgintā annōs nāta, mōre admodum tēctōriō – ut saltem arbitrātur Scintillus – numquam nōn cērussāta perfūcātaque, bracteātō capillāmen-tō semper aliquō inter platineum malvāceumque colōrātō intēcta prōdīre solet. Quibus cūnctīs repugnant Genuēnsēs braccae solūtīque thōrācēs āthlēticī ab eā nunc post proximum dīvortium līmenque Scintillī petītum ideō adfectātī quō melius cum recentiōre hominum genere congruat cōnsōbrīnō familiāriter ūtentī. Etenim, cum sint truncus hic haecque crūra quōcumque thermopōliō librīs cōnsparsō in regiōne ūnīversitāriā sitō certē iam omnīnō digna, caput tamen, mordāx paradoxum, in statiō-ne vorātrīnāriā gubernātōrum raedārum onerāriārum prope viam autocī-nētican aliquam Rēnum Nīvātēnse versus dūcentem ante māchinam āleā-tōriam fulguristrepitōsam aptius versētur, corporī scīlicet commodius īn-fixum invicem braccīs ēlasticīs flāvivirentibus aegrē contentō candidīsque bubulcī Americānī pērōnibus lapidibus Rhēnānīs cōnstēllātīs lacernāque ex pelle mustēlīnā vīsōniā factīciā. Vtcumque hae rēs sē habeant, Bea, et līberōrum orba et marītōrum iam orbāta, innātā autem necessitāte in ali-quem benignē dominandī, in locō oecologicō cinaedosymbiōtissae prō-pēnsa cōnsēdit.

"At tū mē iocārī crēdis?" inquit pergēns Scintillus, suspēnsā fastīdiō filiālī vicāriō nāre neglegenteque sēdulō Beā. "Quīn hāc vestītus manifestō pervenustē praeniteam; est enim mihi quoque duodecim numerus ac subālāris excīsūra sat est ampla facta. Equidem nūllō sit prōrsus locō immūtanda – em, plānē nisi forte in istīs." Labellum invītum digitābula dēfert. Corpus quidem eī est, ut in virō, brevius; pectus exilius, fōrmōsius, natātōriō mōre cūriōsē pilātum. "Ipsa autem māteria, fātō dolendō, mihi tribus mīlibus steterit. Ecce tantulum hae plūmae! Vērum quīn factīciās parem mihi? ...Attamen, hem, comminus vīsae forsitan nōn ēlābantur – quod autem nōnne māximī est mōmentī?"

"Nōnne autem," appōnit Bea per dentēs fīlum praecīdentēs, "optimē sint ista mīlia collocāta sī tibi amīcum minus absurdum attraxerint?"

Quod nē ulcus tetigisse dētegat māxima est Scintillō opera nāvanda. Somniolum enim istud ultrō vōciferāns nēquāquam voluit et aliam Beae occāsiōnem suppeditāre Vudium absentem vellicandī.

"Si modo operulās nōn in sagīnā caupōnāriā ac pelliculīs totque disculīs compāctīs cōnsūmeret..." Vt vidētur, impetum modo capiēns Bea quō prīmum feriat haeret. "...Anne tū meministī umquam eum tibi vel etiam sibi ipsī cibulum apparāsse?

"Mox aedēs nōbīs nancīscēmur commūnēs; quod simul ac, ecce, continuō omnia mūtābuntur. Vidēlicet nēmō mē coquīnā refertior. Nōbīs, simul contubernālibus, nummī undātim circumfluent."

"Mēn' animam, dum istud fiat, vidēs comprimentem?"

Quō Scintillus quicquam rēicere nequit ... vel nōn vult.

"Vōbīs ambōbus – quod mē tibi impertīrī dēbēre ex animō paenitet – nē quō mortuī concidātis quidem erit umquam. Sint mūnera ballēmatica aliqua laus, quod saltem aliquī crēdunt, mercēs tamen pusilla tua nihil est ad vestificī mercātōriī lēgitimī. Nec *Chef de* quicquid-id-est nec prīmus lātrātor, quod iste nōn iam diū erit, plērumque quaestum sē dignum facere potest; quō accēdit quod neuter vestrum vel in somniīs suspicātur quōmodo sit regenda pecūnia. Nam aliter nec tū ista opera pacta agitārēs nec iste in cōnōrum āreolīs dērelictīs commictilibusque partēs dupondiāriās ageret."

(Per cōnsuētūdinem longinquam subque iocī colōre Bea scīlicet "lātrātor" prō "ballātor" pōnere solet nec rē vērā saepe lātrat Vudius.)

"Circus autem est patinātōrius refectus! CIRCVS PATINĀTŌRIVS!"

"Idem est."

"Cēterum, fābula eius oppidō flōret; quod eum forsan et in alterum vītae curriculum sit perlātūrum."

"Nempe, magnificus factus, opēs potissimum commūnicābitur tēcum!"

Scintillus tandem pēnsum dēiicit, parātus obvium autumāre: scīlicet nīmīrum *ipsam* māximē aptam esse quae dē pecūniā virō refigendā cōnsilia det! Attamen linguam continet, gnārus eam, quamvīs hoc temporis ex ōre pēdentem, haec omnia nihilōminus ex cūrā cognātī suī effūtīre ... vel pariter et cognātī et suī ipsīus. Enimvērō Scintillus ūnicus est eī propinquus – vel ūnicus quaestū praeditus tolerābiliōre integrōque dentium ōrdine – in quō illa plānē omnem spem suam repōnit. Quō satis piō cōgitātō aliquantillum dēlēnītus, raptīs forficulīs serrātīs, vānā potius minātiōne diffundit īram: "Hāsne vidēs, Bea? Nī istaec mīseris, lābrīs faxō ēvādās undulātīs!"

Quae ipsa per lābra cōnsōbrīnālia sēnsō exīre nunc nihilō praeter reflātulum indignābundulum, significantī strepitū dīmittit arma bellātor. Subsequitur silentium spatiōsum labōrī salūtiferō dēditum, quō Scintillus sibi in animō commemorat Beam iam pernōvisse vel solidās in Vudium dictās contumēliās funditus esse interdictās; ōlim enim furenter īrātam meminit eam, nec vērō multō minus sē ipsum, quod Vudius ad cēnam Ītalicam vocātus, cui, vel Beae arbitriō, ambōs per tōtum pōmerīdiānum tempus īnsūdāvisse, ūnā iam hōrā et dīmidiā post cōnstitūtum nōndum advēnisset; dīxisse igitur illam sē, Scintillum, oportēre "natēs autisticās istīus per scālāria pede stimulāre deorsum" sī forte hic iam tam sērō sē ostendere audēret; ad quod vīsō sibi statuendum semel fīnem, sē eī comminātum, sī quandō tam improbum probrum prōnuntiāret rursum, ipsīus potius Beae putidam pȳgam cyttarītideam cōnfestim dē summīs scālīs esse volātūram!

Mīrābile dictū, cōnsentiunt Vudius et Bea plērumque tamen satis amīcē inter sē. Haec aliōquīn, neglēctā Vudiī dēbilitāte, in ipsō homine tandem pauca reprehendere vidētur, quīn immō cōnsuētūdine illīus nōnnihil dēlectārī, etsī haud prō idōneō habet cōnsōbrīnī cōnsorte. Id sānē quod illa quondam dēprōmpsit sine dubiō opīniōnem satis perspicuē illūstrāvit vēram eius: scīlicet quōvīs in coniugiō necesse utrī esse perīculum praestāre, ratiōnem necessāriōrum reddere, alter sī gallīnae partēs ageret, ut ita dīceret, alterum oportēre gallum praestāre; sēsē autem hīsce in aedibus arbitrīcem hāctenus tantum gallīnam hinc saltābundam cōnspexisse, inde gallīnam suentem, ūnicōs adhūc appāruisse gallōs in eōrum aulaeīs culīnāriīs. Quod nempe dīcēns Bea Scintillum quoque saltātōrem condoctum omittēbat esse quī partēs interdum, quamvīs saepe magis ambulātōriās dīcendās, minōribus in gregibus accipit. Huiuscemodī sānē metaphorae rūsticātae ā Beā crēbrō in medium largītae, velut gallīnāria ista, tenerās Scintillī aurēs rādere solent utpote vincula etiam propria admonentēs, et genetica et historica, cum quōdam macululārum corymbō chartam geōgraphicam ad cōnfīnium Alabāmae et Mississippiae foedantium in modum merdiculārum muscāriārum ... vel, quod ipsī potius vidētur, in modum pustulārum suppūrantium. Vbi prīmum in Boreoccidentem advēnit, extrēmae agrestissimaeque Merīdiēi sonum, velut dēmentis amitae umbram hospitēs absterrentem, exorcīzāre temptāvit ā sēsē. Quō in inceptō māximā ex parte dēceptus satis tandem habuit orātiōnis Alabāmēnsis ipsum spīnētum saltem in Bellae Merīdiōnālis canōrum illud potius Ludovīciānēnse modulāre columnās albās supellectilemque hortulānam ex ferrō prōcūso concinnātam multō magis memorāns quam, verbī grātiā, palūdēs, eutrombiculās, ollās adipālēs in culīnā statūtās, sub casae tabulīs anguēs inquilīnās.

Quamobrem, cum eum Beae quidem misereat cumque nōnnumquam dē eā adeō sollicitētur misellamque et (subinde) haud mediocriter utīque dīligat, asperiōrēs tamen huius mulieris vōcēs, potissimum dīluculō premente prīmō, in aurēs Scintillī haud secus ac adversus āëriōs ictūs iniecta tormenta bellica incursant, singulīs scīlicet saevitiae audītōriae sarcinīs ūniversa ēvocantēs abōmināmenta quae eum quondam – prīmitus Franciscopolim versus, dein Seattlum – sextō dēcimō aetātis suae annō lūminis ballēmaticī exsistendī spē tam iusta quam vānā incēnsum patriīs pulsērunt palūdibus. Sat brevī, ut fierī assolet, ad certum sibique nōtum recurrēns, sē in vestificīnam recēpit, artem anteā plērumque tēctē agitātam. Cum sit cuiusque mortālium māchina validissima clādī nōmen dāre victōriae, inter vulgus et sapientiōrēs distinctiō eō nōscitur quod hī etiam crēdunt. Quōrum in numerō, concessā indolis parte rīdiculā, Scintillus noster sē tamen habendum probē praebuit, attendēns animō repulsum ipsum in īnsīgne refugium posse vertī neque oblītus neminem prōrsus alium familiārem suum, quoad tunc sciēbat nuncque prō certō habet, opulentiōre umquam mūnere fūnctum esse; id quod spem facit eum Blancae DuBois partēs tandem aliquandō in ipsā vītā agendī fātum sē indubiē manēns in longum saltem dīlātum īrī. ...At deinde, oppidō quam inopīnantem, spē iam dēiectum sē ad saltātiōnem esse nātum, Fortūnātus quīdam (estō, haud omnīnō indemnis, fōrmōsissimus tamen), dēliciae gregis ballēmaticī, eum adamāvit ipsum!

Pulsātur ad forēs, numerō scīlicet illō pernōtō, immūtābilitāte quasi māchinālī.

"IIINTRĒĒĒS!" inquit Scintillus prōtractis cantātīsque – quod quasi per iocum solet facere – vōcālibus.

Ā scaenae dexterā intrat īdem ipse Fortūnātus, Fortūnātīs, ut accidit, īnstructus oculāribus rubidīs.

"Tūne opus hīc facis et," inquit, "tam sērā hōrā graviterque?" Solitō mōre basilicō Fortūnātāriō grandibus dīmēnsīsque gradibus appropin-quāns Beam prīmum decōrō scaenicōque salūtat nūtū, deinde prōcēdēns Scintillō – figmentō, ut semper, libenter sē commōvērī sinentī – capitī paene summō impōnit tam breve quam ēlegantissimum ōsculum ... quod quidem Scintillus inter alicuius operis ballēmaticī theātrālisve experī-menta cōpiae Fortūnātāriae quondam additum scit. Dēfluī capillāmentī praesentis corvīna nigrēdo undāta mӯthistoriae amātōriae involūcrō est perapta.

"Nīmīrum nōn ā grege, puer, sed ā mandātrīce aliquā eximiā accēpī."

Etenim Fortūnātī vultus adhūc quidem mīrē puerīlis, melleicervīnō colōre, nāsō rēctō, oculōrum aciē – per lentēs tantum leviter tinctās satis ēvidentī – blandiōre, mentō simul virīlī et dēlicātiōre, solitō paullō con-caviōribus temporibus quamvīs mancum quōdammodō redolentibus ita tamen decōrem generālem minimum in modum adficientibus ... vultus dēmum, Scintillō iūdice, omnimodīs venustus mōre nunc īnstrūmentī computātōriī īnsolita data pertractātum aggredientis paulisper frīget.

Tandem "Ā quānam?" inquit, interrogātōriō sublātā manū gestuī.

"Nesciō. Diāna Bishop negōtium prōspexit, māteriās apportāvit, clan-culāriam assevērāns esse locantem, quam īnsuper nōminātim petīvisse mēmet."

"Quod nempe īnsolitum?" Dēmissā manū, vertex Fortūnātārius ali-quantum inclīnātur in latus.

"Ita quidem ut numquam fiat." Scintillus, perfectō ultimō acūs tractū, limbum rīmābundus cēnset. Opus iam summā arte patrātum admīrātur. "At tū ubi commorātus es perpetem diem?"

"Mātūtīna ferē cōnsūmpsī tempora tōta Brambillae circumspiciēns cantrīcis in āctum tesserulās."

"Bene cantat."

"Immō vēra dea est!"

Hīs verbīs, concessō suētō histriōnicō, inest tamen aliquid Scintillī acu-ēns ungulās. Homophӯlophilī coniugis (vel, quod hoc temporis magis obtinet, dēspōnsātī) est quidem partēs subinde ambiguās incertāsque exsequī; nec secus turbat Vudiī incrēscēns celebritās illecebrīs nimis īnsidiōsa. Subter autem latet ipsa abyssus ātra Calcuttēnsis sīve adeō Chernobylēnsis: Vudiī scīlicet bisexuāle. Trepidus iam dūdum vestifex amāsium compulit et perpulit ut istās "lentēs heterophȳlophilās," quās dīcit īdem, in perpetuum dēpōnere pollicērētur. Nescit autem illum, quandōcumque libet et potest, hōc in promissō fidem fallere. Quod quidem facit saltātor nōn fraudem aliquam vēram in animō māchināns sed prōclīvitātem suam bisexuālem, sīve potius prōclīvitātis dēfectum, in ipsā stāre arbitrāns corporis indole atque, in mediō relictā theōriā Scintillānā paranoïcā quācumque, lentium auctoritātem hāc in rē paullum vel nihil valēre. Nempe piē mentīrī didicit Vudius ex quādam cōmoediunculā tēlevīsificā, spectāculī genere, quod iam satis compertum habet, contrā omnēs criticōrum angustiās, in mōrum doctrīnā ūtilissimō fructuōsissimō sapientissimō.

"Tesserās ergō reportāstī?"

"Hāctenus ūnica mī tantum obtigit. Attamen, eia, nē mihi dēspērēs..." Dēnuō subitō prōrsusque torpet frōns Fortūnātāria, id quod nōnnumquam accidit fōrmulārum poēticārum exemplōrumve thematicōrum egestāte haerentī, temptābundī sēmiversūs ventūrī certum praesāgium. "...Certē ad nōs," inquit dēnique, iterum expedītus, "pervolitābit altera. Prōfectō, Bea, nōs comitāberis et tū."

"Benignē, Vudī mi," ait haec. "Nimiam multitūdinem nōn cūrō." Quod dīcēns cōnsōbrīnō simul vultū satis disertē sē opīnārī subostendit sine dubiō fore ut hunc, sī tesseram alteram exspectet, agellī cūiusdam speciō sī Flōridānī quoque teneat emptiō.

"Crās pompam quandam pervestīgāre volēbam hesternō factam..."

"Pompa?" īnfit Scintillus.

"Immō sat locuplēs Fēstō in Vītae Populōrum. Sed nōndum valuī quisnam dederit reperīre..."

"Attat, ibidem enim tam diū fuistī quem interpellāre temptābam. Gestābile est tibi dēnique emendum!"

"...At Brambilla fuisse vidētur permanifestē."

"Quae pompam dedit?"

"Āiō, praetereā carrūcā in versicolōrī dispexisse fenestellam per dissimulātam ipsam illam in pompā videor mihi..."

"At mitte, Vudī, nē operam perdās tesseram exquīrendō, quandō rēs mē nōn ... ita multum tenet." Sponte Scintillō tremēscit labrum superius – quō sēnsō, sē ā Vudiō āvertit nē hic videat.

"Euge, igitur benefactum est!" Fortunātus nempe magnanimus fēstī-vusque tālia singula parva quālia ūvārum amāritūdinem dictam animad-vertere haud solet. "...At cito nunc aliquid mōnstrābō prōdigiōsī."

Vudius, quī iam inter prīmum dīverbium, euschēmē dēpositō in tabu-lātō saccipēriō, in biselliō Rēgīnae Annae prope Scintillī officīnulam ex tempore compositam cōnsēdit, resurgēns sollemniter exspectat dum ani-mīs adsint et Bea et Scintillus – quī ultimus quidem tantum tardius suspi-cit. Idem nunc Vudius cōram hīs stratēgēma exsequitur quō māne tesserās coāctum ēgressūrus Lūcī admīrātiōnem incussit. Scīlicet, āmōtō Fortūnātō quod dīcitur oculārium pārī, aspectū ad breve vacuō relictō, statim, neglēctō quōquō rītuum tumultū, novās quāsdam lentēs impōnit viridēs.

Spectātōrēs, tamquam sī vīsum nōn vīderint, prīmum nihil referunt.

"Hoc nempe ergō," inquit tandem longum post silentium solitā hebe-tūdine Bea, "tē cūrātum sibi vult?"

Immissō modo verbō quod est "cūrātum," Scintillus, quā est mōbilitā-te, repente Vudium amplexibus invādit bāsiolīsque; quod autem, rigēs-cente Vudiō, stimulōrum accessum modum exsuperāsse sentiēns, prōti-nus in subblandīmentum trānsit plācābilissimum.

"Istīsne ergō," inquit Scintillus, "taeterrimīs lentibus adversātrīcibus poterimus līberāre nōs dēnique?" saccipērium simul īnfēnsē obtuēns at-que ubi domesticus habitet malleus raptim sēcum recōgitāns.

"Hoc quid significet," ad sē dēmum rediēns ait Vudius, "...nōndum cognōscere quīvī, necdum cōnsiliō Lūcis sum ūsus therapeutae. Tantum animadvertō fierī..."

"Vidēbimus," īnfit Scintillus aegrē tēctā gliscēns saevitiā.

"Nōndum. ...Tam facile est ūnum hoc pār vertere sōlum." Vudius sub-rīsum exsequitur externum, intus nōnnihil cōnsternātus sī forte piī men-dāciī māchina ā rēte NBC quondam ministrāta tandem secus cadat. Āver-sus autem subitō mente, ministeriō forte lentium novārum nebulōsē viri-dium, Scintillī artificiī sartōriī splendōrem iaspidismaradgifrondiviren-tem adhūc neglēctum modo nunc cōnspiciēns, īnserit ille: "...Ecce meher-cle papae vestem nitidam, speciōsam! Quamnam nosse velim ... sit adōr-nātūra figūram!" Quod quidem haud, seu piē seu impiē, mentītum est.

"Scīn'? Sīquidem iam cōnfecta est meāque in mēnsūrā, quidnī expe-riāmur?"

Antequam quisquam syllabam prōferre queat, arreptā veste, Scintillus pōne sīpariolum silvīs templīsque Sēricīs decōrē dēpictum iam ruit.

"Bea, melculum," hilaris iam vōx ad malacum crepitulum multīciōrum inter sē mulcentium textilium altrīnsecus ēmānat, "digitābula fers mihi?" Nempe aspectus, ut māximum habeat effectum, quam integerrimus est reddendus. *Melculum* istud vidēlicet quiētem sibi vult esse ab armīs "sorōrēsque Dixiānās," ut ita dīcātur, iam dēnuō inter sē conversārī.

"Nōndum posita est extrēma manus," inquit Bea. "Sed ēn, cape. Cavē dum sinistrō."

Duās trēsve post minūtās, brācchiolīs digitābulīs sesquipedālibus ōrnātīs in coxārum fastīgium relātīs, ēmergit cultūs altī mōre gradiēns vestificulus. Quippe "gradī" commodē dīcitur; nam is scaenae huic prīvātae tōtum sē ballātōrem sēmiērudītum applicat, indūmentī tamquam essentiam ornīthōdem combibēns, ardeae rītū sīve ardeanthrōpī sīve adeō phoenīcopteranthrōpī quasi marītālem saltātum iniēns sibi modo ratum.

Bea, quam iam propinquat, prīmō applaudit, dein applausum surruēns suum adicit per lūdum: "Cavē, cāra, nē pariās ōvum!"

Quō acceptō, Scintillus aspernāns nihil tamen amplius quam nārem corrūgat. Sē nunc ad Vudium vertit, quem subitō tam rigidē stupidēque experīmentō lūdibundō dēfīxum videt ut paene ex persōnā scaenicā excēdat; nam anteā tantummodo in "mōmentīs extrāoculāribus" tāliter sē habentem vīdit. Quod autem animadvertisse sē nōn esse retegendum īnsusurrante daemoniō aliquō, ostentātiōnem ornīthanthrōpicam modō, ut adhūc, quasi sēductōriō persequitur velut sī autisticanthrōpō dīcat: "Labōrāsne catalēpsī, mī Ātla, anne tantum laetāris mē vidēns?"

Cūius interrogātī pars ultima ipsam tangit vēritātem; nam repentīna catatonia ērecta quā Vudius hoc temporis afflīgitur satis longē abest ab ipsā cerebrālī chēmiā amygdalaeve vel etiam neocerebellī eius statū, quīn immō potius cum novōrum oculārium viridium auctōritāte sēcrētā magicāque est coniūncta necnōn cum colloquiō quōdam hesternō pōmerīdiō cum Zoltane habitō, scīlicet post dicāculae istīus pompulae in monolithī inexpugnābilis invia exta architectonica dēcessiōnem. Namque ita contingit ut, praeter trīcārum nundinātiōnem pharmacopōlismumque versūtum atque reī computātōriae lūcrātiōnem, Hūngaroamericānus noster arēnās (vel ipsīus opīniōne ardentēs) contrōversiae cuiusdam ad Sphingem Gīzēnsem pertinentis parvō in ōtiō crībrat. Enimvērō in Thermopōliō Byzantiō atque etiam in glaciēī dulcis popīnā thermopōliōque simul Interretiālī cui nōmen *El Greco* haud minimam fāmam habet ille propter contiōnēs fervidās interdum habitās in quibus saepissimē dē archaeologicīs agitur testimoniīs, quae dīcit utīque ipse, Sphingem Aegyptiam suādentibus longē vetustiōrem esse quam asserunt Aegyptologī trālāticiī ērōsiōnisque in Sphinge appārentis māximam partem rēapse nōn ventō sed potius aquā effectam. Vt porrō huius sēmidēlīrantis amīcus, Vudius quoque ipse nōtiōnem īnsuētam satis bene nōvit Sphingem circā annum deciēs mīlēsimum A.C.N. exstructam esse vel forsan et prius, quō longinquō aevō loca illa nunc dēserta generātimque "Sahara" dēnōmināta longē ante Aegyptiōs dynasticōs frondentia flōrentiaque hominēs aluisse prōrsus aliōs.

Equidem secundum auctōrēs ā Zoltane cōnsultōs ipsa quārundam arborum sitīculōsārum in aliquot oasibus Saharēnsibus valdē sēmōtīs praesentia necnōn docūmenta complūra geōlogica palaeontologicaque fidem faciunt Saharam longē abhinc in numerō fuisse terrārum ūberrimārum. Scit quidem Vudius – quī singula rērum, dummodo satis ōrdinātē, immō ēnumerātim, prōlāta, efficācissimē memoriae mandāre valet – nōnnūllōs quoque mȳthōs Berbericōs et Tuāregicōs Hausaïcōsque ac Sudaniēnsēs indicia saltem anecdotica vel coniectūrālia afferre antīquissimōs Saharēnsēs cum cēterōrum animantium nātiōnibus concorditer convīxisse atque "Sphingem," quae longē posteā, vultū refōrmātō ab Aegyptiīs māximā ex parte advenīs, Graecē dīcēbātur, speciem quandam fuisse tōtīus vītae terrestris Fautrīcis dīvīnae, illīus vidēlicet populī nūminis praecipuī, cūius fōrmae variae hominum animāliumque līneāmenta mōre symbolicō in sē assiduē temperābant. Quae Dea, cuius prīscum nescītur nōmen, ut nātūrae fēcundītātisque necnōn artis magicae Auctrīx et Patrōna, sēriōribus saeculīs in complūrēs deās angustiōrēs in Āfricā Eurōpā Asiā exsistentēs atque etiam in nōnnūllōs deōs disparāta est: sīcut Īsidem, Īōnem, Danunam sīve Danaēn, Ishtarem sīve Astartēn sīve Aphrodītēn vel Venerem, Artemidem, quae est Diāna, Dēmētrem, quae est Cerēs, Persephonēn, Magnam Mātrem, Serāpidem (deum prīmitus segetum), Freiam vel Freium, et aliās aliōsque permultōs seu nōtō nōmine seu ignōtō. Supervenientibus aliquandō populīs rēligiōnibusque patriarchicīs, dispertiēbātur plērumque Deae vīs ipsa magica in deās opāciōrēs dīriōrēsve sīcut Hecatēn vel etiam in varia nūmina minōra sīcut illās Mūsās Graecās quae invicem Sphingī aenigmata ministrāre dīcēbantur. Prīscae Deae notārum propriārum longē plūrimīs incubuisse vidētur Aegyptia Īsis, quippe quae nōn sōlum medullitus māter dea erat vērum etiam fertilitātis fautrīx nec secus incantātrix potentiā magicā cētera nūmina multō exsuperāns. Zoltan īnsuper prīscae illī Deae suspicātur nūllum fuisse nōmen, ab adōrantibus ūnicā vōce "Deae" illam appellātam, vērum nōmen aut incognitum aut, sīcut in "Iehovā" Hebraeō, tantum mystēriarchīs apertum, ut certē tam largō in nūmine decet.

Sphinx Graeca iter facientem quemque perimēbat quī, Oedipodī dissimilis, aenigma ā sē impositum exsolvere nequisset. At, persuāsiōne Zoltaniānā, prīscae Deae vicāriōrum tālium posteriōrum mināx tantum eō exortum est quod hominēs cēterīs animantibus cēterōque generātim mundō nātūrālī sint factī sēnsim aliēnī. Ex ōre Sphingicō ēmānantia problēmata lētālia nihil aliud exprimere opīnātur ille quam, etsī oblīquē, generis hūmānī dē suā ipsīus vērā nātūrā dubia perniciālia nūperius exsistentia. Deae speciem inter humānum et animāle ambiguam, faciem quidem vīventium ūniversōrum, ex nūmine rētur adōrātō ac rērum nātūrae ūnitātis aequilībriīque symbolō quondam esse trānsfōrmātam horrendum in specimen saevī cuiusdam fātī hominēs passim atque inīquē temptantis, omnēs tamen aliquandō inexōrābiliter tollentis. Quī autem, ut affirmat, cum cyclōrum nātūrālium summā concinat perīculōsum vītae precāriumque nequāquam prō iniustō habēre solet. Immō opīniōnem istam aliquā iniūstam esse vītam tantum tum nāscī assevērat cum singulī animantēs sibi sē fingant plūris esse quam cēterōs cēteraque iniūstumque ergō dūcant esse sē eīsdem fātīs regī quibus animantia cētera. Quā sententiā prāvā exortās dēmum esse rēligiōnēs philosophiāsque dictās "postprīmitīvās," quārum quamque imprīmīs atque māximopere ad duo plērumque nītī: prīmum, ut cuivīs alterī plasmatum generī longē praestāns dēmōnstrētur homō (ad quod efficiendum, verbī grātiā, deōs omnīnō anthrōpomorphicōs Pantheonātim fuisse creandōs); deinde, ut per hoc singulī hominēs iniūstō fātō līberentur sīve "salventur." Enimvērō nūperrimē multifāriamque cōnstitūtum esse ūnicum deum māsculīnum speciē quam patriarchicissimum, specimen caeleste "maris alpha" illīus inter prīmātēs terrestrēs pernōtī, aut cēterīs nūminibus praeficī aut haec, patriarchicismī humānī prīmātūs documentō ultimō, penitus interdīcī.

Ad tālia ultrō coniectanda intellēctūs rērum humānārum nātīvī necessāriī aliōquīn sānē īmitus egentem Vudium haec tamen saltem tamquam fābellae aureolae dēlectant, forsan nōn valdē aliter ac puerōs magī et gigantēs. In quō haud paulum valet quod sibi saepe ac multimodīs minus hominum intimus quam animālium atque praesertim pecudum aviumque vidētur. Herī, smaragdineīs ūtēns oculāribus novīs, dum Zoltanem adiuvat ut plostellum ad Centrī Seattlēnsis agrōs lucrō fructuōsiōrēs versus retrōagat, māximē mīrābātur nōtiōnem, sibi saltem prius incognitam, Deam illam quasi imāginem speculārem esse Deī māsculīnī Iudaeo-Chrīstiāno-

Islāmicī cui nōmen Iehova sīve Deus Pater vel Allah. Iehova-Allah-Pater vidētur quidem plūs cēterīs deīs efficere ut fidēlēs suōs sē ēlēctōs, sēparātōs, ac, sī rēctē serviant, iūstōs, salvātōs, cēterīs vidēlicet virtūte praestantēs aestiment, etiamsī haec praestantia excellentiaque saepe sit adipīscenda per humilitātem temporālem summissumque interim animum, mōre quidem "marum bēta" iuvenilium prīncipātūs spem prūdentī obsequiō differentium. Etenim et Chrīstiānī et Mahometānī plērīque, vel hōrum pauperiōrēs, iugī alphaïcī plērumque patientēs, sub sententiā vīvere cōnsuēvērunt "Super terrā misellus, beātus in Caelō."

Quod autem in Deī Alpha cultū lēx gorilārum lupōrumve gregālium, fōrmā licet sublīmātā, cōnfirmātur Vudius, in praeteritō et ipse nōnnumquam prō sēmibēstiā habitus, nūllō modō repugnat abnuitve. Immō sub Iēsū, mītissimō quidem placidōque Dīvīnitātis avatārā, spēs Caelī, patientium refugiī futūrī aeternī, efficere posse vidētur eī ut saltem avāritia, ambitiō, superbia, violentia, vitia forsan numquam omnīnō tollenda, etiam in miserrimīs oppressissimīsque hominum latentia minus tamen saepe quam aliōquīn ērumpant. Quod autem et multō crēbrius fieret sī modo, ut Zoltan Vudiō satis sollerter vidētur admonēre, hūmānum genus ūnicum tantum "gregem" cōnstitueret. Quia autem sunt gregēs multī, aemulātiō inter gregēs ac bonōrum fēminārumque vindicātiō, aliae mammiferī māsculīnī notae propriae, suāsērunt ut etiam Chrīstī fidēlēs, ōlim fideī causā axiōmaticē imbellēs, Dominī suī praecepta māxima atque ipsum Illīus ingenium dēnique neglegentēs, animum potius in incommodulum istud ā nummulāriīs in templō acceptum intendentēs necnōn et in Veteris Testāmentī lēgem magis nātūrālem, "exercitūs" aliquandō "Chrīstiānōs" comparārent – quod sānē cōnfidēlibus illīs priōribus perquam oxymōrum vīsum esset. Vt quidem existimat amīcus Hūngaroamericānus, cuiusque deī indolis condiciōnem imprīmīs venerantium illūstrat. Iehova-Allah igitur, Deus prīmitus locōrum dēsertōrum peraustērus aemulusque, opum terrestrium rāritātī rīvālitātīque māsculīnae ideō adauctae bene accommodātus, sine dubiō scēnītem quemque humilem sitientemque atque ob inopiam peraemulum spē ōlim inflammābat hostēs exsēcrābilēs ad ultimum tubae sonum in perpetuum ēvincendī. Quīn immō Armageddī Proelium etiamnum, et cōpiōsiōribus in terrīs, exspectātur Stadiō illī Māximō harpasticō Septentrioamericānō persimile quō turma perdēns sub Iehovae angelōrumque Eius bullīs calceāriīs ignōminiōsā calamitāte pessum sit itūra, iactūram faciēns nōn sōlum honōris sed etiam iūrum futūrae mercēdis. ...Scīlicet istī furciferī, ut sibi plānē bene meritum habent, ad Gehennae ignēs damnābuntur!

Deam invicem, sīcut forte et Vudium ipsum, rīvālitātēs āthleticae nōn valdē tenent. Sit haud ignāva illa, māvult tamen vītae lūdum nōn per certāmina grandia et calamitōsa sed per ipsa lūdere vītae incrēmenta. In quō nōn tantum victōrēs perdentēsque discernendōs quantum ipsum lūdum cūrat. Licet enim dorcas, impulsūs ex nātūrā corporāliter programmātōs necessāriō sequēns, leōnī resistat, anima tamen, Deae legī māximae cēdēns, capientī sē dōnō offert, perinde ac lūtrae et phōcae bālaenaeque prīdem Hinnuleae Currentis atavīs. Nōverant enim Quakiutlēnsēs illī, sīcut nīmīrum et nōnnūllī illōrum contribūlium modernōrum, probī vēnātōris sacrāmentum explētum esse praedam reverentī, rēctē sincērēque eā ūtentī, rītūs appositōs perficientī quī bēstiae animae reïncarnātiōnis facultātem expedīrent. Trādunt enim praedam, sī vēnātōrem probat suī, īnsequentī in vītā cognātōs docēre cui ex praedātōribus sē fīdentissimē dare possint. Māter Dea nempe metempsȳchōsī favet, cum Pater prō praeceptō magis prōpugnet quō ūnicō certāmine rēs semel dēfīnītē diiūdicātur. Placent Patrī quoque, utpote māchinātōrī pergnārō, et Caelī aeternī et Īnfernōrum perpetuōrum aedificātiōnēs ut rērum fluxum nimis chaoticum fēminīnumque efficienter continentēs. Vt vel ex parte in cōnfessiōne Catholicā ēducātus, nōvit Vudius satis quidem penitus quandam fōrmulam Neorōmānam, quae vulgāriter ita ferē reddī potest: "Etsī sexāgintā per annōs continuōs in statū grātiae dīvīnae vīxeris, sī ūnō sōlō admissō mortālī peccātō ita subitō interfectus eris ut nūlla sit tibi āctī contrītiōnis occāsiō, rēctā ibis viā in īnfernōs ignēs quia pessimē errāvistī, caudex peccātor!" Deus Pater vidēlicet, nihil secus ac in harpastō Septentrioamericānō brabeuta, repetitiōnem tēlevīsificam praesentem, quā quisque ad āream terminālem currēns mōnstrātur, īnspicit, illīs praecipuē partibus pausātō mōtū operam dāns in quibus pēs līneam laterālem perīculōsē appropinquāre vidētur.

At tālibus dictīs similibusque complūribus, Zoltan, quō est aequō animō, adicere solet vērīsimile esse Deī Patris vitiola rēapse ex ambōrum deōrum longā aliēnātiōne mūtuā esse nāta. Mīlium enim annōrum solitūdinem necnōn caelibātum putātīvum, iam pernōtōs post lūsūs illōs Ioviōs satis quidem longō praeteritō tempore (dē quibus emboliīs cūiusque dēnōminātiōnis clērum firmissimās īnfitiātiōnēs ēmīsisse Ipsumque ad colloquia interrogātōria nōn praestō fuisse), Deum Patrem utīque tam brūtum reddidisse ut etiam aptus fuerit quī Equitātiōnī Lātifundiāriae illī in-

terfuisset, scīlicet ūnā cum Ronaldō Reagan ipsōque Duce equitāns, pugi-
lāns, passim mingēns, frūstum būbulae cum astacō frīctum ad foculum
excubitōrium cōnsūmēns. Attamen, sī reconcilientur, Deam Deum fortasse mānsuēfactūram. Quod ut prosperē ēveniat inceptum, necesse fore nōn
sōlum tālia quālia frūstum būbulae cum astacō frīctum rāriōra facere sed
etiam cultum cīvīlem istum "tertiae dēpositiōnis et longī intervallī" indole commūtāre fertiliōre oblectāmentīsque sollertiōribus ut, verbī grātiā,
aviculārum dēnuō discat Ipsissimus sermōnēs participāre fēlēsque nōn
nisi ex ipsōrum vōtō permulcēre fēmināsque pulchrās in amīcitiam Platō-
nicam recipere posse atque, quod quidem fortasse omnium sit māximum,
vestēs lavāre. Sīn autem ultimō in ēmānātiōnum dīvinārum fastīgiō metaphysicō et Deus et Dea ex Vnō prōcēdant (quālis certē cōnsīderātiōnis
theologicae voluntāriae Vudius pӯramidifex, gregum insuper ballēmaticōrum hierarchiīs aristocrāticīs pӯramidātīs assuētus, satis capāx est), nōnne ergō, id quod interdum rogat sē, omnium summum Nūmen sit potius
androgynum? ...Cui sānē coniectūrae Vudiī vēna aliōquī prōna.

Māximum autem impedīmentum quōminus "bellum frīgidum metaphysicum" compōnātur pāxque fiat deōrum negōtiolum istud est quod
"magīa" dīcitur. Sī Deus Pater ex animī sententiā dīceret, id quod ex causīs sibi certē nōtīs vix umquam facit, cōnfitērētur sē arte magicā mīrācu-
līsque nōnnihil sollicitārī. Sīcut enim mīrāculōrum aliqua dēgustātiō ad
animōs hominum ā iūrgiīs et popīnīs in rēs sublīmiōrēs convertendōs
perūtilis esse potest, ita tamen tālium redundantia suāserit ut ipsī quoque
temptent – quō plānē patrisdīvīnae alphamāsculīnaeque potestātis labe-
fiant ipsa pulpita. Quā quidem dē causā, ut vērum dīcātur, Dea Deum iam
prīdem cōnsternābat, quō hic ad postrēmum est adductus ut rēs praeter-
nātūrālēs, vel saltem ex hīs quae nōn per Illum sed per Illam effectae, īn-
fāmāret prōque maleficīs et obscaenīs condemnāret, mulierēs rē vērā ve-
nerandās assevērāns tantum Marīae similēs: taciturnās vidēlicet et mo-
destulās; pudīcās, in optimō cāsū parthenogenicās eōque vī sexūālī sīve
kundalinicā māximā ex parte dēturbātās; magīam, sīquidem umquam,
dumtaxat tertiī ōrdinis perpetrantēs, velut in tortillā speciem suī vel in
multizōniī mūrō vitreō subtīlem vīsitātiōnem adipālem illitam; nihil
tamen umquam testiculātī capessentēs velut marium dīvīsiōnem templō-
rumve vēla scissa. Deae invicem ipsam nātūram et vītam nīl esse crēdit
Zoltan nisi magīam assiduam, quamobrem vidērī illī praestigia magica ā
Deō Patre Fīliōque Eius angelīsque et sanctīs ac prophētīs cēterōve caelestī contuberniō perācta hominum animōs eō magis percussisse quō im-

portūniōra. Apud Deam fungī magīam concinnius atque ūniversius gene-
rāliusque eōque minus graviter ac sēdulō.

Cūr autem – rogaverit aliquis – Vudius noster nunc ita dēfixus astat,
per mediānum avium mōre incēdentem Scintillum obtuēns apparātū illō
multimodō, metamorphicō, aetheriō, plūmālī, aquōsō, micanter scintil-
lantī, volūbilī lābilīque, lacertiserpentipiscōsō viridicātum, ab ēlātā fronte
religātīs crīnibus capillāmentī nōn, ut vidētur, valdē tumultuāriī, grandi-
culīs oculīs, nāsiculō resīmulō, buccā lēvī amplāque (hērēditāte scīlicet
aviae Iaponicae Secundō Bellō Mundānō Scintillī avō nuptae – quae quidem post biennium sincipitis suīnī lactiumque porcīnārum frīctārum iūre
īnspissātō unctārum tandem Iosēphopolim in Californiam ad cognātōs
quōsdam fūgit) nec minus flōridīs lābrīs, īnferiōre salāciter deorsum tendente tamquam pōtuī vel cantuī vel sāviō? Nē ipse quidem Vudius,
efficientibus hyalinīs hīs oculāribus ut invīsitāta atque, nē multa, penitus
ēnormia sibi impressa faciat, huius repentīnae condiciōnis suae ratiōnem
reddere possit. Quae autem condiciō indubiē cum dictō illō ultimō ēchōicō
Zoltaniānō iūncta est, discrīminibus scīlicet oecologicīs praesentibus sto-
machātam Deam ūnā cum tōtā chthoniā stīpātiōne, Patrisdīvīnī ductūs
vitiīs quibusdam ūsam, auctoritātem suam dēnuō tantopere affirmāre
mentemque humānam ita plūrifāriam penetrāre coepisse ut Brambilla –
quā est haec tenebrōsā clāritūdine neque ignōrāta pompulae illīus indole
hieraticozōologicā nec praetermissīs ab eādem forsan in ballātōrem
nūper dīrectīs impulsiōnibus subarcānīs – ipsa sit tandem cuiusdam nūminis Gaeānī diū suppressī (haud scit Vudius an hēmizōomorphicī)
concorporātiō vel (numquid et hoc admittitur?) fortasse ipsa redivīva
Dea! At quārē praeter ipsum illum nēmō alius haec portenta vel animadvertere vidētur? Nūllus enim aspicientium, nē Zoltan quidem,
autocarrūcae mīrābilī proinde ut rēs postulāverat operam dedit. Ecquid
Illa sōlī eī patefacit sē? Sōlīne favet? Ecquid quod tetrapharmacum istud
Gaeānum nunc dīvulgātum paene nēmō lurchinābundius quam ille, ut
fātāliter Zoltāniānus, vorat? Quis sciat? Vidētur autem Scintillī aspectus,
Ipsīus Deae opīnābilem splendōrem assimulāns, lentium colōrātārum auc-
tōritātī aliōquīn satis subiectum Vudium hōrumque igitur oculārium
viridicātōrum vī subitāriā imprōvīsāque fortasse nunc ēgregiē expugnābi-
lem in animī condiciōnem aliquam alternātam trānstulisse, quō quidem
addūcitur is ut sponte, plēnō sonū paratragoedicō, mōre, ut vērum dīcātur, admodum psittacīnō versūs ex aliquā fābulā miserā ā sē quondam

āctā vel aliunde tumultuāriē dēprōmptōs, forsan ad occasiōnem paulō va-
riātōs, dēcantet:

"Somniōne an quae sub oculīs ipsa rēgīna est mea,
Dīva nocturna omnia regēns orthopȳgiō scītulō?"

Quōrum versiculōrum orīgine in mediō relictā, vōx ista quae est
"Dīva," utpote nōn satis apertē ipsī Scintillō sed, ut vidētur, alterī cuidam
dīvae probābilius ab initiō allūdēns, vestificī plūmulās īlicō flaccēscere
facit.

"Nē prandium," inquit hic palpebrārum residuō tremōre spem indicāns esse etiamnum salūtis Vudiō nīl ulterius sinistrī īnferentī, "mihi
resuscitēs. ...Ac vērō tantulum dēmum Scintillulus sum tuus."

Ad quod Prīnceps Ligneus trepidē anhēlāns subque torpidō subrīsū
assentātiunculam aliquam concoquere temptāns, "Attalicīs," inquit, "tex-
tīs plūmīsque ego nempe loquēbar commōtus mīrābilibus quae Bramb ...
em..."

Quamvīs cōnsternātus nimiumque indubiē stimulātus, animadvertit
tamen statim, perspicuitāte quidem Zoloftiānā, flōsculum hunc amputā-
tulum tōtam dumtaxat vesperam praesentem atque fortasse et complūrēs
diēs futūrōs septimānāsve irreparābiliter iam dēvastāvisse. Ex scientiā
enim dē hominīdīs complūrēs per annōs collēctā vidēre valet temporis
spatiolum nimis longum, vacuum, obscēnum post blasphēmiam fortuītam
iam dēflūxisse, quam utīque nūllō nisi forte neglegentī sēcūrōque habitū
sē perlātūrum fuisse, sīve iocō aliquō frīvolō dissimulātam sīve – id quod
vel hīs sub lentibus eum nōn minus superāre vidētur – sonū temere scītē-
que aliōrsum sensūs modulātō. Mora impressiōnem auget; nihil opportūnē lepidī superdīxisse fātum fert. Quod sānē dēplōrandum, nam Vudius
abhinc minus decem minūtīs Venerī adhaerēscēns nōn immeritō sē "Vir
Ligneus" interdum audīre dēnuō praestāre ārdēbat.

Scintillus, conversō corpusculō mōre – etsī nōn iam cōnsultō – adhūc
quidem satis aviāriō, pōne sīpariolum recēdit. Immō, necdum ab oculīs
omnīnō obtēctō eō, Vudius acerbē iam tractātōrum textilium crepitūs
audit, dīvulsōs orbiculōs captantēs, abruptiōnēs etiam Beae ōre gemitum
extrahentēs.

"Vomicae tūber!" exspuit obiter haec inter dentēs susurrātim Vudium
praeteriēns, ipsī cautulē suggrediēns sēmitēctae procellae.

Diū nihil audītur loquēlae – omnium, ut cōnstat, pessimum ōmen. Postrēmō prōdit Bea marcidās sinū tolerāns exuviās tamquam Mēdēa Iāsonī
iugulātōs exhibēns līberōs. Vbi ēmergit Scintillus braccīs silāceīs, pur-

pureō thōrāce āthlēticō in vestificem refectus, Vudius, autismī mītigātī mīrāculum pathologiīs minōribus sed nihilōminus intortiōribus appārentibus circumdatum, quid sit silendum scit. Haud gnārus an exstet et indūtiārum spēs, spondulae sē receptat exspectātūrus dum forte alter recordētur comitem nōnnumquam necessāriē invītēque ineptīre. In quō forsan praecipuē culpanda sunt "Saharāna" haec ut vehementer allicientia necnōn furōrem quendam prodigiālem moventia, quae īnsuper, utpote persingulāria, pȳramidis māchinam ad tempus ēlūdere videntur. Numquid igitur sunt exuenda extemplō? Hauddum hercle, cum percussae adhūc obversātur mentī praevalida Deae imāgō, quam quidem inexsuperābilem nuncupāre parum est. Enimvērō nōn mediocriter commōtum sē sentit Vudius quod dēnique ipse Scintillus est quī sibi tālēs incussit animī affectūs – plānē gnārus ipse simul tālium tantōrumque vēram causam haud posse hunc esse hominem, cuius plānē apotheōsiunculam modo contemplātam vidēlicet portentum esse ēmissum ab ipsā Deā ā Zoltane identidem expictā, quō portentō lūce clārius Hanc sē, Vudium, accīre nec minus vērīsimiliter nūminālis hypostasis temporārium sacellum praesentiaque incūnābula esse ipsam illam Brambillam cuius Scintillus modo sūmpsit aspectum fortuītum.

"Satin' valēs tū?" inquit Scintillus silentium tandem fīniēns, acūs aciāsque iners pulvillīs, fūsūs fīlārēs cistulīs propriīs repōnēns.

"Valeō," refert Vudius, quod tamen verbum nūdum arguere vidētur perfidiam vel forte nimiam suī fidūciam.

"Quīn ergō in discopōlium aliquod adis disculos Brambillāriōs prōspectum tibi?"

Quod Vudius quam sit in partem accipiendum nōn rēctē scit. Per iūrgium dictum an magnanimitātem?

Nec, ut vērum dīcātur, Scintillus quidem ipse quōrsum effūtiat cognōscit. Haud scit an ignōtīs ignōta oppōnat.

"Tē amō," inquit assurgēns Vudius ōsculōque manuālī nunc quam pote inaffectātō, mōtibus ēmeditātissimē immeditātīs, salvēre iubēns. "Mātūrē mē et nāvē polliceor tē compellātūrum."

Scintillus, multifōrmī huic Fortūnātō ambiguaeque īnsuper Venerī obscūrē obnoxiō spōnsus, cūrā animum īnfirmulum dīversē trahente, quōminus intrepidus suspiciat hōc aliōquī mōmentō temporis impedītus, manum saltem ad arbitrium concēdit – faustum augurium, post acceptum ā Vudiō documentum vēnamque propriam semel penitus īnspectam atque dēlīberātam, immō dēpurgātam, futūram aliquandō pācem.

"Et, Bea, tū valeās mihi."

"Valē," inquit haec, quā disyllabā, affābrē īnflexā, satis perspicuē significat: "Nī resipīveris, cucurbitae caput, in cassum revertēris hūc!"

Quem flōsculum trucem ligneus homō sē forsan rēctē collēgisse admīrāns per scālās dēscendit.

Cȳaneō intereā accrētō Boreā, refovētur
laenā ventōsō noctēscentīque relātus
vīcō, percitus ēversōque animō neque discōs
indāgāre avidus. Potius Saharēnsēs mīrās
5   gestantem simul atque iterum bene raedulam agentem
invādit subitō perversa audāxque libīdō.
Quā pulsus cito adit nunc prōna frequentia Collis
austrīna Annae Rēgīnae Melodrāmatum et Aedis
vestificīnās ipse tenēns clāvem, reperitque
10 ōrnātum viridem, vestēs quibus ille Robīnus,
fūr populāris, per scaenās prōdit graditurque
indūtus; nec deest petasus plūmā decorātus
– subter quō retinet crīnēs nihilōminus emptōs
luxuriōsōs. Nunc, habitum obvolvēns paradoxum
15 laenā, Dīnōnis pōtōrium adit stabulum atque
amphaphrodīsiacum Sybarītānumque chorēum
in quō noctibus hīs Veneris vernīs agitātur
mūtātō vēlāmine – quō, bene sī sibi rētur,
tālis vīcīnīs ex aedibus ēliciātur
20 quālis Brambilla est, sī Seattlī rē īnsidiātur
sīque oblectārī cupiat saltāns necopīnōs
lūdificāre Seattlītās ita dissimulāta
omnēs ut lateat ... nisi tēctōs nempe ministrōs.
Quam, licet occultam, poterit forsan Saharēnsī
25 vī, licet undōsā variāque, prehendere vīsū.
Raptim igitur raedā subitōque aliquā in statiōne
dēpositā quasi lēgitimā pērāque relictā
lentibus implētā, ēgreditur dubiē Saharātus
sē quasi clangentī ōceanō vastō ignōtōque
30 committēns tantum tubulō īnstructus subaquālī.
Subter ad occāsum sinus undīs impetuōsus
frīgidus umbrēscit iam praeceps in venetātrum.

Ac post schēmata Olympiaca ātra remōtē nantēs
cernuntur roseae cirrītae fasciolātim
35 pertenuēs nebulae caelō percaeruleātō
inmēnsō iam bullātō Venere exhilarantī
sōlivagā. Petit ille latebram ubi tēcta taberna est
haec speciālis. Quam tamen, heia, offendit inānem
paene, videt mātūrā hāc hōrā sat peregrīnō
40 aspectū plērōsque forēnsī et veste molestōs,
Emporiī plānē Commūnis vel Populōrum
Fēstī prōluviem! Vudiō minimē esse vidētur
cellula Dīnōnis sibi nōta et duplicitātis
dēlūbrum, scītī latebra, īnscītī integumentum
45 ...saltem aliōquīn quod prōvectīs ipse Aphrodītēs
vesperibus solet hīc sentīre et participāre
saepeque Sāturnī, dominō Dīnōne favente,
scaenam scīlicet interdum vānīs simulācrīs
ac Fellīniacīs, solitōque simul summōtō
50 īnsulsō, technā clēmentī atque ingeniōsā
quādam mīrificē dispārēs aequiperantem.
Ōstia dum claudantur vult utcumque Robīnus
in stabulō hōc dūrāre frequentāns invigilānsque,
quamvīs nunc penetrent sonitūs aurēs animumque
55 iadzae stulta aliqua effigiēs clārīnētālis!
Nescit prōrsus cūr animō occurrit necopīnus
gāsī spargibulīs focus accēnsus vice lignī
magnā ex parte fovēns sōlummodo sē retinēnsque
ārdōrēs – frīgus quod sentit corpore tōtō
60 quodque simul sibi vult vel longē certius astrīs
nōndum hōram ūndecimam nātūrās dissociantem
advēnisse. Tamen num continuō est culpandus
possessor servāns discrīmina multa diēī
quīs coetum variet superaugmentetque clientum?
65 Laenā dēpositā in vārā cultūque Robīnī
dētectō braccīs femorālibus haud sine rāsīs,
intrantem, ecce, duae iuvenēs iam veste forēnsī
obtūtū cupidē tacitō vīsunt dēfixae
virque animadvertit quādrāgēnārius ūnus
70 interulam gestāns Nautārum et lūdigalērum

cȳaneum, minimē persuādēns, ad cilibantum
nīxus caupōnā in mediā pulchrē aedificātum.
Mūnus succinctus Vudius femorālibus etsī
tālibus explēre assolet, ō mīrum sibi quantum
75   lumbōrum tenus esse vidētur nunc nūdātus!
...Quō simul autem sēnsū sat necopīnō adrēctus
atque hilarem nimium subitō sē prōdere vērēns
applicat extemplō sē nunc abacō ulteriōrī.
Assīdit sōlī quī prōrsus dissimulātus
80   ex pōtōribus est, quī iam versus trepidantem
respicit advenam acūtē – dī! – mīrē nāsūtam
larvam gestāns in faciē et barbam cuneātam
exstantem flāvamque camīsiam acoenonoētē
undōsam, sinuōsam centūplēque plicātam
85   passim coccineō maculātim vermiculātam
membrīs indūtus superīs valdē īnsolitīsque
braccīs percroceīs virgātīs purpureīsque
īnfrā vestītus praelargīs sed mediā artē
strictīs et quō dēcēdunt pērōnibus altīs
90   perrutilīs, fastīgātīs in acūmine longō.
At quod plūs etiam mīrātur pilleus est quō
larvātum caput intēctum est rūfus badiusve
ad latera angustus rōstrō tamen ante profūsē
plūs pede prōductō, curvātō, in fīne rotundō.
95   Pennae prōcērae trēs et similēs aliquantum
illī ūnī Vudiī quā nunc petasus decorātus
sed magis immodicae prōtendunt sesquipedālēs
prō faciē persōnātī. Cernit Vudius iam
flāvī dē laqueō fūnis laxē vibritantem
100   per capulum dēpendentem, vetera exagitantem,
ēnsem ligneum et īnfectum. Nīl est nisi clāva
perrudis. "Arcus ubī est?" rogat īdos vōce virīlī.
"Cūr tantum es pharetrātus? Nōnne est ars quoque
bellum?"
105   Ad quod balbūtit scamnō aptāns sē simulātor
"Heus, videor mihi nōn meminisse!" encryptographātē
numquid larva loquātur dēmīrāns subitō ipse.
"Praedam nōn capiēs iaculāmentīs viduātus

aut sine rōbustō gladiō," inquit larva remulcēns
110   molliculē capulum. "Tzadiam, ēn, umquam coluistī
arctōam vel Aōzēnsēs campōs spatiōsōs?"
"Em tibi Mongolicē..." cunctanter sūbicit ille,
"...cēnō nōnnumquam longinquā in urbe Tachōmā!"
Quod tamen alter cōnāmen lepidum regerendī
115   invalidum ignōrāns pōtum nunc admovet illī.
Immō ūmor russātus pār est funditus istī
quī in hyalō solidō larvātō praeiacet ipsī.
Advena, tēmētī satis īnscius utpote fungēns
mūnere fermē āthlētae nec prōlūdia omittēns
120   umquam quīque forīs cēnāns solet aut spūmantis
poscere vāsculum aquae perrīdiculē pretiōsum
īnsipidum aut rārō – vae! – cervisiae simulācrum,
dēcernit sibi fās hāc nocte effundere habēnās.
Acceptō hōc igitur pōclō dextrāque prehensō
125   convīvāque salūtātō sūmptōque liquōre
dīmidiō, guttur combūritur īlicet illī
vīvāx. Luctantī nē angātur neu videātur
angī iam lacrimant oculī stomachusque agitātur,
quō stimulātur cōnārī meminisse hodiēne
130   pranderit annōn. Per lacrimās autem subitō ille
nunc animadvertit persōnam ubi vīderit ante
tālem: scīlicet agmine in extremō paradoxae
pompae! Scurrārum in numerō vīdit genus istud
vestītūs forte Ītalicum pūpae faciemque
135   ōs memorantem distortum Pugnī Iudiaeve.
Haerēns iam linguā renovat Vudius pedetemptim
sorbitiōnem, quō cālīgant lūmina plēnē;
vixque recordāns sē neque fūcātum neque passūs
mōtūsque in scaenā mētīrī linteolōque
140   ēgēns, mantēlō exiguō nōmenque trahentī
"Dīnōnis Praesēpēs," quō pōclum stabilītur,
extergēns oculōs sub lentibus hīs Saharānīs,
quae nē dē faciē prōrsus sibi sēmoveantur
dāns operam, sentit sē fōrmam prōdigiōsam
145   persōnā esse illam intēctam praesūmere tantum,
larvās tam dēfōrmēs sē vīdisse gerentēs

nōn meminit. Cito praeripit at nunc intuitūs hōs
ulteriōrēs assurgēns nūbēcula pōclō
iam fermē vacuō viridis tortā columellā.
150 Ecce sed in summō mox ē nebulā filicātā
ēlūcet stupidō effigiēs thōrāciculāris
pictō persimilis scalprī mīrā arte camaeō!
Illa est! Brambilla est! Dīvē truciterque venusta,
implacida illiciēns mortālēs arte ferīnā
155 ...nec minus ōrnātū pennātō vesteque eādem
perprasinā attalicā quā Scintillus modo comptus!
"Tē mihi nunc reserās, rēgīna salūtificātrīx!"
– quod sēcumne putārit an exclāmāverit ōre
īnscius ā scamnō sēsē forte ad genuflexum
160 exagitāns vel prōcubitum, "Glop, pessime mōre!"
audit dīcere imāginulam, vultū speciōsō
contractō in sannam iam drāmaticae rabiēī,
"Quid latitās nunc in stabulīs sīc ēbriolātus
dēsesque? Ecquid vīs animum tibi, blenne, levāre
165 quod tantum mē laesistī? Quid, atat, tibi gestās
nūgārum, mōnstrum? Pete lārēs! Ēbrietātem
ēdormī!" Nec Brambilla est neque Summa Deārum!
Quīn Vudium obiurgāns oculīs fīgit furibundīs
Scintillus tōtam effundēns bīlem ante retentam
170 veste vigēns viridī phalerīsque etiamnum aviānīs!
Praecipite ē vīsū variō cēdente camaeō,
lābitur obstupefactus iam cōnsistere cōnāns
ballātor tantum horrēscēns quantum ēbriolātus.
Nec, quōquō vertit sē, larvam dispicit istam,
175 quae quoque circumfūsīs sē mersisse vidētur
umbrīs undique rītū, ēheu, Vespertiliōnis!
"Heus, mihi dīcās," pincernam subiō peraduncō,
strāmineō petasō prīscī cultūs adopertum,
compellat, "quōnam sē contulerit mihi nūper
180 quī pōtum dedit in scurram bene dissimulātus
...scīlicet Ītalicum!" "Tū es sōlus," ait pincerna
āëre cum vacuō mōnstrātō tum reparātō
pōcillō exhaustō simul arrīdēns animātē.
"At, cedo, quis mihi pōtum ēmit?" "Sūmptū tibi nostrō

185 vēnit..." sūbicit afflātū cupidō pincerna
nictāns, "...summe magister Glop, lūmen saturārum.
Anne hāc nocte vocandus tū mihi forte Robīnus?"
"Ecce, 'magistrum Glop' mē appellant nunc!" meditātur
sēcum laenam dēripiēns vārā properānsque
190 iam forās in tenebrās et per lūcēs aliēnās
offuscātās intereā Vudius sibi quaerēns
num forte alcohol, immixtō medicāmine quōdam,
praeteritīs valeat falsōs impōnere vīsūs
rēs fictāsque retrō..."At ut 'Glop' vocer, eia, 'magister'!"

ὁδὸς ἄνω καὶ κάτω μία καὶ ὡυτή.[8]

—Hērāclītus

With the publyshment of his curiouse and sundrie tractices on ten jentle concernments, the renowmn and goodde report of my ryght wurshypfull lord Francis Bacon have been newlie trumpd across the Counties unto the veri marques of Her Majesties – whom GOD save – Realm, and, not content of Britannick soyl, they have even transversed the Channell and found favour amongst som few persounes of schollership and goodde parts in yᵉ Nether Lands and Fraunce; and in deede shold the fame of him self conqueste yette farther fastnesses of erudicion and loore, so were the weorld, by cause of samenes in a sirname, in daunger of quite forgettynge that other Bacon, iclept[9] Roger, who fyrst in our lande bad deffyaunce to that Sphynx which menne call Scyence, qwaintlie resolvyng the mysteres of gunnepoudre and explycatyng the quidditie of spectacle-glasses as also fancieyng other rare applyances and machinaries beyond the conceipt of most mortalls, such as, by the way of exsaumple, vleihyng[10] apparates and carriages dryven mechanicallwise without use of draught beasts.

---

[8] "Via sursum et deōrsum ūna eademque."
[9] Hoc est *called*, quod sibi vult "vocātus." Quae vōx, saepius ut *yclept* scrīpta, etiam annō 1597 aliquantō prīscior eōque splendidior vīsa esset, nec dēsunt alia indicia scrīptōrem (vel forte scrīptrīcem), contrā modestiam īnfrā praetentam, litterārum tamen ēlegantium honōribus īnservisse.
[10] Hoc est *flying*.

6

Fābellae Biporcīnae Pars Prīma
sīve
"Quae Callēbat Valtharus"[11]

Pūblicātīs libellīs accūrātīs ac dīversīs dē decem quaestiōnibus hūmānīs, volāvēre nūper honōrātissimī dominī Franciscī Bacōnis fāma existimātiōque per praefectūrās ūsque ad Māiestātis – quam Deus conservet – ipsōs rēgnī terminōs, neque Britannicō contentae tellūre, trāiectō Fretō, in Batāviā et Francogalliā nōnnūllōs virōs māximōs doctissimōsque conciliāvēre; enimvērō sī et ulteriōra doctrīnae studiīque prōpugnācula glōria illīus expugnet, perīclitentur forte gentēs, ob cognōminis similitūdinem, memoriam prōrsus dēpōnere alterīus Bacōnis illīus, Rugeriī praenōmine, quī prīmus in patriā nostrā Sphingem illam ab hominibus scientiam nātūrālem vocātam dēpoposcit, mystēria scīlicet pyriī pulveris ēnūcleāns ac perspicillōrum rationem explicāns cēteraque īnsuper īnstrūmenta māchināmentaque omnigena ultrā captum mortālem figūrāns sīcut, verbī grātiā, volantēs apparātūs necnōn vehicula quae, sprētīs iūmentīs, māchināliter propellerentur.[12]

---

[11] Nescītō huius fābellae auctōre, indicia interna annum compositiōnis inter 1597 et 1603 fatentur. Titulus quī est *lord*, Franciscī Bacōnis nōminī praepositus, hunc virum equitem rēgium iam factum esse haud cōnsignat; nam tālī vocāmine comiter appellārī solēbat illō aevō optimās quisque. Attamen, sī forte hōc locō *lord* istī sēnsus proprius attribuī dēmōnstrētur, fābellam annō 1603 cōnscrīptam esse cōnstet. Fideī causā verba Anglica nūllō modō mūtāta neque ad recentiōrēs ratiōnēs scrībendī accomodāta redduntur. Huius capitulī ēdendī venia data est ā C.F.G. Mickelthwaite Publishers, Ltd. Oxoniēnsibus Rēgnī Foederātī.

[12] Notātū dignum est Rugerium Bacōnem (ca.1214-ca.1292) Leonardum da Vinci (1452-1519) ingeniōsissimum illum duōbus saeculīs et dīmidiō antecessisse, quī quidem Ītalus coniectūrās hās aliquantō prōmōvit nōn autem ad exitum perdūxit. Rugerius Bacon, cuius aequālēs, inter quōs notissimus Thōmas Aquīnās, prīncipia experientiae scientificae aut perperam intellegēbant aut, quod multō saepius, prōrsus neglegēbant, prō mōtūs scientificī Rēs Novās Industriālēs indūcentis praenūntiō meritō ac iūre habērī potest.

The which havyng noted, this vmble penne undertaketh not the advertysement nor propagacion of suche lyke hygh-flowne and inconceptible perquisicions but would faynre unriddle, for the pleasire of jentle persounes, but one of the lesser ænigmata attachyng to that earlyer Bacon, to whytt the verytable idemptitie of yette an othre Bacon, this one beyng Walter by name – which name is comen down to owr own tyme in abstruse legent variouslie as an half-whytted bastard sonne of Roger and the same his exceedyng comicall laquey so as also an hellishe dæmon of which Roger is seid to have served him self for the invencion of his fantastickall scyence. This historie proposeth to it self to belye suche vayne and fabulous rumours and to prove withall that in soothe OUT OF THE MOWTH OF BABES AND SUCKLYNGES HAST THOU ORDEIND STRENGTH, as the Holy Writ[13] hath it, for the auld childer rhyme runneth thus:

> Put the pennies in thy purse
> That fall downe from the Fryars hearse.
> Puddyng-pies shallt thou then eate
> And Walter Bacons pickeld feete.

The veritie herein shall shew out in the followynge, for the Fryar of the fyrst couplet is Roger Bacon and none othre, whom yᵉ Papists, in rehearsall of yᵉ Inquisitione, did out of the earnynges from his bookes until his veri deth, proscribyng them summarilie one and alle and lyftyng the interdict at erst when his bones were well coold – althogh the report cometh from the Continent that the stinkyng Francescans do now with all knavishe forgerye and borrowd plumes vaunte themselves of Fryar Roger callyng him NOBLE CONFREER AND AUNCIENT SAGE OF THE ORDRE. The othre couplet concerneth that Walter Bacon whose porcinitie is herein the arguement and upon whose dissolucion that of his master and propugnatour qwicklie followd.

---

[13] Cf. Ps. 8.2-5

Quō cognitō, calamus humilis noster, tālēs inquīsitiōnēs sublīmēs incomprehēnsibilēsque prōpōnendās propāgandāsve neutiquam aggrediēns, excultōrum hominum in oblectāmentum minus quoddam aenigma resolvere māvult superiōrem illum Bacōnem attinēns, vidēlicet quis fuerit et tertius Bacon quīdam, Valtharus appellātus – quod nōmen abstrūsās per fābulās ūsque in nostra tempora variē trāditum est, nunc ut ipsīus Rugeriī fīliī spuriī mōriōnisque, nunc velut pedisequī perrīdiculī, nunc daemonis īnfernī cuius potestāte Rugerium ad scientiae suae mīrācula parienda esse ūsum. Quālēs opīniōnēs vānās vērōque māiōrēs prōpositum est hoc scrībentī refellere nec minus istud Sacrōrum Scrīptōrum cōnfirmāre, scīlicet "Ex ōre īnfantium et lactantium perfēcistī laudem[14]." Sīc enim tetrastichon puerīle:

> *Quadrantēs fiscō īnsere*
> *Quī rogō frātris lāpsulī.*
> *Pāscēris myrtātīs atque*
> *Vnglīs Bacōnis Valtharī.*

Quōrum versuum īnsequentī fābellā probābitur fidēs, nam distichī priōris "frātrem" Rugerium esse cōnstat Bacōnem, quem Papistae, Inquīsītiōnis experīmentō, ūsque ad eiusdem mortem librōrum compendiō fraudāvēre. Quōs quidem librōs istī temere prōscrīpsēre ūniversōs nec ante ossa eius perfrīgefacta interdictum rescidēre, quamvīs ex Eurōpā dīvulgētur iam foetidōs Franciscānōs scelestā fraude glōriāque adulterīnā Frātrem Rugerium iactāre, "cōnfrātrem nōbilem" atque "sapientissimum ōrdinis atavum" appellitantēs. Alterō porrō in distichō appāret ille Valtharus Bacon quem porcum fuisse īnfrā sīgnificābitur ac post cuius exitium ipse dominus et prōpugnātor continuō periit.

---

[14] Ps. 8.3

hic incipit historia Walteri Baconis

Vpon Roger Bacons auld aage when he was newlie retournd to Oxford from the creuell torments of his confinement in the Marches, the which had been visittid upon him owyng to the bittre envie of the Francescan prelates thogh in that place he did neretheless chaunce to medittate upon and conceive even more engynes of thought, he took up a modest lyfe of studiousnes and repose, beyng withall forboden from the farther publicacione of his bookes. To this studyd and reposefull lyfe belonged a morninglie ramble after the synging of the Matins for the soothinge of his ill fettle, whereby he was wonted to discourse on all manner of waightie phyllosofie together with his prentise Joannes, by whom he alle ways went accompanied. In like wise, Rogeres freend Sqwyere Richard Payne had formed the costome, so long as he were disposable, of compaignioninge them after breakynge his fast and settynge on his ruffles.

One mornyng it befell them to walk through a dairie of franklins where there began to play twoo swaines one on the fyfe and one with the tambour. No sooner had the musickers set to but Roger espyed how that one yung hogge, having qwitted his trog, stacioned him self at the edg of his stie, rearyng upp and restyng so upon his forelimmes that his visage, like as rapt in contemplacion, stuck out betwixte the boards, giving out therewith a ryght merrie and comicall aspect. Which having marked, a stall-ladde qwoth: this one doth daunse as well, goodde my lords. Whereupon he brought the hogge forth of his penne and, like as dressyng it into its part, set to daunsinge with the tewne of the hornpipe that was playd, at which the hogge it self did commense to hopp to and backe prettilie in the way of an horse. This causd the perambulatours no small admiracion, and Roger, hauyng yolden neuer a whytt of his inqwisitiue bent, interrogated the ladde how the hogge was comen to this and what manier of instruccion he had applyed thereto. Which when the ladde had explicated, adding alle particulars of the varied rehearsalls and the reqwittalls with food, Joannes and Sqwyere Richard, vexing at the lengthie tarryance, in fine obligd the eldern fryar to part from that dairie once that the swaines and the stall-ladde had been gyven their pyttaunce.

Euer afterwarde, notwithstandyng Sqwyere Richard wisht that they should vary their rambles and althogh he averred that hogges were filthfull

Hīc incipit historia Valtharī Bacōnis.

Rugerius Bacon iam senex Oxoniam modo reversus ex Pīcēnō claustrōrumque suppliciīs crūdēlibus quae ex praelātōrum Franciscānōrum saevā invidiā passus erat – quō locō cōpia eī nihilōminus fuerat et plūra organa ingeniī comminīscendī – sectam vītae assūmpsit studiōrum et quiētis, quippe nē suōs ultrā prōferret librōs interclūsus. Quae vīta studiōsa placidaque deambulātiōnēs cotīdiānās comprehendēbat post mātūtīnōs versūs dūriōris valētūdinis levāmentō factās, quās capessēns ūnā cum Iōannē alumnō assiduōque itinerum comite dē cuiusvīs generis ponderōsā philosophiā disserere solēbat. Hōs similiter et Richardus Payne, vir praediātus et Rugeriī amīcus, datō ōtiō, post iēntāculum corpusque exōrnātum comitārī assuēverat.

Ōlim bene māne, dum populārium quōrundam fundum lactārium hī virī perambulant, simulac agrestium iuvenum pār, tībiā alter, alter tympaniolō, canere coepit, Rugerius porculum quendam cōnspexit quī, relictō alveolō, in suīlis parte proximā cōnstiterat atque, surgēns pedibus ita fulserat sē priōribus ut ōs, saeptī exsertum tabulāmentō, quasi contemplātiōne ēlātī fēstīvum admodum eōque ioculārem praebēret aspectum. Quod attendēns stabulārius puer "Honestī dominī," inquit, "hic quidem saltat!" Et porcellum suīlī ēductum velut in partēs agendās condofaciēns ad tībinum saltābat modulum, quō et ipse quoque porcellus equīnō mōre hūc illūc bellē subsaltāre incēpit. Quod nōn parum admīrātī sunt perambulantēs, atque Rugerius, cuius cupiditās nova cognōscendī hauddum quicquam imminūta, puerum interrogāvit quīnam tāle attigisset porcus ac quae adhibita esset disciplīna. Quae ubi puer explānāvit singula memorāns dē experīmentīs ēscāriīsque vicibus, Iōannēs et Richardus nimiam moram aegrē ferentēs monachum senem dēnique coēgērunt, rūsticānīs puerōque trāditō corollāriō, fundum relinquere.

Iam inde, cum Richardus deambulatiōnum varietātem suādēret suēsque prō bēluīs sordidīs rancidīsque improbāret, Rugerius tamen cotīdiā-

and wlatsom beasts, Roger was not to be kept from his dailie appunc-
tuament with the hogge, since that his mynde was become wunderfull and
could find no ease from qwestinge into the essens and qwidditie of the *mens
porci*. Dailie he broght the hogge som different morsel, now an aple, now
chestnuts, now chese, now berries, now akerns, now bred – marking and
setting down what the hogge made of each and traictying with the stall-
ladde as to what newe knackes the hogge myght learn. In respect of fare,
Roger discovered that the hogge greatelie favourd chest nuts and akerns and
lykewise champinions but that it knewe no delyght superiour to a feast of
truffles.

"Yᵉ schollers in Oxford & Paris would certes have it that the hogges
parcialitie for what is found upon the earthe and his veri greatest fauour
towardst what is found beneath the earthe betokeneth a preponderancie of
the earthlie *elementum* in yᵉ *natura porci*," quoth Roger of a day to Joannes,
"but they are trifflinge varlets one and alle, for this opinion reeketh fowlie of
the fower *offenðicula* to apprehension of the truth. To whytt fyrstlie they do
submit herein to a specked and UNSOUND AUTHORITIE, for they have their five
suppositious *elementa* from the *Stageiran* thogh he giveth no proofs withal
nor adduceth no *experimentes* into their foundation or the *realia* and
particulars of their properties but rathre, as in many thynges, relyeth upon
acceptid & costomarie nocions – which is namelie the second obstacle or *offenðiculum*: the SWAY OF COSTOME. The third *offenðiculum*, as thou well wosteth,
my goode Joannes, is PRÆJUDYCE, which, as the term denoteth, referreth to a
iudgment lackinge in fundament by raison that it be formed pryor to the
percepcion of apposite evidences, as oftimes occurreth when that the exam-
ynre is by disposicion laxe or remissh or when that he is under the swaie of
popular nocions or selfnesse or gain – the latter beyng a chieff pitfallyng at
yᵉ heigh & noble courtes. Owr fowerth *offenðiculum* is OSTENTOUS DISPLEIGH of
inapposite knowledg for the sake of concealyng ignorans – the which is the
chieff vyce amongst yᵉ schollers in yᵉ greate universitates, as I self may
atteste. Furtherover, eny false statement may in deede be fownded upon alle
fower *offenðicula* commonlie, much as a labile and totteringe *œdifis* that is
trusst upp on fower lyke rottan piers." Thus did Fryar Roger oftimes raile

nīs cum porcō cōnstitūtīs arcērī nūllō potuit modō, mēns enim eius summē mīrābātur nec facere potuit quīn perscrūtārētur quae quālisque esset mēns porcī. Immō cotīdiē cuppēdium aliud porcō ferēbat, nunc mālum, nunc castaneās, nunc cāseolum, nunc bācās, nunc glandēs, nunc pānem, observāns simul et perscrībēns quantī porcus singula faceret percontānsque ex stabulāriō quās forte addiscere posset strophās novās. Rugerius porcum cēterō pastuī castaneās glandēsque necnōn bōlētōs longē antepōnere repperit, omnium autem māximē dēlectāre eum terrestrium tūberum epulās.

"Doctī quidem Oxoniēnsēs Parīsiēnsēsque," ait quōdam diē Rugerius Iōannī, "quod suēs generātim quae humī posita sunt appetunt ac subter latentia etiam avidius cōnsectantur, in hōrum nātūrā elementum terrestre praegravāre opīnantur. At istī sunt ad ūnum furciferī nimbātī, nam opīniō haec quattuor offendiculīs[15] foetet quibus vēritās violātur. Maculōsam vidēlicet et īnfirmam sequuntur auctōritātem ā Stagīrītā[16] quīnque elementa accipientēs, quae ut comprobentur iste neque indicia certa prōdūcit neque experīmenta vel notārum propriārum vel singulōrum compositiōnis eōrum prōfert, sed potius, ut in multīs, nōtiōnibus acceptīs solitīsque nītitur – quod quidem est impedīmentum sīve offendiculum alterum, hoc est: imperium cōnsuētūdinis[17]. Tertium offendiculum, quod tū quidem, Iōannēs bone mī, percallēs, est praeiūdicāta opīniō, quae, ut ipsa dīcit vōx, iūdicium significat eō fundāmentō indigēns quod ante probātiōnem perceptam fit, id quod fierī solet sub quaesītōre languidō remissōve vel nōtiōnibus populāribus obnoxiō vel superbiā mōtō avāritiāve – quod praecipuē vitium in magnōrum nōbiliumque aulīs viget. Quartum offendiculum cōnstat ex scientiae parum aptae ostentātiōne quae ignōrantiae cēlandae causā ingeritur, vitium, ut attestor ipse, inter doctōs in ūniversitātibus studiōrum versantēs prīncipāle. Dictum īnsuper falsum quodcumque cūnctīs simul quattuor offendiculīs nītī potest, aedi-

---

[15] Offendiculum est vōx Bacōniāna sibi volēns "impedīmentum logicum."

[16] Sc. ab Aristotele

[17] Quattuor prīma elementa (Graecē plērumque στοιχεῖα dēnōmināta) Aristotelēs ab Empedocle accēpit (apud quem tamen ῥιζώματα vocantur) quīntumque, aethera, addidit ille. Quod ad "methodum scientificam" modernam pertinet, ea quae Bacon Aristotelī (eōque et Empedoclī, quem tamen ille indubiē ignōrābat) obiēcit, praesertim quod nōtiōnēs commodās ita ascīscēbat ut nūllī subicerentur experīmentō solidō, prōrsus probanda sunt, quamvīs sānē Mediō Aevō seriōre tālis "ratiōnālismus," quī nunc dīcitur, surdīs auribus cantātus sit.

and rage upon learned men and rebuke them for their doltrie, thogh now he did it but in companie of *Sqwyere* Richard and faithfull Joannes, for in deede it hadde been such bileousnesse and quarrelsomeness that caused him to be locked away in the Marches at the fyrst.

In the months followyng, Roger customed him self to visitt the hogge each day, markyng its sundrie mouvements and habits and wondryng at howe, fairlie in the manner of an hound, it made haste to greete him even when he brought it no thynge to eete. The hogge was well tempered and not greedie but was gratefull for byts of tastie food. It shaired its foddre with chickens and lett them cleanse its snoote.

It dotid muche on affeccion and was easye flattered and shewed divers forms of whytt for that it coud daunce in a circkle and herd othre beasts and even, all thogh thou mayest not believe it, ape their haviour; and when it was houngerd it bangued lowdlie with its trogh. The hogge how ever did not so much fawn houndwise with onlie its masters, rathre it consorted ryght democraticallie, as it were, with alle the beasts of the dairie seemyng to honour one and alle and to hold reward for its dauncinge to be but a paultry porcion of its regimen, so that Roger did begin to descry the likenesse to a true liberall spirit in the creture.

Then, on a day, having discovered that the hogge was to be gyvven upp to the slauter for its tendre yung flesh, Roger purchassd it and set it upp a stie beneath his schollerlie garrat that he myght best attende & be studious of the beast. And he suffered the hogge, lykewise as in the dairie, to companie the othre beasts of the abbey, tellyng the fryars meerlie that he were markyng anymalic tempers for the purpose of resolving certaine exact quiddities raised in *Averroes*, all the whille seekyng to distill the essence of the anymalic *spiritus* even as he hadde erewhiles distilled the *spiritus vegetalis* – the which latter doctrine was counted in as one of his sinnes of pride where- fore he hadde been chastened by will of the ordre.

On a tyme after a breefe abeyance – for the eldern fryar yette applyd him self in cours to all manner of curiouse quæry – Roger resumd his obseruance of the hogge and markt that it was besett by chicklyngs, the which were eight in number. Vpon inquirie, Roger learnt from the brother husbandman that a mother henne hadde been the othre day run upon by a waggen and

ficiō haud dissimile īnfirmō lābāscentīque quattuor pīlīs fultō pariter pūtidīs." Tālī modō Frāter Rugerius doctōs virōs solēbat ātrā īnsectārī bīle prō fatuīs increpāns, quod autem tempore istō nōn nisi cōram Richardō et Iōanne fīdō faciēbat quippe quia ob tālem stomachum pugnācitātemque in vincula Pīcentīna prīmō coniectus erat.

Īnsequentibus mēnsibus Rugerius in diēs singulōs porcum vīsitābat, huius mōtūs variōs cōnsuetūdinēsque observāns, mīrāns eum sē, etiam cibōrum vacuum, mōre canīnō semper salūtātum properāre. Porcus quidem imbellis erat nec, quamvīs cuppēdiuscula grātus accipiēns, nimis avidus; pābulum enim cum gallīnīs commūnicābat, quās et rōstrum sibi dēpurgāre patiēbātur.

Adfectiōne blanditiīsque dēlectābātur nec pauca praestitit sollertiae indicia, nam nōn sōlum per circulōs saltāre vērum etiam aliās congregāre pecudēs callēbat, quōrum adeō, crēdās nōn crēdās, mōrēs quoque imitārī quībat. Ēsuriēns alveolum pābulārem saepīmentō incutiēbat sonitū magnō. Canibus tamen ille porcus dissimilis dominōs nōn suprā modum adūlābat; quīn potius satis dēmocraticō rītū, ut ita dīcam, omnibus fundī pecudibus familiāriter ūtēbātur, omnibus, ut vidēbātur, pārēs tribuēns honōrēs, praemia saltātiōnis prō sectae vītae exiguā tantum parte habēns. Quae animadvertēns Rugerius in quādrupede humilī animum nihilōminus admodum līberālem percipiēbat.

Quōdam diē, cum comperisset porcum pulpiculae tenellae grātiā laniō trāditum īrī, praestināvit eum Rugerius suōque sub cēnāculō suīle statuit quō melius animal servāret eīque studēret. Indulsit quoque commercium cēterīs cum abbātiae pecūdibus, sīcut in fundō huic anteā concessum erat, monachīs utīque assevērāns sē animantium temperāmenta eō intuērī quia quaestiōnēs quāsdem Averroiānās subtīlissimās solvere intenderet, clam tamen "animālis spīritūs" essentiam sīc resolvere temptāns ut quondam et "vegetālem" – in doctrīnam vidēlicet incumbēns ab ōrdine iam anteā ob peccātum superbiae castīgātam.

Modicum post intervallum – vetulus enim monachus ad omne genus indāgātiōnēs subtīlēs animum adhūc adhibēbat – ad contemplātiōnem porcī revocātus Rugerius hunc invēnit pullīs gallīnāceīs octō obsessum.

that Brother Walter – so the novices and the stall lads were wont to cal the hogge – hadde taine the chicklyngs, in a manier, under its snoote in absence of the othre hennes that were one and alle ever still busyd with their broodyng. Thereafter Roger scrutinized howe that Walter broght out the chicklyngs to feede upon grain, watchyng forebearantlie over them until that they hadde their fil before procedyng, besett ever by the chicklyngs, to his trog.

The brother husbandman, however, was less stonied then Roger at this comportement, for he related to him that sutche a thynge was in no wise unwontid amongst beasts and that he self hadde markt a henne to bring upp finchlyngs, providyng them with grubbs and wormes in steade of the chicklyngs corns even as if she hadde been knowledgd in the dyet of those veri cretures. The husbandman was even in good soothe comen to know of one katte at Sudbury that was become fostresse to twaiyne hounds, and he swoare upon his onlie sowll and the kyngs blood that the hounds abode by the motherfull katte and were subject to her even to a tyme when they were grown tenfold the kattes syze and could haue deuowrd her at one gulp.

Howbeit, that which preponderated in Rogeres mynd in respect of the present case was that Walter was an he and thus could not have been bowyng to the maternal instinction, the which alle well studyd men held to be inordinatelie puyssanter than the paternal. For alle Latin landes knew Livy's historie of the wolfess that suckeld Romulus and Remus, but where did Livy or any othre authoritie have it that a masculin beast nourishd or brought upp a man or eny othre creture that were not of its own kynd? In this wise did Roger ponder and scrutinize with him self, and it came him to mynd that man, albeit he was Nature's pinnacle, myght natheless shaire a consequential ghostlie bond with GOD's othre cretures and that Nature, as som Platonistes averr, is in deede ensouled and that the *spiritus vegetalis & animalis* myght have som mesure of communitie with the *spiritus humanus*. Well knew he that this went against the Aquinan, who wrot that beasts were not fashioned in GOD's image and that they hadde no sowlls and would not partake in the Resurrection of the Dedde and that on this count there were no beasts in Heaven[18]. Roger, thogh, was ever a detractour of the Aquinan for

---

[18] *De Potentia Dei*, II.ix

Percontātiōne comperit ille, parente gallīnā plaustrō novissimē obtrītā nūllāque aliā vacante ex fētūrā iam sēdulīs gallīnīs, "Valtharum frātrem" – quod nōmen coniēcerant saltem tīrōnēs stabulāriīque – pullōs sub rōstrum, ut ita dīcātur, accēpisse. Percrūtābātur exinde Rugerius quemadmodum Valtharus pullōs pabulātum prōdūceret, dum satiārentur aequō animō custōdīret, dein pullīs stīpātus suum redīret ad alveolum.

Quae autem omnia frāter agricola minus quam Rugerius admīrātus tālia affirmāvit inter animālia haud esse īnsolita, gallīnam sē ipsum vīdisse carpodacī pullōs in alimōnium accipere locōque frūmentī, propriōrum pullōrum pastūs, vermiculōs vermēsque sumministrāre tamquam sī illōrum victūs ratiōnem nōvisset; immō vērō accēpisse sē fāmam fēlem quandam Sūdbūrgēnsem duōs fōvisse canēs, quōs, ut per animam suam rēgisque sanguinem iūrāvit, apud cattam altrīcem permānsisse ūsque pārentēs quoad eam decuplō exsuperāntēs statūrā īlicō dēglūtīre valuissent.

Hāc in rē Rugerius animum māximē utīque in id intendēbat quod nūllō pactō fierī posset ut Valtharus, utpote quī mās esset, māternae nātūrae appetītū dūcerētur, quem sānē appetītum doctissimus quisque potentiā paternum longē vincere existimābat. Vniversae enim gentēs Latīnae historiam nōrant Līviānam dē lupā illā quae Rōmulum Remumque nūtrīverat. At ubi, rogābat sē, sīve apud Līvium sīve apud alium rērum scrīptōrem legēbātur quicquam dē mâsculīnō animālī aliēnam prōlem nisi generis suī alente? Tālī modō rem sēcum volventī et excutientī in mentem vēnit genus hūmānum, licet esset culmen mundī, forsan tamen nōn interclūdī quōminus et animī vinculō quōdam congruentī cum cēterīs animantibus ā Deō creātīs iungerētur atque ūniversam rērum nātūram, quod affirmant nōnnūllī ex Platōnicīs, animā esse praeditam, quō "spīritūs et vegetālem et animālem" cum "spīritū hūmānō" aliquā esse coniūnctōs. Quae sibi cōnscius erat ā doctrīnā Aquīnātis prōrsus abhorrēre, quī quidem animālia scrīpserat ad imaginem et similitūdinem Deī nōn esse creāta neque animās possidēre nec Resurrectiōnem Mortuōrum esse participātūra, quā dē causā nūllās esse in Caelō bēstiās. Rugerius autem, quia Aquīnās quattuor offendiculīs, praesertim prīmō, succumbere

that the latter habituallie succumbd to the fower *offenðicula*, espetiallie the fyrst; and in soothe Roger was wont to cal that Italic phyllosofour *ineptus* and a beetlehead, for in vieu of his *offenðicula*, Bacon was no cogger after shier authoritie. And verilie he hadde found even Sont Clement at error for seiyng that "suyne take more pleasire in mudd then in pewre watir" since that he hadde observed that Walter, when gyvven choyse, fansied as oft to coole him in yͤ clean watirs of yͤ next nere millpoole as in the mudd of his own stie. Moreover, the hogge, which Roger lett roam whither it wold, rooted litll; and, throgh a comparaison with othre hogges, Roger resolved that manie hogges were wont to roote for naught but tædium and inadæquate fodderinge.

In the thrydd yere of Walteres lyfe, when the landefolkes were grown customed to see the vetust fryar dailie peregrynate in companie of his porcine fellow, with or without Sqwyere Richard and Joannes, as it myght be, the abbot bod him come to the sacristall[19] chaumbers, where, in presence of his skriveners and counsellours, he remonstrated him declairyng that the hogge must needs go to the slauter for that the convent was become a laugh-yng-stocke owyng to Rogeres public consorcion with seid hogge. Roger in his tourn made referens to the renowmed consorcion with beasts on the part of those twayne most blest of *fratres minores*, Antonius Padvensis and himself Franciscus Assisiensis, the ordres foundour, and howe that Francis hadde even traictid commonlie with cattal and preacht to the byrdes. Whereto the reverend abbot did respond that such were of a suretie naught but legents and fabulations and that, as the learned Thomas Aquinas writeth, sauvagerie and brutishnesse take their names from a lyknesse to wilde beasts, which are also descrived as sauvage and furthermore that beasts, beyng deprived of raison, were sowll-less and that they were, lyke as trees and earthe and stonnes, the propertie of men and that their lives are preserued, again as Aquinas saith, not for them selfes but for the benefice of man, wherefore it did behoove Roger to let the hogge be slauterd and eaten rathre then live and give scandall.

Hereto Roger, maintainyng his respectfullnesse towardst the reverend abbot, notwithstandyng such referenses to the Aquinan, replyed presslie

---

[19] Hapax legomenon est.

solēret, dētrectābat eum neque parcēbat philosophum illum Ītalum "ineptum" dīcere et "trōglodytam"; nam, quod ad offendicula sua attinēbat, nūllī blandiēbātur dignitātī. Enimvērō et ipsum Sanctum Clēmentem eō errōris coarguit quod hic "suēs caenō magis dēlectārī quam pūrā aquā"[20] affirmāvisset, nam Valtharum ipse animadverterat, concessō arbītriō, tam saepe proximī molāriī stāgnī limpidō rōre quam propriī suīlis līmō sē refrīgerāre velle. Porcus īnsuper, quem Rugerius quō libuerat vagārī sinēbat, rōstrō parum fodiēbat; atque ex comparātiōne cēterōrum porcōrum complūrēs hōrum dēcrēvit tantummodo ex taediō dēteriōreque pābulō fodīre.

Valtharī tertiō aetātis annō grandaevum monachum, quem rūsticānī cotīdiē comite porcō spatiantem, adiectō interdum sīve Richardō sīve Iōanne, cōnspicere assuefactī erant, abbās in aedēs sacristālēs arcessī iussit; quō locō hic cōram scrībīs et cōnsiliātōribus suīs reprehendēns laniātum trādendum esse suem dēnuntiāvit, coenobium autumāns propter Rugeriī eōdem cum sue pūblicam conversātiōnem irrīdiculō habērī. Respondēns Rugerius commemorāvit, quod nēmō ignōrābat, Frātrēs Minōrēs[21] ambōs illōs beātissimōs Antōnium Paduēnsem atque ipsum Franciscum Assisiēnsem cum animālibus cōnsociāvisse, immō Franciscum et pecudibus familiāriter ūsum et avibus praedicāvisse. Abbās contrā haec tāliaque nīmīrum ex fābulīs et rumōribus vulgāribus orta esse contendit atque, quod Aquīnātem Thōmam doctissimum scrīpsisse, saevitiam immānitātemque ē bēluīs nōmina habēre quae etiam saevae dīcerentur[22] necnōn et animālia, utpote ratiōnis exsortia, animā quoque egēre ac, sīcut arborēs et terram lapidēsque, hominum in mancipiō esse eōrumque vītam, quod iterum Aquīnātem dīxisse, nōn suō sed hominum beneficiō servārī,[23] quōcircā Rugerium sinere oportēre ut porcus potius laniātus cōnsūmātur quam ut vīvēns sit opprōbriō.

Rugerius abbātem reverendum, et Aquīnātem nōminantem, adhūc satis colēns astrictē retulit secundum Librum Genesis et hominēs et

---

[20] In locō citātō Clēmēns Alexandrīnus nōn nisi verba Hērāclītī Ephesiī (c. 550-c. 480 a.c.n) refert. Vidē Frag.13b apud *Hercalitus Fragments: A Text and Translation with a Commentary by T. M. Robinson*, U Toronto Press, 1996: p. 17.

[21] Aevō nostrō "Franciscānī" dēnōminātī

[22] *Summa Theologiae*, Q159.2

[23] Ibid. Q96.1

that in the Booke of *Genesis* both man and beast ate but fruicts and herbes and vegitalls in the Gardein of Eden and that thus, to æmulate that state of blest innocens, it myght behoove the ryght godlie fryars as well to forsweare the eetynge of flesh.

At this, one of the abbots counsellours, a certain Donate, bæd leave to speak and quoth: "Brothor Roger, thou art in veri soothe correct to opyne that suppinge off animal flesh can gyve offens to GOD, but this is so stricte under certain conditiones. To wit: owyng that beasts are lustfull and viciouse, men must take dwe mesures to eschue the influens of their fowllre humours. Howbeit, with the most flesh this may be accomplisht throgh cookyng, as Albertus Magnus teacheth, for heat clairifyeth and that which is coold is impewr. Thus are beasts coolre then men and must furtherover keep their hedde near to the grownde, which is even cool an(d) impewr. Their heddes are also in proporcionate wise heaviyer, giving proof therebie of their doggie grossnesse. In the case of som beasts, however, the clairificacion of cookinge suffyceth not. Wherefore Holie Barnabas, by the waie of exsaumple, warneth against alle eetynge of hares, for they are pervers and the corrumpcion of their flesh is so potencial that, be it ever so thoroghlie cookt, it may convert even sontlikest men into corrumptours of yung boyes. Verylie and sagelie doth learned Sont Clement teach that an hare groweth a newe *anus* eache yere and that 'he hath the same nombre of nether openynges as the nombre of yeres he hath lived.' Flesh of hyæna is also assiduouslie to be shunnd, as the hyæna is hermafrodite and possesseth an esspeciall orifis for pervers engagments. In like manier is ye weassell interdict and anathema by raison that the femelle, as the erudyte *Physiologus* teacheth, is obscœnlie impregnate throgh the mowthe and gyveth byrth throgh the eare. And against the false testimoinage of Avicenna, who like manie Arapian heathen was an holder of catamites, Doctour Origen asserteth that the *anus* of ..."

"Thank thee, Frater Donate, for thy sagaciouse contribucion to this owr brotherlie intercours," the abbot interpellatid him in goode part. "Frater Rogerus will in course acceed to the præceptes of GOD's holie sonts and the doctours of HIS chirche, for he will surelie understand that the lascivitie of beasts is their daumnacion as well as the daumnacion of man if man allow his aungelic nature to be draggd down and sullyd in the swynish mier of passion, for Sont Augustine teacheth that even permissable passion is to be shunnd and that lawfull intercours of a man with his wyf shold wholelye

bēstiās in paradīsō tantum fructibus et herbīs et holeribus esse pastōs, quō forte optimōs frātrēs oportēre, beātam innocentiam illam aemulantēs, carnis ēsum ēiūrāre.

Tunc quīdam ex abbātis cōnsiliātōribus, Dōnātus nōmine, impetrātā veniā dīcendī, "Rēctissimē quidem" inquit, "opīnāris tū, Frāter Rugerī, animālium carnis ēsum Deum offendere posse; offēnsiō autem certīs ex condiciōnibus pendet. Quoniam scīlicet bēstiae libīdinōsae et vitiōsae sunt, hominēs cōnsulere dēbent nē hārum hūmōribus turpiōribus afficiantur; quod autem plērīsque in carnis speciēbus coquendō efficitur, sīcut docet Albertus Magnus,[24] nam calor pūrificat atque id quod tepuit immundum fit. Animālia igitur hominibus frīgidiōra sunt ac capita vertunt praetereā prope humum, quae sānē et frīgidior est et contāmināta. Capita eōrum, sordium canīnārum documentō, perinde graviōra sunt. Attamen nōnnūllārum bēstiārum carō coctūrā nōn satis dēfaecātur; quārē Sanctus Barnabās, exemplī causā, nē leporīnam comedāmus admonet quia leporēs perversī sunt et carnis eōrum vitiōsitās tam potēns est ut, etiamsī penitus sit percocta, virōs etiam honestissimōs in puerōrum corruptōrēs convertat. Vērē quidem et sapienter docet Sanctus Clēmēns leporī quotannīs novum ānum incrēscere, dīcēns 'tot ōrificia īnferiōra habet quot vīxit annōs'[25]. Hyaenia quoque carō sēdulō vītanda est, cum sit hyaena hermaphrodīta ōrificiumque peculiāre ad coitūs sinistrōs possideat. Similī modō interdicta atque anathema est mustēlīna quod fēmina, ut docet Physiologus ērudītus, obscēnē per ōs implētur atque ex aure parit. Et contrā testimōnium falsum Avicennae, quī, sīcut complūrēs Arabēs pāgānī, catamītōs tenuit, assevērat Ōrigenēs Doctor ānum..."

"Grātiās tibi," īnfit benignā interpellātiōne abbās, "prō frāternī commerciī nostrī augmentō sagācī agimus. Procul autem dubiō Frāter Rugerius in praecepta piōrum Sanctōrum Deī ecclēsiaeque Eius Doctōrum acquiēscet, nam profectō bēstiārum lascīviam nōn nescit damnātiōnī esse et ipsīs eīs et hominibus quī nātūram suam angelicam in libīdinis lutum suīnum dētractam inquinārī sinant. Augustīnus enim noster etiam eam quae liceat libīdinem fugiendam esse praecipit atque in contactū coniugi-

---

[24] *Quaestiones Super Animalibus*, 2, 1, 69

[25] *Paedagogus*, 83, 5: καὶ τὸν μὲν λαγὼ κατ' ἔτος πλεονεκτεῖν φασι τὴν ἀφόδευσιν, ἰσαρίθμους οἷς βεβίωκεν ἔτεσιν ἴσχοντα τρύπας.

lack passion. Further, the sonctifyed Hipponensian weeneth man so divergent from the beasts that he writeth: 'And so I shold na believe, on eny consideracion, that the human bodi – not to speake of the sowll – may be converted into limmes and fetures of beasts thrugh craft and powre of dæmons'."

At this, Roger bided for a tyme without speech under the gazes of his brethern, for the which he then in fine excusd him and thereupon began discoursyng on Aristotles Ethics and this Grecian sages definicion of the fonccion of man as that qualitie which is pecwliar to man; for Roger objectid to the methode of excludynge commonalities so as to delimitt the *definiendum* in stead of includynge alle the qualities of yᵉ *definiendum*. Whereby he meant Aristotles definicion of mans fonccion as TO BE RACIONALL, as opposed to a beasts fonccion as TO PERCEIVE and a plauntes TO GROW.

And he held forth thus: "For is not a thinges fonccion to be defind as the somme of its propertyes rathre than by that which is pecwliar to it and no othre thynge? Is not a beasts fonccion to be delimitid as TO GROW and TO PERCEIUE, so that the beast is to shair half its essens & fonccion with the plaunte? And then complementally is not the fonccion of a man to be defined alltogethre as TO GROW, TO PERCEIUE, and TO REASONNE, rathre then alone TO REASONNE, as Aristotle wold have it?"

The abbot contered: "To what ende then dost thou enter upon this disputacion?"

And Roger aunswerd: "Meseemeth that by Aristotles owne divisions of GROWYNGE, PERCEIVYNGE, and REASONNYNGE, we are, with respect of fonccion, one thrydd part anymal and one thrydd part plaunte, whereas the plauntes, lykewise with respect of their fonccionynge, are one thrydd men and the beasts are twoo thrydds men."

To this in despyte of the scandall of the othre brethern, the abbot did not repreve him sore, but he was convinsd withal that the auncient fryar hadde begunn to dote for his auld aage, and so he admonased him in a kindly wise as followeth: "Dear Frater, in the Holie Writ is readd that GOD did fashon man after HIS own image. Of what farther definition have we then need?"

And Roger replyed: "None to be sure, Frater Abbas, but my contencion, if I may proffer it, is as to the beasts, for the Holie Writ refraneth from the

ālī etiam lēgitimō fervōrem omnimodīs respuendum. Opīnātur etiam Hip-
pōnēnsis sanctificātus bēstiās et hominēs adeō discrepāre ut scrībat: 'Non
itaque sōlum animum, sed nē corpus quidem ūllā ratiōne crēdiderim
daemonum arte vel potestāte in membra et līniāmenta bēstiālia vērāciter
posse convertī'."[26]

Ad haec Rugerius sub oculīs frātrum paulisper obmūtuit; prō quō
autem silentiō veniā tandem petītā dē Ethicē Aristotelēā disserere coepit
dēque illīus Graecī sapientis doctrīnā quā mūnus hominis secundum proprietātēs pecūliārēs hominis fīnīvit; nam Rugerius ratiōnem dēfīnītiōnis
reiciēbat quā proprietātēs inter rēs dīversās mutuō participātae exclūde-
rentur neque ergō omnēs dēfīniendī proprietātēs aequē comprehende-
rentur. Quae dīcēns fīnītiōnem Aristotelēam spectābat quā philosophus
ille mūnus hominis "ratiōcinārī" dēcrēverat, bēstiae "sentīre," plantārum
"crēscere."[27]

Sīc enim ille: "Nōnne vērō rēs potius ex suārum proprietātum summā
dēfīnienda est quam ex ūnicā proprietāte tantummodo suā? Nōnne scīlicet fīniendum est bēstiae mūnus 'crēscere et sentīre' quō bēstia essentiae
suae mūnerisque suī dīmidiam partem cum plantā commūnicet? Nōnne
porrō similī modō hominis mūnus fīniendum est 'crēscere, sentīre, ratiōcinārī' magis quam, quod intendit Aristotelēs, tantum 'ratiōcinārī'?"

Subiēcit abbās: "Quōrsumnam hanc suscipis disputātiōnem?"

Rugerius inde: "Vidēmur nempe mihi, sī modo discrīmina Aristotelēā
crēscendī et sentiendī et ratiōcinandī probāverimus, quod saltem ad
mūnus nostrum attinet, tertiā ex parte animālia esse ac tertiā ex parte
plantae. Plantae autem videntur, similiter sī hārum mūnus spectāveri-
mus, tertia pars esse hominum, animālia duae tertiae partēs."

Quibus verbīs quamvīs offenderentur cēterī frātrēs, abbās tamen, frātrem pergrandem nātū ex senectūte plānē dēlīrāre crēdēns, minimē
increpāns tālia perhūmāniter admonuit: "In Scriptīs Sacrīs, cāre frāter,
legitur Deum hominem ad imāginem Suam creāvisse. Ecquā ergō est
ampliōre fīnītiōne opus?"

"Nūllā quidem, Frāter Abbās," ait Rugerius, "at disputātiō mea, sī eam
prōferre licet, animālia potius spectat, nam Scrīpta Sacra plantās et

---

[26] *Civitas Dei*, xviii, 18, 783
[27] *Ethice Nicomachaea*, VII. 9-13

definition of plauntes and beasts, beyond to sey that they are placed under mens authoritie. Nor is it seid to whatt extent plauntes and beasts may partake of GOD's image. For this raison we are dependent upon the Grecian, whose methode I would fayne contend is herein sadlie blemisht."

"The Grecian wold seem more astute then thou, brother," quoth the abbot, chaufing withal. "And I forebid thee, as thy spiritall superiour, to discurs farther on this arguement." Whereupon he decreetid that Roger shold be restringed to his garrat exceptyng for the holie messe and the offyce and that the hogge shold be bucht and served upp to the brethern. And it happened in this waie so that on the next day Walter, in despyte of his freedom to flie but reamainyge for eccesse of lov for his master and freynd, was dryven to the slauter under the blowes and tauntinge of the folkes, as is the rusticall practyse. And when fyne snoote was broght upp to Rogeres garrat that he shold eete, he wold not. And in deede it was not long thereafter that the aaged fryar he self expired – whethre for lack of sustynaunce or for grievinge over his compagnion Walter or for bittrenesse or for som othre raison it is not to be known.

Fryar Bacones exequie was assistid by persounes from parts wide and nere, amongst whoem were cowntid bothe his detractours and his fautours, along with those whoe were but inquisitif: and alle were mixt togethre in greate nombres, for that he was known as a wonder-worker and mage and was cald DOCTOR MIRABILIS. And the abbot reqwyred that the remanyng proceed from Rogeres recentest tractises be converted to pennyes and distributid to the alms-folkes by the hearse-knaves; for this was the monney that Roger hadde destyned to the purchase of newe curiouse implements and apparatuses for his essaies, and the abbot deemd it impropre to use it for eny purposes othre than for pietie. And owyng that the pape was disposd towardst the fryar doctour and hadde boden that his bookes and wrytinges not be burnt but that they be lett on their shelfes, the fryars tooke long nayls and affixt them hard that the leafes myght not be turnd; for thus they weend to satisfy the papes biddynge and their own spyte to boote. In verie sooth it can not be denyed that manie of the brethern were gealouse of Roger for his fame; and this was the cause thereof that manie of his wrytinges went lost.

hic finem habet historia Walteri Baconis

animālia dēfīnīre supersedet, nisi quod hīs hominēs praepositōs esse dīcit; neque usquam legitur quā ex parte plantae bēstiaeve imāginem Deī participent. Quā igitur in rē Graecō nītimur, cuius autem methodus, mē iūdice, claudicat."

"At mihi," īnfit īram nōn iam bene continēns abbās, "Graecus perspicācior tē vidētur. Quīn immō tē ego, ut quī sim tibi praepositus spīritālis, huius argūmentī tractātū ulteriōre prohibeō." Īlicōque Rugerium, praeter sanctam missam officiīque cantum, cēnāculō inclūdī necnōn porcum laniātum frātribus appōnī iussit. Quae quidem ita perācta sunt iussa ut perendiē Valtharus, cui līberum esset aufūgere, ex dominī amīcīque amōre tamen remanēns sub colaphīs convīciīsque populī, ut mōs rūsticus erat, agitātus sit carnificātum. Cumque Rugeriō in cēnāculum sursum portātum esset rostellum suīnum exquīsītum, abnuit comedere ille. Nec longē posteā obiit et ipse frāter veterānus seu inediā seu Valtharī comitis dēsīderiō seu amāritūdine seu nesciōquā aliā causā occultiōre.

Frātris Bacōnis exsequiās iērunt quī longē lātēque habitābant, inter quōs et obtrectātōrēs eius et fautōrēs; nec sānē defuērunt cūriōsulī. Quī omnēs crēbrō intermixtī ad permagnum numerum cumulātī sunt, nam ipse prō mīrāculōrum auctōre magōque habēbātur nōmineque appellābātur "Doctor Mīrābilis." Et abbās postulāvit ut recentissimārum commentātiōnum Rugeriānārum quī supererant reditūs in quadrantēs conversī ab agāsōnibus exsequiālibus inter egēnōs dīviderentur, cum indignum vidērētur hanc pecūniam, ā Rugeriō ad nova īnstrūmenta admīrābilia emenda dēstinātam, ūllī nisi piō prōpositō tribuere. Atque propterea quod papa doctōrī frātrī favēns librōs et scrīpta eius combūrī vetuerat superque pluteīs cōnservārī iusserat, frātrēs arreptīs clāvīs longīs ita firmē affixērunt ut pāginae vertī nōn possent, arbitrantēs sē hōc modō simul papae mandātīs pārēre et malignitātī suae. Etenim multōs ex frātribus Rugeriō glōriam invīdisse haud negārī potest; quae invidia effēcit ut multa ex illīus scrīptīs perdita sint.

Hīc fīnem habet historia Valtharī Bacōnis.

σάρμα εἰκῇ κεχυμένον ὁ κάλλιστος κόσμος.[28]

—Hērāclītus

[28] "Quisquiliae temere cumulātae pulcherrimus mundus."

7
Saltus Alius

Nōn iam grunniēns nec rēpēns extrāneus iste, ā Iacobō ē palūde extractus mensaeque iam accomodātus hūmānae, styraphricō ē pocillō pōtiōnem aliquam sorbillat. Intimē quidem admīrātur Marnia foedō ex quādrupede in hēmianthrōpoīdēn metamorphōsin – cuius tamen metamorphōseōs discrīmen ipsum ipsa, quippe vorātrīnulam cibōrum Sīnēnsium expediēns Geofrīdulumque in gallīnāceam concīdendam addūcēns, nōn vīdit. Commūtātiōnis autem causa haud scit an cum pōtiōne coniūncta sit quam Iacobus, Thērotrophiī Hōrtōrum Silvestrium custōs, tempore operāriō modo fīnītō, et Agnē, suum iam suscipiēns opus, eī ministrāvērunt. At pol nōnne mīrum est quod iste quī anteā oculāria gerēbat viridia nunc tamen repente topaziīs īnstructus est quōrum lentēs nīl magis quam trīticum admonent? Cētero utcumque ex ōrnāmentō rētur Marnia istum dē priōris noctis concentū restantem esse pharmacomanicum. Quam quidem opīniunculam praecipitiōrem lēctor acūtus aestimāns forsitan certior sit faciendus neque ipsīus Marniae corpus ānellīs octupliciter perpūnctum nec crīnēs in stirpe mōrī Īdaeī colōre, apice flāvōs, cūriōsissimē ad tumultum comptōs narcomaniam per sē quicquam vel laudāre vel damnāre, quippe enim tālī ferē ōrnātū doctrīnae plērumque studiōsissima fāmam mōrōsitātis repudiāre petit.

Iamque insuēta pēra ista, Marniae quae vidētur merx ē Gepettī artificiō dēprōmpta, vēsānī dorsō modo exūta superque pavīmentum posita, haud renuente possessōre, ā Iacobō cautē recognōscitur.

In novam sēsamōrum ampullam reperiendam gubernātō Geofrīdulō, Marnia animum in effrāctōrem revertit. Vigilēs Seattlītae duo, quōrum figūrās ōvātās iaccae caeruleae suffarcinātae amplificant, modo supervenientēs cōnsilium cum Iacobō ineunt, dum Agnē lūnāticum perspicillātum adhūc prōcūrat. Quī quidem lūnāticus ante proximum parietem fenestrālem et arbutōrum rēpentium lavandulāceiflōrum scaenam ulteriōrem lēnī vōce īnstrūmentī cāseī excitandī vīcīnī strīdōre tēctā mīrum quam placidē nunc ad interrogāta Agnēs respondēre vidētur. Ecquid pōtiō eī accomodāta mentem ē Circulō Asteroīdicō vel undecumque aliquantum viae ad Terram versus redūxerit?

At ecce vultus eius quasi dēfessī. ...Cuius vultūs praetereā animadvertentem obrēpit concinnitās inopīnāta, tamquam sī illī quaestus sit aliquā ex parte oblectātōrius. Scīlicet in numerō quā īnsipientī quā venustō eōrum vidētur esse quī synecdochicē dīcuntur subligācula generis *Speedo* probē īnfarcīre. Et rē vērā corporis gestūs mōtūsque, vel hōrum grandiōrēs, quamvīs in fessō homine, aliquā turgent grātiā. Nōnnūlla tamen singula repugnant: pōcillum duōbus summīs digitīs velut imperītē suffultum; tōtum corpus tussī vel levissimā perrigēscēns. Marnia nēminem tam nitidum et simul tam īnsulsum umquam vīdisse sē meminit. Ac quālis homō tālis vestis: femorālia brācāria viridia passim caenōsa, duōbus scissa locīs, fōrmam tamen amplectentia decōrissimam; tunicula curta prasina subrīdicula; prasinus quoque pilleus plūmātus, libellō colōrābilī puerīlī excerptus, foliolīs surculīsque tumultuāriē suffrondēns. Quōrum cūncta simul rīsum movent ... et blandiuntur. Immō īnsulsitās haec, summum aenigma, in Venereum vergit! Etenim, contrā cumulātōs labōrēs īnstantēs, sīcut mappulāriōrum replētiōnem tubulōrumque *Sprite* pōtiōnis dēpurgātiōnem, homine illō diū solvī nequit Marniae obtūtus. Id quod māximē quidem allicit neque pilōrum palpebrārum nigrēdō voluptuāria est, per lentēs suffulvās perspicua, nec caesariēs corvīna nec membra Michaēlangelica, quamquam tālia profectō singula nōnnihil afferunt. Huius tamen montis summa pars minimē est ipsum solidum culmen quālecumque sed potius adflātus ille sēminebulōsus culmen mystēriō cālīginōsō immiscēns. Inermissimus simul ille et dīvīnus, vidētur quam mortālis immortālisve quīvīs aliquā vīvācior utpote vītae plūrifōrmis contrāria in sē cōnciliāns, adōrātrīcem simul prōvocāns et nūtrīcem. Quās tamen Marnia nōtiōnēs sē parturientem plānē dēsipere dēprehendit, scīlicet et plūrifāriam et propter aetātis discrepantiam; illum enim, paene iam senem, trīcēsimum appropinquāre annum coniectat cui ūndēvīcēsimus nūper explētus.

Cessante tandem, ineffābilī levāmentō, cāseī īnstrūmentō excitātōriō, colloquium istud, etsī dīlūtum, excipere valet.

LVNĀTICVS	"...at pervestīgandum unde cantārētur tam iūcundē."
VIGIL PRĪMVS	"Scīlicet in concentū?"
LVNĀTICVS	"Aliunde ēmānābat. ...Post concentum persōnābat."

Prōdūcuntur verbula mollia, figūrātissima, quasi ē māchinulā extrūsōriā dēlicātā prōcūsula.

VIGIL ALTER	"...Em tibi erit utcumque experīmentum venēnārium sustinendum."
LVNĀTICVS	"Per mē licet. Faciātis. Lūcem mī participātis?"
AGNĒ	"Lūx Tapia iam in viā est, ex officīnā nostrā certior facta."
VIGIL PRĪMVS	"At prōdīre cantum noctū ex expositiōnibus diurnīs quās irrūpistī, immō īnsiluistī!"
LVNĀTICVS	"Reputantī nīl illōrum liquet mihi nunc factōrum Rēgnō sub Perprasinōrum. At Lūx forsan ..."
VIGIL ALTER	"Istane Lūx tibi medica est?"
AGNĒ	"Minimē. Lūcem Tapiam esse..."

Spatiolum quod cāseī calfactī excitātōrium Paulī expedītum relīquit repente praeclūdit strēnuē frendēns Snekvīkī carōtārum liquefactōrium – quō Marnia, suī sat dissimilis, in benevolum Dominum Snekvīkum ārdentem dēvōtiōnem sēcum murmurat.

Decem post minūtīs advenit Hispānoamericāna breviōris statūrae, haud ingrāta, quamvīs quadrāgēsimum aetātis annum ēvidenter iam prīdem excesserit, Vniversitātis Vasintoniēnsis subūculā albā et violāceā braccīsque Genuēnsibus amicta, capācī pērulā scorteā laevō pendentī umerō, ānulō subtinnientibus clāvibus crēbrō dextrā adhūc prehēnsō tamquam sī clāvem aliquam in propinquō sē adhibitūram spēret sīve raedam raptim repetītūram. Faciēs tumidula, cōnfūsē subrūgāta lectō cōnfitētur nūper excussam.

Appropinquante hōrā portārum reclūdendārum, tot iam custōdēs magistrātūsque zōotrophicī affluunt ut Marnia ipsum māximā ex parte nōn iam cōnspiciat, nēdum audiat. Quae conglobātiō mōmentō temporis, invāsōrem ambiguum plērumque obtegēns, per Caffeī Pluvisilvestris – huius scīlicet popīnulārum aulae internae – forēs occidentālēs tumultuōsē tandem exit, comitātuī quidem similior quam custōdiae.

Ante perāctās quīndecim minūtās, pulsantibus – quod quidem tam absurdum quam mīrē validum – dēsīderiī undīs Marniānum cor, per Iēsum cuneārium nōtōria pervādit effrāctōrem celebriōrem esse ballerīnum quem quidem proximae noctis concentūs audītōriō interfuisse mātūtīnōque bēstiāriās expositiōnēs lymphaticō mōre perrēpentem repertum,

plānē igitur in numerō esse "Brambillaticōrum" quī dīcuntur. Istīus
cantūs ita subinde Marniam tenent ut oecologicototemicum istud carne-
levālārium vix sibi interpretētur.

At saltātōris illīus, quōcumque sub Rēgnō Prasinō vapulantis, est certē
aspectus perdulcis – quamquam nunc occurrit et Tribbula, omnium entium vel dulcissima, extrēmās tamen attulisse aerumnās. Quod animadvertēns Marnia dūram in vēritātem pedēs dēfert.

* * * *

...Haec aut accipiunt corde omnēs aut sē fingunt
accipere omnia, praeter mē, neque cūr hodiernus
concentus vespertīnus nunc hōc habeātur
exiguō in spatiō sub stēllīs mente capessō,
5   cum flōs sit cantātrīcum Brambilla, neque apta est
lūx nitida haec populāris agellō zōotrophīī.
Hācine rē scaenā obscūrā parvāque oriētur
dīva canōrē mox? Quam rem quidem ut experiar nunc
impendī prō sēde trecentōs paene thalērōs.
10   Quārē, ēn, convenit ambiguōs noluisse venīre.
Haud dubiē simul ac vēnumdata continuō empta est
omnis tessera. Quārē quī fiat ut subineptus
indeptus sēdem sim praestantem neglegenter,
nēdum sēdem ūllam, haud rīmor. Sed mē in viridātum
15   silvicolam fūrācem rursum dissimulātum
saltem laetor; nam vestis phaleraeque theātrī,
cui gestāns impār, scaenīs prōnae facilēsque
quādrant. Mē coetūs hominum semper latuēre.
Quae comitum meditētur quisque potest subolēre
20   istōrum quisque. ...Ecce aliquid blaterātur et omnēs
corrīdent, digitō mōnstrātur sponteque tangit
tunc alius cubitōve alium temere aut umerālī
perfūnctōrius – ēn! – genuī digitōs impōnit
impūne ut numquam possim minimēve sinistrē!
25   Saepe catervātim inter sē quae colloquitantur,
quamvīs assiduē incomperta vocābula temptem
discere, mē superant. Scōpae mihi dissolvuntur.
Tālia proptereā mandāns Erebō vehementer

Terpsichorēn quaerō exāctam certamque Thalīam
30   – nempe magis cōnsectātor quam entheus ipse.
Rōmēus viduus factus maestum ante cadāver
saltem adamussim pernōvī mihi quātenus armī
dēmittendī vel caput angōre inclīnandum;
cūncta enim agentī partēs praescrīpta et solidāta.
35   At convīvia ventōsa īnstabilēsque cohortēs
fautōrum velut hanc nequeō mihi phōtographāre
exquīsītave per discrīmina deinde colōrum
mōrēs excipere abstractōs oculārium amōre,
imprimere ipsī perpetuē cordī. Permultō
40   praestat persōnam mihi sūmere simpliciōrem.
Rērum in margine sat cautē expedit inhabitāre
ceu statua in paradīsō plūsque minusve tacendō
fōrmā saltem aliquot leviōrēs sollicitāre
quō fēstum videar convīvīs participāre,
45   Euphrosynēs hilarantis utīque medullitus impos.
Īnsulsus satior quāsdam rēs ipse patrandō
artās ēgregiē – quod *Funktionslust* vocitat Lūx.
Quod dēsīderium fungendī dēnique fās est
explērī mihi sīc ut permaneam tamen orbus
50   "oblectāmine," quīn oblectārī necopīnāns
quid sit, quamvīs id suspectem mūnus obīre
nūllum esse – haudquāquam quod mēns mea fingere
                                                callet.

Quārē vir nimis austērus fuerim atque sevērus,
omnibus in rēbus tantummodo mētam spectāns,
55   turbida dēfugiēns, certa et cōnstantia quaerēns;
at quod nunc hīc assideō mē comprobat hauddum
omnīnō capulārem ut quī mīrerque colamque
Brambillam. Artēs illīus quā permeditātae,
perfectae salebrās līmant tenebrāsque serēnant,
60   ēnōdant labyrinthōs ac discordia pācant,
nūgās īnsipientem mē quid sint tamen ipsae
artēs ērudiunt quid grātia quāleque κάλλος,
mē forte artificem – sī quandō factus erō ipse
ipsa ars – germānum fore, sincērum solidumque.
65   ...Quod iam fit sed dēfūnctō mihi membrula frīgent;

in scaenā superō, cālīgine iam renovātā,
prō populō brūtus, gestūs mūtus nebulōsōs
prōspectāns, mentem torquēns quās nunc mihi sūmam
lentēs praesidiō commentās. Adsimulātum
70 subrīsum sectae suētum, in Chunnōs diapasma
incursantēs, īnspergō. Quod trāmine longē
mūltīs praevehor ā formīdine fit. Rudiōrēs
sector persōnās gracilēsque, īdyllia trīta,
sēpiaca, historica ac mānsuētia reddita morte.
75 Quae Lūx ficta putat vel vāna obnūbila mentis,
fōrma mihi inturbāta vel immōta esse videntur
corrēctīs ambāgibus et spontāneitāte
praelūsā decorī. Sēmiautista exanimēsque
congruimus pernōbiliter. Quod item manifestē
80 fit quoque in arte: sevērior Euterpē stipulātur
numquam tussiculā raucā crepitōve libellō
turpentur modulī symphōniacī studiōsīs.
Tranquillus *Jardin Féerique* altē requiēscēns
Mauritiī Ravelī mox et rutilā, rubicundā,
85 perflāvā, aureolā fervēns vī versicolōrī
īnsona sit cavea atque audītōrēs taciturnī
postulat, angelicī, mentēs sine corpore, busta.
Multōrum solitōrum hominum fremitū crocitantī,
mōribus effūsīs cōgor sīcut Syrus ille
90 prīncipulus furiā immānī Pulchrī capiendī
pār saltātōrum velle ēgregium euplocamōrum
ambrosiā pluviā tenuī flōrum roseōrum
mergere mūtā immūtātum per aeva revolvēns.
...Êia īnsignibus hīs haud crēdō bēstiolārum!
95 Sunt minimē persuādibilēs leporum offae, ēn, illae,
quārum appārent clūsūrae procul aspicientī!
Ēn piscēs nimis uncātī flexīque sedentēs
gallīnaeque quibus cōnstāns hierarchia dēest
persalubris! ...Sed mē memorantem tālia damnent
100 haud dubiē istī prō nūgātōre īnsipientī,
cum tamen omnia eōrum frīvola sint et inepta!
Nōn ego dēfraudō. Cum sit persōna Robīnī
pūrē scaenica, perfictīcia, sum genuīnus!

Lūmina nunc minuunt. Immiscētur nemorōsīs
105   frondibus hīs circumfūsīs ūdīs viridāta
lūx nova aquālis iam. Nunc pulsus praecelerātur,
spectāclō temere et cantū incipiente silēscit
vulgus in ōrdinibus fixīs cōnsessibulōrum
per terram herbōsam positīs. Austrālopithēcī,
110   vel quīcumque, mihi appositī nunc sībila vībrant
exhilarātī prīmātēs sē rē esse fatentēs.
Ecce assurgit sē mediā scaenā ēvāgīnāns
arbōs effulgēns plūmōsaque brācchia tractim
dispandēns. Nunc exuitur cortex. Petit aurās
115   nunc arbōs rāmīs pinnātīs sē inque volātum
praestat. Fōrmātur faciēs nunc, hēmerocalles,
Chlōris lacteola et sine corpore, nūda, solūta,
lābilis et fragilis crēscente albōre virēscēns
moxque annexa aliīs fōrmīs accrēscit eburnae
120   cervīcī atque umerīs pinnās et perspatiōsās
sustentantibus oblīquīs flexīsque lacertīs
interius leucīs plērumque tamen prasinātīs.
Nunc prātentia lūcēscunt labra. Lūmina glīscunt
glastea. Cernuntur nunc silvestrēs oleastrī
125   crīnibus intextī viridātīs. Heus mihi in ōre
tēlis percipiō nunc fēniculīve sapōrem!
Terricrepa intonat ecce in pectore nunc cithara īma!
Plantae pervariae creperae subitō ēvigilantur
vīvēscentēs, effervunt animantia ubīque,
130   vītēs, clāviculae folia et linguāta bryōrum
spīcaeque arboreae fūnētōrumque sagittae,
pampinus, auris, pēs mūcrōnātus digitīve.
Exagitantur fōrmae, nunc ōrdō coalēscit,
arboris altipetae iam concrēscente vigōre.
135   Rāmus, surculus, ōs, antennae, cauda, flagellum,
palpum, corniculum, tentācula – cūncta coīre
iam videō, plūs plūsque iubente Deā imperiōsā.
Sūmina summa videntur spūmā innantia suāvī
subviridī fluitantī iam nemora in nebulōsa
140   circumdantia lūteolō pervāsa vapōre.
Lūcēs collūdunt. Plūmae mollēs fluidaeque

argūtae simul incīdunt vestīgia ventō
versicolōria volventis sē nūminis ālīs
undātīs. Oculī pennae pāvōnis obortī
145 omnituentēs nent contextūs undique rērum
intuitū implacidō plectentēs omnia fāta
nātūrae. Quō cūncta fluenta meent Dea nōvit,
sūcī quō stillent nōvit Dea, quō sanguisque
dūcātur cursū, temerārius exspatiētur
150 siccēturve Dea omniciēns ac perniciōsa
pernōvit. Cōnfōrmātur thronus. Est camerātus
nautilus, in quō nunc sedet, at nunc turbida surgit,
lībrat sē nunc ancōne imperitatque vibrissāns.
Cantus cōnsuādet nunc, dīcāx nunc tenebrēscit,
155 concrepitat nunc bacchāns, nunc placidus tenerāscit.
Caenōsā replicāta lacūnā sīdera mūta.
Īnfrāctī flōrēs morbōsaque rōscida fīla.
Immātūra venus vīscōsaque, sēps et ubīque
pervariē fervēns peregrīnave vīta planētīs.
160 Nunc pangentia panduntur labra sēmimarīna.

Vītae arbōs est inversa.
Rādīx sursum, summa mersa.
Terrae mediae dīversa
mānant iam in ūniversa.

165 *Mundus vester tantum crūsta,*
vīta vestra parva frūsta.
Extrā arva perangusta
vestra, latent praeaugusta.

Extrā orbem sunt interna.
170 *Pūnctum radiat superna.*
Nunc contaminātis verna.
Crēscunt intrā vōs hīberna.

Quod spectātis in obscūrīs
vīsa carent ligātūrīs.
175 *Stirps edenda est vīsūrīs,*
vertex tegitur victūrīs.

Quae celāta, in propinquīs.
Aure vidē sine vinclīs.
Lūcem audī cum discinctīs,
180   līber ūnā cum pollinctīs.

Bovēs, volucrēs, īnsecta,
flōrēs, segetēs, virecta,
improtēcta nunc dissecta
vōbīs iam cōnflīgunt rēctā.

185   Rēcta enim vestra prāvant
impetūs quī nōs īnflammant;
lūmina perinopācant
quae ē tenebrīs permānant.

Muscam oculīs abundam,
190   blattam sordibus fecundam,
viduam latitābundam
nigram felle minābundam

tū dēscrībis indirēctē
intrā, extrā, falsē, rēctē.
195   Plexūs tuī inaspectē
hōrum flexūs callent tēctē.

Ūnum est incontrōversum:
volant vermis et dētersum
saxīs fossile immersum,
200   nutante tē, per ūniversum.

Vītae arbōs est inversa.
Rādīx sursum, summa mersa.
Terrae mediae dīversa
mānant iam in ūniversa.

205   Quidnam quī nunc spatiantur
extrā hortōs opīnantur?
Hīsne verbīs agitantur
magnīs sonīs quae cēlantur?

Ecquid habent hunc effectum
210 et in eīs quibus tēctum
vīsum mīrum, praedīlēctum?
Anne hoc ad nōs dīrēctum

sōlōs quī nunc hanc fēmellam
contemplāmur valdē bellam
215 necnōn vastam hanc procellam,
auscultantēs et suādellam?

Cūncta subitō clārēscunt.
Deae plūmae exsplendēscunt.
Omnēs ferī concrēbrēscunt.
220 Sectātōrēs effervēscunt.

Ecce circumvolitantēs
avicellae caerulantēs,
cycnus, anas natitantēs,
phoenīcopterī crispantēs,
225 pennā lēvī rutilantēs,
omnēs ūnā rotitantēs,
extrā scaenam coruscantēs
facēs magis ignicantēs,
nūbēs suprā aestuantēs
230 arborēs exuberantēs,
campī circā nunc herbantēs,
pulsūs intus nōs larvantēs
Deae oculī micantēs,
omnēs, hercle, dēvorantēs!

235 At quid est quod canit illa?
Cūr obscūrē ut Sybilla
nōs alloquitur nymphilla
dēlicāta ut fringilla,
mollior quam turturilla?
240 Cūr mē turbat pūpa illa?

At interdum oculōrum
fulgor necnōn labiōrum

114

turgor vocisque canōrum
vultūs fōrmaeque decōrum

245 mī videntur prōrsus nōta
neque ā mē perremōta
quīn in sinū iam refōta
mea nūper facta tōta!

Quidnī dīcam? Est amātor!
250 Est Scintillus conversātor,
vītae mea animātor,
quondam quoque conballātor,
meus et dēvirginātor,
optimusque bāsiātor
255 sed hesternus accusātor
– numquam autem dētrectātor!

At nōn esse potest ille
cui anxietātēs mīlle!
Māvult vīvere tranquillē!
260 Cūncta facit imbecillē!

Sī Brambilla esset, scīrem!
Saep' absentem persentīrem!
Vērum percontārī quīrem!
...Quō compertō, īnsānīrem!

265 Cūr mē tālia afflīgunt?
Mentī meae sē affīgunt?
Dubiīs mē crucifīgunt?
Meī odium īnflīgunt?

Magna meī pars abīre
270 vult sed māxima audīre
quae cantūra sit, sentīre
vēra mīra, aperīre

nova nūntia tremenda.
Adhūc nōn dēspicienda
275 "Dogmata" nec contemnenda

gerō glauca; sed videnda

nunc sunt plūra, ampliōrēs
rēs petendae, fortiōrēs
nunc gerendae, plēniōrēs
280   lentēs illae crēbriōrēs

apertūrās perscrūtantēs
omnibus in rēbus, dantēs
vīsa caelitum. Īnstantēs
metūs et stultificantēs

285   mē cohibuērunt. Certē!
Iam in pērā percōnsertē
lentēs conditās compertē
lustrō, mūtō nunc opertē.

Nimis percitus oscillō
290   leviter, sēmivacillō.
Animōs mī nunc īnstillō.
Lentē mēmet refocillō.
Latera sunt mentis duo.
Alterō prōlixē spuō
295   numerōs vel metra struō;
alterō perenne fluō

neque intercēdunt clīvī,
neque quicquam discrētīvī,
īnsertīvi, disiūnctīvī,
300   prōrsus nīl interiectīvī.

Ibi tantum ruit rīvus
viridis et perpassīvus,
prīmitīvus, cōnexīvus
cuius videor captīvus.

305   Rīvus hīs est adapertus
lentibus, sed est incertus
fīnis. Ego sum refertus
scrūpulīs et inexpertus

quid excipiam nunc mōrum,
310 quid colōrum vel sonōrum
cerebrum perpōtat mōrum,
torpidum, sēmisopōrum.

Nunc sunt et viridiōra
cūncta, indistinctiōra,
315 interiūncta; multiflōra
nunc et magis concolōra.

Ipsa Dea ēlevātur
ad thallōrum tholum; dātur
mundus eī, adōrnātur
320 ā dryadibus. Afflātur

aurā silvae tenebrōsā
alta Dea vultuōsa,
simul ferōx et fōrmōsa,
pulchra ac prōdigiōsa.

325 Videor formidulōsus
mihi ego, lusciōsus.
Aegrē spectō sublippōsus.
Timor ignōminiōsus

mē invādit. ...At ad ossa
330 trānant vōx et numerōsa
ars haec rē prodigiōsa,
valida, vorāginōsa.
Speclum superciliōsa
manū tenet nunc fōrmōsā.
335 Est lenticula aurōsa,
līma, margine labrōsa,
fastīgāta quā frontōsa
sē mīrātur ā frondōsā
sēde rēgnāns lūminōsa
340 Dea vīvāx, rabiōsa.
Ecce nunc illecebrōsa
illa Hecatē cnephōsa

ad nōs vertit ōminōsa
speculum! ...Sed sarmentōsa
345   tantum terra et herbōsa
ēvidētur! Hystricōsa
glaeba! Manus saniōsa!
Carminaque bēluōsa!

ᾧ μάλιστα διηνεκῶς ὁμιλοῦσι τούτῳ διαφέρονται.[29]

—Hērāclītus

[29] "Ab eō discrepant cui assiduissimē conversantur."

8

"A Mind Is a Terrible Thing to Lose."

—J. Danforth Quayle

Vtrum esset Seattulō nostrō commūnis quaedam mēns ratum habēbat nēmō. Ex disceptātiōnibus cīvīlibus dē variīs rēbus interdum habitīs, velut vectūrā pūblicā, stadiīs athlēticīs, Hortīs Commūnibus, "Vrbis Smaragdinae" dīctae cōnscientiam compositam quamcumque, vel huius saltem apertiōrem partem, persuāsum quidem erat plērīsque sēsē iam dūdum "sub līmen" recēpisse. Ineuntibus octōgēsimīs annīs intrā subterrānea refūgerit, quō tempore Oecotopiōtae prīsciōrēs flānellātī fōrmulam illam callentēs quā X summa pluviae per Y summam calōris corporālis labōre generātī ita exhālārī posset ut corpus satis siccum manēret multitūdine gradātim obruī coeperant umbelliferōrum, velōcivorōrum Micromalacōrum Costcoānōrum Boeingītārum Amāzoniōrum aliōrumque ex locīs scīlicet oriundōrum quibus nōmina Hispānanglica aliterve exōtica tālia erant quālia "Costa Mesa," "Mar Vista," "Jacinto City," "Cupertino." Plēraque tamen condominia nova fībrilignea testeixērochrōmatica atque micropalātia inter genera Eduardiānum et Merīdioccidentāle dēfōrmiter vacillantia necnōn hōrum pedisequa macella māxima interna tot braccārum Genuēnsium quot camisiolārum īnscrīptārum tabernās comprehendentia adhūc dētermināta erant intrā quāsdam Pseudotopiās praesentāriās, aquārum affluentiā īlicō prīvātās, Lynnvudiō, Buriēnō, Viae Foederālī, Canticō, Auburniō circumiectās. Ipsum autem urbis nucleum, illō aevō clābulāriōrum rūsticōrum commorantium prōlixīs seriēbus rudentium modō plērumque dēvinctum, agnōverit tamen adhūc quispiam rē esse vērā Seattilum. Haud secus ac subluviēs cloācālis quae quondam, ūndēvicēsimō saeculō, ex huius locī apparātibus Crapperiānīs crēbrō singultāns redundāverat, quippe quia ob hominum albōrum ingenium praecipuum urbs īnfrā maris lībram extructa erat, illa Seattillī essentia prīmordiālis sed iam prīdem magis hypoasphaltica adhūc tamen Diānae Neptūnōque dē-

CAPTI

võtior, piscōsē quidem olēns sed affābilis et, ut ita dicātur, effūsa id temporis Forī Praecursōriī pavīmentōrum rīmīs ēmānitābat necnōn, torōsī mūcōris Vashōniensis in modum, Macellum Pūblicum antīquum intimē occupābat, maīzicultōrum Iovānōrum filiārum soleīs cummeīs sūbereīsve paucīs tantum unciīs subvigēns sīcut et mercis Micromalacicae īnstitōrum Iordāniēnsium hadziam in Cyber-Meccam suam suscipientium lautīs soccīs cessātōriīs acardiāceīs.

Centrum quoque Seattlēnse, etiamsī ex Nundinārum Ūniversālium annō MCMLXIV habitārum caespite concrētōque germinātum, urbis huius vīs peculiāris fluctiōnem tamen haud impotentem trādūcēbat. At nōnnūllīs in vīcīs antiquiōribus frondōsiōribusque, velut Līberō Monte, Ballardiā, Montis Annae Rēgīnae partibus, nūmen ipsum subcōnscium Seattlēnse ectoplasmicum ac paene tractābile exsistere solēbat ut *Doppelgänger* interdum sponte generātī, perpallidī, pālantēs quī vel tālī modō interrogārint praetereuntēs: "Quid cuiquam prōdest cumulō esse frustulōrum metallicōrum, cum liceat sibi ipsī esse ac sollertī et hūmānō hūmānō hūmānō in aeternum ārdēre?" sīve "Quidnam Mōlī illī Rubicundae accidit?" In Vīcō porrō Ūniversitāriō urbis pollentia sēmiabscondita adhūc satis lascīviēbat ut, crēdās nōn crēdās, quīdam studiōsī nōn prōrsus illaudātī, mīrā īnsolentiā, tālēs locūtiōnēs quālēs "apparātus Crapperiānus" vel *pechonalidad* vel *erschmitzen* (sēnsū perspeciālī quō prō Aulā Schmitz praetōriō administrātīvō "per imperītiam perdere" sibi vult) amplīs operibus scholasticīs dē rēbus omnīnō aliīs cōnscrīptīs vafrē īnserere quondam inter sē pactī sint.

Spīritūs Seattlopolitānī in īnferna Iūngiāna Crapperiānave tandem sublāpsūs causa proxima, sī nōn prīma fīnālisve, habēbātur inter indigenārum advenārumque indolēs discidium istud nūper extrēmius, cūncta simul permiscentibus extrēmaque passim et ultrā disterminantibus fluentīs geminīs: hinc digitōrum bīnāriōrum, illinc caffeīnī. Linguae enim computātōriae, loquēla Interrētiālis, complūrium facilitās per nīdificātiōnem ōrdinēsque subiūnctōs etiam rēs cotīdiānās dispōnendī mentem in structūrālia, logica, percōnscia, ad summam, in cerebrī sinistrī officia intendēbant, dērelictā parte dexterā misellā, irreligātā, in fluctūs dēmum nimis vagante magnōs. Quam quidem inclīnātiōnem sinistricerebrālem firmābat saevā synergiā vīs caffeīnāria. Quippe, quamquam pōlypī nigriprasinī Starbuckiānī tentacula caffeīniflua ē clīvīs Seattlēnsibus sē prōtendentia Cīvitātum Foederātārum partēs excultās sēmiexcultāsque iam prīdem tenācissimē complectēbantur necnōn et peregrē nervōsē capessēbant, mediocris nihilōminus hūc allātus peregrīnātor quisque vidēns nōn potuit quīn stupēret tunc temporis nōn sōlum vīcum quadrātum Seattlēnsem quemque expressāriīs thermopōliīs, tabernāculīs, plōstellīs omnigenīs scatēre sed etiam statiōnēs benzīnāriās ac plantāria, fullōnicās, tabernās ferrāriās, officīnās furniculīs microundāriīs sarciendīs propriō *bar di espresso*, etsī permodicō, nōn facile carēre; īdemque peregrīnātor, acerbā aliquā fortūnā in valētūdinārium adductus, cūnctās apud statiōnēs ministrālēs Morbī Caffeīnī Repentīnō Subtractī ("MCRS") ēvītandī grātiā caffeam diē nocteque aegrīs complūribus praestārī, sine dubiō incrēdulus, comprehendisset causamque forsan et comperisset paranoiam esse ex magnō numerō lītium dē dēlictīs medicīs nūper nātam ac nesciō an adeō certior factus esset – quod, quamquam merissima est vēritās, Lēctor crēdere fortasse sit recūsātūrus – nōnnūlla nosocomīa similī dē causā īnstillātiōnem caffeīnī intrāvēnāriam iam indūxisse. Neque, sī huius reī singula aliquantō diūtius vestīgāre licet, tacendum est nōn dēfuisse quī FBI, opācum illīus aevī magistrātum, aut CIA, vel opācissimum, "āctiōnem ātram" aliquam efficere contenderent quā exquīrerētur quōmodo tam magna hominum multitūdō caffeīnī sūmptiōne prodigiōsissimā diūtināque in corpore, in animō, in modō sē gerendī adficerētur. Cuius inceptī arcānī rōbur ac sēdem esse Centrum Observātiōnis Neurophysiologicae Hūmānae, castra statīva aspectū modesta Prīmō in Monte sita, Vasintōniēnsī Seattlēnsīque Vnīversitātibus obscūrē iūncta. CONH acrolexum īnsuper cum caffeīnī fōrmulā chēmicā ($C_8H_{10}N_4O_2$) commūtātō litterārum ōrdine congruēns tam crēbrīs esse digitīs nūper dēnotātum ut praefectūra latebrōsa num titulus, utīque supervacāneus, mūtandus esset perpenderet; cui autem cōnsiliō propriōrum opificum vulgus ob labōris taedium adversārī, obscūritātis torpōrī suspiciōnis concitātiōnem antehabentēs.

Vrbis Seattlēnsis animī status est nōbis, Lēctor humānissime humānissimave Lēctrīx, nunc eō intuendus quod nostrī Prīncipis Lignēī Favae, quī solemniter vocātur, ēvagātiōnēs ulteriōrēs cōnsequī volentibus ad hoc tandem est dēcurrendum; nam Vudium diū contemplārī, mōmenta eius nōscitāre, vīsiōnēs exputāre potuisset sānē ūnicus nēmō – quamvīs certē nōnnūllī ex populāribus satis multa dispicere valuerint ut nunc conglūtinārī possit imāgō quaedam, operōsārum indāgātiōnum fructus, nōn tamen eī imāginī dissimilis quae per aulam saltātōriam innumerābilibus globī volūbilis specululīs repercussa fēstīvā dispergitur vertīgine. Nec vērō speculōrum memorātus ab argūmentō nostrō discrepat, cum hōc in relātū et dē speculīs et dē imāginibus speculāribus potissimum agātur necnōn dē lentibus oculāribus, biviīs quōdammodo mundī sē intuentis speculīs, atque dē cuiusque generis repercussiōnibus refrāctiōnibusque. Quās inter rēs locō haud īnfimō pōnendum est speculum manuāle illud lenticulāre sīve, ut ita dīcam, vulvifōrme iam temerāriā numerōsāque interiectiōne prōditum atque sine dubiō posthāc passim variātimque interventūrum. Quālibus praetereā interiectiōnibus et vōcum vītaeque fragminibus ut Lēctor indulgeat suādēmus; nam hōrum plēraque ex colloquiīs interrogātōriīs ac profūsīs commentāriīs adnotātiōnibusque necnōn cursū et vōcālī et ēlectronicō ac poēmatis cōnscrībillāmentīsque congesta sunt quōrum permulta ipse ēdidit Vudius – nē quid nempe dīcāmus dē quisquiliāriīs saccīs plasticīs istīs nigrīs minūtārum plēnīs phōnocapsulārum quibus ipse, antequam ex amīcōrum cōnspectū ablātus est (vidē īnfrā), māximā ex parte inter ambulātiōnēs semper frequentiōrēs sōliloquia numerōsa impressit. Neque īnsuper ūllō modō, ut satis compertum habēmus, rērum nexūs multiiugōs subtīlissimaque ligāmina discernere persentīscerequae poterimus nisi eādem ea repentīnā lūce intuentēs trānsversā necopīnantēs ferē deprehenderimus quā et propriae vītae arcāna perrārō volātiliterque brevissimō temporis spatiō nōbīs illūcēscere solent.

Quandōquidem hāc in parte relātiōnis nostrae laciniātim restitūtae dē Vudiī mente haud quicquam certī cōnstat, necesse est ea īnspicientibus quae per Vudiī āctiōnēs, scrīpta, dīcta mentī, ut ita dīcātur, Seattlēnsī commūnī impressa sunt centōnāriam pictūram aliquam cōnsuere. Quae pictūra sānē nōnnihil īnfausta ēvenit, nam familiārēs quī saltantem eum forte apud Dīnōnem cōnspexerant vel in caffeō illō cui nōmen *Il Corso* grānōsās sorbillantem atque ācta diūrna legentem librōsque integrōs, drāmaticōs plērumque et poēticōs, ut eī mōs erat, ēdiscentem animadverterant sīve Prīmam per Viam augustōrum aedificiōrum laterīciōrum fulgōre pōmerīdiānō cinnamōminō perfūsum deambulantem observāverant aut Centrī Seattlēnsis Aedibus in Mediīs mediā in ballandī rudium turbā Bulgaricās saltātiōnēs trālātīciās condiscere cibumve frīctum Mongolicum stantem dēvorāre admīrātī erant vel per Viam Lātam Capitōlīnam ōrnātū illō Robīniānō (quem, ut sevērius dīcātur, fūrātus erat) amictum nimis magnificē, scīlicet mōre magis ballēmaticō vel adeō autisticoballēmaticō quam merē hūmānō, incēdentem intuitī erant – hōrum hominum plērīque sollicitābantur, sed minus ob facta eius quam ob dicta fidem facientia eum nunc somnium aliquod omnīnō suum magis quam vēram vītam inhabitāre. Rēs quaeque vel rāra vel pulchra sīcut impūbī amōreve aegrōtantī erat eī mīrāculō. Dē Brambillā, cui iam sōlum nōmen

"Dea" tribuere solēbat, incongrua interdum loquitābātur; atque, id quod necessāriōs eius māximē conturbābat, saccipēriō dorsuālī ligneō domī relictō, oculāribus iam semper prōdībat tantum viridibus illīs īnstructus ā Zoltane sibi haud ita prīdem apud Fēstum Vītae Populōrum mūnerī datīs.

Omnium autem īnfēlīcissimum fuit quod Vudius mūnus ballēmaticum ita neglexit ut quōdam diē Dominus Marcellus Derpidou, Gregis Magister, Gallicā cum umerōrum allevātiōne syngrapham terminālem cōnscrībēns grege eum dīmīserit. Quō factō partēs Caesariōnis Russī sīve illīus *Tsarévitch* Brūtō Kinzler īlicō cessērunt, quem quidem, certiōrem factum, exsilientem impotenterque plaudentem candidās braccās femorālēs tenuiter madefēcisse trādunt. Quod incommodum nec cōnfitēns ipse Brūtus nec īnfitiāns diēbus tamen īnsequentibus dē medicāmentō mūsculīs laxandīs propter sūram spasticam sumptō saepius fortiusque aequō queritātus esse fertur. Vudius adversus Marcellum Derpidou nihil magnī respondisse vidētur praeterquam, mīrē ambiguum, sē iam vacāre ut "avem igneam vēram" cōnsectārētur. Paulō post Thōmāsculī Pollicūlī īnstrūmentō respōnsōriō tēlephōnicō nūntium commendāvit etiam ōminōsiōrem, cōmicam sē nōn iam tenēre Mūsam, ad cothurnātam, quam pote existentiālisticissimam nunc potius nītī, prōmovēret Polliculus tranquillō animō subsidiārium, perītum histriōnem; inventīs partibus artificiō modernō graviōrīque aptiōribus, faceret sē certiōrem. Numquam vel auscultāsse vidētur Vudius suō ipsīus respōnsōriō castīgātiōnēs iūridicē doctās mināciāsque exquīsītās ā Polliculō dehinc relātās – quārum utīque ad exitum perducta est nūlla.

Proximīs hebdomadibus Vudiō nostrō omnium frequentissimē ūtēbantur quī in tabernāculīs popīnāriīs vorātrīnīsque temporāriīs quaestum faciēbant. Cum revertisset gustātōrium fēstum annuum nōmine "Morsus Seattlī," Vudium ad vorātrīnulam Beniamīnī Holcomb, titulō *Fritterroli* īnscrīptam, lucunculōrum scīlicet pastaeque ferācem fontem prope Forum Mercis Manū Factae positum, crēbrō testimōniō sat saepe appāruisse cōnstat. Ibidem "Morsūs" ipsō postrēmō diē, postulātā commodum lucunculōrum lollīginārium portiōne duplicī additāmentīsque cāseō sectīvō Ītalicō et liquāmine ex capsicō viridī Mexicānō, cum capācem patellam styraphricam ambrosiā istā vapōrantī onustam avidā manū iam prehenderet, manus altera, ut vidētur, in braccārum (istō diē forte nōn femorālium) loculum īnserta nīl prōrsus nummōrum vel cūsōrum vel chartāceōrum, nē rausculum quidem, palpāvit. Quod īnfortūnium quamquam Beniāmīnus num esset vērum an histriōnicum dīnōscere nequībat, complūra tamen colloquia interrogātōria nōn sōlum ab hōc scrīptōre effecta sed etiam ā Lūce Tapiā, Vudiī necessāriā innumerōrumque singulōrum notātū dignōrum praebitrīce, ultrō suscepta ipsum illum eō tempore in penūriam properātō dēclīnāvisse dēmōnstrant; nec difficile est crēditū eum, utpote quī cum pēnsiōnem terminālem tum pecūlium haud prōlixum iam pulchrē comēdisset, illō temporis pūnctō aliquā mentis parte sē mox nec solvendō fore nec forte aliquandō vel tēctō ūllō, nisi ēheu! patris, receptum īrī percēpisse. Concēdit quidem Beniamīnus sē pretiō aut scorteōrum Vudiī digitālium aut petasī coāctilis vēnālēs prōposuisse lucunculōs istōs, saltātōrem autem petasātum nīl referentem diū quasi vacuum intrōspexisse āёrem tamquam sī tunc prīmum vītae suae vēritātī foedissimae obviam fieret, angōrem scīlicet existentiālem nōn sōlum in fābulīs poēmatīsque quibusdam ingeniōsīs versārī.

Eīsdem septimānīs Lūx Tapia sē Vudium plūriēs convēnisse renūntiat semelque cum illō sessiōnem prīvātam admodum psȳchodiagnōsticam perēgisse; Vudium istō tempore, quod dolendum, assiduīs affectuum iactātum fluctibus; acceptissimum eī, immō ūnicum ferē sermōnum argūmentum fuisse "Deam." Quam Deam, ut nārrat illa, assevērābat Vudius sē ut dēmisse adōrāre ita et efflictim amāre neque sine causā sē arbitrārī Eam sibi amōrem reciprocāre. Praeter Deam rēsque ad Eam pertinentēs cūrābat pauca: vescī, cubere, in stimulōrum conquīsitiōnem urbem perlūstrāre, quōrum nempe stimulōrum ūnus quisque ad "Deam pervestīgandam" condūcēbat. Dīcerēs eum in hominum animāliumque vultū, in arboribus, plantīs, lacubus fluentīsque, in artificiīs et fabricīs nec minus in pelliculīs cīnēmatographicīs spectāculīsque tēlevīsificīs indicia ūsque petere. In tēlevīsiōne documentālibus rērum nātūram exhibentibus fruēbātur necnōn *Chespirito* atque "Dēcantātus," cōmoediīs humilibus; quae omnia māgnētoscopicē imprimēbat ut māne, ferreō exigentī mōre, ante diaetam relictam spectāret. Pelliculās dīligēbat māximē illās quibus titulī "Damnātōrum Vīcus" et "Americānus Parīsiīs," quās, propter argūmentōrum similitūdinem pārēs dūcēns, singulīs septimānīs semel ā capite ad calcem recēnsēbat ambās – quod, Lūcis quidem iūdiciō, nēquīquam faciēbat quī, verbī grātiā, ex huius pelliculae emboliō ballēmaticō terminālī quīnās secundās continuās quāscumque verbīs dēscrībere posset, nōn sōlum saltātōrum cūnctōrum vestisque vērum etiam scaenae pictae cuiusque positiōnem faciemque exāctam testificāns.

Ā Lūce rogātus cūrnam nūlla nisi viridia ista gereret oculāria, retulit cēterīs, ut ā Deā aliēnīs ideōque nōn iam sibi fātālibus, prōrsus haud iam esse opus. Opīnābātur vērō Lūx per cāsum aliquem, sine dubiō traumaticum nec forsan post Brambillae concentum factīs istīs sēiunctum, systēmatis nervōsī imbecillitātem prīmitus condiciōnibus omnīnō corporālibus astrictam impulsuumque sensōriōrum pertractātiōnem ideō imminūtam ita esse aliter cōnfigurātās sīve trānsfōrmātās ut infirmitās ingenita cum aliquā mentis prehēnsiōne in pueritiā assūmptā, anteā sēmilatentī, nūper autem iterum excitātā, nunc congrueret; quō synergīam exstitisse quandam psȳchophysicam quae, sub oculārium viridium auctōritāte authypobolicā atque sēmifactīciōsā, psȳchōsin virtuālem corporāliter firmātam cōnflāverat; quam psȳchōsin spērāre sē saltem magis adumbrātam mīmēticamve esse quam ex pathologiā perlongā nātam. Quae rēs utcumque sē habērent, Vudius cūrātiōnī haud studēbat; neque enim quemquam, nisi forte sē ipsum, perīculō obiectābat. Attamen verēbātur Lūx nē, cōnfirmātō aliquandō Vudium sine ūllā contrōversiā sibi damnō esse, nimis tardē essent interventūrī opitulātōrēs.

Fatētur clanculum Lūx et sē ipsam "embolium sēmiobsessīvum" nōn dissimile esse quondam passam per quod ad postrēmum complūra sibi dē suā ipsīus indole esse patefacta nec quicquam sē cēpisse damnī longī; hunc autem hominem, aliās etsī vītae vicibus mīrābiliter pārem, utpote tamen autismī classe speciēve aliquā afflictum, putāvit in tālī discrīmine novōrum affectuum incursum tam aestuōsum velut fluctum posse dēmergere.

Semel quidem convēnērunt Lūx Tapia et Zoltan Hollis in huius diaetā dē hīs rēbus agendī causa, sed nihil cōnstituere potuērunt; nam Vudius, ut ēvēnit, utrīque tam dīversam aperuerat faciem ut cōnsilia iungere nequīverint. Zoltan amīcum cursū persalutārī prōgredī necnōn ad vīrēs vītālēs novās penetrāre dē quibus cēterōs tantum caecē coniectāre posse existimāns Lūcī Vudium ad excidium et pecūniārium et psȳchologicum tendere expostulantī opposuit hunc in praesentī vītae tantummodo commūtātiōnem lātiōrem subīre; quod ūnicō tantum lentium parī nīxus tam bene sē habēret nīl nisi mīrāculum esse, nē quicquam dē scītāmentulīs philosophicīs metaphysicīsque dīceret quae ā Vudiō, ad sermōnem quiētum rārō adāctō, ēlēctāre sēsē; Vudium dēmum fātō suō exquīrendō perambulātiōnem trānscendentālem – sīve, vulgārī sermōne, *walkabout* – esse ingressum.

Hōc tempore Vudium conveniēbat omnium saepissimē Marnia Barry; cui quaedam ex Vīvāriī Hōrtōrum Silvestrium custōdibus rogāta nōmen nosocōmiī in quod ille conductus erat trādiderat. Exiguum erat hoc potius clīnicum, apud regiōnis Hōrtōrum Silvestrium statiōnem vigilārem situm; cum quō tēlephōnicē coniūncta Marnia Dominum Favam observātiōnis causā in proximum diem, Lūnae scīlicet, retentum īrī cognōverat. Cum igitur essent Marniae Lūnae diēs utīque feriātī, dēcrēvit illum ante dīmissum invīsere. ...Immō māluit sibi fingere nōn sē ipsam tam temere absurdēque dēcrēvisse sed potius, hāc rē per vim aliquam superiōrem praedestinātā, cōnstitūtum curriculum sē tantum cōnsequī haud secus ac orbitam certam per "aedēs oblectāriās" carnelevāriās carrulum. Quippe ut nimiae temeritātī contrāpūnctum quoddam subrīdiculōsitātis protervae suī dēfensiōnis causā adderētur, Vōx Fātālis suprā dīcta Marniam ingēns corollārium molestius ex zinniīs luteīs rubrīsque convalēscentī afferre iussit ex māternīs flōrālibus lēctīs. Inceptum forsan inconcinnē ēventūrum audentī prōderat scīlicet tam īnsolitam necopīnātamque facinoris fōrmam concipere ut mōrēs normaeque cīvīlēs ōrdināriae nōn iam valēre vidērentur. Hoc saltem, perenne stratēgēma alterīus animum facile speciōsēque ac – quod māximum erat – tūtius percutiendī, fēmellam verēcundam sed simul mente ācrem docuerat adulēscentiae labyrinthus trīstis sēbōsusque.

Ipsīus tamen salūtātiōnis benevolae inceptae iam ante quīnque secundās in conclāvis valētūdināriī līmine perāctās māchina ista ingeniōsa adeō est frustrāta ut crēdiderit Marnia Fortūnam sē prōrsus dērelīquisse velut tabulae nivivagae epibatam audāciōrem quae mediā in altissimā rapidissimāque rotātiōne cernulā videt rectā viā in quodpiam vehiculum cuppēdinārium sē praecipitem advolāre. Vidēlicet Dominus Vudius Fava, prīmus ballātor atque "histriō subterrāneus" cum adventīcius tum portentificus (istam nempe vōcem "subterrāneus" venerābātur Marnia, ut quae saltem post cōnfecta studia ūniversitāria vītam dēgere posse vellet dumtaxat ante lūstrum nōn trālātīciam nōminandam), petasum exuit istum Robīniānum – sīve decoris gestū antedīluviānō sīve capite nimis calefactō sīve aliā iūstā dē causā – quae āctiō lascīvōs illōs crīnēs Helladicōs nocticolōrēs ūnā trānsmigrāre fēcit stipulātūram simul dētegēns perexīlem antiolāsque tunc temporis haud, ut oportēbat, quilō cōmātōriō in ōrnāmentulum aliquod pervulsās sed potius corrūgātim contūsās nihilōque similiōrēs quam digitāriae flocculō inter māternās illās flōrēs aliōquīn mundissimās perrārō, praecipuē mense Iūniō, in spatiō contrā nātūram purgātō vītam sibi fervidam perbrevemque arrogantī.

Huic autem offēnsiōnis frustrātiōnisque necnōn trepidātiōnis (calvitiēs enim Mexicānicanīna ut erat nōnnūllīs adulēscentibus decus, mātūriōrem tamen virum in dēprāvātum vertēbat) chasmatī pōns quīdam īlicō impositus est: hinc per inopīnātum dīctum "Istud quidem cupiēbam," quō ille forsan flōrēs dīcēbat, illinc eō quod, dēpressō orbiculō, cubīle medicum versātile manifestae salūtātiōnī sublevābat, quō autem mōtū moderātōrium tēlevīsificum lōdīce dēlāpsum pavīmentō līnoleātō caesiīs albīsque quadrātīs variō crepitanter incidit. Marnia, librōrum helluō dissimulāns quae omnia imprīmīs legēbat ā patre, librōrum pāriter helluōne sed ēlegantiōribus artibus satis aliēnō, nōn commendāta, dē vīsuālibus artibus nōnnihil ideō cognōverat. Vbi igitur Vudium prīmum vīdit, sponte imāgināta est sēsē Davīdem Michaēlangelicum īnspectum advenientem in phōtographēma tamen subitō largum, nitidum, vīvidum Elmeris Fudd incurrisse. ...At hoc sibi extemplō fassa est reī nōn vērē convenīre ipsī; praeter enim sēmicalvitiēī dēfōrme, huius hominis semel accūrātius intrōspectī clāruit potissimum venustās. Immō, dēmptīs stipulīs, et Patricium Stewart et illum quoque scītulum quī quondam "Rēgem Siamēnsem" ēgit fōrmōsitātis certāmine habiliter vīcisset.

Cōnstitūtīs vāsculō zinniīs recuperātōque modulātōriō, quod sub mēnsulam cubiculārem lāpsum erat, necnōn inductō colloquiō occursōriō aliquō, Fātum sanxit ut quiēsceret Marniae animus ipsaque rem sat bene regeret. Quod Fātī prōpositum secundāvit Vudiī ipsīus simplicitās – quamvīs haec, quod statim percēpit illa, homoeoteleutō mīrē scatēret. Haud sciēbat Marnia an istīs sustentāculīs poēticīs prīvātus hic potissimum "sēmiautista" (quod quidem nōmināvātur complūribus in sitibus Interrētiālibus ad eum attinentibus), haud sufficientī solitā fultūrā grammaticā, sententiās ūllās, nēdum tam inaurātulās, mōlīrī nequīsset. Ecquid tōtam per vītam fēcerit hoc? Interdum porrō vidēbātur ille sēnsūs trānslātōs, utrīusvīs ex ōre prōlātōs, ad verbum accipere similiterque nōnnumquam et sēnsum proprium perperam sibi per metaphoram interpretārī. Quae faciēns ille Marniam frāterculī octō nātī annōs, Chad nōmine, admonuit quī idem passim admittēbat; nec certē, ad summam, hodiernus Vudius Marniae opīniōnem prīdiē in Cafēō Pluvisilvestrī fictam in magnum dubium dēvocāvit. Solēbat ille tamen incunctantius etiam quam dissolūtiōrēs Marniae amīcī rēs sat ērubēscendās tractāre, vidēlicet nec pūtidē nec pudibundē sed modō semper peculiārī, extrā crispulō, intus rudī sed quōdammodō pertinentī.

Factum est ut Marnia ūsque in merīdiem, dīmissiōnis hōram, sermōnēs prōdūcēns Vudium tandem nōn domum sed ipsīus suāsū in Musēum Artium Seattlēnse raedā dēdūxerit, ubi ille, duplicī solūtō introitū necdum plānē eō tempore urgentī penūriā, quartō in tabulātō duās ferē hōrās persōnārum Āfricānārum singula scrūpulōsissima pertrectāvit, versibus scīlicet intentē ūsque cōnsonantibus, etsī interdum paulisper intermissīs, tam abstrūsīs tamen ut vidērētur ille doctīs ē commentāriīs memoriter dēcantāre. Immō ille partim paene nōn iam erat ille, nisi quod adhūc ex mōre nimis incumbēbat in locūtiōnem sonumque quemque ... nec sānē minus ēlūcēbant oculī illī percaeruleī neque ōs illud simul ephēbicum et virīle sāvia minus flagitābat. Vudius vidēbātur admīrārī quibus modīs persōna et gestantem dissimulāret et latentem simul manifestāret. Cuius reī exemplum longē ēnormissimum praestāre persōnās istās satis nōtās faciēīve compositiōnēs factīciās taeterrimāsque in pelliculīs occīsōriīs scelestum furiōsum cruentumque ferē quemque ōrnantēs quibus hūmānitātis apicem omnem omneque vestīgium occultārī nē quicquam impedīret quōminus mōnstrum tāle cīnēmatographicum in māchināmentum trucīdātōrium converterētur manēretve in eō dubiī, paenitentiae, vulnerābilitātis, redemptibilitātis vel scintilla ūna. Haud fortuītō in pelliculīs dē "Diē Veneris, Decimō Tertiō" factīs Ïāsonem istum persōnā ūtī portōriī lūdiglāciālis, quippe quia persōna tālis pars esset ōrnātūs cuiusdam āthlēticī nec quicquam essent ōrnātūs vestiāriī omnēs nisi, ut ita dīceret, persōnae tōticorporālēs; etenim porrō in mūneribus vehementiōribus violentiōribusve ōrnātum, praesertim ubi persōnae coniūnctum, haud secus ac lentēs suās occulārēs vim hominis cuiuspiam vel vīs hominis partem aliquam mīrum quam potenter intendere. Deinde aliquantisper dē "dīvōrum persōnīs," dē "Deā," dē eā rē quae "monotheïsmus" dīcēbatur, ad postrēmum dē "conversiōne textūs cerebrālis" necnōn dē "neurōrum putātiōne," obscūriōrēs obscūriōrēsque habuit orātiōnēs, vigentī ūsque homoeoteleutō plērumque ferreō.

Vix terminātīs excursibus hīs gravibus sed, vel Marniae sententiā, nōnnihil extrāterrestribus, Vudius repente, prō vectūrā grātiās agēns, in Centrō Seattlēnsī negōtium aliquod cōnficere in animō habentem sē continuō discessūrum dēclārāvit Marniaeque tēlephōnicō numerō auribus acceptō nōn tamen cōnscriptō trāmine ēlātō expedītius sē vehī posse asserēns in ventōs recessit. Quō factō Marnia affecta est tamquam sī per cerebrum rapta esset in sēmioblīquum ingēns raeda onerāria, ēiectīs obiter et canthōrum nōnnūllōrum ānulīs calcātōriīs adhūc fūmiferīs.

Sex post diēs integrōs, ānxia prīmō, dein sēnsim aequiōre animō, Marnia ē vīvāriō domum reversa nūntiō offendit in respōnsōriō tēlephōnicō ā Vudiō relictō quō hic rogābat num sē comitārī vellet vīsitātum amāsium –

illum scīlicet iam in valētūdināriō summātim commemorātum quōcum iūrgium fuerat. Sibi dēmum sociae subsidiō esse opus. Et rē vērā vōx eius māchinulā dēbilior prōfluēbat. Marniae quidem bisexualem illum esse nūperque cum amātōrculō altercātum neque hōrum reconciliātiōnem prōrsus exclūdī posse iam contemplantī ērigēbantur sponte collārēs pennae. Nōn sōlum enim in amōre adhūc cōnstābat fatuō, sed etiam tālis invītātiōnis simplicitās, nēdum abiecta īnsulsitās, amōrem firmābat; nam hōrae illae quattuor quīnqueve ūnā cum lūnāticō illō exāctae cēterās omnēs quās Marnia prius dēgerat longē superāre vidēbantur. Īnsolitus, immō, aegrōtulus homō ille quidem, sed ēcastor quam praedulciter aegrōtulābat! Nec quemquam tam prōdigiōsum quam Vudium cognitum habuerit Marniae familiārium quisquam; quod nempe praecipuē apud iuvenēs sē interdum prō *enfants terribles* habentēs summae erat commendātiōnī. Artium generī manifestō subiacēbat ille cui titulus *Dada*, haud autem sine Artis Novae afflātū vēpulchrō ... Vel potius Alfōnsum Mucham et Edvardum Forficulimanūs in sē cōnsociābat. At Marniae numerum modo compertum digitō, cuius unguis crīnium stirpibus quadrāns mōrī Īdaeī in colōrem tinctus erat, in tēlephōnō sēligentī dēplōrandum vidēbātur quod Iupulus Iupulaque parentēs (quibus nōmina vēra Austīnus et Maia Barry) nōn mātūrius domum reversī huic nūntiō ā lymphātō dē amāsiōne relātō interfuerant; namque eam iuvābat exolētā sub Iupulōrum cute līberālī tēctiōrem pungere illīberālitātem.

Respondit statim Vudius, obscūrātā autem vōce. Obstrepentium vehiculōrum mediō in ipsō commeātū versārī vidēbātur gestābilī applicātus tēlephōnulō. Nōn autem, laus superīs, gubernāns tēlephōnābat; nam dīxit sē paulisper deambulātum exiisse, "quattuor et vigintī" tamen minūtīs Marniam raedā exceptūrum. Quod illa auriculāre repōnēns commodissimē cecidisse arbitrāta est, cum et pater ā librāriā magnā quam possidēbat sine dubiō esset mox reditūrus et māter quoque proximum vērō esset ut quattuor et vigintī minūtīs ā Ienniā Craig sē referret, nempe satis opportūne ambō ut experīrentur māiusculum virum oculāribus viridibus necnōn scaenālī aliquō habitū absurdō ōrnātum rixam homophȳlophilam sēdandī causā fīliam suam excipere. Istīus rixae sēdandae pigēbat quidem, attamen cētera illa imāgō per Iupulōrum oculōs sibi prōposita prō improbissimā perplacuit.

Sed, neutrō eōrum, fātō dolendō, temperī adveniente, in discessū lascīviam placāvit frustrātam, schidulam nempe relinquēns dē "V̄nicae Deae sacrīs īnstaurandīs" quam occultissimē nārrantem; nam etiamsī tōtum iam annum in ūniversitāte studuerat, tempore tamen aestīvō aliquantō repuerāscere licitum sibi cēnsēbat.

Advēnit tempestīvē ille viridia oculāria iterum gerēns flāvōque vectus calceō āthlēticō subrotātō cuius latus modicellum quodque clāvō cursōriō violāceō absonē expictum. Tōtus ātrātus ipse capillāmentōque flāvō et eiusdem colōris suppositīciā barbā dissimulātus īlicō in Marniae animum revocāvit Imperātōrem Zod, pelliculae cui titulus "Vir Chalybicus II" pernefārium antagōnistam Kryptoniēnsem (itemque ergō "chalybicum"); at canīnum collāre quod incognitā dē causā superadditum erat, ut nōn satis horridē bullātum, scelestī habitum nōn sōlum nōn mināciōrem reddēbat sed etiam, ūnā cum concinnae faciēī parte intēctā gestuumque artificiālī, prope in dossennum ēmolliēbat. Carnificem plānē facile vincēbat caniculus. Ecquid sēmiautista, etsī scaenae perītus, persōnās tantum praeparātās sūmere neque ipse prae sinisteritāte eās fortūnātē immūtāre valēbat?

Vudius discēdere festīnāns "Tē mē," inquit, "comitārī laetor," Marniae crīnēs bicolōrēs summīs simul digitīs īnscītae salūtātiōnī attingēns corpusque alterā manū in raedam perdūcēns. Iamque occlūsā vectōris fore, in latus alterum sē continuō immīsit atque, rogante sē Marniā quātenus neurologicē saucius in rē gubernātōriā forte dēficeret ... vel in gubernātōris diplōmate cōnsequendō, raedam in mōmentum excitāvit.

Iugō Caeruleō, ā parentālī sēde, per Viam Decimam Quīntam ūnā rapiēbantur trānsque Pontem Ballardiēnsem, sub quō dēcēdentis iam sōlis radiī ex Sinū Salmōneō argenteī caeruleīque simul scintillantēs repercutiēbantur tamquam ab ingentī coruscōque maricolā intrā fluenta pōmerīdiāna versantī ac velut sī utrīusque rīpae arborēs algae essent undulābundae et caelum albicantibus nūbēculīs altē cōnspersum vicem gereret superficiēī marīnae āprīcae spūmeaeque. Neque interim hīlum dēfervēscēbat Vudius suspiciōnem cum absurdam tum subhorrendam metricē exprōmēns inter Brambillam et Scintillum coniūnctiōnem aliquam exstitisse; quō sē īnsuper adeō angī animō ut hunc nē tēlephōnicē compellāre quidem valuisset. Num hercle fierī posset ut Scintillus...? At plānē haudquāquam fās esse illum esse illam! ...Sed similitūdinem ecce istam nefastam! Ac vestem illam perpennātam?! At sī ille illa sit, numquid ergō...? Nefās autem cōgitātū! Deam esse illum-illam! ...At pol tandem nōnne nūmen quodque ex arbitriō incarnārī quīret? Perpendendum esse verbī grātiā Iēsum ... ac plānē Visnum illum Indicum ... necnōn inter Graecōs ipsum Zeun Iovemve Ganymēdēn Lēdamque cēterāsque corporum dolīs multifāriē appetentem, nē quid dē Gōzere dīcerētur. ...At nempe ignōsceret Marnia, sānē enim reputantī sibi iam liquēre Gōzeris istīus incarnātiōnem potius ē pelliculā excerptam cui titulus "Larvārum Vēnā-tōrēs."

Magnoliae īnferiōris dīrōs per flexūs labyrinthicōs cum praelāberentur, nōn Ariadnēn sed vestītōrem quendam nōmine Scintillus quaerentēs, frīgidō coeperat Marnia mānāre sūdōre sīve prae nauseā sīve ex temporā-riā turbātiōne seu forte et graviōre angōre aliquō imprōvīsō contāmināta.

Tardātō temperantissimē calceivehiculī rotantis prōgressū ante mō-lem quandam sēmiveteris domūs cuius līneāmenta pinguiōra sarcinōsae-que symmetriae anemophobiam Fretō Pūgetānō aliēnam arguēbant, appāruit Marniae ex receptāculōrum cursuālium seriē hārum aedium in-ternam geōmetriam inertī faciē longē esse intortiōrem.

Postquam scālās inter duo tabernācula raedāria positās ascendērunt andrōnemque interiōrem adeptī sunt et cum Vudius iānuam "D" litterā īnscrīptam trēs per minūtās integrās aequō, ut vidēbātur, animō sed simul mīrē cōnstanter cornīce pulsāvisset atque per vicēs tintinnābulātō-riō sonāvisset quasi quīndecim admodum illīs secundīs ultimīs aperī sibi adhūc exspectāret cumque cōnspicillī vitrulum ūnivium trānspicere ali-quotiēs frustrā tentāsset, virum seniōrem crassiōremque vīcīnō tandem ēgredientem ōstiō adorāvit ille hīs ferē verbīs:

"*Don Pasquale! Dove sono? In momento d'abbandon' ho detto cose...*"

"*È andato via il ragazzo,*" īnfit respondēns alter, "*colla sua parente. Non abita piu qua. Ma non lo sapevate voi, Signor Wudi?*" Vultus cicātrīcōsus nāsōque perlocuplētē praeditus sincērē commiserēscentem fatēbātur, pollice simul digitīs affricante sē oppositīs, sollicitūdinis forsan signum alterum. Collō dēpendēns mappa pectorālis caeruleātīs litterīs "Nauarchī Mēnsa" titulum ūnā cum astacī imāgine renīdentī prōpōnēbat, sed diaetā modo reserātā iam incōnsultē exundāns nīdor in crāticulā assās costās būbulās potius prōdēbat.

"*Ma come?*" Vudius contrā, sed parum numerōsē, "*Non è ... possibile!* Ē- ... mi-grā-vit! At ... Ma...!" Marniam velut exorbitātus respexit.

"Nōnne Scintillum," īnfit haec, "abhinc ūnā tantum hebdomade hūc convēnistī?

"Sīc ... fer ... em ... eti..." syllabās retulit ille tantum refrāctās.

Ad Marniam sermōnem moventem subrīsit tunc Dominus Paschālis, diaetīs, ut vidēbātur, praefectus, dexterā mappam imprūdēns prīmum vellicantī dein plēniōre ex cōnscientiā nōdō ad cervīcem solvendō āmovente.

"Attamene, Signor Wudi..." ait Paschālis gravī ēnūntiātū Neoītalicō interrogāns haud secus ac "amābilis mafiōsus advena recēns" figmentum cīnēmatographicum, "ecquidda tū dīverbium aliquodde exe tūīs in mē nunce experīris?" Distortō subrīdēbat vultū. "Sciō nempe, sīccut ette cīvitāte tōta, quidde tibi fiat: tē protter mente', ut ita dīcamme, subaliēnātam ambō mūnera illa tūa nūper prōiēcisse, viamme ia' affettāre trāgicam." Benevolē occipitiō subblandiēbātur Vudiō, quī tamen cōnspicuē resiluit. "...Quod dautem proccula dubbiō e' bene fattum. ...Nequ', uta vēra dīcamme, mediocriter aliēnāta menz per sē e' dīra rēz; ēgrēgius enim artīfice quisque nōnne interdunn' elleborōsior fierī sole'?" Marniam simul fēstīvus et incertus respexit.

"VBI TAMEN AVATĀRA?" māximā exclāmāvit vōce Vudius. "VERBA TVA SVNT PRAEVĀRA! RĒS EST MIHI PERAMĀRA!"

Et cum dīctō iānuam pugnīs effrēnātius concutiēbat, ac prōtinus apertā fore aliā appāruit muliercula modestula quam sequēbātur vir rūfā barbā pergrandis camīsiā amictus flannellāriā caeruleā, Paulī Bunyan simulācrum, ut Marniae quidem vidēbātur, paene rīdiculum.

Cuius gigantis accessum haud animadvertēns Vudius vāticinārī perexit: "SCĪSCITANDVM EST DĒ MEĀ PRAEPETĪ VOLVCRĪ DEĀ LĀBILĪ SED EVGENĒĀ PRIVSQVAM IN HYPOGĒA AVT IN CAELVM ĒLĀBĀTVR! VBI NVNC LATIBVLĒTVR INQVĪRENDVM EST! FATĒTVR ILLA VBI LATITĒTVR HĪC INDICIVM DĪVĀLE ALIQVOD VEL NVPTIĀLE! SIGNVM TANTVM PALPEBRĀLE FORSAN EXSTAT VEL PLVMĀLE! PRĪMA TEXTILĪ PERPICTA ILLA EST NEC TANTVM FICTA! MOX ET CVNCTA INTERDICTA ERVNT, MŌNSTRA INDĒVICTA. ...MÜSSEN WIR SOFORT ZUM HEILIGEN ... RATH DER ... GÖTTER! I BOTTONCINI DELLE BAGASCE ... NON VALGONO UN CAZZO ... SENZA LA FICA! AMU ... DANU ... DINI ... OTTO!"

Hās tālēsve ēmittentem vōcēs Paulus Bunyan eum, quamvīs decoriter figūrātum nōn ita altilem hominem, in umerōs perniciter sublātum per scālās deorsum portābat; neque ipse Vudius, suae sōlī dēbacchātiōnī verbōsae attentus, quicquam dabat operae ut renīterētur. Ad quod sē rogābat Marnia idne genus cōnsuēvisset ille convīciō praeposterō? Quae rēs utcumque sē habēret, īmā iam in scālārum parte capillāmentum flāvum ūnā cum barbā iniūnctā tumultuantis capite dēlābēns oculāribusque aegrē dēpendēns manū intercēpit illa, figmentum exuēns integrum; capitī repente nūdiōrī lentēs ōciter restituit; deinde ūsque in viam portentum istud bivirīle secūta est. Vidēbātur interim Dominum Paschālem aliquod ex Vudiī dīctīs nōn mediocriter prōvocāvisse, nam hic quoque ē domūs āreā exsecrātiōnibus Ītalicīs in altivolantem nunc dēsaeviēbat gigantis vectōrem, quī invicem etiamnum assiduē, etsī haud iam cognōbiliter, vociferābātur.

"Ecce," inquit timidulē Marnia, "raeda ... nostra." Et gigās, quī nōn sōlum nōn perturbārī vidēbātur sed etiam forsan sub barbā nōnnihil subrīdēbat, quō illa indicābat perrēxit. Marnia et dēteriōre exitū oppressa et ob reī rīdiculum amplē ērubēscēns quōmodo gigās Vudium ad raedam dēpōneret servāns mīrāta est hunc, sīcut pūpa quae tantum ad certum angulum sustenta vāgit, cum vixdum ērēctus status esset furōre dēsinere, raedam cōnscendere, moderātrīcem capessere rotam. Marniam tunc ad vectōris sedem circumeuntem Vudius, quī clāvem iam loculō braccāriō extractam in incitātōrium īnseruerat, tranquillissimā vōce rogāvit quōnam iter nunc ageret. Ad quod illa leviter tremēns prīmum nihil referre valet; mox autem ad sē rediēns domum affirmat tendere sēsē.

* * * *

Dē dēfōrmissimā scaenā ante Scintillī diaetam – vel huius diaetam priōrem – perāctā subsequīs excūsātiōnibus ā Vudiō numerōsē prōlātīs tandem victa, Marnia paucōs post diēs apud *El Greco* caffēum ut convenīrent concessit, tālī locō haud magnum perīculum imputāns. Et rē vērā satis pulchrē ēvēnit cōnstitūtum istud, nam et ille ad solitum lepōrem subabsurdum redierat et Marnia occasiōnem nacta est amīcum quendam eius, nōmine Zoltan, cognōscendī, cuius quidem statim amāvit indolem perprolētāriam, dissimulanter sollertem, tēctē generōsam. Vudius ipse rēs apud Dominum Paschālem gestās ita per singula ēnārrāvit et dēpinxit ut Marnia mīrārētur quātenus ille et quae et quōs circā fuerant tunc sēnsisset et nunc recordārētur. Enimvērō tōta rēs repentīnō perquam facēta appāruit velut ex veterī cōmoediā Ītalicā aliquā excerpta. Neque dēmum liquēbat quānam ex causā ille, quippe cuius vīta vidērētur esse inter īnsolitum et dēlīrum vacillāns Ātellāna, nunc histriōniae sevēriōrī studēret.

Ā Zoltane, Vudiī contrāriō cōnsentāneō, comperit Marnia quī animī status ergā Vudium esset adhibendus: distantiam aliquam psȳchologicam servandam; etiam sub hāc novā ratiōne ūnilenticulārī embolium quodque, seu iūcundum seu iniūcundius seu formīdābile, sat promptē absolvī; tragoediae saepius succēdere cōmeodiam fābulamve nōnnumquam amātōriam; persōnās in eō ūsque nāscī morīque; ipsum tamen hominem mīrē esse stabilem, scīlicet īnstabiliter stabilem ... vel stabiliter īnstabilem; praeter corporis oscillātiōnēs solāciī causā rārō susceptās, vērē graviōris generis accessiōnēs illum ferē numquam patī; nihil dēmum apud Vudium nimis in sērium convertendum; persōnās eius quasi prō puerī lūdibriīs habendās. Sub quibus tamen vicissitūdinibus Marnia nihil magis dispexit quam immāne vītae studium sīve ēnormem cupiditātem aetāte suā, prout aegrē licēbat, sīcut cēterī hominēs perfruendī. Et illa Dea ... estō, erat partim vēcordiae fructus; at alterā ex parte studium Vudiī Eam vēram reddēbat. ...Cui plānē tentantī Marniae crēdulitātī haud obstābat quod ea eum suspicābātur et in sē ipsā nōnnūllās Deae proprietātēs cōnspexisse.

Īnsequentibus septimānīs Marnia in congressum cum Vudiō pedetemptim sē reddēbat. Aliud semper faciēbant nec vērō umquam quicquam trānslātīciī quodve procātiōnī congrueret ūsuālī. Quis enim procus puellam ad nāvālia dēdūcēbat ut tollēnōnēs Brobdingnagiānōs receptāculaque portōria ūnā carbōne dēlīneārent? (Quod facientem illum tantum semel bisve argūmentum aspicere animadvertit, pictūram tamen līneārem, etsī forsan nōn ingeniōsissimam, semper sat accūrātē facere.) Quis petītor petītam in bibliothēcam mūnicipālem perdūcēbat testūdinēs Merīdioamericānās investīgandī grātiā? Quae tamen omnia per Marniam prōrsus bene habēbant, nam cum Vudiō tālia agēns neutiquam usquam dēsīderābat in tabernīs nocturnīs vel cīnēmatēīs iuvenum solitās conversātiōnēs – quae quidem oblectāmenta eī iam inertiōra vidēbantur. Immō, satis contrā opīniōnem, Vudiī oblectāmenta quantō magis erant īnsuēta factīciaque vel adeō fictīcia tantō sincēriōra atque quōdammodo "vēriōra" esse opīnābātur illa.

Nunc ergō, Lēctor cārissime cārissimave Lēctrīx, ad illam revocāmur scaenam cuius mentiō suprā facta est, in quā scīlicet Vudius apud Morsum Seattlī ante vorātrīnulam titulō *Fritterroli* īnscriptam subque oculīs Beniamīnī Holcomb possessōris in loculum immittēns manum nihil quicquam invēnit nummulōrum. Cōnfirmat sānē Marniae testimōnium saltātōrem histriōnemque quī fuerat paupertātem in quam nūper ceciderat istō ferē tempore prīmō olfactāsse, nam nōn sōlum raedulam suam agere dehinc paene omnīnō cessāvit sed etiam ā Marniā incēpit mutuārī argentum. Quās summulās redditūrum sē firmissimīs sub vōtīs obtestābātur, adiectā plērumque dē "decōrum vērumque cōnsectantium" pessimā sorte lāmentātiōne.

Hōc quidem locō assūmit fābella nostra afflātum arcānum furtīvumque propter cāsum quendam paucīs diēbus post Morsum in Thōmāsculī Polliculī theātrō cēnātōriō, nōmine "Coquīna Īnfernālis," circō patinātōriō identidem refectō, prōditum. Cum enim impetrāvisset Marnia ut rem scaenicam semel comminus experīrētur, Vudius eam istūc, in latebrārum priōrum suārum alteram, perdūxit, ubi forte commodum habēbātur meditātiō generālis ac vestīta.

Offendērunt ibi prīmum prope ōstium Polliculum ipsum, flāvicomum virum minōris quidem statūrae cognōminī autem haud ita aequālem, quī, quamvīs sēmisubterrāneō moderāns gregī, adulēscentiam et gracilitātem suam vestītū comptūque prīsciōre vel solemniōre, ut vidēbātur, compēnsāre petēbat. Cum Polliculus ingredientem Vudium cōnspiciēns levem prīmō aggravātiōnem praetulisset vultū, continuō tamen sēnsit Marnia remollīrī eī praecordia per *Gestalt* illam Vudiānam cum ob huius condiciōnem Sīsyphiam tum ob decus īnscītē scītulum paene inexsuperābilem; gestābat enim Vudius illō diē subūculam sufflāvam, aliquantō dēcolōrem, imāgine statum minācem sūmentis Godzillae adhūc perviridis pictam, braccās brevēs elasticās stēllīs variās violāceīs, impīliīs carentēs calceōs multicolōrēs (quōs Marnia iam nunc vērōs esse cōnilūsōriōs numerō adeō "25" dēnotātōs animadvertit), Saharānās cōnstantēs, quārum color fortuītō cutī ferē quadrābat Godzillānae, unciam et dīmidiam tandem pilōrum nātūrālium ob capillāmenta frequenter indūta diūturnē incomptiōrum, hōc praecipuē tempore Marniam admonentium quam habuisset speciem Iūlius Caesar iuvenis, ad Bellum Gallicum gerendum nūllā adhūc ē lectō surgendī datā operā.

Postquam Vudius prīstinō moderātōrī suō recentem amīcam trādidit, ille, oculōs ad meditātiōnem sē modo ēvolventem revertēns, "Ēn, Vudī," inquit vōce iam collēgiālī assevērātāque fronte, "omnium tandem ūtilitātī servit quod partibus Glopiānīs dēstitistī, nam spectātōrēs quī nunc sunt nec facētiās acūtās neque acūmen facētum sed potius tumultuōsōs iocōs ac novissimī mōris violentiam dēlīram iam appetunt. Quōcircā haec nostra fābula nova, cui est titulus 'Carnelevālium Carnifex' sine dubiō apprīmē probābitur quod et ambās hās illecebrās ūsurpat et ipse Andrēae Lloyd Weber nepōs mōdōs mūsicōs nūper composuit. Cēnsōrum sagācum opīniōnibus in mediō relictīs, quod nōn pulchrē verberat nūllum rīsum, quod nōn caeditur nūllum iam affectum movet. Dē hōc plānē vēscimur artificēs. Pelliculae theātrīs sānē longissimē praecurrunt. Nōbīs sunt imitandae

'Fictiō Dūpondiāria' et 'Fargōnum' et 'Vilelmulum Necā'. ...At heus, ecce tibi."

Aliquid extractum Vudiō trādit.

"Tessera perpetua est ad huius annī mūnera, bīnīs hominibus concē-dēns ingressum. Ipsa cēna nempe emenda est. Accēditōte quandōcumque libuerit ut rem nostram probētis ... nē dīcam gustētis!"

Quā novissimā sententiā prōlātā quasi iam saepius repetītā, moderātor parcā eōs dīmittēns nictātiōne iterum sē ad scaenam intendit.

Sēmiobscūrae caupōnae per tenebrās scaenāriārum lucernārum per-mūtātiōnibus mōbilēs ūsque in spatia postsīpāria penetrāvērunt interven-tōrēs. Marnia, dum super scaenam agitāta ex oblīquō intuētur, duōrum virōrum haud procul distantium sermōnis attenuātī excēpit frūsta in qui-bus nōmen Vudiī iam aliquotiēs prōlātum. Tunc conversa dēprehendit Vudium quoque ipsum per umbrās ad eōsdem cautē appropinquantem hominēs, quī iam manifestō mūtātā erant veste āctōrēs.

"Rēctē monēs," inquit susurrātim alter, aucipe iam ex plēnō Marniā. "Quod satira subtīlior iam prōrsus alget culpandus est Vudius Fava, scīlic-et nōn quia nūper ē scaenā ēlāpsus est sed quia pedem in scaenā posuit umquam."

"Quid vīs dīcere?" interposuit alter.

"Nōn tantum malum vērum etiam nūllum prōrsus fuisse histriōnem eum, in scaenā nōn partēs ēgisse artificiōsē ēmeditātās sed potius verbīs ob memōriam mōnstruōsam vīlissimē mūtuātīs sē tamen nempe sōlum ēgisse ipsum. At quidnam in hōc inest artis? Quid vērae histriōniae sī mente mancus mancum agit mente? Perspicientiā sollertiāque plānē pe-nitus egēbat. Populus vel cōnscius vel īnscius nōn persōnam sed hominem lūdibriō habēbat. Nōn artem admīrābantur; pathologiā magis vērā quam fictā titillābantur. Ineptiae hae ā Polliculō nōbīs nunc impositae, ut in quādam saltem arte nītentēs, minus saltem pūtent quam facinus Glopiā-num istud."

"At nimis asperē tē eum accūsāre cēnseō. Estō, ipsum ēgit sē; sed idem faciunt fēcēruntve et plēraque lūmina Aquifoliēnsia velut Eugenius ille Kelly quī saltātōrēs agere solēbat ac Iōannēs Wayne quī grassātōrēs vel Carolus Sheen quī fēmellāriōs necnōn Kevinus Costner Margarītulaque illa Ryan quī, ut sint speciōsiōrēs hominēs, quālibuscumque tamen sub partibus cotīdiānulī cōnstanter ēvādunt ieiūniōrēs sibi sat similēs. Tum porrō, sī placuit āctiō eius, quid interest utrum Thespiē ēgerit ... an thera-peuticē? Omnia enim vincit ēventus. At quod misellus in īnsāniam istam incidit prōrsus dēplōrandum est. Ambō simul mūnera operōsa profectō nōn sustinuit."

"Quīn per mē incidit iam prīdem incāsūrus. At scīn' tū eum lūmen māximum, Brambillam ipsam, sē adamāsse crēdere? 'Deam' adeō vocāre? Quam īnsuper blennus iste sē ipsum nunc cupere ambīreque opīnātur moxque dīvīnitātis phanerōsin incarnātam fatuitātī suae tribūtūram! Quā vidēlicet innīxus superstitiōne in praesentem dēfluxit pauperiem atque paene in ultimam egestātem. Quippe enim sunt quī novissimē eum per Centrum Seattlēnse vīderint pecūlium in popīnam taeterrimam prōdigentem."

"Āin'?"

"Āiō."

"At nōnne est quī misellō subveniat? Ecquid Polliculus noster quī tandem ab illō nōn parum est locuplētātus?"

"Fortasse nōn sit necesse istud; nam fāma fert ipsissimam Brambillam – germānam dīcō, nec dēmentiā istam dēcoctam – nūntiō dē hāc tragicōmoediā acceptō blitei istīus miseritam esse, lāmellam crēditōriam auream Cursūs Properātī Americānī fidē īnfīnītā īnstructam clam eī suppeditāsse."

"Papae! Hoc tamen crēdibile est?"

"Quī mihi dīxit haud levifidus est homō. Quodsī vērum'st, Fava haud ita meruit."

"At heus, bone. Appropinquat nostrum!"

Marnia Vudium respexit, cuius invicem laeva manus quasi sponte in ūnicum braccārum brevium expānsibilium loculum, in sinistrī dīmidiī fronte positum, sē commodum sat rēligiōsē mergēbat. Ēditum est deinde aliquid... Prius autem quam Marnia "aliquid" istud nōscere quīret, Vudius tergō parietī ūsque applicātō sīc tractim in sessum dēlapsus erat ut subūculae Godzillānae limbus irrūgātus paene ālārum tenus conglomerārētur – quō retēctum est consummātum abdomen Apollināre – ipseque bis terve mōre propemodum piscāriō ōs rotundātum aperīret clauderetque. Ipsā illā rē Vudiī manū adhūc retentā, quamquam hic oculōs incertē sursum āvertēbat, ā Marniā ad lūcem conversā, extemplō ēlūxērunt īnsīgnia aureola nōmenque "Prīnceps Ligneus Fava" necnōn numerus multiiugus vērīsimillimē in plasticō caelātus; nec deerat diēs terminī ēlābendī, praesentī ipsī diēī biennium ad amussim addēns.

"Hancine," īnfit ea, "anteā habuistī?"

Alter nihil respondēns ad eam tandem vertit oculōs, quī sub lentibus, quamvīs tantum leviter colorātīs, ob tenebrās nunc nūllī appārēbant.

Lāmelllā manuī sēmicatatonicī possessōris relictā, surgēns tunc Marnia angulum circumīvit inque spatium paulō plēnius illūminātum prodiit ubi āctōrum pār modo sermōcinātum erat; sed hī iam abierant neque in proximō cōnspiciēbantur. Marnia, cum eōs haud ita bene aspexisset, putābat tamen operōsō cultū ex textilī aliquō squāmeō coruscōque, colōre caesiō caeruleōve, fuisse indūtōs capitāliaque aliqua manū tenuisse. Attamen super scaenā, sīve in scaenae parte eī modo spectābilī, nūllus sīc appārēbat vestītus.

Revertit ad Vudium, quī ita aliquantō revaluisse vidēbātur ut Marniam tamen adhūc sollicitam habēret.

"D ... Dolum," inquit ille, "aliquis mī nectit. Vēram Argum nunc dēflectit. Anne...?"

Īnfectō versū laevē sē levāvit, lāmellam tamquam pyrobolum manū ūsque stabiliēns, angulumque, sīcut modo Marnia, circumīvit.

"Nōn iam," inquit Marnia, "eōs videō."

Vudium locum petentem ex quō plūra spectārī possent īnsecūta est Marnia equī scaenā exeuntis obiter duās partēs disiūnctē iam meantēs praeteriēns. Ipsa nunc scaena carcer magnus erat ā complūribus āctōribus in avēs dissimulātīs obsessus. Virum in mediō paene omnīnō nūdum intrā caveam humilem quādrupedō gradū rēpentem ac prae timōre dolōreve ululantem, dē quō praetereā stillābat multīs locīs sanguis scaenicus, avēs circumfūsae dērīdēbant ac lūdificābantur.

"Hoc prō Diē Grātiārum Agendārum accipe!" dixit gallopāvō magnus ungulā inter cancellōs immissā hominis dorsum cōnfodiēns, quō vulnere speciōsē ēmicāns quōquōversus prōiiciēbātur sanguis dum cēterae hilarēs cōnfrigūtiunt avēs.

Marnia amplexa Vudium, quī tam stolidē fābulam obtuēbātur ut nōndum penitus ad sē rediisse vidērētur, per iānuam forās ēdūxit, ubi fulgidus diēs oculōs praestrinxit dēlinquenteque subitō āēris temperātiōne artificiōsā calōre membra statim repigrābat. Longō ex angiportū crepīdinem tandem nactī sinistrōrsum vertērunt postque trēs ferē tabernās thermopōlium inventum intrāvērunt, locum sordidulē scītulum vellūtō fuscō, veterī opere textilī reticulātō, antīquā supellectilī ligneā passim incīsā replētum.

Postquam Marnia caffeam sibi Mochānam frīgidam scōnumque passōrum Corinthiōrum petīvit Vudiusque, quī caffeīnum sē "īnsāniā afficere" asseverābat, grānōsās persicāriās duās, "Quemnam tū," inquit illa, "prō tālis facinoris capāce habēs?"

Vudius autem, animō manifestē adhūc turbidus, nihil dedit respōnsī; id quod Marniam intimō pectore nōn parum frustrābātur, nam ille quī phantasiam adeō pulchram dulcemque commentus erat, datō prīmō indiciō vēram esse, in dubium cecidisse vidēbātur nec prōtinus est intercessiōnem hūmānam īnfitiātus. Marnia scīlicet, ut plānē phantasiam hanc prō dēlūsiōne dūcēns, sīc nōn minimā ex parte ob eius phantasiārum candōrem ardōremque sē eum adamāsse hōc mōmentō temporis sentiēbat.

Pōtiōnibus iam praeter modulōs iassiācōs attentuātōs silentiō sēmihaustīs, "Nesciō," inquit Vudius, "quid tibi dīcam. Deae tāle nōn addīcam, rem tam parum opportūnam. Deam petō, nōn fortūnam! ...Nec spērāre volō nimis, sī illūdat mē Sublīmis."

Tālēs vōcēs quālēs "illūdere" et "illūsiō," ut in Vudiī ōre nōnnihil dubiās, Marnia interpretārī posse diffīdēns, mochānae suae potius incubuit, in animō nunc simul satque paradoxē grāta et inquiētāta quod Vudius apertē nōn tantum dē Deā ipsā quantum dē hominum vel etiam ipsīus Deae māchinātiōnibus incertīs dubitābat.

Cōnfectam refocillātiōnem Vudium lāmellā aureā solvere volentem ministra, iuvenca Marniae aequālis vespertīnam vestem tālārem nigram tōtum tergum dēnūdantem gestāns et cuius unguēs labiaque in malvāceum tincta, certiōrem fēcit apud sē in Cursum Properātum Americānum impēnsās quam minimās vīcēnōrum thalērōrum sūmī. Ministram itaque iussit ille duōs sacculōs scōnīs lībācunculīsque replēre – quō haec, tantā simul *haute cuisson* exonerāta, aliquantulā anxietāte sēparātīvā tunc afficī vidēbātur.

...Et lāmella crēditōria ēlectronicē approbāta est!

Cēterō pōmerīdiānō tempore Vudiī tēlephōnulō saepissimē adhaesī argentāriārum seriem invīsērunt donec in Deī Viriditergis templī mediurbānī alicuius apertō tabulātō intergerīvō opiparē īnstrūctō Vudius tandem singulōrum dē lāmellā suā particeps factus est. Possessor hunc in modum in computātōriī quadrō relātus legēbātur: "Prīnceps Ligneus Fava, apud Vrdar Corporātiōnem, A.C. 2397, Nasāviae Bermūdēnsis." Cistellula quaedam cui apposita erat tersa benedictiō "Fidēs Terminō - Lībera" X litterā mundulā notāta erat. "Dēbitōrum ratiōnēs," addidit ratiōnum crēditōriārum minister, "scīlicet nōn tū, domine, sed potius corporātiō tua solvet."

Vltimōs ambōs lībācunculōs cydōneipapāvereōs blandiloquō ministrō largītī per vīcīnum tunc pantopōlium rōbustiōrēs calceōs ambulātōriōs Marniae prōspectum ruērunt. Deinde Vudius Marniam, solitam iam gubernātrīcem, ad quandam ex turribus condominiālibus splendidiōribus arduiōribusque in Quīntā Viā sitīs iter dīrigere arcānē iussit. Integram hōram repositō in tablīnō cum homine aliquō aliquā dē rē, ut vidēbātur, licitus – quō tempore Marniae, quippe ut "mīrum aliquid" acceptūrae, exspectandum fuerat – exiit tandem Vudius clāvem sublīme ferēns tamquam pelliculae magister recēns Ānsgārium praemium. Cum anabathrum, cuius tabula interna contignātiōnēs ab "H4" ūsque ad "36 " prōpōnēbat, ad "35" notam rapidissimum intermīsisset ascēnsum, circumspectī advenae ēgressī duōs post traiectōs angulōs per iānuam saturō fīlō fulvam atque "3510" numerō dēnotātam, exercitā clāve, diaetam intrāvērunt vastam, praemodernē postmodernam, supellectilī ēlegantī cōncinnāque in genus Asiāticum orientāle exōrnātam, ē cuius sēmimūrālibus fenestrīs prōspiciēbantur urbis Montēs Prīmus et Capitōlīnus. Immō hōc praecipuē diē aestīvō, ut persūdō, vidēbantur dīlūcidī ē longiquiōre et ipsī Cataractae Montēs obscūrī, nive passim maculātī, opīniōne praeruptiōrēs, vīsum ocellātōrum nigrōrum modo ante ruīnam titubantium pictūram Cubisticam subiciēns.

"Quī ēmērunt īnstruxērunt," inquit Vudius bombycinam chartam parietālem sorbitiōnis colōrem ex astacō concoctae aemulantem reverentī dēmulcēns digitō, "Singapūram migrāvērunt. Diaetarchīs vēndidērunt."

Dum Marnia hypnōticō prōspectuī nec minus condominiālis diaetae merētrīciō succumbit, Vudius intrā cubiculum prīncipāle super rēgiae magnitūdinis lectum abiectus placidus nunc resupīnusque tēctum intuēbātur. Burgundeum super opertōrium opulentum ille, cuius cōnstēllātae braccae dēcurtātae Godzillānaque subūcula flāvida argentāriōrum nōnnūllōrum frīgus hodiernum Marniae nunc modo acclārābant, parvus subitō vidēbātur atque – hanc vōcem et plērumque et tunc māximē fastīdiantī alia tamen nōn est suppeditāta – percārus. Assēdit eī inclīnātaque frontem est ōsculāta, deinde nāsum, dein genam, postrēmō labia. Rīsit tunc summissim illa; quem autem rīsum, illō umerum manū tangente, dīmīsit.

"B ... Barry," inquit ille cūnctam eam, ut vidēbātur, Subsaharānīs amplectēns oculīs sub praesentī lūce modicē appārentibus tamquam sī forte intrā eam latēns aliquid cōnsīderāret quaereretve.

Quem post obtūtum diūtinum mīrum quam clēmenter eam dētraxit ad sē. Sāvium novum īnsurgēns omnīnō inopīnātam profundamque dēnūdāvit teneritātem velut sī dēsīderium perdūdum exortum, patiēns, per saecula polītum esset ac rotundātum. Neque ob admīrātiōnem tumultuāriam occurrit Marniae in mentem – id cuius aliōquīn sine dubiō ratiōnem habuisset – tenerum hoc forsan cum eō coniūnctum esse quod huius hominis systēma nervōsum per subitāriōs stimulōs prōrsus supprimī poterat. Superius in tergum ascendit ballātōris dextera, dein in nūdum dēlapsa est lacertum. Laeva īnferiōre quiēscēbat super tergō. Mulcēbat illam ille, nōn autem aestuanter, nōn ita ut rancidulīs in raedulīs subcompāctīs umbrīsve ā pūtidā dēfrūtāriā crātērā sēmōtīs erat antehāc attrectāta, sed simul ardenter et perquam mīte velut ... velut per sacra ... rītumve.

Volvēbantur implectēbanturque molliter tamquam mōtū lentō ambō in opertōriō būtȳreō. Vudius tandem dēsuper, indūsiī gossypinī laxātīs globulīs, manūs complexuī imposuit nūdō, umerum nunc ōre adōrāns sinistrum, cervīcem nunc, sinistram nunc mammam, papillam nunc, nūllō nōn perdēlībātō tactū, nūllā blanditiā. Nec labia umquam sīc inter sē converrēbantur ut nōn ad ultimum gustārētur morsiuncula minima quaeque. Quae quidem omnia cum Marniae vīrēs propemodum superārent, lacrimāre velle coepit. Immō iam lacrimābat, sine autem lacrimīs; ipsum enim flēbat corpus.

******

Rediit aliquandō thalamus. Lōdīcum, linteōrum, opertōriī, cervīcālium fōtīs amantibus in marī iam immōtē fluctuōsō, tacēbant cūncta. Āëris moderātōriī subaudiēbātur holosēricum sōlum murmur. Vrbis externae innumerābilēs nocturnī oculī, quod semper fēcisse factūrīque esse vidēbantur, tempestīvo incipiēbant coruscāre īnstinctū. Ōceanēnsī caelō crepusculārī sē brevī in aeternum exaltātūrō innatāre temptābat lūnāris lapillus salmōneus. Hoc temporis mōmentum Marnia prō īnfīnītō habēre volēbat; nam, Vudiī ingeniī incertissimum respiciēns, in intimā mente sciēbat omnia eīs fore lūbricissima nec vērī simile esse rem eōrum permānsūram. Singula porrō amōris opīnābātur iam tam admīrābiliter attendere posse Vudium propter ipsum forsan indolis ēnīxē segmentātum, hoc est, magnā ex parte per artem. ...Quālem tamen artem haudquāquam dūcēbat per sē esse respuendam, quippe enim ars haec et illīus artis admonēbat quōrundam mūsicōrum symphōniaeque praefectōrum perrōmanticī studiī quī vel in operibus Iōannis Brahms Gustāvīve Pictōris membrum quodque modulātiōnemque quamque sīcut ēdictum dīvīnum venerantēs tardātō incessū in īnfīnītum prōdūcere cōnābantur.

Vudium iterum supīnātum oculōsque ut ante hōrās in tēctō dēfīgentem spectāvit Marnia, in ipsum deinde tēctum levāns vultum. Ille tunc ē dexterā suā mittēns laevam eius indice mōnstrāvit sursum tamquam prophēta in caelum portentīs aestuāns.

"Illa adest," inquit susurrāns, "ecce suprā!"

    Blūtō, ubi tū latēbās?
    Tū mī semper occurrēbās
    obviam, intellegēbās
    mē et mea. Sustinēbās
5   mundum pervertīginōsum
    dorsō gracilī canīnō.
    Semper mē tumultuōsum
    tranquillābās. Mī supīnō
    dēpurgābās salīvōsā
10 linguā rōstrum, pūriōrem
    mē fēcistī quam aquōsa
    mī ferentia pavōrem
    porcellānea, undōsa
    balnea vorāginōsa.
15 Meīs tuōs cōnfundēbam
    pedēs gȳrīs circumdantēs
    semper mē et crepitantēs,
    mundīs unguibus sonantēs,
    omnia quae sentiēbam
20 mētientēs, modulantēs
    quōquō ego tunc currēbam.
    Odōrātuī virecta
    dēservīre tū sciēbās
    volūtātuīque rēctā,
25 esse culcitās ūmecta
    prāta. Optimē callēbās
    praeviridia filecta
    invenīre et gaudēbās
    ēsse sūcida īnsecta.
30 Ad anhēlitūs aequālēs

tuōs vacuōsque cūrā
numerī perpetuālēs
et harmoniae carnālēs
penetrābant membra dūra
35   mihi caput in fultūrā
dorsī tuī inclīnantī
līquidaque somniantī
et serēna vīsitantī
rēgna ubi creātūra
40   quaeque cūnctaque nātūra
nōbis mōrigerābantur
fibrīsque gubernābantur
nostrīs palpebrīs ligātīs
digitīsque agitātīs
45   gestū ut perdūcerentur
nostrō, nictū regerentur,
quōquō nutū urgērentur.
Cantum tuum luctuōsum
sōlus ego comprendēbam.
50   Animōsum, cūriōsum,
permordōsum, otiōsum
et caenōsum tē vidēbam
saepe. Rōstrum labiōsum
tuum verno ebriōsum
55   vultuōsum sentiēbam.
Crispus oritur aestīvus
vapor, et siccēscit rīvus.
Sopor membra nunc furtīvus
laxat. At iam arbustīvus
60   locus flāvus et fēstīvus!
Messis est, et dēlapsīvus
mundus tōtus. Iam captīvus
frīgoris algēscit prīvus
homō. Surgit purgātīvus
65   agger nivis. Prīmitīvus
vermis perit pernocīvus;
Capricornus negātīvus
necat tineam. Lascīvus

sed iam, ēn, est redivīvus
70 Ariēs! Et sēmentīvus
Taurus est cōpulātīvus!
Prātum latum efflōrēscit.
Pilus equulī rārēscit.
Mūs in angulō vīvēscit.
75 Moxque iterum flāvēscit
grāmen. Sōl calēscit.
Praemātūrē sed pūtrēscit
pepōn fulvus et barbēscit.
Vīrus glīscit et bullēscit.
80 Mūcor frondet et candēscit.
Pulpa frīget. Fōns rigēscit.
Rursum hālitus fūmēscit.
Hiems autem ēlanguēscit.
Annus volvēns iam brūtēscit.
85 Nemus tenerum spīnēscit.
Silva pluvia ārēscit.
Lītus fabricīs silvēscit.
Herba mala ēiuncēscit.
Omnis aura cinerēscit.
90 Fluctū ecce mē trūsātum
bēstiārum. Fēstīnātum
scincum videō, virgātum
cattum, anguem properātum,
nunc sciūrum percitātum,
95 hinc passerculum turbātum,
corvum aequē cōnsternātum,
illinc cervum, ēn, palmātum
et accipitrem cristātum!
At quid tantum agitātum?
100 Quisnam premit nōs vēnātum?
Moxque fruticēs velluntur
ac virgulta quatiuntur.
Arborēta collābuntur.
Currō ego. Corrāduntur
105 omnia et prōtrūduntur.
Rānae segnēs supplōduntur

et būfōnēs paviuntur.
Muscae rētrō hauriuntur.
Ramīs pedēs implectuntur.
110   Vīva māchinā sūguntur
caecā, mortuā. Pelluntur
cursū dubiō. Aguntur
rē immānī. Cōnfunduntur
porcī petrīs. Committuntur
115   tigrēs thunnīs. Contexuntur
plūmae plantīs. Attonuntur
aurēs strepitū. Scabuntur
pellēs. Trullā congeruntur
omnēs vastā. Ēruuntur
120   quercūs et prōiiciuntur
sursum versus. Ēbibuntur
tructae lacibus. Volvuntur
lūcūs tōtī, ēlābuntur,
ferīs plēnī obdūcuntur.
125   Excipiuntur nunc mātrī calcēs elephantae.
Āmēns barrit dum vertuntur turbine membra
vasta, ingentia. Mox ē vīsū corripiuntur
mortuus īnfāns iamque parēns ūnāque feruntur
mīlia plantārum rīpēnsium, et ēdūcuntur
130   mī quoque nunc gracilēs artūs atque āvelluntur.
Spartula parca prehendentēs digitī solvuntur,
perque lutum trahor, ac sursum retrō iaciuntur
corpora cūncta meumque. Aliī cubitō rapiuntur,
praecipitēs aliī pedibusve, ūnāque ruuntur
135   omnēs. Cōnsilia, heu, mala dēmum perspiciuntur
raptōrum! Paucī nam nāviter expediuntur;
saucia vel iam mortua cētera rēiciuntur!
Aliquandō iam refūsus
faece suscitor offūsus
140   vīvus morticīnā, pūsus
lūsū subdolō exclūsus
quō dēlūdunt sē maiōrēs.
Aliter hebetiōrēs
neglegunt obtrītōs flōrēs,

145 perfallācesque colōrēs
cantumque quem īnsequēbar
intrā hortōs. Vōcem rēbar
avis esse quā tenēbar
deīve quā compellēbar.
150 Stimulābat limpitūdo.
Conturbābat īnsuētūdō.
Commovēbat maestitūdo.
Nigra gilvaque testūdō
noctū quae lāmentābātur
155 vel cantāre vidēbātur
rītū meō cōnābātur,
mūtus vāticinābātur.
Custōs mīte mē affātur.

Dēpositō percȳaneō speculō ōceanēnsī
160 immiscentī sē extemplō gemmantibus undīs,
cincta simul scopulīs tropicīs subaquālibus altīs
aetheris ac praecelsō circumflāta vigōre
aequē et praegelidō fluxū suffūsa Polōrum
torvam frontem glaucōpis nunc contrahit Illa.

ἁρμονίη ἀφανὴς φανερῆς κρείττων.[30]

—Hērāclītus

ξυνὸν γὰρ ἀρχὴ καὶ πέρας ἐπὶ κύκλου.[31]

—Hērāclītus

---

[30] "Coniūnctiō recondita manifestā validior."
[31] "Prīncipium enim circulī et terminus idem."

9
Vēlum Inlevābile: Pars Prīma

maris huius
perturbidī
fluctuantī īnsciō in
recessū
cālīgine verticōsā
sapōre ōceanicō iam gelidō
turgidō
cautēs per tenācēs
undique
adeō tē ā tē
dissaepientēs
caecī aestūs sub
sonōre
incautē īnsinuāns
volātum
cēpit coruscum
piscem
onocrotalus modo
excōgitātus
subitō ōre

***

"Existentia per sē ut in minimīs ita et in māximīs bīnāria est vel bīnāriē sē explicat; inter cuius reī exempla invenītur et prīncipium illud ūniversē exstāns quod vocātur 'chīrotēs' sīve 'chīrālitās' sīve in omnibus corporibus circulum partemve circulī mōtū dēscrībentibus cursūs asymmetria bīnāria. Omnium tamen prīma fit dīvisiō inter 'Esse' et 'Nōn Esse,' quō 'Nōn Esse' opus est ut istud 'Esse' mūtātiōnēs patī possit nē sit existentia

prōrsus semperque perfecta, monolithica, sphaerica, aequābilis ... scīlicet
ut oriantur nōn sōlum symmetriae sed etiam asymmetriae simul imper-
fectae et creātrīcēs. Quae prīncipia apud Carolum Castanēdam ā dominō
Iōanne indigenārum quōrundam Americānōrum rītū 'Tonāl' et 'Naguāl'
sunt dēnōmināta. Platonicī et Neo-Platonicī 'Nōn Esse' istud reicientēs
sed, quā mentālistae monisticī, cōnscientiae gradūs plānē accipientēs,
'Vnī' potius oppōnunt 'Īnfīnītum'; nam id quod nūllō modō fīnītur ob hoc
ex partibus fōrmīsve tantum īnfīnītīs cōnstāns (nam "īnfīnītiēs" idem est
quod "īnfīnītiēs īnfīnītiēs" et ita porrō), aequē ut 'Nōn Esse', ā mente
neutiquam capī potest, nihil prōrsus cum mente commūnicat. Ergō, quod
saltem ad percipientis mentem animumve attinet, 'Īnfīnītum' Platonicum
idem ferē valēre vidētur quod aliōrum 'Nōn Esse'. Hoc 'Īnfīnītum' vel 'Immāne' Graecī archaïcī 'Chaos' nōmināre solēbant, quae vōx nōn tantum
cōnfūsiōnem inōrdinātiōnemve sed cōnstitūtiōnis temperātiōnisve cuiuscumque inopiam absolūtam indicat. Apud Chaos nihil prōrsus exstat nisi,
ut ita dīcam, potestās fiendī. Ante omnēs rēs quae rēs dīcī possent atque
etiam ante deum quemcumque aderat Chaos. At Chaos quondam ōvum
praegrande prōtulit, ex quō ēnāta sunt Caelum, Terra, Tempus, Erōs.
Equidem ex Sēribus ūsque in Medium Orientem atque in Dogōnēs Āfricā-
nōs scatent dē ōvō sponte exortō nārrātiōnēs pervariē ēlabōrātae. Et vērē
ōvum nōn partum sat aptus vidētur creātiōnis symbolus, nam numquam
nisi partim ex incognitō creātur quicquam. Quippe Chaō, quamvīs
conturbet perterreatve, nūlla rēs funditus generābilior. Hōc enim nītitur
omnis creātiō – id quod nōs autem, speciēbus fallācibus 'Esse' et 'Chaos'
commiscentibus assiduē implicitī, vix et aegrē percipimus."

"Nūllane tamen," inquit Mothra sīve Annabella Quirōga, "opera artifi-
ciave omnīnō sine Chaō concinnārī?"

Belisariī imāgō sēmicalva, in dēfōrme labeōsa, oculāribus corneīs
quam pote invenustissima, Tourettānō cuique dapēs Tantaleae, molestiae
prōdit notulam, nīmīrum minus ob ipsum interrogātī subfatuum quam ob
apertē praemeditātum, cōnsilium scīlicet Annabellae manifestātum lāicā
figūrātā simplicitāte acūtiōris explicātiōnis prōliciendae. Belisariō enim,
extrā hoc forum Homērō Winters appellandō, sodālitātis huius praesidī
hornōtinō atque ōrātōrī pervicācissimō, rēs scaenica plērumque, sī vērum
quaerimus, odiō est. Neque eī – quī ante conventūs hōs computātōritēle-
vīsuālēs quondam inductōs, aevō scīlicet illō cōnfābulātōriōrum caecōrum, ut "malleolōrum pulsor" tēctius flōruit – tālī nunc in sodāliciī osten-

tandī occāsiōne valdē prōdest vultus cursuī ēlectronicō dactylographicō utīque aptior necnōn sententiīs intimīs cēlandīs ferē inhabilis.

"Omnīnō sine Chaō possint tantum ad amussim fierī exemplāria, nam et iam exstantia mūtantēs incognitum, vel leviter, perstringimus."

Quod respōnsum ā Zoltanis quadrī computātōriī parte superiōre et dexterā exstitit ... vel propter Belisariī-Winters imāgunculam ibi positam inde exstitisse vidētur. Cēterī Amherstiēnsēs, "Saxo" et "Zsa Zsa" (Vulfus Brautfahrer et Nattia Cluxton vulgārius nōminātī), ā Belisariī dexterā positī, aspectum praebent admodum torpidum tamquam quī venēna industriālia illēgitimē dēpōsuērunt in colloquiō tēlevīsificō indāgātōriō ad ratiōnem reddendam subitō compellātī. Nattiae, cuius lentēs nīl nunc nisi lūcem repercussam fatentur, coma ā fronte sīc est recīsa ut puellulae videātur hodiē parōdia īnfesta, per sē ipsam synecdochicē explānāns cūr Sodālitās Iacōbī Lorber ā quibusdam "Īnsulsirēte" nōminētur.

Mothra iterum interrogat: "Quid autem dē Nut?"

"Illam attingere," inquit Belisarius-Winters, "sānē in animō modo habueram, Mothra mi,..."

Nōminibus nempe synthēmaticīs, quae sub omnium imāgunculīs appārent, inter sē appellant sodālēs, mōs aequālitātem quandam fovēns, nūllō inter autodidactōs crēbrōs et acadēmicōs lēgitimōs longē pauciōrēs habitō discrīmine. Nec solent hī plānē huiuscemodī cum oblectāmentō dubiō vēra sua nōmina iungī cupere. ...Quae quidem genuīna nōmina cognōscendī ūnicō est causa Zoltanī, hīc "Vlād" audientī agnōmen, cuius est, utpote Sodālitātis "Portāriī," petentium digniōrēs in Sodālitātis hoc cybersanctum indūcere.

"...at prīncipiīs prius generāliōribus nostrīs haud sciō an sit dominus Prapūnava noster paulisper īnstruendus."

Quae verba ad Pramum spectant Prapūnavam, virum furvā cute, cor-vīnā oculōrum seriē, cōnsonantēs litterās subcontinentālī modō passim retrōflexē ēnūntiantem, cuius crīnēs subcānēscentēs quīnquāgintā ferē aetātis annōs testantur, commentāriōrum "Margō" īnscrīptōrum lēgā-tum, diurnāriī ex mūnere mēnsuāle hoc Sodālitātis conventiculum ēlec-tronicum intrōspicientem. Quod praetereā conventiculum, in mediō relic-tō Belisariī scaenārum odiō, plānē solitō cūriōsius praestructum est; Zol-tan-Vlād enim Seattlō, Winters-Belisarius Amherstiā, Annabella-Mothra Lithopolī Colōrātēnsī nōn magis propter diurnārium hospitem exspectā-tum quam argūmentōrum novōrum quōrundam causā hesternā vesperā capita cōnferentēs contrā cōnsuetūdinem cybernēticās hōrās aliquot iam cōnsūmpsērunt.

"Per mē autem licet ex solitō vestrō mōre agitētis concilium." Pramī Prapūnavae camisiae niveum, dentium nacreum, oculōrum angulōrum candidissimum ab iaccae theobrōmaticō, palpebrārum carbōnāceō, īridum nigrēdine vīvidē discrepant. "Cēterum, nōnnūlla in antecessum sum plānē scīscitātus. 'Marginis' lēctōrēs imprīmīs conventum ōrdinārium vestrum gustāre cupiunt. Dē singulīs difficiliōribus et posthāc certior fiam licēbit."

Prapūnavae Anglicitās sīcut est dīlūcida ēmendātaque, ita ob sonōs dēlicātiōrēs, ōrnātiōrēs vidētur aptior quae flōrulentīs Devanagariīs litterīs quam sobriīs Rōmānīs reddātur. At praeter sermōnis iūcunditātem, advenae mōrēs computātōriī potius claudicāre videntur; nam hic ā phōtomāchinulā super terminālī computātōriō positā āversus Zoltanem, huius zōthēcae forte participem, hoc temporis perperam aspicit. Quod animadvertēns cum Zoltan monitōriō digitō phōtomāchinulam mōnstrat, revolvitur Prapūnava, oblīquātō sē excūsāns vultū, propriī in terminālis spectātiōnem.

"At dē Nut illā," inquit Prapūnavae imāgō iam ex angulō laevō et superiōre, ubi Zoltan eam vel suō in quadrō posuit, corrēctē obtuēns, "quaesō, domine Wi..., dīcam, Belisarī mī, aliquot verba faciās."

Hāc in zōthēcā, thermopōliī cuiusdam oecō ēlectricōnfābulātōriō ad hanc occasiōnem reservātō, praeter Zoltanem hospitemque Indoamericānum, assident terminālibus suīs aliī duo: hinc "Blatta" sīve Gus, sollemnius Cōnstantīnus W. Longuskowitz vocātus, vir perpallidus aduncissimō nāsō gnārissimōs apud effractōrēs computātōriōs tālibus ūtēns passim cognōmentīs quālibus "Blattivir" vel "Antennaeus" vel "Prālīnum Acerbum" ac cuius Interrētiālis īcōn blattifōrmis repente in quadrō appārēns systēmatum custōdibus quibusdam interdum placentulae frustīs commixtam caffeae ēlicit scatebrulam ... et illinc, ad parietem sedēns, in mēnsulā positō computātōriō gestābilī inhaerēns "Xenesthis," quī alibī Richardus Crissler Doctor appelātur, medicus physiopathicus iuvenis capillīs nigrīs quilō horridīs cuius est oblectāmentum praecipuum vēritātis sīve reālitātis systēmata alternāta eā imprīmīs dē causā pervestīgāre ut sē ad patrem, medicum trālāticium, prīscissimōrum mōrum virum, quam māximē exasperandum armet.

Hōs Zoltan prope sē et Prapūnavam in angulō iam posuit laevō et superiōre; nam conventicula cybernētica participantium imāgunculās tēlevīsuālēs ratiōne quādam geōgraphicā ōrdināre solet velut sī quadrum computātōrium charta sit geōgraphica, positīs scīlicet in parte sinistrā et superiore Seattlītīs, in superiōre et dexterā Amherstiānīs. "K'Ehleyr" sīve Anastasia Spathos Sommeropolī Massaciūsettānā ēlectronicē invīsēns et "Zombette" sīve Bettia Partridge in Devoniā Anglicā versāns dexterā Amherstiānōrum positae sunt. Ipsum amplissimī quadrī angulum summum et dexterum occupant "Schlippi" et "Schlappi" sīve Horstius et Martīna Fink, Germānī, quī eōdem inter sē vultū distōrtō ūsque subrīdēre videntur. Quō sub faciērum racēmō pendent "Tink" sīve Marīa Vap, Grēnvīcum Manhattanēnsem inhabitāns, et "Gollum" quī alibī Landōnus Travers Sacellicollēnsis necnōn, ad īmam partem et mediam versus, "Da5vīd" sīve Henrīcus Solomōn Professor Austīnopolitānus. In parte summā et mediā videntur incultiōre habitū adulēscentēs duo quōrum utrīque tam mīrē quam fortuītō Iōannēs Lewis est nōmen. Annarborēnsis alter "Mortimērus" perhibētur; alter, Chicāgēnsis, "Tortiacus." Ex fōrmulā sub Iōannibus atque aliquantō in laevam partem versus positā radiat – ut ipsī saltem vidētur Zoltanī – huius sessiōnis moderātrīcis, Mothrae Lithopolitānae nōbis iam nōtae, lūcidissima venustās. Quae quidem fēmina, philosopha nunc quae quondam phōtographa, Zoltanī, ut coram quibusdam sociīs in speciem iocī interdum assevērat ipse, hōrum conventiculōrum participātiōnem quōdammodo semper ratam faciet.

Suprā Mothram adumbrātum cernitur īdōlum "Castoris" quem Zoltan Professōrem esse Vmbēn Nambimbium compertum habet, apud Īnstitūtum Technologicum Californiēnse scientiae physicae praeceptōrem, nunc temporis in lātifundiō in alterutrā ex Dacōtīs sitō aestīvantem. Hic quis sit, quamvīs fictō dēnōminētur agnōmine, nōrunt profectō plērīque; longē enim est sodālium illūstrissimus.

Quadrī pars laeva et īnferior Californiā luxuriōsā est referta. Videntur Annula et Albertus Eggers ("Corusca" et "Raia") Monicopolitānī; Cleitus Eidsvoog ("Servus") Venetiānus; Rēginmundus Sánchez ("Siddhartha") Iollēnsis; Stephania Wall ("Rorschach") Angelopolitāna Silvifavōniēnsis; in regiōne Sinūs Franciscopolitānī Marcellus Guillet ("Attila"), Rashādius Ramad ("RR"), Biornus Thies ("Klaatu"), Micico Thōmas ("Azalea"), Doctrīx Harrietta Sykes ("Gūmva"). Quīn, sī hīs cēterīsque et aliī additī erunt sodālēs, plānē erit technologia haec excolenda nē futūrō tempore nimis acerventur imāgunculae.

"Aegyptia Nut," inquit Belisarius, "trium uterōrum vaccae in fōrmam saepissimē dēpicta, magnā ex parte Chaī Graecō et Naguālī illī Americānō respondet. In templō Eius in Aegyptō īnferiōre sitō hieroglyphicīs legitur litterīs īnscrīptīs hoc: 'Omnia sum quae fuerunt et sunt et erunt, neque quisquam vēlum meum levāvit umquam'. Vidēlicet idem ferē est illa quod 'Inmēnsum' istud ā sapientibus Indīs ut ūnica vēritās praedicātum dē quō tamen nīl prōrsus certī, multa tantum perplexa et paradoxa dīcī posse adsevērārunt adsevērantque. Nut enim ante sē ipsam creātam nātamve iam exstitisse trādunt, nōn sānē nūgantēs sed hōc modō orīginem Eius, immō Eam ipsam extrā tempus atque extrā dialecticam humānam versārī significantēs; nūlla propria firma, nē nōmen quidem, esse Eī, ab ipsīs dēmum deīs, prōgeniē Eius, 'Nut' esse quondam appellātam."

"Quī igitur fit ut Nut sodālitātis vestrae rēferat?" Prapūnava probē adhūc suam spectat māchinulam exceptōriam ad partēs novās agendās sat promptum sē praestāns – quālis mōbilitās in vicāriō commentāriōrum arcāna tractantium, apud aliōs spectātissimōrum apud aliōs dēspicātissi-mōrum, haud mīrābilis vidētur.

"Nostrā māximē interest ut cum Arbore Vītae iūncta – nempe nōn dē eiusdem nōminis arbusculā sempervirentī loquor sed potius dē Arbore Vītae illā per fabulās aliāsque artēs plūrifāriam trāditā velut apud Indōs et Sērēs ac Sumerōs Babylōniōsque et apud Finnōs Boreōsque Germānōs necnōn etiam Īroquoiōs Americānōs ac passim per Āfricae occidentālis populōs. Nut illīus volvīs tribus praeditae similis, Vītae Arbor saepe ut trēs rādīcēs mittēns per quās deī prōcreātī dēscrīpta est. Et Arbor et Vacca sunt vītae ūniversae signa. Arbor illa terrae plantās et fructūs om-nēs refert; Vacca partim fructūs secundāriōs, hoc est, animālium corpora et opera. Ac sīcut Arbor Vītae corporālis, dīcitur vel per imāginēs mōnstrātur Nut sīdera quoque parere. Nut igitur, quae et Vaccam et Ar-borem necnōn Chaos Graecum et Naguāl Americānum complectitur, nōn tantum vītam omnem sed etiam cūncta exsistentia generat."

"'Arbor Vītae'," īnfit Prapūnava, "dīcis 'corporālis'?" Quae admīrātiō haud scit Zoltan-Vlād an sit aliquātenus assimulāta; nam proximum vērō est ut tālis homō argūmentum hoc prius nōnnihil indāgāverit.

"Aevō modernō, quod sciāmus, Arbor Vītae prīmum ā Dante Alighiēri in carmine cui titulus 'Infernum' deinde saeculō ūndēvicēsimō ā Iacobō Lorber, vāte Germānō, verbīs dēscrīpta est. Dantēs quidem in māximum artificium condendum intendēbat; at Iacobus Lorber, lūdī magister humi-lis mūsicusque ecclēsiasticus, per 'undās subtīlēs', quās dīcēbat, accepta litterīs cōnsignāre adāctus est, duōs prōferēns librōs, aequālibus summa aenigmata, 'Sāturnus' et 'Sōl Nātūrālis' īnscrīptōs, in quibus urbēs nātiōnēsque oculō mentis sē praebentēs in Sāturnī vel Sōlis vel ambōrum coriīs internīs dīversīs implicātīsque sitās exposuit. Quae expositiōnēs Lorberiānae cum fābulīs Dantēīs multa commūnicant, necnōn etiam ambōrum apocalypsēs testimoniīs mȳthologicīs dē Arboris Vītae compāge perhibitīs, ā NASĀ proximē nōnnihil corrōborātīs et ēlabōrātīs, mīrum quam congruunt."

"At quidnam reī est dēmum Arbōs ista?"

"Annō 1990," inquit Belisarius frīgidā persōnā omnīnō suā pergēns, "Sāturnum planētam observantēs ad lātitūdinis gradum ferē 72^m septentriōnālem maculam cōnspexērunt quae ab Iūliō mēnse in Octōbrem ex chīliometrīs 4,500^{is} in lātum ūsque 20,000^a est aucta. Quam maculam decenniō ferē prius exstitisse cōnfirmāvērunt phōtographēmata per speculātōria cosmica facta quibus nōmina Itinerātor I et Itinerātor II necnōn et ācta Observātōriī Cruciēnsis Neomexicānī – quam īnsuper, ante ā quōquam cōnspectam, annō iam 1978° praedīxerat Holgerus Haug, astronomus cāsibus periodicīs in Sāturnō animadversīs studēns. Annālēs quidem astronomicī ex annō 1792° compositī eōdem locō maculam per intervalla annōrum 28 vel 29 vel 30 redīre docent. Cingitur semper macula gāsōsā quādam nūbe quae, ventīs in orientem tendentibus – plānē ob ātrōcēs vēlōcitātēs 'Zephyrīs' haudquāquam nōminandīs – perpulsa, planētam tandem circumit tōtum. Quae rēs adeō cum Sāturnī lūnārum ānulōrumque ortū ratiōne quādam mutuā iūncta esse iam dēmōnstrāta est, nec parum mīrābile est quod complūrēs lūnae Sāturniae, praesertim recentiōrēs vel tertiae quartaequc actātum quae habentur, sīcut Phoebē et Hyperīon et '1980 S 27', et magnitūdine sunt similēs et fōrmam habent obtūrāmentī."

"Istud quid sibi velit?"

"Sāturnum, contrā commūnem opīniōnem, rē vērā nōn esse 'gigantem gāsōsum' simplicem sed potius alicubī sub caelō perspissō solidam exstāre superficiem monte aliquō vulcanoīdī ingentissimō perforātam. Statīs temporibus eōdem semper locō maculam appārentem aliter explānārī nōn posse. Structūram vulcānoīdem, quālīcumque sit cōnformātiōne geōphysicā, modō satis cōnstantī et ōrdinātō vastissimam in altum ēicere mōlem, haud quidem plērumque satis tenācem ut satelles efficiātur sed dīlābentem saepius in fragmenta quae ānulīs aliam sērius ōcius contribuere māteriam. Nōnnumquam autem ex missilī glaciālī cōnstantiōre, mīrābile dictū, novam fierī lūnam. Obtūrāmentālis fōrmae praesertim in lūnīs recentiōribus vīsae causam esse quod mōlēs quaeque duodētrīgintā ferē

157

annōs in puteō vulcānoīdī accrēscat cōnsolidēturque. Ab īnferiōre parte satis vehementer impellentī pressūrā, māteriam dēnsātam sīcut sclopētī glandem in spatium cosmicum aliquandō coniectam vī Sāturniae gravitātis tamen captam in orbitam tandem coercērī.

"At mē bene notā vōcem quae est 'vulcānoīdēs' ūsque ūsurpāre, haudquāquam nempe spectantem ad terrestrifōrmem montem magma vomentem; nam magmaticās āctiōnēs satis compertum est ōrdine ita cōnstantī revertī nōn posse. Immō contrā alternae vicēs certiōrēs periodicitātem magis significant calefactiōnis, frīgorifactiōnis, congelātiōnis vel in mātrīce hydatogeōthermicā asymmetricā plērumque vīsam, quāpropter Sāturnia macula illa Veterī Fīdō, scatebrae calidae Viominānae, similior quam Pinatūbō Sanctaeve Helenae Vesuviōve montibus esse vidētur. Quod sānē quidem ā physicīs Americānīs repertō quōdam congruit: lūnās Sāturniās scīlicet māximā ex parte glaciē, hoc est, glaciēī complūribus generibus cōnstāre. Nostrā autem sententiā, dē quā rē vērē agātur scīscitantibus nōn sōlum vīsiōnēs Dantēae Lorberiānaeque vērum etiam dē Arbore Vītae plūribus modīs trādita pernōscenda sunt – quōrum certē et summārium brevius, sī suscipiam, hōrās cōnsūmat aliquot."

"Litterās āctaque vestra," ait Prapūnava, "iam aliquantum scrūtātus Sodālitātem vestram Sāturnum prō sōle alterō habēre comperī."

"Ita ferē est. Enimvērō, quamquam Hubble Tēlescopiō nīxī systēmata sōlāria plēraque bīnāria esse iam rescīvimus, nostrum initiō ūnisōlāre fuisse vidētur; sed fragmentum stēllāre ōlim, vehementissimam forte per cōnflictiōnem Sōlis cum corpore aliquō sīderālī abstractum, longinquiōrem ēlātum in orbitam, igneus fulgēnsque antecessor Sāturnī planētae factum esse vidētur, cui nempe, utpote nimis parvō, fornāx nucleāris exinde rēstincta. Quoniam igitur Sāturnus ille prīscus, nōn iam stēlla sed Sōlis tantummodo frūstum, multō citius quam stēlla genuīna refrīgerābātur contrahebāturque, tempore secundum ratiōnem astronomicam satis brevī coria tria sīve, ut ita dīcam, crūstās dūrās trēs dēcrēscēns relīquit intrā sē seriātim impositās, in metallīs praecipuē gravibis, stēllārum fructū, cōnsistentēs. Quamobrem, Sāturnus noster prō sōle planētam imitantī vel prō planētā sōlillum continentī habērī potest. Etenim, collātīs cūnctīs dē Arbore Vītae indiciīs pervariīs mȳthologicīs archaeologicīsque, in opīniōnem indūcimur plērīque Sāturnum per tōtum aevum hominum tribus crūstīs iam esse īnstructum. Ipsum īnsuper sōlem minimum vel corpus hēlioīdes coriō adhūc inesse intimō testantur nōn sōlum radiātiō

Sāturnia ēnormis sed etiam campus plasmaticus īnsolitē calidus planētam incompositē circumdāns."

***

pullārum nunc
pendulārumque nūbium
īnferiore margine
deorsum ēmergēns
īmitus īnsōns sērus
sōl
fīnientem mox tāctūrus
orbem
rutilīs radiīs
quae diū furva
dūdumque arrēcta
perfundit cūncta
marī iam ex aeternō funditus
mersurus sē –
cum cofānus alter
mōmentō hōc coccineō
praedam surreptum
incurrit in alterum aequē
fulgentem –
tumultus nunc multiplex
cūnctī fit ālitis gregis
pennārum pulsūs permixtī
ante rūpēs per clīvōs
cadunt scopulōs
dēlīneātī saxīs
undīsque undique fractīs
vespertīnō flāmine
spūmā frīgidā sparsō
passim discussī –
fugit et ūnus praedulae potītus
īnsciē – ut necessāriō fit – cōnscius
cūncta haec
īnsēdābilī marī

ventōque inversē vēlifōrmī
perpetuō ubīque et ubīque
esse impressa
impressa vel pisculō captō
sōlisve volucrō oculō
lūce hāc extrēmā
saxa et nostra pelicanōsa
miniātim dēscrībentī –
quem cōnspectum mox
quōquō iam cōgitās
implicat magis integrum
quam integrum
immānis īnstāns
nox

***

"Dē campō plasmaticō nīl nōveram. Brevī istum mihi perstringis?"

"Ita quidem," inquit Belisarius contortīs rīsuī īnsulsō labiīs, "ut digitōs nōn adūram."

Nūllō corrīdente, Belisarius nihil immūtātus contexit verba: "Singula tractat Ludovīcus Baum apud *Sterne und Weltraum* annī 1982, prīmō in tomō, in symbolā īnscrīptā *'Heißes Plasma um Saturn'* campum plasmaticum Sāturnum circumplectentem dēscrībēns cuius temperātiō inter 330,000,000^{os} et 550,000,000^{os} gradūs Celsiānōs fluctuāns Sōlis corōnam triplō, nūbem plasmaticam Ioviānam diametrō interdum duplō superat. Cum Iūppiter et Sōl calōrēs sat aequābiliter ēradient, māximam tamen aestūs suī partem tumultuāriīs effundit scatebrīs Sāturnus, id quod plasmatis campum et contractiōrem et ācriōrem efficit. In zōnā enim cuius margō interior 273,600^{is} chīliometrīs, exterior pars 724,000^{is} ā planētā distat, scīlicet inter orbitās ferē Diōnēs et Rheae, lūnārum saxōsiōrum secundae aetātī assignātārum eōque ante aevum 'pagoballisticum' nātārum, Sāturnium plasma quoddam adipiscitur aequilībrium. Nīmīrum illā in zōnā plasmaticā versantur glaciālēs satellitēs nūllī, nam illūc prōiecta glaciēs profectō ob calōrēs citissimē ēvaporētur."

"Quandō igitur exstitit lūnārum glaciālium 'ballista' sīve mōns glaciēvomus quem dīcis? ...Et quid eum cum Arbore Vītae coniungit?"

"Rēs est quidem involūtior, sed in compendium dīcī potest mīrē multa esse commūnia inter 'Īnferōs' Dantēōs et cōnfōrmātiōnem interiōrem ā Iacobō Lorber dēscrīptam sīderis illīus cui Sōlis nunc, nunc Saturnī nōmen indit ambōrumque porrō scrīpta nōs dē Arboris Vītae elementīs membrīsque certiōrēs facere vidērī. Verbī grātiā, et Dantēs et Lorber Sōlem nōn in caelō sed in Īnferīs pōnunt. Ambōrum īnsuper nārrātiōnēs planētam prōpōnunt cuius penetrālia inhabitāta ex seriē testārum inter sē per meātūs nātūrālēs iūnctārum composita sunt. Quās multiplicēs crūstās internās sphaeroīdēs inter sē plērumque disiūnctās cum fragmentum sōlāre dēfervēscēns sēque ūsque contrahēns relīquisset, remānsisse videntur passim magnitūdine fōrmāque variī cōnexūs ex metallō praecipuē cōnsistentēs, quōrum māximus erat puteus ingēns cornifōrmis intimam sphaeram cum exteriōribus coniungēns. Quī puteus fuisse vidētur 'Arbor' prīmōrdiālis.

"Scatent enim et praehistoricae et recentiōrēs pictūrae dēscrīptiōnēsque labyrinthī cuiuspiam circulōrum concentricōrum, quōrum saepissimē sunt trēs numerō quōrumque ūsque in medium assiduē mōnstrātur forus vel andrōn penetrāns. Tālēs quidem dēsignātiōnēs prō tabulīs absūmptae urbis capitis mȳthicae sēmimȳthicaeve Atlantidēnsis nōnnūllī habuērunt rērum perītī; quās tamen Saturnī interiōra adumbrāre nostrum plērīque vērī similius esse opīnāmur.

"Ac vērō iam satis lātē innōtuit veterēs astronomōs plērōsque, velut Babylōniōs, Saturnum sōlem vel sōliferum esse dūxisse Saturnumque quondam īnfernālem fuisse deum sōlem tamen possidentem suum. Nec latet nōs et nōmen ipsum Graecum quod est 'Hēlios' antīquō ex rītū astronomicō Syriacō trāditum sōlillum Saturnium prīmitus significāvisse ac posteā, Graecīs nōn iam intellegentibus quā dē causā Sōlis propria Saturnō ascrīberentur, nōmen 'Hēlios' ad Sōlem esse trānslātum, Saturnum exinde 'Kronos' dēnōminārī prō deō illō prīmōrdiālī quem complūrēs deōs Olympiōs dēvorātōs Iūppiter sīve Zeus coēgit revomere. Attamen symbolus occultus Saturnō planētae adhūc attribuitur *h* littera per apicem perscrīpta; quō signō ostenduntur simul nōmen antīquum 'Hēlios' et Saturnī quālitātēs arboreae, nam ipsa arbor per *h* litteram bīnīs līneīs perscrīptam significātur. Vt vērum dīcam, 'Hēlios' initiō dīcēbātur tantum ipse sōlillus Intrāsaturnius, quae vōx deinde ā Germānīs per *Endschwund* curtāta, scīlicet ut 'Hēl', ob 'oblīvia rērum' sēnsū generāliōre tantummodo Īnferōs indicābat. Nempe etymologiae in lexicīs suppeditātae eō saepe claudicant quod lexicographī nimis in vacuō orīginēs dēdūcunt vocābulōrum neque inter gentēs commercium vigēns nōtiōnumque mistūram satis intuērī solent."

"Crēditis igitur vītam terrestrem aliquō modō intrā Sāturnum accēpisse orīginem?" Ex Sodālitātī aliēnīs Prapūnava prīmus est quī, prōlātā hāc sententiā, nē subrīsit quidem. ...At huic prō mūnere vērī simile est tālēs coniectūrās potius propemodum cottīdiānās vidērī.

"Istūc certē hae cōgitātiōnēs vertī possunt, quamquam rēs plānē tam simplex nōn vidētur esse. Tōtō autem hōc tempore – ratiōne astronomicā 'recentī' dīcendō – quō 'Arbor', quam dīcimus, māteriās internās per spīrāmentum aut assiduē effundit aut interdum ēiaculātur sī nōbīs fragmentum stēllāre imāginārmur iam intrā sphaerārum concentricārum seriem inter sē partim iūnctārum circumclūsum ac sī et metalla et aquam adfuisse putāmus, nōnne partēs interiōrēs vītae pullulātōrium idoneum praestāre posse videntur? Ac tālis habitātiō, ut ā meteōrīs prōtēcta, forsitan adeō sēcūrior sit quam planētae superficiēs. Immō ipsa sphaerārum metallica compāgēs praevalidam fragmentī stēllāris radiātiōnem ā sinibus et sacculīs inter sphaerās relictīs profectō efficāciter prohibeat. Adde quod aliquot locīs Intrāsāturniīs mōlium interiōrum et exteriōrum vīrēs gravitātis ingentēs ita inter sē resolvere possint ut vel passim ēveniat vīs gravitātis satis Terrestris. Et rē vērā fatendum est philosophōs nātūrālēs nostrōs haud sibi interpretārī posse quīnam fiat ut vīta terrestris, contrā condiciōnēs antīquās sibi īnfestissimās, tam cito exstiterit et per gradūs sit ēvolūta. Sunt quī bactēria prīma vel meteōrō inclūsa in Terram vēnisse pōnant – quod sī vērum sit, certē fierī potest ut hoc Sāturnī fuerit frūstum."

"Attamen quī fit ut veterēs cūncta haec nūdō ē caelispiciō noverint?"

"Optimē interrogātum, domine, ad quod quidem multīs respondērī possit modīs. Prīmum sānē vel ipsa accipī potest mӯthologia. Videntur, verbī grātiā, Dogōnēs Āfrī ex omnī memoriā aetātum sīdera docēre nātūrā esse gemella gemellaque gignere solēre, quamquam haud latet eōs interdum accidere 'sēmiabortūs' ex quibus singulōs tantum prōcēdere 'fētūs'. Sī verbōrum paulō ante habitōrum dē systēmatīs stēllāribus bīnāriīs memorēs eritis, scīlicet normae multō magis congruere ea quam resistere, vidēbitis quam ob causam populōs prīstinōs nōs nōnnumquam meliōra docēre posse cēnseāmus. Dogōnēs, sīcut et veterēs Aegyptiī necessitūdinem quandam Sāturnī cum Sīriō stēllā cernentēs, 'homunculum' ōlim ā Sīriō in systēma sōlāre nostrum iter fēcisse affirmant, quem intrā 'sōlem parvum partim exustum' animantia anthrōpoïdia invēnisse ex quibus aliquot in Terram vexisse eum quae animantibus hīc iam exstantibus immiscērentur. Quae quidem num vērē facta sint necne sodālēs haud omnibus calculīs cōnsentīmus, quamvīs fābula haec quōrundam opīniōnem corrōborāre vidētur extrāterrestrēs iam diū ēvolūtiōnī humānae moderārī. Vniversālius tamen forte mȳthī elementum est Arboris Caesūra quae dīcitur."

"Āin'?"

"Hoc est, in fābulīs nunc 'succīsa', nunc 'inversa' esse dīcitur. Quās fabulās haud sciō an firment et Germānī Boreālēs Ymīrum gigantem prīmitīvum ā filiīs Borī concīsum esse nārrantēs et Graecī Vranum ā Cronō (sīve Sāturnō) quondam castrātum trādentēs. Quālibus cum metaphorīs adiūncta indicia alia quaedam videntur nōbīs Sāturniae 'Arboris' prīncipālēs meātūs internōs per ēnormēs ēversiōnēs geōdynamicās trānsfōrmātōs et passim obstructōs esse significāre; scīlicet sphaerās trēs concentricās sīc alteram alterā aliquandō volvī velōcitāte incēpisse ut ex 'rāmīs' cavīs cōnexīvīs complūrēs dētorquērentur vel etiam praeclūderentur; praecipuī 'truncī', quem dīcimus, partem sphaeram mediam extrēmae coniungentem suā ipsīus in mediā parte, hoc est, in mediō inter sphaerās secundam et exteriōrem, ita esse circumtorsam ut fōrmārentur tandem quasi īnfundibula duo adiungentia inter sē apicēs. Quae cum cōnsiderāret Dantēs, exstābat adhūc meāculum superiōre ex īnfundibulō in īnferius dūcēns necnōn fragōsus amnis circumfūsus cui ille nōmen 'Styx' dedit. Coniectāmus autem Dantem aut mȳthologiae antīquae celeberrimae argūmenta arcāna nōbīs aliōquīn ignōta addidisse aut, sī vēra aliquā somniābat, somnia haec, commūnem forte per memoriam humānam vel geneticam vel Iūngiānam sumministrāta, Īnferōs Sāturniōs nōn contemporāneōs sed potius hōrum imāginem ex aevō aliquō longē vetustiōre dēprōmptam, per mȳthōs quoque GraecoRōmānōs partim propāgātam expressisse.

"Manifestum tamen est meātum illum duās partēs īnfundibulifōrmēs iungentem longē ante aetātem Dantis dīruptum esse, ex quō esse fōrmātōs montēs duōs, alterum secundā ex sphaerā solitō montium mōre excrēscentem, alterum exteriōre dē testā velut montem inversum 'dē caelō' dēcrēscentem; factam esse tantum posteā lūnārum glaciālium 'ballistam' illam suprā dictam; scīlicet ūmōrēs gāsaque iam perfrīgefacta exteriōre ex superficiē in īnfundibulum superius dēfluentia in sitū prōrsus congelāta forāmen obstrūxisse; augēscentibus autem et calōre et vī pressūrae cōnstantiā propemodum hōrologicā identidem ēicī coepisse explēmenta conglaciāta velut vīnī spūmantis obturāmenta. Quae vidēlicet ēiectāmenta, sī sat bene cohaeserant plasmaticumque campum effūgerant, lūnae fiēbant – lūnae, mīrābile dictū, ex monte inversō nātae!

"Vel sīc certē aliquot ante mīlibus annōrum rēs sē iam habuisse videntur; nam hārum condiciōnum cōnsciī iam Aegyptiī prīscī Īnferōrum deum, Anūbim, exemplī grātiā, 28 semper in annōs Īnferna vīsitāre trādēbant. Quem tam speciālem frequentiae numerum quōmodo sine tēlescopiīs nōvisse potuerint plānē obscūrissimum est. Quō additur quod Aegyptiī commercium etiam istud vīdērunt quod aliī inter Sīrium et Sōlāre systēma nostrum exstitisse putant; nam Osīris, praecipuum eōrum nūmen atque aequē īnfernāle, et Īsis soror intimā cum Sīriō coniūnctī erant necessitūdine. Immō fūnēbribus rītibus pharaōnicīs nīl affectābant nisi ut Pharaō, Hōrum, fīlium Osīridis, incorporāns, in *Duat* sīve mānsiōnem caelestem Sīriī et Ōriōnis redīre posset."

"Ecquid inter phasin 'vīnī spūmāntis obturāmentī', quam dīcis, hominēs hominīdēsve adhūc intrā Sāturnum habitāsse significāre vīs? Nōnne autem vīs pressūrae permūtātiōnēs tam vehementēs intus habitantibus lētiferae sint?"

"Aut prōrsus lētiferae aut plērumque. Hominēs tamen clādēs tālēs, forsan et ōrdine satis certō, passōs esse firmant et mȳthī et ūsūs sacrī. Succurrit Gudēae rēgis fēstum illud Sumericum. Quamquam haec sānē haud possunt probārī, crēdiderint nōnnūllī ex nostrō numerō populōs prīscōs, sīcut et forsan Iacōbum Lorber et Dantem, aevī quod 'glaciēī ballistae' dīcimus prīmā saltem parte animantia aliqua Sāturnī penetrālia inhabitāsse Terrestrēsque hōrum pavōrem dolōrēsque tēlepathicē percēpisse haud aliter ac quī incidentī aliquā calamitāte alibī versantēs dīra simul somniant vel ōminantur. Quās autem rēs propter nōtiōnēs recentiōrēs holisticās cum īnfōrmāticās tum physicās, velut holosēmiam atque pantanalogismum, nōn tantum itinera cosmica tēlepathiamve pōnentēs interpretārī possumus."

"Paucīs quaesō expediās."

"Equidem holosēmiae pantosēmiaeve tāliumque perītior est Vlād noster."

Caput ex "pittaciō cursuālī" loquēns quod est Belisarius-Winters subrīdet nunc prīmum observanter tamquam sī, ostentātā iam ērudītiōne, līberālem sē tandem praebēre dignētur.

"Nebulōnem ultimum!" cōgitat sibi Zoltan-Vlād.

"Vlād mi?" īnfit Mothra vōce sīcut ēlectronicē trānslātā ita tamen mīrē mulseā – quō sē rogat Vlād quī fiat ut ēns tam angelicum prōlēs sit vel Terrestris vel Sāturniī vel cuiuscumque līmī.

"Sodālēs nōnnūllī," inquit Vlād argūmentō alacriter succurrēns, "hās rēs programmātōrum mōre tractāre incipimus ... forsitan eā dē causā quod programmātōrēs rē sumus nostrum multī."

Vt Vlādī quidem vidētur, conventiculum hoc nunc dēmum exōrdītur; nam sermō adhūc crambē fuit repetīta quam omnēs, praeter forsan Mortimērum Tortiacumque tīrōnēs, sescentiēs iam audīvērunt.

"...Omnium optimum sīve efficācissimum programma centēnīs centēsimīs ex partibus ad sēsē ipsum referat, hoc est, omnīnō atque omnibus in partibus sit vel esse possit 'trānsrelātīvum'. Quod ut intellegātis, ratiōnem reciprocam inter 'operātōrium et variābile' exstantem īnspiciātis suadēmus. Secundum theōriās cybernēticam et dialecticomathēmaticam vel etiam glōttologicam operātōrium est monas īnfōrmātiōnis cui intrā et propter contextum quempiam significātiō aliqua vel mūnus aliquod attribuātur; variābile invicem est monas īnfōrmātiōnālis ut signum notave fungēns cui operātōrium alterā in mātrīcis īnfōrmātiōnālis parte positum alligātum est. Omne variābile cum minimē ūnō operātōriō alibī sitō coniūnctum est; cuius operātōriī intrā contextum novum ita partēs gerit variābile ut aspectū simplex videātur, vērē autem duplex sit multiplexve. Variābilia adhibentēs integrās īnfōrmātiōnis compāgēs contextibus novīs īnserere possumus. Symbolus quīcumque vel monas quāliscumque vicem praestāre valet variābilis. Intercst tantum quō variābile īnserātur et cui serviat operātōriō. Ūna quaeque monas in cuiuscumque operātōriī variābile quōcumque in contextū dēsignārī licet. Exemplī grātiā, sī quis alterum tēlephōnō compellāre temptāns, notam numerālem quae est '5' semel plūriēsve ipsō in numerō tēlephōnicō ēligit ac deinde per systēma respōnsōrium vōcāle automatārium salūtātus ex indice optiōnum alterum numerum ēligere iubētur, '5' notae hōc in indice, scīlicet novā in mātrīcis īnfōrmātiōnālis parte positae alterīque servientī operātōriō, significātiō omnīnō alia tribuitur.

"Quid autem sibi vult 'pantanalogismus' ille cuius modo habuit Belisarius mentiōnem?"

"Complūrēs vidēlicet hōc modō sēcum cōgitāre incipiunt: existentiam, sī vērum quaerimus, īnfōrmātiōnem esse..."

"Vnde istud?"

"Multīs ex causīs. Vel ex fōrmulā illā Einsteiniānā quae est $E = mc^2$ māteriam esse vim spissātam sīve repigrātam scīmus. Quid autem est ipsa vīs sīve energīa ex quā cōnstat māteria? Cum eam nusquam nisi per 'māteriam' expressam videāmus, nōbis eam aliquā māteriālem esse imāgināmur. Vīs autem est ratiō sīve relātiō. Scīlicet rēs est vērē abstracta sīve īnfōrmātiōnālis cuius sunt genera duō: potentiāle et cīnēticum. Vīs potentiālis est ea potentia in systēmate quōpiam inhaerēns quā opus quodpiam peragī possit, velut saxī in summō clīvō terrae mōle fultī. Cīnētica vīs est invicem ea vīs cuius potentiae quantitās intrā systēma quodpiam modo mutētur, sīcut saxī quod modo per clīvum dēvolvitur. In īmā valle saxum dēvolūtum iamque quiēscēns idem obiectum est quod suprā erat, quamvīs summa vīs potentiālis eius alia est; vīs enim nōn est rēs sed compositiō endosystēmatica asymmetrica. Vidēlicet est elementum simpliciter īnfōrmātiōnāle. Amnis fragōsī torrentēs spectantēs vim nōn vidēmus sed vīs mūtātae effectum. Commūtātiōnem īnfōrmātiōnālem sub speciē aquae intuēmur; vīs autem nōn est aqua. Vīs nihil est nisi rērum coniūnctiō sīve coniūnctiōnis ratiō.

"Quaenam autem, rogārit aliquis, est illa vīs quā māteria ipsa est cōnstitūta? Physicī nostrī – ā quibus veniam petam sī quid nimis simpliciter exposuerō –," quod dīcēns Vlād-Zoltan subrīsum candidum ex imāgunculā Dacōtānā plērumque nigrā ambiguē radiantem piē sēmitimidēque respicit, "...physicī nostrī māteriae essentiam perscrūtantēs nīl prōrsus solidī inveniunt; quīn potius particulam subatomicam quamque ex particulīs etiam minōribus volūbiliōribusque cōnstāre reperiunt ... scīlicet dōnec in fastīgium omnium minimum, hoc est, quantāle pervenientibus particulae minimae, quamvīs alterō ē cōnspectū particulae videantur, ex alterō tamen sē undās esse fatentur. Quae autem undae quantālēs fluviālibus sonālibusve eō prōrsus dissimilēs sunt quod illōrum medium sīve substrātum neque aqua est neque āēr neque 'aethēr' iste Aristotelīus iam prīdem nōn exstāre probātus neque ūlla alia māteria. Substrātum undārum sīve campōrum quantālium est mera probābilitās sīve potentia fiendī – id quod plānē haud mīrandum vidētur vim rē vērā īnfōrmātiōnālem et abstractam esse scientibus. Māteriam esse speciem per strūctūram omnīnō īnfōrmātiōnālem creātam tālibus ex exemplīs prō manifestō habēmus quālibus hōc: quod et prōtonium et neutronium, particulae nōn tantum vī sed etiam satis magnā mōle praeditae, nōnnumquam tābent. Tābentī neutroniō, restant prōtonium ūnum et ēlectronium ūnum. Ipsō autem tābentī prōtoniō, manent tantum phōtonia aliquot atque positronium (sīve antiēlectronium) ūnum. Quōniam autem phōtonia nūllā mōle praedita sunt et positronium, sī cum prōtoniō comparātur, mōlem perexiguam habet, manifestum est, mūtātā particulārum tantummodo ōrdinātiōne, 'mōlem' quam nōs dīcimus īlicō ēvānēscere.

***

purpureum umbrāns
lūmen
per arborum textūs
iam opācōs
ossumque saxōsōrum
vastās struēs
sentit mōns
montisve cōnsilium
somniō ē perlonginquō
susurrō simul proximō
obductus aevīs aliīs
nebulae exāmine
aeternō cūriōsō
ipse plērumque mūtus
singulōrum innumerōrum
obliviōsus
oblitterāta tamen prīdem
tēctē callēns
suī semper similis et alius
sōlus nec vērō sēiūnctus
immōbilis ūsque movēns
saecula per inexhausta
cui animantia videntur
vibritāre volitāre
citissimē coruscitāre
culicēs stēllārum frūsta
urbium eruptiōnēs
cīmicēs per terram ātram
caelīs vagīs charaxātus
caecus ūsque
obtuēns

flōrēs ignēs arborēta
nivēs atque incīsūrās
perpetuō sinū
tolerāns
impotēns omnipotēns
grandis terraeve
aequātus
hirtī carduī ōrnātū
fatuō ingenuus
aut ab avibus
relictus
piscibus vel celebrātus
intrā lucūs
venerandus
intra mūrōs rōborāns
suprā tēcta
minitāns
terrīs et aliīs
exsurgēns
firmāns mōlēs
ūniversās
tempus nihil fatigat
fīnis est initium
quiēte omnia
perplēna
tremunt ipsa vacua

***

"Rērum nātūra igitur pūrā ex 'potentiā ōrdinātā' cōnstāre vidētur – quam quidem theōriam prīmus impēnsē ēlabōrāvit Iōannēs Wheeler physicus Septentrioamericānus. Cosmos vidēlicet in īnfōrmātiōne cōnsistit cuius notae et lēgēs nōs interpretantēs in apertē geōmetricum vertimus. Rērum nātūrae fundāmenta, monadēs īnfōrmātiōnālēs minimae, particulae subatomicae vel potius hōrum propietātēs bīnāriae quam minimae – sīcut in versātiōne quae aut sursum aut deōrsum inclīnārī potest – lēgibus ferreīs geōmetricīs subiectae sunt quibus ūnum nōmen 'supersymmetria' inditum est. Supersymmetria complūrēs vel īnfīnītās per dīmēnsiōnēs extenditur quārum nōs tantum quattuor sentīre vidēmur: trēs spatiālēs et ūnam ā nōbīs 'temporālem' dictam.

"Davīd Bohm, physicus nucleāris praeclārissimus quī prīmus theōriam quantālem holisticam explicāvit, rērum nātūrae fastīgia sīve coria innumerābilia esse posuit; cuiusque fastīgiī vēritātem manifestam vel 'explicātam' in fastīgiō huic superpositam ut 'implicātam' sīve tēctam sīve 'virtuālem' asservārī. Haud sciō an iuvenibus adulescēntibusque hodiernīs tālēs theōriae magis liqueant quam seniōribus quia in illōrum pueritiā nōtiō illa 'reālitātis virtuālis' nōn tantum iam exstiterat sed etiam per scientiae fictīciae litterās et spectācula permānāverat. Sī utcumque entia intrā programma computātōrium vītam dēgentia vel hominēs quōrum sēnsūs omnēs apparātuī computātōriō aptātī mente fingere valēmus, possumus sānē et fingere nōbīs haec entia hōsve hominēs nescīre 'reālitātem' suam programmātam esse, facta sua et cognita et memoriam et omnia quae in ūsū habent prōrsus nescīre eōs programmate multiugō ingentissimōque esse conditam, existentiam suam notīs computātōriīs fundātam per tālōs integrātōs silicāceōs expedītīs. Mundum igitur et cūnctam vītam suam ut 'explicātam' experiuntur, quamquam superiōre in gradū, scīlicet in ipsīus programmatis fastīgiō, reālitās eōrum, in notārum bīnāriārum ōrdinātiōne cōnsistēns, propriē īnfōrmātiōnālis est. Tāle magis magisque in annōs vidētur esse Vniversum, quod dīcitur, nostrum. Sīcut lāser lūmen quod notās occultissimās, immō in speciem chaoticās, in lāminā phōtographicā positās ita interpretātur ut exsistat hologramma tridīmēnsiōnāle concinnum perfectumque, nōs entia percipientia notās sīve programma mundī nostrī ita animō 'collūstrāmus' ut exsistat illūsiō vel opīniō Vniversī multidīmēnsiōnālis; nam nōn sōlum māteria ex potentiā sīve possibilitāte īnfōrmātiōnāliter figūrātā cōnstat sed etiam spatium et ipsum tempus iam 'virtuālia' esse videntur. 'Spatium' est proprietās 'māteriae' adiūncta sīve inhaerēns. Sine 'māteriā' nūllum esse potest 'spatium'. Sīcut māteria, spatium et vī gravitāte flectitur et per Forāmen Ātrum exstinguī potest. Ante Fragōrem Prīmōrdium nūllum exstābat spatium. Spatium est vīs sīve energiae coefficiēns, quō simul dīcitur esse coefficiēns possibilitātis – id quod perspicuē vidēmus atomum cōnsīderantēs in quā spatium inter ēlectronium et nucleum lēge ferreā et dēterminātur et, ut vidētur, creātur ex ēlectroniī statū energēticō. Perinde ut ēlectronium in atomī suī zōnam ulteriōrem nōn trānsilit nisi vīs summa quaedam exācta huic mūnerī explendō impenditur (hoc est, nisi fiat commūtātiō quaedam exācta īnfōrmātiōnālis), ita hominī vīcīnum suum invīsere cupientī summa quaedam vīs quam minima, scīlicet commūtātiō quaedam īnfōrmātiōnālis minima sub speciē vīs corporālis et mentālis, impendenda est ut hoc fiat. Quamquam et māteria et spatium et tempus elementa per sē īnfōrmātiōnālia sunt, nōs entia percipientia per monadēs īnfōrmātiōnālēs quae sunt systēmata nervōsa nostra summam īnfōrmātiōnālem Vniversum multidīmēnsiōnāle implicantem modō hologrammaticō intrā animum, aliud organum īnfōrmātiōnāle, proiicimus sīve 'explicāmus' ut quōdammodo scaenam habeāmus in quā partēs nostrās nōs agere sentīre possīmus. Cōdicem scīlicet encryptographātum sīve symbologiam Cosmum implicantem legere atque 'explicāre' scīmus.

"Ex experīmentīs ab Alānō Aspect annō 1982° Lutetiae Parīsiōrum perāctīs iam compertum est particulae quantāliter coniūnctae, etsī longissimē inter sē abstantēs, immō etsī eīs interpōnātur galaxias vel adeō cosmus tōtus, inter sē tamen simul reciprocē agere tamquam sī sint nūllō Continuī Spatitempōrālis incrēmentō disiūnctae; lūcis velōcitātem igitur atque cūnctam Relātivitātem Einsteiniānam, quamvīs in macrocosmō suprāquantālī etiamnum ratam et firmam, nīl tamen pertinēre ad micromicrocosmum quantālem. Quamobrem videntur in fastīgiō quantālī, reālitatis nostrae ipsō dēmum fundāmentō, exstāre rē vērā nec locus nec tempus, quīn potius Vniversum, ut ita dīcam, 'inlocāle' et eius partēs 'simultāneae' esse videntur – id quod haud mīrābitur quī fastīgium quantāle ex īnfōrmātiōne cōnstāre et Vniversum nostrum sīcut umbram hologrammaticam quadridīmēnsiōnālem in Ōceanō Quantālī inlocālī intemporālī virtuālī nāre intellexerit.

"Sīquidem ergō omnēs Vniversī partēs, quod ad mātrīcem quantālem attinet, eōdem 'locō' et eōdem 'tempore' versantur, quō simul dīcitur eās rē nūllō locō nūllōque tempore versārī, nōnne Vniversum nostrum perfectum programma sit vel esse possit? Ex hīs enim et aliīs compertīs fierī posse vidētur ut Cosmī monas quaeque et ut operātōrium et ut variābile cum cēterīs atque etiam cum hōrum cūnctīs dispositiōnibus rēctā iūnctae sint. Ac sī Cosmos holisticus tam, ut vidētur, sollerter integrātus nōn fortuītō sed ā Deō vel Noû vel Animō Vniversālī aliquō proficīscitur – dē quā rē sententiae sānē variantur – nōnne Noûς ille, sī eum saltem disputātiōnis causā pōnāmus, tālī strūctūrā funditus holisticā modō omnīnō trānsrelātīvō ūtātur? Immō nōnne tālis strūctūra ipsam Animī Vniversālis nātūram et quālitātem exprimat? Huius reī ēnūntiātiōnem prīmitīvam simplicissimamque praebuit ōlim Parmenidēs et praebent adhūc Buddhistae aliīque dīcentēs rēs omnēs in Vnō dēmum cōnsistere. Quod asserentēs significāre videntur, inter alia, ūnam quamque monadem sē ipsam et 'ūnam', scīlicet operātōrium litterā minūtā 'u' notātum, esse atque simul variābile tōtīus rērum nātūrae, operātōriī omnium māximī, vicem agēns 'V̄num' quoque esse eōque litterā grandī 'V' notātum – id quod plānē in lāminā holographicā vidēmus, nam huius quaeque pars minima, lāsere lustrāta, nōn partem sed tōtam imāginem holographicam prōiicit. Inter lāminam holophōtographicam lāsere tantum partim tāctam et lāminam penitus collūstrātam interpōnitur sōlum discrīmen hoc: quod ex hāc imāgō radiātur clārissima acūtissimaque, ex illā aequē tōta sed dēbilior.

"Quālibus in cōgitātiōnibus valent nempe nōnnihil nōtiōnēs orientālēs hīs temporibus multiculturālibus, quae dīcuntur, philosophiae Eurōpaeae elementīs inmixtae, velut medicīnae Sēricae secundum cuius summam sententiam in ūnō quōque humānī corporis membrō cēterōrum condiciō exprimitur atque afficī potest. Prīscī populī necnōn eī quī veterēs modōs rērum cōnsiderandārum repetunt mundum imprīmīs prō nexū continuō habēbant habentve, quō clārēscit ōminum haruspiciōrumque significātiō necnōn foliōrum theānōrum lēctiōnum similiumque mōrum ratiō, neglēc-tā plānē hōrum convenientiā efficāciāve quācumque. Hermēs quidem, ā quō nōmināta est ars nostra hermēneutica, utpote quī ūniversārum rē-rum complexūs interpretārī valēret, deus erat, ut ita dīcam, īnfōrmāticus, holosēmīae patrōnus; cuī invicem penitus impār mortālis quisque dum-taxat aliquot complexūs rērumve nexūs sibi proximōs simpliciōrēsve ēno-dāre poterat, cēterārum rērum intortō ūsque accrēscente atque citissimē in īnfīnītum abscēdente. At ecce etiamsī aevō modernō, explicātīs nōn sōlum strūctūrīs atomicīs subatomicīsque sed etiam geneticīs notīs, immō tōtō ferē genōmate humānō, deō illī ūnō duōbusve passibus propius ac-cessisse videāmur, fierī tamen potest ut, in annōs urbāniōrēs eōque ā rērum nātūrae sēnsū vītāque nātūrālī sēmōtiōrēs, et tantō reciderimus quantō prōfēcimus."

"Quā autem ratiōne..." īnfit Prapūnava nōn, ut vidētur, per sē excursūs prolixiōris impatiēns sed, quod sectae suētum, lēctōribus magis cōnsulēns suīs, "...haec coniūncta sunt cum quaestiōne nostrā, scīlicet utrum homi-nēs anthrōpoīdēsve umquam intrā Sāturnum habitāverint an in Sāturnō ācta perlātaque aliquā sēnsērint vel somniāverint Terrestrēs an sit dē-mum aliquid prōrsus aliud factum?"

"Tibi respondeō, positō propter comperta quantālia holosēmiōticē inter sē esse iūncta omnia singula, populōs veterēs aliquot, velut Sumerōs Aegyptiōsve vel Dogōnēs, ut ita dīcam, notās reālitātis forsan adeō melius

171

quam nōs legere valuisse ut, exercitā inter operātōria et variābilia ratiōne, nōnnūlla alibī, verbī grātiā aliō in planētā, facta cognōscere vel experīrī potuerint. ...At haec sānē haud māxima est pantanalogismī pars."

"Māxima igitur quaenam est?"

"Quandōquidem in systēmate holosēmiōticō nostrō monadēs īnfōrmātiōnālēs ferē ad īnfīnītum identidem inter sē aliter coniungī possunt, nōnne Arbor Vītae illa multīs modīs accipī possit necesse est ... vel ut nōtiō multō amplior? Quid sī Arbor Vītae, quae quidem forsitan aliquō sēnsū intrā Sāturnum planētam exstiterit, prīncipium quoque praestet simul metaphysicum vel, in fastīgiō Bohmiānō superiōre, 'implicātum' sīve abstractiōrēs in notās redāctum? Quid porrō sī vel ex aliud genus prīncipiō physicō cōnstet illa quam phaenomenō tantum illō Sāturniō ā Belisariō modō expositō? Quid sī Arbor Vītae, Sāturnō sē nōn continēns, quōdammodō et tōtum systēma Sōlāre amplectātur cūnctaque huius sīdera sint eī coniūncta? Quid sī et māior exstet Arbor Vītae, aliā in dīmēnsiōne – quārum sunt plūrimae, hīc vel minimum ūndecim – rādīcāta, ex quā omnis vīta īnferiōribus in dīmēnsiunculīs nostrīs versāns prōcēdat? Quid dēmum sī ūniversālis sit Arbor Vītae illa quam spectant fabulae mȳthologicae complūrēs variaeque?"

"At pol coniectūrās prōdis merās!"

"Rēctē. Tālēs tamen quālēs, ut opīnor, nōn tantum permittit vērum etiam exigit pantanalogismus. Namque est mihi amīcus quīdam quī concentum frequentāns nūper Brambillārium... Ecquid huius cantātrīcis ad tē mānāvit fāma?"

"Commentāriōs legō plānē 'Hominēs' īnscrīptōs tālēsque similēs."

"Quid igitur referās sī tibi dīxerim ex cantibus illā nocte in medium prōlātīs ūnum, nōndum, ut vidētur, vēnuī impressum, dē Arbore Vītae, abstrūsissimō plērumque argūmentō, necnōn dē holosēmiā scientiam theōrēticam satis firmam testārī? Ecquid proximum vērō vidētur tibi ut sint aut Brambillae cantuum scrīptōrēs aut ipsa, quae etiam nōnnūllōs ex suīs compōnit cantūs, anthrōpologiam rēligiōnisve philosophiam adeō doctī?"

Prapūnavae umerōs prīmum allevantī renīdentīque venit post silentiī spatiolum tandem in mentem respōnsō verbīs conceptō esse opus. "Haud ita proximum," adicit phōtomāchinulam probē intuēns suam, pugillārium quoddam īnstrūmentum super mēnsam iacēns in manūs simul capiēns velutsī aliquid sibi annotandum modo olfaciat.

"Itaque ergō," inquit Vlād Portārius priōribus adnectere parāns complēmentum audācius, "tē mihi aliam adhūc coniectūram condōnātūrum spērans, rogō num forte fierī possit ut et mūsicī lūdiōnēsque populārēs ad 'undulātiōnēs' – quās dīxisset vel Iacobus Lorber – aliīs ē mundīs vel ex incōnsciō collēctīvō ēmānantēs sint aptāti ... vel, ut īnfōrmātiōnāliter dīcam, num hī interdum operātōriōrum valdē sēmōtōrum praegrandiumve variābilia subtīliōra sentiant. Haud sciō an artificēs in hōc praestent nec fortuītō fiat ut sit Brambilla, sīcut Lorber, etsī sānē dīversae farīnae, mūsica. Immō ratiō inter operātōria et variābilia nōnnumquam mihi vidētur artium magis propria quam cēterōrum inceptōrum humānōrum; nam secundum doctrīnās aesthēticās theōrēticās ferē omnēs optima semper artificia intrā sē quam congruentissima sunt. Et quid, rogō, ista congruentia interna postulat nisi ut artificium quam plūrimīs modīs atque quam plūrimīs in ōrdinātiōnis fastīgiīs nōn sōlum ad argūmentum suum sed etiam ad sē ipsum referātur – quod certē ut in artificiō efficiant artificēs elementōrum, ut in pictūrā fōrmārum colōrumve, numerum varietātemque circumscrībī oportet?"

"Tractās autem nunc, domine ... Vlād, theōriās aesthēticās magis quam philosophiae nātūrālis comperta. Sī ad ipsam Arboris Vītae quaestiōnem redīre licet, ... rogō tē num philosophus nātūrālis quīcumque improbet tē tam temere dīcentem hominēs forsan Sāturnī penetrālia inhabitāvisse vel rēs ibi factās forsan tēlepathicē percēpisse Terrestrēs vel forsan adeō extrāterrestrem aliquem hīs interfuisse. Scīlicet tibi cōmiter reverenterque obicere velim, quamvīs sodālitātem vestram indole esse imprīmīs coniectūrālī vōsque multa indicia speciōsa necnōn complūrium variōrumque ēventuum dēscrīptiōnēs ingeniōsissimās repperisse concēdēns, documenta tamen firma quō aliqua ex hīs ratiōnibus experīmentō probētur hauddum esse praebita."

"Ecquid licet," īnfit vōx Britannicē modulāta, "aliquid interpōnere istūc?" Ex imāgunculā Dacōtānā plērumque ātrā fulgurant imprīmīs ōris renīdentis dentēs candidissimī necnōn oculōrum patulōrum alba Castoris ... sīve Professōris Vmbēs Nambimbiī. Quī dentēs tamen, rīdente loquenteve ipsō, identidem partim ē cōnspectū fugiunt rursumque cito appārent tōtī.

"Et licet tibi quidem," inquit respondēns Mothra moderātrīx, "et libēbit nōbīs," Vlāde non tantum obloquiī pavidō quantum mīrante nunc dēlictōrem quondam adulescentem Dētroitēnsem hōc in forō cum doctōre inlūstrissimō ingeniōsissimōque disputāre. Haud dissimilī dē causā putat et Belisarium, quippe quī quōpiam in oppidō prope Amherstiam sitō vulgāris tantum bibliothēcāriī fungātur mūnere, nōnnumquam nimis intumēscere. Enimvērō lūculentī tālēs quālēs "Castor" et "Tink" et "Da5vīd" haud scit Vlād an ex oblectāmentō potissimum temerāriō intersint. Extrā sessiōnēs Sodālitātem forsitan adeō irrīdeant illī! Vt sint plērīque eōrum quī sodālitātem sustinēre solent ēlectristipitēs aliterve quisquiliōsiōrēs hominēs, cōnantur tamen Vlād cēterīque ministrī mōrōsissimōs saltem morbōsissimōsque sodālitātem petentium arcēre; quī cōnātūs ēventum māximā ex parte bonum habent, neglēctō utīque "Servō" istō quī theōriās dē Arbore Vītae cum Nostrā Dominā Fatimae coniungere semper nītitur et cuius pāgina domestica rosāriō caeruleō ēnormī cingitur. ...At, ut vērum sibi fateātur Vlād, haud invītus habet Servum cōnsodālem; nam doctrīnae Mariānae partēs aliquot, utpote Īsidem nūmen fertilitātis Aegyptium memorantēs, sunt sānē nōtātū satis dignae. Huius quidem titulī nōnnūllī, sīcut "Regīna Caelī et Terrae" vel "Māter Trīticī" litaniārum admonent quās ipse Zoltan Beātae Virginī ōlim vel necessāriō recitābat, scīlicet dōnec quartō decimō aetātis annō truculentus dēscīvit, tempore illō capsicum annuum adhūc redolentī sub Mariae vēlāmine haud suspicāns latēre forsan ālātam incantātrīcem Īsidem Astartēnve pellācem. Praesidium Mariānum caeruleum serēnificumque ut puerum nōnnihil conciliāverat ita adulēscentem rebellem indulgentiae māternae intolerantem exturbāvit. Adultus iam quī mātūrus saltem vocārī potest quid prōsit deae cultus, haud parum valentibus discrīminibus Vudiānīs, prīmum dispiciēns, per rēligiōnem Mariānam, sīcut et Īsiācam, Vniversī partem fēminīnam nōscī existimat; māsculīnam proterviam monotheïsticam ē mōribus Sēmiticīs ortam; quam proterviam ingenium alterum potius subiacēns, seu prīscum Indo-Eurōpēum seu Pelasgicum, per Mariam aliquantum lēnīre temptāre.

"Vt vērum dīcam, Domine Prapūnava," ait nunc Castor ita fēstīvē grātēque rīdēns ut illūdere haud videātur, "sī dē ēventibus possibilibus circumscrībendīs agitur, circumscrīptiōnis tālis causae dīlūcidē dēfīniantur oportet; nam, quod ad mēchanicam quantālem attinet, nūlla vidētur esse causa firma cūr ēventūs reciprocē repugnantēs per hoc inter sē exclūdant."

**

terrae rēbus inhorrentēs
aquae cāsibus frementēs
aurae nūntiīs scatentēs
miscentur ūsque inter sē
ex quā massā quasi tragicā
gignuntur assiduē
alacria
et nova saecla

quōvis ex silentiō
mānat flammārum affatim
vel flūminum vel grāminum vel pestium
ubīque
...at scaenārum simul quōquō spectēs
aulaea modo modo
dēmittuntur
...at coniecta simul quōnam volet avis
quō conclāve tuum
quō flamma
et errāns dīcēs rēctē

sī carmen nōndum audiistī
bene habet hoc
sunt et in mūtīs
carmina
sīcut est in cantū
quiēs
extrēmīs in erēmīs
palatia mīrēris
in urbibus tuguria
explōrant celsa variī
nōnnūllī sed domisedae
domunt superna
sē cōgitātū abstinēns
et māximum perdidicit
ipsīs in arēnae grānulīs
– quod scīmus dēmum omnēs –
pancosmium latet
amphitheātrum

domus sī vel vacua'st
vel caret parietibus
bene habet et hoc
tantum intus quantum forīs
ēvolvitur
– sī vērum nec dēpicta petimus –
idem ferē stratēgēma
unde et tē subinde alloquor
dīversa semper manēns
poētria profuga

omnis ruunt aetātis bēstiae
dēlinquentēsque
sōlēsque
rēctā in vītam
quod probē simulāre et tē
fīniente orbe quōvīs
dūdum clam onustīs
membra haec tenuia perplexa
quōrsum sīc movērī
immō imprūdenter saltitāre
nunc potissimum incipiant
vulgō nescītur
longinquōrum autem sīderum
metalla ista mīrē salsa
immō linguam istam
tuam nūper dictam
nūper gustāns
saepe rotāns
ūsqu' ūnivoca
et claudēns
aperīris

***

"Istud explicēs, domine mī, ex animō obsecrō."

"Libenter," inquit iterum fīdūciā amoenē rīsitāns Castor. "Meritō tetigit modo sodālis doctus interpretātiōnis holisticae ā Davīde Bohm aliīsque prōpositae, ā multīs hōc tempore laudātae, fundāmenta aliquot; neque exemplum cybernēticum, scīlicet de operātōriī variābilisque ratiōne, dummodo in analogiam accipiātur, aliēnum vidētur mihi. Vidēlicet adiungendum est infrā līmen quantāle, quoad hoc temporis scīmus, nihil exstāre vidērī discrētī vel quod tālēs in partēs quālēs operātōrium et variābile dīvidī possit, quīn potius īnfōrmātiōnem quantālem, seu 'implicātam' seu aliter nōminandam, ratiōne aliquā nōbīs adhūc funditus imperviā et impenetrābilī servātam ... immō ratiōne aliquā īnfīnītā existere vidērī, nam ab aequātiōnibus quantālibus, quō nōbīs fiant ūtiliōrēs, sunt quantitātēs īnfīnītae (per 'renormālizātiōnem', quae dīcitur) prius āmovendae quam ad ipsās rēs dēscrībendās hae aequātiōnēs adhibērī possint. Vnā ex parte artēs technicae nostrae super fōrmulīs quantālibus plērumque fulciuntur, illinc tamen quid hae sibi vērē velint fōrmulae Schrödingeriānae crassissimā calīgine est obductum. Interprētātiō holistica Bohmiāna, sī forte umquam probētur, explānet sānē forsan quī fiat ut hominēs per indicia proxima rēs ē longinquō cernere valeant; ut theōria autem dētermināria, quippe quae 'variābile tēctum' aliquod mathēmaticae artī patēns adhūc tamen incompertum pōnat, vēritātem singulārem postulāre vidētur..."

Quō audītō, Zoltan-Vlād statim sē asperē increpat quia, haud dubiē ob nōnnūllōrum sodālium auctoritātem refrīgerātus, oblītus est fundāmentō holisiticō Bohmiānō Bohriānam indēterminātiōnem, scīlicet secundum ratiōnem ā sē nūper excōgitātam, superpōnere. ...At forsan coram tālibus sodālibus melius est tacēre quam, nimis lātē factīs verbīs, prōrsus ērubēscere dēbēre. Disputātiōnī huic sē saltem addidisse ālās aestimāns servat apud sē dignitātis partem – quamvīs simul lictōrēs acadēmicōs appropinquāre autodidactus suspicētur pōdex.

"...Interprētātiō invicem Bohriāna sīve Hauniēnsis," inquit pergēns Castor, "ē theōriā indētermināriā Heisenbergiānā nāta, significat, vel in eius versiōne solitā et magis dīvulgātā, ipsam perceptiōnem sīve animadversiōnem factum quodpiam dēcernere; quō dīcitur vēritātem, quamvīs aliquandō ūnicam futūram, antequam percipiātur, ita indēfīnītam esse ut possibilitātēs dīversissimae, dummodo imperceptae, nōndum tollantur; porrō nōn tantum futūra vērum etiam, mīrābile dictū, praeterita, antequam percepta, nōndum dēfīnīta. Sīn autem vēritātēs inter sē incongruentēs sed simul exstantēs neque inter sē exclūdentēs pōnere velīmus, Everettiāna interprētātiō cēterīs praepōnenda videātur."

"Quae quālis est?"

"Tibine nōta quantālis mēchanicae interpretātiō illa 'multōrum mundōrum' saepe dicta?"

"Nōta est mihi. ...Attamen," inquit contrā Prapūvana, "eā in reālitāte quam ut inhabitēmus nōsmet ipsōs contingit hominēs certē aut quondam in Sāturnō fuērunt aut numquam fuērunt, et Arbor Vītae quae dīcitur, sī vērē exstat, intrā vēritātem nostram aliquid ūnicum est nec simul prōrsus quicquam aliud."

"Istud dēnique ex 'vēritātis' dēfīnitiōne pendēre fatendum est. Quod ut brevī expediam concēdās quaesō. Hae rēs sunt mihi nempe cordī."

Ecquis, sē rogat Vlād, hunc hominem, etsī adeō nōminis īnscius, physicum perītissimum esse nōndum dīvīnāvit?

"Per mē," ait Prapūnava, "quō nihil gravius dīcam, licet sānē!"

Physicus nigerrimus ita nunc rīdēns ut cachinnum cohibēre videātur continuat sermōnem: "Ob indēterminātiōnem quantālem āctiōnis quantālis cuiusque ēventus, quod omnibus nōtum est, in antecessum scīrī nōn potest, quīn potius scīrī tantum potest ex omnibus quī fierī possunt ēventibus quī probābiliōrēs sint quīque minus probābilēs, scīlicet secundum līneam hyperbolicam probābilisticam mathēmaticē prōiectam. Nostra etenim ars mathēmatica ūnicum adhūc ēventum dēcernere nequit. Hoc est, mathēmathica omnēs prōrsus ēventūs, quōrum quidem numerus ferē īnfīnītus, praedīcit, addēns plānē et ūnīus cuiusque ēventūs probābilitātem. Tālem igitur indēterminātiōnem tollendī causā atque ut artī mathēmaticae, cuius ope tot tantaque comperta sunt, quantālis mēchanica concordārētur, prōposuit prīmum Hughus Everett theōriam 'statuum relātīvōrum', quae sollemniter dīcitur, quā lēgibus mathēmaticīs congruenter omnia quae fierī possunt rē fierī pōnitur, vidēlicet probābiliōra saepius, minus probābilia, secundum probābilitātis hyperbolam, minus saepe.

"Quō factō accommodātae sunt tandem inter sē ars mathēmathica et mēchanica quantālis, at simul ineffābiliter amplificāta est 'reālitās' quae dīcitur. Prīmō quidem, proptereā quod cūnctōs quī fierī possunt ēventūs nōn simul efficī sentīmus, putāvērunt Everettiānī cūnctās possibilitātēs perpetuō ad effectum adductās aliās in reālitātēs sīve aliōs in 'mundōs' sīve in 'ūniversa parallēla' recēdere. Alternārum autem reālitātum sēiūnctiōnī in diēs minus crēditur quippe quia haec nec per mathēmāticam sustinērī potest nec, quod plānē et māiōris est mōmentī, experīmentīs physicīs cōnfirmātur; quīn immō illīs in experīmentīs nōtissimīs in quibus ēlectronium singulum ad bīnās incīsūrās versus ēmissum semper per illam incīsūram trānsīre percipitur quae modo observātur nōn iam vidētur esse cūr per hoc bīna orīrī ūniversa opīnēmur. Vidēmur potius tālia per experīmenta reālitātem quandam superiōrem sīve superordinātam invēnisse, summam īnfōrmātiōnis nōn modo assiduē multiplicārī vērum etiam simul intrā sē cōnstanter magis implicārī. Dīcāmus autem secundum artem īnfōrmātiōnālem. Fit ēventus α quispiam ex quō oriuntur ēventūs sīve 'aspectūs īnfōrmātiōnālēs' bīnae: β et γ. Arbitrō α' obveniunt invicem simul bīnī 'aspectūs īnfōrmātiōnālēs', scīlicet β' et γ'. Quamobrem dīcī potest post α ēventum bīnōs orīrī singulī arbitrī aspectūs, β' et γ', quōrum illum ēventum β sē observāre animadvertere et hunc γ, propter autem modum perceptiōnis ūnilīneārem nostrum ēventūs incongruentēs nōs, utpote entia tantummodo entropica, simul dispicere vel tolerāre nequīre, possibilitātēs inter sē repugnantēs ē cōnspectū nostrō āmittī."

"At quidnam autem sibi vult istud nōs entia esse 'tantummodo entropica'? Nōnne rēs omnēs ad ūnam entropiae subiectae sunt?"

"Entropia est quidem multārum rērum multiplicum, praesertim entium biologicōrum, proprietās. Omnēs autem reāctiōnēs subatomicae atomicaeque atque multae reāctiōnēs chēmicae sed nōndum biologicae ab omnī parte invertī possunt. Propter hoc atque aliīs dē causīs quās explicāre longum erat nūllus iam tōtī Ūniversō inhaerēre vidētur cursus entropicus fundāmentālis. In systēmatīs autem valdē multiplicibus, quippe in quibus coria vel fastīgia reāctiōnum chēmicārum multa alterum alterī seriātim impōnantur, fit, ut ita dīcam, rēctūra entropica sīve ratiō temporis superficiālis. In experīmentīs autem subatomicīs, in quibus ipsa scrūtātur Ūniversī substantia, particulae minimae in reāctiōnibus complūribus per tempus, quod dīcimus nōs, aequē prōmovērī ac retrōcēdere videntur. Rēctissimē igitur indicāvit Vlād noster scientiam physicam illam nōtiōnem quam 'tempus' nōminamus dumtaxat in contrōversiam nūper vocāvisse..."

Quō tōta opīmitās lentīginōsa autodidacta Zoltanivlādiāna sānē significanter remittitur.

"...Quod dīmēnsiō illa quam 'temporālem' vocāmus aliter in fōrmulīs mathēmaticīs tractātur quam dīmēnsiōnēs 'spatiālēs' dēnōminātae (scīlicet quod spatiī temporālis numerus quadrātus, numerīs propriē spatiālibus dissimilis, fōrmulae Pȳthagorēae nōn additur sed dē hāc dēdūcitur necnōn cum lūminis vēlōcitāte multiplicātur) pendet sānē ex asymmetriā illā per vectōrem 'spatitemporālem' idiosyncrāticum effectā ex quō nōs omnia coāctī percipimus.

"Entropia dēmum, cui adiūnctum est tempus vel temporis aspectus vel temporis opīniō nostra, multiplicitātis effectum secundārium, spūmae similis est super ōceanō nantī. Spūma quidem ex ōceanō nāscitur, sed proprietātēs superficiālēs habet quibus caret ipse ōceanus. 'Spūma' ex quā rēs macrocosmicae valdē multiplicēs ortae sunt fōrmam praecipuam praestat atque ūnā cum hāc fōrmā temporis saltem īdōlum, cui nōs ex nātūrā expositī; ipse autem ōceanus magis potentiālis quam fōrmātus atque ob hoc per sē intemporālis esse vidētur."

"Nōnne autem secundum entropiae lēgēs Vniversum tōtum nostrum perpetuō frīgidius fit et minus ōrdinātum?"

"Prōpōne sōdēs tibi in animō Vniversum intemporāle cuius sint propria plērumque tria: summus calor et summum frīgus et, in mediō, īnsulae tepidae quaedam multiplicitātis in quibus, propter reāctiōnes chēmicās alteram super alteram cumulātās, temporis oriātur ratiō ūnīus cursūs sīve 'ūnidīrēctiōnālis'. Quod ad tālis Vniversī ipsa fundāmenta attinet, 'entropia' quae dīcitur cōnsistit tantum in nexū physicō reciprocō et intemporālī frīgus et calōrem alterum alterī committentī, neque exstat 'sagitta' dīrēctōria absolūta quā entropia in partem praecipuam obiectīvē dīrigī videātur. In rērum nātūrā situm est tantum ut māximum mōmentum particulāre, quod est māximus calor, et particulāris īnstitiō, quae frīgus est absolūtum, ita inter sē comittantur ut passim exstent loca tepidiōra in quibus fierī possint ambāgēs quaedam chēmicae intortiōrēs. Haud mīrum est quod nōbīs, ut entibus ex prōcessibus chēmicīs accumulātīs compositīs quibusque dissolūtiō chēmica mors sit, ūnicī cursūs entropiam vēritātem sentīmus esse absolūtam. Ita ēvolūta esse vidētur necesse animantia omnia; nam ut notās Vniversī quōdammodō 'legāmus', necesse est, sīcut librum legentī, prīncipium et fīnem experiāmur."

"Vniversum tamen intemporāle," obloquēns ait Prapūnava, "mihi imāginārī nequeō. Rēs mōtās videō. Quōmodo autem rēs sine tempore movērī possint nōn videō!"

"Omnium appositissimum, domine astūte mī, pōnis interrogātum. Ad quod respondentī mihi testis citandus est Eleātēs Zēnō quī, quantum sciō, prīmus mōmentōrum spatiālium paradoxum indicāvit īnfīnītātem necessāriō nōn sōlum īnfīnītē magnam sed etiam īnfīnītē parvam esse per artem dialecticam dēmōnstrāns, mōmentum igitur eō nōn fierī posse quod mōtus quīcumque, et quī prō 'minimō' habeātur, semper per spatium īnfīnītum trānsīre necesse sit. Cui opīniōnī – quodvīs spatium geōmetricum, et 'exiguum', īnfīnītum esse – contrā dissēnsiōnem Aristotelis, ūtilitātis praesentis potissimum fautōris, assentīm..., dīcam an, assentiuntur physicī modernī. Paradoxum autem illud ā Zēnōne sollertissimē intellēctum aevō nostrō per artem physicam quantālem contextuī novō īnsertum est; nam Vniversum nostrum nōn est spatium geōmetricum absolūtum, sed potius saeptum quoddam quantāliter contextum compositumque inhabitāre vidēmur. Monas quantālis quaeque, 'Quantum' vocāta, id quod etiam aequātiōnēs mathēmaticae dēmōnstrant, utpote īnfīnītam in sē continēns vim īnfīnītāsque dīmēnsiōnēs, īnfīnītāte, ut per compendium dīcam, 'exteriōre' vel 'absolūtā' nōs prōtegere potest. Prōpōnās tibi in mente Quanta tamquam tēgulās quāsdam micromicroscopicās quibus 'reālitās' nostra velut per īnstrūmenta repulsōria 'prōtegātur'. ...Vel, cum ubīque in Vniversō, nōn tantum in māteriā sed etiam in spatiō, exstent Quanta, accūrātius ea nōbīs imāginēmur esse velut possibilitātis bullulās exiguissimās, immō cūnctīs particulīs subatomicīs perlongē minōrēs, ex quibus et omnis māteria et omne spatium nōsque ipsī compositī vel effectī. Nōbīs itaque, ut saltem prīmā speciē vidētur, per continuum 'spatitemporāle' dictum itinerantibus Quanta illa sīcut pelliculae cīnēmatographicae imāgunculae singulae, ut ita dīcam, 'spectāculī' praebent aspectum. Scīlicet 'mundus' noster, contrā continuitātis opīniōnem, incrēmentulīs īnfōrmātiōnālibus cōnstat quae nōs ex nātūrā seriātim pertractantēs sub temporis et spatiī, sīve spatitemporis, speciē percipimus. ...At, ut vērum dīcam, fastīgium quantāle, ut penitus 'simultāneum' atque 'inlocāle' atque īnfīnītās in sē dīmēnsiōnēs continēns et vī īnfīnītā praeditum, quamvīs in Vniversō nostrō plūrimās in partēs sīve Quanta redāctum esse videātur, per sē rē vērā et ūnum esse necesse est. Quantum, quamvīs sēnsū Bohmiānō 'explicātē' multiplex, 'implicātē' tōtum quoddam est simul ūnicum, Vniversum nostrum cum circumdāns tum simul ubīque penetrāns. Quā dē causā hologrammatis analogiam aptissimam esse dūcō, quamquam hologrammatis huius īnfōrmātiō sīve notae singulae nōn in lāminā phōtographicā sed in dīmēnsiōnibus altiōribus, quod ad nōs attinet, 'implicātē' servātae videntur. Nōs intrā programma hologrammaticum versārī vidēmur cuius monadēs, ut ita dīcam, cybernēticae minimae Quanta sunt etsī hīs in circumiectīs individuitātis et multiplicitātis aspectum praetendentia essentiae tamen, ubi extrā hologramma spatitemporāle vīsa, simul ūnicae. Ob fōrmulam Wheeleriānam-DeWittiānam, sententiīs trānslātīciīs vel īnfestiōrem quam ipsam illam Einsteiniānam, vidēmur nōs, quasi hypoprogrammata intrā programma, ut suprā dīxī, temporis sēnsum ē nātūrā comminīscentēs, spectāculum cīnēmatographicum dē spatiō et dē tempore atque dē tōtā dēmum vītā nostrā creāre. Quod autem hōc in argūmentō māximum est, programma hoc adeō ingeniōsum est ut, dīmēnsō mōmentō Planckiānō quōque (quod est temporis spatiīque mēnsūra quantālis quam minima), summa īnfōrmātiōnis multiplicētur, omnēs rēs fiant quae secundum ratiōnem probābilitātis fieri possunt, nōs atque alia forsan hypogrammata nōbīs similia secundum sēnsum temporālem adscīticium 'retrō' spectantēs ex innumerābilibus exiguissimīs incrēmentīs sēmitās quāsdam ūnilīneārēs historicās cōnsuāmus. Quod facientī ūnī cuique ex versiōnibus quantālibus nostrīs īnfīnītīs servātur ūsque ūnitātis speciēs atque opīniō. Ipsum igitur 'māximum programma', quod attigit Vlād noster, sine tempore exstāns et omnēs reālitātis possibilitātēs simul continēns, staticum magis vidētur esse quam dynamicum, quod mōnstrāvit, inter aliōs, Iūliānus Barbour, physicus Britannus; nam rēctissimē dīxit Vlād vim esse rē vērā elementum īnfōrmātiōnāle partium convenientiae proprium."

Ipse tamen Vlād, cui cerebrum et corpus mīrum quam celeriter iam fatigantur, sē aliquātenus ambiguē habet; nam ūnā ex parte disputātiō haec, quod ad theōriam attinet, firma et ūtilis vidētur, sed alterā ex parte Vudiī vultum ob in concentū audīta vīsaque summā admīrātiōne dēlibūtum adhūc in mente vidēns, ut interdum fit, nōn facere potest quīn omnia haec simul aliquantō ab rē esse suspicētur. Philosophī nātūrālis mūnere fungentī cuique semper invīdit Vlād inexplicābilem cōnstantiam cōnfīdentiamque. Dissimilēs Vlādī, quī praeter omne vītae scientiaeque studium sēmitam sē rēctam ingressum esse paene cottīdiē dubitāre solet, videntur illī nātī esse officium futūrum suum scientēs officiīque scīta medullitus et crēdulē ascīscentēs velut ambiguitāte vexātī nusquam.

"Mōtūs opīniō efficī vidētur experientī ob possibilitātis undās quae per vicēs 'implicātae', sīve ut undae, simulque ut 'explicātae', sīve ut particulae, percipī possunt, quā in perceptiōne non possibilitātēs nec simulācra particulārum sed ipsa potius percipientis mēns, ut ita dīcam, movētur. Vt aliter dīcam, oritur mōtūs opīniō ex ratiōne paradoxā inter positiōnum certārum speciem et indēterminātiōnem probābilisticam Heisenbergiānam. Cui indēterminātiōnī facultātem facit quod Quantum īnfīnitās dīmēnsiōnēs continet quae in Spatiō Hilbertiānō mathēmaticē dēscrībī possunt. Dīmēnsiō quaeque cuique priōrī amplior imāginem creat duplicem sīcut, exemplī grātiā, dīmēnsiō simplex, scīlicet līneāris, quae pūnctum, sīve dīmēnsiōnis inopiam, bīnīs ā lateribus intersaepit. Similī modō duplex dīmēnsiō, sīve plānum, līneam bīnīs ā partibus urget. Triplex sīve cubica dīmēnsiō, quam nōs dominārī vidēmur, plānō bīnās aequē speciēs novās ostendit: suprā et īnfrā. Quadruplex dīmēnsiō nōbīs entibus plērumque, quod ad spatium attinet, triplicibus bīnōs aspectūs praebet suī, 'praeterita' et 'futūra' ā nōbīs dēnōminātōs – quamquam ut dīmēnsiō quaeque ita quadruplex quoque per sē continua est et ūna. Īnfīnītus dīmēnsiōnum numerus priōrēs sīve īnferiōrēs semper circumscrībat necesse est. Quō fit ut Quantum dīmēnsiōnāliter īnfīnītum in systēmate staticō per proprietātem īnfīnītē circumscrīptōriam mōtuum speciem sīve āctiōnis scaenam creāre possit; nam..."

"At hercle in Ūniversō istō ā tē prōpositō," interpellat Prapūnava, "sī rēctē intellexī – neque, ut vērum dīcam, mē rēctē intellexisse adfirmāre usquam audeam – nōn sōlum īnsunt omnium rērum omnēs quī fierī possunt ēventūs, sed etiam hōrum ēventuum īnfīnītōrum cuiusque mōtūs minimī omnia incrēmenta ōrdine temporālī carentia exstant simul servāta! Nōnne autem hoc mōnstruōsum tibi vidētur? Nōnne, sī haec omnia immānia atque promiscua, ut dīcis, singulārī in Ūniversō simul commixta exstent, istud 'Chaos' potius sit nōminandum quam 'Cosmus'?"

Vultūs ātrī līneāmentīs plērīsque adhūc opācīs, rīsus dentēsque stēllātī ob ipsam argūmentī immānitātem voluptāte perfūsum fatētur locūtōrem. Quī nunc oppōnit verba: "Chaos quidem istud haud sciō an sit idem quod Belisarius noster modo adumbrāvit, creātiōnis omnis fōns. At, quod ad mōnstruōsitātem attinet, nē, amīce, oblīviscāris et ante adductam theōriam multōrum mundōrum nōs iam in galaxiā habitāre cuius stēllās – nē dīcam planētās cēteraque sīdera – ne tōtā quidem aetāte vōce ēnumerāre possīs atque Ūniversī nostrī galaxiās ipsōs eōdem invicem sēnsū esse innumerābilēs necnōn etiam in diēs invalēscere opīniōnem simul Ūniversō nostrō innumera vel prōrsus īnfīnīta exstitisse ūniversa alia. Tālia enim hūmānam comprehensiōnem superantia cōnsīderantibus concinnitātis vel mōnstruōsitātis nōtiōnēs hūmānās haud licet adhibēre."

"At quid istaec, utut sē habeant, Vītae Arborem Sāturnumve spectant planētam?"

"Aliās nempe speciēs ā Belisariō nostrō exōrdiō adductās revocant: Vaccam Creātiōnis Ōvumque ultrō partum, id scīlicet quod causā incognitā Chaō inmēnsō ut proprietās ēmergēns ēnāscitur. Namque secundum theōriam statuum relātīvōrum reālitās, utpote summa omnis īnfōrmātiōnis simul quōquōversus, ut ita dīcam, displōdentis sē, vultū est chaotica.

Quod Chaos Cōnscientiae vel Noῦ esse vidētur discernendō ōrdinandō creandō experīrī. Vt vērum dīcam, antehāc dē Vaccā Ōvōque parum nōveram. Magis autem liquet mihi nunc hōrum significātiō. Nam ante adhibi-
tam Cōnscientiam exsistentia pūrum et īnfīnītum Chaos esse vidētur per
quod Animus – sīve ut proprietās ēmergēns sīve alterīus cuiuslibet nātūrae scientiae praesentī nostrae nōndum perviae– significātiōnēs ubīque
spatitemporāliter aliterve contexēns permānat. ...At certē tālia ūsurpāns
verba quālia 'ante' nōn tempus sed ōrdinem magis dialecticum spectō.

"Quīdam porrō programmātōrēs mathēmaticīque quī hypothesin
subiēcērunt ob artēs īnfōrmātiōnis repōnendae semper novās efficāciō-
rēsque proximum ēvolūtiōnis gradum fore cybernēticum neque aliquandō
quicquam obstatūrum quōminus programmata dēsignentur quibus per
prōcessūs innīdificātōriōs et recursōriōs necnōn ob summam pertractātiōnis celeritātem intrā Vniversum tempore fīnītum Virtuāle creārī posse
Vniversum in quō entia hypoprogrammatica cōnscia vītam dēgant nōn
sōlum ēventibus sīve possibilitātibus sed etiam 'tempore' īnfīnītam. Quam
hypothesin mīrābilem sānē nec probāns nec respuēns commōnstrandum
tamen cēnseō artem īnfōrmāticam ea propria programmatīs cybernēticīs
permittere vidērī quae physicī multī metacosmō quantālī attribuunt. Cōnscientia enim singulāris similis vīdētur per displōsiōnem īnfōrmātiōnālem
ūniversālem simultāneam vermī prōrēpentī vel plantae surculō prō-
crēscentī assiduē novās coniūnctiōnēs significātiōnēsque, quōquō pergat,
prōnectentī. ...Cuius tamen progressūs sēnsus temporālis plānē proprius
est percipientis ā quō ūna quaeque dispositiō sīve cōnfigūrātiō subiectīvē
ut mōmentum temporis sentītur. Hypoprogramma (sīve ēns cōnscium)
quodque prōgrediēns cōnstanter rāmōs novōs porrigit, arbor intermina
facta cuius rāmī necnōn et cuius segmentum quodque ut novae vītae mōmentum discernimus et experīmur. Retrōrsum spectantēs sēmitam tantum ūnicam, 'praeterita' nōminātam, dispicere possumus; nam, inversō
gressū rāmōrum numerō dēcrēscente, propter ūniviam rāmificātiōnis ratiōnem entropicam nusquam appārent fissūrae quantālēs 'praeteritae'. Ex
quō conicientī mihi vidētur mỹthos ille 'Arboris Inversae' cōnspectum
forsan intemporālem aliquem exprimere. Spatia utcumque inter 'rāmōs'
sita – ut in metaphorā susceptā pergāmus – quamvīs entī cuipiam
hypoprogrammaticō adhūc intācta videantur, ab aliīs tamen, ut ita dīcam,
'inhabitantur', etiamsī aliā in reālitāte sīve 'līneā temporālī', eā scīlicet
frequentiā quam praescrībunt lēgēs probābilisticae. Physicī vidēlicet dē
'probābilitātis nebulā' nōnnumquam loquuntur. Programmatī ūniversālī

quantālī nostrō, sī perspicuitātis causā ut figūra tridīmēnsiōnālis mentī prōpōnitur, probābilitātis nebula inhaeret hīc spissa, hīc tenuior, hīc tenuissima prout 'reālitātis sēmita' sīve 'līnea temporālis' quaeque secundum programmatis cōnfōrmātiōnem generālem plūs aut minus est vērīsimilis. Hoc est, ut iam dictum est, fiunt omnia quae fierī possunt … sed probābiliōra saepius, minus probābilia minus saepe.

"Ōvum igitur Autogennētum nūllum nōn continet fētum, Arbor Vītae nūllum nōn fert frūctum. Quod ipsa autem nebula quantālis modum et ōrdinem quendam vel statisticum impōnit, nōnnūllī eam, ut elementum sēlēctōrium necnōn saltem sub interpretatiōne Hauniēnsī āctiōnibus mentālibus coniūnctum, prō ipsō habent Animō vel prō Animī manifestātiōne."

"Dicta tua," īnfit Prapūvana cuius aspectus iam fessior aliās eius versiōnēs fulgidiōrēs alibī versārī fidem facit, "significāre videntur ūnō in Vniversō nostrō aequē vērum esse posse alterā ex parte hominēs quondam intrā Sāturnum habitāvisse et alterā ex parte hominēs numquam hoc fēcisse vel dē Sāturnī parte interiōre tantum somniāvisse."

"Interpretātiō secundum statūs relātīvōs istud ferē postulat, etsī alternae vicēs modo ā tē prōpositae ita ambae dīcantur 'vērae' ut, secundum probābilitātis hyperbolam, utrae tamen utrīs crēbrius efficiantur."

"Quod pōnēns nōnne nūdum relātīvismum accipis? Nōnne Chaī habēnās immittis? Ecquid fierī potest ut philosophus nātūrālis omnia tandem vēra esse putet?"

"Homō mihi videor unīus corporis, unīus cerebrī, ūnīus mundī. Etsī omnia vēra esse scientī vel suspicantī est mihi tamen condiciō mea simplicior, methodō…"

piscēs quoque vōcēs subauscultant
ūnus exsertat linguam velut irrīdēns
scitne mē hōc tam intersaeptum locō
condiciōnem meam tam intimē angustam

"…Nōnne autem exstant lēgēs physicae absolūtae ūniversē…"

Prapūnava *in angulō ecquid rōdit*
num sit et ille ē piscibus ūnus … an lollīgō…
Ēn hoc nāvis spatium vidētur esse diaeta
quae omnia lateant in cavernā īnferiōre scīre sānē nōlumus…

"…et fēlēs et canēs sānē quādamtenus rēctē sentiunt. Nōn autem tam lātum dispiciunt…"

extrā loquuntur perpetuō

aequē atque intus

sunt vōcibus tandem obducta prōrsus omnia

exiguissimīs et appāret īnspicientī

litterulīs

cōnscrīpta rēscula quaeque

quae dicant prōdigiōsa ubīque

scīverint prōdigī illī

quānam autem exīre possim ego

tantum divīnō

"...obiectīvitās relātīva..."

ita sānē faciam

fenestella haec mē cepisset iuvenem

senemque capiet

sed nunc oportet rotitāre ... mē...

"...plēraque scientia nostra dē Vniversō nōn per corpora nostra sed per apparātūs..."

nūda tamen – hoc scīmus – omnia līberantur

sīcut rānae medūsaeve

fimus dēnique perviī

at maris solum scatet vermibus quibusdam ērēctīs

ūnus quisque propriō ē cavō pulsāns alloquitur ... mē?...

"...nam māxima mentis pars subcōnscientiae est data..."

at inhabitāta forāmina cellulae videntur forsan ōceanicī ... vultūs

quem ut dispiciam tōtum recēdō facile surgēns ab animantibus conductus aliīs

sed sursum nantī obscūrātur simul vultus ille inmēnsus

hīc tamen in mediō oblivīscēns manēre cōnstituō tōtam ut sēcūrus agēns vītam tabernāsque hīc illīc cōnspiciō ac pavīmentum aliquod lūdicrīs īnfantilibus sparsum conversātiōnemque familiārem haud longinquam dōnec aliquandō record...

"Nōnne nūper est pūblicī iūris factus liber titulō 'Scientiae Nātūrālis Fīnis' īnscrīptus in quō nōs iam paene omnia magna iam cognōvisse asseritur?"

"Ita est ... ac vel Saeculī Tertiī Decimī scholasticus mediocris Eurōpaeus quisque suō tempore plānē idem ferē dīxisset: omnia ferē iam esse scīta scītū digna. Cui ēlectridem tēlevīsiōnemve vel computātōria verbīs expōnentem sine dubiō aut prōrsus dēlīrāre aut daemonium aliquod īnfernāle esse existimāsset; nam nōtiōnibus eius dē scientiā vel doctrīnā ērudītiōneve tālia neutiquam congruissent. ...At sānē philosophia vel scientia nātūrālis nostra haud sciō an quōdammodo hoc temporis rēvērā terminētur. Immō ut hoc interdum fiat vītārī nōn potest. Novō cēdit tandem volēns nōlēns regimen quodvīs. Duo enim dēmōnstrat rērum gestārum hūmānārum scrūtātiō: prīmum omne aevum, etsī praeterita futūrave laudāns, ā modō sciendī suō numquam nōn coāctum dēscīscere; deinde sēriōris aevī modum sciendī ā priōre, nisi ab insānīs mōrōsīsve paucīs vel forte ā magīs etiam pauciōribus beneque reconditīs, prōvidērī haud solitum. Scientiae nātūrālis nostrae trālātīciae proximus, ut ita dīcam, 'saltus quantālis' tālī vocābulō quālī 'scientia nātūrālis' nōminārī forsan nōn poterit. Novum erit reperiendum. Quō librī titulus iste ā tē memorātus haud sciō an sit tandem sat appositus."

Interpellat vōx Mothrae, cui ... *respondent sīdera redeunt tempora serviunt elementa cuius nūtū spīrant flāmina nūtriunt nubila germinant sēmina crēscunt germina cuius māiestātem perhorrent avēs caelō meantēs ferae montibus errantēs serpentēs solō latentēs bēluae pontō natantes suprāque mē nāscentem caelum tandem accipit nocturnum lūcibus versūtīs superundāns nec quicquam timēns lūnae surgēns mē offerō nunc semperque iamdūdumque renīdentī nec quis vērē sit nec quis sim rogāns...*

"...Sī enim," ut ait nunc Castor, "monās īnfōrmātiōnālis singulāris singulārī in 'suprāreālitāte' dictā bīnās plūrēsve significātiōnēs inter sē repugnantēs sed ex aequō lēgitimās accipere potest, novum erit nātūrālis philosophiae genus sīve novus īnfōrmātiōnis pertractandae modus comminīscendus. Equidem prōvocat mihi nōnnumquam admīrātiōnem id quod Theodiscē *Spiegeleffekt* dēnōminātur – scīlicet nōn ipsa singula sed potius ea quae ad ambigua intuenda affert."

"Dīcis nempe," adicit Mothra caelestis, "'speculantiam' illam, nōtiōnem scīlicet Vniversō cuique oppōnī umbram sīve imāginem speculārem simul similem et aliam?"

"Immō speculantia exāctius dīcit, sī cūnctārum reālitātum parallēlārum extrā tempus observentur rāmī omnēs, māximum exstāre vidērī rēte ūniversāle cuius incrēmenta minima quantālis esse magnitūdinis, quae ergō reālitātum rāmōs quī dīcuntur esse omnium minimōs, quāpropter reālitātem quamque, quamvīs impetū nātūrālī sānitātemque prōtegentī singulāris līneae opīniōne plērumque prōpulsam, aliās tamen reālitātēs semper trānseuntem hīsve contingentem aliquid assiduē efficī campōrum ēlectronicōrum interferentiae simile quō, ut ita dīcam, cuiusque reālitātis in margine aliārum reālitātum phaenomena vel fōrmās nunc obscūrius nunc clārius appārēre..."

dīxitne ille istud anne tantum somniāvī ego
sellā lectōve frondōsō exsurgere temptāns
carminum adhūc memor volūbilium a Vudiī amante sīve
amīcā sīve ... sorōre nūper factōrum
at videō nunc illīus mihi sēminōtae fēmellae
mundum tōtum in manūs meae quōdam recessū
ubi omnia mihi familiāriter nāscuntur moriunturque
ipsam eam e cōnspectū fateor ob decrēscentem lūcem forsan perdēns...

"Videntur *Spiegelbilder* contiguō quōque in Vniversō vel in reālitāte contiguā significātiōnis contextū manifestō adeō carēre ut vestīgia ferē ēveniant aenigmatica. Attamen sēnsū quōdam rē exsistunt ut margō sīve aciēs inter reālitātis interpretātiōnēs quantālēs simul exsistentēs sed inter sē partim repugnantēs."

"Dīcuntur," inquit Castorem interpellāns aliquis, "Grandipedis vestīgia, sī quis sequitur, nusquam pergere sed gradātim ēvānēscere vidērī."

"...Ac secundum multōrum mundōrum interpretātiōnem hōrum tāliumque phaenomenōrum explānātiōnēs omnēs quae excōgitārī possunt, vāriā sānē crēbritāte probābilisiticē dēterminātā, vērae sunt – in quā autem rē tantummodo est rogandum quaenam hārum vēritātum et nōbīsmet ipsīs et aliīs..."

glīscit iterum lūna illa praeterita vel ōs
tumetque
quō sciō dialecticā nunc aliōs multōs cūrāre
mēque tēque deorsum simul et sursum
lūce innāre obscūrissimā ut...

....
....
....
....
....

"...summam autem magnitūdinem rērum nexū coniūnctārum ipsam ob magnitūdinem singulās coniūnctiōnēs obtegere, cēlāre, vēlāre; ad quās dispiciendās legendāsque māximā sollertiā perītiāve hermēneuticā, ut ita dīcam, sēmidīvīnā esse opus..."

Quō Vlādī, caput ad computātōriī quadrum aliquandō applicātum modo ērigentī iamque aliquantum recreātō etsī sopōre adhūc volūtābundō neminemque simul, ut vidētur, lāpsum tam indecōrum, immō hōc tempore tam rīdiculum, animadvertisse – vel animadvertisse sē fatentem – cōnfirmantī, in animum venit Castorem Sodālitātem Iacobī Lorber ad nōtiōnum suārum īnsolitiōrēs impūne explōrandās adhibēre; quō Vlād conclāve imāginātur sibi ērudītōrum plēnum īrā indignābundā incēnsōrum sedīlia multīs in gradibus ascendentibus disposita occupantium quōrum aliī alia simul in contrāriam partem, neglēctīs collēgīs, magnā vōce afferunt, atque in animō suspicientī appāret expostulantium gradūs illōs nusquam fīnīrī sed potius longinquissimīs in abscēdentibus vīsū tandem prōrsus recēdere. Nec manifestum est quem increpent illī: an Castorem praecocem an Zoltanem tīrōnem ... anne ipsīus Zoltanis, ut vidētur, pūpillum, plasma sēmianimal hēmiangelum cuius dīvīna ōrācula grunnītūsve mundus angustus amāns fastīdit.

"...et dē monade illā quantālī," aiēbat Mothra, "hoc est, dē Quantō, dē quō et tū et Vlād mentiōnem intulistis, scīlicet in quantitāte cōnstantī Planckiānā esse positum."

"Ita vērō."

"Estne igitur cōnstāns Planckiāna vīs monas?"

"Aptius dīcāmus esse quantitātem cōnstantem omnia vī facta dēterminantem sīve mundī corporālis, quī dīcitur, cuique mōmentō, quod dīcitur, moderantem. Et quidem cōnstāns Planckiāna poscit ut omnia quae fiunt in fasciculīs fiant energēticīs dumtaxat 6.6261 x 10^{-34} iūliōrum singulīs secundīs. Quō innīxus ut interpretātiōnem polycosmicam mente fingās, ūsuī est lūmen tibi fluorēscēns prōpōnere; nam, quod tē sine dubiō haud latet, gāsum tubulō captum lūcem nōn continenter sed fulgōrum mīliōnēs singulīs secundīs ēmittit. Quamquam fulgorculus quisque incomparābiliter plūs līberat vīs quam quod modus ille per cōnstantem Planckiānam cōnstitūtus postulat, prōderit tamen lūmen tāle rapidissimē intermittēns animō concipere; secundum enim physicam quantālem omnia quae fiunt semper quantālia incrēmenta observant neque in Ūniversō exstāre potest 'medium Quantum' vel 'Quantī pars'. Itaque omnia, et quae nōbīs sat stabilia videntur, in fastīgiō subatomicō rē vērā 'fluxum quantālem' perpetuō patiuntur; quem fluxum assiduum ut lūminis intermitttentis fluorēscentis fulgorculōs animō fingēns cognōscēs quī fiat ut fluxum quantālem per quem īnfīnītae novae reālitātēs perpetuō exsistunt percipere nōn valeās. Quam caecitātem nostram haud sciō an peridōneum ēveniat nōbīs 'vēlum' vocitāre, vidēlicet Nut illīus memoribus, Chaī ingeniōsī deae Aegyptiae..."

Obloquitur aliquis. Da5vīd est. Dē aequātiōnibus frāctālibus contiōnem habet. Obscūrior interim facta est diaeta haec subtegulānā fenestellā īnstructa tamquam sī proximum nebulae stratum mōle nūbilā altiore, perquam spissiōre obdūcātur, quō fit sōl longinquior, fābulōsior, tantum opīniō quantum sīdus. Nunc prīmum audit Vlād ex Strātā Boylston permeantēs strepitūs mundānōs undantēs simul prōlixōs et aliquā ex parte trīstēs. Castore, ut vidētur, dē arboris et cōnstantis Planckiānae symbolōrum mīrā similitūdine loquī iam pergente, tenuēs vōcēs Interrētiālēs nihilō nunc similiōrēs sunt quam avium iūrgiō per vesperam repercutientī. Ignōtā dē causā gestit ex animō nunc Vlād quoque appropinquantī noctī sē trādere, cȳaneō illī vastō.

εἰδέναι δὲ χρὴ τὸν πόλεμον ἐόντα ξυνόν, καὶ δίκην ἔριν
καὶ γινόμενα πάντα κατ' ἔριν.[32]

—Hērāclītus

Me, I long to be the exact opposite of a bodhisattva, something
more like a cowboy, or a tough-guy novelist,
or a mad scientist. It isn't peace that makes existence bearable,
but a sense of being up against it, of pushing
back. The only comfort zone in this life lies on the
extreme edge of possibility and decision, the place where
it all comes to rest on the trigger.[33]

—ex *Super Vixens' Dymaxion Lounge*
Hillariae Johnson

---

[32] "Intellegere autem oportet bellum commūne esse, iūstitiam discordiam, cūncta pugnā gignī."

[33] "Egomet bodhisattvae contrāria gestiō fierī, armentāriī Americānī forsan similior vel dūrī ingeniī mȳthistoriārum scrīptōris vel philosophī nātūrālis īnsānī; vīta enim nōbīs tolerābilis redditur nōn pāce ūtentibus sed rēbus arduīs obnītentibus. Nūllum hāc in vītā vērum est refugium nisi in ipsō possibilitātis et iūdiciī extrēmō discrīmine, ubi cūncta simul super sclopētī manuleā fulciuntur."

10
Vēlum Inlevābile: Pars Altera

Nymphae satyrīque hispidulī crocea coccinea cūmātilia lūtea ïanthina prasina ad nodulōs tincta lintea passim prōicientēs adustiōra nunc flectunt membra (ecquid Grātōrum Mortuōrum arboris dēcermina sunt haec quae mōre illō "Mortuō" omnīnō vīvō Fēstī Vmbellārum causā hūc nūper affluxēre?) silvārum simul crīnālium undantium crispārumve luxum lūdibundē ventilantēs – quārum silvārum nōnnūllae sūdāriīs viridibus caeruleīsve violāceīsve, vēlāmine plānē et cum canibus sociīs subinde partītō, interdum atque utīque sine causā sunt tēctae – dum omnia bombō personant reboantque ingentis sambālis tympanī caecī alicubī latentis intrā īnstrūmentōrum percussiōnālium congeriem exercitātam ā virīs totque ā fēminīs quōrum cutem sub dīvō hīc nocticolōrem hīc umbricolōrem līberē revēlant vestēs praeposterae sīcut fēdora lavandulācea, rubidae brācārum habēnulae praegrandēs, camisia rumbālis hīc līlacea hīc hēliotropācea, fuchsiāceae brevibraccillae, taeniārum plexūs niveī, lintea intima suprā gestāta, īnsignia mīlitāria, alsūlegiae equestris galea citreiflāva. Tībīcen ā fronte, saxophōnista, citharistārum pār, cantātrīcēs trēs velut eurō tropicō perflātae salicēs nunc ūnā nunc singulī undulant. Anēthiviridem super caespitem proximum pater iuvenīlis, cuius barbula crispula terrae coctae ārdet colōre, pilleō nauticō candidō superindūmentōque operāriō caesiō indūtus sat habiliter saltat, omnium, ut vidētur, oblītus praeter iassiācōs modōs Brasiliēnsēs omnivorōs parvulumque marsūpiō commodō incubantem mentō sub patriō inclīnātō mītīque superfūsum marīnā lūce. Benignā sub arbore saltat lentum fēminīnum pār. Ad numerum cūncta circumfluentem pulsat fistulīs pōtōriīs duābus pōculum chartāceum inversum puellus. Pinguis Bacchus purpureā subūculā, Sublātrātōriī Patrōnus, tardātā crassāque fluctuātur mōtiōne pendulam nephelam duplicem frāgīs Īdaeīsque mōrīs nōn sine flōre lactis flagellō auctō redundantem ingurgitāns.

Vnā cum Vudiō modo cōnsistēns Marnia magnam īnfrā, super scaenam coruscantem fluxisonam symphōniam per aurās suāvēs altēque ōceanicās intuētur, restante passim aprīcī spatiī cōpiā, quam, hodiē māne nūper relictam, mollēs umbrae iam iterum avidae in orientem versus sēnsim tendentēs replent. Multās per septimānās inter Morsum et hunc Fēstī Vmbellāriī prīmum diem interiectās – scīlicet eō tempore quod Seattlītae prō aestāte habent – etsī nōn omnīnō placidē haud tamen ita īnstabiliter ea cum amīcō est conversāta. Lībertātis necnōn et pudōris grātiā in Caffēō Pluvisilvestrī officiō humilī fungitur eōdem, hōrīs vidēlicet operāriīs in vīgintī reductīs, quamquam Vudius, iam Midas crēditōrius factus, quicquid ea sibi paene cupit continuō prōdigēque commercātur. Nunc in huius diaetā, nunc apud parentēs versātur. Illō quidem locō omnia ferē quae habet sunt recēns tumultuāriēque empta sīve per tēlephōnum sīve in psȳchodrāmatīs quaestuōsīs necopīnātīs intrā id genus tabernās habitīs quās Marnia exstāre anteā numquam esset vel suspicāta. Subsicīvō tempore ita īnsuper cōnsuēvit cum amāsiō pererrāns Deae beneficae indicia quaerere ut vix animō nunc concipere queat quid fortūnae ventūrum sit quidve ipsī Vudiō contāctūrum quandō caelum semel vērē in dēterius versum erit – fātum inēvītābile quod hoc temporis nihilōminus tam remōtum vidētur quam glaciālis cucullī polāris solūtiō Tertiīve Bellī Mundānī adventus vel adeō suus ipsīus ad studia ūniversitāria in fīnem mēnsis Septembris prōpositus regressus.

"At pol," īnfit admīrāns aliquis, "aut dēmentiō aut īnfrā, ecce tibi, saltat ... Brambilla!"

"Illam dīcis," respondet altera, "ad Zorrōnem quae tam bellulē istīc modulātur? Immō edepol plānē illa'st!"

"Ac quī in Zorrōnem dissimulātus prīnceps indubiē ille est Bal..., dīcam an, Bellānēnsis!"

Quō Marnia mīlia scaenam celebrantium intentīs percurrēns oculīs nigrum cōnspicit mox audāx animōsumque vaferrimī illīus hērōos Palaeocalifōrniēnsis. Iuxtā quem Vulpem appāret et viridī prasinōque parātū pervariāta muliebris figūra; cuius quidem ōrnātum colōrum discrīminibus subtīlibus exquīsītum praeter omnem turbārum Vmbellāriārum frequentiam agoromanicam sē nōn antehāc animadvertisse mīrātur. Vestītus, hinc īnspicientī quod ad textilia attinet aliquantō ambiguum praebēns aspectum, fluidus, chrōmatibus opiparus, illecebrōsus, certam persōnam commonet nūllam. Crīnēs hennāceī, peramplī, unduōsī, manifestō ab ōrnātrīcum exercitū administrātī, mūscāceīs scatent centuriātim pūnctīs, vittulārum forsan plexibus exiguīs. Impudenter venusta faciēs; labra collagenō forsan ultrā probābilitātem opīma; iuvenīliter ūber atque, ut dīcitur, fātālis fōrma ex brūtō nātūrae cōnsiliō quōmodocumque propaganda quōquōversus. Ocellōs circumdat persolla bācāta lauricolōris. Cum sit Marnia Brambillae parum gnāra, hanc tamen nōn potest quīn prō ipsā habēre.

In Vudium respiciēns amāram illam animī contractiunculam, ab omne genus artificibus in amantibus zēlotypīs mīliōniēs dēpictam, tōta nunc experītur Marnia. ...At nōnne haec, sēcum cōgitat, nimis sunt īnsolita, immō incrēdibilia? Cōnsors enim mulieris prasinātae nōn sōlum pariter ac Vudius Zorrōnis gerit vestēs, sed etiam, quamvīs Diāna Bishop habitum Zorrōnicum Vudiō nōminātim apparātum ūnicumque esse assevērāverit, iste alter Zorrō nihilōminus cōnsimilis vidētur. Vmerāle nigrum cōnsimile est; cōnsimilis et camisia nigra attalica nitida, cuius corrigiae nigrae ad pectus pariter solūtiōrēs; artiōrēs braccae nigrae eiusdem generis; pērōnēs aequē nigrī; haud dīversus dolō scaenicus argenteus. Differt tantum quod Zorrō alter super forāmina oculāria nigrī illīus amictōriī capitī in persōnam circumligātī nūllās gestat lentēs, nēdum viridēs. Laevō umerō fert īnsuper Vudiānus Zorrō lōrō dēpendēns mundulum mandolīnulum in quō ipse iam simplicēs cantilēnās necnōn Marniāna poēmata aliquot, recentis cuiusdam scholae Anglicae pēnsa, digitīs, quamvīs āridulē, pulsāre didicit.

At, quod longē pēius est, tam attentē intuētur Zorrō mandolīnārius suspīciōsum saltātōrum par istud ut ipsīus Marniac praesentiam haud iam sentīre videātur. Immō, remōtā omnī malevolentiā, ob aspectum hunc modo assūmptum – quidnī dēmum prōfiteātur palam? – prō animālī iam magis vidētur habendus quam prō homine. Iupula quidem īrae nūper impetū plūra forsan dē suā quam dē fīliae condiciōne retegēns hanc tamquam Vudiī "adūlantem bēstiolam" quasi calumniāta est, sed nunc subitō patet rem prōrsus contrāriē habēre sēse. Vidēlicet inter Vudium et canem suemve psittacumve interesse nōnnumquam vidētur tantum hoc: quod ille dē impotentibus īnstinctibus ac mōribus rigidīs anxiābundīsque suīs verba interdum facere valet, cum hī suōrum factōrum quāliumcumque, et prūdentiōrum, ratiōnem reddere penitus nequeant. ...Sī vērō Vudius canis esset, Marnia cingulō nunc summā vī retrōrsum traheret tālibus adiectīs verbīs quālibus "Manē! Manē dum, canīcule bone mī!"

195

At, dīrum etsī nōn omnīnō mīrum vīsū, inter auscultātōrēs super her-
bōsum clīvum passim sparsōs Vudius iam ad crēberrimam saltantium
multitūdinem versus dēscendit tamque magnificō, immō scaenicō modō
ad pār suspectum appropinquat ut fēstīvē renīdēns turba ad aliquod spectāculum parāta sponte dēhīscat. Adest et canis vērus, pāstor Germānus
speciē dūctor, quī arrēctīs auribus sōlus praeter Vudium vultum servat
gravem. Zorrō alter, sēnsā dēnique incursiōne, continuō conversus incunctanter ēdūcit dolōnem. Īlicō mūta facta Marnia sē nē unciā quidem
locō cessisse animadvertēns in ipsō mediō pendet inter īram in amāsium
prō aliā fēminā, ut vidētur, virītim dīmicāre parantem et, alterā ex parte,
sollicitūdinem ardentem dē catulī dēbilis suī corpore menteque. Ecquid
partēs agit hic aliquās ē tēlevīsiōne scrīptōve scaenicō arreptās? ...At ex
mōtuum sēmisaltātōriō vidētur locum forsan aliquem ballēmaticum reno-
vāre. Alter tamen Zorrō, etiam in singulīs, sīcut in illō terrae coctae
colōre cutis, Vudiānum mīrē assimulāns, multo magis pergravem quam
scaenicum ballēmaticumve praestat aspectum!

Īnfēnsō gestuī respondēns Vudiānus Zorrō ūnicō mōtū mandolīnum
umerō dētractum humī dēpōnit dolōnemque perniciter ēductum scītē
lībrat. Sīcut succurrit nunc Marniae "Minimē!" vel "Nefās! Dēsiste!" clā-
māre, ita dissuādet hilarium, oblectāmentum exspectantium arbitrōrum
corōna. Nec dēmum omnīnō exclūdendum existimat hīc tantummodo
mūnus exercērī aliquod sibi ignōtum. Enimvērō ut fiat tālis rēs, sī vēra sit,
inter concentum Brasiliēnsem in Fēstō Vmbellāriō in Centrō Seattlēnsī
exeunte Mīllenniō Secundō in Terrā planētā nequāquam vērō proximum
vidētur! Quamvīs circumtonantēs persistant modī mūsicī, intenduntur
omnium oculī ad Zorrōnēs gemellōs quī velut gallī pugnātōriī attalicātī
perabsurdī ad monomachiam sē īnstituunt. Marnia scaenam respiciēns
cantōrem pārque cantātrīcum spectāculō hōc battuālī pariter fruī animadvertit dum per hōrum ipsōrum labia adhūc effluunt ūda verba Brasili-
olūsitānica opeque apparātūs audītōriī tamquam oleī cocoīnī hālitus āprī-
cum imbuunt diem. Cantātrīcum altera, amplior mulier flāvae viridīque
iniecta veste, brācchiō Zorrōnēs histriōnicē indicat velut sī dē ipsīs cantet
eīs – vidēlicet Marnia Brasilicē mūta est.

Lībrantur sursum aequilībriō vībrātae laevae. Prīmus aggreditur Vudius. Āvertit alter. Tinnientibus mox tenuibus pompāticīsque lāminīs per
captātiōnem simulātiōnemque sīc hūc illūc cito versātur ut sine lentibus
viridibus quis sit quisque hauddum cernī posset. Assilītur. Captātur. Resi-
lītur. Versātur. Āvertitur. Clangitur. Tinnītur. Tintinnātur. Plangōre

percītur populī cor. At ecce videntur nunc Marniae dolōnēs egēre bullīs! Ecquid rē intūta sunt arma haec? Nempe vel hebetia nōnnihil nocuerint; oculum ēlīserint!

Quamquam inter sē convīciantur Zorrōnēs, prae Euterpē Brasiliēnsī nequit Marnia plēraque satis exaudīre; sed "fraudātor" crēdit sē nunc audīvisse verbum, nunc "grassātor," nunc īnsuper "Dea." Quā vōce subitō invīsē sonantī furiāta Marnia, tergō actūtum dīmicantibus obversō, clīvum iterum obstināta ad cervisiālēs hortōs versus ascendit, quid sibi tandem prōpōnat prōrsus ignāra: utrum cerevisiam affectāre an condominium petere an apud Iupulum Iupulamque appārēre an aliōrsum tendere... Cēterum interim vulgus, etiam ēlatiōre in clīvō stantēs quōs iam obviam aspicit exacerbāta fēmella – amābile senum marītōrum pār capita aequīs pilleīs rōstrātīs venetīs opertum, adulēscentulus nigrīta sesquipedālī camisiolā Praedātōriā ātrā argenteāque amictus etiam gigantī cuivīs harpasticō Americānō satis amplā, Scandināvissima familia cuius trēs līberī platineī *Hummel* statunculīs similēs – cūncta dēmum turba stolida intuētur dīmicātiōnem istam, quae, quantumvīs aspernantī, Marniae tamen quasi mīlle *mozzarellae* cāseī fīlīs nunc adhaeret.

Mente agitāns num monomachiae imitātiōnī perversae ultimum forsan contemptūs ictum vultuōsum īnfodīre velit volvit sē tandem Marnia eō mōmentō quō Zorrō alter Vudiō, hostilī mucrōne impressō humī iam īnsīdere compulsō, mandolīnum omnīnō tam habilī gestū quam modo ā Vudiō exūtum laevā levātum ita in caput incutit ut centum in assulās ligneās cōnfringātur tamquam hunc ipsum ad ūsum scaenicum māchinātum sit īnstrūmentum. Rīsūs cachinnōsque effundit multitūdō. At mox, velut Vudiī diū immōtī inertiam inīquē ferentēs, ad mūsicōs Brasiliēnsēs convertunt plērīque oculōs.

Volūbilī cum sociā dīlāpsō vīsū Anti-Zorrōne, Vudiō caespitī adhūc īnsidentī mandolīnāriīsque fragmentīs circumspersō puellula rūfula quattuor ferē annōs nāta appropinquāns mucrōne levat dolōnem cuius capulum adhūc retinet Vudiī dextra. Accēdit nunc et fēmina incertā reprehendēns sententiā parvulamque in sinum tollēns recēdit dum Vudium vultū ita diffīdentī respicit ut pateat hunc dignitātis līmitem illum tam tenuem quam oculōrum ātrāmentī līneam iam trānsiisse inter lūdiōnem et purgāmentum.

Marnia approperāns videt eum, quod forsan animadvertit nēmō alius, iam leviter oscillāre; scīlicet Saharānae, relictīs oculīs, ad ōs versus oblīquē pendent.

***

Praetermissā semel monomachiae conturbātiōne adeptōque Aedium Mediārum circō merendāriō, Vudius, ut fierī assolet, satis citō refectus vidētur, etsī quis fuerit "dēceptor iste" sē adhūc rogitāns sollicitātur.

"'Vulpēs' nempe dīcit *Zorro*," inquit ille, "Animāns est mihi porrō vulpēs quoque spīritālis, Vulpī et patrōcinālis illī Mulder. Certō latet Scapus-X hīc. Satis patet *Doppenlgänger* esse meī..."

"Quid ais?" īnfit Marnia num hoc ille rē vērā dīxerit prīmō dubitāns, deinde, vīsō vultūs vigōre, crēdēns.

"Nōnne tū exemplar meī persēnsistī esse illum?"

"Quid sint *Doppelgänger* sciō quidem; at nōnne eum prīncipem aiēbant...?"

"...Prīncipem Bolūquamillum Vaddalauhum Bellānēnsem ... vermem scīlicet lutēnsem fraudulentumque! Nam vērus compar sum et prīnceps erus Deae. Hoc testātur mūnus quod accēpī periēiūnus ūnus ego..."

"Tū, Vudī mī, quod mē dīcere perpiget, īnsānus es!" Quod nefāstum verbum ūsurpāsse sē Marnia nihilōminus cum ob lībertātem tum ob vēritātem laeta immāne frūnīscitur.

"Omnēs autem īnsānīre dīcit Lūx..." ait tranquillus Vudius, amictōriō nigrō ab oculīs iam in frontem subductō redditīsque locō propriō Saharānīs, "...et innūtrīre cultum hominēs neurōsī." Quō ēmissō, per cannulam pōtōriam pseudocerevisiae rādīcālis pulsum triumphālem exsūgit.

"At scīn'," inquit Marnia aliō dīgrediēns, "quid mihi īnferās comparem eius tē esse assevērāns? Vtrum, tē rogō, ad Deam applicāris tū an ad cantātrīcem istam per quam tē īnspīrārī affirmās? Nōnne haec tandem cantātrīx mera est? Sōlum ipsa Dea Dea? ...At pol utrum Deam tuam," adicit repente fulmināns oculīs, "in animō habēs adōrāre an futuere?!"

Ad hoc ille, dēpositō in mēnsā pōculō, tālī eam attonitō aspicit vultū quālī forte quondam Ludovīcus ille XVI^{us}, capite adhūc hōrologiāriī disciplīnā plēnō, obstupefactus inhiānsque ante Guillotīniānam stetit māchinam. Immō tam vērē offēnsus vidētur ut Marnia extemplō dē sollicitūdine suā dubitāre incipiat. Antequam autem aliud quicquam proferre queat, in Vudiī umerum laevum incidit manus rubicunda perampla cum manicā coniūncta ātrae tunicae volūticollāris.

"Prīnceps Lignee!" inquit tonantī vōce praegrandis vir cuius lāta faciēs paene Samoieda, labia crassa āruncō cāniōre inclūsa, oculī subavellānāceī, pilleī Vasconicī margine prōpendentēs sēmicānī cirrī tenuēs, pinguiōrēs.

Mediocris ventriculus, seu cerevisiālis seu vīnārius, tunicam cingulumque indecoris distendit. Genuēnsēs braccae, quamvīs pallidiōrēs, ātrae sunt, vel fuērunt, sīcut et calceī gymnicī tībiāliaque. Vidētur hic esse Numerō-sulī vel parōdia vel Īdahēnsis nōtiō, etsī cōnfidentī eius vīvācitāte efficitur ut nōn ab omnī parte rīdiculus videātur.

Vudius, utpote quī ex corde rīdeat numquam, ita imbēcillē nunc subrī-det ut Marnia percipere nequeat num hunc virum vidēns rē aliquid laetē-tur anne – quod opīnātur ipsa – praesentī mālit ē morbidā meditātiōne excitārī.

"Abba, quōmodo tē habēs?" inquit conceptīs verbīs Vudius.

"Bene quidem habeō," ait Abbās, "at istuc tū nōnne potius es rogan-dus?" Mēnsae albae plasticae in sellā albā plasticā attractā ita commodē assīdet ut Marnia sē roget num ex Vudiī cibō Mongolicō frīctō sit sibi īlicō gustum sūmptūrus; sed nīl inurbānius facit quam ut corbulam lūteam Marniae chapatia sēsamea continentem brācchiīs corpulentīs locō facien-dō paulō dēmoveat.

Nīl dīcit Vudius, cuius vultus Subsaharānus iam solitō stolidior.

"Pervēnit enim ad mē..." pergit Abbās nunc summissius loquī, "...fāma, quae utīque tōtā urbe percrēbruit, dēlīrāre tē, mūnus ... vel mūnera dēre-līquisse, profugum factum. Vt ego autem aestimō, ā Polliculō mōrologistā istō dēscīscēns omnium certissimum sānitātis signum praebuistī. ...Equi-dem Abbās Gleason vocor," addit nunc tantā vōce quantā prius dextram simul conturbātae porrigēns arbitrae. "Vidēlicet quī quondam Benedictī-nus fueram – haud quidem abbās sed tantum monachulus gregārius – ab amīcīs et posteā 'Abbās' cōmiter appellābar; quod nōmen sēnsim probāvī, etsī prīmitus mihi 'Antōnius' inditum erat."

Manus ita probē, modō quasi negōtiātōriō, stringit ut Marnia sē roget numquid hic homō mūnere fungātur mercis Numerōsulāriae propōlae.

"At ecce, Vudī mī," inquit Zorrōnem sēmidētēctum respiciēns, "aptis-simē convenit congressiō haec fortuīta; nam fābulae illabōrō, operī nem-pe lēgitimō, sententiōsō, modernissimō neque hīlum cum dēlectātiunculīs istīs tenuiculīs Polliculānīs commūnicantī. ...Scīs enim mē laureolam in mustāceō quaerere nōn solēre! Meministīne fābulārum quibus titulī 'Ser-pēns Ratiōne Praedita', 'Tentōrium Oxygenicum', 'Stēllīs Bracteāta Putā-mina'? Quod autem nunc..."

"Pūtidiuscula per saecla pervīximus inveterātī," īnfit Vudius tragicō exemplō. "Somniōrum sub marī plōrat clam persōna ferrea līberōs Barbi-ae." Surgit, oculōs ad Tugurium Tamālicum levāns superiōre in tabernā-

rum gradū positum. "Scientiā damnātīs nīl restat nisi ut Fātī cȳcnīs perpetuō longinquīs intāctīsque metaphorās ultimās in cassum ēvomāmus..."

Abbās interim admīrātiōne stupidus Vudium prīmum, deinde Marniam, dein iterum Vudium intuēns verba tandem cōnfīgit: "Cedo dum, quotiēs tū igitur Serpentulum spectāstī meum?"

"...Semel quidem frequentāvī..." ait Vudius speciē inopīnāns, "...ac mē
plānē ... dēlectāvī. Quarta fuit pars pergrāta, 'Līmī Mōns' quae titulāta."

"Ah! Prō cūnctā vītā, immō cūnctā existentiā metaphora; mōns enim
est simul partus aeternus aeternaque mors."

"Heus, persōnās inhumāvit!" īnfit admīrātiōne percitus Vudius ad
Marniam versus. "Līmō omnēs tumulāvit! Ipsā scīlicet in scaenā! Cūncta
obruēbant caena! Sōla capita minēbant! Lutum ... flentēs ... cōnspergē-
bant."

Ad Abbātem revertitur: "Quōmodo administrāstī?

"Vēra erant omnia. Per redemptōrem quendam Everettiēnsem lutum
indidem vehendum cūrāveram. Nīl umquam sum plānē impēnsius mōlī-
tus, quī aliōquīn utīque ex ipsīus dēverbiī studiō scaenae apparātum ope-
rōsum spernam. Fateor autem Līmī Montem ardōre quōdam terrōsō ful-
sisse."

"Cui īnsūdās nunc portentō?" Manifestō in Vudiī forāmen monētāle
nummulus est iam iniectus – quod Marnia nūllō modō improbat quippe
cum sīc ā Deā *Doppelgänger*que āvocētur Vudiī mēns. Nōnnihil quidem Zoltanis, utpote perītī Vudiī moderātōris, admonet Abbās hic, quamvīs hic
illō ut nōnnihil vīvācior ita haud modicō magis dubius videātur. Patet
Vudium prāvula ad sēsē trahere capita. ...An ... immō...!!!

"Summam modo imposuī fābulae manum, quae quidem tōtam rem
avant-garde commūtābit, immō renovābit. 'Maurus Albus' est titulus, cuius
paradoxum eō partim fundātum est quod fābula mea Amletum Othellōne
temperat. Annō 1963° Berolīnī agitur. Tōtam per fābulam vidēbitur in
scaenā extrēmā nīl nisi Mūrus Berolīnēnsis duaeque speculae polybolīs
īnstructae. Mūrus ille quidem anxietātis diuturnaeque schizophrēniae
hodiernae symbolus simplex et sincērus exstitit. Zōna Armīs Vacuāta
Coreāna nōn satis facilis est perspectū; Turrēs Gemellae Neo-Eborācēnsēs
nimis tragicae eōque nimis prōpēnsae. Cum rē ipsā alterutram in partem
ferē fluctuent rēs hūmānae, tamen animus frāctus noster māximā sub
compāgine politicā sociālisticapitālisticā cūnctaque obruentibus minis-
teriīs nūntiōrum dīvulgandōrum dēmagōgicīs cēterōque recentiōre apparātū neobūrgēnsī blandē fallācī latēre solet. Nova utcumque fābula mea,

spectātōrī nequāquam blandiēns, septem hōrās et dīmidiam perdūrābit. Persōnae cūnctae ātrātae erunt, nempe praeter Maurum omnīnō albātum. ...Atque aptior Maurus quam tū haud est mihi nōtus. Sīs plānē ob cutem colōrātiōrem in peralbum cērandus. Hoc tamen, ut sententiae congruēns, peridōneum est. Nihil enim quicquam nātūrāle erit. Quod ex nātūrā pendēmus, haec sōla perpetua adversāria est nostra. Verba ex fābulīs *Amletus* et *Othello* titulīs īnscrīptīs praelegent duae vōcēs amplificātae, ad quae persōnae in scaenā varia referent, respondēbunt necnōn illūdent, interdum reclāmitābunt, obscēna nōnnumquam ululābunt, fēlīnum pāstum comedent, voment... Hoc ultimum est sānē, ut ita dīcam, officīnae meae nota facta; nam vomitus, sīcut et variī ūsūs quī *au rebours* dēnōmīnārī possunt, rebelliōnem nostram contrā inānitātem nostrae existentiae contrāque biologiam fortuītō nostrōque iniussū ēvolūtam exprimere. Shakespeare, cum nātūrae speculum advertat, nōs simul ērudit et aggreditur. Meō autem beneficiō modernissimē autopaedicābit."

Brevissimō interiectō spatiō, Rēgīnae Annae Montem iam ascendunt cūnctī trēs, quod Marniae, ventrō chapatiīs salgamīsque refertō, haud facile fit. Ad asphodelāceam domum Victōriānam perveniunt cuius turriculae ūnī sat ingeniōsē accomodāta est Abbātis diaeta contractior. Interiōris partis exiguitās līberālī mediae urbis Sinūsque Elliott prōspectū compēnsātur. Circumplectentium fenestrārum ūnī appositum est tēlescopium tripodāle tamquam ad ēventum cāsumve aliquem prōspiciendum. Praeter ūnicam sellam plasticam caeruleam caeruleō pulvillō Sēricō argentō intextō exōrnatam, quam Marnia ob commodiōrem aspectum cōnfestim occupat, supellex plēraque ē chalybe inoxydābilī cōnfecta est. Tabulātum nūdum est. Sellāriae huius – siquidem sellāria est – parietēs fenestrīs interpositī sunt plērīque pūrī; sed in interiōre ūnicōque amplō māxima cōnspicitur pictūra mūrālis, opere, ut vidētur, tēctōriō effecta, oculum ēnormem īrācundumque quattuor ferē pedēs lātum repraesentāns. Vtrum sit hūmānus oculus an bēstiālis an alius dīiūdicārī nōn potest, sed ut vērīsimillimus certissimē inquiētat. Ipsā porrō in mediā pupillā vidētur, modō grȳllicō Disneiānō dēpicta, Cinerellae figurcula sollemnis saltātiōnis vestī candidā amicta, super faciēculā tamen persollā antigāsālī īnstructa. Ac quātenus Abbātem omnis generis persōnae plērumque capiant intellegit Marnia locum sēcrētum proximē intrāns; nam oculōrum prōtinus coruscantium mīlia sē intuērī sentit, deinde, inventō versōque lūminis epistomiō, quod manifestō ita collocātum est ut difficile sit repertū, cūncta oculōrum pāria ad persōnas innumerābilēs sīve innumerābilia ad ōra persōnīs similia inter sē autem differentia in pariete dēpicta pertinēre appāret. Quōrum alia vērīsimilia sunt et Marniae cognita, sīcut Gulielmī Faulkner, Albertī Camus, Darthī Vader, Agamemnonis, Henrīcī Kissinger, Albertī Einstein, Antōniī Vivaldī, Grētae Garbō, Nefertitiae, Atahualpae; alia vel incognita vel abstractiōra; alia variē mōnstruōsa; nōnnūlla haud ita rēcta ōra. Ecquid, sē rogat, Vudius propriam persōnārum perītiam per Abbātem adsecūtus est?

Reversa in mediānum virōs perpetuō colloquiō omnīnō suō implicitōs dēprehendit. Quō illa nūlla tamen immūtātur cum Vudius per aliquot iam hebdomadēs assevēritet, licet Abbās nōmine nūllō locō illātō, ad artem theātrālem sē nunc graviōrem nītī. Immō eum rem quamlibet praeter Deam mordicus tenēre vidēns sincērē gaudet.

Incipit tandem Abbās ex Maurō Albō praelegere. Ad partem quamque Shakepeariānam oppōnitur aliquid. *Intrat* LVMULIANVS. AMLETVS: *Hic est Luciānus, rēgis frātris filius.* OPHELIA: *Tū, domine mī, chorō ūtilior.* AMLETVS: *Inter tē et amōrem tuum interpretārī valeam sī modo pupās lūdentēs videam.* SCRIBLITVS: *Tōta quidem arēna nocturna fere similis est. Praestat macilentum esse atque amiculum pluviāle trānslūcēns super tantum linteīs interiōribus gestāre.* OPHELIA: *Sagāx es, domine, sagāx.* MAVRVS ALBVS: *Haud vērō sagācior nec rōbustior quam Mundī Maritimī mansuētī squātī vespertīliōnēs quī harengīs manū porrēctīs pāscuntur.* AMLETVS: *At tibi gemitū cōnstet mucrōnem hebetāre meum.* SCRIBLITVS: *Quod equidem dupliciter contingit mē, melculum.* MAVRVS ALBVS: *At mē rogō quōmodonam sē habeant assiduē frequentī in conceptāculō circumnatantēs. Ecquid liquet eīs omnia sua aliēnum per mundum extramarīnum sibi suppeditārī? Hoc dubitō, nam facile affluentia scrutantur paucissimī. Et ita porrō.*

Forsitan per persōnās admixtās indāgentur persōnārum Shakespeariānārum significātiōnēs variae. Vel forte per Shakespeariānās nōscitentur hae novae. ...An dē ipsīs agitur nexibus? Marniā utcumque iūdice, fābulīs priōribus persōnae posterius additae plūra permiscent quam illūstrant. Tālis sānē partium multiplicātiō ut in oecologiā sīc etiam fīnītō in litterārum mundō diū sustinērī nōn potest.

Post spatium temporis tēlescopiī ūsuī ōtiōsō datum videt Marnia Vudium misellum super bisellium chalybēium nec prōrsus sedentem necdum omnīnō supīnum contrā omnem operam datam somnō malē resistere.

Taxxx! Tundit ingēns chīrographum Vudiī occipitium – quod Marniam forsan magis percutit quam amīcum. Āruncātus Abbās, quī prope pendentem globulum ēlectricum ambitiōsē nūdum aspectum nōnnihil Mephisto-

pheleum sūmpsit, in clientem nūper temere reciperātum iam tamen, neglēctā susceptī magnitūdine, obdormientem īrā incēnsus dēsaevit. Vudius
contrā, īnsitā ingenuitāte nec sine quōdam studiō histriōnālī praesentī ex
experīmentō forsan haustō tālia contexit verba:

"Miror quidem, Abba cāre. Aliquid mē incantāre putō nūper. Explānāre aliter nōn queō. Clārē peringeniōsus lūcēs inter fābulārum dūcēs thea-
trālium. Addūcēs rudēs cultuī et trūcēs mītigābit Maurus sānē. ...Abba
autem perhumāne, tuum opus, ut germānē dīcam, subitō ināne vidēbatur.
Sopōrābar. Nesciōquā dē causā..."

"Heia vērō!" īnfit Abbās tālī īnsulsā cōnfessiōne obstupefactus furiāque
rubēscēns. "Vērum igitur est tē iam īnsānīre!"

"Nōlim tē offēnsum, vērē! Mihi contigit vidēre tuās fābulās, gaudēre,
maestro mio, persincērē. Opus tuum lūminōsum nōn in culpā'st; vacerrō-
sum est culpandum et morbōsum caput meum. Speciōsum nūmen mī īnsidiātur!"

Quōrum verbōrum canor ut Marniam, Vudiī artium vānārum perītiō-
rem, minimē commovet, ita Abbātī adeō blandītur ut hic subsequam nārrātiōnem epicō carminī haud dissimilem dē mente ā Deā prehēnsā, dē
somniīs vīsiōnibusque necnōn dē oculārium viridium inaudītō studiō sat
indulgenter accipiat. Quae nārrātiō Marniae, quamvīs singulōrum plērōrumque gnārae vel coram arbitrātae, sīc tamen ignōta vidētur ut ad
ultimum prōrsus dubitet num ipsa et ille rē vērā eadem sint expertī. Ecquid potius ambō haec nōn sōlum ūnā somniārunt sed etiam uterque in
proprium sēnsum? Īnsolitum īnsuper quod Vudius tam cōnfidenter suīque ipsīus cōnscius dē artibus contiōnārī vidētur; nam antehāc semper
vīsus est, ferē bēstiae mōre, proximā quāque rē illecebrōsiōre, sīcut et istā
Deae incursiōne quam sibi putat, magis quam sententiīs generāliōribus
theōriīsve quālibuscumque afficī. Etenim hīs paucīs mēnsibus quibus cum
illō cōnsuēscit, sēmibēstiāle istud cum autismō coniūnctum esse exīstimā-
vit. At tametsī indubiē fallit praesēns sagācitātis īnstar inopīnātum, optimē utīque ēdidicit ille partēs. Marniae autem animus nōnnumquam īnfestā quādam obsidētur suspiciōne: id scīlicet quod prō indole illīus habētur nihil prōrsus esse praeter umbrārum lūsum sīve dīversārum rērum
cōnfluentem fōrmōsum sed fortuītum atque ipsum Vudium rēapse indole
quam propriē dīcī posse praeditum esse nūllā, indolem illam versicolōrem
scīlicet nihilō certī fundātam. ...At quid sī tālis sit dēmum et indolēs quaevīs? Nōnne enim illa ipsa, quod sibi certē mōmentīs tantum candidiōribus
cōnfitētur, ex experīmentīs exemplīsque pervariīs indolem sibi quandam

pedetemptim cōnsuit satis tumultuāriam? Quid igitur indolis ingeniīve tālis adumbrātiō quaeque, seu persuāsibilior seu invērīsimilior, in summam valet? Audīvit ōlim Marnia persōnārum dīversārum schizophrēnicōs inhabitantium aliās aliīs subiectās esse pathologiīs; alterīus tumōrēs alterā sub persōnā mīrum in modum resīdere solēre. Ecquid hominis cuiusvīs indolēs authypnōseōs fuerit tantum genus ... vel fābellae?

Manifestō plācāvit Abbātem sollemnis Vudiī expositiō; nam "Penitus tibi ignōscō," inquit in respōnsum, "atque ut simultātem dēpositam et oblīviōnī iam trāditam esse sciās, chīrographī exemplar tibi tribuō exhortāns ut prīmae persōnae partēs ēdiscere quam prīmum aggrediāris. Patet quidem saevam potentiam aliquam tē hoc temporis impugnāre – alia, ut suspicor, illīus coniūrātiōnis faciēs quae in intelligentium ōrdinēs summāsque artēs hīs temporibus peragitur. Namque cultus cīvīlis vulgāris frīvolusque eā dē causā ā corporātiōnibus māximīs fovētur quod significantia et subtīlia et gravia et vērē ūtilia propter nimiam varietātem commercium difficilius pretiōsiusque reddunt; compendium maius est sī quam plūrimī hominēs prō eādem vīlissimā pōtiōne spūmantī, prō eīsdem spectāculīs absurdīs cantibusque abiectīs secundum fōrmulam factīs exque officīnīs festīnātīs, prō eīsdem librīs genericīs imperītē ex exemplīs dētrītīs cōnflātīs nimium iūstō pecūniae solvunt.

"Omnium vel pessimī sunt eī artium cēnsōrēs quī contrā ērudītiōnem scientiamque theōrēticam quondam adeptam prāvissimō saeculī ingeniō māximaeque industriae quaestuōsae praescrīptīs cēdentēs fallācī sub speciē dēmocratiae vērē nova et gravia et acerba dēclīnāre, tantummodo mīrābilia et scurrīlia necnōn et prōrsus bathētica, commodum proprium ūsque spectantēs, approbitāre didicerint. Animadvertistī quemadmodum in spectāculīs Septentrioamericānīs, praesertim tēlevīsificīs, intellēctuālēs, quī dīcuntur, et philosophī nātūrālēs ac professōrēs artificēsque multa novantēs repraesentātī paene semper aspectum habeant aut īnsulsum aut vēcordem? Quod quidem tam cōnstanter fit ut homō catus nōn facere possit quīn coniūrātiōnem videat seu explicātam seu magis tacitam.

"Īnfestissimus mihi adversārius, Sebastiānus Pistoia, in numerō eōrum est quī, quamvīs quondam meritō inlūstrēs, tābō tandem saeculārī inquinātī sunt. Caeliscalpiī alicuius Campānodūnēnsis appendicem summum inhabitāvit donec abhinc mēnsēs aliquot Seattlō est subitō dīlāpsus. Cum autem adhūc aderat, perpetuō mē per cēnsūrās perversās suās reprehendēbat vexābatque meās – ita vērō, crēdās nōn crēdās, meās! –

fābulās stultitiae īnsimulāns, nōn facētās esse secundum īronīam cosmicam illam quam ego saepius effingere cōnor assevērāns sed tantummodo
stultas quā autoparōdicās! Enimvērō autumābat iste plērumque artificium
quodlibet quō magis in sērium converterētur eō simul magis rīdiculum
fierī quia, quod saltem affirmābat, sevēritās et hilaritās sīcut quaevīs contrāria inter sē allicerent. Neque abstinēbat quīn theōriam conciperet
Ūniversō nūllum esse animī affectum thematicum sīve prīncipālem atque
ūnum quemque nostrum Ūniversō significātiōnem propriam vel animī
habitum proprium ita tribuere ut quaevīs rēs secundum ratiōnem cōnsīderandī sat facile aut iocōsa aut sēria aut quālislibet vidērī possit. At
quaenam, rogō, mēns vīlis dēgenerque sibi fingere queat entibus mortālibus vēritātis illūminātiōnisque conquīsitiōnem nōn esse rem gravem?
Ecquid iste Holocaustī oblītus est hominumque in caveīs inclūsōrum
inque mortem adflictātōrum discruciātōrumve? Numquid fugit eum existentiam nostram summē esse simul tragicam et absurdam atque absurdum hoc nōn tam iocōsum quam crūdēle et damnōsum, quamobrem in
litterīs sēriīs iūstās facētiās fierī posse nūllās nisi amārās, acerbās,
mordācēs atque artificēs igitur scrīptōrēsque ūtilēs, efficācēs, laudābilēs
aut absurditātem illam aut tragicum illud adumbrāre cōnārī omniumque
optimās artēs haec ambō ūnā simulque prōpōnere per acerbitātem absurdam et īronīam mordācem nōn tam fēstīvam quam vel aliquā ex parte
calamitōsam? Vt quidem vidētur, fugiēbant haec eum; nam assevērābat
assiduē tālem esse existentiam quālem quisque eam sibi īnfōrmāret extrēmaque omnia in artibus sērius ōcius rīdicula vidērī quippe quia nimis in
sērium converterentur; Gulielmum Shakespeare eō perfectum fuisse fābulārum scrīptōrem quod affectuum aequilībrium servāret pervariōs animī
habitūs diversāsque sententiās singulīs in fābulīs comprehendēns –
absurda plānē opīniō, nam manifestum est Bardum ex causīs pecūniāriīs
aevō illō valentibus ab hāc parte tragoediās merās nōn īronicās composuisse, ab illā parte locōs cōmicōs effūsiōrēs spectātōribus, praesertim plē-
bēiīs, gravitātis intermissiōnem aliquam sumministrandī causā tragoediīs
suīs īnserere dēbuisse; illō tempore dīcācitātem mordācem pessimismum-
que existentiālem, quō gravitātī asperiōrēs facētiae ex aequō miscentur,
nōndum invaluisse. Cōnfiteor locōs cōmicōs nōnnūllōs, velut apud Henrī-
cum IV^{m}, īronīā admodum scatēre; sed condiciōnēs mercātōriae generālēs
tālia profectō coercēre solēbant. Similibus dē causīs cōmoediās merē
cōmicās interdum ēdere oportuit illum – quās, estō, sollertissimē composuit. Hīs tamen temporibus quibus rēs mercātōria nōn iam tantum

hominibus servit sed hominēs magis magisque illī, sapientēs, contrā corporātiōnum versūtās īnsidiās, commerciī māchinās quāslibet, sī nōn prōrsus respuere, ita tamen clārē perspicere et compēnsāre dēbent. Quā ex cautēlā iūstā, sīcut prius ē Deī rogō spēs, exsurgit ūsque redivīva scēpsis sīve incrēdulitās nostra moderna ingeniumque novum tragicocōmicum, trīste absurdum, pulchrē mordāx, incōnsequenter cōnsequēns, ambiguē clārum, dēcōnstructōrium!

"At tū, amīcule," inquit Abbās dē Olympō aliquō Ionescicō significantipraeposterō repente revocātus, "cavē nē chartula ista crēditōria cancellōs aliquandō pullulet carcerque fiat necopīnātō tibi!"

"Ista indignātiō," ait Vudius quī monitiōnem novissimē prōnūntiātam sēnsisse nōn vidētur, "Maurī nemp' est ratiō?"

"Maurus Albus meus Bardum et honōrat et dēcōnstruit, immō dēcōnstruēns honōrat. Vt illum – cuius sānē signa ratiōnēsque, nēdum sermōnem, haud iam complectuntur multī – cultuī cīvīlī nostrō conciliem, rērum hominumque complexiōnem prīstinam amoveō, gaudia timōre temperāns, dolōrēs facētiīs, incitāmenta taediō. Quō factō oritur plānum quoddam permodernum ad nūllum cultum cīvīlem certum, nūllum animī affectum būrgēnsem vel mediocrem intemperantemve prōnum."

"Quid autem," īnfit sponte Marnia, "dē ... Postmodernō?"

"Nempe iocāris! Nīmīrum nōstī, cāra, quippe quae sīs studiōsa, Postmodernōs, quī dīcuntur, nīl cōnsectārī nisi ut impotentiam būrgēnsem repetāmus, ut pūtida solita, mūtātā paullō veste, īnstaurēmus, ut commodum, simplex, ineptum revocēmus, ut trālātīcium, facile parātū, praeteritōrum dēsīderium, additō īrōniae iēiūnae tantum grānō, dēnuō vēnditātum requīrāmus! Spectācula cīnēmatographica ex libellīs nūbēculātīs concinnāta! Melodramata Iōannis Adams! Spectācula mūsica Andreae Lloyd Weber! Minimālismum! Architectūram īnsulsam! Neoimpressiōnismum! Neobarōcum! Vēdulcēs – prō dī immortālēs! – angelōs Neorōmanticōs! Dextrās factiōnēs rēligiōsās! Neofascālēs! Cēterāsque quāscumque tardārum mentium nūgās imitātās et adventīciās mihi, superōrum grātiā, adhūc ignōtās! Dē modernitāte pertinācī difficilīque hoc temporis plērumque neglēctā aesthēticae philosophicaeque ignāviae generālem victōriam...!"

"Scīlicet diū mānsūrum nōn exspectās?"

"Heu, dūrārit, quod sciam, annōrum aliquot mīlia. Sērēs enim contemplā Aegyptiōsque quī nova metuentēs innumera per aeva in mōribus cultibusque satis immūtābilibus sententiīsque saepe pertrītīs volūtātī sunt.

Quī istōs cultūs mōrēsque et istās sententiās prīmum repperērunt – sī quā singulī hominēs haec vel hōrum aliqua repperērunt – haud sciō an 'modernī' vel 'novantēs' vel 'vērī auctōrēs' vel 'audācēs' fuerint nōminandī. Quae sī ita fuerint, cētera igitur istārum gentium historia quasi postmoderna fuerit. Et rē vērā modernitās, fātō dolendō, satis rārus est flōs tantum subinde et carptim eīs in populīs temere vigēscēns quōrum īnstitūta, cōnsilia ingeniōsa aliōquīn impedientia, quāpiam ex causā parumper dēficiant relaxenturve. Modernitātem, quamvīs vexet et prōvocet, haud leviter rēiciunt quī quam sit rāra pretiōsaque intellegant."

"Amīcus quīdam," īnfit ita Vudius ut eum convīciī theōrēticī iam pigēre videātur, "peragēbat quondam mūnera pūpārum quibus saepe dērīdēbat iactābunda fābulārum trīcāsque pelliculārum. Inter quae et tuās sciō…"

"Equidem tālia haud sunt mihi molestiae, Vudī mī; parōdiās enim ūsquequāque licet fierī ac, saltem in ipsā doctrīnā, prōsunt. Pistoia autem fābulās meās sē ipsās per rīdiculum dētorquēre dictitābat tamquam nescius quodcumque opus grave, vel Wagnerī Ānulum vel Goethī Faustum vel Īnferōs Dantēōs, etsī sānē dērīdērī possint, nōn sē ob hoc reāpse dērīdēre!"

Quō dictō, Abbās, quem Marnia propter id quod Vudius dē spectāculīs pūpāriīs Zoltanis modo dīxit magis offēnsum esse sentit quam quod hic fatētur, nūntiat subitō sibi nōnnūlla forīs cūranda, "comitibus" tamen ex arbitriō manēre licēre, Vudiō forsan iam nunc novās partēs nōscitandās. Quod monitum haud spernēns Vudius, profectō Abbāte, clārē recitāre incipit, deinde, parvum post spatium, labia tantum agitāns trānslegit, dēnique saepe ōscitāns locōs potius pervolāre vidētur.

Expergīscēns aliquandō Marnia videt somnō mersum Vudiī fuscissimum caput chartārum candidārum nōndum lēctārum cumulō adhūc tremendē vastō impositum. Relictō Abbātī chīrographulō salūtātōriō adumbrātiōne sēmisuprāreālisticā raptim dēpictō (in quā captīvī duo intrā Acūs Cosmicae pedēs velut intrā carceris cancellōs videntur, cancellī autem simul aspectum quendam praebent radiōrum dē ponte speculātōriō patellifōrmī, nec patellae volantī neque ānulātō planētae dissimilī, prōiectōrum), dēdūcit Marnia somniculōsum adhūc Vudium forās perque dēclīve ūsque in statiōnem trāminis ēlatī. Habitā in Vudiī diaetā plūs quam pācificā Venere corporibusque deinde perlūtīs ac forēnsiōre indūtā veste, exeunt iterum eō cōnsiliō ut tabernam Diānae Bishop petant dē alterō istō habitū Zorrōnicō scīscitandī causā.

Incōnsultum aliquid dēblaterante Marniā, Vudium scīlicet cum alterō Zorrōne certantem "sāne nōnnihil fatuātum," trānsgressō iam diaetae līmine, sōliloquium mīrē cothurnātum init ille quō terrestris deae amōris cum caelestis Deae amore comparatiōnem tam ineptam esse affirmat quam comparātiōnem "pulchrae fēmellae ocellōrum candōris cum candō-re fluxūs ammōniacī in planētae gāseōsī gigantēī atmosphaerā" vel tam inappositam quam comparātiōnem "īnfantulī cutīculae rubicundulae cum ardōre rubicundō cadmiāceō ē Cancrī Nebulā ēmissō quae velōcitāte relātivīsticā perpetuō ad nōs advolat; nam dracōnēs prīstinī chimaerae-que āërem nostrum cinereum tepidumque relinquentēs ultrā mentis cap-tum ob hoc vastiōrēs saeviōrēsque sunt factī!"

(Ecquid ex Abbātis amplō calamō fluxērunt quondam haec?)

Obserāta iānuā, illa saltātōrem quī fuit, et ipsum sānē nōnnihil chi-maericum, per andrōnem ad anabathrum dūcit. Vērum quidem est, quod interdum sēcum reputat, valdē allicere eam Vudiī rārum et polymor-phum; sed haec ipsa propria nihilōminus per Marniae spīnam dorsuālem exclāmātiōnis signulōrum saepius mittunt fluentum.

Ērubēscēns balbiorque fatētur Diāna Bishop candidissimē quidem cūncta, illō saltem tempore, sē dīxisse dē habitū Zorrōnicō ūnicō, subsequum autem emptōrem, cuius nōmen prōdī nōn licēre, prō Zorrōnis ōrnātū summulam neutiquam spernendam obtulisse; quā acceptā, exem-plar iam parātum promptumque duābus ē vestificīs suīs dēlēgāvisse sē effectum.

Tālī modō sē adhūc excūsante Diānā, animadvertit Marnia amantem haud exiguō stupōre oculōs quandam in mulierem intendere sēmisenem vīliōre, ut vidētur, fīlō, suggestū platineō comptam, cuiusque rūgae capulī colōrātōriī factīciō sōle perspicuē īnfectae. Quā modo forās capessente, Diānam respiciēns, "Hem, Scintillus," inquit Vudius, "...adest meus?"

"At, domine," illa contrā nōn omnīnō sine stomachō male tēctō "...unde istud?"

"Cōnsobrīnam ... vīdī modo. Cūriōsus iam displōdō!"

"Mē inopīnantem nīl efficis rogāns. Quīn rogās ipsam? Opus pactum vēnit..."

Exiit iam Vudius. Sequitur Marnia, simul ad Diānam versa, quam sō-lum leviter āversārī vidētur sibi, umerōrum allevātiōne cito sē excūsāns.

Forīs iam hebēscit aura sērior. Vudius mulierem quam Beam esse coniectat cōnsequī nōn temptāns sōlummodo observat. Haec, accēnsō tabācī bacillō, splendentis scarabaeī perflāvī generis *Volkswagen* aperit modo ōstiolum.

"Nē nōs vīderit!" ait ille Marniam pōne frutectum rētrūdēns inter crepīdinem et āream statīvam positum. Dein "Sequenda'st!" addit susurrāns tamquam mentis habituī speculātōriō aliquō ōlim arreptō subitō immissus.

Marnia ignōtā dē causā accēdit. Paulō post, Tercellō Marniae per Viam Aurōram vectī chalybicȳaneum ad nimbum versus septentriōnālem congestum pervīvidēque appropinquantem scarabaeō nitidulō īnsistunt. Quod saepius post necessitūdinem cum Vudiō inītam experta est, sentit fēmella idem nunc incertum tenāx. Nec vērō sē usquam prō īnfēlīcī habet quicquamve dēmum damnōsī utrī cecidisse aestimat. Itaque – nihilōminus fortasse abiectē dēsipiēns – per imbrem, potentī raedārum lavātōriō vehementiā subitō nīl cēdentem, gubernāre pergit ob dēprehēnsiōnis metum satis ē longinquō īnsequēns ōvātaque igitur lūmina postīca Populiraedāria aegrē in oculīs retinēns, donec complūrēs post flexūs ad aditum dēnique venit nōn sōlum iam nōtum sed etiam quam inamoena cōnsociātiō sua cum Vudiō nōnnumquam fierī possit memorantem. Vidēlicet ad superiōrēs Vudiī Scintillīque aedēs pervēnērunt, īnfernālis furiae multilinguis locum.

Bea, quae manifestō īnsectantēs iam prius animadvertit, statūtō scarabaeō, capacem umbellam titulō *LANCÔME* malvāceō colōre variīs typīs passim īnscrīptam manū tenēns conturbātōrum iuvenum raedam rēctā petit. Amiculum quoque pluviāle orchimalvāceum est; margarītāriī colōris pērōnēs discothēcāriī ūnō tantum splendōris gradū īnferiōrēs sunt quam suggestus crīnālis platīneus superbē exolētus. Omnium autem māximē mīrātur Marnia subrīsum.

"Quidnī statuāātis, intrēēētis?" inquit illa cantilēnōsa per fenestellae rīmam accēdentī sponte ā gubernātrīce factam.

Statūtō Tercellō, iuvenēs apparātūs pluviālis inopēs chartāque pictā plasticō firmātā (quae Borgōrum Rēgīnam mūcilāginōsam mōnstrat Praefectī Lēgātī Datae vultum alūtā biologicā modo amplificātum basiāre parantem), Marniae frāterculō dōnō nātālīciō nūper emptā, super capita sublātā torrentem male arcentēs, ad scālārium currunt inque proximum cito scandunt tabulātum. Diaetae "D" īnscrīptae per ōstium iam apertum nūtū vocat Bea ut tegetem plasticum pellūcidum tapētō clārātī vīnī colōre impositum ingrediantur. Proximum autem obtuentī aspectum Marniae haeret faucibus spīritus.

Vudius, aequē, ut vidētur, obstupidus, nīl agit dōnec īdōlum hoc, cessātōriā pallā caeruleātā vēlātum, procāciter accēdit acūque, cui filum flāviviride īnsertum, Vudiī manum temere pungit. Quō factō, Vudius prīmum resiliēns "Heia!" ēgannit; deinde, respectā comite, prōvocātiōnis affectātiōne audāciōrem prōfert gradum – quae tamen audācia, vīsō spectrī rīsū, statim vacillat.

"Pergrātum est tē convenīre, Marnia," inquit phantasma nunc sincērē, ut vidētur, mītiganterque renīdēns. "Scintillus sum."

Aequē renīdēns Marnia mūtam tamen factam sē animadvertit; nam, nūllō ad fingendum datō intervallō temporis, in animum occurrunt tantum intempestīva, velut *Nihil tē molestius exstāre audīvī* sīve *Ecquid per chīrūrgiam vultus tibi tam Brambillāris est concinnātus?...Anne omnīnō fātāliter, ut ita dīcam, est factum Vudiōque tandem crēdendum?* Vērumvērō similitūdō ista, quae plānē negārī nōn potest, eō mīra est quod Scintillus, quamvīs sat male mās, ut māsculus nihilōminus agnōscitur. Brambillae scīlicet est exemplar paulō māsculīnius. At vultūs cutis ita lēvis fatētur nīmīrum aut vinculum geneticum aliquod Orientāle aut ipsum Scintillum arcānā doctrīnā dēpilātōriā imbūtum aliōquīn summīs tantum *svāmiīs* Beverlicollēnsibus nōtā quōrum raedae *Rolls Royce* per aurās fluitāre soleant.

"Quōnam..." īnfit Vudius, ut vidētur, rediēns in sē vel in aliquam suī versiōnem, "...latitābās locō?"

Ad quod distortō nunc vultū oppōnit alter: "Tē nempe, frutex, ēvītābam!"

Probrum hoc, quō appāret et aliquantō percussa Bea, Marniam, ob īnsolentiam haud dūdum in Vudium conceptam, conciliat. Cosmos nempe et mīrīs et līberātiōne hodiē gaudēre vidētur.

"At mānsistis hōc in focō?"

"Etiam. Dominus Paschālis, quā est benignitāte, mē adiūvit. ...At pol edepol," inicit post pausam paene trepidam, "nihil obstat quōminus necessitūdine quādam humānā ūtāmur nōs. Immō, sī ita dīcere licet ut nimis tumēscere nōn videar, tālis necessitūdō haud sciō an tibi prōsit."

Vudius manifestē nihil prōferre valet.

"Quidnī dēmum," inquit Scintillus Marniam annictāns, "maneātis cēnātum?"

Vicārium per comitis subrīsum acceptō invītāmentō, intendit Marnia nunc prīmum oculōs in ōrnātūs splendōrem circumfūsum: duodēvīcēsimī saeculī, ut plērumque vidētur, supellectilem. Generum aetātumque fabricātiōnis quamvīs dēbitō rudiōrem, dēlicātae iūnctūrae undaeque hyperbolicae eam admonent cinctum vespīnum, capillāmentōrum ēnormitātem, vestēs ad coxam lātē sinuātās, pedēs exiguōs, Cherubicam pulpam. Dēsuperque adeō collūcet candēlābrum pēnsile pompālius; nec deest Sanctī Sebastiānī martyris oleīs efficta venusta flēbilitās commentārium quemcumque exsuperāns. Bea, modo siccātīs, ut vidētur, discothēcāriīs pērōnibus dēmptōque amiculō pluviālī, quō dēteguntur microcastula corallina crūraque mīrē decōra, cerāseī lignī mēnsam iam īnstruit albīs tegeticulīs opere rēticulātō margīnātīs effulgentibusque ēscāriīs īnstrūmentīs argenteīs necnōn Persicī exemplī murrhinō ministeriō albō aureō pūniceō saeculum item duodēvicēsimum vel modo iniēns undēvicēsimum commemorantī. In culīnā cēnātōriae āreae partim patentī dispicitur carptim inexōrābilia inter officia quam cinaedicissimē trepidāns coquus pinguiculus.

Perbrevī, inter colloquiī cōnāmina parum concinna, vocātur ad cēnam. Ferculīs ē culīnā praecipitātīs, ad mēnsam tamen, tardātō repente passū, praeurbānē ōrdineque appositīs, Marnia temporis alicuius puerīlis incertī commonefit. Mox, immō potius praemātūrē, ad secundam pergitur mēnsam.

"Vnde igitur..." īnfit Vudius post sermōnis levis ambiguīque, cuius ipse plērumque nōn particeps, vīnīque *Châteauneuf-du-Pape* iam sat multum, coquō simul, Joāō nōmine, adhūc sufflammātum lucunculum crispum nucibus macadamiīs fartum cui *sauce d'ananas* īnfūsa in Vudiī catillum tragēmaticum pelliciente, "...haec tōta?"

"Rēgis fīlius mē amat. In rēgnum suum mē addūcet simulac certum erit..." subsistit dīcendō Scintillus dum lucunculum suō in catillō modo positum bellē accipit, "...simulac certum erit quōmodo fierī possit. Tantisper ... tantisper ille libenter dēmōnstrat mē quantī habeat."

Quae audiēns Marnia gaudiī repentis impetūs cōnsultō nūllum prōdit specimen. ...Quī tamen triumphus furtīvus statim labefit posteriōre cōgitātiōne Scintillum in numerō forsan, immō paene certō, esse lūnāticōrum aliterve sīderātōrum Vudium circumfluentium rītū stēllam splendidam īnstabilemque circumvolūtōrum rūderum cosmicōrum – id quod sibi sānē vult ē merā dēmentiā Scintillum ista modo effūtīvisse. Fidūciae sibi faciendae causā dextrō pede imprōvīsō exūtō Vudiī sūram clam admulcet. Hic autem, Scintillī verbīs adhūc, ut vidētur, summersus, nīl dētegit ... nisi in ōre ob stupōrem male tēctum sēmiadapertō lucunculī fragmentum rēstinctum. Dī immortālēs! Quid sī Vudiī inēvītābilis supernova hāc incidet ipsā vesperā? Quippe enim, praeter ōrālem hiātum istum iam in ambiguum dīlāpsum, nec trīstitiae nec laetitiae nec sēnsūs quidem hūmānī quāliscumque prōdit quicquam vultus ille pulcherrimē īnsipiēns! Quō āvocāmentō eō levāmentō, Bea, ā dexterā sedēns, roseō calicī epidīpniō striātō Marniae Salternum vīnum flāvifulgēns īnfundere praebet, per persōnam percērussātam simul ita angelicē renīdēns ut pateat eam hōc ipsō temporis momentō paradīsī alicuius contemplātiōne luxuriāre omnīnō Beātriciālis – numquid *Graceland* alicuius Mauiēnsis vel ad *Rivieram* sitī palātiī neobarōcī hortīs oblectātōriīs Biblicīs īnstructī?

"...Incertum esse ... opīnāris..." īnfit, obductō forsan lucunculī fragmentō, sēmibalbūtiēns Vudius, "...īstūc ... quōmodo vehāris?"

"Prūdēenter ... em ... prūdenter agendum est." Ēnūntiātuī ēmendandō vidētur nunc iam incumbere Scintillus. "Nam sī mē ut māsculum intrōdūcat, magistrātūs alicuius ēgregiī, forsan Māximī Vazīrī, sim plānē perdignus. Vt fēmella autem nōbilis īnsinuāta, haud sciō an, factō illō aliquandō rēge, ego rēgīna creer ... Tū, Bea, tacēbis!" Bea tamen nīl, quod audīret Marnia, ēdidit.

"'Vt fēmella' istud nempe...?"

"...Mūtātā vīdēlicet tantum speciē," īnfit Scintillus Vudiō obloquēns, "nōn nātūrā! Vt quidem mēmet ipsum vult plānē ille mē habēre!"

Marnia contrā sollicitūdine interim satis vērā: "Tōtam igitur mūtātā veste vītam?"

"Em nec prīncipis nupta nec rēgīna probētur māsculus. Nec sānē, aliter atque in ampullīs, rēgum pār valet quicquam."

"Id est, rēgīnārum pār!" addit Bea cachinnāns.

Scintillus sē prīmum īrātum simulat, continuō tamen et ipse tollit cachinnum. Nec Marnia rīsum continet.

"Equidem in puellam inclīnor ego. ...At vōs utcumque certiōrēs habēre volō..." inquit Scintillus dextrā trāns mēnsam porrēctā Marniae dextram arripiēns, "...et post pupureum adsūmptum mē vōbīs adhūc propitium fore – plānē magis ē longinquō. Mūneraque rēgia, quoad penes mē erit, vōbīs largiar. Tranquillōque animō invīsitōte mē. Rēgnī nōmen est... Iterum dīcās mihi quaesō, melculum..." in Beam respicit, "...quōmodo in rēgnō vocēmur nostrō? Per 'B' enim incipit litteram."

"Bellānum, melculum. Bellānum! Revocā tibi oculōs illīus."

"Ō dī certē! ...At abellānāceī nōn sunt! Hanc ob causam identidem excidit mihi! Bolūquae enim meī fuscissimī sunt ocellī!"

"Iam Bolūqua est in Tempē...?" Hōrologiī revolūtī rītū cōnsistit prōrsus Vudius.

Scintillus tamen inturbātus intrepidusque Beam prīmum, deinde Marniam callidē scienterque nec sine afflātū quōdam diabolicō aspiciēns, tamquam iam tandem incidat *peripeteia* aliqua, paene obscēnē sinuātum armārium ceraseum simul surgēns adit atque ex forulōrum ūnō aliquid extrahit capillāmentō simile. Tergō versō, capillāmentum aliudque aliquid sibi induit. Versus dēnique mēnsae iterum assīdit.

Spectāculum novum nunc obstupefacta contuēns Marnia vix crēdendum nihilōminus crēdit; nam crīnēs hennāceī, taeniolārum plexiculīs passim adōrnātī persollaeque baccārum laurī colōre coniūnctī omnium ingeniōsissimum ōrnātōrem testantur. Scintillānī enim vultūs elementa Brambillānō pauxillō repugnantia per praesentem apparātum sublāta sunt. Opus sit tantummodo...

Quam cōgitātiōnem antequam Marnia persequī queat, Scintillus, extractā ōrnātōriā cistellā, hūc ita fūcī subtiliter addit paulum, hīc sē ita spargit pulvisculō, stilō nunc scītē vibrātō tyrianthinō ita tingit labia colōre ut Marnia nōn iam māsculī vestificī cōnspiciat caput sed potius eiusdem fēminae volūbilis quae hodiē in Centrō Seattlēnsī cum Anti-Zorrōne saltāvit.

"Nempe ergō," inquit Marnia Vudium adhūc rigidiōrem sollicitē notāns, "Bolūqua ille nōn Brambillae sed tuus est compar?"

"Magis minusve."

"At pol quī certō aut est aut nōn est!"

"Prīmō quidem sē cum Brambillā conversārī putābat ... quippe cum ego in huius speciem essem ad unguem expolītus. Namque mē Brambillae istī amantem iam cessisse opīnāns quid fieret sī ipsa essem experīrī īnstituī. Ipse enim fuerat Vudius quī nōs prīmum persimilēs esse indicāvit. Immō Vudius et Bea. ...Atque, ēn, manū pultī maīziae immissā offās porcīnās extraxī! Prīncipulus enim ille, dēliciae virī, tōtam mentem, ut vidētur, in imāginātiōne libīdinōsā fīxerat Brambillam rē ipsā esse marem. Itaque, dēmōnstrātā Brambillae strīgi..., dīcam an, fēminīnitāte germānissimā manifestātōque mē ex hāc parte Brambillam nōn esse, ex alterā longē meliōrem, haud difficilis factus est ille retentū. Hoc est, sī Latīnē dīcere licet, piscem inhāmāvī!" Scintillus suā ipsīus facētiā dēlectātus rīdēbat.

"Fēminam esse Brambillam dīcis tē cōnfirmāsse?"

"Nīmīrum phōtographēmata quaedam, ut ita dīcam, inhonestiōra ita ēlectronicē concinnanda cūrāvī ut rēctē, hoc est, pāce dominārum praesentium, falsē dēmum videātur īnstructa."

Sepulchrāle silentium.

"...At quōmodonam dēnique," inquit Scintillus palpebrīs blandē palpitāns, "hīs temporibus quicquam dēmōnstrant nostrātēs? Magnō quidem cōnstitit pretiō, sed..." Oculīs diaetam aestimanter perlūstrat.

Screat Vudius, sē in cōma hypnōticumve somnum nōn esse lāpsum tandem testāns.

"...Ecquid malum'st?" addit Scintillus sē dēfendēns. "Quoad grex vulgāris scīmus, prōdigium istud sānē fierī potest ut rēapse sit muliebre. Attamen, etsī sit māsculus, magis prōsit Bolūquae amor noster quippe quia eum deamō et ille nunc mē."

Quo dictō, Scintillus, luxuriōsē adhūc capillātus fūcātusque, lucunculī explēmentum macadamiānum aggreditur.

Marnia largum Salternī ēdūcit haustum, quid dē Scintillo opīnētur adhūc incerta. Candor eius, quamvīs interdum rudis, dēlectat. ...Istud autem verbum *rudis*! An, contrā immodicōrum improbōrumque favōrem quō vel aliōquīn superbīre solet, fiet illa tandem aliquandō nihilōminus omnīnō tam būrgēnsis ānāliterque tenāx quam Sodālitātis Sāturniae sociī istī, Iupulus Iupulaque? Adeōne domum aliquandō inhabitābit cuius plantārum disciplīna magis quam mīlitāris, cuius fenestrae tōnsōriā novāculā perpurgātae, in quā nūllīus librī spīna īnfrācta? Numquid Vudium eō tantum tolerat quia Vudiānae improbitātis cōnfōrmātiō neurōsī mediōcrī suae fortuītō sat bene congruit? Vudius enim, mundum incolēns quādamtenus mȳthōrum fābulārumque, quamvīs nōnnumquam turbulentior, Prīnceps tamen semper quōdammodo est Fortūnātus. Contrā aerumnulās accessiōnēsque quāscumque, ille nihilōminus etiam atque etiam sincērum simplicemque sē praestat, immō quōdammodo generōsum atque adeō plērumque, quippe prō ōrnātū, decōrum. ...Quō quidem additur quod recēns est pecūniōsus factus. Numquid, sī vēra reī ratiō exigitur, dē hōc imprīmīs agitur? Estne Marnia tantummodo Cinerella moderna ... vel Bella Dormiēns? Quod hōc mōmentō temporis cōnsīderāns, sē scīlicet forsan locum commūnem Disneiānum esse, abruptē dēmittitur animō.

"Tibi quoque rēs, Māiestās," īnfit Vudius, mīrē quam ab umbrīs revocātus, sine dicācitāte vel minimā, "quās fēcērunt manifestās fāta nūper, impertīre velim et quid putēs scīre. Namque apparor et ego rēbus prosperīs. Nōn negō Deae mē nunc īnservīre. Cuius incarnātiō permīrē, putātīva cantrīx illa, cui nōmen dant 'Brambilla', mī largītur cōpiōsa beneficia aerōsa. Nunc per dolum sat canīnum vestrum et adulterīnum – sed nōn, fateor, iniūstum – sciō adhūc tam rōbustum vinclum esse quam venustum inter Nūmen lūculentum et cultōrem perattentum..."

Tālīque modō pergit ille floridissimī sermōnis Pompam Rosāriam temerāriam histriōnicō tumōre ēnūntiāns velut fābulārum carminumve partēs sēmiabsonās sponte cōnsuēns, Deam nunc attollēns, nunc dīvīnitātem, nunc amōrem, nunc dē incertīs negōtiīs aliīs magnificē, quamvīs plērumque nimium schēmaticē, disserēns ... atque interdum, ubi haerēre vidētur, Scintillus verba cantābundē tracta eī subicit, tamquam sī, cum adhūc essent contubernālēs, ballātor histriō hōc modō saepe (atque haud ita prīdem!) dēclāmāre cōnsuēverit. Quod condēpendentiae vinculum paene tantum admīrātiōnis quantum fastīdiī movēns cōnsīderantī Marniae occurrit inter suum praesentem et Scintillī praeteritum cum Vudiō amōrem apertissimē multō plūs quam corporum cōnfōrmātiōne differre; nam Scintillus vidētur adeō, quod Marnia numquam facit, monitōris scaenicī mūnere fungī solitus esse.

Bea interim, quam blandī sermōnis manifestō taedet, in mēnsā purgandā Joāōnem adiuvat, dum Marnia, amantēs quī fuerunt inter sē laudāre alterumque alterī dē repentī fortūnā ex corde grātulārī audiēns, sēnsim mōrōsior mōrōsiorque obticēscit.

Et post discessum pergit flōsculōrum dēspūmātiō nōn sine gȳrulīs ballēmaticīs forīs passim interpositīs vel in raedā gestuōsē tantum significātīs – quōrum tamen plēraque Marnia iam obdūrāta neglegit. Cum in diaetam reversī sunt, Marnia, undique sua temere colligēns riscōque impōnēns, quō aequissimō tranquillissimōque potest animō ēmittit haec: "Quidnī, Vudiī mī, viam tibi tandem in sublīme apperiās Eīque ... venerātiōnem tuam profitēns ēventum experiāris?"

Iam enim dēcrēvit quae ipsa suspicātur nōn rēclūdere: opēs scīlicet in Cursūs Properātī Americānī ratiōnem fluentēs ex ipsīus Bolūquae amplō ēmānāre marsūpiō; quem prīncipem amōre saucium hoc ūnum sequī: ut Vudius Deae suae affīxus maneat superiōremque amāsium, Scintillum, tamdiū saltem missum faciat dōnec hic peregrī subdūcātur. ...Et quōrsum haec tandem, quippe quae dēmōnstrārī nōn possint, fānāticō expōnere cōnētur?

"Aliquot diēs," inquit, "domī dēgam ... scīlicet apud parentēs."

Ille in lectī margine sedet eam ultima vāsa colligentem oculīs sequēns, prōpositum tam repentīnum, ut vidētur, silentiō suō probāns – quamvīs,

velut in cane fīdō dominum iter longum factūrum sentientī, sollicitūdō
suffervēns corpore probē retentō cēlārī nōn possit. Cui vultuī nōn omnīnō latenter maestō resistēns Marnia verticem tantum osculātur, calōrem
paene febrīlem simul sentiēns.

* * * * *

Saltus Pseudo-Bellōniānus
(*sīve* Trōiae Authalōsis)

Nōs quī sīmus nē quaerās nec cernere certēs.
Omnia enim quae cōnscia sunt sibi nempe videntur
"ipsum" esse "ipsa"ve vel quī sēcum cōgitat "ipse":
parva īnsollicitē, mediocria sat dubiōsē,
5   māxima sīc ut dēhīscant sola caela ruantque
...māxima dum minima esse simul fit sat manifestum,
quippe in cosmō īnfīnītō mediae ratiōnis
expertī, quamvīsque haec undula pars sit Vndae,
margine mūtātō placidum ūsque exsistere Vultum.
10   Quod sē quisque putat sōlum ūnum ipsum stabilemque
dōtātum ingeniō ... hoc prōrsus dē condiciōne
pendet necnōn cōnspectū rērum faciēque.
Vnus "ego" est quī nōs animāns et spatia perflat
inter sīdera, quod callent illā arte perītī
15   Sīnēnsī quae strūctūrārum animōsa fluenta
attendit, vīs circuïtūs ad corpora dūcēns
intus conversantia, quaeque reconciliāre,
dissona concordāns, adytum scit plānitiēbus.
Quis sīs quaere tibi et quaerētur deinde vicissim
20   nunc ubi sīs ac quālī ūtāris schēmate rērum;
nam sine tempore nīl quicquam est, sine tempore nēmō
quisquam est. Est "ego" nīl sine tempore ... sīve "ego"
                            Tōtum.

Nōs igitur quī nunc irrēpentem speculāmur
hunc aliēnum versūtā glabra calce asarōta
25   forsitan hīs hȳlīs collēctīs undique mundī
multiiugē cōnfōrmātīs quōdammodo sīmus
exortī: vel marmore Tuscō, glūtine Ohīī.
Gypseus et pariēs Castellī Dodge Ïovānī,

ērutus ē rīpīs plānīs curvīsque Lacertī
30   obtēctus xylinō Carolīnēnsī Boreālī
cui Sanghaevāna est superaddita vītrea fibra
intinctusque Calēdonicō fūcō rubicundō
atque trabēs Philadelphēnsēs fortēs chalybēiae
fīlaque contorta aenea quae quondam ex Arizōnā
35   extrūsa omnigena et perplexa ēlectrica mōlēs
cēteraque innumera ē tōtā dēposcita Terrā
...quī simul orbiculus vastissima per iaculātur
intermundia cursū quī per cūncta vicissim
singula dīrigitur cosmī spectābilia atque
40   abdita (nam nōn est sine cosmō inertia rērum,
immō extrā Tōtum moveantur singula nusquam)
– haec et plūra creant huius sēnsum speciemve
stillae temporis dīvīsae "nōs" inter et "illud."
Summā ergō rērum coniūnctārum exstitit hōce
45   temporis articulō mēns iūnctim cōnscia nostra
vel huius speciēs ... aut mēnsūrās habitantēs
innumerās superās bellātōrī sumus illī
incognōscibilēs superī ... vel forsitan eius
ēnormis sīmus partēs animī ēgregiōrēs
50   quās minimē sinit amplectī corpus vitiōsum
invalidumque ... aut quī dīversīs temporibusve
dīversīsve locīs illum haec umquam facientem
perpendēmus contemplāvimus īnspicimusve
exitiō ēripimus dīvō vegetāmine cūncta
55   trānantī. ...Deam adīre nequit sine veste decōrā.
Quōcircā cōnsulta Diāna subinde ministrat
synthesin apprīmē lautam decorem nitidamque
pignore mandātam, ut testātur vestifica artē,
nūper ab "oeconomō" Brambillae "dēliciārum" –
60   quod saltem hic praetendit – perpetuārium in ūsum.
Haec pol synthesis hercle edepol sīc accomodāta est
fōrmae corporis ut femorālia theātrica! ...Quae rēs
incutit artificī vacuō iam mūnere frīgus
sīcut adultōrum praeīnscrūtābiliumque
65   obscūrīs cariōsīs perplexīsque latebrīs
illāpsō puerō – quō sānē saepius ille

afficitur. Namque ipsa aliōquīn suspiciōsa
Bishop rūgōsīs digitīs passimque notātīs
– namque diū quondam ferventī carpere cērā
70 villōs dēfōrmēs cōnsuēverat hispidulīsque
et sibi – condignum blandē venerābiliterque
integumentum ēvolvit sat fīdenter opīnāns
nūllī posse aliī portentum tāle datum esse.
Ignōtā causā mercēdem rēicit illa
75 fāta deûm memorāns cum flāminiā gravitāte
fūnereāve. At synthesis haec plānē est persacra;
nam leviter vibrāta ut plūmula lūce coruscat,
mōtō caesia corpore lāna micat trepidatque.
(At sī sub lānā necopīnātum latitat quid
80 laevum...?) Suntque inclūsa camīsia callaïna atque
ex bombȳce levī fōcāle hoc buxeichlōrum,
īnferiōris Amāzoniī soccī superantēs
mollitiā flōrēs, nitidō nīgrōre imitantēs
panthērās. Perfecta videntur singula cūncta!
85 Valvae iam creperae partim modo lūmine tāctae
vespertīnō coccineō, quae praeopulentum
līmen dēfendunt appendicis altipotentis,
plērumque occlūsae, praestant sē nunc reserātās!
Quō caput extemplō cruciāmine mergitur ācrī
90 sīve metū seu perfatuē forte anticipātā
laetitiā nimiāve superstitiōne recussum.
Hicve dolor vīta est vel vītae lūcidus index,
vītae curriculum invalidae raptim solidātum.
Namque valentēs amplectī Summae simul omnēs
95 Rērum mēnsūrās tempus spectant velut ūnum,
continuum, nūllō discrīmine praeteritōrum
et ventūrōrum, sōlummodo utī spatiālem
iūnctūrārum compāgem, quam tempore victī
hīc tamquam digitō modo tangentēs vel et illīc
100 iūnctūrārum tōtārum tantummodo partēs
parvās innumerābilium permultiplicumque
illūstrant, mōmenta vocant, mundum sibi crēdunt,
ignōtō plērōque ferē in tenebrīsque relictō.
Artōs cōnexūs ita clārantēs seriātim

105 vītās prōnectunt speciōsās ōrdine fictō
corporis adductī assiduō, blandē allicientī,
entropicō cantū. Speciem sed corpora tantum
chēmica valdē intorta creant umbramque "sagittae
temporis." Entropiam nusquam nōvit generātim
110 cosmos. Nītuntur celera undique lentaque ubīque
inter sē, calida et certantur frīgida passim;
at quod particulae quantālī vī vegetantur
quārtā in mēnsūrā, properantur duplice gressū
nec quid sit "prōrsum" celerārī quidve "retrōrsum"
115 nōrunt, ortus adest fīnī simul, omnia "semper"
inter sē penetrant, nec commūnis, generālis
temporis exsistit cursus, quamvīs videantur
entibus entropicīs sēnsim languēscere cūncta.
Chēmicus aut physicus prōcessus scīlicet omnis
120 quī potis invertī, sīcut plērīque profectō,
– quamvīs, utpote tābifluī, tantum ratiōnem
ūnam percipiant multī mundī statuendī –
tempore nempe vacat penitus, certāmine cōnstat
immōtō, nexū dīversārum ratiōnum.
125 Est tempus psȳchēs proprium; quārē historiunclās
cōnsuimus. Cōnfingere amāmus. Fābula vīta est.
Per fābellās prōgredimur. Per ficta aperīmur.
Huc animāns nunc sē īnsinuāns quam cōnspeciālēs
ecce aliter longē tangit chordās ideālis
130 omnisonae citharae dē fīnītīs numerōsē,
subtiliter modulātīs īnfīnīta parentis.
At quibus ille modīs tam mīrōs īnsolitōsque
carpat fasciculōs chordārum nōn reserātur
perspicuē: intortīs digitīs forte an resolūtīs
135 an fortasse pedum digitīs membrīs aliīsve
summē mōbilibus forte an pūrō aurium acūtō.
Nec sī praeteriēns eius vītae anticipāre
ēventūs temptēs – id quod fās nempe petentī,
quamvīs historiīs addictus corde repugnet –
140 certum comperiās, nam singula tempore vīsa
tempore sī resolūta videntur multiplicāta
prōpāgātaque dīversē tandem immiscentur

īnfīnītō; quō nunc irrita singula facta
Tōtī immerguntur, necdum quicquam sine mӯthō
145 singula significant. ...At pol quis sit speculātor
iste oculāria praegestāns? Ēn est tenebrōsā
quī lūce hācce repercutitur, lāmellifer ipse!
Per nitidum ātriolum fēlī pār molle susurrat
mēchanicae placidēque glabellum opulentum

anabathrum.
150 Quōrsum dēnique sīc immēnsum cōnstituātur
hīc speculum? ...Sed forte velut ballēmaticōrum in
assiduīs exercitiīs erit ūtile tāle.
Tolle pedem ad quārtam partem, inclīnā moderātē
nunc caput, artē īnflecte manum, mediō rigidātō
155 corpore, flexibilēsque redūc cubitōs umerōsque.
Tū quī fābellās sescentās praehibuistī,
in minimīs solitīs stolidissimus inque decōrīs
exquīsītīs rēx per mīlia quīnque dolōrum
affictus, repete artēs nunc. *Coppélia Faustum*
160 conciliet. Rūrsum sīs automatum illecebrōsum!
Tintinnantī nīl respondētur neque quicquam
pulsantī. Temptantī ... continuō reserātur.
Cardinibus circum terrōrum volvitur orbis,
ipseque iam titubātūrus sē continet aegrē.
165 Dīvae Dēliciās ignāvia dēdecet omnis!
Esse illum Dīvae grātum rē comprobat ipsa
synthesis; ōrnātus compēnset cētera manca!
Auxiliō sunt et lentēs ... Tamen ipse vidētur
marcidus, immō iam metuit sibi nē exanimētur!
170 Vōcēs! Garrītus! Potius raucus volucrumve
ātrōcumve hominum gannītūs īnsolitusve
cantus! Num plūmae sunt "strūthio-" quae vocitantur
saepeque mōnstrificēque "-camēlōrum"? Superī nōs
et sanctī servent! Vir an ēffigiēs ibi perstat?
175 Signum sēnsūs ērāsī? Plūmaene oriuntur
undique? Forsitan ūsque cadunt? Membra an decorāmen?
Hoc stringit lapidōsum collāre! Aestuat! Isne
pūpulus est potius caupōnius? Anne loquellā in
corporis apprīmē condoctus? Quid avi...!

SALTATOR IN CAVEA AVIARIA REPERTVS

SEATTLI — Hesterni diei septima fere hora matutina Prima in Via Aditiali in Seattlensi regione Campanoduno dicta transeuntes magnam caveam aviariam auream de 36 tabulatorum multizonii suggrunda pendentem animadverterunt. Intra caveam conspexit arbiter quidam, binocularibus instructus, virum synthesi caesio colore amictum immotum sedentem. Quem virum vigiles per fenestram apendicis in tricesimo sexto tabulato siti inducentes ferruminatorum opera a periculo redemerunt. Virum servatum postea Principem Ligneum Favam esse cognitum est, qui usque in tempus satis recens in Theatro Ballematico Septentrionali functus est, hoc autem temporis munere caret. Ab huius anni mense Martio usque in Iunium Fava partes quoque principales secundissima in fabula semisubterranea egit cui titulus "Vudius Glop."

Cavea ab aedificii praefectis amota est sumptibus Sebastiani Pistoiae, appendicis condominialis possessoris, qui nunc peregre itinerare dicitur neque ut commentaretur adiri potuit. Num omnino fortuito Sebastianus Pistoia ille artium censor sit qui Decembri mense praeterito in *Tribuno Seattlensi* "Vudium Glop" immisericordi aculeo improbavit adhuc incompertum est. Contenderunt testes Favam, qui in Centrum Medicum Virginiae Masonis continuo translatus est, prorsus mutum fuisse menteque captum visum. Eum "leviter autisticum" esse fama fert.

Vigiles ianuam habitationis Pistoiae reseratam fuisse, diaetam partim squalefactam, tempore liberationis Favae modos musicos, quorum scriptorem Finnum Einojuhani Rautavaara nomine, ex apparatu stereophonico instrepuisse adfirmaverunt.

μεταβάλλον ἀναπαύεται.[34]

—Hērāclītus

11
Cȳcna Ātra

Arcuballistam dōnāvit rēgīna māter fīliō, rēgnī passim cariōsī firmāmentō. Leviter enim vel lascīvē vel etiam mōrōsē vēnārī contendere proeliārī discunt virī. Mulier autem quid sit caedere familiārius nōvit, ipsa quae internōdia dissecat, nervōs divellit, pulpae offās tribuit hiulcō prōlis ōrī, cultuī aptat plūmam adhūc trepidulam. Nocte marītō tergum fricāns in aurem rēgem esse eum īnsusurritat, dum crēdat ipse. Nec mīrum sī ille – aliōquīn quī interdiū ūnā cum comitibus saltūs pervagētur, noctibus spurcus lūdat – dominae alticomae plācāmentō commodīs īnstruit castellum altispex, arōmata pentasphaeramque exquīrit, intercipit Nūbīs servum, ad mēnsam adeō bīnās exercet fuscinulās.

...Quam arcuballistam tam grātus accipis quam cōmis bellusque procicae interfuistī modo saltātiōnī, quamvīs assiduē nesciōquid expectēs dēsīderēsve, tamquam signum rēgium pectore ferēns prīmitīvum aliquod pondus, cūr tibi horreant pilī nescius, mūscīsne madeant silvae rēgiae an cruōre. Aliquid restinguās suādent cūnctī. "Peremptae bēstiae dēsignābis in mūrō spīritum; nascētur ars; oriētur glōria morte immortālis." Templōrum subauscultāns campānās innumerōs subsentīs plōrātūs. Sōlus iam, brācchium tollis dexterum, sinistrum tendis retrō crūs ventōrum indicem simplex prōpōnēns. Nūllus at notātur hālitus. Ter quaterque iam prōmōtus, eundem gestum in veniam iterās. Tandem aliquandō extentum leviter crūs ventilās, aurulam ipse imitāris, suscitās nēniās. Quās ad lacūs rīpam comitēs tōtō corpore sentientēs nūllās arcūs iam intendunt, olōrum ūnō quōque per vicēs ceterōs prōtegere temptante tantum carnem carnem tandem dēfendere gnārō. Quō vīsō, intercēdis. Lacustrī nebulā sēmiobvolūtam tremulē coruscam cȳcnifēmellam ignōrant aulicī iuvenēs cēterīque prūdentēs, quī crepīdinēs calcandō in diēs factī sunt urbāniōrēs. Sōlus tū superiōris statūs vel modicē meministī quidque sit volitāre, quid drēnsāre, quid cum hāc saltāre. Nē tē irrīdeant, tōtam super dēsīderiī undīs prōtractam ballātiōnem intimam illam quondam (modone?) āctam tacēs, prīscī perpetuīque amōris spōnsiōnis clam cōnscius, bēstiolam illam rē esse hominem memor, bēstiolam invicem aliquā ex parte tē. Mox nīl vident comitēs nisi stīricidium bellē variātum, īnsolitē candidum. Īnsolitus prīnceps et tū, eīs prope cȳcnās iam factus paene caecus.

Vt līberētur in perpetuum illa, cōram omnibus amor hic novus erit aliquandō dēclārandus, nam sēcrētē agitāta agnōscere nōn solent rēgnantēs. Quāpropter sub cute exsultās rēgium fēstum īnstaurātum hūmāniōribus iam intrantem petiolīs ipsam illam vidēns, quam philosophus nātūrālis ille – cui inhaeret nesciōquid būbōnis – arcānē comitātur. Fōrmā est illa praelauta, composita, ēleganter iam ātrāta, quamvīs simul et cȳcnae aliquid adhūc sublūstre restet. Quācum saltāre cum prīmum licet, ēlātus involās, inermis, vel adeō ineptus. Minus ferīnum iam decus hoc cōmisque cōnfidentia parentibus cultīs exercitātīsque plānē magis arrīdēbunt. Cȳcnicī mōtūs modestiōrēs iam, versātiō īnstrictior, temperātiōrēs iam turbinēs hī praepetēs, quōs prōcūrat oculīs gestibusque tenebrōsus scientifex. Quod volucris volūbilis haec ātra interim quōdammodo discīsa rursumque collāta coaptātaque vidētur ... tacēbis tū et tibi. Stāgnum iuncōsque nōn iam tantum redolet quantum aut fabricam aut labōrātōrium. Etenim vēram avium historiam iam nōscere nōlis. Post nūptiās aulaea claudī iubēs nē figūrae fulgentēs illae invīsitātae nimisve pellūcida caela mollēs vexent aulicōs, nigellās dēliciās artificiōsās inquiētent. Forīs nōnnulla dēlābuntur; intus cibī saepius in annōs involucrīs compōnuntur. Tū uxorque scaenās intimās pulchrē pictās cottīdiē perlūstrātis. Interdum penetrantēs ululātūs fragōrēsque ignōrātis.

Aliā in fābulā magī istīus vultus versūtiōrī tibi prōdit prōtinus dolum: ātram hanc nōn esse germānam illam cui tē spopondistī. Tyrannophilosophus cȳcnaque concinnāta coarguuntur continuōque prōiciuntur. Vēram candidamque ad parthenocȳcnam avidus advolās. Quae tamen, sēmifera adhūc – id quod anteā amābās – semper sīc bāsitat ut morsicet. Dēscrībunt quidem ita pulchrē schēmās fictās grallāta crūra vestra dūra ut inter sē tamen contingant rārius. Nec vērō amplectī solent ālae. Sēiūnctus autem sēnsim pars fīs omnium. Lacum mox imitāris cāricemque teretem, āërem ūsque ūbertantem, aquārum dēmum optimārum comitem. Lūnae iam sub lūce alterum aperīrī audīs orbem. Subvenientibus aliquandō tumultuōsē affīnibus, tuī restat nīl nisi paucae līmō pressae notulae.

Aliā in fābulā caecus auscultās cȳcnamque esse tantum ūnam putās nunc silvāticē saltantem, nunc mītius, decoriter nunc, nunc lascīvius.

Quod collum, petiolī membraque nōnnumquam sēnsū, calōre, firmitāte variant, hoc Cȳcnae Ūniversālis mīlle tribuis figūrīs. Tantum per caelum invīsibile dēlīneātam cōnspicī scīs ipsīus fōrmam aeternam – quod caelum ātrum aliī, cinereum aliī, caesium aliī, aliī caeruleum affirmitant, quod tū tamen ultimum silentium esse scīs quod nōndum attigēre sonī ūllī. Post cȳcnotheae in mātrimōnium ductum exemplar quodpiam, eadem adhūc facis quae omnēs: aquam portās, tāctū perītus concīdis lignum. Eam tam saepe vidēs quam anteā; nam līmitēs iam sunt tibi nūllī. Lūna sōlque et planētae per mediānum revolvuntur vestrum.

Alīā in fābulā cȳcna rūrsum nigra est. At nōn arcuballista sed testula flōrum est quam dedit māter paterve. Immō pater. Cȳcnulae crūscula tantum rōstrulumque lūtea sunt; cēterum corpus figlīnum nitidē est nigrum. Tū, ballātor perīte, cȳcna coracina quam sit fictīcia eōque dubia, immō perīculōsa, cōnscius, ipsam eam ac tōtum conclāve complēs dēprecātōriīs plantīs omnigenīs. Cedrētum prīscum cum redintegrāre prōrsus nequeās, tibi tamen, perartificiōsō aevō hōc iniūriē inclūsō, condiciōnem saltem aliquantum imitārī licet prīmitīvam. Etenim, ut corpus, labōre ferē vacāns vērō, modīs recolēns māximē mentītīs rōbōrāstī atque amplificāstī, ita, olōre sub tenebricō, iam omnia adulterāns recentem vēritātem tū dolōsē māchināris ... sīcut et cēterī, vēra sī dīcenda sunt, in mundō perquam fictō vītam sibi, utut valent, māchinantur cūnctam. Ipsī quoque dīnosaurī, avium abavī, āversum quondam hostilemque sibi orbem vīvārium in suum convertēre praedā obventīciā, fortuītā aquātiōne, mūtātā identidem rerum condiciōne corporibus identidem refictīs. Et, ecce, fictilis olōris terram iam perlūstrant immōta salapūtia, tyrannosaurī!

Alīā in fābulā cōnsiliātrīx quaedam tē vīsitāns cūnctīs ex fābulīs, mīrum dictū, exquīrit sēdulō versiōnem ūnam ūnicamque, nīmīrum schizophrēniam schizistoriamve sibi timēns. Tē aut sponte prōstrātiōnem nervōsam passum esse prōposuistī aut venēnō aliquō tē obstupefactum ā Sebastiānō Pistoiā deinde causā adhūc incertā sed certē malevolā carcerātum aut ā Prīncipe Bellānēnsī impetum in tē esse factum nē forte reconciliēminī tū amāsiusque prior aut medicātum tē inclūsumque ā Brambillā cantātrīce, quam Pistoiae hoc temporis diaetam occupāre ... aut apocalypsin mysticam accēpisse tē ab antīquā deā chthoniā aliquā nunc temporis Brambillānō in corpore incarnātā. Cum tē ipsum adhūc satis perscrūtārī reprehendereque valēre videāris, animum tuum ultimam hanc in opīnātiōnem, tibi quidem manifestō acceptissimam, psȳchologicē penitus fixum esse nōn tamen rētur spēsque vānās paranoïcās megalomanicāsve, quās

sānē significent hypothesēs hae plēraeque, phantasiās dēnique tantum
explōrātōriās esse suīve dēfēnsīvās gradūs sōlum neurōticī. (Ac tū certē,
quī aliōquīn tragoediās cōmoediāsque cumulātim calleās, psȳchologoblaterātum quoque istum, etsī haud semper omnīnō perspicuēque comprehendēns, iam probābilius administrāre scīs.) Ālūcinātiōnēs, quod sciat
illa, haud signa sunt per sē autismī generis ūllīus; synaesthēsiam autem in
autisticīs saepe fierī renūntiant doctī, atque inūsitātīs sub condiciōnibus
plēnae videntur nōnnumquam accidere ālūcionātiōnēs sī nimis excitātur
apparātus sēnsōrius simulque ob inditum aliquid, seu medicāmen seu
affectum peculiārem, minus īnfēnsī reddantur stimulī.

Plānē autem agitur imprīmīs dē modō quō tū caveam aviāriam intrāveris istam. Sī enim nūllae vērē factae sunt īnsidiae malevolae, tū aut
merē mentīris aut huius reī memoriam propriam oblitterāstī. Vērumvērō
assevērat illa tē caveā tandem exemptum īnsolitissimē tē gessise nec sermōnis rēctē fuisse capācem; quam quidem pathologiam in thērotrophiō
mēnse Iūniō factōrum sē admonuisse, praeterquam quod recentī in cāsū
signa multō fuisse graviōra; numquam enim anteā sē tē alaliā plēnā
labōrāre vīdisse; hāc vice tēcum tantum tāctū agere sē potuisse. Immō
zōomīmiam satis provectam in tē tunc prīmum vīsam nōnnihil sibi
formīdinis fēcisse. Pessimō quidem fātō tot tantōrumque malōrum psȳchologicōrum nōtātū dignōrum exempla prīmum in homine sibi necessāriō amīcissimōque sē dēprehendisse.

Etenim ob hoc prīmō tam cōnsternātam sē esse animō ut paucōs diēs
nē dormīre quidem cibīve cuiusquam ēsum ferre quīvisset sēque adeō
rogāvisset, quod et iam saepius anteā, num quid ipsa tandem ad psȳchologiam clīnicam parum apta esset. Stupōre gradātim neque omnīnō
sponte ēmergentī tibi commonefēcit tē post acceptam clādem nōn ante
septimum diem rudīmenta verbōrum ita prōferre potuisse ut rēs aliquot
in lūcem aperīrēs; Vigiliae Seattlēnsis investīgātōrem nōnnihil esse frustrātum quia nec quandō nec ubi neque ā quō fabrefacta esset cavea nec
quōmodo pervēnisset istūc dēcernere potuisset; fōrmam quidem Eurōpaeam esse et vetustam, rem tamen ipsam recentissimā effectam ē māteriā.
Cōnsiliātrīx sē etiam patrem tuum convēnisse hōramque ferē cum eō collocūtam affirmat; ex quō hunc obiter indicat Scintillum esse virum intellegere nōn satis cōnstāre – vel patrem hanc rem forsitan tranquillitātis
causā in animō sibi prōrsus praetermittere.

Hunc, tibi assentientem, Hinnuleae Currentī, cum sit nātūrā nimis
patibilis, dē casū tuō nihil esse nūntiandum cēnsēre. Quam etsī sē num

quam nōvisse fatētur therapeuta, hanc tamen hominum autisticōrum cognātī exemplō respondēre assevērat ob ipsam eius patibilitātem tam psȳchologicam quam corporālem necnōn quia in allūrgiās prōclīvis sit atque etiam propter intellegentiam in singula quidem intentissimam, nōn autem continuō ad generālia habilem ūtilemve. Complūrēs vērō ex hominibus omnium ingeniōssimīs, velut Albertum Einstein et Vincentium van Gogh necnōn Vilelmulum ipsum Gates, aut familiārēs habuisse autisticōs aut ipsōs propria autistica aliquot praestitisse signa. In cuiuscumque generis autismō systēma nervōsum variīs dē causīs variumque in gradum stimulīs quibusdam nimis vehementer afficī; "sapientēs excordēs" dictōs hominēs esse tam mollī sīve "hyperaesthētā" nātūrā ut operibus plūrimīs fungī interdum nequeant; "ingenia" autem "māxima" vulgō quī dīcuntur eōs plānē ex hēmiautisticīs esse quōrum systēma nervōsum ita fortuītō esse temperātum ut sine pathologiā nimis noxiā mūnere saltem aliquō fungī queant. Num tū ut tāle ingenium māximum, seu ballēmaticum seu histrionicum seu quālelibet, adhūc fungī possīs therapeutae iam in incertō esse patet. Cum tamen in adultīs novās gignī posse cellulās cerebrālēs sciāmus, nūllōs iam dīcit illa exstāre speī līmitēs certōs praesertim sī succurrat pharmacotherapīa. Neurophysiologiam tuam praeter hyperaesthēsin quamcumque satis esse rōbustam habilemque autotherapiāsque tuās tē mīrē adiūvisse ad officia neurica in cerebrī regiōnēs illībātiōrēs dēlēganda ... eādem quidem ratiōne quā vulneribus cerebrālibus afflictōs nōnnūllōs officia perdita fēliciter aliō trānsposuisse. Quālēs mūnerum cerebrālium trānslātiōnēs volūbilitātis tuae, quā saltem ante hanc clādem tē esse ūsum, nīmīrum fuisse causam, cum sānē autisticōrum plērīque in loquendō labōrent. Vt sint verba tua aliquantō concepta nec semper perapta, arbitrum tamen quempiam oportēre affirmat memorem esse tē loquentem tāle efficere quāle quī ē raedīs complūribus atque apparātibus incendiōrum conclāmandōrum clībanīsque ēlectronicīs elementa computātōria coaptāns ēditōrium programma effingat.

Aliā in fābulā cōnsiliātrīx nōn tibi sed magistrae suae aperit tē procul dubiō esse mūtātum, quam autem mūtātiōnem admodum ambiguam fuisse. Corporis quidem mōtūs necnōn loquēlam plērumque iam magis torpēre; quod tamen nōn prōrsus vitiō esse vertendum. Ōrdinārium therapeutam procul dubiō remorbuisse tē arbitrātūrum, sē tamen crēdere tē tantum in autismī tuī gradū vērō acquiēvisse nec iam morbī signa, quae sānē haud ita hyperbolaea, assiduē per ūsūs ballēmaticōs histriōnicōs poēticōs dissimulāre nītī. Hoc vidēlicet eō forsan ēmolumentō esse quia solitārum

tē iam paeniteant technārum mōrēsque iam videantur tibi minus artificiōsī petendī. Quamobrem, etsī quispiam temere animadvertēns tē relāp-
sum putet, profundiore tamen in gradū fierī posse ut recēns animī con-
cussiō, quāliscumque fuerit, psȳchēn tuam tandem, ūniversim sī spectentur ēventa cōnscia subcōnsciaque, integriōrem reddiderit. Diū plānē adhūc esse observandum, secundum autem theōriam suam prōlūsōriam tē
tuī ipsīus in exemplar dēductum esse cōnstitūtiōnem vēram tuam sincēri-
us fatēns etiamsī familiāribus simul commercium tuum aliquantō difficilius vel minus lepidum reddēns. Scaenicae artis praesentem inopiam; ratiōnem tē gerendī iam simpliciōrem magisque, sī vel extrinsecus cōnsīderē-
tur, "retardātam"; loquēlam simul imprōvīsam et quasi in Lacōnicum brevem – haec omnia dictīs tuīs indubiē candidīs, passim haicuïcīs nōnnumquam mīrum in modum et contrā opīniōnem quandam addere auctōritātem. Ex perrōmanticō tē factum esse Miróiānum vel Kleeïānum. Quīn
imprīmīs Kleeïānum. Puerīlem. Mancum. Vultum fulvum graphide dēlīne-
ātum tālī respicientem simplicitāte ut spectātor facere nōn possit quīn
suō ex animō volūmina gravia ficta eī attribuat, scīlicet nē tangātur ipse
candōre istō dīrō, sēmiïnfantīlī nunc, nunc sēmiferīnō.

Aliā in fābulā cōnsiliātrīx ego, cui Lūx nōmen, post diērum aliquot absentiam rediēns, nōn sōlum plantārum sed etiam animālium multitūdinem magnopere inopīnātōque auctam haud paulum attonita admīror: prius piscium pār in frequentem scholam intrā piscīnam vitream triplō maius nantem multiplicātum; paucārum testārum flōrālium dispositiōnem
quondam bellē incūriōsam luxuriantī cessisse harundinētō in cuius reces-
suum ūnō, conclāvis in angulō īridibus subblatteīs flōridō, nesciōquod
monostichium arcānum obscaenumve crocitāns, spatiōsam intrā caveam
ita inaurātam ut recentia īnsusurret, glōriātur candida coccineīs apicibus
cacatūa. Sectīs prō flōribus vigentia animantiaque petentī illī haec omnia
plūraque sumministrāsse dīcuntur familiārēs, necessāriī, mīrātōrēs, ignōtī. Quamquam haec nosocomiī pars nōn corporis sed potius animī valētū-
dinī dēdicāta est, ministrōs nihilōminus tālia extrēma concessisse vix mihi vidētur crēdendum. Post aliquot diēs crēbramque observātiōnem, haud
paulō tranquillātōs animōs eius animadvertēns, tam clēmentem administrātiōnem mente quādamtenus assequī incipiō, etsī in valētūdināriō avis
mānsiō longē excēdere vidētur plantārum atque etiam pisciolōrum alimōnium ... necnōn, fateor, in vīvāriō illō ob vērīsimilitūdinem, quamvīs
tenuem, interdum adeō somniāre mihi videor.

Quibus in intervallīs dubiōsīs contrā hōrum aedificiōrum ingentēs sterilēsque mōlēs hīs locīs ōlim frondentissimīs exstructās vēritātis Vudiānae flōsculum absurdulum quādam in animī parte intimā dēfendō. Ille, quamvīs avem umquam antehāc sē habuisse negāns, cacatūam illam perītissimē tractāre vidētur. Caveā exempta – quod tantum ad breve ac contrā praescrīpta fit – ē manū in aquiminālis epitonium aduncum volat, dein iussa manum repetit. Abnuentem eam nōndum vīdī. Quod concordiam vocāns rem haud amplificem. Immō cum bēstiīs conversantem eum prō autisticō nōn habērēs. Inductīs hominibus cito dīlūcēscit. Pater bis invīsit; amīcī saepius; Marnia, ut vidētur, cottīdiē. Iam exiimus cūnctī trēs – ego, ille, Marnia – in hortōs pūblicōs sat saepe; in macellum semel; semelque iam, mītissimō caelō, in actam. Quamquam prīmō post cāsum tempore dēiectī animī signa praebuit, dēminūtīs paulātim paroxetīnī dosibus, animī affectūs, quoad animadvertī possunt, satis firmī videntur neque, quod multīs in antidēpressīvīs timētur, sanguinis glycozē aucta est nec sē dē morte voluntāriā cōgitantem prōdit. Scīlicet in relāta medica aditum permīsit mihi subsignātiōne pater. Tomographēmata nūper facta fibrārum temporālium hypoperfūsiōnem, sīve oxygeniī alimentōrumque cellulīs ... dyslītūrgiam .... corporis callōsī hypotrophiam .... β-casomorphīnum ut immūnoreāctīvitātem Fosiānam ....

Aliā in fābulā trēs sunt cȳcnae. Candidae enim ātraeque additur ambās hās multimodīs superāns versicolor; nec tē dēnique, fābellārum trāditārum hārumque vicissitūdinum plūs quam gnārum, malignā multō magis allicit candidula illa probula cui fātum est aut maleficō servīre aut ex scr vātae grātiā focō tuō incubāre, prōlem ēnītī, vītam tuam līmāre. Cȳcnifēmellārum autem haec tertia, cuius omnīnō cōnstat nec color nec fātum, praepostera tua, quārum sunt sānē permulta, hīc purgāns extollit, hīc illūstrāns impugnat. Enimvērō rem quamque simul rem esse et speculum ab illā didicistī – quāpropter, nūperrimē undique trūsus, in ultimum discrīmen tum renītēns tum obsequēns es adāctus. Inter vītam et mortem, rēs per sē commūnēs crassiōrēsque, tertiam exstāre viam iam suspicāris, quōmodo sit vocanda haerēns. Tertiā enim īnsunt per sē et cēterae innumerae. Praeter Sōlem et Lūnam, nūmina domestica nostra, panditur quōquō tendis, quōquō spectās, quōquō cōgitās, cēterum illud īnfīnītum.

πυρός τε ἀνταμοιβὴ τὰ πάντα καὶ πῦρ ἀπάντων.[35]

—Hērāclītus

---

[35] "Prō igne permūtantur omnia ignisque prō omnibus."

12
Hortī Īnfernālēs

"...Vōbīs scīlicet programmātōribus haut ita dissimilis, Zoltan mī, omnia dēmum prō notīs encryptographicīs habeō. Pulchrē enim nōs fēstantēs notīs īnstruimus corpus, signa quibuspiam in circumiacentibus aliquid significantia nova in circumiacentia indūcentēs novōque modō coniungentēs novam tribuimus eīs vim significātīvam. Per symbolōs omnia nostra communicāmus. Et quid sunt symbolī quīlibet nisi īnfōrmātiōnis ipsa īnstrūmenta, velut ūnōrum tandem zērōrumque segmenta ipsa, sīve octētūs sīve longitūdinis aliae? In veste, ut rē simpliciōre, tantum, meō quidem iūdiciō, bīnīs ē rērum hominumque complexiōnibus symbolōs excerptōs simul coniungere licet, scīlicet sī hominēs plērōsque significātum satis cito mente complectī cupis. Triplicem enim iūnctūram assequuntur paucī. At theōriam mihi explicāvī et triplicibus atque etiam quadruplicibus iūnctūrīs vērās summāsque innītī artēs necnōn et nōtiōnum omnium māximās, nam tālēs temperātiōnēs multipliciōrēs nōn sōlum ut rēs disparēs mente coniungāmus postulant sed etiam ut in fastīgiō abstractiōre cōgitēmus et sentiāmus. Vel Kandinskiī scītās repugnantiās fōrmālēs multifāriās respice, nārrātiōnēs aliās intrā aliās, interdum intrā etiam aliās, sitās significātiōnēsque multiiugās Platōnicās, Iōannis Bach vicēs harmonicās complicātās vicēsque polyphōnicās intortās hīc inter sē rōborantēs hīc ēlūdentēs..."

"Ac Barnium..." exclāmat Vudius palūdāmentum nigrum secundā iam vice fibulā sibi aptāns.

Quod dictum neglegēns Abbās, reclūsā lacernā imperviā, carnōsī colōris lintea intima tōticorporālia revēlat quōrum ex inguine iam prōsiliunt colōris ferē mālī Persicī folliculī īnflātī trēs: pār minus alterque maior longiorque. Pilleum invicem rōstrātum cursuālem induēns caeruleum cinereumque Hūngaroamericānus in speculō sē aestimat. Cētera ōrnātūs ūsque in cūncta singula videntur perquam idōnea. Incomptus rūfulusque aspectus eius relūcēns quōrundam cursūs pūblicī ministrōrum quōs quondam vīdit prōrsus commonefacit.

"Barnium dīcis?" inquit hic sclopētum māchināle quaerēns suum. "Em, plānē, dīnosaurum istum purpureum." In mēnsulā lampadāriā prope maīziī īnflātī crāterem positum invenit sclopētum. Quod sānē lūdicrum esse satis appāret; mūtātā enim veste convīventibus rīsum quidem, nec pāvōrem vult movēre.

"Vt vērum dīcam, Vudī mī, dīnosaurō parum similis vidētur mihi. Aspectus eius magis est libellōrum nūbēculātōrum persōnulae incertae ... vel hippopotamī vellūtinī."

"Ecce quia..." inquit amīcus, "...parvulī plūra tangunt. ...Hoc mihi alligās?" Quod dīcēns amictōrium indicat nigrum persōnāle.

Eum adiūtum obiēns nescit Zoltan cūr tam sibi ignōtō quam nōtō adesse hominī sibi videātur, quamvīs haud secus ac prīdem nūgētur ille. Enimvērō illa cum Vudiō conversātiō vītaque prior, etsī memoriae adhūc patent cūncta singula, exanimis iam ac paene fictīcia vidētur, tamquam carmen cuius ipsa manent verba, fōrma tamen mūsica in aeternum dēperdita ... tamquam sī quis in summō monte inter mentis exercitātiōnem existentiaeque significātiōnem complectendam sex cōnsūmpserit mēnsēs posteā autem in vītam reversus cottīdiānam parum hōrum restet praeter corpus dēfessum dolēnsque. Iam deesse videntur illīus animī tam generōsī quam ineptī, simul fatuī et fēstīvī, prīstina aliquot elementa. Cūrnam dēmum, rogat sē Zoltan, Vesperae Sanctae fēstīs hīs absurdīs interesse cupit amīcus īnfēlīx? Numquid priōrem petēns vītam? Ecquid locum condiciōnemve quaerit quā nixus partēs aliquās possit agere, ipse sub persōnā susceptā latēre, iterum sēmibene congruere vidērī?

"...Parvulīs placet fōrma," addit ille. "Complectābilis vidētur. Amplitūdō potentiam efficit. Color stimulōs addit ... cum oculō tum linguae. Scīlicet ūvārum prōpōnit ille ... sapōrem." Conticēscit quasi sī aut propriae vōcis subitō pigeat aut sententiārum. Zoltanī in mentem venit Polliculus Thōmās cui, mīcīs iam prīdem ab avibus surreptīs, imminent silvae chaoticae.

Hī virī trēs, Zoltanis clābulārī psӯchodēlicō vetustō mox vectī, Zōēn excipiunt, Abbātis amāsiam, quam Zoltan antehāc tantum semel perbreviterque novissimō in Vudiī nosocōmiō convēnit Abbāte nātū māiōrem esse animadvertēns nec loquācem nec quidem valdē hūmānam, immō Abbātī penitus contrāriam. Scīlicet quālis sit hōrum necessitūdō haud sibi imāginārī valet. Illa hāc nocte puppula panniculāria rubra albaque est cuius mālae orbibus rubrīs distinctae atque – quod vel māximē Stephanum King in mentem vocat – oculī ēnormibus palpebrārum pilīs pictīs mangōnicātī.

Vudius in postīcō sedēns iam tacet dum Abbās quam sint similēs inter sē disserit, hāc ex parte, artēs abstractae omnium difficillimae et, illinc, ADN. Sententiam inicit tandem Zoltan ambō, etsī hominibus nūntiōs pernecessāriōs cryptographicē ferentia, ā paucissimīs tamen funditus comprehendī, singula autem vel artis abstractae vel ADN vel et – quod sibi compertissimum – computātōria haud esse perdiscenda in ūsum proprium haec cōnferre cupientī ... quod quidem dē cēterīs cultūs cīvīlis modernī elementīs dīcī posse, immō ipsa vītae rudīmenta artēsque prīmās māximēque necessāriās ex concīvibus iam callēre paucōs, quamvīs sānē complūribus symbolīs supervacāneīs omnīnō obnoxiōs neque hōrum ūsūs incapācēs.

Post prīmam salūtātiōnem Zōē, ā postīcī sedīlis alterō latere, Vudiō oppositō, imperspicua nīl iam prōfert. Immō hī ambō virōs in fronte disputantēs auscultant tacitī. Zoltanī fierī posse vidētur ut Abbās hoc Zōēs proprium in virtūtem vertat: quod silēns auscultat.

Ē tribus convīviīs quibus intervenīre in animō habent convectōrēs quattuor, prīmum agitur quōpiam in condominiō – ex eīs quae ad emptōris arbitrium concinnentur īnstruanturque haud autem māximī sumptūs apertē susceptī perdigna videantur – in Montis Rēgīnae Annae clīvō septentriōnālī positō. Cum paulō immātūrā adveniant hōrā, iam tamen hīc et illīc conglomerātur, id quod fēstum hoc haud omnium scītulissimum fore cōnfitētur, nīl animum cōnfirmante et cēterō professiōnālium implūmium apparātū: Brīgēnsis cāseī rotīs, vīnō cistīs ex chartā crassā factīs diffundibilī, pūrō tabāceō furvō muliebrī ōre passim īnfīxō, integerrimīs Īnfīnītātibus clābulāribusque rūsticīs nūllam umquam immūnītam viam tāctūrīs sub madentibus rāmīs cōniferīs inter sē stillātim colloquentibus. Intus sub generis "cathēdrālis" lacūnārī dē sortium optiōnibus coëmendīs, Mauiā, annālibus Interrētiālibus prīvātīs, exercitiīs Pīlātiānīs tālibusque verbigerātur. Habitūs convīviālis nōn minor quam tertia pars annōs quadrāgēsimōs ūsque ad octōgēsimōs retrōspicit. Quam agendī ratiōnem, quamvīs Abbātis critēriō bīnārum dumtaxat rērum complexiōnum coniungendārum vel minimum in modum obtemperantem, Zoltan tamen ignōbilem dūcit.

Quōmodo comes hēmiautisticus nūperque occultissimē afflictus coetum hunc sibi interpretētur sēque eī accomodāre cōgitet haud scīre potest Zoltan. At, cum technostīpitibus quibusdam lautissimās vestēs conductās inēlegantius tamen gestantibus garriēns, cōnspicit illum apud mulierem sibi ignōtam sermōcinātiunculam temptantem indolisque iam prīdem vetitae notās vel sibi sat perspicuās exhibentem: scīlicet Praefectī Locumtenentis Datae, persōnae androīdis spectāculi illīus tēlevīsificī nōmine *Peregrīnātiōnis Interstēllāris: Progeniēs*. Quō etiam magis patet oculāria viridia ista, ūsque ab illō gesta, remedium quondam prōmissum nōn sōlum nōn exercuisse sed forsan adeō dētrīmentum intulisse; nam abhinc iam quattuor quīnqueve annōs amīcum Datae partēs eō dēposuisse scit quia nōn iam sibi ūtile esset Datam istum, ut hominem cum automatō persuāsibiliter conciliantem, aemulārī; partēs illum cōnstituisse sibi dehinc sūmendās esse, etsī, estō, fictīciōrēs, hūmānās tamen. Quod pactum prīvātum sēcum reputāns Zoltan imprōvīsō vidētur sibi plūra dē Vudiō scīre quam ipse Vudius, immō, ut ita dicātur, Vudiī versiōnem fidēliōrem in sē ferre quam nunc ille. Quā īnsolitissimā cōgitātiōne efficitur ut Saharānās anteā suspectās nunc adeō in animō damnet. Vudium enim nunc videt omnīnō sīcut lūstrō ante subtīlibus incrēmentulīs subitīs caput movēre tamquam sī rotulīs dentātīs impellātur. Quōs in mōtūs ut animum prīmō nōn intendit quisque, nōn tamen potest quīn sērius ōcius animadvertantur. Illa fēmina, salmōnāceī colōris veste undābundā quasi ē mȳthistoriā amōrōsā captā ōrnāta, quid sibi opīnētur – praeterquam quod Vudius, ut fierī assolet, aspectum speciōsum praebet – Zoltan ē vultū eius legere nequit.

Post gustātōria aliquotiēs perlūstrāta ac cum tantum paucōs sibi nōtōs quīve nōtātū videantur dignī hīc versārī cōnstituerit, Zoltan Vudium oculīs quaerēns nōn invenit. Sinistrō iam in angulō salūtātur ā clientibus Cleopatra pinguior, quae, līberātīs pedibus superque scabellō requiēscentibus, crassō mōnstrāns digitō mediānī singula architectonica cēterōrum in beneficium recēnset. Inter sē āversī Cōnānī duo sermocinantur alter cum alterā corōnā, inter sē manifestē neglegentēs. Alter quidem alterum tantum ōrnātū quantum corporis speciē longē vincit. Quamobrem Zoltanem dēteriōris miserēre incipit ... etsī utrum quisquam alius convīvārum ob hanc discrepantiam sollicitētur haud liquet. Vidēlicet – quod subitō sed nōn hīc prīmum mente concipit – ipse iam, post complūrēs amīcitiae annōs, rītū interdum satis Vudiānō rēs sentīre vidētur.

Quibus cōnsīderātiōnibus ēlābendī causā cētera respectat celēbritātis. Adsunt etiam puerī adulēscentēsque aliquot integumentī adventīciī māiōre studiō incēnsī. Adeō mūmiae pūtidīve cadāveris favētur īnsignibus "lūminibus"que illūminīs cavīsque ut sē roget Zoltan num cadāvera invicem ambulantia mōnstraque tālia, sī exstent atque in convīvium vocentur, puerōrum sibi roseās genās sint indūtūrī decōraque membrula glabrula. Quae cōgitantī succurrit sōlitūdinem sē hōc tempore sentīre nōn magis ob Vudium in priōra pēiōraque dētractum quam ob Marniae absentiam. In valētūdināriō quidem sat saepe appāruit illa salūtātūm Vudium, ita tamen semper ut alius, velut Lūx vel Scintillus vel etiam ipse Zoltan, agendōrum cursum regeret. Amantium sēmidiscidiī causa est Zoltanī tantummodo sēminōta. Necdum multum illūstrāvit ipse Vudius quī rem tantum "īnstabiliōrem" "incertiōrem"que dīcit. Omnīnō autem fierī potest ut recēns prōstrātiō nervōsa, quāliscumque rē fuerit condiciōnis, obiectāculum aliquod amōrī interposuerit. Schismata quidem nihilō magis quam superbiā firmārī solēre patet, sed Zoltan nec nimis superbientem Marniam mente fingere potest neque utrum tālis bēstia quālis Vudius fastīdīre queat necne cōnstat. ...Vērum vērō in mentem venit canis quīdam quondam familiāris, ob colōrem Scobis nōminātus, quī in hortīs pūblicīs rūsticīs in quibus nōnnumquam inter fēriās commorābantur, postquam, quō īret nōn intendēns, altum in incīle incidit, laesae dignitātis signa manifesta praestitit. Prīmum enim ē fossā ēnīxus solitō canīnō mōre sē excusserat ac quasi aequō animō circumspexerat. Dorsō autem adhaerentibus foliōrum frustīs passimque, et ipsī verticī, caenōsīs globulīs parentibusque et sorōre et ipsō Zoltane incontinentēs effundentibus cachinnōs, Scobis, suī sat dissimilis, prope stantī sȳcamōrō sē subdūxit quīnque decemve per minūtās, spatium canī procul dubiō longiusculum, mōrōsitātī ibi indulsit. Cum sit rubor dēmum aliquantae suī aestimātiōnis faciēs āversa, canēs superbiam quandam vel dignitātem propriam aliquam sentīre, etiamsī huius nōn ita sibi cōnsciōs, haud negārī posse vidētur. Etiam Vudium igitur, cuius indolēs sānē longē hūmānior, superbia quaedam sine dubiō intercipere possit. ...At haec nōn eō sēcum disputat Zoltan quod ipse, iam paene integrum annum Venere vacuus, amīcōrum disiūnctiōne abūtī cōgitet, nam ipsum Zoltanem et tālem nympham prō cōnforāneīs habeat vīsū praeditus nēmō.

Īnferiōris tabulātī in oecō amplō quōdam lūdicrō per fēstīvam occasiōnem magnā ex parte in chorēum mūtātō per tenebrās purpurātās convīvāliter vacillantēs dispicit tandem Zoltan prope mēnsam tudiculārem haesitantem nigrātum prasinīsque oculāribus distinctum amīcum. Inter pedetemptim iam saltantium incūriōsēque spectantium turbam subrīsū nūtūque salūtantī Zoltanī respondet Vudius parī subrīsū manūque artificiōsius sublātā – quam gestuum coniūnctiōnem Zoltan, quī nōn saepe sed tamen interdum comitis prīstinam artem observāvit, sē illum quondam in *Cȳcnorum Lacū* exsequentem vīdisse meminit ... vel meminisse vidētur sibi.

Sīc scītō Vudium nōndum discēdere cupere, Zoltan ob modōrum saltābundōrum nimiam magnitūdinem trānsit in conclāve paulō minus, hospitium cuiusdam lūsūs ēlectrovīsificī ipsī iam aliquot mēnsēs nōtī vulgō tamen adhūc mīrāculō. Super quādrō tēlevīsificō māximō geritur bellum phantasticum, *Domini Anulorum* bellō cuipiam ūsque adeō dissimile ut arcērī possint lītēs. Per computātōrcula gestābilia cēterumque apparātum manuālem et fīlīs et sine fīlīs coniūnctum dūcit dēcuriō, centūriō, tribūnus, lēgātus quisque, dux generālis uterque manipulum, centuriam, ālam, legiōnem, exercitum suum. Neque in proeliō in spatiō cybernēticō perāctō plērumque interest ubi stent vel sedeant vel tapētō incumbant pulvīnīsve suffulciantur mīlitantēs extrinsecus dissolūtī. Inter sē passim immixtīs corporibus, animum tantum avidī intendunt in sua singulī. Sōlum prope ducem utrumque generālem – quōrum quisque, iuvenis nitidus togātus hinc, illinc rūgīs cānīsque dīra virāgō senior, in angulō reductō ante quādrulum tantum ā fronte legibile necnōn margine ēductō prōtēctum artem imperātōriam cūriōsissimē exercet – fit "virtuāle" bellum eō "reāle" quod iuxtā dūcem quemque cūrat adiūtor vigil nē proeliī ratiōnis particeps fiat oculus īnfēnsus. Ducis ephēbicī lictor est ursus hūmānus hispidior, alicuius Olympicae Cataracticaeve pluvisilvae rōrifluae pergermānus incola. Torvae imperātrīcī, olīvāceam vestem mīlitārem operāriam versicolōribus maculīs dissimulātam gestantī, assidet huius exemplar corpore minus, glaucae vestī tālārī in absonum ēlegantī iniectum, cuius rūgae nōn tantum, sīcut in dominā, viās properātās urbānās multicurriculārēs prōpōnit quantum trāmitum rūrestrium lēvius rēticulum.

Cōnsultōne an fortuītō haec inter iuventūtem virīlem et senectūtem muliebrem pugna sit īnstructa ignōrat advena, sed lūdentēs tam intentō animō officia sua prōcūrant ut cēterī convīviī vix videantur esse participēs. Immō hunc lūdum auspiciīs magnā ex parte aliīs parātum esse quam cēterum fēstum suspicātur; praeter enim ducēs lictōrēsque ūtuntur lūdentēs plērīque īnsignibus fēstīvīs admodum exīlibus ineptīsve. Vel proximē stāns procērus adulēscēns nīl mūtātae gerit vestis nisi vīlem persōnam cunīculārem ē vultū nunc in verticem sublātam quō expedītius māchinulam moderātrīcem manū tentam administrāre valeat. Circumspiciēns quidem Zoltan animadvertit lūsōribus temere admixtōs spectātōrēs extrāneōs crēdibilius exōrnātōs plūrēs plūrēsque hūc illūc aspectum alternantēs inter proeliī mōmenta in vastō quādrō dēpicta et concitātōs proeliantium digitōs. Ab ēmissāriīs tamen nōn cavēre videntur bellantēs, seu quia cōnsilia bellī tam cito ēvolvantur ut ars speculātōria parum prōficere possit seu quia tālis lūdī antistae hōrumque lēgātī satellitēsque optimē inter sē nōverint ac sānē artificium suum ōtiōsōs hōs spectātōrēs satis latēre cōnfīdant.

Hominum, orcārum, pūmilōrum, bēstiārum elephanticārum, nūminum elfinōrum necnōn umbrārum lūridārum māximē variātā sorte, inclīnātur tandem magis magisque in improbōs, hoc est, in virāginum cōpiās notābiliter dēfōrmiōrēs. Exitum autem experīrī nōn licet, nam Henrīcus Faber, Vudiī quondam collēga ballēmaticus, iamdiū autem caupō pecūniōsior in cuius caupōnā novicoquīnāriā Zoltan cum Vudiō Scintillōque bis terque cēnāvit, eum ā prōdigiōsī bellī contemplātiōne excitat, Vudium aliquid passum esse nūntiāns. Programmātor ūnā cum Henrīcō proximum cubiculum trāns andrōnem statim petēns, tertiam intrā singulārem annum repulsam ob nimiam invērisimilitūdinem in animō respuit sed propter ternārum calamitātum pernōtam lēgem animī parte etiam interiōre simul verētur.

Prīmō nīl in cubiculō dispicit praeter aquārium illūminātum huiusque incolās tropicōs hūc illūc per crispula imāgināriaque topia placidē variēque nantēs. Mox autem in piscīnulae vitreae fulgidae antepositō cubīlī, quod, accomodātō paulō vīsū, spondā minōre explicātum appāret, nigrātam fōrmam supīnam animadvertit. ...Et, ecce, ā dexterā altera figūra aeque nigra, immō vērō, ut vidētur, aequē Zorrōnica, suprā alteram resupīnātam paulō inclīnāta nunc iam concipit verba!

"Facta mea," inquit, "immō nostra, Domine Vudī, certō certius excūsātiōnem postulant flagitantque!" Robusta vōx sonōs sibi apertē extrāneōs paene hēdonisticō mulcet modō. "Sī vērum dīcere licet, tantum per iocum hoc fēcimus ... etsī tamen in Vmbellāriō Fēstō animō certē paulō ācriōre mē ēgisse cōnfiteor. Illō quidem tempore tē ut rīvālem timēbam; nunc autem rem prōrsus aliter sē habēre cōnstat!"

Tenebrīs iam sat assuēfactīs oculīs, Zoltan lychnion modo cōnspectum in spondae postīcō abacō ad parietem positum porrectā accendit manū. Quō factō, tollitur ad Zoltanem alterīus Zorrōnis vultus collūstrātus, cuius color, etsī apertē aliōquīn fuscior, hōc tamen temporis mōmentō pallidior vel adeō cinereus sit propriē dīcendus. Ipse Vudius lectō iacēns, quamvīs adhūc dupliciter tēctīs oculīs, manifestē vigilat; nam membra eius inquiētius versantur velut ob hominem sibi nunc applicātum sollicita.

Rēs inter Fēstum Vmbellārium gestās tantum ā Marniā quantum ab Abbāte iam pridem doctus Bolūquamque igitur illum sēmifābulōsum sē nunc ex adversō habēre cōnscius interpōnit Zoltan: "Plūs quaesō locī incommodātō concēdātis amīcō meō!"

"Rēctissimē quidem monēs!" inquit Bolūqua īlicō pārēns sēque ad īmum lectum subdūcēns, unde Vudium nōnnihil, ut vidētur, sēdātum iterum alloquitur: "Ecce, domine, nōs intrā hebdomadem mātrimōniō iungēmur!" Quod dīcēns nympham viridātam prope sē stantem – quam Zoltan, tālium perītus, prō exquīsītē trānsvestītō Scintillō continuō interpretātur – respicit tamquam bellātor praedā exoticā gloriāns mox triumphāliter in patriam reversūrus.

"Salva sīs," inquit Vudius. "In altum ... submarīnum ... exoptāta venīs."

Quō dīctō, Scintillō dexteram dēbiliter porrigit. Hic autem prīmō velut prae pudōre haerēre vidētur. Appāret iam persōnātum pār Vudium, ut hōc tempore ēnervātiōrem, nimis cōnsternāvisse, amīcum forsan adeō, aequē atque in Fēstō, Scintillum trānsvestītum prō Brambillā vel pro deā suā habuisse, hāc vice ēventum forsan et nocīviōrem fuisse, nunc saltem Vudium Scintillum esse Scintillum scīre. ...At ab appropinquantī Scintillō retrahit manum Vudius. Dubitat iterum īdōlum viride.

"Dā mihi tamen," īnfit Bolūqua sollicitus, "dā nōbis, domine, manum! Sumus enim mox ad āēriportum profectūrī, vidēlicet in Bellānum meum volātūrī. Tē nōs, nisi vīllās nostrās cōnsultō obībis – quod ut faciās tē scīlicet ex corde hortāmur – nōn iterum visūrum reor. Vtīque nē angāris; dea enim tua, sī patuit umquam, adhūc patet tibi."

Quibus effūsīs, iacentis manum ambābus invādit suīs; agitat; nec iam resistit alter. Accēdit lacrimōsulus Scintillus, cui Vudius sē in cubitum laevius ērigit. Fit dēmum valēdictiō amplexuōsa. Quicquid nūperrimē acciderit, vidētur Bolūqua etiam magis quam Vudius esse territus. Vestēs, pellis color, corporum fōrmae cōnsimilēs nōn iam quicquam efficiunt; dētractā enim persōnā, Bolūquae vultus minus fōrmōsus, altae mālae superiōre parte passim notātae, nāsus exiguus plāniorque, minōrēs minusque pulchrī oculī decōre Vudiānō longē distant. Attamen contrā discrepantiam prīnceps hic Asiāticus haud dīcendus est foedus. Dryas tandem Scintillana, partibus fēmineīs procul dubiō ob causās politicās nūllō excēdēns gradū, superiōris amantis frontem piē ōsculāta attalicōrum bombȳcinōrumque susurrō ūnā cum spōnsō rēgiō sē subdūcit āēriportum Seattli-Tachōmēnsem prīvātā carrūcā petītum.

238

"Quō proximē?" inquit Vudius iam in lectī margine sedēns tamquam brevī somnō recreātus pannumque nigrum faciēī partī superiōrī obductum recompōnēns. Ad quod Zoltan, nec dōmicilium nec valetūdinārium significāre amīcum sed potius sequēns cōnvīvium attonitus cernēns, paulisper nihil referre valet.

Addit dein Vudius: "Scīn' tū, Zoltan? Quasi technā magicā...!"

Quam praetruncātam sententiolam prīmum nōn bene assequentī succurrit tandem Zoltanī reputantī amīcum dīcere velle ob rem Scintillānam modo explicātam cōnstitūtamque animum iam dēfaecātum esse sēque sibi tamquam per magīam refectum vidērī. Enimvērō quod magīae mentiōnem facit habet Zoltan prō optimō portentō, nam post caveae aviāriae cāsum haud iam quicquam dē magīā fābulīsque ac phantasiīs, Vudiī ōlim solitā sarcinā autotherapeuticā, labrīs eius abīre audīvit.

"Oblectārī libet," inquit aliquantō post Vudius, ob "ī" tamen litterae ēnūntiātum ita ambiguē ut haud sciat Zoltan an (minus quidem redundanter) "oblectāre" dīxerit.

Zoltan, quī sē interim versātilem in sellam attractam recēpit, reddit tantum hoc: "At post tantam clādem tuam...!" Dexterumque tempus pilōsum animī dubius scabit extrēmīs digitīs duōbus.

"Clādem!" oppōnit Vudius quasi ab irrīsū, sē prōclīnāns Zoltanisque mentum simul mānsuētō pugnō simulātē feriēns, virīlis familiāritātis signō – sī vērum dīcendum est – sat obsolētō. Zoltan, cum plērāsque persōnās ā Vudiō anteā indūtās bene nōvisset atque illārum cuiusque gestūs inter sē concinnōs dūceret, gestūs tamen nunc factōs seu ob clādēs acceptās seu ob Saharānās istās assiduē gestās inter sē repugnāre nōn potest quīn nōscitet. Histriōnis partēs nūper inter sē commixtae cōnfūsaeque esse videntur, id iam dilābī dissolvīque quod Vudiī quondam māximum fuit īnsigne. Restat tantum homō cum speciōsior tum tamen aliōquīn imminūtus multipliciterque labōrāns.

"Illōs sciēbās," āit necopīnātō Vudius, "interfore?"

"Minimē equidem! ...At haud sciō an vērē dīxerit ille sē, immō ambōs, nīl petīvisse nisi ēgregiō mōre tibi valēdīcere."

Vudius, ōs paulum movēns tamquam aliquid revocātum cautē rūmināns, nihil refert. Huius conclāvis iānuā interim clausā, cosmī dīluviēs exitiālis, hiemālī aestuī apud Montem Sanctī Michaēlis similis sed longē celerior, paene tam citō quam scatūrīvit resēdit. Praeter ambōs amīcōs adest tantum Henrīcus, vir modicus, ā sinistrā sedēns silēnsque. Iuxtā ipsum Vudium operta est adhūc lectī magna pars nigrīs sinibus attalicīs velut tenebrōsīs vītāque aliquā sēcrētā scatentibus lacūnīs stāgnīsque plūrifōrmibus quae, paulum mōtō amīcī corpore, circumiacentium spīrāns lūmen caeruleum, cūmātile, cyaneum hīc effundere hīc sibi avidē haurīre videntur. Immō autem, ut Zoltan ex īnsolitō hōc vigilantis somniō in sē revocātus animadvertit, mare medioximaque nūmina quāliacumque adhūc cum bonā pāce comprehenduntur aquāriō, ubi hoc temporis Neptūnia immānis potestās, lūce oblīquā tranquillē interspersā, tantummodo per nantēs planētiscōs lūteōs callaïnōs ātrōs sē hīc ostendit glaucāsque lūnulās undantēs hālānsque passim globōsum ōs.

Praetereuntium convīvārum audiuntur iam cachinnī tēmulentusque blaterātus. Modōrum saltātōriōrum penetrant ūsque hūc praesertim pulsūs īnfimī.

"Istud mihi trādās," inquit Vudius nōtum petasum nigrum in mēnsulā iacentem indicāns cuius plānae ālae fimbriātae.

Quem dubitanter trādente Zoltane, augētur subitō commissātiōnis fragor.

"Quid accidit," ait Abbās iānuam post sē claudēns quō strepitus iterum dēprimitur. Tumet ā fronte lacerna clausa.

"Nihil," inquit statim Vudius solitō mōre quasi rēligiōsō petasum ambābus manibus capitī aptāns.

Ad quod Zoltan: "Scīlicet nihil, laus superīs, factum est grave. Attamen..."

Sequitur, dīgressō comiter Henrīcō, concilium triumvirāle dē cēterā nocte agendīs. Ab initiō inclīnātur Abbās in Vudiī sententiam: ob parvum incommodum acceptum haud esse ab omnī fēstīvitāte abstinendum, quotannīs tantum semel celebrārī Vesperam Sanctam, et ita porrō. Per comprōmissum dēcernitur tandem intermittendum esse secundum convīvium, continuō in tertium pergendum, quod utīque ex tribus māximā sit spē.

Vudiī ōrātū Radachī Mūtātōriam, quae utīque ferē in itinere est, ad breve invīsunt Vudiō novī habitūs prōspiciendī causā; nam praeterita īnfortūnia nunc superāre cōgitat ille atque, ut numquam Scintillum revīsūrus, novam vītae suae partem novā veste dēnotāre cupit. Quod autem apud Radachum ēligit probat tandem sōlus Vudius. Merx ut "Kamēhamēhae Magnī, Havaiiānōrum summī rēgis, īnsignia rēgia" prōscrīpta cōnsistit ex pēplō longō cinnamōmāceīs flāvīsque plūmīs obsitō celsōque suggestū capitālī longiōribus longissimīsque plūmīs rutilīs horrentī. Cui ōrnātuī adicit Vudius minūtam proboscidem elephanticam elasticā cōpulā cummeā capitī alligātam Saharānāsque, plānē, huic superpositās. Quō compositō minimē vērīsimilī apparātū, "Perfectum," inquit dēbiliōre sed tamen satis distinctā vōce, mūtātā fōrmā apertē et fātum refōrmāre volēns. Cui Zoltan, prīmō omnīnō favēre linguā cōgitāns, seu misericordiā impulsus seu causā validiōre sed obscūriōre, "Perfectum!" sē ipsum mīrāns subiungit.

Abbās contrā vidēns, "Quicquid id est," ait neglegenter, vestem iam ratam sed nōndum emptam procul dubiō dēspiciēns, "pergendum'st!"

Zōē, ad arcam sē ostendēns ut caliendrum rubidum seu īnsulsē horrificum seu horrificē īnsulsum nōminandum emat, nīmīrum tacet.

Īnsequēns fēstum, quod habētur in viā industriōsā pedibus Zoltanis, quod sciat, numquam tactā magnō vetustōque in mercium horreō ad speciem complicātō recēnsque, ut vidētur, in lascīviam pūblicam versō, iam ē longinquō incertē sed haud summissē praesonat, etsī ob interiectum saeptum cuius porta tantum ā viāculō trānsversō aditur nōn valdē facile est inventū ipsum ōstium. Quod ōstium tandem adeptō cōnstat Zoltanī convīvium hoc ā priōre haud magis differre posse. Ōstiārius diplōmatumque scrūtātor mixtae progeniēī trānsvestītus Amāzonius est cuius membra pancratica frappacinācea passim vestīta sunt colōris mōrī Īdaeī laticiā cummī. Notābilis physiognōmiae comptūsque ventōsī atque ēnormitāte carnelevālī Brasiliēnsī suggestūs turrītī compāgēs nōn sōlum Zoltanem Abbātemque sed adeō Vudiī praesentem sublīmitātem basilicam longē superēminet; cuius quidem praegrandis fabricātiōnis partī faciālī animadvertit Zoltan satis ferē multa inesse medicāmina cosmētica ad quamvīs īnstitrīcem Avōnāriam Amāzoniēnsem per integrum annum alendam. Ōstiāriī ambōbus ā lateribus stat custōdum pār minus exoticum ... praeterquam quod ambōrum strictissima vestis sollemnis vespertīna truncō membrīsque ita haeret ut, vel hāc sub lūce, minus indūta quam impicta videātur.

"Avis nostra elephantīna," inquit post acceptum introitum facētē, quoad sinunt cosmētica, arrīdēns Amāzonius, "tesserā dōtātur ad Māximum Agōnem Fābulōsum participandum."

Anceps prōdigium hīs verbīs īnsignītum sōlīs corporis partibus hoc temporis dētēctīs, scīlicet laevā manū ā trādente accipientī et ōre, vel Zoltanis iūdiciō subfatuē renīdentī, agnōscit honōrem. Etenim, propter crēbrās caedēs ā ministrīs cursuālibus angōre cōnfectīs hīs annīs admissās hōrumque fāmam in commūne lūdibrium saepe immodicē versam, scīlicet ob tālia quālia dīvulgātam illam locūtiōnem quae est "cursuāliter saevīre," indignātur Zoltan, sē sānē simul minūtī arguēns animī, commentum suum tam lepidum tamque scītē perāctum prōrsus neglegī. Nec minus sē reprehendēns putat et Vudium forsan tālibus in rēbus fortūnātum esse nōn tantum ob ingenium quantum ob fōrmōsitātem vel, cum nunc lateant et corporis et vultūs paene tōta, fōrmōsitātis fāmam, sī forte ōstiārius histriōnem saltātōremve agnōverit, vel forsan propter *je ne sais quoi* aliquod sīve inter oblectātōrēs sīve inter homophȳlophilōs biviōsve tacitē vigēns. Quibus apertē vituperābilibus onustō animō, intrat pudibundē programmātor ūnā cum comitibus ob incognitum paulō cunctantibus, barathrum hīc opācum hīc coruscum commixtēque strepēns quod est "Foederis Lacedaemoniī Saltātiō Vesperisanctilis Mūtātārumque Vestium Orgia Bacchānālia Annua."

Post andrōnem vestibulumve longum, cui pandent utrimque ad variōrum adhūc ignōtōrum aditūs, cōnspicitur ā fronte supernē rotāns praegrandis saltātōrius orbis mīlle exiguibus speculīs rubidās tyrianthināsque lūcēs stēllārēs ad vestēs, vultūs, membra, māchinās, falās, tēcta, parietēs, tabulāta, omnia dēmum dextrōversō turbine revibrāns.

Abbās et Zōē, cōnspectā ā sinistrā parte lūcifluā hieroglyphicā litterā illā quasi Aegyptiā cuius est fōrma pōculī martīniāriī, bibulōrum invītāmentī pancosmiī, vēniam continuō petunt in pōtātōrium dēvertendī. Zoltan invicem, quem sequitur Vudius, dextrōrsum flectit in magnam conclāvium seriem lūdīs ēlectrivīsificīs computātōriīsque necnōn et antīquīs sphaerilūdiīs ēlectricīs cōnsēcrātam. Dum Zoltan mūneris causā nova percēnset, Vudius ad lūdum quendam nōmine "Hermagēdon Vīrāle" adhaeret anticorporibus tubulō lymphaticō sclopētātim ēiectīs pustulōsōrum macrovīrōrum mīlia super mīlia ita efficāciter displōdēns ut "Doctōrātū Medicō Hermagēdinēnsī" tandem honestētur. Patet igitur illum, quamvīs nūper subēlinguem neque inter lūsum quidem multa extrinsecus gaudiī signa praestantem, oculīs tamen manibusque ac systēmatis dēmum nervōsī partibus aliquibus adhūc satis vigēre. Sē autem, neglēctō doctōrālī gradū, taedēre tandem cōnfitēns, commeātum petit ad cētera oblectāmenta paulisper sine arbitrō explōranda. Ad quod ipse praecipuus arbiter, renovātā paulō fidē atque, ut vērum dīcātur, ballistiōrum, Vudiō grātōrum, plēnam vim effūgere mālēns, nīl oppōnit; hūc, ut in locum iam nōtum, ūnam post hōram revertendum convenit.

****
****

collossēum hoc...

mīrēque intimum simul...
ob stepitūs fluctum cūncta
compēscentem   ...immō ita ut

Illam iterum in
proximō   versārī sentiam
pūblicē mē cōnsternāvit   cōnstrāvit   Illa
                                                        dein   mītigāvit
prīvātē
mēns mihi in pūblicō   dēficere solet
                                        intusque   saepius   in   capsulam
aliquam
comprimitur at hīc   capsula   commūnis   et
cūnctōrum esse vidētur
quid sānē sibi velint plērīque   minus minusque
                            vidētur
            hōs autem "fabulōsōs"
hōs immānēs esse cupientēs
longē facilius assequor
                            ē multīs fābulīs ā mē collēctīs
quō melius
hominum comprehendam vel imiter facta
                    hī autem accommodantur
                                    gencrātim circumiectīs hīs
obruentibus
sine mōtū necessāriō sine fābulā sine
margine   aliōquīn omnia   frīgeant mihi
                                        rēs enim immōta

    sēgregātave
                                    per sē discernī
                                    aestimārīve nequīre solet
at passim tālēs dispiciō quālēs   palam videās
                                        admodum rārō vel

ab ēlegantissimī stilī
artis decōrātīvae alterīusve similis cultōribus dēsignātās
vīllās castellave inhabitāre
                            remōtīs in verticibus posita montium
prōmunturiōrumve

nec mortālium lustra intrāre
    solēre   eōs
           nisi forte passim tenebrōsīs in convīviīs rārīs
exquīsītīsque
ubi ā fortūnātīs dispiciantur   eōrum
līneāmenta Raphaēlica (quae omnia vērē vīvere gestiēns
      dēlīneāre quondam   ēdidicī)
                   Klimtiānī gestūs (apud mē quondam
cottīdiē sēdulō exercitātī)
animī Kafkäānī (quōs quondam ut intimē adsequerer
libēns essem īlicō immolātus)
          quōs sēmideōs quaeque immortālia
              nē exstāre quidem suspicantur plērīque
quārum autem rērum egomet   ā   nūllō   vīsārum
  subtīlissimās ēlāborāvī
        textūrās permultās
ā Deā īnsusurrāta mente colligēns
  compōnēnsque
  nam ut ego nūgāx
        ita Illa mihi nesciōquō modō
           per loquēlam suam penetrālem
              dētegit etiam quae cēterīs forsan arcāna
                 etsī sānē verbīs prīstinīs meīs
       ob rērum perplexum
       plērumque prīvātus
mē ipsum tamen adhūc
 intus continuor
per Saharānās iam dūcor
quae hōc locō paene omnīnō sanguinirubrō
                    praeter latera   quā
intrat tantum paulum rubōris
mē tantum ipsās rērum hominumque   fōrmās moventēs
           longē imminūtō colōre observāre sinunt
nam etsī ipsōs eōs nōn bene   nōvī
         eōrum opera artēsque quōdammodo dīnōscō
accūrātius

vel aliter

        quibus mīlibus mīlibusque coartentur modīs

penitus funditus īmitus

           fātō et ārdōre pulsus

catalogizō

           at recēns ego magis ego (vel alter)

    factus

               magis fiō pūrus

 speculātor

ubi ōlim

           ob artem singulārem meam

  quasi in propriō

      meō campō mē movīssem

             "Daphnidem" mī induissem

      lentēs cōbaltāceās

      peramābilēs haesīvās

      cothurnātās et mūsīvās

      paulō rixātōriās

5   vīsum concaeruleāssent

      Rōmaeīque adaequāssent

      vestēs amātōriās

      manicīsque undābundīs

      strictam līnīs rubicundīs

10   candidam camīsiam

      gestāvissem sinuōsam

      persublīmem decorōsam

      tragicotheātricam

      voluptāriēque glabra

15   femorālia affabra

      iubare periuncinō

      glaucīs radiīs pervāsōs

      commentīciē turbātōs

      crīnēs pseudoaureōs

20   iam sat bellās palpēbrellās

      calliblepharō nigellās

      paulō supervacuē

      forsan leviter tinxissem

      cutem leviter pinxissem

25 modō ballēmaticō
   fēminās incēnsum statim
   virīsque tumultuātim
   spīritum accelerāns
   deōs quoque hīc latentēs
30 inter hālitūs tegentēs
   sēsē circum undique
   adlexissem aliquandō
   Priāpēium temperandō
   fictā petulantiā
35 mentis trepidum cēlāssem
   quippe orgia vītāssem
   quālia in proximō
   certē nunc incipiuntur
   in sēcessū committuntur
40 necopīnīs plūrimīs
   evāsissem in Adōnis
   maestī simplex Marathōnis
   causā in cēnāculum
   Helenamve accendissem
45 aliquam et indūxissem
   novam in libīdinem
   ante scīlicet invīdum
   meum comitem perfīdum
   Marniamque atheam
50 aliter rēs nunc sē habent
   facultātēs cito tābent
   nunc externīs intima
   sociandō in medullā
   cōgitāta paene nūlla
55 queō linguā ēdere
   quārē decet hīsce scrūtīs
   corpus tegere argūtīs
   verbīs mē abdīcere
   vērē fragor hic perplacet
60 ob tumultum mēns iam tacet
   circumdantem omnia
   cāsū undique iactāta

vacua iam personāta
cūrās multō mītigant
65 impetūsque et mōmenta
cūncta sunt nec argūmenta
quaequam mē sollicitant
simul mollēs et spīnōsī
campī lātī trīticōsī
70 nunc occurrunt animō
aestūsque ōceanī, glaucā spūmā ūsque frementēs
gurgiteque obscūrō, perflātī frīgore sērō
ventīsque intentīs, compār rigor implācātus
membrīs morbōsē rigidīs pariter truculentīs.
75 Turbō pectoris exaequātur turbine rērum.
Saltantēs nunc circueō, symphōniacōrum
haerēns magnisonō cantū bacchantium in altō
suggestū Satanistārum, pictum prope mūrum
adversum. Gestat quī pulsat taurea terga
80 dīram persōnam brūmālem alsūlegiālem;
atque ōrnāta catēnālī sunt tympana serrā.
Īmā quī citharā canit est perquam macilentus,
lumbōs panniculō tēctus collumque monīlī
dentibus effectō necnōn coctō capitellō
85 pendentī, faciē et cute sīc est incrētātus
ut fōrmam referat larvaeve albae sceletīve;
prīmī cantōrisque torōsula membra oleōsa
et citharistae praecipuī pinguēdine lūcent.
Bullātīs coriīs pullīs sunt inguina amicta
90 et genua et cubita; et cantōris comminitantis
horrent cuspidibus pugnī, quōs praecutit ātrōx
cūnctō iam populō ceu, rōstrīs sponte relictīs,
saltantēs contūsūrus – tamenetsī advertit
nēmō nōnnūllīque adeō prope mē sat amanter
95 perplacidēque ita volvuntur quasi sī neglegentēs
daemonicōs hōs, Glōriolam Estefan aut Manilōvum
Barrium opīnantēs suāvēs nunc prōmere cantūs.
Praeter enim Spurcōs aliquot cultōsque Gutōnēs
fēstum hoc nunc hominēs celebrant plērumque modestī
100 nec tālēs crūdī quī saepe Gravisve Metallī

mālint obstreperōs cantūs Rapicaeve Camēnae
tālēsve organicōs quī concalcent pede pullōs
frustrātae Veneris causā vel et ob studiōrum
lāpsum. Quīn potius spectant plerīque decōrum
105 quodve est in pretiō, quodque est mōris venerantur.
Sunt quoque quī quod percutiat mōrīve repugnet
sīc affectent dēlicta ut tantum simulentur
quīve venustē foedum aut horrendē speciōsum
scītē rīdiculumve petant spurcēve facētum.
110 Haec hominum ingeniī perplexa elementa resolvō
in partēs animō sincērās subiiciōque
prīncipiīs mihi compertīs ex rītibus altīs.
Attamen ecce etiam cerebrī pars, significāta
ā therapeutīs, ūsurpāns ūsūs aliunde
115 nunc plērōsque latentia multa notāre vidētur,
quae cernēns ego mē sēnsim populō sēiungī
sentīscō, fierī intimiōrem atque intimiōrem
sermōnem. Sed compertīs ex prīncipiīs nunc
coniiciō ob rērum contextum per saturam nunc
120 accipiendōs hōs Mūsēōs atque iocōsē
esse perurbānīs ut Epistomiō Spīnālī
rīdiculō similēs, quamvīs ego suspicer hōsce
– indubiē nimis īnscītus – sēsē numerāre
Lūciferī inter discipulōs vērōs furiālēs.
125 At forte hī minimē vertant valdē in grave sēsē,
saltantēs tamen exspectent sē prō truculentīs
dūcant ... vel forsan nīl prōrsus tālia eōrum
intersint modo contractō pretiō potiantur.
Quālis enim vērus pūrus solidus Satanista
130 sit nisi in omnibus ut vīrus proprium ēmolumentum
spectāns, dēspectīs magis ingrātīs praeceptīs
Antitheī Dominī sprētōque et sontium honōre?
Nam nimis est tandem pius inter daemonolātrēs
adsiduus cultus. Nec dictum percelebre illud
135 Iēsū praecipuē mīror, cuivīs domuī pār,
cāsūrum et rēgnum Satanae sī dīmidiētur;
Subversōris enim rēs *per sē* lābilis exstet
in Chaos ut tendēns, quōcircā ut cētera multa

sīc simul ēruat et sē. Cōnstat prōrsus eīsdem
140 prīncipiīs omnis mēns, quamvīs sit bene cōnstāns,
exitiōsa. Igitur, prīmordia et ultima rērum
sī spectentur, sint penitus mala adūsque cadūca.
Quod permultīs et tōtī nocuit; populentur
omnia forte benigna, maligna necesse deïnceps
145 inter sē vastent. Aliōquīn sint mala partim
et bona, sint īnsāna salūbria, sordida pūra.
...Omnia sed vērē mediocria. Conciliāmus
ōrdinem utīque Chaō, Chaos aeternum moderāmur
ōrdine. Nīl sine dōte Chaī vērēve novētur
150 vel trānsfōrmētur. Per sēsē nē duplicētur
nūda quidem structūra. Quod additur, etsī tantum
perpaulum, tamen accēdit numerum īnfīnītum,
quod Chaos est. Ūber Chaos ingerit imparitātis
ignōtīque facultātēs. Quādrangula per sē
155 haud umquam ēvādant quīnquangula, cūnctaque frīgent
nōn praesente Chaī – quō nātus Erōs – aliquantō.
Nōs autem artificēs cōnsultō quaerimus ultrā
plūsque Chaī exigimus quō plūra novāmina sacra
īnstituāmus – quō fit nōbīs saepe operōsa
160 vīta. Etenim generābile quodque fuit simul anceps.
Differimusque ā daemoniīs quod nōs Chaos ātrum
vertere temptāmus semper vīventium in auctum,
cētera vīva Chaō cōnsūmere Lūciferānī
nītuntur. ...Sed tālia mē sīc mente agitantem
165 dēlīrāre putet sānus quisquam solitusque,
ipsum mōnstrificum Chaos artum quod modo dīxī –
dē quō et sollicitor – mentem mihi dīripuisse.
At quam turbidius cōnfōrmātō cerebellō
nīl aliter prōdam, propriō nam fingere rītū
170 cōgor, quō melius percaeca hūmāna capessam
mente pigrā. At nōn iam multum dēprōmere possum
argūtī labiīs. Extrinsecus, ēn, videor mī
tantum dēblaterāre neque intus praemeditāta
iam valeō, ut quondam, mundīs effingere verbīs.
175 Corpore sat pulchrō speciē sed –eheu!– nimis artō
mancōque obstringor. Mentī sunt membra sepulchrō.

At vertīgine in hōc cacophōnō quō omnia mixta
cōnflantur dubiē – strepitūs, spectācula rāra
contāctusque frequēns incertīque undique odōrēs,
180   mōtūs continuus, turbārum mēns pecuīna –
sēdantur cūrae, mundānīs āvocor, innō
ingentī hypnoticē generālī flūmine rērum
et facile est animum sēiungere dēbilitāte.
Ecce etiam nunc trēs vultūs videō atque ducentōs.
185   ...Nunc autem octō sunt ... immō sex atque ducentī.
...Ecce et nunc, quoniam adveniunt septem, tredecim sunt
atque ducentī. Nīl cōnstāns manet. Omnia semper
mūtantur citius quam mēns iterum numerāre
sufficit. Ā dextrā est mēnsārum synthesis octō,
190   hīsque etiam appositae sunt trīgintāque duaeque
sellae, quārum – ēn – ūna vacat quartam prope mēnsam
ā laevā positam. Cuī trēs nunc temporis Indī
Bactrīve assīdunt firmī vultū graviōre.
Armentārius Hesperius vult ūnus eōrum
195   esse; alter similī fingit sē veste bubulcum;
tertius at gestat petasum perlātum ālātum
nōdulum et in collō vēpulchellum scutulāsque
braccīs in seriē assūtās, manicās rubicundās,
quālibus indiciīs agnōscuntur *mariachi*
200   quī cantūs praestant fēstīs prīscīs populārēs.
At mihi mōnstrantī vacuam sellam atque petentī
laxantur subitō frontēs timidōque lepōre
effulgent dentēs, concēditur īlicet orba
sēdēs. At fortasse hōrum nōn congruit ūsque
205   sēnsū (sīve artī pulchellōs illiciendī)
haec Saharāna elephanticogallīnācea honestās
neque decor perfēstīvus polynēsius; abstant
namque adhūc cōnsīdentēs, ac post breve tempus,
nūllō, quod videam, praecaptō cōnsiliō, nunc
210   exsurgunt subitō sponte ac percōmiter ūsque
rīdentēs nūtū valedīcunt sēmidolentī.
Quō tamen haud angor quī nūllō vulnere laedī
posse repentē mī videor nunc utpote rērum
turbine suāviter implicitus certē incertārum

215 irrevocābiliumque; neque umquam mē minus ista
    vexāvit maledicta sinisteritās mea foeda
    postquam exercitia illa suum prīmō efficiēbant
    saltātōria vel prīmum lentēs operārī
    coepērunt mīrā variābilitāte colōrum.
220 ...At quid mōnstrificī videor nunc, ecce, vidēre
    ēgrediēns circumiectō ambiguōque tumultū?
    Purpureō cōnstāre vidētur flōre nigrōque
    passimque et flāvō; membrīs tamen exagitātīs
    ac nimium gracilentīs cōnsultō hūc properātur
225 larvārum per congeriem quasi tippulifōrme.
    Quīn immō pavitāns rem discernō approperantem;
    pectore pellitur ō! – strepitū hōc tamen offōcātum!
    Plēnus arāneus est pulpōsus terribilisque
    cūius flōriditās haud iam fēstīva vidētur
230 quīn potius prōdit plānē exitiāle venēnum!
    Quamvīs sim canium atque avium et pecorum studiōsus,
    rēs, vae, prōrsum alia est mihi nempe tarantula dīra
    immānis simul et mēnsam meam et aggrediēns mē!
    Quāle aliōquīn portentum spectāns trepidārem,
235 oscillārem, contremerem, subitō auffugeremve;
    circumfūsus sed strepitusque volūbilitāsque
    turbārum īnsolitumque locī fulgorque colōrum
    (quamvīs hīs Saharānīs subviridātus in aequum
    vel fortasse ideō) tam plēnē obvolvunt sēnsūs
240 ut terrōre oppressō mī mea membra quiēscant
    necnōn sat valeam – necopīnātum īnsolitumque! –
    horrōrem regere atque animō invalidō moderārī.
    Mentem ut distineam trepidam perscrūtor arachnēs
    artēs; est etenim nihil hoc mōnstrum nisi techna.
245 Scēnicus est habitus mīrābilis atque operōsus.
    Īnstantis videō fōrmae paenultima tantum
    crūra operam facere ac sex illa sequācia sōlum
    per solum inertia adūsque trahī tamquam pedetemptim.
    Rārius anteriōrum pār tangit tabulātum,
250 quārē portentum hoc sē arrēctum in parte vidētur
    tollere tamquam sī speculāns – vīsum iniūcundum!
    Quod tamen aequanimē cōnor prō parte virīlī

ferre – sed ex virgultīs aetātis puerīlis
perdēnsīs subitō mentī succurrit imāgō
255 pseudautisticirēligiōsa – nefasta profectō et
blasphēmābilis! Ēn, statuō taetrum tolerāre
prōdigium īnfernīs ex hortīs nūper obortum
sūdem aut guttās sanguineās aut stigmata palmīs
exsistant! Immō cruce in ānfrāctā videō mē
260 torquērī membrīs cōnfectā octūpedum acūtīs,
contortīs tōtō sīc corpore sanguinolentum
tamquam multīs exsectae sint flēbilisacrīs
īconibus Iēsū partēs aliterque refictae:
pictūram in vitream pulchellam mōre modernō
265 compositam Vudiī intortā cruce arāneïfōrmī
dēpendentis, cōnfrāctī quasi in arte Picassī!
Flōridarāneus, ecce, propinquus adest oculōsque
multōs cernō multiplicēs saetāsque rigentēs
bulbōsō ostrīnās capite excrētās rubicundō
270 sulphureō. Ōrnātum hunc gestāns habitum īnsolitumque
mē exinde observāns gestit certē reperīre
quī nunc afficiar, num mox ego sim furitūrus
quidve relātūrus sim. Disnēī revocātur
in mentem Tellus: nōn phantasiae puerīlēs
275 quīn potius tōtum corpus vultumque tegentēs
vestītūs istī Miculum, Miniam, Cinerellam,
Stulticulum, Niveam vel cētera grӯllica Disnēī
prōpōnentēs ... Quōmodo enim sunt accipienda
tālia caeca carentia vel faciē genuīnā?
280 Hōs nec spernere tē nec linguā lūdificārī
exsertā quīnam tibi nōsse valēs etiam dum
sūmunt bellum habitum iuxtā tē et officiōsē
pertenerum tangunt umerum tibi phōtographēma
ut fiat? Hī Miculī similēsque vagae persōnae
285 contēctae revocant animō aetātem puerīlem
autismō obsessam. Faciēs faciēs est nūlla;
nūlla manus manus est tangēns quae percipiat tē
sed membrum tantum prāvum tāctūque aliēnum
quālia tentantī manibus mihi erant prope cūncta
290 morbō mente aliēnātā ac cerebrō calefactō!

Nunc subitō prīmum videō mōnstrum comitantēs
scurrās immānēs generis *commedia d'arte*.
Sunt duo necnōn persimilēs quibus agmina pompae
clausa atque ūnī illī quī pōtum praebuit ōlim
295   īnfestum. Quōrum accēdit nunc ille sinister
braccīs pūniceīs amplīs, summē sinuōsīs
(scīlicet hunc valeō bene coniectāre colōrem
quod rē paene ātrum prōpōnit lentibus hīsce
ūtentī mihi nunc passimque subinde rubōris
300   dispiciō vestīgia rāra micantia surdē
praecipuē ē limbīs), tunicā flāvā (mihi sānē
praebentī ob lentēs aspectum flāvivirentem),
pūniceō et petasō rōstrō longō angustōque
(quae Saharānīs hīs oculīs sānē esse videntur
305   plumbea), rōstrō et sat similī barbā minitante
exsertā. Tenet hic dextrā intēctā quasi clāvam
plānam rēmulifōrmem quae rudis atque cruenta est
passim - quī ioculus fatuusque est haudque facētus!
Scurra modō sēdēs vacuās mihi mōnstrat eōdem
310   quō digitō dēmōnstrāvī sellam hanc ego nūper
Indīs - cui mihi nunc ultrō caput annuit. Aptat
nūgāx prōtinus iste sinistram nōn sibi sellam
sed dominae arthropodae; quae pulchrē posteriōra
membra recolligit antīcīs quasi fēmina honesta
315   tālāris manibus vestis limbōs fluitantēs.
Nunc etiam magis admīror stupidus decorāmen
persubtīle vafrē plantārum exōtica iungēns
flōrigerārum et arachnīdis numerōsa minūta
valdē comminus īnspecta: ut saetās tubulātās
320   stāmina et hāmāta atque oculōrum tūbera vasta,
glēbās pollineās clāvōs et corniculātōs
mandibulōrum, iūnctūrās nōdōsque fibrātōs
pigmentīque gradūs, schēmās variās maculārum.
Stringit laevum sponte lacertum ē crūribus ūnum
325   arthropodī. Tōtum trepidat corpus mihi sānē,
attamen impulsū terrārum extinguitur orbis
nūllō ātrō. Incolumis paveō convīva nefāstī
crūricrepī mōnstrī factus! Fragor hic manifestō

omnia permānāns animum stabilit mihi mollem;
330 pertenerum plācat! Nec mīrum quod Dea nūper
tantopere oppressit mē. Longē lēnior istīc
cantus erat. Vīvam nīmīrum sānior herbā
ingentī strepitū sī circumfundar ubīque
perpetuōque, etsī fiam et indubiē cito saxō
335 surdior! Ille igitur prīmus scurra ē regiōne
iam sedet āversus temere et thiasum speculātur.
Alter, quī dextrā sedet, aequē sanguinolentā
clāvā acclīnātā mēnsae, caput est decorātus
virgātō exiguōque galērō ātrō venetōque.
340 Caeruleam gerit interulam braccāsque nigellās
persinuōsās resticulō prasinō cōnstrictās.
Imberbis faciēs, labia exserta atque torōsa,
nāsus aduncus praegrandis. Prīmum aspicit iste
ē regiōne suī rēgnāns mōnstrum paradoxum,
345 vultū dein quasi perscītō sīc respicit in mē
rīdēns perversē ... subitō ut –heu!– corpore pulsus
iam super omnēs nōs fluitem terrōre coāctus,
per tamen istōs corporeōs oculōs miserandōs
dēfōrmem simul intueor vultum ioculārem –
350 quem tamen intereā spasmō leviōre micāre
observāns animō cernō nunc iam minimē esse
persōnam! Summa ars cosmētica pelliculārum
huic plānē adhibita est faciēī ut tam videātur
crēdibilis, vērī similis, valdē et odiōsa!
355 Forte mihi occurrit dictum Magiāris amīcī,
nī fallor, sententia plūrum umbrāticolārum
collēgārum: nōn sōlum ūnum exsistere mundum,
sed magis innumerōs simul exstāre undique mundōs,
immō īnfīnītōs atque inter sē penetrantēs;
360 omnia enim nāscī quantālibus assiduē undīs
et prōrsus numerō inmēnsīs; ut in omnibus undīs,
cūnctās vel pariter crēbrās mundum speciālem
gignere; vīcīnam quandōque frequentiam habentēs
undārum aut temere aut cōnsultō invādere nostram;
365 dēlūsōs animō manicōsve in margine rērum
versantēs ex parte aliās undās habitāre;

immō nōnnūllōs ex arva colentibus haece
quōs nōs passim cōnspicimus nātōs aliunde,
nōn esse indigenās mundī nostrī neque semper
370 per sē vērōs esse "hominēs" quīn saepe aliquandō
hōs animam mundī nātūraeve exprimere ipsās
vīrēs vītālēs – quod iam sānē facere omnēs
dēnique nōs, sed perlongē dīrēctius illōs;
tōtum tālia passim per phantasmata Cosmum
375 nōs affārī. Nunc, ecce, aspicit ille alter mē
barbātus velut invītāns sed mōre malignō
daemonicōve oculīs dēsignāns anthemarachnēn
īnstanter. Satis invītus iam versus abyssum
vertor. Commodum arachnēs ē furvō mediānō
380 saetigerōrum nunc crūrum cuiusque secundī
prōdit pār manuum bene cēlātārum aliquidque
ad collum solvunt – sī "collum" dīcere partem
īnsectī licet istam. Nunc aperītur arachnēs
sursum tertia pars, expanditur inde retrōrsum.
385 Īnsūtus pannus, vestītūs exteriōrī
partī impār, furvō obtenebrātur ubīque colōre.
Nōtius ecce aliquid cernō mōnstrō reserātō!
Immō paulō nōtius est: faciēs umerīque.
Ipsa Illa esse vidētur Bramb... Aliquisve propinqua est!
390 Hunc saltem agnōscō ductum ōris! ...Sed simul haerō.
Immūtāta vidētur. Quod faciēs erat illī
nunc magis est persōna. Neque umquam tam macilenta
membra animadvertī dīvīna. Sed est manifestum
vīvere Eam. Neque pūpilla est. Movet, ecce, lacertōs!
395 Quōs patet esse, etsī tenuēs, validōs habilēsque.
Sunt crīnēs potius iuba prāva incompta leōnis
dēgenerātī. Prōdigium – vel quisquis id est vel
quicquid id est– aperit, nōdōve hāmōve solūtō,
nunc partem mediam dīlāpsibilis tegumentī.
400 Quō replicātō, iam membrīs crūra extrahit istīs
externīs retegēns plūs corporis ēmacerātī:
crūra ipsa ossea; costārum corbem sceletālem;
ventriculum indecorem. Trahit ad sē laxa lacertos
crūraque et in pullō pannō sūmit positūram

405 lōtī, larvae persimilis vel cīmicis albae
prōlī viscōsae. Tēcta est inguen miniātō
panniculō. Mammae, sī sunt mammae, latitant post
anthracina ac miniāta monīlia vīlia valdē
stēllīs serrātīs ac prāvīs picta planētīs.
410 Dīvum mōre tuētur tranquillē intentēque
mē ... sīve ēsuriē perfervida rēligiōsae
mantis. Brambilla est ... sed nūminis altera fōrma.
Haec vēra est speciēs? Vānum an tantum simulācrum?
Estne anorectica? Būlīmica est? Quā dēbilitāte
415 horrendā afflicta est cēlātā vulgus? Adulter
est splendor tuus ūnicus et, Dea, luxuriōsus,
androgynus? Num lūminibus decorāminibusque
pigmentīsque parātur tam ventōsa venustās
īnsita quā celebrāris? Mē spectās quasi sī nīl
420 omnīnō dīcendum sit, nīl prōrsus agendum,
tamquam nīl valeat nisi ut hīs oculīs perlūstrem
immortāle tuum corpus sacrum ac macilentum.
Immō quō magis īnspiciō tē plūra aliēna
offendō: scapulās impārēs īnspeciōsās;
425 praelongōs cubitōs et acūtōs. Est tibi pollex
tertius, ēn, dextrō superadditus! Et tibi laevus
pēs tenet ecce nimis multōs digitōs! Et ubīque
nunc pedum et in manibus videō nōdōs varicēsque
caeruleōs, viridēs, līvōris saeva relicta!
430 Quīn ubivīs spectō compārent signa notaeque:
naevī stigmataque atque cicātrīcēs maculātae!
Iam videō corpus tōtum esse tuum varicōsum!
Caeruleō et viridī miscentur flāvivirentēs
partēs et venetus color hīc illīc prasinusque,
435 gilvus passim, sulphureus, croceus rutilusque!
Plūra etiam cernō iam vēnārum diatrēta
cincinnāta, helicēs spissās minimāsque volūtās!
Interdum siserum et rāpōrum mīte subalbum
cōnspiciō necnōn alibī crispam herbiditātem
440 petroselīnī passim et ïanthina gaudia plexa
Wisteriae. Coralōrum alibī subaquānea flamma
intorta hospitium dat alumnīs innumerātīs

praesidiumque cavīs cōnfōsum versicolōris
splendōris vērī haud similis. Tam sunt tibi vēnae
445   perplexae mīlle ut revocentur crispula mentī:
algae flexibilēs; undārum spūmida crista;
amnigenae deltae līmī cursus sinuōsus;
cincinnī capitis; caulēs et "rāpa" vocātī;
petroleī in fluvium effūsī corium colubrōsum;
450   collȳrae crispae Iaponum "rāmen" vocitātae;
strāta geōlogica et pertortilis indāgātus
rādīcum; necnōn et lūcida sērica lauta
aurō intertexta aut argentō; strāgula picta;
montium et altōrum sinuāmen perpetuōrum;
455   sīsmographāta et quae perscrībunt oscillanter
dētēctōria falsiloquī; contorta barōca.
Quōvīs nunc spectō, nihil in tē cōnspicor usquam
quod nōn undet nec crispētur nec varicōsē
nōdētur! Quae contemplāns ut commiserēscam
460   commoveor permultum ... aliquem. Tē mīlia temptant
urgentque angōrum perplectilium undique cāsū
et temere ac simul iniūstē – quod nunc manifestum est –
indignēque, adeō saevē, nimium truculenter!
At, Dea, atat, quid iam? Videor mī combibere ūnā
465   membrīs atque animō tōtō, fluviō pervastō,
singula pervaria et dīversa ... intermina forsan!
Num, Dea plūra potēns, prōpōnis corpore cūncta
indigna et mala quae patimur mortālia vīva:
vulnera, morbōs ac contāgia, dēbilitātēs,
470   pestēs, perniciēs, clādēs, mōrēs vitiōsōs,
culpās, spem falsam, lūctūs cūnctāsque repulsās,
vītae iactūram, fastūs, sprētōs et amōrēs,
omnia dēmum quae studium dēsīderiumque,
ossa, medullam, oculōs, animam ipsam obtundere

                          tentant?

475   At cuius miseret rēapse? Tuīne? Meīne?
Dēfūnctum post tē dēpendēns integumentum,
pellis arāneifōrmis iam miseranda vidētur;
folliculus nunc flēbilis est adeōque iocōsus.
Vultum iterum intueor tranquillum cōnstantemque

480 dīvīnumque tuum nec quicquam sīve pudōris
sīve superbī percipiō nec tē dēplōrās.
Quīn potius tantum mihi tē mōnstrās aperīsque,
Nūmen perpetuum variētātum omnigenārum,
lūctificī mundī Dea nostrī atque intolerandī
485 vērum aliōquīn et dēflēbiliter speciōsī.
Nunc animō sat compositō quasi significantī
in somnō videō convīvās praetereuntēs
hoc dīrum fānum quasi rem solitam et mediocrem
praetermittere tamquam sī nihil experiantur
490 hīc nisi forte aliquam cōmissātrīcem aliquamve
vēgracilem medicāminibus miserandam addictam,
vestītū exūtō, manibus tālōsque pedēsque
tangentem exīlēs! ...Nunc aspera carmina cessant.
Vōcibus, ecce, hominum circumvolitantibus aulam,
495 hunc quasi mānseris articulum prōfers, Dea Arachnē,
nunc aliquid mussāns valdē obscūrum asthmaticō ōre
– quod tamen (Ecquis scit cūr ... quōmodo?) cōnsōlātur
mē vel, quod prope idem est, sōlāmina candida temptat.
Prōfers, ecce, manum; dextram nunc sponte prehendis.
500 Quam calida est tua! Mē laedunt, eia, et peracūtī
unguēs! At quamvīs inclūdantur mala vītae
cūncta in tē – vel forte ideō – perprōmpta vidēris
amplē plēnē et perpetuō nostrī miserērī,
quodque dolēs plānē minimī est sīc sī miserēris.
505 Et Scintillī et Brambillae faciēs tua sānē
in mentem revocat, quamquam rigida est tua valdē.
Persōna est, tuus armātus, vel schēma colōrum
flōris quae culicēs allectat laetificātum.

*

Conturbāverint mentem eius immāne misericordēs manūs illae ferventēs – cuiuscumque fuerint – unguēsque opīniōne magis pungentēs? An in mōtiunculam aliquandō inciderit plēnamve catalēpsin? Fierī potest ut – id quod reminīscī vidētur ipsī – cum nūmine quōdammodo Brambillicō sit conversātus? Adeō dē argūmentīs hōc temporis mōmentō omnīnō incertīs diūtius verba fēcerint? Alterā ex parte haud sciō an hārum rērum contigerit nūlla; omnia sibi haec potius somniāverit; lūcis, sonōrum, īnfōrmātiōnis undulae ubīque praesentēs in sēnsōrium eius male sint perlātae perperamve pertractātae vel – id quod pater eius tālibus quālibus Fatimēnsibus Guadalūpēnsibusque referre solet – "vīs imāginātiōnis nimis vegetae" fuerint opus. Mēnsam illam, ut vērum dīcātur, sē umquam relīquisse nōn meminit, etsī per andrōnem ūsque paene ad lūdōs vīsificōs iam perrēxit āëris frīgidulī dēsīderiō necnōn longius post intervallum Marniam tēlephōnicē tandem interpellāre cōgitāns.

Ē choreō incipit iam furere cantus novus ... novō forsan ā grege praebitus. Nūllō in computātōriīs oecīs inventō Zoltane, tēlephōnātum forās sē cōnferre dēcernit strepitūs causā.

Aquārum dēiectus minōris sed cōnstantis rītū incurrunt recentēs marīnae aurae. Aliquid, nōn tamen intellēctum, exclāmante salūtātōre Amāzoniō, Vudius proboscidem elephanticam suggestumque capitālem simul exuēns placidiōra petit. Immō forīs ambulāre gestit. Modo exeuntis mēnsis Octōbris frīgusculum peraptē arcet plūmōsum peplum. Nōn iam convīvae parietēsque sed potius urbis faciēī sat magna pars eum iam intuetur lūnaque ferē dīmidiāta atque asterismōrum pollentiōrēs, velut Ōriōn Clāviger. Quīn apud fragōrem mūsicum iam citissimē dēcrēscentem, prout ille sē subdūcit, noctis vastae etiam magis sē aperit tranquillum. Sīcut in marī pedem pōnēns mundō aliēnō tōtī huiusque omnibus perīculīs sē obicere iūre et meritō dīcitur, ita is quī in planētae superficiem sē committit tōtī cosmō huiusque discrīminibus sē temere offert. Haec enim lūna haeque stēllae – id quod aliōquīn inertius scīret Vudius sed ob Zoltanis necessitūdinem sagācius sentit – proximam tantum faciem offerunt tam ingentis galaxiae ut animō fingī nequeat ac cuius stēllae ad ducentās trecentāsve bīliōnēs numerantur. Cum porrō tantōrum ferē galaxiārum – etsī sānē hōrum mīliōnēs tantum paucae iam mentem omnem plūs quam obruat – nōn minus trecentae invicem bīliōnēs exstāre videantur, cosmos noster, quod certē ad nōs attinet, īnfīnītīs ēvādit ... nē quid dīcātur dē illīs mundīs quantālibus ad nostrum "parallēlīs" quī ā multīs exstāre feruntur nec sānē dē cosmīs illīs numerō īnfīnītīs quōs extrā nostrum latēre assevērant haud paucī physicī callidī.

Quālēs ob cōnsīderātiōnēs praesentēs et nōs et ipse Vudius iam illud Gīnī Favae dē "imāginātiōnis vī nimis vegetā" dictum rem vel aliquā ex parte acū tetigisse suspicāmur. Immō cum Vudius in tālia aliaque ab ūsū aliēna adeōve nōnnumquam phantastica ob imprūdentiam nimiamve crē-dūlitātem aliāve dē causā plānē sit prōclīvior, quibusdam temporis articu-līs, velut hōc ipsō, vītae sectā placidiōre, tranquilliōre, stimulīs animum conturbantibus ferē vacuā indigēre sibi vidētur.

Medium iam vīcum ēmēnsus pōne sē vehiculum accēdere cōnsiste-reque sentiēns sē vertit. Ē gubernātōris latere exīre videt candidā gausapā amictum tālem agrestis generis iuvenem quālis quibusdam in tabernīs pōtōriīs magnam admīrātiōnem moveat. Circum raedae frontem venit invicem alter procērior crīnītiorque aliquid tenēns manū.

"Heus tū, cinaede plūmāte!" prōfertur vōx. "Hoc tibi ā Iēsū!"

συλλάψεις· ὅλα καὶ οὐχ ὅλα. συμφερόμενον διαφερόμενον. συνᾷδον διᾷδον. ἐκ πάντων ἕν καὶ ἐξ ἑνὸς πάντα.[36]

—Hērāclītus

13
Fābellae Biporcīnae: Pars Altera
sīve
"Quae GZ-117 Scīre Nequībat"

In prīncipiō erat dolor. Et in fīne dolor erat. In mediō quoque dolor. Cum autem dolor hic ex perpetuō adesset inque perpetuum esset mānsūrus, id quod perpetuō sentiēbātur dolōrem esse neque aliam rem scīrī nequībat. Immō ipsa nōtiō quam Latīnē loquentēs "dolōrem" nōmināmus nūllā linguā hūmānā sed potius ipsō tantum dolōris propriō sermōne exprimēbātur. Nē longum, tālis erat ūniversālis condiciō. Quā quidem dē causā nesciō an ē cosmō numquam coalitūra essent superiōris cōnscientiae entia. Exstāre vidēbantur tantum īnferiōrum entium mīlia multa, quae acerbissimō perpetuōque ab angōre parcēbat aliquantum quod summā multiplicitāte subtīlitāteque carēbant.

Erant, verbī grātiā, entia pedālia quae eō tantum diūtinē servārī poterant quod ā cūnctīs ferē circumiectīs suīs cōnstanter aliēnārī nītēbantur. Haec sors dolōrōsa eā causā invicem ēveniēbat quod haec entia super lāminīs metallicīs nōn ēvolūta erant. Immō enim eōrum ungulārum partēs exteriōrēs interiōribus prōductiōrēs erant. Quae longitūdinis discrepantia – id quod entia pedālia cēlābātur – alibī per solī mollitiam nātūrālem compēnsāta esset; sed entia haec pedālia terrestris solī imāginem nūllā cōgitātiōne fingere valēbant neque igitur eīs liquēbat quantopere rērum nātūrae repugnāret quod super dūrō metallō diffindēbantur assiduēque contāgiōnibus temptābantur.

Alia entia vīcīna erant tībiālia genuāliaque necnōn et feminālia cēteraque ē mūsculō, nervō, ossibus, sanguine composita. At patēbat sānē ea, cum suī parum cōnscia essent, quibus rēbus cōnstārent ignōrāre. Nihil sciēbant nec quicquam dēmum sciendum erat eīs praeter hoc: vītam supplicium esse, supplicium vītam. Cuius condiciōnis causa erat quod cūncta ea eōdem semper statū incommodō versābantur in īnfrācta entia pedālia perpetuō congesta. Quae entia minōra sī ūnicum in corpus coartātum cōnstrictumque connexa essent, compressōrum nervōrum atque artuum morbō tumidōrum cēterōrumque vulnerum cruciātus factus esset prōrsus intolerandus. Dum autem entī cuique propria tantum essent perferenda tormenta, tōtīus animantis ex hīs quōdammodo cōnsistentis vītae curriculum aliquātenus servārī poterat.

Entis autem nāsālis vīta hīc sīcque ācta etiam difficilior erat; nam ut olfactū cēterīs nāsālibus entibus ferē omnibus antestābat, ita nocentiōre quam animō fingī potest ammōniacī methānīque hālitū domicilium eius perpetuō perfundēbātur. Quī ingēns foetor commixtus – quod ipsī entī nāsālī sānē ignōtum – eā causā exstābat quod ēns nāsāle ūnā cum aliīs permultīs variīsque entibus habitābat intrā antrum aliquod imānē et caecum in quō tabulāta metallica forāmināta ūsque ad quaterna quīnaque coacervāta erant perque hōrum forāmina cadēbant excrēmenta ūrīnaque saepe super clūnēs, dorsa, caudās dēlābentia intēctamque tandem meantia in cloācam. Vix enim et aegrē efficī poterat ut ēns ad glandēs rādīcēsque exquīsītās scrūtandās biologicōs per gradūs ēvolūtum diū superstēs esset tālem intrā paedōrem spīritum undique interclūdentem. Quō fiēbat ut, propter hominum tam subtīlēs artēs, hoc ēns invicem etiam īnferiōrem in statum retrō dēvolvī assiduē cōnārētur, scīlicet nē ut ūnicum integrumque nimis ob hoc sēnsibilī manēret statū. ...Quam autem "dēvolūtiōnem" diūtius quam pauca in mōmenta rārō sustinēre poterat animāns in appetītūs cupīdinēsque nātum. Tālem igitur in existentiae inexistentiaeque perpetuum orbem prout volvēbātur, prōnectēbat sibi, utut poterat, ēns nāsāle vītae simulācrum aliquod.

Entia gutturālia et pulmōnea ac praesertim id ēns quod erat artēria aspera similī modō labōrābant, imprīmīs ob ammōniacī fūmum. Praeter enim tussim anhēlitumque, vītae iam cōnstantēs partēs (nec sānē exstāre entia quibus subinde lēniter iūcundēque spīrāre licēbat ūllō modō scīrī poterat), ammōniacum cellulārem tēlam passim corrōdēbat, sanguinea efficiēns vulnera tumōrēsque atque etiam contāgia quae eō tantum vix cohibēbantur quod sanguinis commūnem cōpiam chēmicum quoddam "tetracyclīnum" dēnōminātum permānābat. Nec plānē quid sibi vellet vōx illa quae erat *pneumonia* sciēbant ipsa entia pulmōnea, quamvis hōc afficerentur morbō plēraque Antrum Māximum habitantia. Ac porrō fatendum erat neque haec entia neque hōrum vīcīna quicquam suspicārī dē mercātūs prīncipiō illō secundum quod idcircō licēbat et morbōs et corporis prāvitātem dēfōrmitātemque māximā ex parte neglegere quia mors utī-

que incāsūra esset antequam tālia molesta impedīmentō essent mercī carnāriae cursim concinnandae.

Entia scīlicet gutturāle et ōrāle, quod ad ēsum pōtumque attinēbat, nāsālis entis miseriās angustiāsque affatim cōnsociābant; nam, īnsciīs illīs,
inquināta prōluviēs contrā commūnem hominum mōrem cum pōtātōriae
aquae īnfundēbātur, tum pābulō immiscēbātur. Immō pābulum subinde
merō ē stercore cōnstābat. Nec, canī impār, sūs (quem nempe cūncta entia illa vīcīna collāta effēcissent), datā optiōne, ut intellegentior, suum,
nēdum aliōrum, fimum cōnsūmit. Nec porrō nāsāle ēns neque ōrāle
gutturāleve tālēs scītās locūtiōnēs humānās nōverant quālēs "impēn-
sōrum moderātiō" vel "generālium sūmptuum minuendōrum cōnsilia."

Itaque prō porcō, GZ-117 multō magis phantasma erat, rēs scīlicet per
vim disiūncta quae vel animāns ūnicum fuisset sī quandō eī coalēscere
licuisset. Idem ferē dē animī mōtibus eius dīcī poterat; nam inundābant,
ecce, īnstīnctūs nātūrae appetītiōnēsque velut spatiandī currendīque
lascīviendīque vel saltem sē movendī angustissimamve intrā caveam sē
interdum vertendī. Influēbant et vehementēs impetūs venereī necnōn
cuiusdam ōrdinis cīvīlis indigentia (quippe enim erant suēs per sē gregā-
lia pecora) necnōn et lūcis dēsīderium. Immō oculāria entia paene vidēbantur exstāre nūlla, nam mundus hic cavernōsus, praeter umbram
aliquam rubellam sublūstrem, tenebrīs obdūcī solēbat, etsī tamen subinde
incitābantur mōmenta subitāria fulgidissimī cruciātūs. Quamobrem affectūs quoque quālēscumque, ut omnēs semper acerbissimae frustrātiōnis
fructus, diffindendī erant in entia sēparāta vel affectuum partēs disiūnctās cum sānē nūllum animāns ūnicum integrumque ita vīvere posset
ut tōtum ingenium tōtave nātūra eius penitus perpetuōque in irritum
caderet. Longē praestābat scīre, intellegere, sentīre – māximē hoc, sentīre
– quam paucissima. Quō factum est ē Mundō Cavernōsō ingēns experīmentum magnās animantium multitūdinēs in dēmentiam turbandī –
ēventus plānē tam parum ā conditōribus quondam cōgitātus quam tacitē
iam ab hērēdibus ūtilitātis causā praetermissus.

Mīrum quidem erat in saeculō mēchanicō illō quam multa dēmum
incōnsultō fierent. In commentāriīs periodicīs *Fundī Porculātōriī Moderātiō*
titulō īnscrīptīs, cuiusque promptī porculātōris enchīridiō, scrīptum erat
hoc:

> "Porcum animal esse dēdisce. Velut fabricae apparātum quemvīs
> tractā potius, cuius cūra ita vicibus dispōnenda tamquam īnstrū-

mentī ūnctiō, fētūra prō fabricātiōnis continuae prīmō tantum gradū habenda, nundinātiō prō mercis cōnfectae distribūtiōne."

Quō cōnsiliō spectābātur plānē nōn innumerōrum pecorum dēmentia sed potius ut in gente commerciīs dēditā commerciālī īnservīrētur efficācitātī. GZ-117 ipse, etiamsī vērus fuisset porcus neque entium secundāriōrum cruciātōrum celebritās titubāns, condiciōnis suae significātiōnem metaphysicam sine dubiō nōn intellēxisset; nam novus Oeconomiae Efficācis Deus mēchanicus ab hominibus erat nūper factus, cuius assectātōrēs Eī crēdulē obtemperāre oportēbat –id quod faciēbant sānē porculātōrēs plērīque huic mandātō, ut animantia prō īnstrūmentīs habērent, sponte pārentēs.

Etsī Oeconomiae Efficācis cultōrēs nōnnūllī vītam vel post mortem ampliōrem fore crēdēbant, vītam tamen suam ita cottīdiē agēbant tamquam sī mors esset omnium rērum fīnis exstāretque numerus paene īnfinītus pēnsōrum minōrum ante mortem quam efficācissimē perficiendōrum. Efficāx Deus, ut mēchanicus, et tōtum cosmum et ipsam vītam prō māchināmentīs habēbat quōrum omnia per sē adeō īnfirma et mediocria et exigua esse dūcēbat ut necesse semper esset compendia facere alterīusque bonae reī salūtem alterīus bonae reī damnō redimere. Cumque esset Deus Efficāx nātūrā mēchanicus, solēbant condōnanda ēvādere nōn mēchanica sed potius vīva. Enimvērō hanc lēgem ex nātūrā scīre vidēbantur Efficācitātis assectātōrēs.

At Magna Māter longē erat alia. Haec enim, ut omnia prō prōrsus īnfīnītīs perpetuīsque habēns, minimē sēdula, summē prōdiga erat. Cultōrēs Eius aut vītam post mortem aut metempsӯchōsin vel possibilitātum semper novās īnstaurātiōnēs accipere solēbant; ipsō cosmī textū semper exorīrī temporis, vīs, māteriae prīmitīvae, studiī, fervōris, occasiōnum affatim crēdēbant; inter bona mēchanicum et vīvum cum esset ēligendum, omnēs ad ūnum vīvum praepōnēbant. Mēchanica autem nōn statim respuēbant; nam hōrum multī putābant Efficāculum Deum, ut nūmenculum vel secundārium, venerandum esse dummodo nē repugnāret ūtilitās Eius bonō Mātris.

GZ-117, sī vērus fuisset porcus nec vāna miserandaque speciēs, fuisset necessāriō, sīcut omnia animantia vēra, Magnae Mātris venerātor utpote cum in animālium rēgnō abundārent dispendia effūsiōnēs lūxuria segnitia. Neque enim serēbant agrōs animalia plēraque nec vestēs texēbant nec plēraque eōrum in tempora dūra cibāria asservābant; ac mīrum quanta prōlis pars prīma in īnfantiā moriēbātur. Praeter quaedam īnsecta, aliquot avēs, rōdentia nōnnūlla atque hominēs, cōnfīdere solēbant animālia plēraque Deae dōnātīvīs ut nātūrā intellegentia Eam, contrā prōdigentiam pernōtam, oeconomiam tamen mundānam administrāre singulās vītās singulōsque animantium coetūs antecēdentem. Illa enim quae in mundī corporālis incūde animantia sua fōrmāverat prō intimīs sociīs collēgīsque habēbat clādēs nātūrālēs variās asteroīdumque et meteōrōrum impactiōnēs speciērum quārumpiam integrōs coetūs simul āmōlientēs. Haud sciō an crūdēlis vidērētur Dea; sed, ut Dea, mortālēs sciēbat latentia.

Nōnnūllī ex Efficācitātis Divīnae cultōribus adsevērāvērunt ipsam illam Deae Mātris pernōtam oeconomiam cosmicam iam aliquā ex parte obsolētam esse ut "singulōrum sanctitātem" neglegentem. Quid enim rēferēbat vītae ūniversitātem flōrēre sī singulōrum vīta adhūc cōnfūsē indigestē temere īnfructuōsē agēbātur? Tālēs "singulōs" afferentēs Efficācis Oeconomiae cultōrēs in animō sānē habēre solēbant "hominēs" vel adeō "quōsdam hominēs." Nunc enim quia per gradūs ēvolūta essent biota perspicuē meliōra, prūdentius iam esse argūmentābantur rēs cōnsiderantibus tractantibusque dē vertice in īmum prōcēdere. Quam ratiōnem ē summīs in īnfima prōgredientem haud esse novam, quīn potius prīncipia antīqua ipsīus Magnae Mātris modō novō continuāre. Hanc enim prō Vītā generātim dīctā innumerōs immolāvisse singulōs, Efficācitātis cultōrēs invicem sē etiam plūrēs singulōs immolāre velle, sed praeclārum illum in fīnem ut Praestantium vīta paradīsus fieret ōtiī commoditātisque. Efficācitātis scīlicet sub praesidiō ipsōs Praestantēs dīs similēs fore, immō, ut ita dīcerētur, hōs sē Pȳramidis Vītālis ipsum esse verticem praebitūrōs, quibus cētera animantia plānē īnservītūra perinde ac plantārum sēmina, prōlēs vermiculārēs, puppās, ephausiam, spermata, ōva, grāna pollinea longē lātēque ita sparsa ut hōrum status ut entia singula prōrsus neglegerētur, hoc est, quō facilius sēcūriusque propāgārētur Vīta. Itemque addēbant animantia media atque etiam altiōra multa, nōn autem omnium praestantissima, aliter iam esse aestimanda, scīlicet ut fundāmentum tantum sīve māteriam prīmitīvam "massam"ve "biologicam," quae dīcēbātur, cuius subsidiō Magnae Pȳramidis Vītālis culmen etiam magis extollendum.

Hāc quidem lēge quod GZ-117 adhūc vīvus in minōra sē dissolvēbat habērī poterat prō prīmō gradū illīus innovātōriī processūs quō animantia quaedam in elementa sua inque ūsūs aliquot circumscrīptōs resolvēbantur. Haudquāquam scīre poterat GZ-117, verbī grātiā, longē efficāciōrēs quam sē iam exstāre porcōs ita geneticē compositōs ut tam pinguēs essent ut crūra corpora sua haud iam sustinēre valērent scrōfāsque exstitisse quārum cyclum oestrālem potentissima per hormonta ita temperārī ut scrōfae assiduē gravidae essent embryōnibus quōs chīrūrgicē trānsferrī in aliās; quālēs scrōfās embryōnum generātrīcēs interdum integrum in annum ferācēs tenērī posse antequam corpus tandem prae labōrum vī corrueret; quam agendī ratiōnem satis magna ferre compendia; compertum etiam esse scrōfam, sēmōtīs ā mammā vīvā porcellīs mēchanicaeque suppositīs, lactāre dēsinere atque, adiūmentō iniectiōnum hypodermaticārum hormonticārum, multō tempestīvius in ferācitātem redūcī posse. Porcārum mātrum parvulōs suōs āmittentium ululātū minimē sānē commovēbantur operāriī hominēs, quippe quī in perītiam technicam īnstructī essent vītamque ergastēricam modernam longē melius callērent quam sūs quaevīs. Quā in rē mentem porculātōriam neque aerumnās neque labōrēs cuiusquam petere cōnstābat nec vērō quicquam prōrsus intendere nisi efficācitātis oeconomicae quam altissimum gradum. Immō fierī poterat ut hārum rērum perītī suem aliquandō repertūrī essent omnī sēnsū expertem vel cuius psȳchē saltem in impulsiōnēs sēnsūsque penitus secundāriōs disiūnctōsque redācta esset. ...Interim autem ululābātur.

GZ-117 nec sciēbat nec scīre poterat valdē sibi prōdesse quod sōlus in caveā statūtus erat in quā nē sē vertere quidem poterat. Ignōrābat etiam porcōrum in angustō suīlī cōnstīpātōrum cōnsuētūdinem vīvendī in chaoticum vergere solēre, unde exorīrī caudārum morsūs neurōticōs hominēsque ob hoc illōrum tenerrimās caudās amputāre haud secus ac gallīnāriōs pullīs rōstella ideō praecidentēs nē cōnfertissimae posteā gallīnae inter sē vellicantēs interficerent ob pavōrem aeternum rapidaeque cōnfectiōnis caveās perpetuō collūstrātās. Quī quidem animālium ita cōnfertōrum furor ā doctīs "effectum manicomiī" generātim dēnōminābātur.

Optima vērō atque ex omnī parte perfecta fuisset condiciō sī haec animantia nīl fuissent nisi vēscendī pinguēscendī fētandī īnstrūmenta mundīs in receptāculīs posita quasi, ut ita dīcam, Cocae Colae pyxidēs biologicae. Quod autem, fātō dolendō, nōndum patrātum erat. Interim autem, quō magis dīvīniusque flōrērent praestantia illa entia hūmāna, in forō pūblicō iam suscipiēbātur dissolūtiō cum corporis tum animī animantium complūrium in elementa minōra quam ūtilissima. Modernistae, quī dīcī poterant, carnāriae cōnfectiōnis iniūcunda quaedam cēlantēs – necnōn sānē et pelliculās quārum persōnae dulcia laetaque pecora erant prōvehentēs – ratiōnem prīmum iniērunt ut ipsa Dea Oeconomicī Deī, iūniōris nūminis, suppōnerētur potestātī. Augustī hominēs, prīmātum prīmātēs, īnsiciārum Hammabūrgēnsium cāseō lāridōque cōnstrātārum bīliōnēs glēbulārumque gallīnāceārum trīliōnēs serēnē cōnsūmentēs nātūram et vītam animālium quibus vēscēbantur tantum ferē ignōrābant quantum eōs latēbant et acarī super collȳridibus sufflātīs in buccās suās vectī vel adipālis acidī globulī ē quibus tamquam ē minimīs favōrum cellulīs cōnfictae erant eōrum patātae frictae. Quae sine dubiō tālia oportēbat esse quālia erant cum esset effectum manicomiī ob prōgressūs māchinālēs sine dubiō aliquandō ēvānitūrum – ūnā cum sīderālī īnstrūmentō explōrātōriō "Itinerātōre" nōminātō innumerīsque colloquiīs per tēlephōnula gestābilia factīs atque "Iūgerōrum Viridium" et "Sinūs Vigiliae" repetitiōnibus – in radiātiōnem abscēdentem ūniversālem ē Fragōre Prīmigeniō relictam.

Quibus argūmentīs Deae assectātōrēs, id quod exspectandum, nūllam tribuentēs fidem adsevērāvērunt nec porcōs nec gallīnās nec vaccās – nēdum experīmentōrum victimās Pānēs canēs fēlēs – umquam parēs fore microbiōrum acarōrumve etiamsī in statum perpetuum aequābilemque redigantur psȳchōseōs suī abolendī. Addēbant dīrās minās: sententiae illī "Quod edis es" plūs inesse quam aphorismum lepidum necnōn et, etiamsī quis crēdere mālit nūllam exsistere contāgiōnem mōrālem metaphysicamve ex animālium mancomiō ēmānantem, ipsum tamen Pandaemonium chēmicum in cruciātōrum et retrīmentīs pāstōrum animālium carne conditum, quippe ex hormontibus steroīdibus antibioticīs adrēnālīnō venēnīs cōnsistēns, dēcursū temporum certō certius societātem hominum versūrum esse in speculum illīus manicomiī ex quō victum suum haurīre.

"Per circulum quod abit redit" prōverbium illud incitāverat quidem nōn Efficāculus iste quī proxima tantum prōvidēbat sed Magna ipsa Māter Dea intendēns semper in māxima, longinquissima, lātissimē patentia, immō cyclica, quae, sī intrā temporis spatium tantum breve spectābantur, profūsa parumque efficācia solēbant vidērī. In metaphysica prōpēnsiōrēs ex Deae cultōribus – scīlicet quī sub omnī māteriā atque etiam factīs necnōn adeō cōgitātiōnibus manentem vim ūniversālem crēdēbant vīvam esse nec mēchanicam – signa sē vīdisse affirmābant Magnam Mātrem, Cuius alvō cūncta prōfluere vīva vīvāciaque, nec vērō sollicitārī neque īrāscī (nam et perversē industriōsī hominēs prōlēs dēmum Eius erant) sed potius nōnnihil eō conturbārī quia mox essent facienda necessāria inēvītābiliaque quaedam.

"It is upon the flaws of Nature, not the laws of Nature, that the possibility of our existence hinges."[37]

—John D. Barrow, *The Artful Universe*

τὸ ἀντίξουν συμφέρον.[38]

—Hērāclītus

---

[37] "Quaestiō illa utrum exsistere possīmus annōn pendet nōn dē nātūrae lēgibus sed dē huius vitiīs."
[38] "Quod repugnat iungit."

14
Apocolocyntōsis: Pars Prīma

Hāc regiōne mētropolitānā, septendecim ferē mīliōnum incolārum habitā-
culō, nūlla alia lātius patēre dīcēbātur. Cuius lūculentiam, noctū sī advolā-
bās, mīrābāris immēnsam, maculōsam, vapōribus interdum pulchrē fū-
nestīs suffūsam ūsque ad fīnientēs merīdiem merīdiorientālemque pan-
dentem atque, aliās in partēs versus, longinquiōrēs in vallēs, campōs,
faucēs, aequora terrestria magis magisque ignōta hebetiave prōfluentem
sēsē. Huius āeris notae propriae mōlēculārēs longinquissimīs in locīs
repertae erant quālibus Antarcticā et Austrāliā. Dum nāvigium tuum in
ingēns lūminōsum illud flāvidum melleum silāceum rubrīcōsum quasi
culex dēscendit, tē quoque, nunc studiōsa nunc trepida, sēnsim imminuī
sentiēbās. Etiamsī quōpiam volātūs tuī mōmentō tē prō gymnogȳpe sublī-
mīve pteranodonte habuistī, hōc aevō tamen, hōc locō tantum ad breve
contemplātō, tē rē vērā magnitūdinis esse subatomicae animadvertistī;
nam, sīcut in atomīs, plēraque huius locī cōnstābant ex spatiō magis minusve vacuō. In ipsā superficiē cum versābāris, ā cēterīs rēbus assidue tē
sēiungēbant viae platēaeque perlātae, cāpācissimae āreae aedēsve statīvae, caespitēs simul validī et taediōsī, ampla topia artificiōsa, vasta fora
benzīnica, macellōrum internōrum apparātus māximus hōrumque appen-
dicēs undique interpositī, vīcī vorātrīnāriī, duodēnōrum curriculōrum
viae properātae hārumque multiplicia compita viaeque subsidiāriae ac
valla strepitūs arcendī. Quōquō dīrigēbās oculōs, ex abscēdentibus sē
dabat in cōnspectum vel palmārum horrēns symplegma vapōrōsōrumve
collium seriēs vel etiam aliī emporiī solūtī multizōnia languida vel fortasse etiam scaena cīnēmatographica interim paulō ruīnōsa.

Haec fuit prīma virtuālis urbs, prīmus planētae Terrae locus quī sē
magnā ex parte ipsā locālitāte līberāverat. Huius quidem incolae cottīdiē
vīcēna vel adeō centēna mīlia passuum trānsībant vīciniās identidem
praetereuntēs quās, sī pessimō – immō incrēdibilī – fātō peditēs fuissent,

nūllō modō agnōvissent. Quod exemplum sānē innumerae interim imitātae erant urbēs urbiculaeque, praesertim Americānae; nūlla autem ipsam spatiī nōtiōnem adhūc tam funditus, tam protervē, tam contundenter superāverat. Cēterae illae urbēs, quamvīs se ipsās, ut loca, abolēre quam strēnuissimē nītentēs, adhūc nimis tractābilēs erant, nimis vērae. Quōdammodo adhūc anatomicae erant. Hīc erat pēs, hīc manus, hīc cubitum, hīc cor ... quamquam hōrum membrōrum dispositiō saepius cubistica quam vērī similis esse solēbat. Haec autem mētropolis virtuālis multō magis ut cerebrum fungēbātur. Quō plānē haudquāquam dīcitur cēterīs fuisse intellegentiōrem ingeniōve acūtiōre praeditam; sed recēns repertum erat cōgitātiōnēs nūllum praecipuum cerebrī locum occupāre, immō, holographicē exsistere velut imāginēs illās tridīmēnsiōnālēs quārum notae super lāminīs perscrīptae nūllam prōrsus imāginem referēbant, nīl oculīs retegēbat ... etsī lūx lāserica in ūnum sōlum hārum notārum minimum pūnctum missa nōn partem imaginis sed tōtam prōiciēbat. Cōgitātiō quaeque scīlicet undique cerebrī exoriēbātur; nōn certō aliquō locō sed omnibus simul locīs nītēbātur.

Sīcut in physicā quantālī saepius dēmōnstrātum erat particulās subatomicās, ut lēgibus quantālibus obnoxiās, nūllō certō locō exstāre sed potius, neglēctā lūcis velōcitāte, cum cēterīs omnibus particulīs ubivīs versantibus simul et rēctā et proximē coniungī et cum eīs reciprocē agere posse, ita huius urbis locī dēfectus, sīve "inlocālitās," ā nōnnūllīs nōn vitiō vertēbātur sed prō rē modernissimā magnīque mōmentī habēbātur. Quārē quīdam hanc mētropolim adeō "Vrbem Schrödingeriānam" nōmināverant. Nūllum "ibi" ibi esse dīxerat lepidē aliquis. Erat quidem urbs haec lāminae phōtographicae similis cuius īnfōrmātiōnālēs notās inter sē disparēs – seu octētūs seu quāleslibet – tantummodo legere valēbās sī superficiem eius tam crēbrō perāgrāverās ut tandem aliquandō in capite figūrārī tibi inciperet megalographia illa. Haud itaque fortuītō acciderat ut ācroāmata populāria, artēs vulgārēs, phantasiae lūsūs complūrēs, plērōrumque dēmum hominum suī ipsīus cōnspectus ē nesciō quā mānārent proprietāte arcānā ambiguōrum hōrum tractuum sub-super-post-urbānōrum. Ēvāsit quidem tam īrōnicum quam aptum, immō prōvidum quod huius urbis nōmen vērum et sollemne periodus sesquipedālis erat cuius verba etiam rērum gestārum scrīptōrēs valdē variē referēbant, haec autem in verba saepissimē exiēns: ... *de los ángeles*. Quāle nōmen scīlicet nōn sōlum huius urbis aspectum Briarēum sed etiam inclīnātiōnem eius in spatitempus Newtōniānum antecellendum neglegendumve praesāgiēbat.

Habitantēs invīsum extrā pōmērium, quod ōrā Indonēsiānā minus perspicuum, "Angelopolitānōs" sē saepissimē nōminābant etiamsī in hōrum īnscrīptiōne cursuālī legēbātur, verbī grātiā, "Monicopolis" vel "Burbankopolis" vel "Aquifolia Occidentālia"; eīque invicem quī intrā ipsās Angelopolitānās "plagās albās," ut in chartīs geōgraphicīs indicātās, sibi saepe vidēbantur tālia loca incolere quālia "Shermānī Quercūs," "Petropolim," "Venetiās," "Ferdinandopolis," "Tarzānam," "Lacum Argenteum," "Valla Pācifica," "Aquifolia," "Silvam Occidentālem," "Collēs Silvestrēs" et ita porrō. Immō huius locī incolīs satis multīs, praesertim recentibus advenīs suffragiave rārō ferentibus, haud liquēbat vērus status politicus illīus partis labyrinthī quam incolēbant. Enimvērō "Angelopolis" ubi vērē esset ignōrābant permultī; nam nōmen hoc in viārum properātārum signīs crēbrō cōnspiciēbātur dōnec subitō atque ambiguā causā dīlābēbātur. Sed plērōsque nōn praeterībat id quod "Media Vrbs Angelopolitāna" nōminābātur nīl magis esse quam reī pūblicae aedificiōrum argentāriārumque congestum necnōn corporātiōnum prīmāriās sēdēs ac vestiāriās pantopōlīaque Mexicāna ... haud autem ipsam magis esse "Angelopolim" quam, verbī grātiā, "Viltescīram Mediam" vel "Mūsēōrum Tractum" vel "Vattsopolim" vel "Vrbem Saeculārem" vel "Fairfax" vel etiam "Īlicum" (vulgō *Encino* vōcitātum). Illīus aevī adulēscentēs iuvenēsque Americānī permultī, eō tempore doctrīnā ūtentēs mīrē tenuī, hanc mētropolim "Californiam" nōminābant, quamvīs scīrent nōnnūllī "Californiae" alicubī esse etiam plagam (nōnne īnsulam?) pontibus, orȳzā, homophȳlophilīs īnsignem atque forsan alium tractum magis merīdiānum hortōrum zōologicōrum vīvāriōrumque sēdem. "Californiae" urbs caput Disnēilandia erat.

Eurōpaeōrum invicem plērīsque nōta tantum erat megalopolis haec ut symbolus vel paradīgma vel adeō ipsa essentia Americānae dēfōrmitātis, mōnstruōsitātis, barbarismī tam exitiōsī quam lūcrōsī. Ē quibus quī, seu īnfēlīcēs seu stolidī seu forte quī "Euroquisquiliae" illō tempore generātim vocābantur, hūc veniēbant, post vel Disnēilandiam sat prosperē invīsam Theātrumve Sīnēnse vel aliud tāle, glīscente tamen aliquandō cōnsternātiōne, viārum terrōre, vastitātis vel fastīdiō vel caecō pavōre, aut fugiēbant aut, propriae perniciēī forsan subcōnsciē intentī, in huius locī nōn locī forāmen aliquod pervicācēs sē cōnferrēbant cōnsessum. Eurōpaeī multī sub "California" vocābulō saepe intellegēbant Franciscopolim, quasi gemmam urbis utpote ubi interversātiōnī saepe prodessent pedēs currūsve trānsviāriī, merendae sat exquisītum theobrōma. Quī peregrīnābant Franciscopolim, incolārum crēbritāte quartam urbem Californiānam, efficiēbant ut Cīvitātēs Foederātās occidentālēs adeuntēs quam pote minimē sibi simul vidērentur Europam relīquisse. Media urbs, urbānīs omnibus erat cōnferta, tamquam Manhattanī imāguncula alternīs aprīca et nebulōsa, Manhattanō immāne quantō blandior. Quāre peregrīnīs ad arbitrium prō Novō Eborācō Franciscopolim omnīnō suppōnere licēbat.

Angelopolim vocābant Neo-Eborācēnsēs "Ōram," quod dīcentēs omnia ferē ultrā fīnēs Barbaropolitānās boreoccidentālēs ūsque in Alascam ita parum ad rem attinēre significantēs ut in orientālī ōrā cūncta super Bostōniam vel sub Atlanticopolim sita. (In orientālī ōrā exstābat sānē alicubī ā merīdiē "Vasintōnopolis" quaedam, caput terrae nōmine "CFA," at certō tōtīus orbis terrārum urbs caput erat "Nueva Jork.") Neo-Eborācēnsēs Angelopolim migrantēs – quod tam crēbrō faciēbant ut sē rōgārent interdum Angelopolitānī num quis Novī Eborācī adhūc restāret – prō camisiīs manicātīs candidīs tenuiumque virgārum braccīs permūtābant inclitī vestificī synthesēs cursōriās braccāsve Genuēnsēs magnō sūmptū dētrītās, prō chartophylaciīs negōtiōsīs mundulās bulgulās Beverlicollēnsēs, prō calceīs trālāticiīs soccōs sandaliave multiplicum nōminum, velut "Ambulātōria Āërobatica Montāna Ōtiōsa." Attamen in thermopōliīs generis vel Viae Venetī vel Seattlēnsis īnsuētā remissiōne sedentēs sīve in Viā Melirosae sīve in Crēscente sīve in Solis Occāsū Montānāve, vīvidō ēnūntiātū patriō adhūc ūtentēs "cuaffeam"que sorbillantēs lacteam, dē vītā quondam āctā prope quadrivium Sextae-et-Septuāgēsimae Occidentālis et Columbī colloquēbantur ūnā cum recentibus nōtīs quī ipsī fortuītō in longiquā patriā commūnī prope Vndēnōnāgēsimam et Viam Lātam ōlim habitāverant, scīlicet in vīciniā – haud paulō īrōnicum – minus dīmidiā parte mīlle passuum ab alterā distante. Quī omnēs plānē patriam illam nōndum valdē virtuālem dēsīderābant, hoc est, ubi, exemplī grātiā, peditēs per crepīdinem ambulantēs nūllā labōrārent existentiālī ambiguitāte quā raedīs suīs paulisper extractī.

Vērī mundī caput, Novum Eborācum, et fictīciī, Angelopolis, eō quoque inter sē differēbant quod illā in urbe, ut dīrēctiōre, proxima vīcinia paulō aliēna saepe ē propinquō vidēbātur vel tantum ambulātiunculā distābat, in hāc autem complūrēs ignōrābant vel tantum ambiguē nōverant, verbī grātiā, alicubī invenustiōribus in plagīs megalopolitānīs orientālibus sitam esse urbem sexāgintā mīlium incolārum māximā ex parte Sīnēnsium nōmen praetendēns Hortī Monterēgiēnsēs; centum plūrēsve exstāre aliās regiōnēs agnōminibus cum externīs tum lūsōriīs praeditās velut "Saigōniuncula," "Cabūrcula," "Tociunculum," "Seūlculum," necnōn et Persicās multās frequentēsque, unde ortum generāle vocāmen *Teherangeles*, et ita porrō, in quibus passim cōnspicī et titulōs verbīs *English Spoken Here* īnscrīptōs; Arcadiam, prīncipum orientālium nōnnūllōrum sēdem, satis flōrēns tegere et vēnālīcium; tōtīus orbis terrārum ūnicam mētropolim Hispānicē loquentibus refertiōrem ipsam esse Mexicopolim.

Variīs quidem ē causīs agitābant hominum gregēs plērīque aliquid seōrsum ā cēterīs, vel māximē autem gravābant longinquitātēs locōrum vehiculōrumque cōnstipātiōnēs inaestimābilēs. Quō enim māiōra erant spatia, eō magis vergēbant cūncta in "virtuāle," quod vocābulum plānē ad "virtūtem" nihil spectābat. Ob vastitātem ā sē ipsā aliēnābātur mētropolis. In āreā postīcā super crāticulās āssāns nīl vidēbās praeter proprium rēgnum: caespitem, iūniperum, iacarandam, ambās perseōs, marem fēminamque, palmulam rēgiam, natābulum, mūrōs rosāceōs ē cinere compāctō – quī locus terrāriō subtropicō haud dissimilis erat in quod tē vacuus solitūdinisque studiōsus inclūsistī tamquam Pharaō diligenter ēvīscerātus ventūramque in vītam pollīnctus. Atque – id dē quō dēmum magnā ex parte agebātur – inter folia luxuriunculamque āerem inquinātum rārius animadvertēbās. Proximae viae properātae fremitum iam prīdem in murmurillum imminuerat clēmēns venēnīsve saucium cerebrum tuum. Angelopolis neque urbs erat nec nātiō nec "Terrae pars," quae dīcitur, sed potius abstractiō, tōtīus mundī ūnicus locus in quō altcrā ex parte fiēbant cūncta ferē quae mente fingī poterant atque, ex alterā, ubi nihil praecipuī nisi forte natābulōrum purgātiō.

Illīus diēī Veneris Memoriālem Diem antecēdentis paulō post octāvam hōram vespertīnam, ut īllōrum temporum mōre cōnsitūtam, accidēbant in orbe Angelopolitānō rēs innumerae simul inter sē disiūnctae et cūnctae dīversīs modīs idem ferē significantēs. Spectāculum tēlevīsificum documentāle cui titulus "Vigilēs," scelestae faecis scaena, faecis paulō minus sontis dēlectāmentum, prope Duodēquīnquāgēsimae et Occidentālis quadrivium imprimī modo incipiēbat, dum in Viā Lūminum excipitur versiō praecipua cuiusdam spectāculī titulō īnscrīptī "Calamitātēs Domesticae Americānae Omnium Iocōsissimae." Taeniīs imprimēbantur et duae mȳthistoriae tēlevīsificae diurnae nocturnaque ūna ac duodecim cōmoediunculae familiārēs, quārum aliquot adhūc plūrēs in hōrās prōductūrī erant scaenārum magistrī. Nūllum eā hōrā parabātur ibi plēnae longitūdi-

nis opus cīnēmatographicum lēgitimum, sed in valle ex nōmine Sānctī
Ferdinandī Hispāniae Rēgis nuncupātō, tunc temporis negōtiī cīnēmatographicī pornographicī industriōsissimā sēde, trēs et vīgintī excipiēban-
tur pervariae indolis spectācula Venerea. Ad portum oblectātōrium
nōmine *Marina del Rey* cautus adībat modo Vigiliae Angelopolitānae mani-
pulus cuiusdam chorāgī secundāriī diaetam lautiōre in multizōniō sitam
ubi ex priōre nocte extendēbantur iamque ampliābantur īnsolitae immā-
nitātis pharmacoörgia. Tarzānae modo pactum erat dē Bellō Mesopo-
tamicō compōnī melodrāma rappisticum. In portū Petropolitānō haud
multum aberat quīn inter sē cōnflictārentur nāvigium onerārium Sinēnse
et māxima nāvis petroleāria Chiliēnsis. Suscipiēbantur passim latrōcinia
MLXII. In locī *Pico Rivera* vocātī quādam parvā ecclēsiā cōram octō familiāribus, quibus omnibus *Ramírez* erat inter cognōmina, effundēbat modo
lacrimās Nostrae Dominae Guadalūpēnsis statua lignea antīqua nec vērō
aderat quisquam sacerdōs testisve alius quī vīsum cōnfirmāret. Oropolī
sīve in locō cuius nōmen vulgāre erat *El Monte* conventūs māiōris causā
āream aliās scrūtāriam complēbant cuiusdam autobirotāriī gregis sociī
quōrum quisque, accēnsā māchinā mōtōriā, sedīlī passim adiectā coniuge,
propriō vehiculō aut circumvehēbātur aut stabilis īnsidēbat; unde ortus
ingēns cōnstānsque fragor nōnnūllōs accolārum afficiēbat seu terrae mōtūs seu appropinquantis turbinis seu māchinālis industriae displōsiōnis
aliaeve urbānae calamitātis terrōre. Nātiōnis praeses, cinctus ā Chrīsto-
phorulō Rock et Shakīrā aliīsque lūminibus Aquifoliēnsibus tunc nōbiliō-
ribus hanc autem nārrātiōnem legentibus plērīsque sine dubiō ignōtīs
prīdemque oblīviōnī datīs, luxuriōsō in Dēversōriō Platēae Saeculāris ē
societātibus ācroāmaticīs pecūniam blandiēns cōgēbat. Ob nebulās Āeri-
portuī Angelopolitānō ingruentēs flectēbantur hōc mōmentō itinera
CCCLXXVII āeronāvigiōrum in āeriportūs Aquifoliēnsem-Burbankopolitānum, Actalongēnsem, Ontariēnsem, Iōannis Wayne. Thōmas Cruise, cum
Lamborgīniae clāvēs invenīre nequīret, modo īrascēbātur. Propter
coquōrum operistitium subitāneum oppīlābātur vehiculōrum commeātus
Beverlicollēnsis. Raleiēnsis quīdam nigrīta XXXV annōrum novā disciplīnā sevērius īnstituēbātur quia per Mediae Merīdiānae Angelopolis viam
quandam iniussū illīus locī lēgātī Cripānī ambulāsset. Prope Hortōs La
Fayette displōserant modo atque, nūllō – laus superīs – laesō, adhūc partim flāgrābant duae raedae minōrēs ad viam statūtae scintillārum causā
ex contractō circuitū ēlectricō subterrāneō ēmānantium. In templo Hare-
Krishnicō in urbis regiōne Palmēnsī positō cōnsīdēbant ad cēnam holeri-

voráriam commūnem variī ōrdinis hospitēs novī septendecim, ex quibus
sē rogābant modo aliquot, inter citharae Indicae modōs percōpiōsōs, num
forte hic vehementissimus cariī condīmentī hālitus mentem aliēnāre valēret. Apud Pollīnctōrium Frātrum Agbodēka (Accrēnsium, Kumāsiēnsium,
Rēgīnēnsium, Hortōrum Canōgae) septem et quadrāgintā Ghānēnsēs
honōrum avidiōrēs ad Sarcophagōrum Phantasticōrum Lūstrātiōnem par-
ticipandam congregābantur. Etenim – et quamvīs incrēdibile videātur,
vērum est – ē locuplētissimīs arcīs sepulcrālibus ūna – immō, quod ad
pretium attinēbat, secundum locum obtinēns post quendam sarcophagum
ad fōrmam antiquī currūs tractōriī ferriviāriī vērīsimillimē fabricātam –
Tutankhammenicō rītu supīnum Elvem exprimēbat ipsum Presley aureō
caeruleōque colōre. Invītō prasentī amāsiō, remōtiōre in popīnā in īnferiōre parte Viae Picētī, sīve *La Cienaga*, sitā Chrīstīna Ricci scaenica ūnā cum
canis suī psychiātrō subrebellis cēnābat. Glandēs plumbeae eōdem
temporis articulō per āerem volābant tantum sex; quārum autem ūna, in
caelum Comptōnēnse modo ēmissa ā quōdam iuvene ēbriō ob secundissimam versūram raedāriam nūper factam gaudente, puellae "Lateesha"
nōminātae vorātrīnā gallināceae Kentuckiēnsis frictae cum mātre exeuntis, fātō dolendō, dēscendēns perforātūra erat sinistrī pedis latus exterius.
Coniugēs quīdam Crataegodūnensēs nātū grandissimī animō modo cernēbant sē in sortītiōne Californiēnsī trēs et quadrāgintā mīliōnēs thalērōrum sustulisse. Hortīs Baldwiniānīs abstrūsā in textrīnā tapētāriā decem
annōs nāta puella fusca macraque, Papoleti vocāta, quae compede ēlābī
modo didicerat cōnsilium nunc capiēbat sērā nocte quiēscentibus cēterīs
effugiendī. In "Terrā Austrālī" – agnōmen toponymicum annūntiātōribus
tēlevīsificīs radiophōnicīsque praesertim acceptum – mūtābantur modo
in rubrum sēmiophorōrum ferē duo et trigintā mīlia. In dēverticulō
nocturnō Coreānō sub Viam Viltescīrae sitō praebērī modo coeptum erat
prīmum spectāculum dēnūdātōrium cui concinēbantur cantūs Grēgoriānī.
Trēdecim annōs nātus violīnista Frederīculus Abadagiānus in Ōdēō Valtharī Disney Camillī Saint Saens opus titulō īnscrīptum "Introitus et
Rondo Capriccioso" stupentibus audītōribus mīrā gravitāte et mātūritāte
dēprōmēbat. Angelopolī Occidentālī, Cupressī, Pacoimae et in urbiculā
Rosemead vocātā variōs per rītūs Āfro-Caribicī ortūs sēmioccula ante fāna
mactābantur haedī suēs gallīnae serpentēs. In Terrae Austrālis valētūdināriīs īātrēīsque atque aedibus necnōn et in vehiculīs atque adeō in ūnō
quōdam nātābulō tepidō pariēbant fēminae CDII. Octāvam iam celeberri-
mam negōtiī noctem inībat "Rx" Aquifoliēnsis Septentriōnālis, tōtīus or-

bis terrārum prīma taberna nocturna adventōribus – senibus, aegrōtīs
ambulandī capācibus, hypochondriācīs, cūriōsīs, ōtiōsīs – mercēs praebēns pharmaceuticās licitās, tantum pūblicās quantum rīte praescrīptās,
ac cuius "pincernae" omnēs aut nosocomī lēgitimī aut medicāmentāriī
diplōmatīs honestātī. Eōdem tempore Ho Lung Wu et Theodōricula Foss,
huius tabernae possessōrēs, in officīnā postīcā ubi esset secunda sēdēs
statuenda cōnsīderābant: in Viā Montis Viridis an in Sanctae Monicae
Platēā. Duo et vīgintī vagae sectae chīrūrgī anaplasticī hoc temporis pālā-
bantur: hī in Viā Montānā, hī in Macellō Beverliānō, hī quādam in
caupōnā apud 2 Viae *Rodeo*, hī novissimam apud *Spago*. Vnus nunc ex
inlūstrī nosocomiō cuius nōmen Cedrī-Sinai hūmāniter sed simul īnstan-
tissimē expellēbātur. Tālēs enim īnstitōrēs nunc blanditiīs, nunc dīrīs
ūtentēs malōrum praesāgiīs, nunc adeō per speciem prosperī amōris nōn
sōlum nōbilēs equitēsque sed etiam saepe novōs hominēs advenāsque
exīlis arcae minōrisque ingeniī in sectiōnēs fatuās inescābant.

Eādem hōrā, viā dē LAX in Actae Longae āeriportum necessāriō flexā,
post sarcinārum opperiendārum taedium solitum vigiliamque aliquantam
āctam apud raedārum conductōrēs dum ex raedīs, ob crēbra āeroplana
hūc dēversa rārīs iam factīs, exquīritur ūna, atque post viae properātae
aditum semel praetermissum propter vetustam "Rem" VW lūteam et
molestam et quasi cōnsultō interpositam, Marnia et Lūx Corōnā Victōriā
(ad quam carrūcam ex raediculā benzīnī parcā "sublātae" erant) per
Platēam Actae Longae vehēbantur longinqua ad multizōnia versus quae
eō prō mediā urbe Angelopolitānā sitīs habēbant quia Actam Longam por-
tuum Megalangelopolitānōrum in numerō esse sciēbant.

Rogātū Marniae Lūx gubernāns in vorātrīnae āream flexit glaciem edū-
lem aquamque petītum. Intus Lūx sē quoque siccam esse sanguinemque
glycōsā carēre advertēns comitis exemplum secūta est. Magnīs tum pōculīs plasticīs aquā plēnīs mollisque crāmī gelidī barycephalīs cumulīs cōnu-
līs innixīs onustās atque revertentēs ad raedam huiusque simul systēma
sēcūritātis aegrē administrantēs appellābat iuvenis nigrīta candidā
subuculā mītīque aspectū quī sē thalērīs duōbus et trīgintā indigēre affirmābat; quam summam pretium esse cuiusdam partis raedāriae subsidiāriae sibi emendae ut, refectā raedā, posset in Arizōnam iter facere uxōrem līberōsque duōs exceptum; quōs invicem nūper ē Mīssūriā ūsque ad
oppidum cui nōmen erat *Flagstaff* convectiōnēs petentēs iam itinerāsse,
nunc tamen ultrā pergere nōn audēre quia novissimus gubernātor eīs
vertitōriī ictū minātus esset. Haec scīlicet nārrantur dum fēminae ingen-

tibus obnītuntur iānuīs, quārum quaeque prope tanta est quanta raedula interversōria generis *Mini Cooper,* nec prīmō aquālibus pōculīs prōcērīsque bellāriīs aptam cōnspiciunt sēdem.

Lūx per oculōs cautē sē incrēdulam Marniae mōnstrāns, iānuam clausit, pōculum femoribus interposuit, expedītā laevā manū ē crumēnā nummum quīnque thalerōrum dēmpsit, deinde epitonia aliquot subtrepidē tentāns, quō prīmum dēmissa levātaque gubernātōriī lateris fenestella postīca, suam tandem ad dīmidium aperuit iuvenīque nummum trādidit affirmāns simul sēsē comitemque tenuī nītī pecūniā bellamque ad carrūcam hanc aliā ex causā nūllā quam ob conductīcia vehicula rāra facta, scīlicet fortuītō, "sublātās" esse. Ad quod iuvenis, mīrantibus fēminīs, nihil oppōnēns subtīlī tantum nūtū āctīs grātiīs sē subdūxit.

Cum Lūx prō āreae statīvae quiētō ūsū sē summam nōn mediocrem modo pependisse quasi iocō dīxisset glacieīque ēsum hīc absolvere placitum esset antequam continuārētur iter, alter vir, priōre māior nātū, albissimā cute, cȳaneā vestītus synthesī, camisiae candidae collārī solūtō carenteque fōcālī, vultū statūque nōn omnīnō tam modestō quam priōris, ad Marniae fenestellam appropinquāns digitōrum articulīs pulsāvit. Quō oppressa Marnia, paululum tantum dēmissā fenestellā, dē ratiōnibus valētūdināriīs accēpit historiolam, animō simul cernēns raedam conductīciam prope āeriportum versantem fraudātōribus omnibus pharō esse.

"Hoc cape," inquit Lūx cōnum suum adhūc cumulātum Marniae trādēns ignītiōnisque clāvem dextrā vertēns. Cum paenitentiā addidit per fenestellae rimam "Ignoscās quaesō, domine; admodum, ecce, festīnāmus."

"Paenitet," ait etiam Marnia dum fenestellam ēlectronicē levāns claudit ac raeda praelonga, ā Lūce temperāta, haesitantibus mōtibus ē statiōne per āream retrōcēdit. Marnia, quae in tēlevīsiōne nimis multās fābellās dē vigilibus scelestīsque spectāvisse sibi repente vidēbātur, virum illum, ancipitī vultū fēminās adhūc obtuentem, extractō nesciō quō sesquipedālī sclopētō Schwarzeneggerānō, in ambārum corpora necnōn et ipsīus raedae pulvīnāria (seu scortea seu pseudoscortea) glandēs botulifōrmēs immittere mente sibi finxit.

Cum retinācula idōnea inventa pōculaque rēctē condita erant ac Corōna Victōria in Actae Longae Platēam reversa, Marnia cōnōs ambōs adhūc sustinēns pulchrālia nōn iam pulchrē cocleāta sed potius ob sērī mēnsis Māiī calōrem sat cito dēlābentia circumlambendō refōrmāre temptābat. Postquam Lūx quōmodo adhibenda esset systēma geōgraphicum satelliti-

cum comperit, intellēxērunt tandem sē nōn ad mediam urbem Angelopolitānam versus neque Aquifolia pergere sed potius in mediam Actam
Longam, portōrium emporium.

Propter adventum difficilem fessōsque vel, estō, īnfractiōrēs animōs
quōdam in dēversōriō autocīnēticō Actilongēnsī nec nimis pretiōsō nec
nimis sordidātō prīmam noctem sūmendam dēcrētum est. Dēversōriī
praefecta, iuvenis nigrīta affābilis crīnibus cinnabarinīs undulātīs aspectū
semper ūdīs cōnsilium hāc praecipuē vesperā ipsam Angelopolim nōn
petendī laudāvit; commeātum vehiculōrum ingentem fore; hospitium,
praesertim Angelopolī et Aquifoliīs, utīque satis longē in antecessum
reservandum esse; immō suō in stabulō tantum idcircō exstāre vacuum
quia ultimō temporis articulō abrogātum esset; quod ad noctēs eīs iam
patēre trēs, sī vellent; hospitium Aquifoliēnse, sī vērē quaererent, hīc per
Interrēte fore petendum.

In diaetā dum Lūx super lectum iacēns legit, Marnia, legendī hoc
temporis nōn ita valdē avida, pinguiōrī cathedrae arctius applicāta certāmen calceīs ferreīs per glaciem artificiōsē lābentium imminūtō sonō spectābat. Decimā ferē hōrā sēmis cubitum iērunt ambae, quamquam supīna
Marnia ob nūperrimē facta adhuc nimis trepidābat quam ut dormīre valēret. Dē megalopolis Angelopolitānae ōdiō, in quod hūc veniēns prompta
fuerat, ipsa megalopolis eī iam commodābat. Eā praesertim causā ōderat
quod Vudium miserum suum abripuerat, virum tam mīrābilem, tam cerrī-
tum, tam fōrmōsum, tam laesum. Gravābātur illa imprīmīs quod ē Zoltanis nārrātiōne Vudius fēstum relīquisse ipsam eam tēlephōnicē compellāre cupiēns vidēbātur. Fuerint amōrēs nūper turbātī, aviāriae caveae cāsū
illō etiam paulō magis in ambiguum dēclīnātī, Vudium tamen sē amāre
nōn dubitābat nec sē illum. Vudium autem iterum, immō tertiā iam vice,
in valētūdinārium inclūsum ob vīsitantium frequentiam sōla adīre nōndum quīverat. Quibus īnfaustīs omnibus accumulātum est quod ipsa anteā
ex eius diaetā migrāverat ... nōn autem sānē in perpetuum seorsum ab eō
habitāre cōgitāns! Sed, ēcastor, spēs māximē frustrāta erat Vudiī cupīdō
sē "Deae" suae "dētegendī" sīve "revēlandī"; Marnia enim quālis futūra
esset haec "revēlātiō" ignōrābat, nōn valēns tamen plānē quīn carnālem
timēret!

Vudium autem ā grassātōribus male mulcātum! Deinde prōrsus ex
inopīnātō uxōrī - ita vērō, uxōrī - ā medicīs commendātum! Paulō quidem post nūptiās inter sē abaliēnātōs esse cōnstābat - hoc sciēbat Zoltan
- numquam autem factum ipsum dīvortium. "Olīvia" nōminābātur uxor,

id est, Olīvia Brusson Fāva. Haec Marnia ā patre, Zoltane, amīcīs rescīverat paucaque alia: haematothēcāriae mūnere fungī eam, vel fūnctam esse; Issaquāhum quondam inhabitāsse. Sed perscrūtātor ā Marniā et Zoltane ad breve conductus neque Issaquāhī neque alibī regiōnis Seattlēnsis Olīviae Vudiīve ūllum recēns indicium invenīre potuerat. Valētūdināriīs scīlicet dē aegrōtō huiusve familiā tālia singula prīvāta prōdere haud licēbat, nec sānē quicquam ferēbant auxiliī vigilēs. Neque Olīvia nec Vudius quemquam verberum reum ad iūdicem vocāverat – cuius causa esse vidēbātur aut quod nēmō suspectus inventus erat aut quod ob mentis trauma Vudius dē crīmine prope nihil meminerat.

Tunc vērō, septimānā modo praeteritā, paene fortuītō Zoltan symbolam quandam commentāriīs exceptam Marniae indicāverat scrīptam dē pelliculā novā cuius prīmās partēs agēbat novissimum lūmen "Vudius" appellātum, nūllō additō cognōmine. Praecōnia, spectāculum hoc fābulae illī dē Davīde Helfgott quondam dīvulgātae assiduē adsimulantia, Vudium, quondam saltātōrem, autismum, īnsāniam, saeva verbera superāvisse indicābant; in ācroāmata dēnique rediisse; Davīdī Helfgott disparem, Huardī Stern similiōrem, in spectāculō cīnēmatographicō suam ipsīus vītam simul "tragicam et victōriōsam" dēpingente sē ipsum agendō repraesentāre. Paucīs post diēbus prīmā pōmerīdiānā hōrā sēmis Marnia ūnā cum Lūce, Zoltane, Abbāte ipsam prīmam inaugurālem expositiōnem pelliculae cui titulus erat *Seattlī Ēlinguis* spectāverat.

Quod tamen cīnēmatographicum opusculum rēs vērē gestās tam perversē interpretātum est ut nēmō eōrum plēraquc nārrāta cognōsceret. Nōn sōlum nōmina multa mūtāta erant, sed etiam sat saepe scīrī nequībat quae persōnae quōs vērōs hominēs repraesentārent. Māter in fābulā, nōn partim sed plēnē plūmāta aborīginea cuius nōmen "Vngula Ātra" (prō dī immortālēs!), autisticī Vudiolī suī nimis intentam tutēlam psȳchōticē exercet. Cuius ob suspiciōnēs morbōsās zēlotypiamque incestam sēmitēctam in innocentem ballātrīcem, cui nōmen perrīdiculum "Menuette," sēnsam fīliī mūnus ballēmaticum tandem perdit. Fīlius domō profugit, gregī theātricō parvō sē iungit. Nē ā quōquam agnōscātur perspicillum fuscātum semper gerēns agit partēs, mātrem sē nōn dētēctūram trepidē, immō, excrucianter spērāns. "Menuette" istam tantum rārō, aegrē, laevē convenit. Huius autem condiciōnis sollicitūdinēs necnōn – id quod nempe ars cīnēmatographica postulat – māter tandem dēprehendēns Vudium in plēnum furōrem pellunt. Quī per hortōs zōologicōs grassāns dēsaevit, bēstiās vulnerat, ab rhīnocerōte dēnique cornū cōnfōditur, tamen nōn ita ut moriātur. Posteā aliquot annōs in manicomiō inclūsus miserē dēgit, hūmānī sermōnis plērumque expers, donec ā quādam fēminā, cui nōmen Olīvia, quam ille in scholā quondam amāvit, invenītur, cūrātur, manicomiō eximitur, nōnnūllā ex parte sānātur.

Vudiī ars histriōnica, et ante fābulae discrīmen māximum et posteā, assiduē et cōnstanter nōminis eius digna, hoc est, "lignea" nōminārī poterat nec plērumque ad ipsīus vērōs mōrēs accēdēbat. Quīn potius mediam ratiōnem aliquam sat vapidē exprimere vidēbātur cūnctārum ingeniī imbēcillī persōnārum in novissimōrum decenniōrum pelliculīs dēpictārum.

Marnia, etsī cīnēmatēum ē vestīgiō relinquere avēns, ūnā tamen cum cēterīs mānserat luctāns ut, saepe per miseriae furōrisve lacrimās, atrōcem fraudem istam ante oculōs suōs sē explicantem adhūc intuērētur: Vudium, ipsum suumVudium, ut numquam sē gesserat sē gerentem, quae numquam fēcerat facientem, quae numquam dīxerat dīcentem ... ac, summum flagitium dēdecusque, Angelīnam Jolie, quae ipsīus Olīviae partēs agēbat, deamantem! Quae lacrimae, quī plōrātus ex illō diē subitō reversus tōtam Marniam in latus sē vertentem invāsit, quamvīs, nē Lūcem turbāret, cervīcālī temptāret comprimere singultūs.

Solitās quidem querēlās audīverat dē societātibus nūntiōrum et oblectāmentōrum dīvulgātrīcibus cūncta corrumpentibus seu dē animō commerciālī quidvīs dignum ēvertente. Quae querēlae eam numquam praesertim commōverant; nam, sīcut multī, sordēs et īnsulsitātēs commerciālēs, ut sē ipsās per rīdiculum dētorquentēs, in iocōsum vertere prīdem didicerat. Haec autem, cum nōn tantum falsa essent sed etiam ipsa vēra eī familiāria et cāra et nūper sēnsa hīc dēprāvārent hīc omnīnō negārent, rīsum haud movēbant. Āëris temperātī susurrō grātiās habēbat Marnia quod, cervīcālī additus, plōrātum aliquantum tegēbat. Nēmō nihilque hāc in trīstitiā eam comitārī poterat. Omnēs dēnique sōlī erant; dolōribus labōrābant sōlī, sōlī moriēbantur, etiamsī forte circumstārent benignī. Extrā hoc conclāve obscūrum īnsolitaque redolēns, mundus iste dūrus et rēmōtus iniūriās eius nīl cūrābat.

* * * * * *

Clārus ventōsulusque diēs fenestrās intrāns Marniae adhūc abiectō animō illūdere vidēbātur. Quōmodo enim diēī tam audācem laetitiam participāre poterat sī Vudius – susceptum immāne! – inveniendus erat ac quid eī accidisset comperiendum? Olīviam eum cēlāre cōnstābat, necdum ubi haec nunc habitāret nōverant; neque enim Marniae Zoltanīque – nēdum Lūcī cui hypodidascalae mūnus parum fructuōsum erat nūllīque aderant parentēs – iam suppeditābat pecūnia ad investīgātōrēs condūcendōs. Immō Marnia habēbat sēcum tantum paulō plūs tria mīlia thalērōrum, quōrum māxima pars cuiuspiam discopōliī sacculō plasticō involūta in saccō dorsuālī smaragdinō condita erat. Quam pecūniam Marnia lāmellā crēditōriā Vudiī frēta ē māchinīs argentāriīs sustulerat donec ineunte mēnse Decembrī ratiō argentāria clausa erat. Lāmellam scīlicet quōdam locō in Vudiī diaetā sibi nōtō relictam Marnia, clāvem adhūc tenēns suam, ad ūsum sūmpserat; neque ob hoc sibi in culpā vidēbātur, nam māximam partem – etsī, estō, nōn tōtam – in Vudium indāgandum impenderat atque anteā, cum adhūc apud eum saepe pernoctāre solita esset, lāmellā ūtī eī licuerat, sēcūritātis sigla eī trādita. Vidēbātur ratiō argentāria ideō ā Bolūquā cōnstitūta esse ut Vudiī animus ā Scintillō distraherētur ac quō magis industria eius in Deae Brambillicae suae quaesitiōnem Quixoticam intenderētur. Clausā ratiōne, Marnia tēlephōnicē et per cursum ēlectronicum atque etiam per exemplāria tēletypica Bolūquam adīre cōnāta erat incassum. Aliquod in Xanadu ēvānuisse vidēbantur ambō; nec plānē post lāmellam irritam factam suppetēbat eī ad iter in Bellānum suscipiendum, hoc est, ita ut reversa aliās quoque investīgātiōnis viās īnstāre potuisset.

Lūx bene māne surrēxerat nōnnūllaque necessāria comparāverat: iēntāculum vorātrīnārium patibile, cērōma sōlāre, tōtius Angelopolitānae regiōnis tabulam geōgraphicam librifōrmem, ācta diurna ācroāmatāria. Marnia, minimē ēsuriēns, Ōvum-Mac-Quicquid suum sē cōnsūmere coēgit, nam opus sibi fore sciēbat vīribus ad susceptum aggrediendum tam arduum quam nebulōsum in urbe mōnstruōsā quam antehāc tantum semel et breviter duodecim annōs nāta Disnēilandiam petēns cōnspexerat – nisi sānē adnumerārentur cūncta spectācula cīnēmatographica et tēlevīsifica in quibus Angelopolis vel scaena fuerat nūgārum omnigenārum crīminumque nefandaeque Veneris vel ab extrāterrestribus mōnstrīsve vel clādibus aliīs mīliēs ac meritō dēlēta erat.

Lūx, quae duōs patruēlēs alicubī Angelopolis habitantēs, datā occasiōne, invīsere cōgitābat, numquam anteā hūc lāta erat; tantummodo Vasintōniam, Oregōniam, Īdahum, Columbiam Britannicam, ut puellula Michoacānum vīderat. Marniae autem rēferēbat nōn Lūcis scientia locōrum quaecumque sed quod ea sibi hūmānissimē auxiliō aderat. Dīcēbat illa, magis forsan benignē quam vērē, indāgātiōnēs crīminālēs ā clīnicīs et academicīs nōn ita multum differre; ad commentātiōnem doctōrālem firmandam data conquīrere idem ferē esse quod ad hominēs reperiendōs; sē porrō "vī indāgātōriā," quam dīcēbat, utīque adhūc ferrī; intentīs alacribusque animīs nihil nōn patēre. Marnia autem nimiā inopiā nōn angī nequībat. Cūnctī trēs – Marnia, Lūx, Zoltan – restāns pecūlium sibi potius cautē dispōnendum cēnsēbant quam in prīvātō perscrūtātōre cito cōnsūmendum. Ad praesēns Zoltanī Seattlī manendum dēcrētum, quippe quod hic negōtium māximum exspectābat quō poterat ut lūsōriī computātōriī novī alter fieret ex duōbus prōcūrātōribus. Accēdēbat quod duae vīlius quam trēs itinerāre peregrēque sustentārī valēbant. Quod tamen ad potentissima subsidia cybernētica Interrētiāliaque ūsurpanda, Zoltane domī manente nītī vīsum est. Quem, sī quandō necesse esset futūrum, Angelopolim contendere posse. Vnicum molestum erat quod Zoltan Lūcī penitus cōnfidere vidēbātur sed ipsam Marniam, ut nātū minōrem, etsī sānē amīcissimē, ita tamen in rēbus gerendīs cautius tractāre. Praeiūdicātam opīniōnem adversus adolēscentēs!

Quō etiam longē molestius fuit quod Vudiī pater, Olīviam probāns, quaesītiōnī nihil contribuere voluerat, affirmāns simul ubi illa cum fīliō nunc versārētur sē nescīre; nihil tamen sollicitandum, Olīviam dēnique nōn tantum probam fēminam esse vērum etiam lēgitimam uxōrem; sē nihilōminus, sī quid novī audīvisset, Marniam certiōrem factūrum.

Iupulus Iupulaque frīvolō mendāciō sat facile plācātī erant, id est, Marniam, ante susceptum solitum mūnus aestīvum, contubernālem quandam Angelopolitānam invīsūram. Per illōs enim nūllō modō eī licuisset perscūtātōris opere fungentī Angelopolī versārī. Cēterum nec per Zoltanem licuisset sine Lūce iter hoc suscipere, quīn potius ut septimānam ūnam duāsve exspectāret is īnstanter suāsisset dum explicārentur negōtia sua. Quā condiciōne ipse dēnique Marniam hūc comitātus esset. Hanc autem agendī ratiōnem Marnia plānē pro minus prūdentī habēbat; nam Zoltan ob aspectum omnium oculōs ad sē convertēbat. Lūx et Marnia magis latēre valēbant – in perscrūtātōribus summa virtūs. Ratiō erat ut reliquās opēs sūmerent ad quam plūrimōs cīnēmatographicōs adeundōs atque ut cum hīs conversantēs indicia exquīrerent. Cum autem pellicula ista iam cōnfecta distribūtaque esset, forsan nōn iam operae pretium futūrum erat ante Fabricārum Suprēmārum portās opperīrī. Quid autem sī parārētur altera pellicula aut spectāculum aliquod tēlevīsificum pelliculae coniūnctum tāleve quicquam aliud? Quod sī fierī poterat, fabricārum illārum forsitan ūtilis tamen esset futūra custōdia.

Perspectō bene librō geōgraphicō, Lūx sibi comitīque Aquifoliīs Occidentālibus dēversandum esse dēcrēverat cum illa regiō sita esset media inter Fabricās Suprēmās et partēs Angelopolitānās occidentālēs hominibus cīnēmatographicīs frequentiōrēs. Lūcī, quam sciēbat Marnia quadrāgintā quattuor annōs nātam, iam sub oculōs ac circum ōs ductae erant līneolae obscūrulae, minus autem in dēfōrmē quam in īnsigne – ad quod prōderant et capillōrum virgulae passim argenteae. Illūstris vidēbātur scrīptrīx vel nātiōnis alicuius Latīnoamericānae administra ā cultū cīvīlī. Neglēctīs faciēī līneīs, erat cute mollī validāque, rīsū limpidō. Nunc lautiōrem vestem gerēbat ex opere plūmāriō rhododendricolōrī, amictōrium roseum, roseōs quoque calceōs altiusculārum calcium – vestium coniūnctiō, etsī ad hoc caelum forsan paulō gravior, decōrissima tamen. Cultū vestium tam esse imbūtam eam, quae Genuēnsibus brācīs aliōquīn iniecta, Marnia haud suspicāta erat. Cōnstitūtum erat utcumque ut persōnās induerent cīnēmatographicē quaestuōsārum. Itaque post id sūmptum quod verbī causā iēntāculum vocābātur (nūllī enim luxuī indulgendum quī nōn ostentandus!) Marnia, iuvencam simul sordidē scītulam et bene nummātam sapere volēns, sericam camīsiam ātram induit inmanicātam, scarabaeifōrme stalagmium collāre Āfricānum aēneum, ad mōrem dētrītās brācās Genuēnsēs rubrīcōsās, simplicēs ūdōnēs Sīnēnsēs. Crīnēs, recēns magis prōmissōs iamque penitus flāvōs, priōrem in comptum contractiōrem tondendōs raptim cūrāverat, radīcibus tamen alterō colōre tingendīs supersedēns. Antecēdentis annī aspectum quam māximē quidem servāre cupiebat quō facilius Vudius sē agnōscere posset, vērum in mōrī autem Īdaeī colōrem tinctae radīcēs pauciōribus vestibus congruissent ... nēdum tāle artificium praesentī suō habitūs generī mātūriōrī convēnisset. Cum tamen dē mentis Vudiānae condiciōne nīl certī scīret, vīsum erat aspectum eī saltem aliquantō familiārem praebēre.

Speculum longum temere īnspectum effēcit ut Marnia sollicitam alacritātem tamquam flūctulum frīgidum subsentīret. Recentem enim ob miseriam oblīta erat ipsa quam pulchra esset – sīve scītō decorāmine, idōneō corporis cultū, abundō somnō quantum conciliārī posset pulchritūdinis. Praeposterae istīus pelliculae nūntium accēperat Marnia probātiōnibus fīnālibus absurdē difficilibus adhūc obruta, in nihil nisi studia intenta, nec dēmum facile recordārī valēbat quandō proximē sibi omnīnō fēmella esse vīsa esset. Immō contrā iam recordābātur. Praeteritō Septembrī mēnse, illā postrēmā nocte ūnā cum Vudiō celebrātā. Nempe ante discidiolum. Exinde nēminem amāsium coluerat, nēminī erat praesertim blandīta. Vidēlicet quod semel bisve cum Tegulāriō oblectāmentī grātiā exierat nihil prōrsus significābat, nam hic nīl nisi firmior amīcus ēvāserat. Neque hoc quod vel homophȳlophilus esset. Immō potius eī manifestē arrīdēbant māiusculae nec dēsiit rogāre num quandō cūnctīs tribus – sibi, Marniae, Lūcī – alicui oblectāmentō ūnā sē dare licitūrum esset.

Sē in speculō mīrāns Marnia prōposuit ut ambae sē scēnicam et mūnerum prōcūrātrīcem assimulārent – ad quod, "Cōnsilium istud, cāra," inquit Lūx, "memoriā certē tenēbimus."

Mediī mātūtīnī temporis commeātus vehiculōrum nōn valdē adversus erat, immō solitō Seattlēnsī haud pēior, quamquam hīc ob viārum properātārum longē māiorem abundantiam plūrēs suppeditābant optiōnēs. Tantum systēmate satellīticō quantum tomō geōgraphicō frētae haud difficile progressae sunt ad dēversōrium quoddam hederātum amplumque in vīcō Aquifolioccidentālī habitātiōnibus datō satisque honestō situm ubi, quod per Interēte pactum erat, bīnīs hospitibus singulīs noctibus thalērīs tantum CLX cōnstābat conclāve: mercēs quidem opīniōne paulō minor. Cum prōrsus posset ut aliquis, vel eās tantum excipiēns expōnēnsve, ubi dēversārentur cognōsceret, iam prīdem cōnstituerant fictīciam vītae sectam eātenus fore sustinendam ut dēclīnandum foret hospitium opibus pār.

Eiusdem noctis nōnā ferē hōrā cum dōdrante spē immāniter dēpulsae sunt cum in dēverticulum nocturnum quod prīmum dēlēgerant nōn sunt acceptae. Ante proximum autem, aspectū etiam minus expugnābilī, ē turbā forīs expectantium inōpīnātō sunt sēlēctae. Dein, petītō gubernandī diplōmate, Marnia, vīgintī iam annōs nāta, falsum prōmpsit exemplar Vasintōniēnse quod Zoltan – mīrum dictū – mediā tantum diēī parte eī comparāverat. Sine negōtiō admissa est. Itaque, superātō hōc prīmō māximōque, ut vel tunc vidēbātur, discrīmine, ūnā cum Lūce tabernam nocturnam intrāvit fēmella lēge impubis, sē simul in corde ob pium susceptum excūsāns necnōn quia vīcēsimum prīmum annum suum iam ageret, etsī – cavillātiōnem taediōsam! – nōndum explēvisset.

Vnā ferē hōrā post in dēverticulī angulō aquam tonicam vīnō iūniperō mixtam sorbillāns (hoc poscere solēbat Iupula) Marnia Lūcem spectābat in chorēō *sambam* saltantem ūnā cum pare Hispānō, cui nōmen Ferdinandus, haud invenustō, cānīs temporibus, camīsiā vestītō Havaiānā poinsettiīs ōrnātā, brācīs splendidīs, baxeīs mundīs. Iuxtā sedēbat Ferdinandī amīca *gringa*, Michaēla, fortasse nōndum quadrāgintā annōs nāta, vultū urbānē languidō, sufflāvīs crīnibus, candidissimā cute, vestem tālārem hyacinthinam gestāns mīrum in modum ēlegantem, immō sollemnem dīcendam nisi forte quod mammārum omnēs ferē partēs praeter ipsās papillās ostentābat; quam vestem Michaēla quondam apud caerimoniam Praemiōrum Acadēmiae Cīnēmatographicae ā Morgānā Fairchild īnsigniter gestam esse asseverāverat. Michaēla nunc mīlitāriter pōtāns allevāta vidēbātur quod amīcus vigōrem aliō trānstulerat.

"...Alia ex dēverticulīs rārī aditūs, cāra," inquit Michaēla ad interrogātum respondēns quod num auribus accēpisset propter strepitum circumiectum Marnia incerta fuerat, "...alia praepōnunt. Quod prīmum vōs nōn admīsit haud cūrae est. In nōnnūllīs petitur aequābilitās quaedam. Forsan vestrae farīnae iam inerant nimis multae. Immō quod vōbīs, nūllō praemissō nūntiō, hūc tam cito intrāre licuit mīrum est. Multī diūtissimē exspectant nec tamen admittuntur. Nōnnūllī quī aliter nōn intrent adeō quadringēnīs thalērīs mēnsam sibi praestinant. Equidem multifāriam reiecta sum. Nunc autem, exclūsīs aliīs, hīc sedeō tantummodo quia huius cellae ministrī meliusculē mē nōvērunt. Sunt autem quae meī similēs nūllō modō nisi redemptās accipiant. Ac quō mātūrior mulier, eō difficilior introïtus, dīcam an, nisi sīs nōbilis. Condiciōnēs autem Angelopolitānae haud quidem pessimae sunt. Neoeborācēnsēs, meō iūdiciō, pēiōrēs. Hīc saltem turbae docilēs sunt. Fūnibus vellūtinīs quasi magīā reguntur. Enimvērō Angelopolis est dēmum urbs fūnium vellūtinōrum. Vel terribilēs vīdī mātrēs familiārum Venere perinopēs quam māximē sē prōtendere ad tāctum Harrisōnis Ford, vellūtinōrum autem fūnium saepīmentum sacrum omnīnō numquam violāre. Haud sciō an nigrītārum tumultūs hīc factī omittī potuissent sī fūnēs vellūtinī satis mātūrē dispositī essent."

Ē compactō vitrō liquōrem fuscum, cuius aspectus immītis, manifestō studiō obsorbuit donec Marnia paucās post secundās mente comprehendit Michaēlam istud modo esse iocātam ... rīsitque. Michaēlae, quamvīs pōtātrīcī, plānē erat ācre ingenium. Nec, contrā segniōrēs corporis mōtūs, balbutiēbat quicquam. Marniae invicem liquēbat sē, tot haustīs venēnīs, sine dubiō iam aut in valētūdināriī ātrium perīclitantium aut in cadāverum repositōrium ēvāsūram fuisse. Immō ex exiguō tēmētō sūmptō iam mīrē sauciābātur.

"...Nec vestrō locō admissās vōbīs scītius ōrnātās fuisse cōnstat. Novissimī modī vestēs vel Novī Eborācī Tokiīve vel in Eurōpā māiōris sunt; nam tālibus locīs, trāditō ferē mōre, cultūs modī vēndibilēs statuī solent. Angelopolī magis rēfert aut quis sīs aut quis esse vel quis esse posse videāris. Sunt nōbilēs quī novissimum cultum assectentur, sunt invicem aequē nōbilēs nōbiliōrēsve quī prōrsus neglegant. Rēs etiam intortior fit cum, ut nūper, novissimī modī est novissimōs modōs praetermittere propriumve efficere modum – saepe quō incultiōrem magisve īnsolitum eō meliōrem. Dē lūsū agitur cuius praecepta perpetuō fluctuunt. Quamobrem dēverticulī noctūrnī Angelopolitānī iānitōris mūnus admodum difficile est. Quasi fluitantis fūmī mōtūs legere discendum'st. Equidem tālia sciō ex propriō mūnere, nam apud quandam sociētātem serviō quae novissimōs modōs mōrēsque indāgat repertaque corporātiōnibus complūribus vēndit. Quārē sciō, quod ad cultūs modōs triviālēs attinet, nusquam nunc magis agitārī quam Tokiī; Thrēiciās notās cutemque perforātam, tantum mastrūcātīs quantum equitibus interim dēlectāmenta facta, apud scītōs iam obsolētās; hinnam tamen nesciō cūr adhūc probārī; vestificōrum autem pittacia ēminentia damnārī; et ita porrō. Angelopolitānōrum autem plērōrumque haud multum interest 'cultus triviālis', hoc est, novissimī modī mōrēsque in viīs convenientium; nam, praeter Mediae Austrālis quāsdam partēs minimōsque aliōs vīcōs aliquot valdē disparēs, velut Platēam Aquifoliēnsem, prope nūlla exstat 'secta vītae triviālis.' Hīc enim paucissimī in triviīs congregantur, longē plūrēs velōcissimē per ea vehuntur. Plūrimīs locīs 'cultus triviālis' tantummodo lūsus amoenus est. Vērus cultus cīvīlis nostrī cardō versātur nōn in cuiusque vīcīniā cīviumve coetū sed in dēsidiā, aprīcātiōne, corporis exercitātiōnibus refectiōnibusque, thermīs intimīs, acroāmatīs, tēlevīsiōne, Venere quaerendā, crepundiīs ēlectronicīs gestābilibus. Vīta nostra Californiāna Austrālis māximē prīvāta est, vel sī sociābilis, tamen tam rēmōta quam praesēns. Sī negōtium raedārum *Rolls Royce* humillimē vestīta intrāveris tabernāriī tē tamen ut rēgiam tractābunt quippe quia multī ex omnium locuplētissimīs eīsdem vestīmentīs forīs agitantēs ūtuntur quibus in āreā postīcā fodientēs vel cum cane lūdentēs.

"Ōlim quendam scaenārum moderātōrem Angelopolophilum dīcere audīvī novissimōs cultūs modōs idcircō exstāre ut alibī habitantēs eō compēnsentur quod Angelopolī nōn habitent. Neque, etsī paulum absurdē, omnīnō tamen falsē quod ad vestēs spectat; nam plēraque reperta mea nōn ad vestēs pertinuērunt sed potius ad modōs vīvendī, velut sodālitātēs fēminārum pūra volūmina fūmantium vel alvī ductiōnēs caffeāriās vel catervās puellārum Hispanoamericānārum sē 'vēsānās' nōminantium quārum arma erant acūs venēnātae vel hominēs quī propriae fāmae augendae causā suī ipsōrum 'īnsidiātōrēs vēsānōs' mercēde condūxērunt ... vel et istam rem gerbillicam.

"Accēdunt et novī modī ācroāmātāriī velut ars mūsica rappistica latrō-
cinālis vel ingentēs chorī macarēnicī vel recēns studium populī in Rattōrum Gregem. Haud quidem dīcō omnēs modōs ācroāmāticōs hīc nāscī;
sed, undeunde initium dūcunt, nusquam magis quam Angelopolī resonant, impetum capiunt, vēndībilēs fiunt, hinc quōquō terrārum efficācissimē ēmānant. Hīc enim nōn tantum rēgnat vērum etiam quam perītissimē dispōnitur pertractāturque id quod 'minima pars dīvīsōria commūnis'
nōminātur. Hīc etiam habitant, ecce, quamvīs Britannae, 'Puellae Salsae' –
quō dīcitur multum. Hūc venīs sī omnium triviālissima sīve cultūs cīvīlis
nostrī vulgātissima contingere funditusque nōscere vīs, nam hīc nūllus
exstat vērus cultus cīvīlis vel cultus cīvīlis ūnicus, immō vērō hīc reperi-
untur ferē cūnctī, sīve solūtī sīve permixtī ... etiam magis quam Novī
Eborācī, quae urbs in Asiāticīs multō cēdit. Nūllā in mētropolī dīvulgantur
plūribus linguīs ācta diurna quam Angelopolī. Immō Angelopolī versāns
tamquam ubīque et simul nusquam versāris – id quod volēbam, dīcam an,
volēbat dīcere scaenārum moderātor nōtissimus ille: scīlicet omnēs hominēs vel clam vel forsan tantum sēmicōnsciē hīc habitāre cupere quia
quisque cultuum cīvīlium vinculīs trāditīsque mōribus līberārī clam gestiat, vel adeō normīs et modīs ā tālium arbitrīs statūtīs eximī exuī expedīrī,
Humalibum Monicopolimve vel Valla Pācifica inhabitāre sibique prōrsus
indulgēre propriamque ūnicamque vītae sectam sibi comminīscī neque
aliōrum opīniōnem floccī facere, immō tamquam lūminis cīnēmatogrā-
phicī fāmā dīvitiīsque luxuriārī simulque ob sē ipsōs propriumque ob ingenium indolemque ab omnibus amārī.

"Quae haud sciō an, ut Seattlīta, nūllō tē modō cupere opīnēris; at nōn
dubitō quīn pars saltem tuī, quam 'puellam interiōrem' nōmināmus,
occultē cupiat. Angelopolis Terra-Numquam-Numquam est ubi nēmō vērē
adolēscit vel, locō adolēscendī, quisque sē ipsum identidem restaurāre,
renōmināre, adeō recondīre solet vel subinde ad mortem voluntāriam
prōpellī aut Carmēlum ... nisi quis sānē, id quod interdum fit, pueritiā vel
iuventūte suā celluloīdam iam penitus imbuit. Hāc dē causā mīrābilibus
tālibus quālibus Elizabēthulae Davis et Ecclēsiō Douglas atque, ante omnēs, Scīrliae Temple forīs vagārī licet, immō licēbat, quia, etsī interdum
agnōscēbantur, vulgus tamen sciēbat hōs ipsōs nōn vērē esse, vidēlicet ipsōs eōs vērōs iam prīdem pelliculīs esse cōnsecrātōs. ...Nōs autem cēterōs
fierī oportet vampȳrōs virginumque sanguine perluī."

Ad quam verbōrum bacchātiōnem Marnia aliquid respōnsī hōc mō-
mento temporis variē obruta nequīquam quaerēbat. Neque, etiam sī quid

in mentem vēnisset, quicquam dēmum contrādīcendum fuisset, nam hīc aderat nōn ut opīnārētur sed ut per hominum coniūnctiōnēs Vudium invenīret. Mīrum autem erat quantum Michaēla, etsī, estō, dē nūgīs disserēns, professōrum tamen eī nōtōrum similis esset et vī ingeniī et lepōre. Immō incertā dē causā Michaēlam, ante hōram sibi ignōtam, nunc per vicēs imāginābātur ut profestrīcem acroāsin subtīlem habentem, ut magistrātum disertē mentientem, ut physicam abscondita prō certō affirmantem, ut cōmoedam facētiās lepidā sollertīque apathīā referentem, omnia eōdem modō simul inertī et dīcācī prōferentem, attamen, mūtātīs argūmentīs, ipsam semper manentem.

"Vōs autem," inquit Michaēla, "rēctē facitis."

Ad quod Marnia paulō haerēbat.

"...Vestēs dīcō. Ēlegantiōrēs semper praestant. Hanc lēgem mihi quoque īnstituī. Angelopolitānī extrā praemiōrum caerimoniās vel forte et subinde ecclēsiam sollemnia ēlegantiaque vītāre solent, quārē scītē ēlegantia gestantēs ē turbā ēminent."

Symphōnia interim Latīnoamericānum aliquid, forsan Santānae, canēbat, fortasse ad honōrem Lūcis et Ferdinandī quī hōc temporis mōmentō in chorēum praesertim rēgnābant. Immō Lūx nunc tantum lascīviēbat ut Marnia, velut apud Iupulam, paulum ērubēsceret.

Quod dissimulāns "Quamdiū iam," inquit Marnia, "Ferdinandum nōvistī?"

"Hodiernus quī diēs est?"

"Lūnae, scīlicet Memoriālis."

"Certē. Sex igitur diēs. Amīcitia sat longa." Leviter subrīsit. "Ille apud Fabricās Ūniversālēs multitūdinēs temperat. Septuāgēsimīs annīs hūc prīmum vēnit ut certāmen discōrum plasticōrum iaciendōrum participāret neque umquam, immō tantum semel ut peregrīnus, in patriam rediit. 'Tharagothā' est oriundus. In Domū Piscāriā eum nōvī. Tibine nōta? In Viā Rodēo sita'st. Multa mihi dē mātris oppidō memorāvit ubi quotannīs tam vehementer dīmicātur lycopersicīs ut omnia posteā quasi liquāmine *marinara* redundent. Sīcut virī 'Latīnī' plērīque, cūnctīs rēbus ārdōrem, imprīmīs Venereum, antepōnit; cuius ārdōris, hahae," ērūpit rīsulus subitus, "...coccineum liquāmen illud prō symbolō habēre vidētur."

Michaēla iterum sorbillāns pārque saltantium sibi nōtōrum perscrūtāns addidit haec: "Ille quidem sat venustus, sed ... sed mē dēlectant generātim et ūniversē virī mente praeditī magis ... quam..."

Subiēcit Marnia: "...quam liquāmine."

Quō audītō, Michaēla rīsū paulisper suffocāta tussiēbat bis terque dum Marnia quid ipsa modo dīxisset animadvertit. Sed, quia Michaēla iocum plānē admīrābātur, advena hoc sibi sponte cōgitāvisse sē finxit … neque omnīnō immeritō cum subcōnsciā mente exorīrī solēre crēbrō tālia imprūdentī nōn ignōrāret. Immō, quamquam ob māiōris mēnsae partiendae necessitātem fortuītam Michaēlam commodum ūnam hōram nōverat, huius ingenium tamen iam adeō comprehenderat ut eius cōgitandī modum partim sibi sūmpsisse vidērētur – quō cōgitātō dē Deae quaesītiōne aliīsque rēbus cum Vudiō coniūnctīs subitō commonefacta est.

Michaēla pōtiōnem suam hausit iterumque labiīs tenuiōribus in hyacinthinum pictīs, hāc vice autem paulō frīgidius, subrīsit.

"Ille mihi nimis multa agitat. Semper aliquid nōvī suscipit. Vt vērum fatear, mē fatīgat. Nec loquor praesertim dē … liquāmine. Hodiē māne Didacopolim petiimus. Sextā hōrā reversī sumus. Iterum exīre haud cupiēbam. …At sānē ubīque pōtāre licet."

Quam tam apertam cōnfessiōnem audīvisse Marniam nōnnihil pudēbat. Vt adulēscēns corruptiōnem mōrēsque dissolūtōs fictōs multō saepius, interdum et in sē ipsā, vīderat quam vērōs et adultōs, quōs, ut vērum dīcātur, paulum timēbat. Argūmentum mūtāre dēcrēvit.

"Vīdistīn' *Seattlī Ēlinguis*?"

"Nōn vīdī. Discum, cāra, exspectābō … quod soleō facere in…"

"…in stultiōribus?"

"Quīn nōn sum aliōquīn tam mōrōsa. Vt *Forrestius Gump* vidērem, bonam quidem pecūniam quondam solvī, sed ā maccīs amābilibus plērumque nōn ita valdē teneor. Haec rēs Vudiāna …. Vudius … Quōmodo…?"

"Fāva."

"Istud sciēbam," inquit Michaēla. "Ecce, iste Vudius Fāva Davīdem Helfgott nimis resipere vidētur. Quī paulisper nātiōnis Austrāliēnsis exstitit hērōs. Concentūs clāvichordiālēs eius, per sē dīrē mediocrēs, audītōribus replēbantur. Multī magnās summās impendēbant ut in prīmīs ōrdinibus sedentēs eum balbutīre audīrent. Prō ultimō honōre habēbātur sūdōre spūtōve eius contingī. Nunc autem ubi est?"

"Vt sine dubiō tibi dēsipere videor, ita tamen ipsum cōram convenīre velim."

"Helfgott?"

"Vudium illum."

"Scīlicet illī favēs. Pro modō dictō mihi quaesō dēs veniam. Davīdis Helfgott rē vērā haud ita similis est. Vel apertē pulcher est. Pelliculae enim praelibātiōnēs advertī. Nōnne autem variē labōrat ille? Nī fallor, schizophrēnicus est."

"Minimē quidem. Indolēs eius, cum variāre videātur, ūnica tamen est. Sīc enim cum dēbilitāte suā certat. Id est, ut nimis mollis, sēnsuum stimulōs aegrē pertractat. Quō facilius cum hominibus cōnversētur, partēs ā sē excōgitātās agere solet, quārē interdum varius vidētur ille. Hoc tamen, meō iūdiciō, histriōnicae artī eius prōfuit ... necnōn et ballēmaticae."

"Nōnnūlla exquīsīvisse vidēris."

"Immō huic reī plūra īnsunt."

"Plūra?" Pōculum novum, quod interim tacitō nūtū ā pincernā impetrāverat, manū solvit quasi īnstinctū professiōnālī subitō pulsa. Quō Marnia paulō cautior est facta.

"Equidem eum ōlim ... nōvī. Hoc est, Seattlī antequam cīnēmatographica iniit. Eum nunc adīre cupiō compertum num forte mē, ut scēnicam, ad partēs cōnsequendās iuvāre possit." Pudibundē rīsit sē rogāns num cui umquam, nisi plānē parentibus, tam audācter mentīta esset. Immō mendāciī modo effātī iam paulō paenitēbat. Quid enim sī esset ēdendum vel experīmentum scaenicum? ...Attamen, estō, Vudiī causā nūllī auxiliō erat parcendum; quicquid erat, nōn sōlum faciendum erat sed etiam sēdulō.

"Numquid est tibi cum magnātibus necessitūdō?" *Prō dī immortālēs quam īnsulsē dictum!* "...Id est, cum cīnēmatographicīs?"

Michaēla rīdēns recentem pōtiōnem lībāvit Marniaeque pōculum adhūc sēmiplēnum magis oblectāta quam improbāns aspexit. Quō animadversō, haec, tametsī sobria prūdēnsque manēre cōgitāns, speciēī grātiā haustum renovāvit.

"Hae plagae sānē," inquit Michaēla, "histriōnibus scatent ... aut futūrī aut quī quondam fuērunt. ...At sunt quidem mihi quibus sunt nōtī nōnnūllī. Trāditō mihi numerō tuō, aliquid fiat faxō ... nihilō plānē prōmissō."

"Plānē! Grātissima audiō!"

Dērepente atque ex imprōvīsō vidēbātur Michaēla iam māternō animō facta. In mentem vēnit Marniae plūrum quam sōlum Vudiī vītam plēnam esse persōnīs. Nihilominus placēbat Michaēla valdē. Sub cynismō impudentiāque eius latēbat aliquid mīrē sincērum – vel forte (hanc enim adhūc parum nōverat) sub sincēritāte māternā latēbat aliquid mīrē cynicum impudēnsque.

"Tibi iam faveō," inquit Michaēla, "nam pulchra es; recēns integraque vidēris mihi ac, quod māius est, studiōsa. Vērēne agere scīs?"

"Profectō," inquit Marnia timidulē rīdēns. Nōnne enim nunc partēs agēbat? "Sed ante omnia Vudium convenīre volō quia, hem, quondam ... amīcī fuimus."

"Itane?"

"Immō vērō amāsiī. Sed neque īnscrīptiōnem cursuālem eius neque ēlectronicam habeō nec numerum tēlephōnicum."

"Scīlicet nihil per Rēte invēnistī?"

"Exstat quidem pelliculae illīus situs Interrētiālis, per quem tamen Vudius, medius fidius, adīrī prōrsus nequit. Est mihi amīcus computātōriē perītissimus neque quicquam eā viā adhūc attingere potuit. Quod vērō haud mīror, nam Vudius ipse computātōriīs nōn tenētur."

Duās ferē per hedomadēs Memōriālia sequentēs hōc colloquiō nihil fructuōsius accidit. Nē histriōnum conlēgium quidem quicquam attulit nec vel statiōnum tēlevīsificārum oecī expectantium. Aequē nūllum fructum prōtulērunt tabernae prōcūrātōriae histriōnicae caupōnaeve ēlegantēs emporiave sūmptuōssisima. Nihil prōfuērunt discothēcae, nihil pōtōriae tabernae sēlēctae, nihil artis mūsicae "caeruleae" gremia, nihil cētera dēverticula iassiaca, rappistica et ita porrō. Nē quicquam quidem spectācula saltātōria. Mīrum in modum etiam āridiōra vidēbantur rārī aditūs convīvia prīvāta ad quae, vel māximā ex parte, per Michaēlam invītātae erant. Ipsa pelliculārum lūmina appārēbant saltem interdum in dēverticulīs necnōn et in ipsā viā. Viam Sānctī Vincentiī trānseuntem vīdit Marnia Nīcolāum Cage, in popīnā glaciēī edūlis Melissam Iōannam Hart. Sed in convīvia valdē notābilis prōdiit nēmō. Virī plērīque aut societātum cīnēmatographicārum iūrisperītī erant aut māchinātōrēs dē effectīs speciālibus tālibusque perpetuō loquī cupientēs. Fēminae, etiam pēius, aut hōrum coniugēs erant dē sodālitātibus gymnasticīs garrientēs aut puppae quārum erat tantummodo aspectum quam pulcherrimum praebēre. Paucae autem germānō fungēbantur mūnere velut saltātrīcis vel āmanuēnsis acceptōriae apud societātem praeconiōrum commerciālium vel praestigiātōris comitis distractīvae vel scēnicae pornographicae.

Immō Marnia tot obviam facta est pornographīs pornographicīsque ut suspicārētur rem pornographicam ipsā lēgitimā industriā cīnēmatographicā, cuius erat umbra, longē esse māiōrem. Occidente sōle, multō ampliābantur umbrae. Aliquō in tabulīnō Viae Properātae Quadringentēsimae Quīntae imminente pelliculārum pornographicārum distribūtor quīdam mediam hōrae partem apud eam contiōnātus est dē negōtiō pornographicō post adventum Interētis discōrumque versātilium renātō funditusque renovātō; cīnēmatēa pornographica, ōrdināriīs dissimilia, anteā plērumque prō dēdecōris habita, quippe in quibus ob ipsa argūmenta sat saepe clam vel quasi clam rem habitam; quō quidem amāsiās uxōrēsque plērāsque trahī noluisse. Addiditque haec: "Tālis quālis tū quandōque pōmerīdiānō tempore prō tribus quattuorve hōrīs quīngentōs vel adeō, in opere praeclārō, mīlle thalērōs facere possit. Vīn' cōnstitūtum ad colloquium intrōductōrium?"

Marnia plānē renuit, nōn autem sine aliquot computātiōnibus raptim factīs. Nam quid sī, antequam invenīrētur Vudius, dēficeret pecūnia? ...At sānē minimē! Nūllō modō! Alia invenienda esset via! Enimvērō abhinc aliquot diēbus pornoscēnica quaepiam – nōnne Melania vocābātur? – foeda permulta dē strāgulīs linteīs crūstulātīs probātiōnibusque dēficientis immūnitātis pathogonī necnōn dē rē cum nānīs habendā ac perversā libīdine strangulātōriā dēblaterāverat. Sē post scaenās longās cōnfectam multōs diēs amāsium suum sprēvisse etiam sī adessent "crepitōria." (Quidnam haec essent Marnia tantum suspicābātur.) Cavendum porrō nē per auctōrāmentum impōnantur tibi facienda Venerea quaedam inamoena; quāque vice ea quae facere cōnsentīs potius singulātim dēcernenda.

Cum Michaēlā manēbat Marnia cōnsuētūdine coniūncta, interdum eam conveniēns quamquam illa diū nīl novī de Vudiō praebēre potuit. Hoc vidēlicet subinde faciēbat Marnia cum Lūx, sē excūsāns, pernecessārium sibi esse adsevērāverat ad Ferdinandum īre, quem – etiam magis quam Victōrem, quondam coniugem, "misellum diabolum Rēpūblicānum" illum – sē iam perditē adamāsse. Haec ambōs māximam temporis partem cōnsūmere hortōs pūblicōs perlustrandō simulque dē vītae significātiōne tālibusque sermocinandō adfirmābat – quam rem Marnia Angelopolī fierī posse animō fingere hauddum valēbat.

Dē Vudiō quaerendō quotiēscumque Marnia Michaēlam rogāverat, haec sē, quamvīs lentius, cōnstanter tamen contendere cōnfirmāvit neque ūllō modō esse dēspērandum. Duābus ferē septimānīs post inceptam commorātiōnem Angelopolitānam versa est rēs secundā vice, hoc est, post necessitūdinem cum Michaēlā Ferdinandōque initam, in meliōrem partem: hoc est, cum Lūx Marniam Dottiae trādidit. Integrō nōmine vocābātur Dōrothēa L. Scuderia Profestrīx, etsī post hominum memoriam agnōmine Dottia appellārī mālēbat. Iūdaea Germāna erat quae, ā metallūrgiae professōre Belgā in mātrimōnium ducta, annō mīllēsimō nōngentēsimō duodēquadrāgēsimō ūnā cum hōc ē Belgiō migrāverat. Marītus, cui nōmen Fēlīx, apud Vniversitātem Californiae Austrālis mūnus professōris metallūrigicī reppererat atque, paucīs annīs post, Dottia ibidem ob studia historica doctōrātū honestāta erat. Posthāc Dottia prīmō apud Collēgium Occidentāle, deinde apud Vniversitātem Loyōlēnsem per lustra aliquot cultūs cīvīlis Occidentālis ēlementa trādiderat, quō tempore negōtium quoque radiophōnicum inierat ut programmatum dispōnendōrum magistra duārum simul statiōnum. Quārum statiōnum altera in artem mūsicam classicam māximē incumbēbat, altera ēmissiōnēs garrulās offerēbat. Nunc octōgēsimum septimum aetātis annum agēns rudeque iam prīdem sollemniter dōnāta programma tamen radiophōnicum modōrum mūsicōrum *avant-garde* atque ēlectronicōrum moderābātur quod inter mediam noctem et secundam hōram mātūtīnam sērās per aetheris undās dīmittēbātur. Hoc programma pecūniam nec facere nec perdere sed in aequō manēre solēre fātēbātur ipsa Dottia, sed Lūx propter fāmam honōremque rēsque tam diū gestās eī in tam inertī manēre negōtiō licēre explānāvit.

Lūcis profestrīx, cuius vērum nōmen Marnia eō identidem oblīvīscēbātur quod Lūx ē iocō illam cognōmentō *Doktormutter* memōrāre solēbat, tēlephōnicē Dottiam commendāverat. Ambārum animum conciliābat statim Dottiae comitās affābilitāsque. Praeter ingentem scientiam venerābilitātemque, cui nōnnihil cōnferēbant et crīnēs niveī umerōs attingentēs et loquēla candida iūcundēque modulāta, nūlla erat haec obscūra pūtidave nec, praeter istum *avant-garde* (quidquid istud rē erat), Abbātis penitus dispār, quicquam superbiēbat.

Iam ūndēvīgintī annōs viduāta, vīvēbat adhūc sōla in vīllā mātrimōniālī complūrium maeniānōrum generisque ferē Bauhausiānī in Aquārum Frīgidārum Faucibus sitā quam ipsa marītusque annō mīllēsimō nōngentēsimō ūndēquīnquāgēsimō sat modicō sūmptū extruendam cūrāverant quae autem nunc tantī ferē pretiī valēbat quantī solitum mediocris magnitūdinis oppidum Indiānēnse. Immō nōn omnīnō sōla vīvēbat, nam in aedibus dēversābātur et Mōna, cellāria Philippīna, nē quid dīcātur dē ibidem collēctīs innūmerīs librīs ac discīs et mūsicīs et versātilibus necnōn omnium generum sonōrīs discīs antīquīs. Paulisper disserēbat illa dē vīllā iam sibi fortasse nimis magnā. "Sed ubi," inquit, "condantur librī discīque nostrī? In bibliothēcā pūblicā cito conterantur. Haec eīs aptior vidētur bibliothēca. Vtcumque, haud sciō an aliquandō saltem māxima pars in Interēte sit futūra ac dēprōmibilis. ...Necdum sānē capulāris sum ego. Hīc, ut vērum dīcam, neglēctā vīllae magnitūdine adhūc satis virēre videor. Atque interdum veniunt hospitēs, velut, ecce, vōs! Hospitium in merīdiānā parte positum tam amplum est quam vōbīs appositum, aditus discrētus ac tabernāculō vehiculōrum adiūnctus. Nē pecūniam vestram ineptō istō dēversōriō dissipāre pergātis! Hospitium iam octō novemve mēnsēs vacuum est semperque mundum parātumque exspectat ... etsī, estō, nī fallor, sunt hōc tempore lectī librīs adhūc nūllī locō dēstinātīs cumulātī. At haud molestum'st. Āmovēbuntur hodiē."

Quamvīs Marnia Lūxque, vel speciēī grātiā, sē Dottiam incommodāre nēquāquam velle adseverārent, tālem condiciōnem haud dēmum potuērunt renuere; tredecim enim hīs diēbus in dēversōrium vehiculumque condūcenda aliaque solvenda tantam pecūniae suae partem cōnsūmpserant ut in mente agitārent utrum Seattlum mox foret redeundum an ad Lūcis lāmellam crēditōriam – certē nōn īnfīnītae fideī – dēcurrendum ... an hīc tandem alterutrī opus foret quaestuōsum petendum. Sīn autem in Dottiae hospitium acciperentur, suppetitūrum esset eīs tempus multō longius, forsan adeō plūrēs quīndecim diēs, antequam exhaurīrētur arca.

Martis vesperā immigrāvērunt. Inter duo īnsequentia iēntācula sēra, ad quae ambae hospitēs invītātae sunt quaeque Dottia "prandiācula" vocābat, nātī sunt suāvissimī sermōnēs. Diē Veneris māne, postquam Ferdinandus, labōre vacuus, Lūcem actam petītum excēpit, Dottia sōlī Marniae locūta est dē fābulā quam modo lēgerat titulō īnscrīptā *Apocolocyntōsis*, compositō Graecō sibi ferē volente "Cucurbitifactiō." Haec satura erat ā quōdam Senecā, philosophō Rōmānō antīquō, cōnscrīpta dē Claudiō imperātōre. Claudium dīcēbat illa Caligulae, saevī suspiciōsīque nepōtis, rēgnō eō superfuisse quod sē semper fatuum innocuumque finxerat. Quam fictiōnem corrobōrāverat Claudiī pēs alter paralyticus quō claudicābat. Dēnique autem, īnsidiīs trucidātō Caligulā, Claudius sē praestitit nōn sōlum acūtō ingeniō praeditum sed etiam in numerō esse Rōmānōrum prīncipum imperiī capāciōrum. Attamen nōbilibus, fātō dolendō, displicēbat quod ille potestātis suae tantam partem lībertīs Graecīs necnōn uxōrī trādēbat ut ipsīs, gravissimīs senātōribus, subinde in vestībulīs exspectandum esset ut pauca verba facerent cum tālibus quālēs vel aliōquīn in viā salūtāre gravātī essent. Quō igitur agitātī acerbātīque Claudium rē vērā dēsipere sēvērunt rūmōrem, quamquam hic, cūnctōrum prīncipum forsan ērudītissimus, librōs cōnscrīpsit dē complūribus variīsque velut linguā Tuscā ac Carthāginiēnsium rēbus gestīs.

Opprobriīs crēditum. Postquam Claudius, ab uxōre fortasse venēnō īnfectus, dēcessit inque nūmina dīcātus est, Senecae opusculum satiricum fāmā cito invaluit. Titulus plānē vōcem quae est *apotheōsis* illūdēbat.

"Videntur," inquit perorāns Dottia, "cīvēs plērīque, velut apud nōs, ingeniō nimis excelsōs in rē pūblicā versantēs aegrē ferre. Quārē quālēs Adelaius ille Stevenson – dē quō tū in scholīs audīveris – praesidentēs fierī haud potuērunt." (At Marnia, quod recordārētur, istud nōn audīverat nōmen.) "...Eōs quī iocōs ingenium suum superantēs nārrent ōdit vel Americānōrum māxima pars. Haud sciō an hī Rōmānōs antīquōs adeō superent ducem quaerendō suī ipsōrum opīniōnem assiduē ēlātūrum. Hāc quidem dē causā est ēlēctus Ronaldus Reagan, histriō ut flexanimae contiōnis ita etiam Americānae vānitātis pāscendae percapāx, cuius autem opīniōnēs cōnsiliaque dēprōmēbantur ex epitomīs vulgāribus. Quō quidem vitiō ipsa dēmocratia, velut etiam prīsca illa Athēnaea, labōrāre solet; nam eādem ferē causā in prīmum locum sustulērunt Athēniēnsēs āctōrem, dīrō exitū. Potius igitur quam ut Claudiī perītiam acūmenque mīrārentur laudārentve, nōbilēs Rōmānī ob laesae dignitātis opīniōnem commodius sē habēbant eum ut ineptum cucurbitamque notantēs, scīlicet ut portentum rīdiculum tantum holus quantum homunciōnem. Quod autem ad tālia facienda adigēbantur quam parvī sē ipsōs habērent dēmōnstrat!"

Hominem seu vulgī sententiā seu quādam vēritāte in holus versum contemplārī pigēbat Marniam.

"Dē hominibus," inquit in leviōra dēflectere cupiēns, "in holera versīs parum quidem sciō; sed, fateor, nisi hospitium nōbīs praebuissēs, pulchra raeda illa candida nostra conducta in stabulō tuō nunc statūta haud sciō an dūdum in cucurbitam lanternāriam iam esset conversa."

"Ego invicem," inquit Dottia modestē rīdēns, "sodālitāte familiāriteque fruor. Dōnum igitur dōnantī dōnō'st."

"...At quidem fābula ista," inquit Marnia ex nātūrā suā nimium fervōrem dēmōnstrāre vītāns, "hominum mōrēs minimē mūtārī mōnstrat. Scīlicet ex externīs eōs aestimāre interna."

"Plērōsque certē. Sed etiamsī Claudius prōrsus excors ineptusque fuisset, ex hōc damnāre nōn est fās ... tantum hūmānitātis causā quantum eō quod, meō quidem iūdiciō, intellegentia sīve mentis acūmen summum bonum nōn est."

"Ain'? At in profestrīce ... in..."

"In profestrīce vel adeō quōvīs in hominē doctō sīve 'intellēctuālī' dictō tālis quidem nōtiō inexspectāta est, sed facultātēs sunt animī animaeve īnstrūmenta, ipsī autem nōn sunt fīnēs. Hīs diēbus animae corporisque vel mentis et māteriae duālismum complūribus ē causīs firmīs nēmō philosophus honestus probat. Restant igitur optiōnēs duae: alterā ex parte materiālismus; ex alterā illa nōtiō Orientālis cūncta phaenomena, et mentālia et corporālia, ex aequō vānās esse speciēs, ipsam vēritātem sīve 'reālitātem' tertium quid singulāre esse quod experīrī quidem posse hominēs, quod tamen experīmentum nec per corporum nec per mentis īnstrūmenta exprimī. Ergō, cum etiam mentālia dēmum vāna sint, mentis acūmen summum bonum esse nequeat, scīlicet nisi forte māteriālismum accipiāmus; quem tamen mēchanica quantālis hodierna multīs modīs sed praesertim eō refellere vidētur quod in experīmentīs mentālia corporālibus identidem, immō cōnstanter, aequārī videntur. Ipsum igitur 'tertium quid', quod, sī quis optimā fruātur fortūnā, rēctā experīrī possit, summum bonum in sē inclūdat. Facultātēs animī, velut ingeniī acūmen, optimō in cāsū īnstrūmenta tantum sint quō ad summum bonum appropinquārī possit."

"Sacerdōs quīdam," īnfit Marnia, "amīcus quondam meus, dīxit mihi nōs hōc in mundō versārī creandī causā."

"Probum est cōnsilium. Sed tamen nihil quod creāre possīmus, seu mentāle sit seu corporāle, summum bonum esse aut hoc rēctā participāre possit. Ipsa autem creātiōnis āctiō fierī potest ut nōs ad tertium illud summum bonum innōmiābile addūcere possit."

"Nōnne aliquō vocābulō innuī potest illūc?"

"Orientālēs quidem *nirvāna* dīcunt, rēligiōsī Occidentālēs 'beātitūdō'. 'Beātitūdō' autem, etsī forsan vōx satis apta, meā sententiā nunc nimis cum pietāte coniungitur. Philosophia mōrālis, cuius est pietās elementum, est bonum sociāle sīve coenōnologicum, īnstrūmentum sānē nōbīs omnibus ūtile sed vānārum speciērum adhūc particeps. Prō *nirvāna* dīcam forsan 'ecstasis', quae vōx sine dubiō etiam cum inappositīs coniungī possit, sed saltem eum statum aptius indicāre vidētur quem is attingit quī nōn iam sit purgandus; ad quem idcircō, ut penitus illūstrātum, ethicē per sē nōn iam pertineat; quī, ut ita dīcam, per oculum deī spectāre valeat. Nōs omnēs, sīve gnārī sīve ignārī, nīl nisi ecstasin petere cēnseō."

"Cui autem hic mundus obstāre solet."

"Scīlicet. Nōn tantum illūminātī sed etiam vel toxicomanēs Venerīve morbōsē indulgentēs vel et fānāticī superstitiōsīque, adeō ipsī scelestī ... immō quisque suō modō, hic aptius hic ineptius hic perineptē, cōnsectātur ecstasin."

Quae argūmenta cum ob amīcum dēsīderātum conturbāvissent animum, Marnia subinde Dottiae, ut hominī cuius ipsa praesentia fidem movēret, dē praesentī condiciōne suā necnōn dē Vudiī plūrimīs singulīs nārrāvit.

Eiusdem diēī pōmerīdiānō tempore, dum Lūx adhūc cum Ferdinandō in Actā Pūblicā Vilelmī Rogers versātur, Marnia vocāta est in Michaēlae diaetam, quae, in īnsulae cuiusdam Vrbisaeculāris septimō decimō tabulātō posita, huius etiam officīnae vice fungēbātur. Postquam Michaēla, candidō theristrō parvīs orbibus rubrīs cōnspersō vestīta cōnsimilemque gerēns petasum aestīvum, Marniam in ōstiō salūtāvit, maeniānum adiērunt unde habēbātur Mediae Viltiscīrae prōspectus atque, ē perlonginquō, ipsīus mediae urbis vix cōnspiciēbantur phallī corporātiōnālēs crēbrī calīginōsīque. Theam gelidam – Michaēla vodcā, Marnia flōre lactis saccharōque īnfūsam – sorbillābant contemplantēs prīmum, dein stupentēs speciem inquinātī āeris rapidō flātū marīnō ita violāceum in montem congestī ut Aquifolia proximaque Viltiscīrāna tandem pellūcida fierent, mediae autem urbis stīpātae turrēs sēnsim recēderent in tenebrās obscūrē luxūriantēs. Similēs sānē nūbium coacervātiōnēs vel super Fretō Pugetānō vel in Orientālis Vasintōniae campīs lātē patentibus iam vīderat Marnia, longē autem magis nātūrālia et pulchra quam faeculenta horrendaque.

"Finge tibi," inquit Michaēla per iocum, "abhinc mediā hōrā tē īnspīrāsse istud."

Ad quod Marnia sē rīdēre simulāvit sē simul rogāns num comitis quoque simulārētur rīsulus. In sellam longam plicātilem sē tunc adūsque reclīnāre coēgit theae sorbillandae paxamatiīsque vanillāceīs mandūcandīs sē dāns, nunc semel inclīnāta ut Vudium officiumque suum ergā Vudium propriae sānitātis causā ad perbreve neglegeret.

Eōdem tempore ē Michaēlae tēlevīsōriō – assiduē, ut vidēbātur, accēnsō leviterque garriente – percōlāta sunt annūntiātōris verba haec: "...hāc nocte salūtātum venient Iodia Foster scēnica atque, ē *Seattlī Ēlinguis* pelliculā, Vudius Fāva!"

Pauca mōmenta temporis Marnia Michaēlaque inter sē intuentēs, quasī et ipsae ēlinguēs, stupēbant.

"At ... At..." inquit balbutiēns Michaēla velut magis sibi quam Marniae, "...abhinc septimānīs ... immō modo ūnō mēnse ibi appāruit!"

"Vbi?"

"In Spectāculō Huius Noctis, hoc est, apud Gāium Leno."

"Itane?"

"...At sānē exspectandum erat illum nōn tantum pelliculae fovendae causā invītātum īrī sed etiam quia, vigente pelliculā, ipse interim vulgō tam grātus factus est!"

Ad Marniam vertit tōtum corpus "Nī fallor," inquiēns, "spectāculum illud quīntā hōrā imprimitur. Sed longē prius adveniendum erit. ...At tesserae! Tesserae sunt cōnsequendae!"

Oculī eius hūc illūc micuērunt.

Post quīndecim minūtārum colloquium tēlephōnicum Lūcis gestābilis ope habitum cum hāc et Ferdinandō in actā adhūc versantibus necnōn et cum Zoltane, quem Marnia longissimum post tinnītum adīre tandem potuerat, cumque huic aliquid concessum esset temporis ut quid per Rēte efficī posset experīrētur, omnēs ūnō ōre auctōrēs fuērunt ut cūnctī quattuor Burbankopolim statim peterent raedam Vudium domum revehentem, sī rēs postulāvisset, īnsecūtūrī. Iam enim tertia hōra sēmis erat īnstābatque vehiculōrum commeātus nōn tantum māximus sed etiam Veneris diēī.

Hōrā ferē post Marnia Michaēlaque ultimam, ut vidēbātur, statiōnem Burbankopolitānam reppererant Corōnae Victōriae capācem. Michaēla vidēlicet ūnā advecta erat nōn sōlum urbis tabulae vicēs praestitūra sed etiam quia Fabricae NBC eī bene nōtae erant, nēdum regiōnēs quās Vudium vehentēs (nē dīcerētur "Vudiī plagiāriī") petere possent. Obiter Marnia Michaēlae, cum haec commodam āēris temperandī positiōnem identidem sed frustrā cōnstituere temptāvisset Corōnamque Victōriam prō "plasticārum partium cumulō vēpulchrō" damnāvisset, cōnfessa erat nec mūneris nec tantum necessitūdinis amōrisque grātiā sē Vudium quaerere sed vērē timēre sē nē perīclitārētur ille vel saltem nē uxor eō aliquā male ūterētur.

Ante ipsās fabricās tēlevīsificās opperiēbantur iam in crepīdine Lūx et Ferdinandus, quī acceptō tēlephōnēmate prope statim ā lītore discesserant vehiculaque urbem per Viam CI intrantia exeuntibus longē expedītius processisse nunc renūntiāvērunt. Lūx, quae, sēmisomnī Ferdinandō, gubernāverat, raedae clāvēs – quod sollicita solēbat facere – manibus adhūc lūsōriē tractitābat. Intus prius scīscitantibus Lūcī Ferdinandōque nūllam praestō esse introïtūs tesseram iam nūntiātum erat. Dēcrētum igitur ut Marnia et Michaēla hīc exspectārent speculatūrae quicquid nōtābile esset, praesertim in fabricārum āreīs statīvīs prīvātīs, dum Lūx et Ferdinandus in huius Ave Igneā coccineā, apud popīnam quandam proximam parum certē statūtā, aequē vigilantēs signum tēlephōnicum tēlephōno-typicumve opperītūrī essent.

Mediam ferē per hōram nihil intervēnit, dōnec Michaēla āream quan-dam, ut magnātum sibi nōtam, carrūcam nigram praelongam intrāre cōn-spexit; quae nōn stātūta est sed potius ad ōstium quodpiam laterāle per-rēxit. Expositī sunt continuō hominēs aliquot ambōbus ē carrūcae lateri-bus, sed speculātrīcēs ē locō suō parum cernere valuērunt. Vir vidērī poterat ōrnātiōre iaccā cūmātilī vestītus, capillīs autem flāvidīs minōre-que statūra. Antequam Marnia plūra animadvertere posset, cēterōs ē cōn-spectū āmīsit.

"Haud sciō an illī," inquit Michaēla, "Iodiae Foster satellitēs nōn fuerint; nimis enim frīgidus vidēbātur iste coëtus ... nec Iodiam, cum quā necessitūdine aliquā fruor, satellitibus ūtī solēre putō."

Posthāc diū exspectāvērunt nihil tamen mōmentī videntēs, nisi Kelse-ium Grammer, comoedum tēlevīsificum, raedam cursōriam fulvam statu-entem atque idem per ōstium fabricās intrantem. Tēlephōnicē tandem amīcōs certiōrēs fēcērunt carrūcam nigram, cuius litterās numerōsque notāriōs Michaēla excēperat, sī prōdiisset, īnsequendam esse; quam tamen vērum scopum esse, etsī suspicantēs, sē ipsās prōrsus cōnfirmāre nequīre; in Ave Igneā exspectantibus sē cito additūrās.

Haud facile fuit Avī Igneae locum vel sēmilēgitimum invenīre tālem-que simul unde aditus ā Michaēla indicātus observārī posset, sed Ferdi-nandus sē artis illīus perītissimum praestitit quā gubernātor sibi licēre fingit versarī ubi dēnique iūstē nōn licet. Adfirmāvit Ferdinandus, Lūcis praesertim Marniaeque grātiā, Fabricās Vniversālēs, ubi sē operārī, in proximō esse sēque igitur hanc regiōnem "ad digitillum" nōvisse – quae locūtiō Caesaraugustāna fuerit. Marniae vidēbātur Ferdinandus flōscu-lum Americanophilōrum praestāre, quippe quī pērōnēs saepe gerēbat armentāriās atque – Eurōpaeīs vel ultimum Americānophiliae experīmen-tum – Nūtēlae pulticulam ex arachide sē antepōnere profitēbātur. Hōc temporis mōmentō speculātōriae imāginātiōnī alicui indulgēre vidēbātur – minus forsan Iacobō Bond quam Iacobō Rockford propriae. Immō prō tertiī Iacobī, scīlicet Garner illīus, effigiē, etsī paulō leviōre, ōre paulō angustiōre, habērī potuisset. Venustātī eius addebātur quod, post sex et vīgintī annōs in Cīvitātibus Foederātīs āctōs, ēnūntiātus eius adhūc corium lautum Cordubēnse redolēbat. Hoc est, Marnia Lūcis affectum comprehendēbat, probābat.

Exiit tandem per portam carrūca opāca illa praelonga inter raedās multās – candidās, aureās, argenteās, generum Lexus, BMW, Mercēdes et ita porrō – sinistrōrsum plērāsque flectere temptantēs tamquam sī bālaena pulla pāscēns ūnā cum thynnīs scombrīsque scintillantibus fluentum segnius sequerētur. Duōrum triumve vehiculōrum spatium cōnsīderātē interiicī sinēns Ferdinandus īnsequī coepit. Haud multō post, cōnstipātam viam properātam intrantēs, ad occidentem versus prōcēdbant rēctā ad sērum sōlem fulgidissimum, cuius causā omnēs, praeter Ferdinandum, quī iam gerēbat, lentēs fuscātās suās aptāre sunt coāctae. Marnia ē sēde dexterā postīcā carrūcam tantum rārissimē cōnspexit; sed Ferdinandus ita inter curricula serpēbat ut patēret eum praedae intentē perītēque īnstāre. Ob faciem simul sōle calefactam et āere temperātō refrīgerātam necnōn propter raedae crēbrōs ambitūs Marnia, fenestellam dīmitttere cupiēns ut āerem "recentem" dictum sentīret, nauseā commodum apprehendēbātur cum, cēterīs vehiculīs cōnstipātiōne subitō solūtīs, Ferdinandus pariter multō aequābilius gubernāre coepit. Cēterum, mentem in inceptum cōnsiliaque commūnia intendendō nauseae impetum paulātim superāvit.

Quō carrūca contendere posset – Bellum Āerem? Īlicum? Faucēs Topangae? Collēs Silvestrēs? – Michaēla per vicēs opīnābātur opīniōnemque priōrem identidem mūtābat cum carrūca plūrēs plūrēsque praeteriisset exitūs. Tandem raedula coccinea, velut sī vērē volāre gestiēns, cito ascendēbat longum per acclīve illud quō ampla frequentissimaque Sanctī Ferdinandī Vallēs ita ā tergō relinquitur ut mox quasi numquam exstitisse videātur. Via properāta iam, tamquam fluentum adhūc lātum plēnumque, sūcineōs per collēs prasināsque inter īlicēs iter flexābat ad caelum versus ē delphīniōrum mītiōre colōre in fortiōrem saturiōremque cēdēns illōrum astērum quōs, rōre pluviālī stillantēs simulque sōle perfūsōs, Marnia in Iupulae hortō Seattlēnsī saepe mīrāta erat.

Māiōre iam interiectō spatiō sequēbātur Ferdinandus carrūcam, quam nunc etiam Marnia, ob vehicula minus crēbra, plērumque in oculīs habēre valēbat. Exiit dēnique carrūca, cautē īnsequente Ave Igneā, perrēxitque in merīdiem versus, nunc per collēs, nunc per faucēs magis magisque praeruptās, quās iam implēbant vespertīnae umbrae ātrivirentēs. Extinctō āeris temperātōriō, sēmiaperta Marniae fenestella tāle afferēbat recēns suāveolēnsque frīgusculum quāle fictīciō haud poterat cōnferrī. Faenī laurīque inerant antīquī odōrēs necnōn aliārum herbārum ignōtārum mors simul sicca et dulcis. Īronicum vel adeō crūdēle erat quod post tam longum tempus nunc prīmum, paulō ante discrīmen forsan tōtīus vītae suae difficilimum acerbissimumque futūrum, Marnia vērē vīvere vigēreque sibi vidēbātur.

Magis magisque sē vertēbant sinistrōrsum.

"Haud sciō an mediam viam ūsque Humalibum iam trānscurrerimus," inquit Michaēla, cuius vōx per ventōsam quiētem canōra fluēbat.

"Iam sumus, nī fallor," inquit Ferdinandus cīnēmatographophilus, "in vetustō terrēnō societātis MGM. Abhinc duodecim ferē annōs mē hīc versātum esse recordor. Rūrestrem casam tunc vīdī quae histriōnibus, velut Errolō Flynn, in intercapēdine stabulī vicēs quondam praebēre solēbat. Sed huius locī aspectus interim mūtātus vidētur."

Audītō nōmine Errolī Flynn, occurrit Marniae sententia illa quae erat "in velut Flynn." Quārē Venus in mentem vēnit; deinde, certē, Vudius. Numquid ille vērē carrūcā istā vehēbātur?

Ēvāsērunt tandem in caput faucium longārum ad orientem porrēctārum. Frondōsās inter arborēs cōnspiciēbantur interdum īnsolitae fōrmae collēs. Deinde dextrōrsum invicem flexō itinere, praeter herbōsa saepta equīna ūsque in amplum prātulum dēvolvēbantur, post quod oculīs sē praebuit super molle clīvum arboribus ūber trium tabulātōrum vīlla solida, generis ferē Anglicī, vultū, sine dubiō, magis quam annīs antīqua. Statā iam ā dexterā vīllae carrūcā, dēscendērunt vectōrum plērīque, hī vīllam petentēs, hī vehicula alia prope statūta. Carrūca dein raedārium stabulum magnum iniit ab ipsā vīllā sēiūnctum.

Dispersīs cēterīs seu in vīllam seu in cētera vehicula, quōrum aliquot iam proficīscēbantur, Aviculam Igneam cautē accēdentem iūxtā ōstium spectāns cernēbātur fēmina ūna. Sēnsū illō cui datur nōmen *déjà vu* afficiēbātur tunc Marnia fēminam illam aspiciēns nunc nōn per imbrēs sed potius per umbrās siccās arōmaticāsque appropinquantem. Hanc in convallem nūllō iam penetrante sōle, Marniae oculī tenuiōribus lūcis discrīminibus cito assuēfiēbant. Accēdentis fēminae oculī, etsī nōn rīdēbat ipsa, benevolī vidēbantur, quamvīs simul nōnnihil dubiī.

Cum Ferdinandus raedam ante fēminam stetisset, prōdiērunt statim ē dexterō latere Lūx et Marnia. Illa simul hanc ita respexit tamquam poscēns ut iam dēcrētum tuērētur; nam in antecessum cōnstitūtum erat ut vel initiō concursum nimium vehementem vītārent sī forte illī hominēs conciliārī posse vidērentur.

"Ignōscās nōbīs quaesō importūnum hoc," īnfit Marnia propriae vōcis dēbilitātem admīrāns. "Vudiī Fāvae amīcī sumus ... Hīcine ille habitat?"

Fēmina, subitō interpretantis mōre, caput ērēxit, dein quasi annuit, "Ita est," dīcēns Lūcemque simul, dein Avem Igneam, dein iterum Marniam oculīs iam paullulō cautiōribus īnspiciēns.

"Num illum, vel paulisper, invīsere liceat scīre gestīmus. Ad paucōs enim diēs Seattlō hūc vēnimus, neque illum plānē omnīnō dēsīderāre volumus."

Annuit illa prīmum inānius, dein autem subrīdēns addidit "Scīlicet. Teneō. Immō..."

Lūx fēminae manum porrigēns, "Lūx Tapia sum," inquit, "et haec Marnia Barry."

Tunc, ad Ferdinandum Michaēlamque versa, "Hī..."

"Ferdinandus Sáenz," interposuit verba ē raedā exsurgēns Hispānus, quī secundus dexteram dedit sinistrā simul amīcam post sē aequē exsurgentem indicāns. "...et haec Michaēla Windom."

"Salvēte. Olīvia vocor, Olīvia Brusson Fāva."

Manum dedit Michaēla; postrēmō Marnia, quae altō stupōre vix et aegrē ēmergēbat. Haec enim fēmina, Vudiō plānē decenniō māior nātū, Michaēlae priopior aetāte, admodum ... admodum hūmāna clēmēnsque ... manum manuī placidē reddidit ... mōre ūtēns quasi Anglicō ... vel Franco-gallicō – quamvīs linguā nīl apertē aliēnī prōdēns. Simplex comptus sēmi-longus tālis erat ut sē attollerent ē vertice bīnī fuscōrum crīnium arcūs superciliōrum arcibus minōribus, quasi assiduē interrogātōriīs, parēs. Aspectū erat haec māternō, familiārī. Contrā ātram vestem vespertīnam ēlegantem monīleque sumptuōsō onyche distinctum, Marnia eam facillimē sibi imāginārī poterat hortulānā amictam veste, alterā manū digitābulō tēctā trullam forficēsve tenentem, alterā plantam ollā conditam. Anne hoc cōgitāns mātrem suam Olīviae in animō iam superimpōnēbat? ...Quī autem poterat ut malevola haematothēcāria Vudiīque plagiāria haec esset fēmina tam grāta? Vōcem īnfaustam quae erat *haematothēcāria* in errōrem dūcere posse patēbat. Nunc enim Olīviam animō concipiēbat nōn tamquam acūtīs dentibus lamiam pretiōsōrum humōrum hūmānōrum plēnīs dōliīs incubantem, vērum potius ut mātrōnam vestem mundulam candidam roseamve gerentem sanguinisque pia dōna vel in eximiī macellī internī cuiuspiam ātriō petentem.

"Intrētis quaesō," inquit Olīvia angustiōrem crepīdinem trēsque quattuorve gradūs ascendēns, dein vīllam per ōstium laterāle ingrediēns. Hospitēs prīmum per cēnātiunculam pulchram quidem sed minus sollemnem dūxit quae Marniae iēntāculāris vidēbātur et cuius trēs altae amplaeque fenestrae mātūtīnam lūcem sine dubiō prōnae excipiēbant. Super mēnsam rōboream longiōrem cumulātī erant commentāriī complūrēs, quōrum ūnum exemplar apertum iacēbat id mōnstrāns quod mōlēculārum ADN versicolor catēna esse vidēbātur. Cēnātiunculae successit vestībulum magnum laqueātī tēctī cuiusque parietēs omnīnō contabulātōs passim ōrnābant pictae tabulae variī gradūs māximā ex parte equōs prōpōnentēs. Ā sinistrā ōstium antīcum longē māius, vīllae plānē aditus sollemnis; ante atque ā dexterā scālārium rōbore exsculptum ambitiōsēque ōrnātum superiōra in tabulāta indūcēns.

Post hoc intrāvērunt ingēns mediānum cōlōrum malvāceī albī lavandulāceī et ita porrō, quōs colōrēs commūnicābant ampliābantque pictūrae flōridae hīc impressiōnisticae (minimum unam ā Petrō-Augustō Renoir pictam agnōvit ēlegantēs artēs doctōrum fīlia, quamvīs huius praesertim pictōris opera prō nimium dulciculīs spernēns), hīc adeō – horrendum – neo-impressiōnisticae. Tōtum, Marniae quidem iūdiciō, in penitus īnsipidum trūdēbat prōspectus comptī natābulī externī violāceī ïanthinīque bougainvilleaeque violāceae artificiōsē laxae. Haec omnia dulcēdine nimis levī facilīque capiēbant oculōs. Id quod artificēs existimātōrēsque "iūdicium subtīle" vocābat nīl aliud erat, Marniae quidem sententiā, praeter ingenium etiam, vel praesertim, in paulō difficiliōribus vel adeō in difficillimīs τὸ καλόν cernere valēns. Dēterius invicem miserumque iūdicium facilī blandōque atque, ante omnia, suēto indulgēbat. Nihil pēius vidēbātur eī (quippe quae utīque adhūc adolēsceret) quam dīvitum iūdicium īnsulsum quasi ēlegantiae veste dissimulātum; tantummodo eam nostalgiam excūsārī posse cēnsēbat quae sē ipsam lūderet. Quāpropter ea quibus "retrō-" praefigēbātur particula solēbant tolerārī posse, ea autem quibus "neo-" rārō. Immō Marnia obsolēta nōnnūlla nūper adamāverat cum opīnārētur id quod apud vulgus semel ē magnā grātiā in invidiam vēnisset, ut cōnfōrmitātis studiōsīs hāc dē causā iam offēnsum, quasi pūrius sincēriusque esse posse. Dēlectābant eam nunc imprīmīs sexāgēsimōrum annōrum multa, velut candidī colōris turcoïsinīque coniūnctiō, vitrum aureīs maculīs distinctum, tēcta interna lactis coāgulum aemulantia. Īnsulam ē fīlō rēticulātō albāriōque pictō cōnfectam aliquandō inhabitāre affectābat cuius in agellō invenīrī posset minimum ūnus Lar Polynēsius – et certē quō plūrēs eō melius.

"Quidnī hīc exspectētis," inquit Olīvia adhūc cōmiter surrīdēns, "dum ego num Vudius salūtantibus pateat comperiō. Permulta plānē hodiē absolvit ille. In tēlevīsiōne modo prōdiit."

Surrīsit iterum mediānum relinquēns nec quīnque mīnūtīs est reversa, quō tempore audiēbantur subinde mussitantium vōcēs. Reveniēns Olīvia intentior graviorque quam modo ante vidēbātur, vultus nunc falsius renīdēre. Sequēbātur hanc vir procērus quīnquāgintā ferē annōrum pretiōsī aspectūs synthesī vestītus theobrōmaticī colōris, dein exiit brevior vir flāvicomus trīcēsimōrum annōrum cuius camisia manicāta splendida, braccae cinerāceae. Procērus etsī initiō stomachum supprimere vīsus erat, cito tamen sē affābilem facilemque praebuit. Minōris virī, quem Marnia sē paucās ante hōrās cūmātilem iaccam gestantem vīdisse rebātur, vultus erat nōtus.

"Avunculum meum vōbīs trādō, Rēnātum Cardon ...," inquit Olīvia, "et Thōmam Thumbermann, Vudiī prōcūrātōrem." Quibus invicem advenās omnēs rēctīs praenōminibus gentilīciīsque ūtēns quasi sibi iam sat familiārēs commendāvit.

"Vōs igitur Seattlō nūper peregrīnātōs?" inquit Rēnātus plānē iam comperta rogāns simulque Michaēlae, quasi advenārum ductrīcī, sē offerēns.

"Immō sunt hūc advectae Marnia et Lūx," inquit Michaēla ēmendāns hāsque nūtū indicāns.

Quās ipse generōsiōre nūtū agnōscēns super lectum foliōrum viridium violāceōrumque imāginibus dēpictum iūxtā Olīviam cōnsēdit. Paulisper dē caelō Seattlēnsī et Angelopolitānō dēque cuiusque vītae aliquot singulīs comiter garrītum est. Rēnātus, viduus ēgregiārumque gemmāriārum duārum – quārum māior Beverlicollibus sita, minor Vallīs Pācificīs – possessor, erat vir nāvus paulōque trepidus cuius sermō manuum gestibus plērumque explēbātur. Contrā amplitūdinem corporis vidēbātur tamen sēde ūsque exsilītūrus.

Olīvia, quamvīs ōlim haematothēcāria, nunc temporis equōs, tantum ostentātiōnī quantum cursuī, alēbat. Doctōrātū eam honestātem esse ob biochēmiam magnificē ēnūntiāvit avunculus addiditque propter scientiam artis geneticae amōremque equōrum posse ut ea tōtīus orbis terrārum praestantissima esset equōrum generātrīx. Haec, avunculī suāsū, parvum lātifundium equīnum suum oblectātōrium Issaquāhēnse māximō compendiō dīvenderat hūcque migrāverat ut ambō coniūnctīs opibus iūstam plēnamque societātem equīnam conderent. Iam duōbus tantum annīs et dīmidiō ē cīvitātibus occidentālibus taeniārum caeruleārum magnam partem, adeō ex orientālibus nōnnūllās sustulerant.

Mediō in colloquiō habitō dē interversātiōne longā ex Montis Nīdō – ut hic locus nōminārī iam vidēbātur – in "urbem" (quicquid hōc sibi rē volēbat) saepe faciendā vēnit Marniae in mentem ubi Thōmam ōlim vīdisset. Hic enim erat fābulae illīus Glopiānae moderātor, Vudiī quondam praefectus, cui ipsa tantum semel, inter absurdae cuiuspiam fābellae probātiōnem, raptim trādita erat, scīlicet eā occāsiōne quā Vudius lāmellam crēditōriam in feminālium loculō invēnerat. Thōmas, quī – nōnnihil suspīciōsum – dē sēmet ipsō adhūc paucissima singula prōtulerat et quī Michaēlae Rēnātōque sibique pōtiōnēs iam ministrāverat, nunc ā cēterīs paulō remōtius in bisselliō albō sēdēbat aliquid quod Marniae – hīs septimānīs hārum rērum perītiōrī factae – martīnium esse vidēbātur sorbillāns.

Pōtum admonita Marnia, seu ob exspectātiōnem nimium ānxia seu vērā vēsīcae pressiōne pulsa, ab Olīviā ad locum sēcrētum versus dīrigī petīvit. Antequam intrāret lātrīnam, quam imprīmīs salūtantium ministrōrumque esse patēbat, oculōs magnam in culīnam volvit ubi duae coquae in arte suā diligenter versābantur nec Marniam advertere vidēbantur. *Sed ubi, malum, est Vudius? Eant,* sibi putāvit īrā suā prope suffōcāta, *et Olīvia et Rēnātus et Thōmas iste in māximam malam crucem! Cūrnam, malum, eum nōn prōdūcunt?!*

In ipsā lātrīnā sē tōtō corpore tremere animadvertēns num adeō pulmōnibus nimium ventilātīs intermoritūra esset sē rogābat. Estō, forsan pōtiō tamen poscenda erat. At nōnne mīrum erat quam familiāriter Thōmas iste hīc versābātur? Adeō ut pincernae vicem sponte gereret! Istene quoque hīc habitābat? Anne hīc saepe pernoctābat? Numquid Vudius hīc vīvēbat cum Olīviā ut marītus cum uxōre? Anne forte – nefās dīcere! – Rēnātus cum Olīviā incestē? Avunculus cum sorōris filiā, quōrum aetātēs tantum decenniō ferē distābant? Nōnne ante Vudiī adventum diū hīc habitāverant ambō? Huius familiae condiciōnēs omnīnō tam īnsolitae erant quam mīrum istud quod Olīvia annō praeteritō in nosocomiō subitō appārēns marītum sibi vindicāverat cum quō tantum minimum tempus quondam vīxerat.

Quicquid autem vērē fiēbat, Olīvia tamen haud vidēbātur reī esse caput. Sī quae fiēbat coniūrātiō vel sī quis lucrī causā Vudiō abūtēbātur, nōn Olīvia sed longē certius istī virī. Marnia Rēnātō iam parvam fidem habēbat, Thōmae etiam minōrem. Immō forsitan hic Olīviam Vudiō adhūc nūptam esse comperisset hancque adhibuisset, forsan adiuvante Rēnātō, ut in Vudium dominārētur eiusque mūneris fructūs potīrētur. Etiamsī

Thōmas manifestē secundae sortis cōciō erat, in Vudiō sine dubiō pelliculae opportūnitātem dispexerat; nam "Vudius Glop," vel quamdiū Vudius ipse īnfuerat, prosperrimē prōcesserat. Minimam quidem dederat operam fābulae Marnia, sed brevī post Vudiī abdicātiōnem eam cessāvīsse opīnābātur. Thōmas cum Olīviā cōnspīrāns sine dubiō aliquantum perīclitātus erat, gnārus tamen, cum Vudius ē verberibus revaluisset, huius vītam Helfgottiānā fore etiam miserābiliōrem flēbiliōrem vēndibiliōrem!

Foedum tunc, immō pernefandum, obsēdit repente Marniae animum. Quid sī verberātōrēs subōrnātī essent? Crīmen quidem ad homophȳlophilōrum ōdium relātum erat; sed, quoad sciēbat Marnia, tālia Seattlī rārissimē fiēbant. Pār facinus nōn Seattlī sed Portulandiae abhinc aliquot annīs factum meminerat. Foetēbat subitō tōta rēs haec. Saltātiō fātālis, quamvīs ā quōdam homophȳlophilōrum sociētāte īnstitūta, omnigenōs attrāxerat. Atque, vel ē Zoltanis Abbātisque renūntiātiōne, Vudiī aspectus, ut solēbat, potius inūsitātissimus quam cinaedicus fuisse vidēbātur. Sed homō tam amābilis erat ille! Quī quisquam eī nocēre vellet ... nisi forsan emptus?

Cum ē lātrīnā ēgressa erat, caeca īra cessit studiō validiōrī tōtīus vīllae cellātim rīmandae. Hāc vice altera ē coquīs Marniam aspiciēns amīcō rīsū salūtāvit – quam salūtātiōnem ōs Marniae magis autonomicē quam sponte rettulit dum ipsa tacitē sē iubet quam prūdentissimē agere nec perīclitārī hōs hominēs abaliēnāre inimicitiāve efficere ut ipsa amīcīque ē vīllā ēiiciantur. Poterat dēmum ut Olīviam sibi sociam acquīreret.

Marnia sellāriam magnam commodum intrāverat ā Thōmā tēmētum petītūra, cum Olīvia nūntiāvit sē et Rēnātum Marniam amīcōsque ad cēnam vocāvisse; inter cēnam fore Vudiī conveniendī cōpiam; quem id temporis requiēscere; cum porrō coquīs essent adhūc nōnnūlla additīcia praeparanda, paulō sērius cēnātum īrī; quod tamen nūllīus fore impedimentī cum huius vesperī caput futūrum esset "Spectāculum Huius Noctis" vidēre Vudiīque fūnctiōnem aestimāre.

"Domine Thōma, " inquit Marnia, "subitō sitiō. Ecquid pōtiōnem illam mihi adhūc offers? Aquam tonicam vīnō iūniperō mixtam? ...Parce aquae."

ποταμοῖς τοῖς αὐτοῖς ἐμβαίνομέν τε καὶ οὐκ ἐμβαίνομεν. εἶμέν τε καὶ οὐκ εἶμεν.[39]

—Hērāclītus

---

[39] "Eadem flūmina ingredimur nec vērō ingredimur; sumus nec sumus."

15
Vrdār

Abhinc duodecim mīlibus annōrum ea ingentia deserta quae nunc coniūnctim "Sahara" nōminantur terra lāta laetaque erat herbōsīs campīs,
collibus montibusque silvigerīs, piscōsīs lacubus flūminibusque abundāns,
habitāculum aliquot speciērum elephantum, leōnum, camēlopardalidum,
rhīnocerōtum, bisontium, bovum, hippopotamōrum, antholopum, aprō-
rum, cynocephalōrum, cyprīnōrum, crocodīlōrum, hyaenārum, oryctēro-
podum, corvōrum, vulturum et ita porrō. Hīs addēbantur hominēs, quī in
Āfricā ūnā cum cēterīs animālibus ōlim per gradūs ēvolūtī erant. Quā quidem dē causā, etsī hominēs cum cēterīs animantibus variō pactō conver-
sābantur, hīs amīcissimē ūtentēs, haec tantum tolerantēs, cum hīs
interdum aemulantes, haec variē in ūsum, etiam in victum, vertentēs,
exstābat tamen inter hominēs et bēstiās quīdam intellēctus nōbīs penitus
incognitus. Prīmum locum obtinēbat foedus illud cum praedātōriīs exsistēns, utpote cum quibus hominēs convīxissent mīlliōnēs annōrum. Praedātōrēs enim quōmodo esset cum hominibus ob praedam, aquam, statiōnem certandum vel adeō quōmodo hī essent capiendī necnōn et quandō
ab eīs resiliendum esset iam dūdum habēbant compertum. Tālium rērum
scientia pars erat cuiusque bēstiārum societātis, dē saeculō in saeculum
trādita hērēditās.

Hominum numerī, ob contāgia artē cum eīs ēvolūta, stabiliōrēs manēre solēbant. Cum hominēs autem ex Āfricā ēmigrāre coeperant, cuiusque
locī explorātī animālia, ut īnsolitōrum advenārum bipedum imprūdentia,
plērumque nimis incautē apud eōs sē gerēbant. Invāsōrēs, praesertim
recentiōre tempore quō eōrum coetūs māiōrēs erant meliusque ōrdinātī,
ita perītē pertractātēque vēnābantur ut cēterī praedātōrēs disparēs aut
extinguerentur aut in optimō cāsū tantum procul ab hoste superārent.
Quod exitium praemonuit vel fēlēs domesticās, quās hominēs aliquandō
in Austrāliam allātūrī erant, apud marsuppiālia minōra ingentēs strāgēs

aliquandō factūrās esse quamvīs haec essent mūribus rattīsve similia iuxtā quae fēlium atavae quōdam quasi aequilībriō compēnsātiōneque ōlim ēvolūtae erant. Hominibus migrantibus parcēbat quoque quod hī relinquēbant simul et Āfricānam patriam et pestēs microbioticās quae Āfrōrum hominum modestam statiōnem oecologicam per saecula gradātim īnsēderant.

Hominum eō tempore prōvectissimī, quī Ata-Lantiēnsium Lemuriēnsiumque aliārumque artium partēs minōrēs accēperant, prōto-Aegyptiī erant, "Shem" et "Ofem" plērumque nōminātī; sed aliīs in boreālis Āfricae plagīs, praesertim circum Saharānōs lacūs māiōrēs minōrēsque exstābant aliī populī vel mediocriter cultī. Quōrum lacuum ūnus ex minōribus "Vrdār" vocābātur, accolae Vrdārēs. Sīcut illīus aevī Āfrī plērīque, Vrdārēs multīs modīs parēs erant Berberīs hodiernīs, aliquā ex parte posterīs suīs. Gēns nigrīta cuius cutis ex nātūrā sōlis radiōs mīrē arcet paulō posteriōre tempore sē ēvolūtūra erat post exorta vasta deserta septentriōnālia.

Vrdārēs, neolithicus populus cuius erant vel prōsperīs annīs capitum quattuor ferē mīlia, in victum vēnābantur; quae terra sponte dabat cōnferēbant; piscābantur; pauca pecora, terram incohātā fōrmā colēbant. Hōc aevō valēbant adhūc complūrēs hominēs cum arboribus plantīs lapidibus īnsectīs avibus aliīsque bēstiīs sermōnēs efficere. Immō cūnctam dē agrī cultūrā pecoribusque ūsuī retinendīs scientiam propriam adeptae erant Vrdārēs fēminae ex cōnsiliīs cum arboribus herbīs formīcīs apibus termitibus sciūrīs habitīs. Imprīmīs termitēs reverēbantur ut spīritūs tam astūtōs quam augustōs quibus oportēbat hominēs dōna cotīdiē praebēre cum honōris tum plācāminis causā nē eōrum īram summē foedam subīrent.

Vrdāris Vrdārumque rēgīna Liris-Ta-Geleb-In-Kaurāo-Pnyūntthī nōmine sollemnī ūtēbātur, quam tamen omnēs praeter aulicōs prīvātō colloquiō Lirin vocābant. Liris Rēgīna puella erat laeta fēstīvaque quae extrā somnum prope numquam nōn rīdēbat. Immō perpetuus rēgīnae rīsus, crēberrimī cachinnī, gingilismus frequēns iniectaque saepe rīsiloquia ioculāria multōs quidem dēlectābant, aliōs autem vexābant, aliīs adeō mentem aliēnāre perīclitābantur. Erant vidēlicet quī poscerent ut rīsus ad aliquid intenderētur, quamquam rēgīna plērumque nihil certī ridēre vidēbātur. Tālium obtrectātōrum plērīque erant nempe illīus aevī philosophī doctōrēsque quamvīs dīvāricātīs ōrnātī plūmīs cuteque pictā globillīsque distinctā.

Reprehendentium autem inlūstrissimus erat ipsīus Liris marītus prīnceps, Ophioch vocātus, iuvenis generōsus sollersque ac pecudum dīves ē vīcīnō rēgnō Imdoi-Veiїy oriundus quī nōn tantum artem vēnātōriam vērum etiam plūrēs linguās et hominum et aliōrum callēbat. Ophioch, cuius erat indolēs admodum sevēra, nē semel quidem in vītā rīsisse dīcēbātur. Vītam mālēbat, prout sinēbant officia concubitālia, procul ab hominibus in silvīs dēgere sīve vēnāns sīve sermōnēs cōnferēns cum bēstiīs spīritibusque silvestribus. Vnicam necessitūdinem hūmānam huius nōminis dignam colēbat Ophioch cum quādam Hermōdā, cōnfīniї custōde. Apud Vrdārēs cōnfīniї custōdis erat, velut alibī dīvīnī magīve, aptam convenientiam symmetriamque servāre inter magīam spīritālem duōrum mundōrum: internī et externī. Hermōda turrim inhabitābat ita cūriōsē ā sōlā illā ipsā ē terrā saxīsque et māteriā magicā in fōrmam māximī tumulī termiticī exstructam ut dē eā speculāns terrae caelīque cōgitāta quam perspicuissimē posset legere. Vt cōnfīniї custōs, Hermōda valēbat in Rēgnum Vrdārēnse intrōdūcere magīam plantārum īnsectōrum ferārum avium saxōrum aquārum lūnae sōlis stēllārum nūminumque potentiōrum. Quod tamen opus ita obeundum erat ut magīae fontēs dīversī nec turbārentur neque irrītārentur neque inter sē cōnflictārentur. Negōtium enim imperītē minusve circumspectē āctum terrae populōque Vrdārēnsibus exitiō fuisset; nam, magīa īnfesta semel admissa interdum adeō aegrē ēluī poterat ut esset dissolvenda cīvitās, invenienda alia terra, sollemniter purgandus cīvis quisque, cūncta nōmina mūtanda, cum novae terrae potestātibus nūminibusque foedera adfectanda. Contractō autem magīae genere prae cēterīs fūnestō, nē tanta quidem suffēcerit cūra ac diligentia, quīn potius fierī poterat ut ipsa gēns ac tōta rēs pūblica esset in perpetuum extinguenda ac cuique familiae vel etiam hominī cuique proprium sēcrētumque petendum exsilium. Rārō patēbant et alia remedia, velut sacrōrum vindicum ingentēs imāginēs secundum rigida praecepta fabricandae et dispōnendae aut sacrificiī hūmānī vetus tutāmen vel adeō tōtīus gentis (vel huius quam māximae partis) mors voluntāria ventūraeque vītae necessitūdinumque aliquandō renovandārum spēs. Hoc sī temptābātur, inveniendus erat aut mōns ignivomus lacusve altus in quō sacerdōtibus cūrandum foret ut rīte cōnficerentur cūnctae victimae.

Attamen dīvīnae libīdinēs, hūmānīs similēs, erant nōnnumquam variae incōnstantēsque vel etiam omnīnō inaestimābilēs, praesertim in nūminibus arcāniōre mente praeditīs velut ventīs, aquīs, planētīs, crīnītīs stēllīs, lūnā sōleque sē obtegentibus. Quārē ob nūmen hominī cuipiam inopīnātō favēns interdum fiēbat ut magīa noxia abrogārētur. Tālibus quidem ēgregiīs hominibus sīve "salvātōribus" concēdī solēbat dōs aliqua ūnica quae simul perniciēī erat velut animus futūrōrum sagāx sermonem simul impediēns sīve summa pulchritūdō in leucaethiope sīve ingeniī acūmen cum mīrum tum īnsānum sive ultima misercordia suī ipsīus ēversiōnī coniūncta sīve invictus omniaque cōnsūmēns impetus cuiuspiam mūneris praestandī operisve perficiendī, velut quibusdam in artificibus et tyrannīs. Tālēs per hominēs dī sē vel ad veniam promptōs vel saltem adīrī posse indicābant.

Sacerdōtēs sapientēsque Vrdārēnsēs omnēs in sententiam inclīnābantur Liris Rēgīnae paene perpetuum rīsum tāle esse dīvīnae approbātiōnis favōrisve signum; nōnnūllīs autem cūrae erat Ophiochis animus lūgubris hominumque taedium. Cōnstantem fixamque torvitātem eius alterum esse portentum ā dīs missum? Ecquid sīc compēnsābātur rēgīnae "dōs" ambigua? Dē hāc rē opīniōnēs agēbantur dīversae; sed, sīcut in omnibus hūmānīs, magis magisque ē bonō in malum vergēbat interpretātiō, quippe enim, etsī rīsūs rēgīnae magis ēminēre vidēbantur, longē plūra permānābant Ophiochis tenebrae. Nam rīsūs contāgium, etsī aliquamdiū tolerābile, haud tamen diūtinē concoquī solēbat; maestitiam autem corrōborābat semper aliqua bona causa.

Itaque tandem omnis Vrdār tenēbātur trīstitiā in diēs altiōre, praeter sānē Lirin, quae, quamvīs scurrae mūsicīque eius in diēs inamoenius miseriusque officiō suō fungerentur, immō forsan adeō propter ipsam perītiae iūcunditātisque inōpiam, cachinnāre rīsibusque quatī numquam cessāvit vigilāns ... immō subinde nē in somnō quidem.

Ophioch, quamvīs esset austērō animō, nātūram hūmānam tamen eātenus participābat ut aliquid hīc male fierī adverteret. Propriae enim maestitiae causa liquēbat eī quippe cum puer expertus esset daemōnem malum carissimam sibi mātrem abripere; sed nihil erat cūr tōtus populus Vrdārēnsis tantum tamque diū adflīgerētur animō. Immō vidēbantur eī Vrdārēs fātum aliquod dīvīnum timendō sibimet ipsīs cōnscīvisse perniciem. Cōnsilia igitur petītum Hermōdam adiit, quae Vrdārum urbem caput ex argillā et lignō foliīsque cōnstructam vītābat.

Audītīs prīncipis verbīs paucīs sed gravibus, cōnfīniī custōs sē molestiam iam prīdem sēnsisse respondit sēque ieiūnium servandō ac mundōs somniōrum perlūstrandō mox parātam fore ut vaticinārētur; post triduum prīncipī redeundum.

Quartō diē reversus Ophioch ab Hermōdā certior factus est pestem eō ingruere quod inter Magnam Mātrem et Magnum Taurum nōn iam exstāret virium idōnea aequālitās. Quī deī nōn tantum Vrdāris sed etiam omnium vel sēmimōrātārum gentium prīncipālēs erant, quamquam Taurus, genitālitātis māculīnitātisque symbolus, habēbātur subinde prō caprō arieteve vel adeō cunīculō. Magna Māter invicem, innumerīs appellāta nōminibus, terrestris avatāra erat aeternī vītae prīncipiī in omnibus mundīs vigentis. Prīmum enim fundāmentum cosmī, ut uterī dēmum lūminōsī, fēminīnum et vīvum et perpetuō fructuōsum erat. Quamobrem Dea ut uterō mammīsque permagnīs vel etiam complūribus mammīs mammārumve ōrdinibus praedita dēpingī solēbat. Vīs Eius vīvificantis nūllus erat fīnis. Quoniam Illa aeternum vīvēbat, aeternum erat māterna, amāns, serēna. Adeō dīcēbātur Sua Ipsīus esse fīlia quia Māiōrī Sibi (sīve Ampliōrī Suī Exemplārī vel Grandiōrī Avatārae Suae) ultimīs in rēgnīs caelestibus habitantī coniungēbātur umbilīcārī nervō porrēctō per stēllam "Sot-Thi" vel "Sothim," quam nunc Sīrium nōmināmus. Mystīs Suīs omnium intimīs per sacerrimum rītum in mentis excessum inductīs Magna Dea appārēbat tamquam vīvō sedēns in soliō ex omnibus animālibus terram āeremve aquamve habitantibus cōnsistente Ipsaque Sē in speculō volvifōrmī contemplāns. Etiamsī ipsī Vrdārēs nūllum nisi forte perrārō quiētiōris stāgnī vīderant speculum, hoc īnstrūmentum magicum quid esset, vel quid posset, nōn ignōrābant. Propter hanc ipsam speculī mīrissimam vim repercutīvam Illa nōn spīritus nec nympha nec vīs nāturālis erat sed potius Dea. Perrārō ad mystam quempiam vertēbat Illa speculum ut hic intuerētur – summē quidem sollemne discrīmen indūcēns aut plēnam animae illūminātiōnem aut hominis in novam aliquam animantis fōrmam metamorphōsin aut efficiēns ut homō ē Terrā ēvānēscēns in funditus alium rērum ōrdinem trānsmigrāret.

Quamvīs esset cosmos, ut Magnae Mātris ūniversālis alvus, fēminīnus, animantia tamen mortālia plēraque singula sine prīncipiō māsculīnō sīve Taurō Magnō exsistere nequībant. Absente enim Eō, orta essent vel animantia aliquot prīmitīva sīcut algae fungīque vel adeō quaedam grāmina humiliōra tāliaque; sine autem Taurī assiduīs impetibus cupiditāteque nihil fuisset cūr Terrā ēnīterentur ampliōra, potentiam petentia, sē dēfendentia; nam Magnae Mātrī dētrimentō erat propria Eius tranquillitās animīque aequitās īnfīnīta, propter quās Illa saepe dēpingēbātur ut vacca lactis ita perpetuam cōpiam prōfundēns ut tōtam Viam Lacteam quondam prōfūdisset.

Taurus quidem Mātrī subiectus erat, quārē Ille quōdammodo ut Mātris fungēbātur "alter ego" – neque autem vice versā. Antīquitus coortus erat Ille ex Magnae Mātris ventre, cum Haec, nūllā forsan aliā dē causā quam novōrum cupīdine, manū conglomerātās quāsdam algās tortās, fungōs crispōs, herbās siccās terrā exsertās comēderat. Taurus igitur prīmus māximusque erat Magnae Mātris Fīlius necnōn, quia animantia lascīva ipsīque Sibi similia generandī causā cum tōtā ferē Mātris prōle coniūnctus erat, et ipsīus Mātris līberōrum plērōrumque factus erat pater generque perpetuus.

Perinde ac Māter, laborābat Taurus quoque vitiō ūnicō; cum enim cupīdine semper ārdēret aemulōsque omnēs āmōlīrī assiduē gestīret, rudī hirtōque modō, interdum etiam exitiōsō, sē gerere solēbat. Sī propriīs animī impetibus lātus esset neque ā Mātre inhibitus, cosmum genuisset pervirīlem subole scatentem māximā ex parte neglēctā amōreque carente cuius opus dūrum fuisset, ut vel supervīveret, cētera prō vīribus extinguere. Quae sī incidissent, profectō īrāta esset Magna Māter, nam spīritūs cēterōrum animantium, quōrum omnia Eī ex aequō erant cāra, exclāmāvissent iam nūlla restāre corpora quae sibi induere possent.

Immō affirmābat Hermōda innumerīs ante lūnīs similem factam esse calāmitātem in rēgnō fābulōsō Ata-Lanti nōminātō, unde vēnisse suae ipsīus scientiae elementa permulta, etsī in fōrmā imperfectā et compendiāriā. Ata-Lantiēnsēs inmēnsam īnsulam ōlim inhabitāvisse quam ob Convulsiōnem Māximam tam longē in Notum errāvisse ut altissimā mortiferāque glaciē sit dēnique cooperta neque urbium quondam mīrābilium permānserit quicquam praeter nūbilam aliquam memoriolam. Ata-Lantiēnsēs sīve vēnantēs sīve aliīs causīs explōrantēs – id quod tempore Hermōdae Ophiochisque iam temptāre gentēs Shem Ofemque necnōn quōsdam aliōs magis in sōlis ortum spectantēs – vīcīnōrum territōria ingredī quondam coepisse. Vnde, ut fierī assolet, orta tria omnīnō hūmāna: commercium bella servitūdinem. Nōnnūllōs, hārum trium artium perītiōrēs, multārum rērum ēvāsisse possessōrēs atque dīvitiīs novīs frētōs nōn tantum in provinciās sed etiam magis magisque suōs in concīvēs rēgnāvisse, saepissimē etiam virōs in fēminās – quod sānē et rērum ōrdinī nātūrālī et Magnae Mātris voluntātī resistere. Prīmās enim māximāsque hominum artēs, nempe praeter vēnātum, ā fēminīs esse repertās, velut superōrum cultum sacrum decōrumque necnōn agrōs cōnserendī segetēsque dēmetendī mōrēs, quōs hās invicem ā quibusdam bēstiolīs ōlim didicisse. Quibus artibus posteā additam esse et quārundam bēstiarum domitūram, ā formīcīs, aphidum pāstoribus, trāditam. Solita virīlia officia, populī dēfēnsiōnem, fētūs sēmen serendī, carnem suppe- ditandī, ut essent nōnnūllīus mōmentī, ita tamen fēmineīs posthabenda, cum dēfenderent generārent vēnārentur etiam bēstiae sed fēminārum opera hominēs plēnē hūmānōs redderent. ...Animadvertātur scīlicet, apud illīus aevī Vrdārēs, virōs sacerdōtium ut propriae potestātis augendae īnstrūmentum nōndum ūsurpāvisse neque artificia, quondam pia, in glō- riam.

Suspicābātur Hermōda virōs Ata-Lantiēnsēs, sīcut suī aevī Shemītās Ofemītāsque, in annōs magis indignātōs esse vēnātiōnem suam, post domitōs caprōs, ovēs, bovēs, agrōsque cōnsitōs, sēnsim, nōn tantum apud fēminās sed – quod longē pēius – etiam apud sēmet ipsōs, minōris factam. Virōs sānē aliquot in dīvōrum, praesertim Taurī, cultum ascītōs esse sīcut et in dīvīnās artēs modōrum mūsicōrum et pictūrārum fābulandīque necnōn in cōnfiniōrum custōdiam, in quā, sīcut in multīs, inter māscu- līnum et fēminīnum aequitātem aliquam petendam. Immō, ob ferōciōrem virōrum animum sacrās artēs saepe esse factās intentiōrēs vīvāciōrēs perīclitābundiōrēs, ideōque dīs certē grātiōrēs. Quōs autem marēs arti- ficēs sacerdōtēsque atque cōnfiniōrum custōdēs ad cēterōrum virōrum numerum plānē paucissimōs fuisse. Vēnātōrēs bellātōrēsque interim plērōsque adsēdisse, vēnābula acuisse, sagittās corrēxisse ōrnāvisseque, in diēs maestiōrēs, fēminās nōnnumquam spectāvisse in agrīs dēsūdantēs, frūmentum exterentēs, mortāriō incumbentēs, farīnam aquā subigentēs nec ratōs esse – etsī fuissent quī labōribus sē ultrō prōferrent – tam taedi- ōsīs sē diūtinē dare posse. Vidēlicet oppidānae vītae taedium effēcisse ut vēnātōrēs virī vīcīna oppida peterent, nōn tantum, ut mōs erat, uxōrēs quaesītum sed etiam ut sīve commerciō sīve fūrtō sīve bellō adipīs- cerentur aliēna.

In Terrā Ata-Lantiēnsī tālia dīxit Hermōda antīquitus ēvāsissse in cultum cīvīlem perbellicum et praemāsculīnum rēgna multa prīmō gig- nentem, dein imperium ūnicum māximum in quō cuiusque vītae singula ferē omnia assiduē observāta esse; Taurum enim, nisi ā Magnā Mātre retardārētur, ubīlibet grassārī, omnēs prōvocāre, quemque sibi vel leviter displicentem cornibus cōnfodere. Ata-Lantiēnsēs ante cētera nūmina Tau- rum venerāvisse ut auctōritātis potestātisque suae symbolum, quem eōs adeō "Magnum Patrem" vōcitāre coepisse. Quīn immō rēgēs eōrum per sacrum rītum Magnam Mātrem sīve quasi coniugem ēscendere sīve aliter dē Eā triumphāre solitōs fuisse. Deae servās, genetīvae vīs prius exemplāria concorporāta, merās in meretrīcēs minūtās, virīlis lascīviae ministrās, vel – dēminūtiō paulō honestior – ipsīus Magnī Patris concubīnās spīritālēs factās; māsculīnī Deī servōs marēs contrā prō ēlātissimīs saepe honōrātōs. Ata-Lantiēnsēs aliquandō etiam, Deae imminuendae dēdecorandaeque ultimum cōnāmen, Huius aspectum Venereum (eō tempore adhūc Mātris partem, quippe cum ipsa Dea nōndum innumerās in deās, Mūsās, Grātiās minōraque nūmina dīvīsa esset) necnōn ipsum prōcreātiōnis āctum velut subturpem notāre Cupīdinemque sīve Erōta, cārissimum Mātrī fīlium, ūsque ad quādamtenus necessārium dēmīsisse, probīs tamen, sī fierī posset, effugiendum. Dogmata eōs dēnique fīnxisse absurda, velut Mātrem "Magnō Patrī" nīl prōdesse nisi ut vās neque Venere opus esse ut procreārētur sed potius "Magnum Patrem," tamquam per magīam, merā voluntātis Suae āctiōne vītam efficere posse – quō quidem Magnam Mātrem supervacāneam factam.

Quō apud Ata-Lantiēnsēs tantum vēram rērum nātūram quantum Magnae Mātris prīmātum funditus negātum esse simulque quāsdam virtūtēs māsculīnās, interdum quidem ūtilēs sed per sē inānēs, velut vim vēnandī coercendīque atque ipsam violentiam, prō summīs bonīs laudātās. Ata-Lantiēnsēs tōtōs tandem fuisse in Magnae Deae operibus temperandīs regendīs comprimendīs ac dēmum dēlendīs, sīc bonum nōbileque sē facere crēdentēs quamvīs hoc esset animō prūdentī arduum. Quae absona omnia tantum eō intellegī posse sī animadverterētur innumerās lūnās dūrāvisse hunc turbātum prāvumque cōgitandī mōrem atque Ata-Lantiēnsēs tōta māiōrum suōrum prīsca īnstitūta oblītōs esse quae hōs ipsīus nātūrae īnstinctū quondam scīvisse; posterōs scīlicet similēs factōs esse puerīs parentium orbīs bēstiīs sine speciēī suae paribus ēdūcātīs ā quibus possent discere secundum propriam nātūram vīvere et quid sibi vērē prōdesset discernere.

Attamen, cum essent iam prīdem abaliēnātī ā Magnā Mātre Huiusque vērō nōmine cultūque, Ata-Lantiēnsēs, quasi sī ē somniō expergefactōs, mente aliquandō concēpisse sē paene cūncta animantia patria rēstinxisse necnōn et ob nimiam magīam māsculīnam et māternī amōris dēfectum adeō sua ipsōrum corpora dēbilitāvisse. Rēgnante Taurō, omnia porrō ipsa propria fēminīna in vicāria falsaque esse redācta: animum vērē māternum in nimiam mollitiam abiectamque flēbilitātem; integram sānamque pulchritūdinem in tumidam vānitātem conversam; gaudium sincērum, proprietātem fēmineam ex Ipsīus Deae perpetuā iuventūte grātiā laetitiā effluentem, meram in levitātem nūgāsque et rūmusculōrum studium atque oblectāmentōrum necessitātem perpetuōrum. Pariter in nimium ita aucta esse propria māsculīna ut suī ipsōrum fierent quasi grȳllī. Tutēlam vigilantiamque, cuiusque virī sacrum officium et glōriam, inclīnātam esse in vānum studium quicquid vel sēmimolestum exstirpandī; māsculīnam audāciam in perīculōrum saevitiaeque voluptātem; quō tandem effectam esse vērī mundī tantum parōdiam exanimem. Ob cōgitandī ratiōnem scepticam, māsculīnum vitium ē cupīdine omnibus moderandī coortum, Ata-Lantiēnsēs quicquid māsculīnae magīae nōn pārēret, etiamsī manifestē vērum, superbē semper īnfitiās iisse – dōnec, cum māsculīna magīa vītam generāre nequīret, aliquandō tōtum mundum cūnctaque ferē ā Deā genita aut prō mortuīs aut tantum prō ratiōne quādam circumscrīptā vīvīs habita esse. Interdum etiam in magīam fēmineam prīvātim exercentēs saevē animadversum; reīs stigma strīgae impressum; complūrēs aut aquā aut igne peremptās.

Ad extrēmum inlātam deōrum īram Convulsiōnemque Māximam ob Taurīnōrum cōnātum vānum ipsum Magnae Mātris mūnus genetīvum artificiōsē imitāndī; quam plānē ultimam āmentiam atque ōrdinis nātūrālis prōditiōnem fuisse; Taurum enim sine ope Mātris carnem ossaque quidem generāre valēre, nōn autem corporī appositum spīritum, quem ex ipsā sōlā posse ēmānāre Deā, vītae prīmō fonte. Nova plasmata igitur sine sociā Mātre nāta iam esse aut mortua aut sēmivīva, flaccida, imbēcilla, spadōnēs utpote vīribus dīvīnīs tantum secundāriīs orta aut, nihilō similiōra quam automatīs, occupāta ā quōlibet fortuītō superveniente spīritū daemoniōve seu innocuō seu malcficō. Prout Ata-Lantiēnsium Taurīnōrum perversa māsculimagīa sīc gradātim stabilīrētur firmārēturque ut exīret spuria prōlēs in diēs mōnstruōsior, ita tandem cōnfluxisse ē circulīs per terrās sē ūsque amplificantibus entium corporum avidōrum ingentem exercitum; ad ultimum periisse Ata-Lantiēnsēs tam dēmentī daemoniōrum tumultū tamque atrōcī violentiā ut nūllum restāret remedium quam ut tōta īnsula terrae mōtibus dēlērētur solidāque glaciē sepelīrētur.

Quibus nārrātīs monitīsque addidit tunc subsiliēns maga pennigera crotalīsque crepitāns verba haec:

"Tālī discidiō coepit solium titubāre Vrdārum. Minitat Mātremque lacessere temptat hīc quoque pācisque impatiēns veterumque labōrum Bōs Mās intolerāns. Liris est morbus muliebris prīncipiī in nimium intentī; lūgubria vestra perlonga illepida ex animō nimis exoriuntur pugnācī, truculentō. Quae sunt ōmina clāra Vrdārum exitiī. Mānat maeror tenebrōsus iste tuus lātē. Capiātur forte furōre mēns populī, regimen ruat intuleritve propinquīs bellum. Quō quatiuntur Shem tumidīque Ofemītae, quō ōlim illa exstincta est tellus spatiōsa Ata-Lanti turbine eōdem Vrdār aliquandō praecipitētur. Sōla salūs haec est: Gravitātem nōscat inānis rēgīna et discat prīnceps rīdēre sevērus. Quod, scītō, haud facile est. Levitāte haud approperātā nōbīs nunc opus est nec vānā sobrietāte; sed potius commūtanda est nātūra utrīusque; sunt habitūs animī renovandī quō populusque rēgēsque ōcius ūmōrēs valeant miscēre. Immō tū, prīnceps, quī immānia tesca frequentās mōrēs et trītōs hominum et speciōsās pompās spernis, nōbilium simul Vrdārum coryphaeus post Lirin, artēs addiscās custōdis sacrās quās ego iam prīdem hīc celebrō sine discipulō ūllō. Cognōscenda simul dīversa tibi atque colenda: laetitia urbāna atque ar-cāna theūrgia nostra. Gaudia sī discās, sīs ūtilis atque salūber custōs, rēgnī mātūrum firmāmen opertum."

Cum Ophioch per lūnās trēs perpetuās multiiugae ēruditiōnī sē summīsisset, Hermōda Vrdārum sānātiōnem tandem suscipiendam esse cōnstituit; ad cēteram custōdis scientiam impertiendam tempus posteā affatim suppeditūrum. Tandem igitur, cōnfīniī custōdis pinnātō umerālī prīmīque rēgiī coniugis diadēmate elephantīnō simul ōrnātus, ingressus est Vrdārum oppidum Ophioch rēctāque in aestīvam pergulam perrēxit, ubi rēgīna, ā fēminīs puellīsque aulicīs in diēs cōnsternātiōribus comitāta, nūllī, ut vidēbātur, certae reī quam tumultuōsissimē irridēbat. Ā quā Ophioch continuō petīvit ut populum iubēret īnsequentis diēī quartā mātūtīnā hōrā ad lacum congredī, cum ipse, Hermōdae tīrō novus, ā magistrā suā gravissimum nūntium eō locō prōditūrus esset.

Quō audītō, rēgīna tantisper cachinnulōs compressit ut hilarīs verbīs paucīs sē rogātiōnī Ophiochis indultūram prōmitteret. Nec vērō sē vel minimē mīrārī mōnstrāvit summum marītum suum ab Hermōdā etiam longius ā latere suō sēpositum esse quam ille iam sponte sē ipsum remōverat; nam – id quod secundum lēgēs mōrēsque sollemnēs tantum Lirī Ophiochīque nōtum esse licēbat, illicitē autem prīvātō cuique sat notābile – Ophioch ūnus erat ē paucīs rēgīnae coniugibus quī sīve ob rīsūs perpetuī fastīdium sīve aliā dē causā rēgīnae numquam erant amōre coniūnctī, nisi sānē per merum rītum.

Posterō diē Ophioch cultūs statūsque īnsignibus iterum ōrnātus coram Vrdāribus crystallum mīrābile manibus sustulit, quod sole tāctum pluviī arcūs colōrēs omnēs radiābat. Dein, recitātō incantāmentō ab Hermōdā trāditō, fortibus brācchiīs vēnātōriīs quam longissimē poterat in altum lacum coniēcit crystallum mandāvitque cīvibus, quōrum ōra nunc potissimum maerōre adflicta, ita lacum intuērentur ut cyaneum rōrem nūllō violārent digitō. Illō diē caelum Vrdārēnse – seu fortuītō seu per magīam Hermōdeam ab Ophioche dēprōmptam – īnsolitē silēbat.

Quaecumque autem fuerit placātī āëris causa, Vrdārēs rēgiō coniugī pāruēre. Prīmō tamen notātū dignī accidit nihil; sed tandem animadvertit aliquis lacūs aequor ita esse immōtum ut prope lītus suī ipsīus imāginem repercussam perspicuē cernere posset. Quod īnsecūta est rēs mīra; nam hic vir, utpote quī perpolītum metallum – nēdum vitrum argentātae lāminae superpositum – numquam vīdisset, sē ipsum repercussum spectāns prīmō obstupuit, subinde autem, mōtūs suōs ab aemulō aquālī tamquam ā sīmiō imitātōs mīrāns, rīdēbat.

Mox aliī idem sunt expertī. Vrdāris Lacūs tranquilitātem obtuentēs vultūs sē ipsōs quasi lūdificantēs cernēbant; quō factō, cēdēbat quisque tālī hilaritātī quālem iam plūrēs annōs ignōrābat vel etiam quālem numquam anteā nōverat. Quī lūsus tandem per tōtum populum tamquam amoenā contāgiōne vulgātus est, nec satis habēbat quisquam bis tantum terve sē ipsum in lacūs speculō irrīdēns velut sī tōta ipsa vīta dēsubitō facta esset cōmoedia.

Tandem et ipsa Liris Rēgīna rīdibunda, māiōris fēstīvitātis vix indigēns, haud sciō autem an simul cupida cognōscendī num quid forte ibi latēret quo rīsūs suōs sempiternōs sibi paulō excusāre posset, ad lacūs ōram saxōsam appropinquāvit dēspexitque. Quō factō per tōtum Vrdārum rēgnum, tantum per lacum quantum per oppidum agrōs colōniās nemora necnōn per cuiusque cīvis animam, diffūdit sē aliquid simul placidum et vel tamquam amnica unda; nam Rēgīna, prīmō arrīdēns quasī sī, ut cēterī, intuērētur Sōsiam suam perrīdiculam, subitō tamen rīdēre cessāvit velut aliquid modo cernēns animō. Paulō post iterum rīsit, sed nunc, ut vidēbātur, aliō mōre. Et quamvīs nūllum verbum prōferret, vidēbātur multīs ea nunc prīmum nōn temere cāsūque rīdēre sed potius aliquid certī inrīdēre – nec vērō tantum aliquid nec meram imāginem iocōsam sed sē ipsam! Eō tempore erant quī adeō adsevērārent Lirin per tōtam priōrem vītam hoc idem, etsī īnsciam, dērīsisse, hoc est, sē ipsam; quod tandem intellegentem eam aliquid simul accēpisse sapientiae.

Quod paulō post accidit aequē mīrābile vel etiam mīrābilius vīsum est Vrdāribus; nam modo nārrāta videntis augustī sēriīque Ophiochis in vultū sē figūrāvit aliquid quod, etsī nōminis *rīsus* indignum, subrīsuī autem nōn erat dissimile neque animum aequiōrem factum cēlāre potuit ... quamquam eum suam lacustrem imāginem intuērī vīdit nēmō.

Vrdārēs exinde, prōductō caelī languōre, neglēctā solitōrum mōrum rītuumque magnā parte, omnī occāsiōne ac quālibet vel sēmiprobābilī causā ūtēbantur ut sē suās imāginēs agitandī lūdificandīque causā ad lacum surriperent. Quō quidem initiātum est novum aevum ā nōnnūllīs "Renāscentia Vrdārēnsis" vocitātum. Quae "Renāscentia" sex diēs dūravit dōnec ipse Ophioch, firmissimīs Hermōdae mandātīs impulsus, lacum accēdēns in immōtae aquae speculō suī – rem mīram! – contemplātus est speciem; nec dēfuit in intimō animō rīdendī impetulus aliquantulus. Sed eōdem temporis mōmentō virum Eor-Hg vocātum cōnspexit, optimum coriārium Vrdārēnsem ideōque auctōritāte satis pollentem, quī illō diē procērum petasum gerēbat longumque pendulumque crepitantemque torquem ē leopardōrum unguibus et grāculōrum plūmīs. Quī ōrnātus – quō dignitās sānē affectābātur, in hōc tamen homine tam invenustō, cuius aurēs praegrandēs, petasō coniūnctae, speciem praebēbant fictilis ollae inversae ac cuius monīle dīrēctē ad perpendiculum pendēbat cum ille ad suī effigiem spectandam sē inclīnābat – Ophiochī nīl mōvit nisi tālem rīsum quālem post pueritiam nōn iterum admīserat.

Cuius factī īnfaustum Ophiochī continuō occurrit cum Hermōdae iussum recordātus est nē quemquam praeter sē ipsum rīdēret. Quō magis inhorruit vidēns Eorem-Hg ā vīcīnīs nunc agitārī dēcachinnārīque atque etiam aliōs ab aliīs ita passim dērīdērī ut Ophioch sibi vidērētur, velut magicē approperātō temporis cursū, inter Vrdārēs rixās discidiaque undique oritūra dispicere valēre. Erant sānē Vrdāribus lūdibria prīdem nōta, sed speculum hoc Vrdāricum novam cōnsīderandī ratiōnem attulit; irrīsiōnem ē rē tumultuāriā fugācīque in vīvidam cōnstantemque convertit. Nunc adeō mente fingī poterat pictūrās fierī posse quibus nōn tantum dī celebrārentur praedaeque allicerētur anima sed etiam ut dēpingerentur rīdicula vel adeō falsa!

Mīrum autem quam celeriter Vrdārēs hilaritātis omnis oblītī sunt, hī lacum mox ob pudōrem vītantēs, hī manentēs ipsum lacum, tamquam novārum aerumnārum fontem, vituperantēs, varia tunc inicientēs serēnissimam turbātūra superficiem. Sed utcumque aliquid immissum erat, lacus, nē minimō quidem ventī afflātū tāctus, ad prīstinum lēvōrem crūdēliter repercutientem cito reversus est. Quā apertā lacūs pervicāciā adeō īrātī sunt Vrdārēs ut ē pergulīs, tuguriīs, cellīs, praesēpibus quam plūrimās coāctās quisquiliās in Vrdārem Lacum māximō cum opprobriō ingesserint. Sequentibus diēbus etiam vīcīnās gentēs arcessīvēre ut venientēs et quicquid redundāret inicientēs lacum complēre cōnārentur; asserēbantque simul daemonem lacum habitāre quem tōtum genus hominum dēdecorāre, animās adeō surripere nītī.

Ophioch interim, quem clādis ā sē allātae ex corde pudēbat, ad Hermōdam, cuius immānem nōverat potentiam, revertī timēbat, nec sē poenās esse datūrum dubitābat, ob peccātum magam sē sine dubiō in statuam salis fimīve conversūram. Subdūxit sē igitur in remōtissimam silvam longē a turre Hermōdae hominumque commerciō ac tantum rārō et clam ad Vrdārem Lacum reveniēbat cognitum num forte stultitiae suae arbor foedum fructum ferre tandem dēsiisset. Quotiēs autem reversus erat, acerbē frustrātus est; nam aquās ūsque turgidiōrēs turpiōrēsque vidēbat, dōnec lacus sordibus foedissimōque humōre glūtinōsō copertus est nec foetor sinēbat ut quisquam nāsō praeditus appropinquāret. Addēbātur quod āer, nunc segnis, nunc immōtus, pulvere fūmōque et lacūs paedōre interdum tantopere onerābātur ut et spīritum et vīsum praeclūderet.

Aliquandō autem, post multōs exsiliī mēnsēs, quīdam ē magnātibus Vrdārēnsibus Ophiochem, cum hic lacum īnspectum accēssisset, īnsidiantēs cēpēre. Prīnceps fugāx, prīmō ratus eōs sē necātum vēnisse aliud tamen in animō habēre certior factus est; volēbant enim errābundum prīncipem rēgem creāre! Lirin Rēgīnam adsevērābant nē hīlō quidem ad indolem suam fēstīvam hilaramque revocārī potuisse; post propriam imāginem perspicuam in lacū bene īnspectam oblīviōne aliquā captam esse ex quā ā nūllō excitārī posse. Vidēbātur ea, cum esset patefactum quis vel quid lacūs iūdiciō ipsa vērē esset, prōrsus obruta. Nunc eam per tōtum diem dēsidem hominēs rēsque circumicctās languidam et magis minusve ēlinguem spectāre solēre aut opera minōra carptim suscipere, velut vestium lāvatiōnem corbēsque texendās; rem pūblicam nunc multō magis neglegere quam prius rīsitantem. Vrdāribus ergō opus esse duce vērō; virōs congregātōs Ophiochem ēlēgisse quī novam aetātem indūceret. Vrdārem Lacum, quem, utpote nunc omnīnō mephīticum, iam utīque resarcīrī nequīre, Ōstium Īnferōrum prōnūntiātum esse; sē ipsōs Vrdārēs virōs Īnferōrum Ōstiāriōs; lacum iam factum esse mētam peregrīnātiōnum sacrārum tālibus praesertim quālēs īnferōs placāre contenderent. Quō - laus superīs īnferīsque! - repertum esse novum negōtium locō corruptō prōstrātōque peridōneum! Necessāriōrum animīs commūnicāre volentēs haud parvam afferre stipem: haedōs, palumbēs, mel, tībiās, nummulōs Ofemīticōs et ita porrō. Ipsōs autem daemonolātrēs Īnferōrumque nūminum cultōrēs opēs sēcum ferre longē māiōrēs; quīn immō Īnferōrum

Rēgī, V̄rdāribus prius ignōtō, templum iam exstruī ē dūrissimā māteriā invectā.

Ophiochem cōnfirmābant nōn sōlum ob nōbilitātem rēligiōnemque vērum etiam idcircō quod ex omnibus hominibus – praeter forsan Hermōdam, quam rēgnō dīlāpsam esse vidērī – cum bēstiīs prōfluenter conversārī callēret. Cēterās enim bēstiās V̄rdārēnsēs vīcīnāsque, post Īnferōrum Ōstium inventum, quod decēret oblīvīscī, hominibus solitō magis diffīdere coepisse; hominibus sine dubiō invidēre novam potestātem opulentiamque. Dūcente autem Ophioche, animantia impotentiam petulantiamque dēpositūra; nēminī enim bēstiae ignōtam esse illīus fāmam integritātemque. Crēdēbant virī animālia compertum habēre Ophiochem sē iūstā observantiā tractātūrum neque umquam quemquam vēnātū captūrum nisi cuius animae foret in proximā aetāte corpus novum in promptū.

Enimvērō sciēbat ille bēstiārum familia quaeque tantum ubi modo habitāret quantum quae essent cuiusque condiciōnēs ... haud secus ac caelestia sentientēs, velut Hermōda, quōs nē īnspicere quidem oportēbat caelum ut cuiusque planētae quasi in propriō pectore perciperent positiōnem. Quamobrem Ophiochem vērē vēnārī plērumque nōn oportēbat; nam bēstiae ab eō agitātae sē paene sponte dabant.

Acceptō rēgis fātō, Ophioch V̄rdārēnsis monarchiae oleīs sacrīs est ūnctus neque exinde, cum novum rēgīnae obsequium languidum minus offenderet quam prior hilaritās continua, coniugāle mūnus praestāre fastīdiēbat. Praeter prōlis rēgiae generātiōnem sacrōrumque officium, Ophiochis erat, cum esset simul rēx et cōnfīniī custōs suffectus, oppidum agrumque V̄rdāricum circumīre animōsque spīritūsve inquiētōs, seu bēstiālēs seu aliōs, sed praesertim quī rēgnō minārentur, plācāre. Quō pēnsō sānē sollicitābātur initiō ille cum magā potentī aemulārī nōlēns; cīvēs tamen cōnfirmābant eī Hermōdam turrim termiticam suam iam prīdem relīquisse multāsque iam lūnās nusquam cōnspicī; Ophiochem utīque nōn sōlum ob Liris torpōrem sed etiam propter cōnfīniī custōdem absentem arcessītum.

Triduō post ūnctiōnem rēgiam perāctam prōdiit advena parva, annōsa, īnspeciōsa nōmen Hermōdae sibi vindicāns. Ophioch ad rem prōcūrandam vocātus incertā causā anum nōn mentīrī suspicābātur.

"Cūr, domina," inquit Ophioch, etsī rēgiīs īnsignibus decorātus necnōn ab īmīs unguibus ūsque ad verticem summum puniceō colōre pictus, ānxiolus tamen, "tam vidēris nōbīs mūtāta?"

Ad quod respondit advena haec: "Vrdārēnsis cōnfīniī custōdis mūnere sum dēfūncta, nam magīa mea ad novum mundum vestrum nōn iam attinet. Quārē et māiestās mea externa ad tē trānsiit. Immō, magīae glōriaeque meae māxima pars hīc lūcēre iam nequit ... seu nōn vult, quamquam in rēgnō propriō, vōs cēlātus, vigor prīscus clārius quam umquam fulget, hoc est, eō locō quō est mihi nunc sequendum."

Quibus dictīs, Hermōda haec, suī in plūrimīs dissimillima, vetustōs cantūs magicōs nēminī nisi sibi ipsī apertōs prōferēns īnsolitumque intendēns ad Ophiochem vultum sēmioblectātum, quasi huic sōlī destinātum, in levem fūmī albī ēvānuit flātulum. Ophioch sibi vidēbātur fragōrem quoque caelestem audīvisse ... quem tamen circumstantēs aulicī cīvēsque ac servī sē sēnsisse negāvēre omnēs. Immō, nē exitum quidem Hermōdae inūsitātum vīderat alius quisquam. Hī eam pedibus recessisse adsevērābant, hī illam sē ante audientiam surripuisse, hī sē eam numquam vīdisse, tumultūs congressūsque causam nescīvisse.

Multōs diēs adhūc stupefactus perrēxit Ophioch tamen Vrdārēnsem terram peragrāre sē intus mīrē vacuum notāns, vultus ille Hermōdae ultimus quid sibi voluisset sē adhūc rogāns.

Paucīs post diēbus rēx vocātus est ut viverram domesticam deerantem reciperāret; quae in rīvī alveō siccō inter rādīcēs rōboreās sat cito vestīgāta fugaeque causam rogāta hūmānam sē relīquisse familiam respondit quia ipsa esset partūra nec iam domus hūmāna parvulīs suīs apta. Domum enim odōre novō pervāsam. Immō omnēs hominēs iam, aliōs aliīs gravius, obolēre, cum Īnferōrum foetor cutī eōrum adhaerēret.

Dēcrētum rēgium duplex fuit: hominibus corpus cotīdiē lavandum locī sacrī pūtōrem, rēgnum iam passim penetrantem, tollendī causā; viverram ad necessāriōs hūmānōs reditūram hōsque comitātūram dummodo nē hominēs decimam poscerent rattōrum, mūrum blattārumque; viverram invicem interdum sponte ac pūrā benignitāte dōna allātūram.

Tot paria foedera cum variā causā hominum contubernālibus factīs canibus sīmiīs avibus anguibus aliīs īciēbantur ut Ophioch in opīniōnem sit adductus regimen suum haud dēmum improsperē succēdere. Īnsectōrum autem nōnnūlla, ut cīvitāte propriā subtīliōre meliusque ōrdinātā superbientia, minus mōrigera sē praebēbant rēgī hūmānō. Termitibus praesertim formīcīsque tam prāvī incrēverant mōrēs ut piāmenta sibi nūminibusque suīs ante quemque aedium angulum relicta nōn iam satis habērent sed potius habitāculīs hūmānīs bellum īnferre incēpissent, formīcae nōn ipsōrum hominum cibīs termitēs nōn postibus nec supellectilī parcentēs. Cum hīs Ophioch aegrē poterat disputāre argūmentumve conclūdere; nam īnsecta, hominum quoque avāritiam esse auctam probābiliter referentia, cūr sibi sōlīs esset temperandum rogitābant. Quālia ubi fiēbant, Ophioch saepe nūllum melius remedium inveniēbat quam ut foedus, quamvīs breve, sancīret. Corruptā pāce, inter īnsectōrum populōs bella cōnflābat. Subinde, abruptīs cēterīs medēlīs omnibus, fierī nequībat quīn apertum solidumque in quampiam īnsectōrum gentem indīcerētur bellum. Tālia bella, impēnsīs strāgibusque dēplōrandīs, Ophiochem et lēgātōs eius multa ad futūrās certātiōnēs efficācia docuēre.

Ex omnibus īnsectīs māximē reverendī erant arāneī, utpote quī essent hominibus immānī auxiliō aut perniciēī prout arcāna eōrum cōnsilia aut sōlum in īnsectōrum turbās comprimendās aut etiam contrā hominēs intendēbantur. Arāneōs temporis tēlam nēre futūraque scīre cōnstābat. Quod facientēs cūrābant ut esset in mundīs ūniversīs aequitās aeterna, quae aequitās tamen singulārum gentium iūstitiae nōtiōnibus saepissimē repugnābat; nam arāneī nōn tantum proximās mediāsque rērum causās sed etiam ultimās, cēterīs mortālibus occultās, ex nātūrā callēbant. Enimvērō, ut simul summē benevolī et apertē damnificī, in ipsō Bonī et Malī lībrābantur cōnfiniō. Arāneī tragoediās faciēbant cōmoediās et vice versā. Erant igitur hī Ophiochis praecipuī sociī, cum essent omnia cōnfinia ubīque nōn firma sed magis rāra forāminibusque abundantia – quae arāneī locīs plērumque sēcrētīs custōdiēbant tantum malignitātis hunc in mundum admittentēs quantum necesse erat ut nātūrālium spīrituum requīsīta explērentur. Arāneī igitur omnium erant animantium perspicācissima; nam nec simulātiōnēs nec dissimulātiōnēs tolerābant sed ignāviae nimis indulgentēs propriamque sortem dēplōrantēs fugientēsve meritō castīgabant.

Praeter tamen societātem cum arāneīs fōtam Ophioch pugniculās līmitāneās compēscere nōn semper valuit. Immō, fātālī quādam vesperā leō quīdam agrum Vrdārēnsem ingressus puerum abstulit; īnsequentī diē clārā lūce bōvem trīmam. Senēs tālia rārissimē fierī affirmābant; leōnēs māiōre prūdentiā exercēre solēre nec sine iūstā causā terrēnum aliēnum violāre; praesentī autem dēlictō addī quod cēterae bēstiae, immō, cētera terrestria animantia, inter quae et hominēs, leōnēs aliōquīn ut aurōrae vigilēs suspicerent. Quōcircā et ipsōs Ofem rīpās Caelestis Flūminis tam crēbrōs quam formīcās incolentēs nūper sculpsisse vīvō ē lapide colossēum leōnem sōlis ortum, fontem lūcis omnisque potestātis terrestris, perpetuō obtuentem. Hoc igitur exemplum iam dēteriōrem ob leōnum honōrem duplō īnfēlīx. Presbyteriī doctissimī adiūnxēre leōnēs animī tumōrem interdum vix regere, quō posse forsitan illūstrārī praesentem calamitātem.

Itaque Ophioch in illam plagam sē contulit ubi prōdierat leō sōlitārius biduumque exspectāvit dōnec bēstia sē ostendit. Leō cānīs plūrimīs rēgiōque aspectū sē dīxit nūper Vrdārum peccāta peregrīnōrumque commeātum scrūtātum, hominēs nūper "dēgenerōs turbulentōs foetidōs" factōs comperisse.

"Ergō," inquit praecīsē leō, "ab omnī parte decet nōs ē vestrīs aliquantillum dēcerpentēs vōbīs nōnnihil terrōris modestiaeque incutere ut inter animantia omnia sciātis quem quantumque occupētis locum."

"Verba tua, Domine Leō," inquit Ophioch eam reverentiam omnibus animālibus sed praesertim leōnibus dēbitam observāns, "animō penitus amplector; sed ego, quamvīs populī meī dux, cīvibus, dum lēgibus obtemperent, omnia singula vītae, nēdum odōrem, praescrībere nequeō. Quārē sīs eīs ignōscās precor. Dēhinc mē tantum nōbilēs quantum plēbem prō virīlī parte temperātūrum voveō."

Ad quod leō bis tantum terve terram unquibus scalpsit, dein obscūrum mumurāns sē āmōlītus est. Ophioch ad solium regressus cum leōnibus indutiās sanxit Vrdāribus exsiliī suppliciō.

Hauddum autem explētā lūnae periodō ūnā in agrum Vrdārēnsem prōdiit leaena quaedam, quam post prūdēns intervallum sequēbātur thōum pār. Leaena, cum sē ā quāpiam fēminā perterritā cōnspectam esse certō scīret, rēgis adventum sedēns exspectābat. Quem ad sē festīnantem certiōrem fēcit leaena hominēs nūper in prīscam regiōnem leōnīnam incurrisse, marem adeō adolēscentem cecīdisse.

Ophioch flāgitium profūsē improbāns violātōrēs indutiārum meritās poenās datūrōs spopondit; sed haec leaena vēnātrīx, augustī illīus leōnis patriarchae dispār, in conditiōnēs pactiōnēsque minus prompta (leaenae enim plēraeque marītīs minus exōrābilēs erant), paulisper inambulābat quasi quid esset agendum sēcum agitāns. Dein, plūribus colloquiīs, ut vidēbātur, prō inūtilibus habitīs, haud sciō an et innātā rabiē māternā pulsa, Ophiochem subitō invāsit brācchiumque arripuit; ac nisi rēx, cōnsultātum nūlla afferre arma cōnsuētus, duōs tamen lēgātōs armātōs procul comitantēs addūxisset, nīmīrum īlicō absūmptus esset. Lēgātī autem arcuēre leaenam, latus praeacūtā vēnābulōrum lapideā cuspide vulnerantēs. Ad sē dein recēdentem paulō appropinquantēs arrēctīs auribus thōēs - quemlibet, ut vidēbātur, exspectantēs cruōrem - leaena īrāta nec vērō lētālī ictū saucia, fremēns in fugam dedit ipsaque continuō ē cōnspectū abiit.

Mediam lūnae partem Ophioch ātrā febrī labōrāvit, sed tandem, potentī animālī magiā, adeō leōnīnae aemulā, mūnītus, vulneris fervōrem vīcit; plūrimōs enim annōs cum bēstiīs colloquendō somniandōque rēctāque pernōtā celebrātāque vēnātūs ratiōne potentiam nātūrālem haud spernendam congesserat. Attamen sub cubitō sinistrō perdidit omnia, quāpropter exinde "Ophioch Sesquibrācchius" nōminābātur; salutātumque venientēs patēbat tantum brācchium mutilum quantum ipsum rēgem vīsere cupere, nam, sī brācchium obtegēbat ille, inānēs innectentēs causās occāsiōnem brācchiī vidēndī exspectābant.

Ophioch, post leaenae impetum, quamquam officia rēgia prō vīribus capessēbat, in diēs ita magis magisque percellēbātur animō ut, haud umquam fēstīvus dīcendus, nunc adeō in plēnam rediit trīstitiam acerbitātemque priōrem. Duplex enim erat dolor: alterā ex parte brācchium dēfōrme inūtileque, ex alterā ratiōnēs cum bēstiīs adeō in pēius dēlāpsae.

Quōdam diē rēgīna, relictīs solitīs pēnsulīs nūgīsque, Ophiochem petīvit nōn – quod is prīmum ratus est – sēmibrācchium inhiātum sed potius ut ipsum Ophiochem sōlārētur. Liris vidēlicet, ē longō mentis sēcessū nōnnihil revocāta, in sē ipsam, vel in aliquod suī exemplar etiam melius, redierat. Nōn iam sēmimūta, nunc dulce loquēbātur … immō, dulcia vidēbātur loquī, nam – id quod Ophiochī vel prīmō dolēbat – prope nihil quod illa dīcēbat intellegī poterat. Quō animadversō, Liris iam minus verbīs quam gestibus amplexibus blanditiīs amōrem dēmōnstrāre didicit, Ophioch omnia, etiam minimē intellēcta, in bonam partem accipere temptāre. Et cōnsiliō citius Ophioch captus est affectibus amōrōsīs prōrsus inopīnātīs; Liris enim in deam erat trānsfōrmāta, et Ophioch sē, tōtum corpus suum, etiam brācchiī partēs āmissās quās percipere pergēbat, conversum sentiēbat in ūnicam māximam lacrimam quam effundēbat iam tōta eius vīta, immō vīta tōtīus populī … vel adeō, quōdammodo, tōta Terra. Magnae Mātris doctrīnae assuētus, Ophioch nōn poterat quīn crēderet hanc fēmellam teneram venustam clēmentem peramantem ab ipsā Mātre habitārī.

Quī amor mox effēcit, inter alia multa, ut Ophioch Lirin rogāverit cēterōs mārītōs suōs dīmitteret sōlīque esset rēgī coniūnx – cui dēsīderiō Liris, sīve ex amōre sīve ex amōrī admixtā suī commodī ratiōne, concessit. Duo exinde quasi aeternō iūnctī vīvēbant amplexū, alter alterīus intuēns oculōs, cētera officia ita saepe neglegentēs ut sparsī sint rūmōrēs pār rēgium vel in altissimum somnum mersum vel pulchellās factās esse pūpās.

Quae cum ita essent, imperiī onus sēnsim suscipiēbant rēgis cōnsiliāriī prōcūrātōrēsque; quārē rēgnum ad postrēmum in dubia pervaria multi-iugaque est implicitum velut bellum nōn tantum in bēstiās sed etiam aliōs contrā hominēs gesta. Quārum rērum aliārumque cum Ophiochem magis magisque pigēret, rixās nūgāsque hūmānās exsecrāns ūnā cum uxōre in sacrum nemus cēterīs vetitum sēcessit. Mox, nūllā partā Ophiochī prōle, filiī rēgīnae dē potestāte inter sē certāre coepēre; nam, fortasse ex parte ob Liris priōrēs ineptiās sed fortasse etiam magis ob populōrum vīcīn-ōrum īnfausta exempla, marēs fēminīs auctōritāte magis magisque ante-stābant. Tālia autem discidia in exitū minimī fuērunt mōmentī quia Liris filiī ita ex ōrdine inter sē perēmēre – ultimī duō mūtuō in singulārī certā-mine – ut Ophiochī semper, contrā imbēcillī fāmam, servārētur vel nōmen rēgis.

Multīs post annīs, cum rēgēs iam in annōs magis magisque sīcut agrī exarārentur rūgīs, surripuit Lirin magīa serpentīna. Corpus, parturientis sacrō gestū subsīdēns, ūnā cum rēgīnae īnsignibus bonīsque tellūrī stēllīs-que est commissum. Lugēbat dein tōtum Vrdārum rēgnum, imprīmīs Ophioch, quī, ita dērelictus, nemora sua, quae iam dūdum in Hortōs Rēgiōs conversa erant, īnfrāctus perlustrābat animō, cūr esset in vītā per-gendum nescius, ā populō tamen ad nova vānaque sollemnia interdum sollicitātus.

Quōdam diē, cum Ophioch in silvā verrem quasi spatiantem cōn-spexisset, iuvenis custōs armipotēns ē cōnsīderātō intervallō sequēns bēstiam prohibitum subiit. Rēx autem, quī tālēs bēstiās īrācundās quidem sed saepe etiam lepidās atque ideō in quamlibet condiciōnem facētiās indūcere capācēs compertum habēbat, fāmōsī sesquibrācchiī gestū custō-dī significāvit vel tantisper temperandum esse dum clārēsceret verris voluntās. Et hoc saetōsum animal, cuius rōstrum lateraque ob summam senectūtem retorrida cānaque erant – immō quod etiam incānius erat leōne illō moderātō cum quō Ophioch innumerās ante lūnās in agrō erat collocūtus – timōre īrāque vacuum Ophiochem adiit et prope canīnō rītū sē rēgis crūrī dexterō adfricāns longam suam vītam quasi paucīs gestibus brevīque grunnītū nārrāvit: rūrestrem quandam familiam hūmānam sē diū fōvisse; nūper autem ob leōnēs hominēsque grassantēs in urbem migrantem familiam, cum pauperēs in urbe verrem pāscere nequīrent, sē rūrī relīquisse; sibi ipsī igitur necessāria prōvidenda fuisse; nec sānē familiam sē, ūsque in proximum tempus familiārēs dēliciās, comēsse potuisse; sē ergō, cui rēgis benignitātem prīdem nōtam, ipsum dēmum Ophiochem petīvisse.

Itaque Ophioch verrī tamquam amīcō favēbat. Aper autem sōlum paucās facētiās obtulit Ophiochī; nam ille, secundum aetātis ratiōnem verrīnam Ophioche etiam māior nātū sēque mox occubitūrum cōnscius, plūrimās prōmpsit fābulās secrētaque quālia futūrō tempore forsan nēmō alius hūmānus esset audītūrus; nam prō certō sē habēre adsevērāvit hominēs cum cēterīs animālibus colloquī oblīvīscī, immō paene omnēs iam oblītōs esse; moxque cūnctōs hominēs arbitrātūrōs ob vāfritiam suam sē cēterīs animantibus praestāre sibique ideō licēre cēterīs parum honōrificē ūtī vel adeō ex arbitriō abūtī tamquam sī hūmāna calliditās dīs magis placēret quam vel aprī fortitūdō cervīve agilitās aquilaeve perspicācitās vel iūstitia elephantis, viverrae laetitia flexibilitāsque, hyaenae nāvitās, fēlis cuiusque vīsus magicus. Quod sī, fātō dolendō, ēventūrum esset, fore aliquandō ut permulta animantium genera ē Terrā abruptē excuterentur neque invicem spīritibus eōrum in promptū fore idōnea nova corpora. Nē aequālēs quidem Ophiochis nescīre opus esse quādam aequālitāte inter spīritūs in corporibus versantēs et, alterā ex parte, in Īnferīs exspectantēs. Hōs porrō, nimis longam moram sērius ōcius molestē ferentēs, quaelibet tandem dēspēranter intrātūrōs esse corpora – ita scīlicet ut vel canium spīritūs, quippe ut hominibus plērumque faventēs, in corpora hūmāna intrārent antequam ad hoc parārentur. Tālēs sānē spīritūs, quālēs bonōs possent praestāre canēs, statim tamen hominis vicēs gerere nōn valēre. Sīn autem – id quod iam exspectandum vidērī – nimis cito frequentissimī fierent hominēs, fierī posse ut nūlla exstāret alternāta optiō quam ut hūmāna corpora possidērent spīrītūs imparātī. Quō factō, complūrēs hominēs, quōrum spīritūs inappositā carne captōs, aliter quam hūmānē sē gestūrōs utpote valdē perturbātōs atque hūmānitātis doctrīnā abiectē egentēs.

Ophioch verris sapientiam admīrātus est cum porcīna dicācitās levior esse solēret et verrēs verriumque similēs, nisi sē ferōciter dēfendentēs, rē vērā nihilō magis fruerentur quam ut aliīs placērent atque ab aliīs dīligerentur. Hic autem porcus annōsus prūdēnsque multa vītae observāre potuerat; quārē Ophiochī inclīnābat animus ut eī crēderet, praesertim cum ipse iam in formīcīs termitibusque superbiam hūmānae haud dissimilem vīdisset istāsque bēstiās facile sibi imāginārī posset cēterīs, oblātā occāsiōne, imperantēs necnōn sibi inūtilēs temere extinguentēs.

Ophiochī autem in animum vēnit sē verris verba forsan in amplius interpretārī. Hoc est, poterat ut ea quae sciēbat aper minus certa essent minusque cōgitāta quam sēnsa ipseque Ophioch nōtiōnēs propriās inter verba verris idcircō passim īnsereret quō hūmāniōre significātiōne potīrentur. Et hoc, simul ac cōgitātum, Ophiochem magnā affēcit trīstitiā cum sine dubiō significāret eum quoque, sīcut plērōsque hominēs, longius ā cēterīs disiungī.

Paulō post obiit verrēs, quō Ophioch sibi ūnicē dēsōlātus vidēbātur; nam neque Liris amplexūs nec iam verris candida colloquia eī restābant ... et taedēbat eum funditus cēterōrum hominum quod istī incumbēbant tantum in rēs vacuās quibus ipse nequāquam tenebātur. Itaque Ophioch quādam nocte īnsignia rēgia sibi induit dīmissīsque servīs solium occupāvit atque, sīve ex merō fastīdiō sīve aliā ratiōne aequālibus ignōtā, dē vītā dēcessit.

Cum administrī bene māne adhūc somniculōsī rēgem mortuum perpūniceātum, elephantīnō thronō īnsidentem, nūdō sēmibrācchiō quasi fābulam leōnīnam magnificē nārrante, scēptrum draconteum integrā laevā manū adhūc tenentem, quam in ipsā vītā etiam augustiōrem invēnissent, īnfandō pavōre sunt invāsī; nam, nūllā restante rēgiā prōle neque ūllō dēsignātō hērēde, rēgnum in dubiō relictum erat. Igitur dēcrētum est mortem Ophiochis cēlāre, corruptibilium ex ministrīs custōdibusque silentium emere, cēterōs clam necāre, Ophiochem super thronō bene suffultum tamquam adhūc rēgnantem tantisper relinquere. Etiam enim vīvus nihil utīque magis fuerat quam rēgnī īnsigne, atque ipsum rēgnum Vrdārēnse, iam prosperum opulentumque factum ac cuius territōrium māximē auctum, nunc quasi sē ipsum sustentābat neque ūnīus hominis cuiusquam, nē rēgis quidem, cōnsiliō nītēbātur.

Fraus ex sententiā successit. Supplicēs, ut iam prīdem solēbant, ad cōnsiliātōrum magistrātuumque pedēs sē prōiicere perrēxēre. Aliārum gentium lēgātī, in adytum rēgium admissī, rēgis figūram salūtābant sevēram, immōtam, vēlamentīs sēmiperspicuīs magnificē obscūrātam, cuius vultus, interdiū illūminus, noctū ūnicā tantum illūstrābātur face. Vocēm rēgiam quīdam histriō ingeniōsus, Vodūfa nōmine, pōne thronum positus fingēbat; cui quispiam semper ex administrīs fraudātōribus respōnsa probāta īnsusurrābat.

Hunc dolum administrī sacerdōtēsque fraudis cōnsciī, quōrum nōnnūllī apud Ofem dē rītibus sacrīs fallācibus ac dē arte cadāverum condiendōrum multa didicerant, aliquamdiū sustinēre potuēre. Ad extrēmum autem ā prīscō hoste sunt prōditī. Contrā enim omnēs herbās condīmentaque pollinctōrum Ofemītārum cadāver rēgium tantopere foetēre coepit ut nēmō iam spīrāns accēdere valēret servīque, animā compressā, tantum tamdiū prope rēgem manēre possent ut aliquid pulveris dētergērent plūsque odōrāmentī īnspergerent. Dētractā igitur māximā ex parte hominum cūrā, termitēs, pūtidōrum patientiōrēs, thronum obsēdēre. Et quōdam diē, cuiusdam potentis cīvitātis lēgātīs rēgem salūtantibus, thronī ancōn sinister subitō levī cum crepitū ad rēgium sē inclīnāvit genū, integrō sed perrigidō brācchiō lībrātō tamen manente. Quem mōtum inlūstrēs salūtātōrēs, et propter vēlāmenta nōn perspicuē videntēs et, ut rēgem prō vīvō crēdentēs, mōtūs haud mīrantēs, nihil immūtārī videntur. Administrī autem sacerdōtēsque subitō pavōre captī causās dissonās commentiuntur cūr sit interrumpenda salūtātiō. Quō lēgātī iam plānē turbātiōrēs aliquam perfidiam suspicārī; nam Vodūfa et is quī verba eī subiciēbat, ut quid in antīcā thronī parte modo factum sit nesciī, quid igitur sponte dīcendum sit nē coniectāre quidem possunt. Ergō rēx fictīcius nihil prōfert. Dumque Vrdārēs fraudātōrēs lēgātōs iam magis quam indignantēs ex aulā urgēre temptant, sīve ob tumultulum sīve fortuītō, thronī cariōsī nunc cēterae partēs unā cum cadāvere pulverulentō in mīlle fragmenta tam largē dīlābuntur ut hīc sub vēlōrum limbōs prōfundātur rūdus, hīc vēla prōrsus dēripiantur, hīc adeō in omnium cōnspectum perterrefactī prōsiliant histriō et susurrātor.

Lēgātī spectābilēs, prīmum perculsī perturbātīque, cito tamen rīdiculam praevaricātiōnem intellegentēs Vrdārēsque prō nebulōnibus dērīdentēs domum rediēre contemptū plēnī. Subinde exārsēre inter Vrdārēs magistrātūs, sacerdōtēs aliōsque simultātēs. Inaudītārum clādium, strāgum, fugae tumultuāriae exordium. Vnus tandem, Guauphioch vocātus, cuius officium nostrātēs vel "praetōris" nōminent, nōn tantum faustō nōminis sonō quantum opibus, impudentiā, saevitiā cēterōs superāns, restāntēs aemulōs trucidandōs sēque tamquam Ophiochis hērēdem unguendum cūrāvit. Quae facinora rēgnum quidem ad perbreve stabilīre potuēre, nōn tamen diū prōtegere; nam per omnēs terrās fāma cucurrerat Vrdārēs nūgātōrēs esse, rēgnum eōrum attenuātum nec dignum esse quod Īnferōrum Ōstium custōdīret. Ideōque Vrdār identidem est oppugnātum, oppidum dīreptum, vastātī agrī, dōnec ipsī Ofem rēgnī reliquiās dominiō suō supposuēre, rēgiae ruīnās solō aequāvēre, praetōrium novum exstruxēre, austērō praefectō Ofemītae thronum nōn ligneum rūsticumve sed lapideum mīrāque arte exsculptum addentēs.

Erant quī Vrdāris interitum Ophiochis vindictae assignārent, condī-
menta Ofemītica cuilibet foetōrī admodum paria esse adfirmantēs; rēgem,
quem nempe etiam, quamvīs tirōnem, cōnfīniī tamen custōdem fuisse,
magiā aliquā nīmīrum pollinctūrae restitisse; hominēs reppulisse; termitēs, tēctōs sociōs, arcessīvisse. Erant etiam quī Ophiochī culpam dārent
quia cōnfīniī custōdis mūnia dēstituisset; aliī autem magīam illam antīquam ūnā cum Hermōdā ac sermōnibus cum bēstiīs habitīs hunc novum
mundum impotentem omnīque māiōrum cēnsū carentem utcumque in
perpetuum relīquisse existimābant.

Interim, sīve ob cūram in bēstiārum ā sē vēnātū captārum animīs
dispōnendīs semper exercitam sīve aliīs dē causīs, Ophiochis anima per
corporum satis faustōrum seriem sē convibrāvit, multōrum prīmō agri-
colārum vītās agēns, quō facta sunt membra eius nervōsiōra, nōdōsiōra,
valida etsī minus speciōsa. Cum nōbilis ac rēx iam fuisset, nunc eī opus
esse cōnstābat modestiam humilumque labōrum reverentiam addiscere.
Sequentibus in vītīs anima eius scelestōrum prōsedārumque corpora sibi
induit cum prius ingenium innocēns pūrumque innātum fuisset et simplex nunc autem labōribus et errōribus dūrīsque experīmentīs cōnse-
quenda esset eī animī pūritās mātūrior firmior altior.

Proximō in vītārum tractū haec eadem anima valdē exīlis fortūnae
hominēs intrāvit, nunc in virum facta, nunc in fēminam, semper autem
cum animā illā alterā utcumque conversāns quae Liris suae quondam
fuerat. Ac tālēs quidem vītae plērāsque aliās multīs modīs superābant;
etiam enim in angustiīs haec anima sē amāre penitus penitusque amārī
sentiēbat, atque etiam post paris dēcessum, ubi tāle erat fātum, nōnnihil
cōnsōlāta in vītā pergere posse solēbat cum prōlem prō mūtuī amōris
fructū, signō, pignore habēret.

Subsequā in vītārum seriē anima illa, ōlim Ophiochis, ad prīma sim-
pliciōraque exsistentiae argūmenta aliquot revertēns, in vītās intrāvit
lūnāticōrum, fatuōrum, variē afflictōrum, sapientium sprētōrum necnōn
mōnstrōrum quōrum nōnnūlla ā parente obstetrīceve trementī cōnfecta.
In ūnā quāque vītā, quamvīs brevī ac, vel in speciem, parvī mōmentī,
condiciōnibus peculiāribus capta anima quasi novum vītae vultum cōnspexit novave exsistentiae elementa experta est mīrum quantō graviōra
altiōra subtīliōra quam ea quibus plērīque studēre solēbant. Cum enim in
hūmānī generis ipsō margine versārētur, anima haec sēnsim sine sēnsū
ad Cōnfīniī Custōdis partēs prius actās versus revertēbātur – quās partēs

rārō ex ōre praeceptōris cuiuscumque, nēdum Hermōdae, sed longē saepius ex suīs ipsīus convolūtiōnibus errābundīs discēbat.

Proxima vīta ab animā quondam Ophiochis ācta, ut ita dīcātur, simul
mīlliārium et, quōdammodo, feriās cōnstituit. Scīlicet quōsdam lūcidōs
sēmōtōsque inter montēs exsistentiae significātiōnem contemplāns hanc
pācificam vītam dēgit. Quamquam nūlla tutēla, nūllum praesidium nōs
magis prōtegit quam oblīvium, anima tamen interdum, sī adest iūsta
causa occāsiōque, aliārum vītārum memoriam, dum adhūc in corpore
quōpiam versātur, retinēre cōnstituit - id quod haec anima nunc fēcit.
Aequus enim animus tranquillitāsque hāc in vītā eī concessa sinēbat ut
aliārum vītārum vehementiam patī valēret quamvīs hae essent refertae
dētrīmentīs, trīstitiā, labōribus, corporis dolōribus renovātāque identidem morte. Hāc quidem in vītā Liris aberat, tametsī hic homō, quī erat
philosophus, eam alicubī in proximō versantem sentiēbat velut paulō
ultrā sēnsuum captum.

Philosophus, cui nōmen temporāle erat Dexa Bedásh, etsī sānē quōdammodo plūrimī fuerat futūrusque erat, quāsdam aliās vītās suās cōnsī-
derandō hoc magnum accēpit documentum: in ūnā quāque concarnātiōne
minimē eandem examussim animam hominem subsequum quemque compōnere; tōtam enim animam quamcumque longē ampliōrem esse quam
eam animae partem sīve "subclassem" ad ūnam tantum concarnātiōnem
cōnstituendam dēsūmptam; "animārum" igitur "migrātiōnem" nōn vēram esse crēdentēs singulōsque potius hominēs ūnicōs esse singulāsque
animās semel tantum concarnārī putantēs vel quādamtenus rēctē opīnārī;
itaque, cum morte aliquid vērē ūnicum neque umquam reditūrum extin-
guerētur, vītam aliquantō trīstiōrem vidērī quam existimābant doctrīnae
"animārum migratiōnis" doctrīnam simplicem comprobantēs; immō ambārum doctrinārum exemplāria simplicia vel partim esse falsa; quīn immō
etiam cūnctās doctrīnās partim falsās, cūnctās simplicēs angustāsve ferē
omnīnō ... at sānē in ultimō rērum plānō omnia dēmum quae distinguī vel
nōminārī possent necessāriō falsa esse.

Prope mortem - quam ipse praecognōvit, sponte accēpit, immō sibi
ēlēgit - hic philosophus, mysticus, contemplātor aliud magnum didicit;
nam hōc "temporis" brevī, fīnālī, quasī ēchōicō spatiolō ipsum dissolvī
vidēbātur tempus. Quō Dexa Bedásh animō subitō comprehendit quamque
animam ampliōrem multiplicemque vītās suās māximē dīversās nōn vērē
seriātim sed potius quasi simul dēsignāre intrāre experīrī; quamobrem
avatārās inter sē invīsere, sōlārī, adiuvāre, mutāre, immō adeō servāre

valēre tantum ē praeteritō in futūrum tempus quantum ex adversō. Ipse Dexa Bedásh, exemplī causā, cum Ophiochem, praeteritam quandam suī avatāram, mente intrābat, pūrae indolis vēnātōrī illī, rēgis fātō captō, in aerumnīs difficultātibusque ac dīrīs animī affectibus superandīs, mīrissimum dictū, opitulārī valēbat. Quōrum affectuum longē spīnōsissimus erat culpa illa quam Ophioch sibi contraxerat Eorem-Hg irrīdēns, quō quidem īnfaustō exemplō apud populum suum quasi omnium arcārum Pandōreārum exitiōsissimam reclūserat. Dexa Bedásh autem Ophiochis maestitiam levāre potuit hoc expōnēns: prīmum, nēminem in hōc mundō peccātō prōrsus līberum esse posse; hanc omnis terrestris vītae, etiam sapientium philosophōrum, necessāriam esse condiciōnem; immō ipsās peccātōrum implicātiōnēs nōs sērius ōcius cōnficere atque in novās vītās identidem prōpellere; quōs nōn iam peccāre hunc mundum dēmum relinquere aliudque exsistentiae fastīgium sponte petere ... nisi sānē – id quod interdum fierī – cum mortālibus peccātōribus aliquid ultrō tractandum habērent.

Haec autem nōn tōta. Dexa Bedásh enim, sīve pauxillō ante ipsam mortem sīve in moriendō sīve iam dēmortuus atque ad ampliōrem animam suam rediēns – nam discrīmen inter vītam et mortem, praesertim in prōvectiōribus, nōn ita certum esse solēbat – aliud, immō ultimum, documentum dispexit quasi ē longinquō, prīmō tamquam ingentem montem ex caesiōrum colōrum subtīlibus gradibus nunc subitō, inopīnātō incrēdulīs oculīs dēprehēnsum. Vītam scīlicet valdē antīquam vīdit in quā avatāra quaedam sua, K'wcřamiglch nōmine, eā quae modo dē vītā exībat, hoc est, Dexae Bedásh, multō prōvectior fuerat etiamque plūra mysteria animō amplexa erat. Quō accidit ut vītae Dexae Bedásh, quamvīs posteriōrī, ab antīquā illā avatārā, hoc est, ā K'weřamigleh, additum sit, velut sepulchrō tantisper vacuō lapis, documentum forsan omnium māximum; nam sapientissimam perītissimamque suam avatāram tam longinquō in tempore trānscursō vīventem advertēns agnōvit hoc: viam inter Pūnctum Alpha, Cōnscientiae minimum gradum, et Pūnctum Ōmega, Cōnscientiam plēnam perfectamque, tametsī per id quod tempus vocāmus extendī vidētur, aliō tamen et superiōre in rērum plānō per omnīnō aliud "temporis" genus, "dīvīnum" forsan nōminandum, "simul" dūcere. Immō, ut vidēbātur, prōvectissmae avatārae quae mente fingī poterant, nēdum quae fingī nequībant, "vītam," quam vel mortālēs nōminābant, in "tempore dīvīnō" – scīlicet in omnibus simul temporibus Terrestribus – cōnstanter in melius māiusque potentiusque trānsfōrmābant. Ipse Dexa Bedásh nos-

ter nunc igitur sciēbat contrāria sed aequē vēra: nūllam vītam, nē humil-
limam quidem, ob temporis dēfectum, vērē umquam ē memoriā trānsīre,
quīn immō vītam quamque omnia ad perfectiōnem illūminātiōnemque
necessāria, etsī nōs forsan cēlāta, in sē inclūdere; tālēs autem vītās simul
nihil esse ad illam Vītam incōgitābilem quam Cōnscientiae superiōrēs
partēs ē vītīs minōribus quasi contexēbant ... immō quam in "tempore
dīvīnō" iam pertexerant. Scīlicet Pūnctum Ōmega in tempore dīvīnō iam
exstābat ac nisi caecī imparātīque fuissēmus, rēctā illūc intrāre potuis-
sēmus. Omnia tandem nōn ex "tempore" dictō sed ex modō et vī videndī
pendēbant. Nostrātum vīta in tempore solitō rēs parva erat; in dīvīnō,
omnia. Terrestris vita alterā ex parte indigna, immō, vērē contemnenda;
ex alterā nōbilissima summaeque honestātī. Nōs mortālēs hīc captī, illīc
vērō nōn invītē. Quod porrō paradoxon nōn fortuītō fierī sed potius dīvīnō quōdam cōnsiliō.

Prope mare fragōsum hīc cȳaneum, hīc venetum, hīc cumātile, hīc sērō
sōle splendidum, ūnā cum Peoaojāvōne discipulā super saxum sedēns,
K'weřamigleh, philosophus Ata-Lantiēnsis, proxima fluida haematica prasina tyrianthinaque aurā tardā agitārī vidēns sēque simul quasi Dexae
oculō spīritālī stringī sentiēns compressō fervōre subrīdet. Quia Dexa
eum, ut vidētur, tamquam excelsum montem ē longinquō discernit, K'weřamigleh nunc simul in mente videt "montēs" – pulchra metaphora illa! –
longē altiōrēs, ā Dexā sōlummodo coniectātōs, ubi opera suscipiunt
partim ā K'weřamigleh intellēcta, māiōre autem ex parte etiam eī arcāna.
Nōnnūllī ex "montibus," ut scit, aptiōrēs reālitātum coniūnctiōnēs ex īnfīnītīs quaerunt ut prīmum exstent elementa ad vitam necessāria; aliī
cūrant ut Terra planēta lūnam habeat quā stabiliātur in rotātiōne neu
tantum titubet ut caelum animantibus nimis sit variābile; aliī praecavent
ut rēctō locō stabiliātur Iuppiter quō melius possit plēraque sīdera erran-
tia ā Terrae orbitā ēverrere; aliī historiās alternātās hominum aliōrumque
magnā cum cūrā tractant ut contrā vim exitiōsam semper formīdābilem
quōquō modō supervīvātur; aliī invicem cūrant ut plērōrumque terrestrium exitium purgātōrium salutiferumque rēctā hōrā adhibeātur.

K'weřamigleh sānē haud ignōrat hōs "montēs" sīve haec entia superiōra sīve animās etiam māiōrēs (nam nihil absolūtum est, sed potius omnia
tamquam āëris bullae in lacū sunt sē ūsque in māiōrēs māiōrēsque cōn-
fundentēs dōnec māximae aliquandō ēmergentēs sē immānī illī reddunt
caelō) opera simul perficere et nōn perficere; in ultimō enim cosmōrum
fastīgiō omnia simul omnia efficere secundum lēgem ūniversālem causā-

litātum disparum simultānēārum, cūncta scīlicet cūncta simul efficere ex cūnctīs causīs ... nōn sōlum hōc in cosmō sed simul in ūniversīs. Vltimā igitur in aequātiōne cūncta inter sē cancellāre; quāre singulōs Deum quasi rēctā spectāre temptantēs prōrsus nihil, immō "Nihil" vīsūrōs.

Quō prōvectior quisque, eō plūrēs sentit coniūnctiōnēs. Quāre K'weřamigleh Dexam sē nunc idcircō in animō dispicere intellegit quia ambō hīs temporis mōmentīs dīversīs mentem aequē in culpam intendunt: Dexa suam spectāns, K'weřamigleh doctrīnam dē culpā Peoaojāvōnī expōnens. Quīn immō hic nōn altera verba alterīs perstringēns expōnit sed manūs tantum gestū quō maritimās avēs altōs scopulōs ex aeternō occupantēs indicat. Et Peoaojāvōnem scaenam illam nunc contemplantem documentum haud lentō animō amplectī videt: in rērum plānō nātūrālī avēs vel unguibus rōstrīsque inter sē dē escā concertantēs – philosophīs dē doctrīnā disputantibus nōn dissimilēs – secundum rērum nātūrālium īnfīnīta fluenta prōpulsās haud meritō ob hoc in culpā esse dīcendās; in fastīgiō hominum superiōris cōnscientiae gradū praeditōrum culpam quidem exstāre sed mīrum in modum simul nōn exstāre; enimvērō cōnscientiam dēmum, omnīnō aequē atque avium ventōrum undārum lūsūs, ūniversālium per undārum cincinnōs, volūtās, contortiōnēs, contextūs ēvolvī; Cōnscientam Perfectam, etsī nusquam omnīnō rēctā rēctēve perceptam coniectātamve, iam ex aeternō exstāre, nōbīs ūsque prō vīribus indāgandam cōnsectandam amandam; immō vērō etiam, in megacosmō nostrō volubilī atque īnfīnītō in quō nōn sōlum dīvīnitātis faciēs īnfīnītās sed etiam in quō omnēs alternātās optiōnēs vērē exsistere, nūllam optiōnem, nē eam quidem quae errōre omnīnō vacāre videātur, penitus "rēctam" esse posse; quōcircā vel nūllam in hīs mundīs imperfectīs rēligiōnis philosophiaeve fōrmam, nē eam quidem quae pūrissima videātur, propter mundōrum fīnītōrum ipsam nātūram ab omnī parte esse posse innoxiam.

Haec saltem Peoaojāvōnem ad sē vultum revertentem intellegere intimō animō scit K'weřamigleh.

"Hoc autem," inquit philosophus sēmisenex, crispus, suffuscus, paulō incurvus, ōre ē nātūrā plērumque renidentī, "haud sufficit."

Quibus paucīs verbīs discipulae vultus extemplō ex alacrī in leviter cōnsternātum vertitur. Nīl tamen dīcit. Ventulus marīnus intenditur. Afflāta eius calthula, philosophicī ōrdinis discipulae īnsigne, etsī cēterīs tālibus persimilis, aureīs tamen capillīs vīvācīque semper candidaeque faciēī praesertim iūcundē congruit.

"Scaenam illam," inquit tranquillus praeceptor, "nōndum tōtō animō spectāns, nōndum funditus vīdistī." Iterātōque gestū indicat ut spectet.

Nunc paulō haesitāns Peoaojāvō oculōs ad scopulōs avēsque revertit, plūra singula prīmum petēns, dein documenta quaedam per scholās prōlāta in pectore volvēns; sed omnia, ut vidētur, incassum. Tunc, indicia quaerere dēsinēns sed nec magistrum aspicere necdum ab eō iūdicārī volēns, quasi ōtiōsa occidentis sōlis admīrātur singillātim colōrēs hīc lūteōs, hīc flammeōs, in obscūriōribus forāminibusque sanguineōs purpureōs hēpaticōs, ipsās avēs rubidās, rosāceās, in rōstrīs silāceās. Sub avium tumultū inter scopulōs saxaque frīgidē aestuāns mare spūmam salsam per ventōs agitat sursum deōrsum. Longius ad percȳaneum altum turbidum versus cristae interdum spūmeae ventō passim dēflātae. Sōlis mox omnīnō mersae radiīs excitantur nūbēs hīc in rubidum, hīc in amethystinum, illīc prophyrēticum. Quod colōreum theātrum numquam mūtārī cessat, numquam ventō lūceque trānsfōrmārī. Vltimī tandem tyrianthinī radiī abeunt omniaque nunc secundī crēpusculī gradibus inundantur percaeruleīs cȳaneīs indicīs ātroviolāceīs cȳanātrīs. Fluctuum fragor, ex parte intermittēns, ex parte perpetuus, nunc nūllā aliā causā augētur in auribus quam quod oculī iam longē tenuiōre pāscuntur lūce. Peoaojāvō nunc tantum animī mīrā commōtiōne quantum inrēpentī frīgore inhorret. Vidētur enim sibi post horrōris impetum simul penitus exhilarāta et, quōdam suī locō profundiōre, subtrīstis; nam, quamvīs semper redeat splendor pulchritūdōque nova, nēmō – querēla sānē omnī ratiōne carēns! – ...nēmō umquam eandem hanc scaenam, eandem pulchrōrum mistūram vidēbit.

Quod sēcum cōgitāns sē tandem ad magistrum vertit, cuius oculōs in occidentem versōs, contrā lūcem iam rāram factam, clārē percipit. Hic, nec subrīdēns nec trīstis sed potius vultū vel "sincērō" dīcendō, eam mīrābiliter intuētur tamquam dīcēns "Ego prōrsus idem sentiō quod tū" vel adeō forsan – nam discipula magistrī disciplīnam magis quam lībāvit – "Ego prōrsus idem sentīvī sentiō sentiam quod tū." Et Dexa Bedásh hōc mōmentō temporis, quod sānē apud eum simul idem est et omnīnō aliud, per Peoaojāvōnis oculōs, quōs iam scit quōdammodo et Hermōdae esse, idem videt quod quondam ut Ophioch in oculīs Hermōdae. "Nunc" documentum ineffābile illud hāc vītā dēcēdēns tandem comprehendit.

Dum Peoaojāvō et Dexa Bedásh haec quasi simul nec simul cōnsīderant, K'weřamiglehī sōlis occāsūs modo spectātī rubrī colōris gradūs contemplantī nunc per Dexae prūdentēs oculōs, dein tandem per Ophiochis maestōs occurrunt in animum rosulae quaedam silvestrēs secundum quāsdam sēmitās Vrdārēnsēs flōrentēs, vel flōritūrās, quās subtrīstis Ophioch errābundus saepe vidēbit. Ipsī Ophiochī illae rosulae "pulchrae" vidēbuntur esse atque interdum, secundum locum commūnem quendam, tamquam "Deae purpurea labia." Tantum ob significātiōnem symbolicam quantum ob ipsās eās facilī levīque etsī simul subtrīstī voluptāte fruētur. Aliīs autem in vītīs nunc animum quasi omnibus simul invādentibus K'weřamigleh ē sē ipsō ēgressus rosīs hīs quasi innat ūsque ad interminās eārum abyssōs sē mergēns suīque oblītus per tenebrās purpureās aeternās sē dissolvēns. Aliīs porrō in vītīs hās rosulās videt in quibusdam sanguineīs bācīs mortiferīs vel luxuriōsissimīs in ōdēī aulaeīs vel in candidissimae iuvencae victimae aspersō sanguine vel in carbunculō ānulī invītō ōsculandō vel suffūsīs in oculīs ruptīsque vēnīs vel per maeniāna et scālāria ululātū pavōreque resonantia vel in prīscōrum nūminum ultrīcibus buccīs cruōre dēstillantibus vel coccineō in autumnī praeconiō vel in quōrundam mēlōnum rubidō sūcō vel in ipsā lūnā fēmineā vel in morte in arēnā identidem petītā vel in prūnīs sub cinere adhūc subārdentibus vel per virginis faciem subitō rutilantī gaudiō vel...

Dē repentē, forsan ob Dexae mortem modo in mentem revocātam, vel potius "praevocātam," Ata-Lantiēnsis philosophī animum occupat mors altera, hoc est, Ophiochis ... immō nōn ipsa mors sed quasi mortis somnium vel somnium morientis. Et ipse K'weřamigleh, sponte iam clausīs oculīs, omnia velut praesentia videt sentit olfacit experītur: rosulās mīrē parvās sed ēgregiās, prīstinum integrumque adhūc Vrdārem Lacum in prasinum cacteum iam obtenebrātum, sērī caelī venetō colōre refulgentem vitrī modō, fluitantēs nūbēculās adhūc passim lavandulāceās, ātrivirentis silvae subtīle opus mūsīvum praetervolantem avem iam paene invīsibilem, crēpusculī sōlitūdinem aeternam ... nisi quod prope sē ... immō iūxtā sē, etsī oculōs istūc nunc vertere nequit, amātam illam aeternamque sentit simul remōtam et quōdammodo proximō propiōrem, adsiduē mūtātam et eandem, cuius praesentiam aut percipit aut – miserentur dī! – ipse creat. Quam tamen speciem, quam praesentiam, sīve imāginātam sīve vēram, cupit sibi ipsī utcumque, antequam sibi mox ēvānēscant eōrum ambō, in mente, in animā – sīve suā sīve Superiōre – in aeternum fovēre.

φύσις κρύπτεσθαι φιλεῖ.[40]

—Hērāclītus

---

[40] "Rērum nātūra latēre solet."

16
Apocolocyntōsis: Pars Altera

"Haud molestum'st," inquit Thōmas Thumbermann, sufflāvīs antiīs iam prope laevum oculum dēclīnantibus, dum, martīniō exhaustō atque in mēnsulā proximā dēpositō, ambābus manibus nixus ex pulvīnōsā cathedrā albā ēmergit. Marniae displicēbat quod multī rogātō concēdentēs *haud molestum'st* vel simile dīcēbant tamquam sī aliōquīn forsitan molestum fuisset.

Dum cēterī sermōnēs serunt, Marnia, iam nimis perturbāta quam ut facētiīs indulgēret, ab hospitā incitāta tempus indēfinītum – quod, prout glaciēs ad pōculī fundum sublābēbātur, cito clēmenterque indēfinītius fiēbat – artificia varia in pediplānīs exposita speculandō sūmpsit. Ē quibus nōnnūlla eī placuērunt, plēraque haud; paene cūncta dē equīs biologiāve agēbant. In magnō mediānō praestābat sē aquila īconicō modō picta vī glōriāque symbolicā tumida, cui autem nōtiōnēs trītās ab hominibus attribūtās difficile erat Marniae ita in mente praeterīre ut vērae avis nātūram cōnsīderāret. Mīrum vidēbātur animāns omnīnō īnsciēns symbolum vel adeō *cliché* esse posse. Et bene erat quod aquila nesciēbat quam trītō mōre quantumque sibimet ipsīs indulgentēs hominēs dē eā cōgitārent. Īnscītia innocentiam tuēbātur. Haud omnīnō dissimilis erat condiciō tīrōnis ūniversitāriae quae vītam ē commūnī spē atque opīniōne prō fēlīcī habendam agēbat nova māximā ex parte amoenē hūmānēque discēns experiēnsque dum adhūc restābant aliquot annī, hoc est, antequam dē tālibus cōgitandum esset quālibus vītae curriculō colloquiīsque interrogātōriīs mūneris petendī causā habendīs necnōn antequam sē rogāre dēbēret ad quem vectīgālem ōrdinem ipsa per proprium studium praecipuum rē vērā praeparārētur. Immō, hōc saltem temporis articulō aquā tonicā vīnō iūniperō mixtā corōborātō, aquilae simplicēs simplicēsque beānī persimilēs erant.

In vestibulī locō ēminentiōre sē offerēbat oculīs pictūra māior in quā fēmina, cuius aspectus Graecus, equō torōsō, sine dubiō bellātōrī, īnsidēbat. Vngulae praegrandēs velut quattuor arborēs villōsae terram comprehendēbant. Fēmina, neoclassicō ferē rītū albā tunicā amicta, dextrā habēnās tenēbat, sinistrā trutinam, cuius exemplar paene ubīque orbis terrārum Iūstitia manū suspendere solēbat. Fēminae autem, cuius vultus offirmātus, oculī nōn erant obligātī; neque in titulō aureō in īmō margine positō legēbātur "Iūstitia" sed potius "Themis." Circumiectōrum pars laeva, ā Themidis dexterā, tamquam bellō holocaustōve erat pervas- tāta; nāscentia ibi obtrīta, truncī īnfrāctī, saxa diffissa, ossa passim dispersa; opposita pars integra virēns placida. Appropinquantī patēbat pictōrem arte pūnctilisticā ūsum esse ... immō māgnā ex parte pūnctilisti- cā; nam circumiacēns terra, hīc laeta, hīc mortua, ē variōrum colōrum orbillīs minimīs composita erat; sed equus rēctrīxque dīvīna Marniae, nūllōs pēnicillī ictūs līneāsve in eīs discernentī, persolidī vidēbantur. Pār quasi ē lūce cōnstābat pūrā; quārē nōn mīrum erat hās figūrās ē cēterīs tantopere prōminēre. Circumiectōrum latera ambō, tantum amoenum quantum vastātum, dēlicātiōra dīlūtiōra liquidiuscula, quasī somniāta vidēbantur. In quae tamen oculōs invicem intendēns Marnia contrārium putāvit: subtīlem circumiectōrum textum vērīsimiliōrem; deam equum- que ob splendōrem cōnsummātamque integritātem minus dēmum probā- bilēs.

Suprā pictūram per scālārium dēscendere audiēbātur modo aliquis ... immō duō hominēs. Prīma prōdiēns fēmina erat quae tam summissē loquēbātur ut nihil dēprehendī posset. Iam in pectus ēmicente corde, Marnia ā pictūrā dēcessit īmum scālārium petēns quod situm erat prope ōstium antīcum mīrā arte īnsculptum.

Quicquid fēmina dīcēbat auscultāns pedēsque suōs spectāns per scālās cȳaneō tapēte coopertās dēscendentēs veniēbat Vudius. Fēmella, tertiī decenniī suī mediam ferē partem agēns, quamvīs "ossibus māiōribus" (ut vel Iupula dīxisset) lātiōreque faciē, forsan Slavicā, haud inconcinna erat. Cutis eius albissima, genae rosāceae. Amplī crīnēs russeī undantēs hīc inde in flocculōs cirrulōsque decōrē praecerptī; quī comptus prīscī modī vestī longae, lavandulāceae et albae, limbīs crispīs ōrnātae bellē congruē- bat. Ad summum pectus, albulīs tubicellīs marginātum atque in V figūram factum, pendēbat argentea crucella.

"Salvē," inquit haec dentibus, praeter canīnum ūnum paulillō asymmetrum, perfectīs pulchrīsque renīdēns dextramque porrigēns, "Magdalēna sum, Vudiī therapeuta."

Marnia Magdalēnae aspectuī simplicī, conturbanter benevolō, parem referre cōnāns, oculōs tamen, paulum inurbānē, ā Vudiō omnīnō āvertere nequīvit. Et, ecce, Vudiī faciem, cum Marniam aspexit, vīsa est recognitiō tamquam aurula trānsīre. Secūtus est autem vultus cōnfūsus. Pedēs iterum spectāvit. Synthesis fusca, camisia fulva, prūnī colōris focāle eī tribuēbant aspectum minus virī urbānī ad cēnandum vestītī quam puerī ad convīvās commovendōs honestātī.

"Vu ... Vudī," inquit Marnia, etsī balutīre īnsuēta, linguā nunc tamen haerēns, quid dīceret faceretve dubia.

"Marnia" inquit ille, oculīs iterum ad perbreve accēnsīs, dein autem Magdalēnam statim aspiciēns quasi nūtum petēns.

Marnia Vudium adiēns amplexāta est. Quod Vudiī brācchia paulisper haesitavērunt Marniae lacrimās paene mōvit; at hīc et nunc nūllō modō erat flendum! Tunc ille Marniae brācchia lentē circumdedit, temporis praeteritī īlicō suscitāns mōmenta. Sed mox vacillābat, prīmum quidem paulisper sōlāciō; dein autem nimis aequābiliter. Sē retraxit Marnia et, adhūc vacillante Vudiō, ad Magdalēnam sē vertit quasi excūsātum sē.

"Istud nōnne paulō nimis stimulāvit?" inquit Magdalēna Vudium blandē alloquēns laevamque eius manum extrēmīs tantum digitīs prehendēns.

"Forsan," respondit Vudius subrīdēns sed solum spectāns, adhūc ā Magdalēnā leviter tāctus. Mox, cum nōn iam cernī poterat vacillātiō, Marniam iterum diūtiusque respexit, vultū autem nunc magis arcānō; dein iterum in tabulātum intendit oculōs. Etsī nervōsum systēma eius manifestō aliquā ex parte imminūtum erat, inerat certē Vudius. Iam istud *forsan*, lītotēs facēta quasi sēmitēcta, lepōrem priōrem illum plērumque inopīnātum, in homine paulō inhabilī eō semper mīrābiliōrem, revocāvit. Ita vērō! Intus alicubī adhūc versābātur prīscus ille!

"Quidnī cum amīcīs tuīs cēnātum eāmus?" inquit Magdalēna Vudium hortāns Marniaeque fūrtim annictāns dum per vestibulum pergit ad mediānum versus.

"Et tū vocāris...?"

"Em, ignōscās mihi, Marnia sum. Marnia Barry."

Quod Magdalēna ad hoc nōmen nihil admīrātiōnis referre vidēbātur mōnstrāvit eam nescīre quae fuisset inter Marniam et Vudium coniūnctiō. At quīnam scīret? In istā perfatuā pelliculā nūlla fuerat Marnia! Alter tunc surrēpsit īrae impetus tamquam sī praeceps minuerētur eī anaesthēticum medicāmen vēnīs perfluēns.

Mediānum intrantēs salūtāvit Lūx; quam in vestībulō modo facta vīdisse patēbat, nam Vudiō eam sōlō praenōmine resalūtantī manum tantum levissimē tetigit.

Dum omnēs dextrōrsum per brevem trānsitum in sollemnem cēnātiōnem tendunt, Lūx et Vudius, ēminus arbitrante Marniā, sermunculum excitant. Tālis quidem quālis anteā vidētur ille, etsī forsitan aliquantō macrior ... necnōn forsitan paulō fragilior. Hoc autem fierī poterat ut magis modō sē gerendī quam ipsī corporī attribuendum esset. Cōnsīderātē cunctanterque loquēbātur nec quicquam advertī poterat priōris illīus garrulitātis dēcantātae nunc subabsurdae, nunc prōdigōsae, paene semper venustulae. Immō, tragicum dictū, exemplārī cīnēmatographicō suī nunc similior erat quam illīus Seattlītae Marniae nōtī.

Ad perlongam mēnsam aspectū Hispānicō sub multiplicī candēlabrō pēnsilī crystallinō, vel tālī in vīllā inēvītābilī, ēvāsit ut Marnia, opulentiae singula – quippe ut nunc praeter rem – in mente praeteriēns, Vudiī ē regiōne cōnsēderit. Ā dexterā Vudiī sedem occupāvit Magdalēna, ā sinistrā Lūx, quae cum illō sermōnem prōdūcēbat. Ferdinandus dexterā Lūcis cēpit locum; Marniae clausit dexterum latus Michaēla, sinistrum Olīvia. Inter Olīviam et Rēnātum, quī summam mēnsam propius culīnae iānuam iam occupāverat, Thumbermann iste scholae praeparātōriae fīlō habitūque putidē titubanterque glōriābātur. Minimum media pars mēnsae escāriae, quae ūsque ad ūnam porrigēbātur ex quattuor procērīs fenestrīs, vacua manēbat. Inter Rēnātum et Magdalēnam vacābat ūnus locus cēnātōrius īnstructus, ā quō tamen ancilla mox praetervolāns ministerium perītē āmōvit. Eratne igitur ad cēnam vocātus quī tamen adesse nequīverat?

Marnia observābat ratiōnem quā cēnātōrēs, exceptō vel Rēnātō, sedēs suās sponte ēlēgisse vidēbantur, cum hoc aliquid dē hīs hominibus prōdere posset. Profectō mōmentī erat quod Olīvia nē prope marītum quidem suum, quī vel dīcēbātur esse, cōnsēderat. Illī certē mātrimōniālī lēge nōn vidēbantur ūtī. Quid autem dē Vudiō et Magdalēnā? At Marnia, ut vērum dīceret, nihil prōrsus tāle in eīs sentiēbat. Omnīnō nihil. Praeter mōrem sē gerendī blandum hilaremque Magdalēnā quōdammodo ēmānābat nīl magis quam integritās professiōnālis. Vidēbātur admodum circumspecta sagāxque ac sine dubiō eam abundē remūnerābantur prō perītiā

Vudiī salūtārem ... vel saltem "rēctam" ... in partem applicandī quam minimā cum sollicitūdine. Dē eā sōlum displicēbat quod Vudiō nimis indulgēre blandīrīque vidēbātur. Hōcine vērē opus erat? Eratne vērē tam saucius ille?

Vēnit Marniae subitō in mentem aliquid adhūc subcōnscium necdum contemplātum: oculōs eius aliōquīn caeruleōs nunc nigrōs esse. Scīlicet lentibus adhaesīvīs ūtēbātur.

Antequam modum prūdentem invenīre posset dē hōc scīscitandī, dēvertit Marniam Vudiī nārrātiō tardiuscula singulīsque referta dē vulnerātiōnibus praeteritī annī mēnse Octōbrī acceptīs. Aequō animō cēterīs historiam retulit dē duodētrīgintā contūsiōnibus, tribus costīs ūnāque fībulā frāctīs, cartilāgine nāsālī in saeptum impulsā, quā cerebrī fibra frontālis pulsāta, maxillā tribus locīs ruptā fīlōque metallicō religātā. Adeō pēs laevus multipliciter frāctus resarcītusque partim paralyticus ēvāserat; quō tamen adsevērāvit ille saltandī artem minimē esse affectam. Cūnctae sectiōnēs cum internae tum anaplasticae quattuor pūnctum septem mīlliōnibus thalērōrum cōnstiterant, cuius summae pars ā coniugis societāte cautiōnālī, pars ā Rēnātō et Olīviā solūta erat.

Quō dictō, Marnia nōn poterat quīn Rēnātum, iam adhūc ānxium, speciē nunc etiam magis sollicitātum versātumque animadverteret, tametsī haud patēbat utrum huius causa esset timor nē tantae hūmānitātis suspicerētur mōtus an īra ob tantam pecūniam prō homine nūllā iam propriā cautiōne mūnītō impēnsam an – longē minus vērīsimile – līberālitātis fāmae pudor. Rēnātus ob nāsum acūtum, attenuātōs crīnēs retrōrsum dēglabrātōs, mentum refugum squalō haud dissimilis erat, cui tamen oculāria magna perīculī speciem magnopere imminuēbant. Quīn squalum magis referēbat grӯllicum vel adeō tālem quālis circum nāvigia mōlēsque escās disiectās sublegeret pastillōrumve fartōrum dēlāpsās reliquiās. Dīvitem eum esse crēdī vix poterat; nam, neglectā prōcēritāte, inquiētūdō eius gravitātem īnfringēbat. Bombӯcina synthesis cinerācea, sine dubiō pretiōsa, cum ille hodiē nimis diū gessisset, in manicīs et tergō īnferiōre rūgīs erat obsita. Marniae occurrit, cōgitātiō sat quidem īnsolita, aliter sē habentibus rēbus, posse ut Rēnātī laevum eam paulō dēvincīret; nam contrā vītae illīus luxuriam cōnspicuam vidēbātur tamen sat facile vulnerārī posse. Vt Marnia ēlegantiae – etsī saepe studiōsē spurculae – nōnnihil studēbat, immō adeō ā nōnnūllīs prō fēminā dē capsulā tōtā habēbātur, ita tamen quōrundam virōrum inconcinnitātī indulgēbat.

Mīrum erat quod flētūs īraeque prīmī contrāriī impetūs huius locī ingeniō tranquillō placidōque necnōn ipsō Vudiānī sermōnis rhythmō ae-
quābiliōre, nēdum vīnī roseī vī mītigātōriā iūniperō vīnō suillaeque āssae
nunc additā, sēnsim sēdābantur. Sōlābātur quoque aliquantum quod
Vudius sē omnīnō nihil dē verberibus acceptīs recordārī adfirmābat. Quod
Lūx autem cum illō tam līberē sermōcinārī valēbat nōnnihil invidiae
movēbat, quamvīs Marnia animō satis complectēbātur amīcam sub speciē
iūcundī colloquiī quam plūrima rescīscere prō suā parte cōnārī. Haec
quidem in argūmentīs interrōgātiōnibusque manēbat innocuīs velut *Rēbus
Priōre Tempore Seattlēnsī Gestīs* et *Quōmodo tibi hīc prōcēdit vīta?* et ita porrō.
Ipsam Marniam amīcum modo repertum inquiētāre patēbat cum huius
oculī illam tantum breviter perstringerent neque ipse eam sponte allo-
querētur.

Lentium autem adhaesīvārum quaestiōnem in medium tandem prōferre dēcernēns, Marnia dē Vudiī oculōrum colōre mūtātō scīscitāta est.

"Sānē vērō," īnfit Magdalēna tamquam hoc potissimum exspectāns
interrogātum, "therapīa chrōmoptica continuātur ... modō scīlicet inte-
griōre nec iam nimis stimulantī." Rēnātum dein respexit, quī sollicitō subrīsū verba haec cōnfirmāvit. Vultū afflictō Lūx invicem spē aliquā dēstitū-
tam sē mōnstrāvit.

Inter cēnam Olīvia, cuius aspectus valdē remissus, pauca tantum dīxit
dē cēnā, hortō, equīs; quō incertā dē causā Marniae vidēbātur corrōbōrāta
opīniō hanc fēminam urbānam hūmānamque rēs sinistrās hīc gestās haud
opīnārī, immō potius Thumbermann et forsan etiam Rēnātum eā ūsōs
esse ut Vudium adipīscerentur, istōs virōs Vudiī vērōs dēmum esse abūsō-
rēs. In quō prāvō lūdō Magdalēna quoque merī latrunculī partem agere
vidēbātur, satelles necopīnāns dominōrum praecepta exsequēns nec suō
auxiliō Vudiī fāmam pecūniamque ad aliōrum ūsum trānsferrī suspicāns.
Sī Thumbermann, sīve sōlus sīve adiuvante Rēnātō, ipsam verberātiōnem
māchinātus erat – ob quod facinus Marnia, sī nūlla aliōquīn fieret iūstitia,
parāta promptaque erat ab īstō ambōbusve summum supplicium sūmere!
– Magdalēna certē nihil participābat.

Vndecima hōra cum quīnque et trīgintā mīrum quam cito advēnit –
trānsāctā prīdem, ut adsevērēbat Magdalēna, Vudiō solitā cubendī hōrā.
Prō dī immortālēs!

In mediānum ōtiōsē rediērunt, ubi aliquis armāriī parietī inaedificātī
forēs lāpsilēs aperuerat quō dētēcta erant quadrum tēlevīsificum amplum
ēchēaque quae Marniā altiōra vidēbantur. Super quandam ex spondīs Lūx

et Magdalēna Vudiō iterum quasi statūminum bibliothēcālium vicem explēvērunt, dum Marnia, acceptō quod Vudiō nunc appropinquāre incōnsultum fuisset, in bisselliō adsēdit Olīviam, quae Vudiō ob opus in colloquiō tēlevīsificō eximiē praestitum modo grātulābātur simul tamen parvum tempus eī in spectāculō concessum, sī cum "cēterīs istīs nūgīs" comparārētur, dēplōrāns.

Ad quod Thōmas quasi ex artificiī perītiā haec respondit: "Dē nūgīs quidem agitur imprīmīs in spectāculō istō; nam plērīque modo paulō ante cubitum spectant, quā hōrā gravia cōgitātiōnemve moventia haud iam petuntur. Remittī cupientēs ineptiās quaerunt; quārē Leno tam multōs fatuōs iocōs fābellāsque īnsulsās prōfert. Scīlicet cūrātur nē rēs nimis exercitāta diligēnsque videātur; sēnsus colitur amīcōrum apud sē dēsipientium."

"Heia!" inquit Olīvia quasi fastīdiō renuēns. Quō Marniae animum subiit quōusque esset Olīvia prīscōrum mōrum. Enimvērō quālis tēlevīsiōnem saepe spectāret haud vidēbātur. Vesperī sine dubiō legere solēbat.

Ad Thōmae verba Rēnātus nīl respondit praeterquam quod sē aliquotiēs hūc illūc super spondam versāvit perque vicēs laetus trīstisque vidēbātur velutsī variōs probāret animī habitūs.

Post prīmās quīndecim minūtās Marnia in idem fastīdium inclīnābātur in quod Olīvia. Immō ipsās nūgās nōn tam aegrē ferēbat quam quod Leno tam illīberāliliter, immō, inhūmānē hominēs nōtōs, praesertim fēminās, merae hōrum fāmae incitāmentō per iocum laedēbat, in fēminīs ante omnia pinguitiac īnfōrmitātīque plausuum grātiā illūdēns. Inter nōmina Leno et lēnō ratiō aliqua exstāre vidēbātur.

Āctae sunt dēhinc brevēs hilarēsque interlocūtiōnēs in quibus sēmitacitō lūdībriō datī sunt plēbēī in viā offēnsī quī dē tālibus prīmīs rudīmentīs quālibus terrae partium nōminibus, rē pūblicā, adeō Terrestrium lūnārum numerō nihil scīre dēmōnstrābantur ... sed quī simul vel dē cuiusdam cantātrīcis Madonnae vocātae linteīs intimīs ac dē Angelīnae Jolie scēnicae partibus cīnēmatographicīs cūnctōrum singulōrum gnārī erant. Quod embolium secūta est blattae mēchanicae ē remōto moderātae vīsitātiō – quā haud, ut vidēbātur, temptātum est ut pūblicī ingeniī dēfectus modo modo dēmōnstrātus corrigerētur.

Post mediam noctem appāruit dēnique Iodia Foster. Olīvia iam rigidum simulācrum suī facta erat; Thumbermann in cathedrā sibi acceptissimā, mōtiunculā, ut vidēbātur, toxicā labōrāns, alterum oculum clausum tenēbat, alterum sēmiapertum. Adeō Rēnātus agitārī cessāverat. Ferdinandus et Lūx, cuius umerōs amplectēbātur ille brācchiō alterō, sat contentī quiēscēbant. Michaēla sōla – solitō suō mōre simul ēbria et alacris – aliquot ex iocīs rīdēbat. Magdalēna leviter oblectārī vidēbātur. Vudius quadrum obtuēns nihil dē sē prōdēbat.

Marnia mīrum in modum colloquiō cum Iodiā habitō oblectāta est. Haec, quamquam in artis suae culmine stabat, Aquifoliēnsī spīnētō aliēna vidēbātur ... quod autem haudquāquam glōriābātur. Sē ad populum nōn iactābat; nōnnūllaque iūcunda dē "Contāctū" et "Nellā" atque "Agnōrum Silentiō" retexit necnōn dē molestiīs quibus labōrāverat scaenārum magistra facta. Marnia sē dēprehendit Iodiam Foster aemulārī cupientem, sē tamen plānē simul ob hoc dē fatuitāte accūsāns.

Cum post nūntiōrum mercātōriōrum aliam seriem Vudius, eandem synthesin gerēns quam nunc, in scaenam tandem prōdiit, Olīvia sibi onus suscēpit suscitandī Thōmam – quī sē continuō ērēxit neque Olīviam aspexit, tamquam sī priōrem stupōrem ita negāret.

Vudiō sedem suam in scaenā occupante, omnia spectāculī subitō mūtāta vidēbantur. Spectātōrēs prius turbulentī – ex quibus pulcherrimās fēmellās cōnsultō in prīmō ōrdine statūtās esse patēbat – nunc silentiō paene integrō sunt captī. Etiam Leno sē iam aliter gerēbat. Ita enim spīritum remissum hilaremque servābat ut tamen Vudium honōrābat ac dē huius dignitāte cūrāre ultrō cōnābātur. Haud fortuītō fiēbat Vudius nunc similis persōnae illīus *Chance* ā Petrō Sellers quondam āctae, scīlicet quasi stultus cui simul, ob quendam dīvīnum favōrem, prūdentiae speciēs ūsque cōnservābātur. Nunc prīmum crēdēbat Marnia Gāium Leno opīniōne forsan esse sollertiōrem. Fallēbant igitur undique speciēs ... praesertim autem cum ipse Vudius, quī, nisi cautum esset, facile prō stultō habērī potuisset, rē vērā nōn stultus sed potius tantum condiciōnibus quibusdam īnfaustissimīs illaqueātus esset.

Postquam Vudiī ballantis excerptum mōnstrātum est in quō hic quattuordecim ferē annōs nātus vidēbātur – ad quod neutrum eius exemplar, alterum in tēlevīsiōne, alterum hīc in mediānō, quicquam retulit – Iodia Foster colloquiō interveniēns etiam plus quam Leno contribuit; nam, etsī similem exercēns observantiam, Vudiō simul minus indulgēbat. Vt Leno in nōnnūllīs ex dictīs Vudiānīs speciē parum aptīs sēnsum aliquem sēmi-appositum, vel saltem rīsū dignum, reperīre poterat, ita Iodia tālium dictōrum ortum et vērum cōgitātiōnum contextum tālī modō indāgābātur ut nihil colōrārētur. Marniae succurrit imāgō īnsolita Iodiae illās partēs agentis quās in pelliculā Liāmus Neeson ēgerat contrā "Nel-

lam" persōnam ab ipsā Iodiā āctam, quam partem sānē nunc magis minusve agēbat Vudius – quamvīs hic, Nellae dissimilis, commūnis hūmānī
sermōnis esset plērumque capāx. Vudius sānē nīl nisi blandus et simplex
vidēbātur, hoc est, istō mōre odiōsē "angelicō" vel adeō "puerīlī" quī apud
plebem in pretiō erat ... scīlicet hōc aevō quō vērī puerī innocentiam
suam retinēre nōn solēbant atque etiam in īnstrūmentīs īnfōrmātiōnis
oblectāmentōrumque divulgandōrum plūrēs celebrābantur "angelī
tenebrōsī" quam benignī. Marnia imāginābātur nunc adeō ipsum Vudium
thōrāce lāneō vestītum vel forsan in vibrantī nāsō rōdēns amābile dissimulātum, puerīlis spectāculī mātūtīnī persōnam – quam imāginem nōn
esse deûm praemonitum ex corde precābātur! Aliquā ex parte tamen id
quod istīc praebēbātur vērus Vudius erat, etsī tantum eius ūna centēsima
pars. Vidēbātur ille hōc tempore velut mōtū tardātō vīvere ... vel tamquam īnstrūmentum computātōrium cuius cōnexus nimis lentus.

Quod animadvertēns ac post longae huius vesperae tumultuōsōs
affectūs, fēmella advena, lacrimās nōn iam retinēre valēns, tēlevīsōriī
quadrum aspicere perrēxit nāsiterigiīs chartāceīs faciem clam siccāns.
Admodum inversum vidēbātur quod hīc eādem in sellāriā cum ipsō vērō
Vudiō sedēns imāgine tamen īnfrācta est ad hoc tēlevīsificum spectāculum in antecessum impressā. Causa forsan erat quod eum nunc per tōtīus
mundī oculōs vidēbat, simul prōrsus cōnscia, praeter virtūtēs eius
"angelicās" quāscumque, multōs eum etiam crūdēlius esse mox lūdificā-
tūrōs quam Leno praedilectōs scopōs suōs. Immō enimvērō sine dubiō et
ipse Leno ventūrā nocte Vudium erat cōmiter lacerātūrus.

Ēmolumentum ūnicum hoc: quod Marnia hanc rem Gumpiānam/
Glopiānam/Helfgottiānam/Vudiānam nunc paulō melius intellegere incipiēbat. Multī nunc vidēlicet ob vītam nimis arcessītam, intortam, in-
hūmānam factam sē ā vērī gaudiī fonte sēmōtissimōs sentiēbant. Tametsī
Vudius redāctus erat in praesentem inconcinnitātem – priōrī quidem
inconcinnitātī prōcāciōrī, novitātī praecipitiōrī dulcīque īnsolentiae haud
aemulam! – immō adeō propter hanc ipsam hebetiōrem inconcinnitātem
vidēbātur Vudius forsan tōtus sincērus minimēque ambitiōsus ac quōdammodo, ut tempore illō dīcēbātur, "pācem sēcum ipsō iūnxisse." Sine
dubiō oppressissimum quemque iuvābat aliquot minūtās vel adeō aliquot
hōrās in animō imāginārī quālis fuisset vīta nisi semper sibi necesse
fuisset scītō, dignō, aequālium mōribus rīte accomodātō vidērī. Ille autem
Vudius Marniae ōlim nōtus ita ineptīre vidērī nōluisset. Tālem quālis fuerat, pudōris plēnē gnārum, Marnia eum mālēbat. Nunc tamen Vudiī

pudibundum illud dēlētum vel suppressum esse vidēbātur sīve verberibus sīve per "chrōmopticae therapīae" ūsum malignum sīve aliter. Nōn autem sine pudōris ope quondam effectum erat ut Vudius multō magis artifex esset quam autista. Quī enim cēterōrum iūdicium nōn cūrābat quōmodo facta dictaque sua aliōs adficerent parvī aestimābat. Erant forsan quī, etiam omnīnō in vacuō, artī suae artis grātiā nihilominus studuissent; sed in plērīsque, sīcut vel prius in Vudiō, aliōrum opīniō in altiōra stimulāverat.

Post aliam intercapēdinem commerciālem ("Aeternitās ad Virōs" aqua Colōniēnsis – Gallīnācea Frīcta Centuciēnsis: "Sapida ad Digitōs Lambendōs" – dē puellulā necātā Iōannā Benet Ramsey seriēs brevis cui titulus "Puppae Frāctae") ad Spectāculum Huius Noctis tandem redīmus. Dēlīneātiō in quā Gāius Leno fōrmam habet puppae muppetānae. Nunc ad scaenam. Pōne Gāium, ad mēnsam scrīptōriam sedentem, sīparium crēbra caeliscalpia mōnstrāns.

GĀIVS   Quae igitur, Vudī mī, in futūrum tempus cēpistī cōnsilia? Plūrēsne faciēs pelliculās?

VVDIVS   Istud dē prōcūrātōre meō pendet ... ac dē Olīviā. Forsan.

GĀIVS   Olīvia scīlicet uxor est tua.

VVDIVS   Ita est. Post calāmitātem meam mē cūrāvit. Nunc autem volō adīre...

Tacet ut cōgitet.
Gāius fictā perturbātiōne audītōrēs aspicit, nīl tamen dīcēns.

VVDIVS   ...Īnstitūtum Ōceanologicum Swire.

GĀIVS   (admīrātiōne adrīdēns) Īnstitūtum ... Ōceanologicum... Swire?

VVDIVS   Siamkiāmī est. Ibi delphīnīs roseīs studētur.

GĀIVS   Itane? Roseīs? Num elephantibus roseīs similēs?

VVDIVS   (nīl immūtātus) Minimē quidem. Minōrēs sunt, etsī etiam mammiferī.

GĀIVS   (annuēns) Nīmīrum.

VVDIVS   Nec sunt id quod hippoglōssī ēbriī vident.

Gāius in rīsūs dīlābitur. Iūstō māior effunditur et audītōribus rīsus. Vudiī vultus adhūc sērius manet, quō summam perītiam cōmoedicam praestāre vidētur.

VVDIVS   Eōrum restant tantummodo circā centum.

GĀIVS   Scīlicet extinguuntur?

VVDIVS   Ita vērō, alterum mundum petunt.

GĀIVS   Hem, ... quemnam?

VVDIVS   Quem oblītī sumus. Nōbīs aliquandō prasinīs esse opus est.

GĀIVS   ...Ita, inquinātiō pessima rēs est. At, quod ad prasinum
            spectat, Seattlumne aliquandō redībis?

VVDIVS   Haud sciō an nequeam.

GĀIVS   Teneō sānē. Sī pelliculās facere cōgitās, hīc manendum'st.
            Ēn umquam Novum Eborācum petiistī?

VVDIVS   Plūriēs quidem. Valdē vērum'st. Vīta hīc facilior. Hīc tangī
            nōlēns nōn tangitur.

In Iodiam Foster nunc intendimur, quae ambōbus pollicibus versīs approbat. (Inter colloquium enim cum Gāiō modo habitum Angelopolim Novō Eborācō longē anteposuit.)

Glīscunt interim in abscēdentibus modī mūsicī.

VVDIVS   (*nūdē*) Post nūntia plūra cantābit Gemma.

Vudius assurgit dextram Gāiō porrigēns. Ad quod Gāius paulō turbātus sed item cōmiter assurgēns dextram refert suam; dein spectātōrēs sīc aspicit tamquam timidē dīceret, "Ille nempe spectāculō nunc moderātur." Iodia quoque Vudiō dextram offert apertē eum amplectārī cupiēns; cunctāns autem. Dein tandem brevem inicit amplexulum ... quō ille manifestō nōnnihil stupefactus nōn tamen vacillat.

＊ ＊ ＊ ＊ ＊

In Corōnā Victōriā haud placidē reditum est Burbankopolim; Marnia enim et Lūx tam assiduē rixābantur ut Ferdinandus Canōgēnsibus Hortīs dē viā properātā exierit Lūcemque in postīcum relēgāverit, hortāns ut, sīquidem iūrgāre vidērētur, ambae saltem in postīcā sede ac sine clāmōribus iūrgārent quō ipse et Michaēla in antīcō aliquantō tranquillius sē habērent. Discordābātur scīlicet, exinde summissius, dē cōnsiliō nunc dē Vudiō capiendō. Marniae patēbat Vudium – quō ipsa sānē excruciābātur – aliquā illaqueātum esse nec dēnique valdē subtīliter auxilium petere. Quid enim sibi vellet "mundus quem oblītī sumus" illud et "nōbīs aliquandō prasinīs esse opus est" necnōn et – ēcastor! – "haud sciō an Seattlum redīre nequeam" nisi eum ad veterem Vudium "Saharānum" vītamque priōrem revertī cupere nec vērō hoc licēre sibi? ...Et cōnsilia sua dē Thōmā Thumbermann pendēre! Clārō clārius necesse erat oculīs eius prasinās lentēs antepōnere! Saharāna quidem erant perdita, sed supplēmentum aut invenīrī aut fabricārī poterat.

Quam opīniōnem Lūx haud prōrsus repudiāvit, sed Vudium stimulīs chrōmopticīs obiicere quibus fortasse nōn esset parātus prō perīculōsō habēbat. "Is enim," inquit, "quod ad colōrēs spectat, nātūrae penitus patibilis est. Haud sciō an istīus colōris lentēs animum eius ad ipsīus traumatis tempus redūcere possint ... ad quod omnīnō potest ut nōndum sit parātus."

Marnia Lūcem rogāvit num quot lentium paribus Vudius nunc ūterētur rescīvisset.

Respondit Lūx: "Quattuor."

"Quot ante ascīta Saharāna habuit?"

"Ducenta quīnque et quīnquagintā."

"Nunc autem sōla ista quattuor. Tibine igitur videntur istī therapīam chrōmopticam diligentur adhibēre?"

"Nē oblīviscāris, Marnia, eō tempore quō ille tēcum Seattlī conversābātur ūnō tantum pare eum solitum esse ūtī."

"Rēctē, sed Saharāna penitus pecūliāria fuērunt, ad quae haud sciō an eum sē cēterōrum omnium adiūmentō parāre oportuerit."

"Praesēns therapīae gradus potest ut ultimus sit ante reditum in prasinum. Nesciō. Magdalēnae utīque nōn vidētur esse nōtum cōnsilium ultimum. Cuiusdam Liffschultz Doctōris praecepta vidētur exsequī."

"...quī invicem Thōmae Rēnātōque serviat."

"Istud tamen ignōrāmus."

"Nēminem umquam nōvī quī tam ānxius, immō, adeō tam culpae sibi cōnscius vidērētur quam Rēnātus Cardon. Vudiī vērī necessāriī istum apertē māximō metū suspēnsum tenēbāmus."

Lūx nihil respondit. Vultus autem tālis erat quālis saepe Iupulae cum haec "colloquī nōlēbat."

"...Cēterum," inquit Marnia īnsistēns, "quō colōre sunt adhaesīvae praesentēs?"

"Em, flāvō vērō."

"Ēn umquam anteā vērē flāvās lentēs habuit?"

"Habuit. Vel octōgēsimum septimum pār, 'Cāiātōrēs' nōminātum."

"Ē ducentīs quīnque et quīnquagintā? Hoc igitur perpendentī videntur tibi istī hominēs eum vērē in altiōrem gradum redūcere velle?"

"Scīre nequeō. Haud sciō an hoc sit 'ancora'. Cētera paria quae nunc adhibentur, quod sciam, ēlātiōra fuerint. Tōt dēmum rogāvī quot mihi licēre vidēbātur, scīlicet nē quid suspicārentur. Vtcumque et Olīviae et Magdalēnae dīxī nōs Angelopolī 'forsitan' priōre cōnsiliō diūtius mānsūrās esse; quamobrem plūrēs nōbīs scīscitandī occasiōnēs fore putō. Sed cautē erit prōcēdendum."

"At cūrnam flāva illa oculāria 'Cāiātōrēs' vocābantur?"

Lūx umerōs contrahēns marsūpiī suī clūsūrās tractilēs manibus agitābat tamquam sī quid quaereret necessāriī.

"Quid sibi vult 'Cāiātōrēs'?"

Lūx quasi subtrepida ventulum ēmīsit. "Hoc tibi," inquit, "displicēbit. Tē hoc nōn nimis graviter lātūram esse spondē mihi."

"Spondeō plānē," inquit Marnia sē mentīrī simul suspectāns.

"Vērīs flāvīs sē quondam mūniēbat nē sibi vāpulārent clūnēs. ...Hoc est, paulō, em, sēdābant."

Suspīrāvit Marnia. "Itaque..." inquit, "praesentēs lentēs sēd ... sēdātīvae sunt?"

"Forsitan. Nōndum prō certō habērī potest quicquam."

Marnia iūrgiīs dēsistere dēcrēvit, quamquam hoc ultimum eī etiam magis persuāserat sē rēctē, Lūcem prāvē, opīnārī. Reliquō in itinere haec sēcum volvēbat dum quīnquāgēsimōrum annōrum carmina vetercula ā Michaēlā in antīco accēnsa adhibet ut animum exercitum sibi paulō lēniat. Prō compertō autem habēbat Vudium suum varium volūbilemque rē vērā nōn tam facile vulnerātum īrī. Eō imprīmīs nunc īnfirmābātur ille quod hominēs cum quibus conversābātur eum in opīniōnem addūxerant sē eōrum indigēre ... ac quod ratiōnem excōgitāverant quā possent regere animum mōrēsque eius necnōn ipsam agendī potestātem surripere ... omniaque quibus ille sē anteā īnstrūxerat quibusque per tōtam vītam innīxus erat. Sine ūllō dubiō perturbātus incertusque erat; sed Marniae erat pertinācia eius bene nōta neque in intimō animō dubitābat eum, datīs appositīs īnstrūmentīs atque opportūnitāte, in prīscum Vudium simul inaestimābilem et cōnstantem, immō cōnstanter inaestimābilem esse reversūrum.

Quō expedītius Marnia et Lūx in Frīgidārum Aquārum Faucēs Corōnā Victōriā prōvehī possent, Ferdinandus benignē prōposuit ut ipse diaetam suam petēns Michaēlam obiter in Vrbem Saeculārem referret – quamquam sānē Vrbs Saeculāris haud sita erat inter Burbankopolim et diaetam eius Melirosēnsem.

Seattlītārum iter continuantium prīmum silentium hūmānō dēnique colloquiō dē Ferdinandī virtūtibus cessit. Secundā ferē hōrā quam minimō poterant strepitū Dottiae vīllae irrēpsērunt – nīmīrum sine causā, cum Dottia exstinctō semper īnstrūmentō audītōriō sē dormīre adsevērāvisset nihilque igitur praeter ipsum vīllae systēma monitōrium, cuius tesserās intrōmissōriās Marnia et Lūx nōverant saepeque adhibēbant, sē expergefactūrum. At sānē nec Mōnam cellāriam exsuscitāre volēbant, etsī, estō, oblīvīscī facile erat Mōnam illam tam modestam, immō paene invīsibilem, hīc quoque vīvere, scīlicet in pediplānōrum sēmisubterrāneōrum diaetulā iuxtā lavandāriōrum cellam sitā. Hāc in vīllae īnferiōre parte erat aditus interior tabernāculī raedārum etiam īnferius positī. Hoc est, saeptum raedārium omnīno subterrāneum erat sī spectābātur viae ad septentriōnēs versus praeruptē surgentis pars illa ōstiō antīcō fīnitima. Tamen ex saeptī portā exteriōre in merīdiem spectantī via, eō locō humiliōr, magis minusve in aequō erat oculōrum. Vīllae ōstium antīcum praecipuumque positum erat in prīmō tabulātō, ad quod, hinc ē pediplānīs, illinc ā viae crepīdine, ascendēbant scālāria nitida cōnsimilia; quō tamen ōstiō ūtī solēbat ex quattuor inquilīnīs nēmō. Hospitium, cūlīna, cēnātiō aliaque in prīmō tabulātō erant; Dottia ipsa ūnā cum tablīnō, bibliothēcā discothēcāque secundum summumque inhabitābat.

Marnia intendēbat post Lūcis discessum mātūtīnum occāsiōnem arripere ut sententiās suās Zoltanī expōneret, sed diū frustrāta est quod Lūx sērius exiit. Cum ambae enim post solitam iēntāculī hōram ēdormīvissent, cūnctae trēs prandiī tamen hōrā succīdiīs sapidaeque sorbitiōnī frīgidae Hispānicae ā Mōnā apparātae immorātae erant, quō tempore rērum priōre vesperā nocteque gestārum Dottiae cūncta singula nārrāverant. Tandem post secundam hōram cum Lūx sē Ferdinandum petitūram posteāque obsōnātūram esse dīxisset, Marnia sibi plūsculō somnī adhūc opus esse fīnxerat. Nunc, proficīscente Corōnā Victōriā, Marnia, propriō iūdiciō penitus cōnfīdēns neque igitur quicquam ob dolum sibi suscēnsēns, Zoltanem tēlephōnicē adiit.

Vocātus ad diaetam eius prīmō dīrēctus ad clabulāre continuō trāditus est hōc temporis articulō super Viae DXX Pontem vehiculōrum cōnstipātiōne captum. Cum Marnia Vudium repertum esse dīxisset, Zoltan prīmō valdē vidēbātur cavēre tamquam īnfausta sibi augurāns, sed simul ac amīcum tolerābiliter sē habēre audīverat, coiōtānō gaudiō subganniit. Acceptō dein rērum summāriō, quamvīs patēret eum in neutrīus partēs temere dūcī velle, Marniae vel tacitē favēre vidēbātur, praesertim cum adfirmāvit sē diūtius quam Lūcem Vudium nōvisse nec sē "ūllō malō modō" cēnsēre Vudium in tālem condiciōnem reductum esse posse nisi vel perītē lactātum vel inlātō metū, addiditque: "Ac manifestō subsidiō fulciuntur alicuius medicī foetidī, sed Vir Ligneus nēquāquam pessum dabitur!" – quod plānē Marniae animum nōnnihil cōnfirmāvit.

"Haud sciō an eum," perrēxit dīcere ille, "lentibus fīxum teneant. Tālum enim Achillēum eius lentēs esse sciunt. Ille nunc automatō similis est cuius brācchia crūraque interim dēmpta in aliquō armāriō asserventur et quae nē ipsī quidem adīre liceat... Lentēs eī magis explōrātōriae quam circumventōriae sunt permittendae!"

"Num igitur Lūcis opīniōnem probās Saharāna trauma revocāre posse?"

"Em, nōn ita valdē, etsī antequam quicquam faciās ea cōnsultanda erit."

"Quid autem sī nōn probāverit? Illa lentissimē prōcēdendum esse putat. Vudius nunc rārī aditūs est. Et quid sī custōdibus eius nōbīs nōn iam esse fidēs habenda vīsa erit? Equidem aliquid suscipiendum esse cēnseō antequam suspiciōnēs nimis ingravēscant. Quid sī ille tantum semel revidērī possit?"

"Teneō..."

"Nova Saharāna ad nōs mittēs?"

"Accipiō. Istud utcumque cūrābitur. Prasinōrum imāginēs alicubī condidī. Quī forsitan possit fabricāre mihi nōtus est. Aut crās aut perendiē habēbis. Sed ubi prīmum adsim opus fuerit certiōrem mē faciātis. Sociī iam mē carēre possint. Condiciōnēs paene omnēs sunt pactae. Nōn ante ūnam septimānam duāsve fervēscet rēs."

"Nunc susceptō nostrō parēs vidēmur ego et Lūx. Sīn autem auxiliō egēbimus, tē statim interpellābō. Cēterum tibi agō grātiās, immō agimus."

"Libenter faciō. Ā Lūce petās ut mē vocet."

Lūx, cum reversa esset saccōs obsōnātōriōs cibāriīs aliāque merce plēnōs gerēns, quibus rēbus advenae modō nec pecūniāriō nec iniūcundō hospitī dēbita rependerent, Marniam cum Zoltane iam esse locūtam nē leviter quidem est mīrāta. Scīscitātō tantum quid Zoltan esset opīnātus, Mōnam adiūvit ut cibāria conderet atque in hospitium intulit propria et Marniae varia pauca nova: lōmentum capillāre, dentifricium, ūdōnēs sibi destinātōs, *Varietātis* et *Sussurrī* novissima exemplāria, quae commūnī hospitiī mēnsae iniēcit, ambō symbolās dē Vudiō scrīptās continēre nūntiāns. Deinde maeniānum petīvit Zoltanem in sēcessū allocūtūra.

Ēvāsit ut Zoltan Lūcī persuāserit ut Marniae cōnsilium probāret, quamquam illa postulāret ut inceptum summā cum cūrā clamque cēterōs inquilīnās exsequerentur. Fierī, nisi posset occultē, nōn dēbēre.

Eō magis mīrāta est Marnia cum Lūx dīxit nōn sibi sed Marniae sōlī rem esse gerendam. Multō magis sē, ut quae multa interrogāvisset, quam Marniam, priōre nocte magnā ex parte tacitam, suspectūrōs esse Vudiī custōdēs. In Marniā, quam eōs Vudiī amāsiam fuisse forsan nescīre, haud fore ut magnum vidērent perīculum. Quod autem amāsiī fuissent Marniae prōfutūrum, praesertim sī Vudiī mēns in praeteritam vītam esset intentius dīrigenda. Faustum quoque quod is ā Marniā cōnsternārētur; hoc enim magnī vinculī esse indicium. Sī ambō semel in sēcrētō conversārentur, incommoda forsitan dīlāpsūra; nam amāsiōrum necessitūdinem cēterīs praepollēre omnibus. Gravissimum tamen hoc: ut Marnia prōmitteret sē, simulac quicquam laevī animadvertisset, Saharāna Vudiō exūtūram. Quod quidem prōmissum prope erat ut Marniae esset propriō scrībendum cruōre.

Saharāna nova diē Lūnae sunt allāta, quae Marniae arbitrātū nihil distābant ab illīs oculāriīs abhinc integrō ferē annō ā Vudiō adsiduē gestīs - hoc est, nisi quod interdum, ut faciem perlueret, ad pauca mōmenta exuere solitus fuerat ... ac semel bisve experīmentī causā, dēteriōre ēventū, Venerem obiēns.

Marnia continuō Vudiī praesēns domicilium tēlephōnicē petīvit. Respondit Olīvia. Dum per exordium adhūc fēstīvē garriunt, Marnia aliquantō iunior minusque mātūra vidērī cōnāta est ut habērētur prō paulō fatuā quidem sed nihilōminus mente satis praeditā ut Vudiī esset vel probābilis comes. Cōnsiliō ut Marnia sequentī diē amīcum invīseret Olīvia nihil restitit. In pōmeridiānum tempus conventum est. Olīvia - id quod Marnia ardenter spērāverat - sē "equōrum cūrandōrum causā" sine dubiō āfore dīxit, Magdalēnam autem necnōn ūnum aliumve administrum domesticum in vīllā versārī solēre.

Sequentī nocte in lectō volūtāta est; māne ob ānxietātem iēntāre nequīvit. Lūx plūribus monitīs iam parcēns animum Marniae cōnfirmāvit perīculum magnum haud probābile fore dīcēns dummodo prīmō animadversō sinistrō indiciō lentēs esset dēmptūra; nam, cum Vudius modōs sē gerendī mōrēsque ad circumiecta respondendī inter sē sēgregāre bene didicisset, lentium āmōtiōnem sine dubiō suffectūram.

Post iter Montis Nīdum factum - quod iter paene īnfīnītum vīsum erat - Marnia ad ōstium ā Magdalēnā, brevibus braccīs candidīs mālīque

Persicī colōris indusiō iniectā, ut semper benignā et comī, salūtāta est. Immō, Magdalēna erat quācum aliōquīn fortasse amīcitiam iungere potuisset. Eam remissius vestītam vidēre placēbat praesertim cum hoc therapeutam nunc incautiōrem subiceret – etsī ipsa Marnia ideō, theristrō candidō orbiculōrum violāceōrum aequōque largō petasō et bīnōrum lōrōrum sandaliīs necnōn violāceīs lentibus compāgulārum candidārum violāceīsque unguibus vīgintī splendēns, sibi iam nōnnihil ēminēre vidēbātur. Poterat ut in aspectū hōc pūpāriō hyperbolicēque compositō modum excessisset ... at illā vesperā admodum nituerant omnēs! Diē autem profēstō hunc locum ante omnia praedium equīle esse patēbat.

Marnia, dum Magdalēna eam sursum per scālārium ūsque in superiōris tabulātī ōrdināriae magnitūdinis oecum dūcit, conditīs oculāribus crīnēs sibi manibus exhilārāvit. Ipse dextrō in angulō ad rotundam mēnsam lapideam sedēbat prope fenestram panorāmicam oecī partem magnam conclūdentem, per quam laetō sōle pōmerīdiānō ex adversō illūstrātus sē praebēbat prōspectus natābulī bougainvilleaeque arborumque cum proximārum tum longinquiōrum. Subūculam lōream cӯaneam gerēbat hodiernīs oculīs suīs concolōrem – id quod, sī Marnia bene coniectābat, lentēs aut cinereās aut et ipsās quoque cӯaneās esse arguēbat. Furvī capillī crispī hodiē minus compositī ūnctīque erant magisque quam prius effūsī nātūrālēsque. Fatendum erat eum perinde illecebrōsum venustumque esse atque aestāte praeteritā. Immō adeō erat hodiē aspectū quasi rēgiō. Quamvīs esset Vudius vir quī fingī poterat benignissimus tenerrimusque, ille Marniae tamen subinde, ut nunc, adeō obruēbat animam ut sibi quōdammodo – rem īnsulsam! – "serva amātōria" eius vidērētur. Vmerī vidēbantur adhūc adsiduē ballēticē exercitātī. Faciēs forsan aliquantillō tenuior – quod tamen, sī quid omnīnō, ut paulō minor nātū vidērētur efficiēbat. Nīl aliud mūtātum erat praeter līneolam novam illam in mentō ob hunc fulgōrem modo animadversam, quae tam facile lacūnula quam cicātrīcula esse posset. Vērē mīrābile erat quod eīdem miserandō, cui tot mala acciderant, totiēs etiam parsum, immō largītum erat; nam eum haud ita prīdem velut lūdicrum puerīle et explicātum et recompositum esse nūllō modō suspicerēs. Vudius eātenus vītae dīversa conciliāre et concorporāre vidēbātur ut ipse neque fēlīx nōminārī posset neque īnfēlīx ... nec, vel leviter, mediocris.

Post pauca verba dē caelō ac vestibus habita Magdalēna veniam petēns Vudium cum salūtātrīce relīquit. Marniam paene terrēbat quod ille nunc subrīdēns eam rēctā intuēbātur. Cum tremebunda colloquiolum quasi temere temptāsset prōdūcere, Vudius rērum caput statim aggressus est sē eam prīdem desīderāre dīcēns. Dē Veneris vesperā illā timiditāteque suā sē, subinde haesitāns, excūsābat causāns quod lentium pār quodque ita cōnfectum erat ut ipse "dolōrem autisticum," quem dīcēbat, quam māximē circumīret; colōrem quemque aliam ēlicere cōnfirmāreque mōrum seriem ūtilem sibique satis commodam; lentēs illā vesperā gestātās ad eam formīdinem reprimendam esse dēsignātās quam cūrātōrēs nē ipse in colloquiō tēlevīsificō passūrus esset metuisse. Eāsdem quidem in pelliculā ūsurpātās; aptam suppeditāre notārum coniūnctiōnem, scīlicet quās scaenārum magister quaesīvisse.

"At, mī Vudī," īnfit Marnia paene susurrāns, "dē istā pelliculā quid tū opīnāris?"

"Mīrābilis fuit fābula."

"Nōnne autem dē vītā agēbātur tuā?"

"Equidem fā ... fābulās iam dūdum ballō. 'Glop' quoque fuit fābula. Dē ... dē vēritāte sollicitandum ais?"

Quō respōnsō obruta illa nīl referre quīvit. Succurrit et ipsum Vudium quādamtenus "fābulam" ... immō "fābulās" esse ... nec semper vērī similēs.

Dextram is necopīnātō porrrēxit. Laevam cēpit lēniter fēmellae. Tāctus nōn dēbilis, ... sed, age, quam "lēnis" aliter nōminārī nequībat. Ad permultās occāsiōnēs praeteritās animum revocāvit, quārum quaeque tam singulāris erat ut Marnia singillātim subtīliterque cūnctās exsequī potuisset. Tam indulgenter tangēbat Vudius ut Marnia flēre avēret. Tōtīus orbis terrārum amābilissimus ille! Marnia ē diaetā eius quondam migrāverat ob quandam ex eius fantasiīs sē turbantem. Perfatuam iuvenculam! Et ille nunc, praeter linguam paulō haerentem, tam remissō fīdentīque animō ... dum illa invicem corruere perīclitātur!

"At..." inquit iterum quasi susurrāns, "...cūr tē uxōrem habēre nōn dīxistī?"

Vudius mīrārī vidēbātur; dein autem ē vultū legēbātur nunc forsan prīmum eī in animum venīre cōnsilium ē Marniae oculīs rem cōnsīderandī. Ōs aperuit, clausit, iterum aperuit:

"Valdē iuvenēs erāmus. Stultum mātrimōnium istud." Pulchrum caput paulō nimis magnā vī quatiēbat. "Illa mihi quasi ... quasi locum nosocomae occupāre cupiēbat. Quod sānē tandem nōn fuit ... nōn tolerandum fuit."

"Num dīvortiō estis sēiūnctī umquam?"

"Nōbīs em ... excidisse vidētur," inquit imbēcillius subrīdēns.

Dēfēcērunt paulisper verba. Nīl audiēbātur praeter āëris temperātōriī vigilācem perflātum necnōn alicunde extrīnsecus permeantem hinnītum surdum. Marnia, tamquam sī animī affectuum susciperet experīmentum ... sīve animī affectūs ipsam eam experīrentur, sē temptantem dēprehendit Vudium aegrē ferre trānsfugiīque veniam ab eō retinēre – quae īra plānē tam facilis erat sustentū quam īra in sōlem occidentem ventumve flantem.

"Heia vērō, Vudī mī," inquit quam minimam dolōris pilulam ad iactum conglobāns nuncque vērē susurrāns, "cūrnam omne vinculum mēcum, nōbīscum, amīcīs tuīs, rūpistī?"

Nunc prīmum cōnsternārī vidēbātur ille. Solūtā Marniae manū, vultus eius paullulō vacuus factus est. Dum tālēs locūtiōnēs quālēs *dolor autisticus* et *tolerantiae limitēs* Marniae trānsvolant animum, interrogātī eam iam paenitēbat.

Nīl potuit ille ministrāre respōnsī nisi – longē postquam Marnia respōnsum vērē cupere cessāverat – "Abiistī." Quō verbō haud quidem accūsāre vidēbātur.

Marnia cōnstituit hās rēs sine Saharānīs nōn esse scrūtandās. Aut nunc dēmum agendum erat aut numquam.

"Saharāna attulī," inquit multō magis Vudiī animum ērigere volēns quam – id quod rē faciēbat – sē perterritam revēlāre.

Vudiī vultus vacuus continuō in īnsolitum, immō innōminābile mūtālus est.

"Probāre velīs?" addidit quasi ex tempore.

Ille tandem, et ipse aspectū paulō ānxius, "Velim" dīxit.

"Haud sānē necesse est. ...Penes tē est."

"Teneō ... em ... bene monēs. Nōn succurrerat hoc... Scīlicet hīc ... hīc tēcum habēs?!"

Incrēdulus vidēbātur. Supercilia sublāta erant. In oculīs appāruit, Marniae haud parvō hortāmentō, coniūrātiōnis scintilla certa.

Marnia manum marsūpiō imposuit, thēcam extraxit, orbiculōs captantēs solvit, perspicillum prasinum partim exposuit perinde ac sī fuisset opusculum pornographicum vel stupefactīvum medicāmen saccellō plasticō conditum.

Vudius oecum oculīs perlūstrāvit quasi Magdalēnam quaerēns.

"Quidnī hoc nōbīs nōbīscum habeāmus?" inquit Marnia. "Therapeuta haud sciō an minus rēctē intellegat."

Quam peregrīnam nōtiōnem ut assequerētur Vudius aliquamdiū tardā-vit. Tandem autem annuit subrīsitque ... modō ita subīnsulsō ut in prae-sentium lentium limitēs nunc impingere vidērētur. Quod cōgitantem advenam cōnsiliī iterum paenitēre coepit.

Nimis sērō. Dictō citius avidīs oculīs lentēs haesīvās āmōvit; quibus thēculā conditīs rōstrum mīrāculō parātum praebuit.

"Prōmitte mihi, angele mi," inquit illa trepida, "tē haec, cum prīmum petīverō, exūtūrum esse!"

"Acceptum!" inquit ille eā cum animī commōtiōne quā puer sē ad lūsum computātōrium ante integrum annum āmissum parāns, etsī oculī plūs minusve vacuī erant ac corpus advertī poterat perlēviter vacillāre. Numquid modo dēmptārum lentium adhūc, sīcut medicāmentī efficācitā-te dēcrēscente, partim nītēbātur vī?

Marnia, quae ob animī affectūs hōc tumultuāriō mōmentō temporis admodum cōnfūsōs per arēnās īnstābilēs incēdere sibi vidēbātur, Saharā-na in rōstrō Vudiānō locāvit quōvīs minimō incitāmentō sibi invicem arreptūra.

Sēnsim commūtātur Vudiī vultus. Aperītur ōs. Dēnique velut attonitus intuētur advenam. Sed quō attonitus? Hoc quid sibi velit? Suntne dētrā-henda Saharāna? Sed ille labōrāre nōn vidētur. Quid vultus exprimit? Admīrātiōnem? Conturbātiōnem? Reverentiam?

Antequam quid fiat cōnstituī possit, faciēs eius mīrō excipitur gaudiō; quod continuō īnsequitur acūtōrum pīpātuum strīdōrumque seriēs. Vudi-us sānē quidem contentus est ... sed hic strepitus! Aperīrī audītur in prōximō iānua. Marnia ob strīdōrem agitāta prōpulsā manū Saharāna petēns in volātum mittit. Per summam mēnsam dīlābuntur ūsque caden-tia in tapēte eō ipsō temporis articulō quō Magdalēna rotundātīs oculīs ōreque intrat. Super helveolum tapēte oculāria colōre prope smaragdinō vīvida aspiciunt simul ambae. Marnia mentem quantum potest agitāns nūlla tamen extenuantia verba reperit. In Vudium respicit, cuius vultus valdē vidētur turbātus et quī aquāticīs oculīs contemplātur longinquum parietem tamquam hīc et nunc accidentia vidēre nōlēns. Magdalēnam aliēna oculāria exceptum venientem Marnia accurrēns praevertit, marsū-piō inicit, quod dein pōne sē cēlāns adversus therapeutam ex incrēdulitā-te anhēlantem cōnsistit.

"Carolum advocābō..." inquit Magdalēna exclāmāns ... dein, īnspectō cito Vudiō, vōce multō summissiōre, "...et, istīs tibi ademptīs, ille..."

Marnia Vudium, quem līmīs oculīs iam magis movērī advertit, nunc intuēns īnsigniter vacillāre plānēque quam anteā turbātiōrem videt.

"...Ecce quod effēcistī!" īnfit Magdalēna īrā rubēns, dīvaricātīs ambārum manuum digitīs scaenicōque mōre susurrāns.

"Istud nōn ego sed tū fēcistī!" inquit Marnia aequē māiōre vōce susurrāns. "Bene sē habēbat!"

"Istud 'bene'? Delphīnum hīc inesse putāvī!"

"Em ... placent bēstiae eī..."

Magdalēna, plūs dēverbiī plānē nōn passūra braccārumque loculīs manū tāctīs neque eō inventō quod quaerēbat, ex oecō currit sine dubiō tēlephōnum gestābile quaestum quō vocātum prōpositum peragere possit. Marnia ad Vudium adhūc vacillantem manifestōque labōrantem cautulē accēdit; sed Madgalēna iam reversa gestābilisque bullulās premēns Vudium tōtō corpore intersaepit. Quia therapeutae manibus obluctārī haud vidētur, Marnia tantum haec dīcit: "Nē sollicitēris, Vudī mī. Reveniam. Tē amō. Tē amāmus omnēs!"

Quō Vudius – etsī Marniae difficile erat prō certō habēre sē hoc nōn sibi imāginārī – paullulō minus vacillat.

"Carole," inquit Magdalēna factō, ut vidētur, cōnexū. "Magdalēna loquor. Est in vīllā aliēna molesta temptāns, quam..."

Marnia, relictō oecō, iam per scālārium ad pediplāna versus ruit dum in auribus adhūc resonant strīdōrēs delphīnicī. Num Vudius iterum sonet an hoc sibi sōlum videātur perculsa fēmina haud vacat discernere. Paucīs post secundīs per ōstium trānsit Corōnamque Victōriam, modulātōriā clāve reclūsam, īnscendit. Accēnsō mōtōriō raedam nunc bis raptim īnscītēque dextrōrsum retroagit ut laevōrsum possit dein prōcēdere. TVNT! Ecquid modo offendit? Paulisper tardātur tempus. Cessant strīdōrēs illī. Nōnne certē imāgināriī? Conversō capite nihil videt. Quidquid id est, properandum est nē Magdalēna exiēns notāculī numerum excipiat neu Carolus, quisquis est, ad eam persequendam incitētur. Nunc ex āreā immūnītā ūnā cum pulveris lacrimārumque nūbe ēvolat.

Cum sub Dottiae vīllam adhūc tremēns raedam statuisset, in raedā paulisper mānsit quācumque sibi nunc restāret cerebrālī vī mīrāns sē vērē illaesam advēnisse. Aliquot post minūtās, extinctīs et mōtōriō et āeris temperātōriō rapidēque sursum tendente temperātūrā, Marnia portam tandem aperuit; sed īnstābilibus membrīs tantopere titubābat ut ēscendere nequīre vidērētur sibi.

...Proximē super spondam brācchiīs Lūcis sē fultam sēnsit ... in mediānō Dottiae. Illa frīgidulam aquam et pōtum dābat et frontī pannulō adhibēbat dum Dottia et Mōna ānxiae aspectant. Dottia candidam vestem brācāriam rubrumque petasum gerēns ad negōtia cōnficienda modo discessūra vidēbātur.

Mōna vidēlicet, quae raedam advēnisse nec tamen quemquam vīllam intrāvisse sēnserat, īnscrūtāns exanimātam fēmellam in sēde gubernātōriā invēnerat ūnāque cum Lūce ad auxilium arcessītā in Dottiae anabathrum, quō hospitēs ūtī nōn solēbant, attulerat. Aliquantulum temporis sūmendum fuit Marniae antequam hodiē facta nārrāre atque ad interrogāta respondēre valēret. Prīmō enim, eīs temporis mōmentīs quibus nūllā valdē labōrābat vertīgine nauseāve, flētum, singultūs continēre nequīvit.

Quod rēs male ceciderat Lūx nōn Marniam sed "fātum" culpāvit. Ambābus aliquot diēs apud Erium, patruēlem suum Nāopolitānum, esse dēgendōs opīnāta est nē quis forte ē Vudiī praesentī familiā apud Dottiam, cuius nōmen Rēnātum nōvisse vidēbātur, negōtium facessere cōnārētur. Nōnne enim fierī posse ut lītem intendere temptārent? Ā dīvitibus omnia esse exspectanda. Cui sententiae continuō addidit: "...tē profectō, Dottia, exceptā! Ignōsce mihi!"

"Nē sollicitēris," inquit haec benignē rīdēns. "Quod ad dīvitiās attinet, illīs sum prōrsus impār!"

Adiēcit Lūx sibi Marniaeque sine dubiō ōtiolō opus esse ut animōs paulō firmārent cōnsiliaque nova tranquillē caperent. Erius, firmā lēge caelebs xlvi annōrum, cui erant domī et natābulum et thermae intimae, ex eō tempore quō Lūx Angelopolim advēnerat, ut haec amīcaque sē salūtārent saepe petīverat. Adeō hospitium obtulerat, etsī Lūcis iūdiciō Aquifoliīs nimis longē distāns.

Dum Mōna Marniae crūstula gelidamque theam parat ministratque, Lūx vāsa collēxit ambārum. Intrā hōram viam capessīvērunt Dottiae pollicentēs sē vocātūrās simulac vīllam Eriī adeptae essent. Propria gestābilia sē dein disiūnctūrās. Eriī tēlephōnō sē utīque idcircō nōn esse ūsūrās, nēdum domicillī īnscrīptiōnem Eriīve gentilīcium nōmen praebitūrās, quō facilius Dottia, sī quis rogāverit ubi essent, adfirmāre posset sē nescīre.

* * * *

Diē Mercuriī paulō post merīdiem in āeriportum Aquifoliēnsem-Burbankopolitānum dēvolāvit Zoltan. Diēs haec ūna erat ex tālibus – ob ratiōnēs pūrificātōriās pūblicās nūper inductās multō, ut affirmābātur, rāriōribus factīs – quālibus propter āerem inquinātum cūncta animantia vidērentur sēmimortua; inanima, sēmimortifera. Societās conductīcia "Pōpulī" dīcta Caballārium orchidāceum eī largīta est adolēscentulae pugillārī crumēnulae haud dissimilem (quem vidēns is tantum *Laecasīn!* murmurāvit), attamen āeris temperātōrium saltem bene fungēbātur neque, ut vērum dīcerētur, mōtōrium erat prō speciē invalidum. Nec quidem rēferēbat quod ipse perturbātus erat animusque ā sēnsū rērum suārum abaliēnātus; nōn enim dē sē ipsō nunc agī sciēbat.

Rūfī crīnēs aliōquīn prōfūsī sīc erant coāctī ut is hodiē nōn iam tantum effrāctor computātōrius ōlimque autobirotārius vagus vidērētur quantum effrāctor computātōrius ōlimque autobirotārius vagus mūtuum argentārium petēns. Vrgente Leōnōrā frātriā Edmundiēnsī, immō quondam frātriā, mundam synthesin gossypinam candidam sibi recēns prōspexerat nē, ut iam paulō līmātior, ita tamen necessāriō magis aestuāret. Enimvērō Leōnōra cūnctōs Angelopolitānōs candida gerere adfirmāverat. Hōc quidem temporis mōmentō āeriportum post sē linquēns syntheseōs braccās gestābat indusiumque Havaiiānum luteum prasinumque quod, cum in candidum congruerent omnia, haud posse repugnāre ratus erat. Attamen iaccam, quamquam ob decōrī sēnsum incertum sēcum trahēbat, post aptātiōnis probātiōnem rē vērā numquam iterum induerat. Immō, cum is esset genus corpulentōrum assiduēque ob hoc ferventium, omnīnō fierī poterat ut iaccam numquam in tōtā vītā esset dēnuō gestūrus.

Quoniam per chartam geōgraphicam iter iam aliquotiēs sibi vestīgāverat, praeter ūnam tantum viam perperam praeteritam, scīlicet Aquārum Frīgidārum Faucium, errātumque sat cito corrēctum Dottiae vīllam sine magnō negōtiō invēnit. Superiōre nocte rem male ēvāsisse amīcāsque nunc temporis omnīnō esse interclūsās ā Dottiā tēlephōnicē certior factus erat. Cum autem amīcae Vasintoniēnsēs neque eum tēlephōnāvissent nec nūntium relīquissent, haud sciēbat an Dottia nimis facile trepidāsset nec quicquam dēmum fuisset cūr arcesserētur ille. Vtcumque hoc sē habēbat, tempus plānē erat ut sē hūc tandem cōnferret etiamsī Lūx et Marnia nihilō magis indigērent quam sōlāciolō cōnsiliōque.

Ob dēscrīptiōnem ā Dottiā trāditam vīlla facillimē dīnōscī potuit. In līmine appellantem salūtāvit per endophōnum vōx fēminīna. Etiam postquam quis esset indicāvit ac sine dubiō per cōnspicillum observātus est, ut ōstium aperīrētur integram tamen minūtam fuit exspectandum. Zoltan vōcem endophōnicam orientālis Āsiāticae, vel forsan Philipīnae, esse tandem vīdit quam cellāriam esse patēbat. Haec, manifestō perturbāta, advenam continuō in mediānum dūxit cuius supellex Bauhausiāna Artisque Decorātīvae nōn simulāta sed vērē prīstina etiam Zoltanis vim pretiōrum computandōrum longē superāvit. Cellāria eī "Scuderiam Profestrīcem" trādidit, quae invicem "Dottia" nōminārī poposcit. Huius quoque vultus apertē turbātus erat, nōn tamen tantum quantum alterīus ... etsī, estō, crīnēs vidēbantur cervīcālī dēfōrmātī quasi nox eī fuisset ardua nec perluendōs curāre libuisset. Mātrōna autem, quā patēbat esse prīscā hospitālitāte, ipsa singula aggredī noluit antequam merendulam prōferendam cūrāvisset quantōque fervōre amīcae eum commendāvissent nārrāret.

Hospitī theam gelidam ā cellāriā, cui nōmen Mōna, iterum iterumque replētam haurientī – dōnec haec tandem tōtam līquit hirneam – nārrāvit vestusta parocha, singula interdum supplente Mōnā, rem īnsolitam quae eiusdem diēī mātūtīnō tempore, tertiā ferē hōrā sēmis, acciderat. Mōnam scīlicet tintinnābulō ōstiāriō prīmum, dein et iānuae et fenestrārum pulsātārum sonō expergefactam ob fāmam mortium horribilium Angelopolī nūper renūntiātārum perterritam endophōnō tumultuantem ignōtum certiōrem fēcisse, nisi statim discēderet, sē vigilēs arcessītūram. Quō acceptō, hominem strepentem precārī coepisse: nūntium sē Profestrīcī afferre, dē salūtis, immō, dē capitis perīculō agī. Cellāriam dein, accēnsīs lūminibus externīs, per cōnspicillum virum vīdisse persōnā dissimulātum Rīcardī Nixon imitante vultum. Tēlephōnum tunc petentem eam nōn tamen vigilēs interpellāvisse – cum tam īnstantī in discrīmine quam celeriter hī essent succursūrī incertum esset – sed potius Ānsgārium Martīnum, vīcīnum in viā proximā habitantem, quondam vigilem autobirotārium, nunc tamen, quadrāgēsimum ferē agentem annum, āctōrem cīnēmatographicum vicārium technās perīculōsās exsequentem. Virum interim forīs versantem persōnae causam metum esse arguere, "īnfestissima" enim nunc suscipī. Ad quod Mōnam respondisse Profestrīcem hāc hōrā excitārī nōn licēre, nūntium autem eī sē trādere posse. Virum contrā adfirmāre hoc fierī nōn posse, sē Scuderiam Profestrīcem cōram alloquī oportēre ... vel Lūcem Marniamve ... quās illum tunc singillātim dēscrīpsisse aliaque dē eīs dīxisse quae sōlum quī nōvisset scīre potuisse. Hārum quoque interesse nūntium suum; immō dē eārum quoque vītā agī posse. Mōnam tamen prae pavōre ac dubitātiōne trementem quīn iānuam aperīret iterum recūsāvisse persōnātumque monuisse hūc properāre vīcīnum armātum. Virum dein, postquam incidisset breve silentium, vōce nunc, ut vidēbātur, ob plēnam dēspērātiōnem tenuī et strīdulā adsevērāvisse et Profestrīcem et Lūcem et Marniam, immō forsan hanc māximē, magnum in perīculum vēnisse, nihil eīs per pūblicum cursum redditum nec quicquam aliter allātum ūllō pactō accipiendum; vīllam saltem ad duōs mēnsēs reliquendam nec cuiquam quō iissent dīcendum. Quō ipsō temporis articulō cellāriam, nunc paulō mollītam, Ānsgāriī Martīnī vōcem *Astā!* dīcere audīvisse et *Manūs tolle!* Tunc per maeniānum antīcum persōnātum currere audīrī potuisse, tunc sclopētātum. Mōnam ad fenestram accēdentem virī fōrmam cōnspexisse ātrātam satque procēram maeniānī cancellōs extrēmōs laevē trānscendentem, concussiōnem tunc sēnsisse in pavīmentum – eō locō tantum quīnque ferē pedibus īnfrā positum – cadentis; raptim dein apertā iānuā, exclāmāsse eam: "Domine Martīne, nē eum interfēceris! Nīl malī fēcit! Nōs..." Alterum tamen ērūpisse sclopētātum, forsan tantum monitōrium; nam raedae statim audīrī potuisse praecipitissimum discessum tamquam sī gubernātor mōtōrium adhūc currēns relīquisset; mōtōriī sonum acūtiōrem fuisse quasi cursōriae raedulae.

Dottia addidit Ānsgārium esse Hispānoamericānum, virīlitātis celebrātōrem, cui in rēbus ā sē ut vigile gestīs etiam magis quam in cīnēmatographicīs immorārī libēre.

Quem perrēxit nārrāre Mōna ante vīllam subligāculō pugillātōriō virgātō lūteō albōque amictum manūballistamque magnam dextrā prēnsantem in eam partem spectāvisse in quam persōnātī raedam modo contendisse. Immō raedam adhūc ē longinquō audīrī potuisse per sinuōsam faucium viam ita strīdentibus canthīs ruentem ut ipsa animum contrā calāmitātis fragōrem sponte firmāret.

Dottia dīxit sē, sclopētātibus interim suscitātam somnōque connīventem balneāremque tunicam adhūc ligantem dēscendisse quid fieret cognitum. Ānsgārium permissū Dottiae et Angelopolitānōs et Beverlicollēnsēs vigilēs domesticō tēlephōnō compellāvisse; notāculī numerum animadversum et raedae genus trādidisse; prīmum sclopētātum rē vērā tantum monitum fuisse fassum; secundum, post Mōnae verba, eiusdem generis; vigilēs tamen, cum essent faucēs et Via Mullholland obsaeptū faciliōrēs, persōnātum procul dubiō captūrōs.

Paucīs autem hōrīs post vigil quīdam nūntium apud vīllam dētulit vehiculum fugitīvum prīdiē conductum in Viā Mullholland novissimē esse relictum; Societātem Hertz īnsuper retulisse condūcentem fuisse trīgintā ferē annōrum fēminam. Quam coniectāvit vigil ē tālibus esse quālēs mūnere facinorōsō perpetuō fungerentur crīminibus minōribus suīs aliōrum māiōra expedientēs. Eam scīlicet, quis vērē esset scelestā arte mentītam, persōnātō vehiculum suppeditāsse; quārē, nisi comprehenderētur ipsa, persōnātum attingī nequīre. Addēbātur quod āreola immūnīta iuxtā viam sita ubi raedula dērelicta erat canthōrum omnigenōrum vestīgiīs, māximā ex parte inter sē dēlentibus, adeō scatēbat ut secundī vehiculī fugitīvī indāgandī haud magna restāret spēs.

Zoltan, cum atrōcia nārrandī audiendīque intentiōnem Mōnae membra tremōre adfēcisse vīdisset, huius minimās manūs in ingentēs lentīginōsāsque suās cēpit solandī grātiā. Cellāria autem cum vidēbātur haerēre, manūs retraxit ille sōlīsque verbīs ambābus fēminīs animōs addere cōnābātur quam fīdentissimā vōce adfirmāns nōn vērī simile vidērī persōnātum eīs nocēre cupīvisse, immō admonitiōnem eius haud esse temere neglegendam. Cum Dottia Zoltanis cōnsiliō ut ipsa vīllam relinqueret omnīnō et obstinātissimē adversārētur nec Mōna dē dominae suae custōdiā sē āvellī sineret, suāsit ille tamen nōnnūlla alia: prīmum, ut ipse, dōnec āverterētur perīculum, in vīllā pernoctāret; deinde cursum pūblicum sistendum necnōn cēterārum litterārum sarcinārumque saltem paulisper interclūdendam esse trāditiōnem et hoc vigilibus nūntiandum ut vel spectāta probātaque vīllae tandem aliquandō trāderentur, interrupta negōtia aut computātōriō aut tēlephōnō aut cōram interim expedienda; tertium, Lūcem Marniamque monendās ut vel ubi erant manērent vel aliō migrārent, hanc dēmum vīllam ad tempus omnīnō vītārent. Hoc cōnsilium statim laudāvit Dottia, cōnfirmāns simul sē hodiē iam apud aedēs cursuālēs omnium trāditiōnem in tempus sistendam cūrāvisse, aliter missa sē plānē reiectūram; vigilēs, nisi rēs prius ēnōdārētur, post trīduum cūncta ad Dottiae īnscrīptiōnem missa secundum sectae mōrem scrūtārī inceptūrōs.

Zoltan, tantum – quod ipse cōnfessus est – ex impatientiā propriā quantum ē iūstā cautēlā, opīnātus est Lūcem Marniamque, quamvīs probē prūdenterque īnscrīptiōnem numerumve tēlephōnicum Erī suppressissent gestābiliaque tēlephōna sua extinguere statuissent, nunc tamen, sī fierī posset, adeundās, praemonendās, sēcūritātis causā vīllā arcendās esse, cētera eārum ad eās mittī posse. Assēnsa est Dottia.

Mediā ferē hōrā apud societātem tēlephōnicam necnōn apud vigilēs Nāopolitānōs tēlephōnicē prōrsus vastātā, ad extrēmum Zoltanī suō Marte perscrūtandum fore vīsum est. Omnium difficillimum erat quod tantummodo agnōmen istud "Erius" habēbant. Nāopolim, perpetuō in aequore mētropolitānō viīs crātīculō quamvīs tantum paucās pictūrculās complectentem, trīgintā tamen mīlia incolēbant hominum: acervus nōminum haud spernendus.

Tunc, ēlātō ē Caballāriō computātōriō gremiālī, Zoltan quaestiōnem impēnsius aggressus est. Indicēs autem albī – cum in eīs singula quidem exquīrī, integrī tamen perlegī nequīrent – tractātū difficiliōrēs erant. Quid quaererēs in antecessum sciendum erat. Itaque ille dēnique societātis tēlephōnicae datōrum thēsaurum invādere dēcrēvit – rēs, ut ēvāsit, minimē ardua, sōlum enim necesse fuit gremiāle ad Iōannulam, potentissimam māchinam indāgātōriam propriam, applicāre ut haec māximā suā vī computātōriā frēta inrumperet omnēsque tēlephōnicae societātis indicēs velōcissimē perscrūtārētur. Iōannula scīlicet inhabitābat īnstrūmentum ministeriārium in illō coenāculō situm quod diaetae Zoltanis superpositum erat – ē cuius coenāculī exiguā fenestellā Lacūs Vnīōnis pars atque Acūs Cosmicae discus apexque cōnspicī poterant. Iōannulam plānē rētī cōnexam relīquerat sī forte sibi eā opus futūrum esset. Haec nōmen ōlim accēperat ob folium mūrāle pōne īnstrūmentum parietī affixum in quō Barbara Eden mōnstrābātur roseō rubrōque habitū illō gynaeciāriō renīdēns, modō simul improbō et venustō rīdēns tamquam ipsa vīta mortālēs, seu iūstē seu iniūstē, in innumerās simul voluptātēs et supplicia prōliciēns. Quod foliī colōrēs notābiliter palluerant Zoltanem, virum perquam modernum, immānī tamen incertōque implēbat praeteritārum ambāgum dēsīdcriō.

Iōannula et Zoltan igitur, simulac vīrēs coniūnxerant, datōrum thēsaurum istum sīc adortī sunt quasi lōtōrum pār quisquilliārum saccum plasticum magnum. Dictō citius quaesītiō Booliāna septendecim praenōmina Hispānica litterārum seriēs E-R-I et A-R-I continentēs repperit. Erant etiam quattuor hominibus *Tapia* nōmen gentilīcium ... quibus tamen praenōmina haud idōnea. Patēbat autem nōn omnia agnōmina ā praenōminibus dērīvārī. Numerābantur utcumque ūnus et vīgintī hominēs quōrum nōmina quādamtenus annuere vidēbantur. Zoltan omnēs tēlephōnicē probāvit. Apud sēdecim respōnsum est nec vērō ūllus "Erius" inventus. Restābant quattuor. Cūnctōrum igitur īnscrīptiōnibus in gremiāle deonerātīs, Zoltan ipsās viās Nāopolitānās nunc esse petendās, restantēs quālibet ratiōne indāgandōs nūntiāvit, adeō ad ōstia relinquī posse cōdicillōs.

Quibus ūnā eundum esset paulisper disceptātum est; Mōna enim ut Dottia Zoltanem comitārētur suādēbat, sibi, sī forte amīcae ex īnspērātō

aut dōmum revenīrent aut tēlephōnārent, hīc manendum. Zoltan contrā
Mōnae in vīllā sōlī manentī nimis fore intūtum cēnsuit; aut ūnā eundum
eī aut exspectandum alibī; amīcās absentēs utcumque diūtius apud Lūcis
patruēlem manēre cōgitāvisse; numerum sānē habēre suum. Mōna sē
itaque comitem obtulit. Ante quartam hōram viam capessīvērunt trēs.

```
* * * * * * *
  * * * * * * * * * * * * * * * * * * * * * * * * * * * * * * * * *
            *
                              * * * * * * * * * * * * * * *
* * *
                  * * * * * * * * * * * * * * * * * * * * * * * * * * *
* * * * * * *
      *               * * * * * * * * * * * * * * * * * *
  * * * * * * *
```

Arcūs pluviī lūciflui super breviculōrum obumbrātās vallēs immōtī
vibrant. Īnfrā adsunt alicubī quī, mīrum dictū, tenebrās sat probē tentent
tamquam sī ibi moveantur tremantque arcūs partēs invīsae. Quōs in
ipsōrum spatiō nōn sōlum microscopicō sed etiam nūgīs undique obstruc-
tō cōnspicis tū, expertor sempiternus, quisquis es aut nōn es, dum, cre-
pentium īnsectōrum comitēs, intrā fossūrās suās sanguinisve guttam
aurisve tympanulum compressumve oculum mōtibus propriīs operōsīs
agitant. Nōn tamen spernis. Immō, pandent velut ante tē numerō īnfīnīta
terrāria vel cistellae singulīs aequē īnfīnītīs intortīs replētae quibus quasi
caput impōnēns cētera omnia oblīvīscēns cuiusque vītam, tamquam sit
tōtus cosmus, invādis. Scīlicet tū dēmum quisque es. Et cum ūnō quōque
in terrāriō tōta praeterita significāta īnsint, tōtam illam vītam iam ēgisse
tibi vidēris ac meministī ... immō ipse ēgistī, nam nīl est in cosmīs quod
nōn sit dēmum speciēs ficta. Nec iam mōs hic percipiendī omnīnō tibi
vidētur abiectus. Vniversōrum enim medium pūnctum prōrsus ubīque,
etiam ibi, latet. Circum quodvīs, etiam humillimum sordidissimumve,
sciātur nesciātur, rotantur dēmum cūncta. Quā ex causā levia simul
gravia fuēre, multiplex simplex, fallācia vēra; obscūrum simul, etsī tēctē,
fulget!
    Intrā gesticulātiōnum mīlliōnēs - quārum etiam tranquillissimae quō-
dammodo trepidant - oculī tuī, quī sunt et oculī huius fēminae, raedae

iānuam applicātā manū aperīrī acūtissimē percipiunt et simul, ob cōnsuētūdinem, magis minusve neglegunt. Horīzontēs enim simul distant et
īnstant ... atque, opīniōne celerius, recēdunt in īnfīnītum. Nūlla nōn
iactātur dēnique ampulla fluctibus. In nūllō marī nōn latet alicubī, etsī
implicitum, suī ipsīus coctūrae pūnctum. Immō sērius ocius ad candidum
illud inēvītābile versus ipsa lābuntur tōta maria.

Ēscendit raedā, gravante iānuā. Hīcine versātur ea an iam aliquā in
fossā saucia? Nōn facile discernitur. Pōne caelum fortuīta sonat īnfima
nota illa. Piscis cosmicus quī semper et tantum semel sē in lacūnā vertit.

Pēs prīmum tangit gradum. Quōrsum vādēns? Vniversō satis longō
opus est ut in stēllīs concoquantur huius pedis elementa: carbōneum
oxygonium nitrogenium phōsphorus calcium ferrum et ita porrō. Velōcitās quā expanditur cosmos efficit ut tam vetus cosmos ita quoque sit
immānis ut paucissima illa cōnscientiae spissātae locula inter sē et spatiō
et tempore tam longē absint ut quaeque speciēs intellegēns sibi videātur
esse prōlēs ūnica, orba, mūtō aliēnōque circumdata.

Vidēlicet fēmellae nostrae in animum venit diēs illa quā nāscitur
tandem frāter Brennus, competītor cārus. Iuvat autem quod saltem tantisper ipsa ūnica est familiae suae discipula ūniversitāria; hoc enim facile
est dōnec tam altē fodīs ut Fragōrem Māximum Acadēmicum inveniās ...
quī quidem opīniōne perquam ingentior est ... cuius vīs et energīa, inter
alia, tōtam ūniversitātem quae nunc cernī potest fōrmat ... quae tamen
tantum exiguissimam partem compōnit Intellēctūs Fragōris Māximī prīscī
illius, quī ob Intellēctum et Anti-Intellēctum inter sē mūtuē dēlentēs continuō decimātur ... quāre acadēmīa hodierna volitāns turbinis igneī sīve
galaxiārum mōre innumerās in subacadēmīās sententiāsque inter sē
mūtuē repellentēs dispergitur tamquam in systēmatis spongiōsī lacūnās
sīve in bibliothēcae īnfīnītae pluteōs ... quibus doctrīnārum systēmatīs
spongiōsīs innumerīs subiacent superiacentque etiam plūrēs societātēs
negōtiōsae etiamsī ātra forāmina ingentibus librōrum theōriārumque
mōlibus incutientibus effecta tōtum cosmum vorāre adsiduē minantur
quia – id quod inculcāvit pater – tōtus cultus humānus ubīvīs scatet arcu-
līs cursuālibus forāminibusque subatomicīs quaestuōsīs pecūniāriīsque
vectīgālibusque quae quō intrās ātra sunt, exeuntī tamen rubra.

Manūs interim sūdant eī ad sōlem versus fluitantī. Pulchram hanc cistam chartāceam candidam omnīnō nōn oportet properāre. Haec fēmina,
ut puella, tōtī Terrae alligāta est, quārē nunc labōrantī mollis leō fictīcius
eī ex īnfantiā redditur, commoditātis hilaritātisque custōs perpetuus ...

etsī iam nimis sērō est, nam scālārium adhūc ascendēns aliquā iam per faucium dēvia stupēns deerrat leōnem cōnsiliātōrem, iam sphingicum factum, tantum fugiēns quam quaerēns, ex eō tempore praesertim conturbāta quō puellula frāterculō, quamvīs ad vērē brevissimum temporis spatium, perpetuō, ut vidētur, vāgientī cervīcal superimpōnit – id quod statim fungitur nec iam vāgit ille, sed posteā crēbrā culpā onerātur ipsa, quae haud scīmus an sit causa cūr arōmatis anguis chēmicus lībrētur ad vītam auferendam parātus cum ambae fēminae necopīnātō ad vacuam vīllam adveniunt, quārum minōrem nimis abiectō animō lacrimōsam thermārum intimārum scatebrōsārum cantūsque Teximexicānī necnōn horriferārum pelliculārum atque iocōrum sēmiobscēnōrum pertaedet nec quidem multō minus māiōrem illam ... dum rosae dē quibus agitur exspectantēs flōridīs linguīs venēnōsīs haud dissimilēs petala adhūc involūta tenent perspicuō sub coōperīmentō plasticō intrā decōram illam cistam purpureā taeniā nōdātā vinctam quam aliquis nūper, ut vidētur, hīc relīquit, sub taeniā firmātō chartae salūtātōriae involūcrō, in quō legitur ipsīus fēmellae nōmen, quārē haec cistam ūnā cum involūcrō in hospitium fert cuiusdam virī nōmen intus latēre exspectāns ... ac dein aperiēns tantum V litteram dētegēns neque immūtātā manū scrīptam ... neque hoc post tot illīus labōrēs sine iūstā causā ... sanguineōsque flōrēs artō sub coōperīmentō manentēs continuō revēlat ipsumque cooperīmentum laxat, quō aculeus compressus nunc per mīlliōnēs crīminis participum in auram commodum dispergitur cum avis aliqua praegrandis, vel aliquid simile, fenestram praetervolāre vidētur, quārē nārēs fenestram adeuntis diabolicī elixīris tantum partem īnspīrant, sed, cum pars aliqua multō plūs efficiat quam nūlla, purpureïssimum illud tam dulce ut sit adeō amārum inopīnāns intrās, scīlicet fluentō sanguineō sanguineī inūrīnant hostēs praedam petentēs, cum sē subitō ingerit tēlephōnum et amīca locum sēcrētum iam petīvit. At interpellāns amīcus ubi est? Inexspectātum! Eum sānē hāc in regiōne versārī gaudēs, quamquam nunc est māximī commeātūs tempus ibique igitur eī est cum aliīs paulisper manendum, nec magnī rēfert, tū enim tē paulō īnsolitē habēns cubitum sīs nunc forsitan itūra, nec quae ille dictitat ita bene auscultāns in lacūnā tibi stare vidēris dum rēcēdunt accēduntque fenestrae caputque sine dubiō ob īnsomniās fatigātum gravātur tēlephōnumque sēiungis gestābilia exstincta simul gaudēns ... vel gaudet saltem aliquis nec iam liquet gaudiī fōns. Anne adhūc scālās ascendis cistamque aperīs an istud pulchrum cervīcal caesium nunc impōnis an iam iterum forīs quiētem quaeris an iam culpae terrōrisque praeda angusta per nemora fugis? At, accēnsō tēlevīsōriō, anus illa in andrōne picta cūr tam īnsolenter sīve culpae tuae tam cōnscia rīdet? *...virum in Sanctae Mōnicae Montibus nūper ab incognitō raedāriō mortiferē obtrītum...* Et cum parietēs tē capere minentur, neglectō calōre, exeundum vidētur, et iam quīnta hōra sēmis est minusque calidum, quamobrem tē exeuntem involvit quasi magnum basium spurcissimum gāsīs herbīsque acerbīs terrāque adhūc lentē ferventī plēnum ac, post bētulās īlicēsque aliquot necnōn siccum alveum inventā amoenā umbrā, verba tua – dicta an audīta an tantum cōgitāta? – quasi ex aliō tempore repercutiuntur nec saxa tantum saxa sunt sed etiam planētīs explōrandīs similia, quārē adhūc pergis ūsque ad oasin aliquam ossa tua ārēscentia prōvocantem in quā, quamvīs sit sicca, dulcis tamen oblīviī aequor cūmātile cernis sub quō pendēre vidētur ingēns garūpa dormitāns ac trāns solum mīrē cito iter faciunt argopectinēs quōrum gradus quīque tamen mēnsem integrum praestat et tē hīc tendis dum aquātilēs araneī anemōnās cōnstantēs perlūstrant etsī nūlla forsan adest aqua ac tū rē vērā tantum palpebrārum acervō sepelīris. An adhūc scālās ascendis ad cistam illam versus? An per trāmitēs āmēns iam volās? At, quicquid es, terribilis illa pinna restāns ruit obscūra quōvīs. Immō sub ipsā veste iam murmurat placidē glīscēns interitus. Haec unda perpetua, ecce, hōrologia agere valeat. Sitiēns vitra pellūcida, ēsuriēns pōma marmorea sequeris ūsque.

ἡλίου εὖρος ποδὸς ἀνθρωπείου.[41]

—Hērāclītus

---

[41] "Sōlis lātitūdō pedis hūmānī."

17
Arcula Obscūra: Pars Prīma
sīve
"Necropōlīum"

Lūx Sandrae sal.

Hunc nūntium lēctūra sedeās suādeō...

...ē carcere enim scrībō, hoc est, ē locō vocātō "Custōdia Mētro-
politāna" quae est iuxtā Viam Properātam Centēsimam Prīmam situm
multizōnium ē concrētō factum foedissimī dēversōriī īnstar vel forte
ūniversitāriae turris investīgātiōnibus physiologicīs perīculōsīs dēdicātae,
per angustissimās fenestrās lūcem tantum ē caelō, planētae nostrī nīl
aliud admittēns. Vt interdīcitur nōbīs Interrētis ūsū, ita tamen certīs
hōrīs cursum ēlectronicum exercēre licet. Nūllā nisi animī medēlae causā
tibi scrībere videor cum, causidicō perītō iam īnstructa, praeter miseri-
cordiunculam animīque cōnfirmātiōnem quid aliud mihi praebēre possīs
mē fugit. Immō bis terve in mentem mihi vēnit mortis voluntāriae refugium, id quod sortī meae haud discrepāre reor, nec tamen tibi sit iūstae
cūrae, nam deest mihi nōn sōlum satis valida ratiō sed etiam, ante omnia,
fortitūdō.

Rea facta sum Marniae Barry interficiendae neque accūsātor pūblicus,
ob ātrōcium homicīdiōrum mortiumque īnsolitārum praesentem pestem,
mē vadātur. Scīlicet Marnia iam quīnque diēs desīderātur. Paulō postquam ad Dottiae Scuderiae vīllam hominibus vacuam rediimus, ego ē locō
sēcrētō eam prīmum tēlevīsōrium accendere, dein forās īre audīvī. Locum
amoeniōrem nōbīs nōtum, in alveō siccō post vīllam situm, eam petīvisse
rata ob calōrem tamen intus manēre dēcrēvī. Post somnum pōmerīdiānum, cum amīca nōn revēnisset, petītum exiī, nec vērō in solitō nemore
aridō invēnī. Prīmum pedibus, dein raedā vecta tōtam ferē hōram per
vīcīniam quaesīvī. Ad vīllam dēnuō reversa Zoltanem Dottiamque ūnā
cum cellāriā modo regressōs offendī, quī nōs revēnisse nec tamen iam

adesse animadvertentēs immodicē, ut mihi tunc vidēbātur, sollicitī erant vigilēsque compellāre parātī – quod cōnsilium tunc nōn ob nōs ambās sed tantum Marniae causā continuō exsecūtī sunt.

Vigilibus invicem, utpote quī, in praesentem mortium seriem intentissimī, tamen nē necandī modum quidem intellēxissent, dēspērātiōne accēnsīs statim in suspiciōnem vēnī. "Crīminis" putātīvī causam pecūniam fuisse arguēbant, nam secundum tabulās argentāriās īnspectās Marniam sex et trīgintā mīlia thalerōrum quādam ē Vudiī ratiōne crēditōriā per fraudem, hoc est, clam Vudium, sustulisse coniectāvērunt. Scīlicet nōs ambās pecūniam Vudiī surripuisse, Angelopolim dein fūgisse, mē tamen dēnique sīve ob rixam fortuītō ortam sīve perfidō cōnsiliō prīdem captō in crīminis participem saeviisse, cēterārum obscūrārum mortium tegumentō utcumque nīxam.

Ego et Zoltan adsevērāvimus illīus summae – eō tempore sublātae quō Vudius iam abreptus erat necdum ratiō crēditōria ā Bolūquā Prīncipe possessōre clausa – partem longē māximam in ipsō Vudiō quaerendō absūmptam esse; Bolūquam igitur, ut vidēbātur, scīret nescīret, pretium Vudiī quaerendī hōc modō solvisse. At ipsum investīgātōrem conductum reperīre nōndum potuit quisquam. Vigilibus praetereā absurdum vīsum est quod tāle lūmen quālis Vudius repertū esset difficilis, etiamsī nōs eō tempore nōndum quicquam dē pelliculā eius mānsiōneque Californiānā suspicātōs esse adfirmāvimus. ...Quae omnia nunc contemplāns vigilēs nōs prō fatuīs habentēs haud magnopere culpem. Timeō porrō nē investīgātor forte idcircō latēre sit perrēctūrus quod Ministeriō Vectīgālī quaestum nōn renūntiāverit ... aut forte tantummodo quod tam miserē dēfēcisse pudeat.

Hae rēs utut sē vērē habent, apud vigilēs utīque suspecta reddita sum. Nudius tertius adeō ē somniīs sūdāns excitāta sum secundum sērae noctis logicam mē Marniam rē vērā necāvisse suspicāns; velut O. J. Simpson sē sibi forsan vērē innoxium esse suādentem, facinoris meī memoriam repressisse. Mē tandem sōlum eō sēdāre valuī quod mentem intendī in reliquam pecūniam nostram, cuius summam DCCLVII thalērōrum esse sciēbam, ā vigilibus in Marniae sacculīs plasticīs inventam. Quōrsum eam igitur necāvissem sī ipsa pecūniam illam nōn habērem?

Quod vagor ignōscās quaeso. Id quod in mē altius subiacet solidī arduum nunc vidētur attingere cum sit iam tōta turbida superficiēs. Herī māne mē paulō melius habuī cum Ferdinandus et Zoltan mē invīsērunt laetiōra loquentēs; sed post merīdiem in necrocomīum sum dēducta ubi auriculam hūmānam īnspicere numque Marniae esset opīnārī debuī. Paulō post vomuī. Obversātur mihi etiamnum ante oculōs auricula illa misella. Num Marniae esset discernere nōn valuī. At, prō dī immortālēs, etiam haec verba mihi nauseam movent! Obdūrandum autem est. Vtcumque, cum crīnibus auriculās sibi obtegere solita esset, rārō vīderam nec vīsās valdē animadverteram. Exigua erat, exsanguis, alabastrina ... immō tamquam porcellānī fragmentum.

Auriculam invēnisse dīcitur pār adulēscentium, quōrum alter annōrum quattuordecim alter trēdecim. In fundum aliēnum ingredientēs mīlle ferē passibus ā Dottiae vīllā distantem dēprehēnsī sunt. Vigilibus prīmum dīxerunt sē cadāverī fēminīnō fortuītō incidisse, auriculam "monumentī causā" praecīdisse; dē iūribus autem rīte certiōrēs factī tacuērunt. Iūriscōnsultō dein armātī sē auriculam humī invēnisse adsevērābant – quamobrem, etiamsī eam vērē sōlum praecīdērunt neque quemquam necāvērunt, testimōnium tamen testibus ā lēgisperītō quācumque dē causā nunc statūtum quōminus dēscrībātur ipsa mortua impedit. Itaque utrum Marnia nostra fuerit necne tantisper latet, forsan semper latēbit. Quārē vix dormīre queō adeōque angor ut subinde mente aliēnārī mihi videar.

Vigilēs mē Marniam in collium arbustīs perēmisse existimant, ad vīllam dein rediisse māximamque pecūniae partem subductam alicubī abdidisse, DCCLVII thalērōs istōs relīquisse fūrtī speciem tollendī causā; post intervallum satis longum ut adulēscentēs corpus auriculā prīvāre possent (prīscō enim quam praesentī hōrum testimōniō habētur sānē māior fidēs) mē reversam āmōlītum cadāver. In ipsā accūsātiōne sollemnī pūblicus accūsātor vicārius nūllum "adhūc" crīminis indicium in raedā repertum esse cōnfessus est, sed quod auricula – quandōcumque et ā quōcumque fuerit praecīsa – tam prope vīllam erat inventa indicium, quamvīs coniectūrā contentum, māximum tamen cōnficere adfirmāvit; mē igitur conceptō vadimōniō exsolvī nimis intūtum.

Quod historiā scelestā quācumque vacō parum quidem prōdesse vidētur. In ōtiō, quō plānē abundō, ācta diurna cottīdiē legō; quārē pūblicum accūsātōrem, ut caedium explicandārum penitus impotentem, quasi lymphārī sciō. Exstitērunt sānē nōnnūllīs in mortibus quaedam schēmata; sed plēraeque magnopere inter sē discrepant. Referam vel eōs quī omnīnō sānae mentis fuisse videntur nescītā tamen causā sē vel dē rūpe praecipitāvērunt vel ante vehicula accurrentia coniēcērunt. Alius in angiportum sē dētraxerat; posteā, vulneribus tamquam ā sēmet ipsō per caput īnflīctīs cōnfectus inventus est. Aliī, et sānī corporis et aetāte vigentī necnōn apud quōs nūllum anteā morbī cardiacī documentum – id quod ēnōdārī nequit – ictū cordis sunt subitō abreptī. Nec post mortem adhūc inventum est venēnī vestīgium quodquam.

Quōs cāsūs eō coniungunt vigilēs quia ē quīndecim nūper inūsitātissimō modō extinctīs trēdecim aut equōs aluerant aut mūnere acroāmaticō sīve cīnēmatographicō fūnctī erant aut ambō ēgerant. Praedium Rēnātī Cardon iam aliquotiēs scrūtātī sunt quod is ambōbus coetibus insit ideōque aut perīclitētur aut ipse forsitan homicīda particepsve dēprehendātur; vigilēs enim adsevērant intrā proprium coetum, hoc est, familiam mūnus ōrdinem vīcīniamve, necārī solēre. Ē duōbus exceptīs, alter magnimercātum cibārium administrāverat, altera Marnia fuit ... immō est! Eam scīlicet, aliter ac vigilēs, nōndum oblitterāvī! Marnia dēmum, etsī ipsa neutrum illōrum mūnerum exercēbat, nunc plānē ambōbus est coniūncta, quod sciunt et vigilēs. Macellāriī cāsus, quamvīs videātur similis, haud sciō tamen an sit aliēnus ... nisi forte exstet vinculum ā vigilibus nōndum dispectum.

Victimārum multae, immō plēraeque, paulō ante mortem accēperant dōnum: nunc flōrēs, nunc dulciola ex theobrōmate, semel tabācī volūmina pūra invecta semelque vīnum. Tamen nē ūnum quidem, quod iam indicāvī, toxicī cuiusquam vestīgiolum: neque in dōnīs neque in victimārum fluentō sanguineō. Exstāre scrīptum est venēna quōrum mōlēculae, mortiferō opere modo perāctō, cito omnīnō ēvānēscant; dē quō autem hīc agātur vigilēs, nōndum expertī, nīl nisi coniectāre possunt. Quō sānē excruciātī novissimē tam sevērē, immō tam crūdeliter, nunc cōnsulunt ... vel mihi ipsī sine indiciō tractābilī solidōve vadimōnium obstinātē negantēs. Enimvērō ob varia ā vigilum praefectō hōc tempore temere facta Societās Lībertātis Cīvīlis Americāna lītem, immō aliquot lītēs, minitātur. Praeter mē trēs aliōs suspectōs scrībitur nunc in custōdiā marcēre, neque in percontātiōnibus omnīnō ā tormentīs temperātum ... quō plānē et ipsa nōnnihil sollicitor. Vt mihi nōndum quicquam intulērunt vīs corporālis, ita tamen mē atrōciter illūsērunt, vel prīmum Marniae sanguinem in raedā nostrā repertum esse fingentēs, dein ipsum cadāver in alveō sēmisepultum. Quibus mendāciīs mihi impōnere, cōnfessiōnem ēvellere manifestō temptābant.

Haec vidēlicet ante adventum Iōannae Dalton, Seattlēnsis causidicae meae; cui ego, ut antehāc ūsa, omnem habeō fidem. Haec inquīsītōrum dolōs ācriter damnāns mē tōtum testimōnium meum adhūc recūsāvisse valdē gāvīsa est. Sē Angelopolitānum advocātum mihi prōspectūram profitentī ipsam eam mē potius habēre velle respondī, dēversōriī raedaeque conductīciae pretium eximiae causidicae mercēdī summam prō ratiōne minimam additūrum. Illa sē contrā, quamvīs in Californiā ob iūrisperītiam recognitam, praesentī tempore ob aliās causās iam susceptās mē fūsius diūtiusque patrōcinārī haud vacāre posse dīxit. Ēvāsit tamen ut Ronaldum Farnsworth, virum, ut vidētur, inlūstrem, in dēfēnsiōnem meam condūxerit; quem iam bis convēnī. Satis quidem placet. Sine dubiō fāmam odorātur ille; nam ex suspectīs saepissimē dē mē ipsā in āctīs lēgī. Cēterī, nī fallor, ob adiūncta crīmina in custōdiā tenērī possunt. Ego sōla ūnicō gravor.

Hōc locō atque hīs in condīciōnibus versāns omnia aliter quam antehāc percipiō; immō aliter sentiō ... et vītam meam et mē ipsam. Vel cum Zoltanem Ferdinandumque vīsūra essem, spērābam fore ut priōrī vītae meae, hoc est, Vasintoniēnsī necnōn et Ferdinandī amōrī, dēnuō implicita mihi vidērer. Quī autem grātissimī animī affectūs, invīsentibus illīs, haud sciō an propter angōrem atque huius locī acerbissimum, tantum invalidius accessērunt. Illī utcumque, quamvīs sānē oculīs meīs ambrōsia, simul tamen quasi cinerāceī vidēbantur; dicta eōrum benevola, amābilia quidem sed saepe quōdammodo irrita. Timeō nē, etsī speciem sat stabilem plērumque exhibēre queō, intus facta sim aliquā sīve nimis hysterica sīve animō nimis abiecta quam ut iūcunda ūtiliave animō iam rēctē concipere valeam.

Quod meī ipsīus tantopere commiserēscō veniam petō. Apud quem autem melius quam tē? Hīc cōram amīcīs et aliīs frontem perfricāre cōnor – quod mē rē posse mīror. Vīrēs meae quantulaecumque nōn ex mente doctā vel scientificā vel obiectīvā oriuntur sed potius ē dexterō cerebrō. Cum multa nunc mīrer, mīror quoque quod īnfōrmia circumiecta haec, datā occāsiōne, graphiō captāre libet. Etiam animī contractiōne labōrāns dēlīneāre valeō; immō ut hoc faciam quasi cōgī videor. Haec sōla mihi, quamvīs brevis, tranquillitās. Est adeō locus – cēterīs, ut vidētur, ignōtus – unde urbis particula paulō longinquior prōspicī licet. Cui prōspectuī praesēns studeō; subducta mentis oculīs immoror; in cellā cum aliīs rēbus in animum revocātīs cōnsociō, partēs identidem mente aliter ōrdinō. Hic mihi mundus, cum sint et ipsa proxima circumiecta in animō plērumque effugienda.

Ad summam, hōc locō clāmōsō strepentīque poēsis arcētur, ingerit sē ars graphica. Quod sānē prō nōnnihil inversō habeō; nam ante lūstrum Euterpē fuit quae mē prīmum īnflammāvit Mūsa, scīlicet eō tempore quō adhūc Casimīriae habitābam, in mediā Vasintoniā. Immō tunc nōn tantum ēlegantēs artēs prīmum libāvī sed aliud etiam māius, forsan adeō multō māius sed adhūc incertius, experta sum, quod tibi aliquandō expōnere temptābō cuiusque tantummodo pars vel effectus secundārius fuit poēsis accessus subitus. Nē multa, tōtum experīmentum illud dispicere nequeō, singula tamen aliquot nōnnumquam quasi somnia revocāta tōtum mīrē subicere significāreve videntur: vel fēlēs anthrōpoīdēs (homōve fēlīnus?) quandōcumque oculōs clauseram mē obtuēns; vir simul vērus et somniā-tus quī numquam quicquam tetigerat; caelō nocturnō innantēs piscēs tamquam cōgitāta; tenebrae nesciōquōmodo lūculentae lumenque invi-cem tenebrōsum; et ita porrō.

Quae utcumque interpretanda sunt, altera nunc mē invādit Mūsa, quae utrum vērē altera sit an eadem dissimulāta ignōrō. Sīn autem vinculōrum sempiternōrum damner, haud sciō an vēra fiam dēlīneātrīx pictrīxve. Hoc autem nōn omnīnō cōnstat, nam Ērīcus ille Fromm affatim reōrum affert quī pulchra omnia funditus repudiābant respuēbantque ut ea quae in perpetuum perdiderant nimis ācriter in mentem revocantia. Vel avis extrīnsecus pipiāns nōnnullōs carcere inclūsōs odiōsō furōre afficiēbat. Egone simile patiar? Anne sīcut Aviārius ille Īnsulae Pelicānōrum nihilō magis quam pulchritūdine conciter?

Mihi subitō appāret custōdiam vinculaque quis intimō animō sīs mōn-strāre posse. Equidem quōrundam factōrum dēcrētōrumque mē novis-simē paenitet. Vudiō eō praesertim dēfuisse videor quod ergā eum animō scientālī et obiectīvō integrōque nōn sum semper ūsa. Num et Marniae aliquā dēfuerim nōndum cōnstituī, nam cūr et quōmodo ēlāpsa sit nōn-dum scīmus. Zoltan autem sibi certē culpam dat ob (Hocine iam scrīpsī? Minimē quidem.) ... ob cistam rosīs plēnam ad villam redditam et ā Marniā, absente eō, reclūsam, sceleris fortasse signum etiamsī, ut in om-nibus hīs cāsibus, nihil prōrsus perīculōsī damnōsīve adhūc inventum est. Quis rosās mīserit nescītur. Quod illam autem sublegentem relīquī aperi-entīque dēfuī neque exeuntem secūta sum nōn possum quīn mē, quamvīs absurdē, reprehendam. Eō tempore dē hīs mortibus, nēdum dē dōnīs mortiferīs, nīl sciēbam; nam apud Erium ōtium sat sēclūsum ēgimus.

Quod hoc lēgistī grātiās agō. Paulō melius mē iam habeō. Mox iterum tibi scrībam. Valē!

* *

* * *

* * * * * *

"Hīs quīnque diēbus hūmānās partēs accēpistis ūllās?" Hoc capillīs longīs virum trīgintā ferē annōrum post mēnsam vēnāliciam laterculum acernum vorantem interrogat Zoltan, haec verba propriō ōre modo absolūta, nēdum quod huiusmodī exstant tabernae ("Necropōlīum: Vbi Vīvī Mortuīs Immīscentur"), turbātē mīrāns. Tālibus quidem sēmihorrendīs quālibus hīs haud scit an aliās forsan satis fruī posset; causa autem cūr hodiē hīc versētur iocōs horrificōs prōrsus prohibet.

"Vnum sceleton integrum," inquit tabernārius pistōrium opus mandēns, "digitōrumque synthesin. Scīlicet tōtōs vīgintī."

"Integrōs di ... digitōs?" ait Zoltan sē rogāns quī malum fierī possit ut quisquam in hāc tabernā comēsse valeat quicquam.

"Ossa tantum. Sī quid reliquī inhaeret, lyophilisārī solet. Tālēs autem mercēs hūmānae nostrae omnēs veteriōrēs sunt, plēraeque multō."

"Sceleton istud ... cuius generis est?"

"Sin' īnspiciam." Tabernārius, homō prōcērior, aquilīnō nāsō, coracinīs crīnibus, sinistrō in collō notā genetīvā stēllifōrmī (apectū minimē Thrēiciō) caffeam obsorbēns ac dēpositī iam laterculī offam praemorsam mandēns dēdūcēnsque tabulārum cōdicem scrūtātur dum Zoltan dēspiciēns sub vitrō videt cistulam nigram vellūtō malvāceō intrōrsus obductam in quā belle dispositī sunt dentēs omnigenī, hīc bēstiārum, hīc, ut vidētur, hominum, hīc incognitī fontis, fortasse fictīciī. Zoltanī in animum venit necropōlae longum digitum indicem istum per tabulās hōc temporis mōmentō vestīgantem forsan in aliquō ex circumiectīs armāriīs vitreīs aliquandō pulchrē conditum īrī.

"Ēn, compertum nōn habeō. Herī nocte allātum est. Fēmīnīnum esse crēdō. ...Immō potius... Scrūtandum erit." In postīcam apothēcam ruit vēnditor, quī continuō rēs velut sarcinās cistāsque magnō cum strepitū diribēre audītur. Ā sinistrā Zoltan seriem cōnsīderat trīgintā ferē cerebrōrum condītōrum in fidēliīs vitreīs positōrum, quōrum quodque titellō mundō distinguitur. Plēraque bēstiārum sunt, minimum autem quattuor hūmāna: duo in modestīs, altera duo in lautiōribus fidēliīs intrīnsecus illūminātīs. Hōrum alterīus lūmen pūniceum, alterīus tyrianthinum. Quō nē mortuōs quidem hominēs aequā lēge ūtī liquet – id quod Zoltan sānē iam prīdem compertum habet, numquam autem tam corporālī tamque vēnālī modō dēmōnstrātum vīdit. Sub cerebrīs habitat embryōnum aequē condītōrum seriēs. Ā dexterā est cornuum dentiumque māximōrum ac costārum aliōrumque ossium māiōrum initium. Haec ūsque ad speculāria antīca tendunt.

"Fēminīnum est," inquit tabernārius sē cellā exserēns. "Spatium exhibitōrium eī nōndum invēnimus."

"Quam ... Quam vetus est? Hoc est..."

Tabernārius nunc prīmum perturbārī vidētur vultū quasi rogāns aetāsne quicquam possit rēferre. Quō Zoltan sē ipsum invicem vexārī animadvertit ... continuō tamen sē commonēns haud esse verīsimile solitōs adventōrēs tālia rogāre. Huic hominī plānē parcendum'st.

Necropōla, quī tacitus in cellam modo rediit, nunc prōdit sceleton pellūcidō saccō plasticō opertum ferēns, dexterō brācchiō genua sustinēns prope tamquam sī vīvam toleret fēminam. Plēraque ossa leviter sufflāva sunt, nōnnūlla aliquantillō obscūriora in quibus passim maculae suffusculae velutsī haec parva fēmina terribilī aliquō morbō sit cōnsūmpta. Calvāria exigua fragilisque. Nūllō modō...

Quamvīs Zoltan rōbustiōris sit nātūrae, subitō tamen sē subnauseāre sentit.

"Vīn' emere?"

"Benignē."

Spē apertē falsus tabernārius, sceletō prope cellae iānuam hāmō suspēnsō, ad mēnsam vēnāliciam revenit.

"Vōs igitur ... dīcam an, estne vōbīs ratihabitiōne opus ... hoc est ut...?"

"Profectō. Ā rē pūblicā approbātī sumus ut oblectāmentāria biologica rīte condīta adservēmus vēndāmusque," inquit tabernārius tamquam sī in omnīnō solitō negōtiō operētur, "ac sānē in Collēgiī Salūtis Pūblicae tabulās relātī sumus. Dē omnium mercium nostrārum sterilitāte satisdatur."

"Adventōrēs plērīque quīnam sunt?"

"Generātim et ūniversē sunt trēs coetus: prīmum quī tantum propriī oblectāmentī causā emunt; paulō pauciōrēs sunt emptōrēs physiologicī, quōrum plērīque medicīnae discipulī; tertium locum occupant cīnēmatographicī tālēsque. Hī etsī rārō venientēs plūrima tamen praestināre solent. Laus superīs ob istās pelliculās Praedātōrum Arcae Āmissae!"

Quod dictērium Zoltan rīdēre sē cōgit.

"Hāc dē causā cūnctae trēs tabernae trīcārum biologicārum Angelopolitānae in regiōne Aquifoliēnsī sitae sunt."

"Sunt aliae?"

"Ita vērō. In Melirosā apud numerum 7220 est Necromantīum, quod nōs quoque possidēmus. Exstat etiam Horrifolia in Viā Montis Viridis.

...Est quidem etiam Circaeum, ubi tamen nōn vēra biologica sed potius tantum artificiōsa vēnum dantur. Immō taberna magis ioculāris est sīcut Macellum Gobelīnōrum."

Necropōla, quī Zoltanem in pugillāribus commentāriōs cōnficere animadvertit, num quid quaerat "praecipuī" rogat.

"Nīl nisi partēs fēminīnās quae ex praeteritō diē Sōlis sint allātae ... scīlicet fēmellae vīgintī annōrum."

"Itaque..." inquit tabernārius stupidius subrīdēns, "...tibi nōtam quaeris?"

"Mi ... Minimē. Ecce," inquit pressē Hūngaroamericānus in schidulā scrībēns, "apud hunc numerum mē adīre poteris sī quid forte huiusmodī accēperis."

*

In crepīdinem, quae post Necropōliī tenebrās nunc acerbē fulgida vidētur, reversus Zoltan quam futtile suscipiat iam sentīscit. Hodiē māne, cum duārum victimārum novissimārum corpora aut adhūc dēsint aut tantum hōrum partēs sint inventae, tālēs tabernās quālēs hanc scrūtārī haud absurdum vīsum est. Nunc autem, etiamsī tantum animī causā, amīcam vīvam quam mortuam quaerere multō praestāre vidētur. Nec tamen exstant indicia ūtilia ūlla. Cēterum iste Antōnius Henkle Locumtenēns nōn sōlum omnīnō difficilis homō est sed etiam nē Ferdinandus Zoltanque suō Marte investīgātiōnem susciperent sat vehementer herī – dum pinguī dīgitō botulifōrmī nōn illum sed hunc crīminōsē indicāns tamquam sī per vigilis intuitum Zoltanis cōnsilia sentīret – vetuit hīs verbīs:

"Dum Ministerium Vigiliārium huic cāsuī īnsistit, lēgibus prohibēminī quōminus vōs immisceātis. Tenētis?"

Ad quod Zoltan nihil referēns sibi rātus est Henkle sine dubiō eā causā tam atrōcem hominem esse quia homicīdiōrum perscrūtātor est nec tāle officium suāviolīs convenīre nec dēmum in numerō vērōrum vigilum Angelopolitānōrum ūllōs rē vērā invenīrī Columbōs amābilēs.

Caballārium īnscendit cōnsultāque urbis tabulā ad Melirosae Viam sine studiō discēdit. Quam autem viam nactus ad caffēum sine dubiō Interrētiāle cāsū cōnspectum dēvertit gremiāleque excipit. Tardā hāc hōrā mātūtīnā paene omnīnō vacat hoc thermopōlium ēlegāns "palātiī" Ītalicī modum simulāns radiīsque sōlis nunc stimulātum, cuius colōrēs praecipuī sunt luteus ardēns prasinusque nemorālis iniectīs passim rubrō Martiālī asphodelicōque flāvō – circumiecta scīlicet quae nunc tōtīus mundī vērō mentis habituī haud magis discrepāre posse videntur Zoltanī. Vnicī aliī hospitēs duo sunt amantēs iuvenēs in computātōrium intentī. Inter sē complectentēs nūntiō ēlectronicō iocōsē incumbunt. Zoltan, postquam ad abacum in mediā tabernā positum caffeam Mochānam alicuiusque generis lībacunculum in fōrmam inversae patellae volantis factum postulat, ad angulum in tabernae antīcā parte positum it unde et tōtum thermopōlīum et multum simul Melirosae observāre potest.

Dum caffeam libat lībacunculumque aggreditur, initō systēmate Rēteque adeptus Iōannulam suscitat. Cum id quod nunc cōgitat nōnnihil perīculōsum sit, bene est quod apud Dottiam hoc nōn facit sed potius hōc locō unde, simulac rēs patrāta erit, continuō fugere poterit. Paucīs minūtīs Zoltan Iōannulaque, sē quāsdam aliās māchinās esse fingentēs quārum aditum Zoltan nunc satis facilem esse scit (hanc Manīlae conditam, hanc Osloae, aliam Paulopolī Brasiliēnsī), cunīculum mendācem ūnōrum zērōrumque ūsque in Praetōriī Parkerānī hypogēum, hoc est, in Ministeriī Vigiliāris Angelopolitānī tabulārium, agunt. Ad ūnam portam paene sex minūtās haerent, sed Iōannula cūnctīs ferē hōc tempore nōtīs algorismīs armāta est nec verīsimile est ut dēficiat neque ut ipsa ā quōquam dēfēnsōre attingātur; nam, dēprehēnsā eā māchinā quae in prīmā aciē stat, hoc est, Paulopolitānā, Iōannula sē automatāriē disiungat. Sīn autem Iōannula omnīnō contrā opīniōnem dolō aliquō īnspērātō dēprehendātur, prīdem cūrātum est ut illa prius displōdātur quam ut cum Zoltane coniūncta maneat. Quod incōgitābile sī tamen fiat, quis sit effractor computātōrius sērius ōcius sciātur, ubi tamen nunc versētur adhūc lateat.

Quae in āversā mentis parte consīderāns Zoltan, etsī huius tabernae satis bene temperātur āēr, mox sē profūsē sūdāre animadvertit ... dum simul in gremiālis quadrō revelātur ipsīus vigiliāris datōrum ōrdinātōriī porta comminātīva: aureum argenteumque īnsigne pernōtum illud cūriam municipālem mōnstrāns cuius fōrma magis minusve crassum robustumque membrum virīle est cuiusque invicem ambō latera cingit strictārum alārum officīnālium pār. Dein haec: "TABVLAE VIGILIARES SECRETAE! QVI HAEC ACTA NVLLO IVRE AVT APERIET AVT LEGET AVT PATEFACIET CRIMINIS FOEDERALIS NOXIVS ERIT. SI HVIVS SITVS INTRANDI NVLLA AVCTORITATE PRAEDITVS ES, EXTEMPLO EXI ATQVE HVNC CASVM AD TABVLARIO PRAEFECTVM REFER APVD 1-877-555-5273."

In tabernā serēnā clāvichordiī modīs dēlicātīs – forsan Frīderīcī Chopin – nunc pervāsā Zoltan subitō pavōre paene dēlīrāns ligāmen cuius titulus est "Tabulārium Crīmināle" īcit. Caffeam iterum sorbillat iterumque lībācunculum praemordet dum gremiāle situm aperit cōnsolidatque et Iōannula "crūstula" excōlat "dēfīxiōnēs"que ēlectronicās praecavet. Viam citissimē sequitur ad scāpum titulō 79840898D4CJ865-4-WDC-345-BVC dēnōminātum quī adhūc agitārī indicātur. Guenevera Vrbant. Nāta 18 d. m. Iul. 1970, Fontibus Colōrātēnsibus, CO. Fraudis cursuālis foederālis convicta 8 d. m. Maiī 1993, Actā Longā, CA, ē sexenniō statūtō triennium perlātum, triennium dein fideī interpositae. Syngraphārum adulterīnārum perscrībendārum convicta 12 d. m. Ian. 1997, Angelopolī, CA, prō cōnfessiōne circumscrīptā supplicium imminūtum, ex ūnō annō dēcrēto octō mēnsēs perlātī, quattuor mēnsium fidēs interposita. Dē meretrīciō quaestū absolūta 5 d. m. Mart. 1998, Valle Sīmiēnsī, CA. Post 6 d. m. Iun. 1998 domicilium apud 1422 in Viā Lauper Septentriōnālī, Mīlle Īlicibus, CA. Suspecta: taeniārum magnētoscopicārum discōrumque versātilium multiplicātiō vēnditiōque illicita; pornographīa pūpillāris; vehiculī surripiendī participātiō.

Mediā ferē minūtā Zoltan cōnexūs omnēs claudit, Mochānam exhauriēns systēmate exit, gremiāle complicat, thermopōlīum relinquit. Perbrevī tempore per Viam Supernam ad Septentriōnēs versus Caballārium agit Iōannulam nec dēprehēnsam esse nec dēprehēnsum īrī nec sē ipsum crīminis foederālis poenās datūrum undēcentum centēsimīs partibus sibi persuāsum habēns.

Ante omnia tenētur īnscrīptiōne cursuālī illā Mīllīlicēnsī. Quamquam minister societātis illīus raedārum condūcendārum Burbankopolitānae nē ūnum quidem vultum dēfīnītē coniungere potuit cum eā fēminā quae prō virō persōnātō raedam condūxerat, ūndētrīgintā tamen aliquātenus accēdentēs ēlēgit. Per vigilēs tamen minimē licuit Zoltanī vultuum imāginēs scrūtārī – quae recūsātiō sine dubiō nōn disiūncta erat ab illā caffeā calidā in vigilis cuiusdam calceum ab īrātō Zoltane (nōnne cāsū?) dēfūsā. Sīc dēficiente Zoltane, Dottia tamen prosperē gessit dē imāginibus sēlēctīs optimōs cōnficiēns commentāriōs, ē quibus ēlūxit scelestam quaesītam inter quīnque et vīgintī et quīnque et trīgintā annōs nātam esse, crīnibus flāvīs fulvīsve, angustiōre vultū. Illam autem cui erat nōmen "Guenevera Vrbant" Dottia aliquandō sē vīdisse putāvit etsī nescītā causā vigilēs dē hōc certiōrēs nōn fēcit. Additur et illa īnscrīptiō Mīllīlicēnsis ... locum indicāns haud ita procul ā praediō Rēnātī Olīviaeque situm. Zoltan haud ignōrat Marniam Lūcemque suspectōs habuisse, immō, habēre Cardon Polliculumque. Dē hōrum īnsidiīs monitiōnēs efferat aliquis ē familiā circulōve quī invicem eiusdem regiōnis proxenētam scelestam adhibuisset ad raedam anōnymē condūcendam.

Zoltan nec Rēnātum Cardon nec Polliculum adhūc nōvit quamvīs huius suscepta theātrālia Seattlī praebita sānē, ut Vudiī amīcus, haud ignōret. Bis autem ē Dottiae vīllā cum Olīviā Brusson tēlephōnicē collocūtus est Vudiī invīsendī veniam petēns; sed Olīvia dīxit, cōnsentientibus vigilibus, marītum dē Marniā dēsīderātā saltem tantisper nōn esse certiōrem faciendum sī forte haec mox rursus appāreat; nēminem plānē quidem, sī impedīrī possit, Vudiī mentem percutī velle. Immō sē eandem ob causam nōn sōlum Vudium ab āctīs diurnīs tēlevīsificīs dēflectere sed etiam nēminem vel in praesēns tempus ad eum admittere – quod, ut līberē cōnfessa est, propter Marniae recentis salūtātiōnis ēventum haud valdē inīquum vidērī. Culpae partem Magdalēnae simul assignandam esse concessit cum haec Vudium sānē interdum "paulō nimis studiōsē" tueātur; salūtātiōnēs nihilōminus in tempus vetitum īrī. Sōlātur tamen aliquantum quod Olīvia decēre fassa est illum praesertim hominem aliquandō salūtāre sinere dē quō Vudium subinde nōnnūlla pulchra nārrāvisse, immō quem marītō optimum fuisse amīcum patēre. "Hōc ipsō tempōre tamen, quod dolet, haud sit idōneum."

Zoltan, forsitan propter Olīviae vōcem tranquillam animumque mīrē, immō, īnsolitē clēmentem, praeter nātūrae suae lēgēs īram fāmōsam regere valuit. Istud tēlephōnēma triduō abhinc āctum est. Herī nocte autem repulsīs rēbusque īnfectīs dēfatigātō Zoltanī decimāque nocturnā hōrā sēmis domum redeuntī Dottia dīxit sē post colloquiolum cum Olīviā habitum effēcisse ut Vudius quīntā hōrā hodiernā et sēmis super theam et bellāria ab amīcīs breve salūtētur dummodo nē dē Marniae dēfectū dīcātur quicquam ... eam scīlicet aegrōtāre fingendum.

Dottiam quidem, cui nūllum nōn patēre vidētur ōstium, hīs quīnque diēbus Zoltan nōn tantum honōrāre sed adeō dīligere coepit. Necessitūdō eōrum, contrā praesentia incertissima cōnsequentemque angōrem, mīrē cito commodior remissiorque facta est neglectō prōrsus aetātum discrīmine māximō. Semel bisve adeō facētiārum commercium inter sē habuērunt. Immō enimvērō Dottiam Zoltanem paulō adamāsse manifestum est – quod hunc haud turbat cum tālem fēminam decōrum numquam ēgressūram cōnstet ... ac cum illa hospitem exquīsītissimīs frāgīs cottīdiē pāscat. Ōlim, praesertim annīs vel quadrāgēsimīs quīnquāgēsmīsque, Dottia plānē sat quidem venusta fuerit.

Cum ad vīllam advenit, Ferdidandus Michaēlaque iam adsunt. Michaēlam interfore sē aliquantum dolēre clam fatētur sibi Zoltan. Illīus fēminae indolēs vidēlicet, etsī plānē nēquāquam prāva improbave, Zoltanem tamen ut paulō aegrē sit animō facit ... fortasse quia cōram Michaēlā sibi vidētur laevus, agrestis, ... humilis. Hoc est Zoltan cum adest illa – id quod efficit forsan nōn illa sed ipse – ut ālās suās ad siccitātem probet sponte impellitur. Vt apud Michaēlam sē bene habeat, necesse est huius nōn spernendae pulchritūdinis, Chrīstīnam Baranski paullulum commonentis, ratiōnem habeat ... quamvīs theristrum hodiē ab eā gestum umerōs pectusque revēlet nōn tantum aestātibus sed etiam vērissimīs crēbrīsque lentīginibus obsita. Zoltan enim, utpote leopardus ipse, lentīginēs nōn ita valdē amat, sīcut multī contrāriōs inter sē plērumque magis allicere putāns quam parēs. Nōnnumquam, cum adest Michaēla, propriī decoris cōnfirmandī studiō pellicitur ut perītiam suam computātōriam scientificamque ac negōtiālem (etsī haec tantum incohātur) cōram Michaēlā iactet – id quod sē dēnique nōndum fēcisse gaudet, nam īllīus Rodnēiī cōmoedī partēs vītāre māvult.

Ave Igneā Ferdinandī iam vehuntur cum Zoltan Dottiam, cum quā postīcum sedīle partītur, dē eō quod hodiē repperit docet. Profestrīx quidem vafra est nec vērōs animī affectūs invīta aperīre solet, sed, dictō nōmine Gueneverae Vrbant, Zoltan eam post aliquot temporis secundās subtīliter resilīre cōnspicit tamquam sī paulisper haesisset antequam nōmen sibi familiāre esse animadvertit.

"Tibin' nōta?"

"Mi ... Minimē quidem."

"At agnōscere vīsa es?"

"Perperam audīveram."

Ad hoc quid referendum? Mīrum autem quod cuius vultum nūper magis minusve agnōverat, nōmen tamen, cum nōtum eī vidērētur, sē agnōvisse negat. At priusquam Zoltan dē hoc sēcum diūtius agitāre valeat, Dottiae sonat gestābile – quō apertō ac "Salvē" dictō, faciēs eius subitō exsanguēscit.

"Quis es? ...Cūr hoc mihi dīcis? Itane? ...At quis es?"

Tēlephōniscon ab aure retractum dubia respicit. Interpellātōrem suspendisse patet.

"Istud quid?" inquit Zoltan.

"Nesciō," inquit Dottia. "At ... haud sciō an ... īdem ... īdem fuerit." Caput ad comitem vertēns, cōpiōsīs rūgīs trānsversā lūce exsilientibus, labefactāta vidētur. "Vir persōnātus. Cuius vōcem numquam audīvī. Mōna audīvit. Ille autem fuerit."

"Quid dīxit?"

"Nōbīs iter convertendum. Praedium Rēnātī vītandum esse. Hāc nostrā salūtātiōne nimis īnfore perīculī."

"Agnōvistī vōcem?"

"Vidētur mihi dissimulāta fuisse velutsī ... nesciō ... velut obvolūtō auscultābulō."

Avis Ignea aliquamdiū silet ... dōnec Michaēla tandem num sit cursus dēmum flectendus necne rogat.

Zoltan tacet. Eōs vērē perīclitārī? Etsī vigilēs praedium istud sine dubiō observant? Quattuor hominēs plēnō diē? Dottiam respicit.

"Minimē!" inquit profestrīx mandibulum sollicitē movēns quasi mandēns, quō efficitur ut Zoltan eam dentibus emptīs ūtī suspicētur ... vel potius iam compertum habeat. "Arcāna sunt dēnique in lūcem prōferenda, explōranda, explicanda! Cūncta haec absurda videntur!" Cum verbum quod est *absurda* dīcit, vōx, plānē ob animum multipliciter obsessum, paene mūsicē vibrissat.

Quadrāgintā post minūtās, cum praesēpium obumbrātōrum tractum praetereuntēs ad prātum partim aprīcum accēdunt, Zoltan vīllam dē quā iam tam multa audīvit tandem cōnspicit ... vigiliārium raedārum classe circumdatam! Septem ... immō octō vehicula biocōlȳtica ... et hominēs undique! Quōrum plērīque familiārēs operaeque esse videntur. Cum Ferdinandus raedam adhūc lentē prōrsum agit, exōrnātus vigil brācchium extendit in sistendī signum. Vltrā videt Zoltan duōs vigilēs ūnum virum, cuius manūs manicīs vinctae, vīllae laterālī ōstiō ēdūcentēs.

Dottia ūnum ēmittit verbum: "Rēnāte!"

"Estne Cardon?"

"Est..." inquit Dottia hiante ōre.

Accurrit fuscīs capillīs iuvencula, candidīs braccīs indusiōque rosāceō, lacrimās effundēns. Manifestō Magdalēna est. Praeter Dottiam cēterī trēs raedā iam ēscendērunt. Proximus biocōlȳta Ferdinandō indicat raedam esse iterum īnscendendam āmovendamque, quem tamen omnēs tantisper neglegunt cum Magdalēna, penitus miseranda vīsū, ante Ferdinandum tamen sistit quasi, contrā omnem dēspērātiōnem, subitō reminīscēns sē huic Hispānō hauddum ita bene esse nōtam. Michaēla autem, quae circum raedae prōram interim iam contendit, plōrantem fēmellam amplexū intercipit. Ferdinandus quoque prō parte cōnsōlātiōnem adhibet.

"Raeda vestra, domine, nunc tamen vērē trānsferenda est illūc," inquit vigil vōce haud inhūmānā manūque indicāns locum situm post īlicem fruticēsque illōs quī immūnītae huius āreolae statīvae mediam partem, prope circī spīnae modō, ōrnant.

Ā Magdalēnā Michaēlāque sē abstrahit Ferdinandus, in cuius locum succēdit Zoltan.

"Rēnātus comprehenditur, sed ille..." inquit Magdalēna inter singultūs, "...sed ille nihil malī fēcit! Olīviam dīligit ... dīligēbat!"

"Quid āctum est?" īnfit Zoltan.

"Olīvia ... Olīvia ... mortua est!" inquit quasi ululāns iterumque in flētūs resolūta.

Zoltan et Michaēla hystericam sustinentēs dūcunt ad māceriam quae sinistrum latus cingit aditūs tabernāculī raedārum. Dottia, raedā tandem ēgressa, sē cum eīs iungit. Cum Magdalēna paulō allevāta est, Zoltan et Dottia illam raedam petunt in cuius postīcā parte, cancellīs obsaeptā, crōcientibus vigilum radiophōniīs, Rēnātus summissus sedet.

"Olīviam nōn necāvit!" Exclāmat ā tergō Magdalēna, quae necopīnātō subsecūta est. "Eam amābat!" Dein ad vehiculum biocōlȳticum appropinquāre temptāns ā duōbus vigilibus, alterō virō albō, alterā nigrītā fēminā, retinētur.

Hōc eōdem temporis mōmentō inter sē cōnspiciunt Zoltan et, ab alterō raedae latere ubi collēgam cōnsultat, Henkle Locumtenēns. Hic solitum vultum pinguem et odiōsum praebēns raedam nunc superāns accēdit.

"Quōrsum, malum, ades tū, Hollis? Nōnne tibi dīxī..."

"Ad theam bellāriaque," obloquitur Dottia, "vocātī sumus. Huius negōtiī – quicquid id est – ignārī vēnimus. ...At dē quā rē agitur?"

Locumtenēns – id quāle antehāc in eō numquam vīdit Zoltan – observantius respondet:

"Cardon hic sorōris fīliam interēmit. In dormītōriō dēvinctam tenuit. Nesciō quō pharmacō – ipse LSD fuisse dīcit – eam prius venēnāvit quam pugiōne perfōdit. In ipsō cubiculō invēnimus et lagunculam pellūcidō liquōre sēmiplēnam necnōn et pugiōnem."

"Ad tāle facinus ille tamen prōrsus inhabilis est, Locumtenēns," inquit Dottia, "Vir mītis est. Estne culpam cōnfessus?"

"Tibi nōtus est?"

"Ita vērō. Annīs abhinc ... ferē quadrāgintā. Fuit amīcus."

"Quattuor decennia multa mūtāverint. ...Tūn' hīc habitās," inquit Henkle ad Magdalēnam versus.

Annuit haec; prō quā Michaēla, iterum amplexū fovēns, respondet hīs verbīs: "Therapeuta est marītī Olīviae."

"Tibi habeō interroganda aliquot," inquit Henkle Magdalēnam intuēns. Haec iam docilior iterum annuit.

"Quis vocāris?"

"Magdalēna Sukauskas." Altum spīritum dūcit.

"Therapeuta es ... cuius?" Locumtenēns, nūllīs extractīs pugillāribus, vī memoriae mūnus exercēre vidētur – quō quidem mūnere eum perfruī, immō prō vītā mūnus habēre, patet Zoltanī. Quod hic haud mīrātur ut quī molestissimum quemque tōtum in opere esse prīvātāque animā carēre iam prīdem animadvertit. ...Anne forsan omnia clam ēlectronicē imprimit?

"...Vudiī Fāva, Olīviae ... marītī."

"Rēnātī Cardon et Olīviae Brusson quālis fuit necessitūdō?"

Quod huius colloquiī interrogātōriī sibi licet arbitrō esse Zoltan penitus cōnscius est nēminī nisi Dottiae attribuendum esse. Hōc temporis articulō vehiculum vigiliāre discēdēns Rēnātum aufert – quod Magdalēna apertā miseriā capta oculīs sequitur, hāc autem vice nūllās in lacrimās dīlābēns. Immō vidētur iam habitum ōris et animī sēnsim adsūmere cōnārī potius firmum fortem tenācem. Quod ergā conductōrēs fidēlitātem quasi canīnam praestat haud temere vitiō vertendum aestimat Zoltan. Neglectō illō cāsū Saharānō ā Marniā nārrātō, immō adeō forsan idcircō, sē Magdalēnam iam admīrārī incipere sentit.

Profundum iterum dūcēns spīritum Magdalēna oculīs perlūstrat circumstantēs, quōrum nēmō verbum facit.

"Quīn istud patefaciam quoniam haec omnia plānē sērius ōcius dētegentur. Dominus Cardon, ecce, admodum sōlitārius fuit ... hoc est, ante Olīviae adventum. Eam vidēlicet adamāvit. Mangopere amāvit Olīviam."

"Illī igitur amantēs fuērunt?"

Annuit Magdalēna.

"Ille eā minimum vigintī annōs māior erat."

Magdalēna silet.

"Saepene sunt rixātī?"

"Numquam. Quod sciam, nē semel quidem iūrgāvērunt inter sē."

"Itane? Nē ūna quidem altercātiuncula? Nē semel quidem ex aliō conclāvī audivistī eōs discordāre?"

"Numquam. Eam amābat. Et illa ... in amōre eius ... satis..., ut ita dīcam, satis aquiēscēbat. Scīlicet omnia quae quaerēbat Olīvia concēdēbat dōnābat ille. Cum tantopere amāret illam, ecce, saepta equīna stabulaque lauta cōnstruenda cūrāvit, optimōs invēnit exercitātōrēs, et ita porrō. Sī quem habēre volēbat equum, emēbat ille. ...Ac mē plānē ut Vudium adiuvārem condūxit."

"Cēterum, quid dē Favā illō, marītō? Quid hic dē illīs sentiēbat?"

"Quod sciam, nihil. Mātrimōniī tantum nōmine iūnctus erat cum illā. Immō illa potius tamquam mātris locō erat. Vēram enim mātrem, nesciōquā in īnsulā Canadiēnsī habitantem, videt Vudius numquam. Nec Vudium dē Rēnātī Olīviaeque amōre, utpote summē cautō prūdentīque, quicquam umquam scīvisse putō. Scīlicet ille, ut ita dīcam, proprium suum mundum inhabitat; nam autisticus, dīcam an, sēmiautisticus est."

"Quod mihi dictitātur ... id est, quondam multō vegetiōrem fuisse, nunc autem pauciōrum capācem. Iste autem Fāva ubi nunc versātur?"

Quō commodum dictō, Zoltan vīllam forte aspiciēns in ūnā ex fenestrīs superiōribus videt figūram incertam. Ita vērō, incerta est quia ... leviter vacillat! Zoltan ad vīllam accēdit.

"Astā, Hollis! Hic est crīminis locus. Istūc intrāre interdīcitur."

"Dē Vudiō sollicitor. Longā cōnsuētūdine sumus iūnctī," inquit Zoltan fenestram adhūc suspiciēns.

Quō hic spectat, oculōs quoque suōs dīrigit Locumtenēns ūsque rīmāns ad fenestram illam. Idem facit Magdalēna.

"Ill'est igitur? Fāva?" inquit Henkle velut oblectātus subrīdēns, quod vidēns Zoltan porcīnum vultum nefās eius male mulcāre gestit.

"Vērum est," inquit nunc tranquillē Magdalēna. "Nōs observat."

"Hicine," inquit Henkle Magdalēnam aspiciēns Zoltanemque simul nūtū indicāns, "amīcus est illīus?"

"Tū," inquit therapeuta, "nōnne Zoltan es?"

Zoltan capitis nūtū ait.

"Ipse mihi multa quidem dē hōc homine nārrāvit." Haec Locumtenentī dīcēns Zoltanem ūsque obtuētur. "Ita. Vērum est. Illī amīcitiā iam prīdem sunt iūnctī, hoc est, Seattlī."

"Ac dē tē et Fāvā quid? Nōnne inter vōs amātis?"

"Nūllō pactō. Cliēns est enim meus!"

"Nuptane es?"

"Nōn sum."

"Estne tibi amāsius?"

"Minimē."

"Ain'? Tam pulchra sine amāsiō?"

"Māximam temporis partem hīc dēgō, quārē cum aliīs iuvenibus conversārī rārō vacō. Hōc saltem tempore mē mūnerī nuptam esse dīcerēs."

"Istud mē tibi crēdere vīs?"

"Nōlī eam vexāre, Locumtenēns," īnfit necopīnātō Dottia. "Sine iūrisperītī auxiliō nīl iam oportet hanc referre."

Henkle Dottiam intuētur tamquam sī eī aliquid dīcere cōgitet, sed, omissīs potius verbīs, labia tantum paulisper contorquet. Dein, acceptā veniā, plūra aliquot proba innoxiaque Magdalēnam rogat. Quō fīnītō colloquiō, omnēs – Henkle, Magdalēna, Dottia, Zoltan, Ferdinandus, Michaēla – per exercitātōrum, agasōnum, hortulānōrum, raedāriōrum, coquōrum aliōrumque corōnam sibi viam aperiunt. Quōs vīllam intrantēs intuentur tacitē circumspectantēs nunc plērīque. Intrā vīllam Magdalēna cēterōs per scālas in superius tabulātum dūcit dum Locumtenentī suādet nē quid cōram Vudiō dē Marniā Barry dīcat. Dein, cum Henkle in scālīs astāns cēterōs subitō diffīdenter respicit, Dottia, antequam hic nova valeat cōnflāre impedīmenta, eum prūdentissimē monet "amīcō" quidem suō Vudiō – quō rem plānē longē in māius extollit – sine iūriscōnsultī cōnsiliō respōnsa negāre licēre, sē tamen ut respondeat hortātūram dummodo Locumtenēns cūnctōs praesentēs amīcōs colloquiō interesse sinat. Quod Henkle nīl referendō labiīsque dēnuō contortīs concēdere vidētur.

Ingredientī Zoltanī hoc conclāve Vudiī dormītōrium esse patet. Ipse etiamnum vacillāns per fenestram prōspicit.

"Vudī!" inquit temere Zoltan.

Amīcus conversus sed subtīliter vacillāre pergēns "Salvē, Zoltan!" inquit oculōs nōn in intrantēs sed potius in sinistrum parietem fīgēns, apertē sollicitātus.

Magdalēna accēdēns dexterae manūs extrēmōs tantum digitōs eius leviter tangit, quō vacillātiō continuō dīminuitur.

Henkle tantisper nīl prōdēns Vudium spectat.

"Hic vir est Antōnius Henkle Locumtenēns," inquit suāvissimē Magdalēna. "Tibi aliquot interroganda habet." Quō dictō ad investīgātōrem sē vertit tamquam veniam interrogandī tribuēns.

"Nārrēs mihi quaesō quae herī nocte atque hodiē māne hāc in vīllā fierī vīdistī."

"Nihil mōmentī," respondet parietem adhūc intuēns.

"Neque uxōrem neque huius avunculum vīdistī ... neque audīvistī quidem?"

"Nec vīdī ... neque audīvī quidem," inquit Vudius immūtātus eōdem ferē numerō ēnūntiāns quō vigil.

"Quandō eōs vel alterutrum novissimē vīdistī ... audīvistīve?" Henkle cum puerō sat patienter lūdere vidētur.

"Cum ambōbus herī cēnāvī. Cēna nōnā hōrā cum quattuor minūtīs fīnīta est. ...Deinde hūc ascendī."

"Dein quid?"

"Ā nōnā hōrā et duodecim ūsque ad nōnam hōram cum septem et quīnquāgintā ... ūnā cum Madgalēnā sermōcinātus sum."

Nunc prīmum Zoltanem raptim aspicit subrīsulī exprimēns scintillulam. Zoltan invicem utrum amīcus prīstinam subtīlitātem suam vērē perdiderit an tantum dissimulet, immō adeō an forsan cēterōs vafrē illūdat perspicere nequit. Sermō eius utīque valdē est mūtātus; priōris īnsolentiae ac pertrīcōsitātis nē vestīgium quidem cernitur. Absurdō ē poētā histriō magis pedester factus esse vidētur.

"...Posteā," inquit Vudius oculōs ad lectum revertēns, "epīsodium cui est titulus 'Futūrum Imperfectum' spectāvī ... hoc est, sānē Peregrīnātiōnis Interstēllāris ."

Modernissimae dēsignātiōnis tēlevīsōrium in angulō positum rigidiōre manū indicat.

"...dē decimā hōrā ūsque ad decimam cum duodēsexāgintā. Vltimae sane quidem duae minūtae praecōniīs dantur. Posteā quattuor minūtās et sēmis saltāvī, dein dentēs purgāvī. Vndecimā hōrā cum sēdecim cubitum iī."

"Saltāsse tē dīcis?"

"Therapiae pars est."

"At quīnam fit ut ipsās minūtās partēs hōrārum tam expressē memoriā teneās quibus omnia fēcistī?"

"Equidem tālium sum perītus."

"...Neque īnsolitī audīvistī quicquam?"

"Nihil quidem. Vīlla magna est; membra inter sē penitus īnsulāta. Explānāvit mihi Paulus hoc Sánchez ōlim. ...Rēnātum inturbida mulcent."

Nunc prīmum prīscae illīus indolis Vudiānae indicium certum incertā causā sibi dispicere vidētur Zoltan. Ecquid amīcus modō omnīnō suō perartificiōsō simul Rēnātum et vigilem illūdere potuit? Quod quidem cōgitātum sollicitō advenae sōlāciolō est.

"Vīn' mihi quōmodo saltāveris ostendere?"

Cēterī attonitī Locumtenentem inhiant ob petitiōnem manifestō excē-
dentem modum; sed, antequam quisquam verbum prōferre queat, ipse
Vudius motuum mīrē fōrmōsōrum seriem iam exsequitur: paucōs passūs
prōrsum praesūmēns; altē sē nunc inclīnāns; ūnīus pedis sē nunc ērigēns
in digitōs prīmōrēs; super tabulātum tesselātum sē nunc ter quaterve
volvēns. Ē quō brevī turbine sē nunc stabiliēns inter dexteram tabulātum
perstringtem atque ad tēctum extentum sinistrum pedem per aliquot
temporis mōmenta corpus lībrat. Nunc in statum sē resolvēns membrīs
leviter incurvīs, colōrātiōre sed adhūc satis vacuō vultū, nōn autem iam
vacillāns, astantēs spectat nec vērō spectat.

"Atque ita porrō," inquit ballātor mūtōs alloquēns.

"Istud..." inquit investīgātor cēterōs respiciēns apertēque commōtus,
"...mīrum est. ...Quid igitur, Domine Fāva, dē Rēnātō opīnāris?"

"Clēmēns est parochus iūstusque."

"Vxōrem tuam necāvisse putās?"

"Nēquāquam. Probus est; cūnctīs grātus facilisque. Semper Olīviam
amāvit..."

"...Ita vērō, amāvit. At quid tū hodiē māne fēcistī?"

"Sextā surrēxī, ut soleō, cum quīnque minūtīs. Dein ex octāvā et sex
cum Carolō et therapeutā iēntāvī, ut soleō. Nōnā ipsā hōrā in zōthēcam
sēcessī atque librōrum pār lēgī historiārum..."

"Duōs lēgistī librōs?"

"Praeceps sum lēctor. Dein hōrā ab ūndecimā atque sēdecim, ut est
mihi mōs, saltāvī..."

"Iterum?"

"Vīn' tibi mōnstrem?"

"Benignē. Haud necesse est."

Vudius, hercle, nōn sōlum iam satis valēre sed adeō, nī fallitur Zoltan,
dissimulātiōnem in nimium augēre vidētur! Ecquid quantum cēterī
Locumtenentem clam dēspiciat?

"Prandī cum Magdā dē prīmā hōrā ūsque secundam. Deinde duās
hōrās semper mēns exercētur ā Magdā. Breve deinde natāvī. Perlutus
atque ad convīvia adōrnātus quīntā hōrā et ūnā zōthēcā ēgrediēns ipsum
offendō in androne."

"Rēnātum?"

"...Ille fuit sānē, quī numquam tam miserandus tamque afflictus vīsus erat mihi. Collacrimābat vītae cōnsortem exstinctam; vigilēs adhibendōs. Quod fēcit therapeuta..."

"Olīviam ipse spectātum intrāstī?"

"Ipse quidem intrāns ērēctam iam perridigamque in cathedrā vīdī..."

"Alligātane erat?"

"Vincula nūlla appārēbant."

"Investīgātōrēs meī iam tria manicārum paria invēnērunt, cūncta quōdam in forulō reciprocō in pediplānīs inventō, necnōn uxōris tuae dīcunt vinctās esse et prīmōrēs manūs et tālōs atque ob hoc ambōs graviter abrāsōs. Prō certō habēs eam nōn fuisse dēvinctam?"

"Omnīnō hoc compertum habeō. Nīl nōn reminīscor."

"...Vt tē igitur habuistī," post breve quasi meditātiōnis spatium inquit Henkle, "uxōrem vērē mortuam inveniēns?"

"Ingemuisse statim videor mihi et ... obriguisse fāta immītia contemplāns cōnstantis amīcae, fautrīcis fortis quae ... tanta impendia solvit prō mē, etsī mēcum nūllum umquam cōnsociāvit lectum ... scīlicet hāc vice..."

"Id est, ōlim, eō tempore cum in Vasintōniā habitābātis, Venere iungēbāminī?"

"Interdum vel praecipuē prīscā illā parte coniugiī..."

At hoc quasi caelātum loquēlae genus modo adsūmptum nōn igitur īronicum esse sed potius multō minus tēlō quam tegumentō? Nam nunc dē horrendīs, immō, dē uxōris nece tamquam dē Dīdōne mortuā pangit respōnsa! Sē amīcum mente umquam satis amplexūrum nunc dubitat Zoltan, quamquam eum aliquantō in sē ipsum reversum esse sānē gaudet. Cēterī enim Vudium nunc, contrā priōrem cōnsuētūdinem, tantum stricta, nūda, pedestria dīcere adfirmāvērunt. Quam inversum quod is nunc tandem in sē revertī incipit cum Marnia.........!

"Tē obriguisse dīcis?"

"Atque ingemuisse."

Henkle contortōrum labiōrum gestum iam familiārem factum repetit, mentum nunc dexterā alterō brācchiō fultā tenēns quasi incrēdulus. Mox tamen ad cētera interroganda prōcēdit tamquam dicis causā.

"Exeuntēs cavēte nē quicquam hārum aedium tangātis usquam!" inquit praecīsē Locumtenēns cum percontātiōnem fīniisset, addēns haec: "Cēterum, hunc cāsum prō pūrō homicīdiō habeō necnōn Rēnātum Cardon eundem esse cēnseō quī 'Hortōrum Aquifoliēnsium Venēficus' ā vulgō nōminātur; necēs atque inexplicitās mortēs dehinc fīnītum īrī, nisi forte exsistat aemulātorculus. Hic tamen est crīminis situs. Tenētis? Cum Dominō Fāvā amplius conversārī licet, sed eādem tamen revertendum erit quā vēnistis atque ita ut manū tangātur nihil. ...Quae lēgēs eō magis ad tē, Hollis, pertinent. Immō, sī investīgātiōnī vigiliārī tē immiscentem – *cuilibet* investīgātiōnī, ac quid significem bene scīs – dēprehenderō, aerumnīs miseriīsque tē coopertum īrī solemniter spondeō. Ac tē, Domina Sukauska, cēteramque familiam propriīs cubiculīs, culīnā, locīs sēcrētīs quantum poterit conclūdāminī quaesō. Rēnātī Olīviaeque tōta conclāvia sunt plānē ā vigilibus obsaepta neque ūllā causā intrentur licet."

Postquam Henkle properanter abit, Vudius "Marnia nostra ubinam est?" inquit, nōn sōlum Zoltanem sed etiam cēterōs mīrum in modum rēctā intuēns velutsī nihilō magis quam vigilis discessū allevātus.

"Illa, em, hodiē," īnfit Zoltan, "sē nōn bene habet. Paulum aegrōtat nec tē contāgiō īnficere vult. Suīs autem verbīs tē valēre iubet."

Vudius nīl respondēns vidētur Zoltanī mendācium suspicārī plūra autem rogāre nōlle ... vel timēre; plūra īnsuper, etsī modo paulō in prīscum sē rediisse, adhūc cēlāre; autismum, sīve sēmiautismum, vel quicquid reī vērē est, antehāc certē ad nōnnūllōs lactandōs ūsurpāsse. Zoltan amīcum quidem invītāre gestit ut apud Dottiam cōnsīdat, ubi affatim est in praestō hospitiī, quamvīs hoc pateat ita fierī nōn posse ut ille Marniam desīderārī ignōret. Magdalēnae autem ut suspectam habet tutēlam nimium sollicitam, ita tamen huius mūnus auctōritātemque, nēdum voluntātem Olīviae sanctae memoriae, in dubium vocāre hauddum mātūrum dūcit.

Modō tandem minimē fēstīvō vocandō immō ipsīus magis rītūs grātiā (vel quia nīl aliud factū aptum vīsum est) theā bellāriīsque, quippe quae utīque iam parāta essent, in pergulā posticā sūmptīs, Zoltan profectūrus Vudiō valēdīcit sellā ōscillātōriā fōtō piscīnaeque flucticulōs ïanthinicallaïnōs mūtē obtuentī. Hic invicem caput eātenus vertit ut discēdentem quasi mente aliēnātus aspiciat manumque rigidē, immō automatāriē agitet ... cum Michaēla eī simul verticem prīmum leviter tangit deinde aequē leviter ōsculat. Quōs gestūs Vudius nōn nisi oculīs paulō ad lēnientem versus conversīs immōtō tamen capite agnōscit ... ūnā cum, ut saltem vidētur Zoltanī, subrīsulī rapidā suspiciōne.

"Quaenam inter tē et Rēnātum..." inquit Zoltan cum ad vīllam Dottiae ventum est cēterīque duo discessērunt, "...intercēdit familiāritās?"

"Quid vīs dīcere?"

"Nē mē, Dottia mī, ut fatuō ūtāris quaesō. Vēra docērī indigeō."

Hanc rem profestrīcī arduam esse patet. Postquam Mōnam abesse cōnfirmat, ad cellam pōtōriam prōcēdit hospitemque rogat num quid cupiat pōtiōnis. Ad quod alter cerevīsiam haud displicitūram respondet. Dottia sibi martīnium miscet; dein ex īnferiōre forulō reciprocō cistellam bacillōrum tabācī – ex eīs quae "Fēlīcia" nōminantur – sulphurātaque vāsculumque cinerārium excipit Zoltanem simul rogāns num sit molestum. Cum hic negat, illa bacillum ōrī īnsertum sulphurātō accendit, dein ferculō impositam cerevisiae ampullam apertam, martīnium suum, bacillum cinerāriō fultum, cistellam bacillōrum affert ad mēnsam caffeāriam, in quā omnia allāta rīte dispōnit. Sēpositō ferculō, ē martīniō haustum sat magnum facit, dein ē bacillō tractum aequē longum sorbet exhālatque, sibi statim posthāc veniam petēns fūmumque sibi plācāre animōs adfirmāns.

Nunc tandem nārrātiōnem aggreditur. Mātrimōnium suum Fēlīcisque, etsī ūsque ad huius mortem dūrāns, angustiīs procellīsque haud caruisse. Immō annīs ūndēseptuāgēsimō septuāgēsimōque ipsam lāpsum esse in abyssum. Sē, relictā vīllā, diaetulam Aquifoliēnsem Occidentālem condūxisse. Illō tempore Rēnātum Cardon, vīgintī annōrum iuvenem ā Prōmunturiō Lātō Dētroitēnsī nūper advectum quem post sē relīquisse vīllam ā mātre ēbriōsā, patre procācī habitatam, ā dēliciīs neurōticīs cubiculātim frequentātam. Patrem īnsuper ut fīlius causidicus medicusve fieret crēbrō flagitāvisse. Rēnātum, contrā imperītiam pēnūriamque "tam animōsum quam ingeniōsum," sē ipsum tamen sat bene cūrāre scīvisse. Contigisse ut inter sē nōscerent in macellō minimō ibi sitō ubi nunc librāriam "Iūsculum ex Librīs" vocātam. Illum, dōnec cīnēmatographicum adipīscerētur mūnus, secundum mōrem domifugōrum multōrum corpore quaestum subinde fēcisse. Cui Dottiam, nātū duplō māiōrem, fornicāriam sectam minimē cordī esse statim sēnsisse ... immō illum hanc nōn sōlum adamāvisse sed etiam, vel partim prō mātre, admodum dīligere coepisse. Cuius esse signum certum, inter alia, quod ille nūllam umquam ā Dottiā petīvisset mercēdem.

Fautrīcem, necessitūdinibus Angelopolitānīs iam satis pollentem, iuvenem clientem quādam in gemmāriā Beverlicollēnsī sat facile cōnstituisse; ascēnsum autem subsequum intrā professiōnem gemmāriam factum sine dubiō prosperae locuplētaeque, quamvīs iam sprētae, familiae animī habituī ac mōrī sibi multa tribuendī vel partim ascrībendum. Praecocem pūpillum praetereā adventōrēs lepōre blanditiīsque capere scīvisse; dīvitiārum cōnsuētūdinem quam opulentissimam commerciī partem esse intellēxisse. Ingeniōsōs scītulōsque dēsignātōrēs ad sē cito collēgisse; ūnum adeō ā *Cartier's* pellexisse; lūmina cīnēmatographica perbene coluisse ... quō illum provinciam quondam petītam, etsī numquam adhūc intrāvisset, vel perstrinxisse. Rēnātum dēnique nōn sōlum in Beverlicollēnsis tabernae administrātiōnem successisse sed etiam propriam minōrem intimamque Vallīs Pacificīs condidisse.

Annō octōgēsimō sextō patrem cordis ictū, ūndēnōnāgēsimō mātrem clāde autocīnēticā correptam; Rēnātum, ut prōlem ūnicam, propriō cēnsuī iam haud spernendō patrimōnium etiam māius addidisse. Vxōrem tandem aliquandō dūxisse; quod tamen cito male cessisse; amāsiās paucās īnsequentēs nīl magis quam opēs petiisse; Rēnātum, quoad scīret Dottia, inter dīvortium et Olīviae adventum, māximam vītae partem caelibem dēgisse.

Dottia Rēnātum prō homine nōn sōlum blandō sed etiam dulcī, "rōmanticō," vulnerābilī, adeō prō artifice habet, scīlicet prō nimium tenerō quam ut occīdere valeat quemquam, nēdum eam fēminam quam, prō et Vudiī et Magdalēnae testimōniō, māximē amābat. Zoltan amīcum, quamvīs subinde dēlīrantem, hominum tamen ingenia quasi animālium mōre habiliter aestimāre valēre iam prīdem animadvertit.

"Sī Vudius Rēnātum probat," inquit Zoltan, "probō et ego."

Nunc sonat tēlephōnum. Respondet Dottia.

"Bene ... Bene ... Ita vērō. Mīrum est, Ferdinande! Ita. Sed dē Rēnātō valdē sollicitor. Ita est. Eum īnsontem esse sciō. Nesciō. Minimē. Bene. Tēcum ibi congrediēmur. Valē."

Claudit Zoltanī simul dīcēns Ferdinandum ā Lūce modo vocātum esse. Hanc crās māne līberātum īrī.

Īnsequentī diē paulō post octāvam hōram Zoltan et Dottia in Custōdiae Mētropolitānae pedeplānīs versantur; quī locus, ā Zoltane nunc tertiā vice petītus, documentō est Iosēphum Stalin cum Franciscō Kafka opus quondam coniūnxisse. Antequam exspectantium agmen idōneum ēligere possint, subvenit ā tergō Ferdinandus ūnā cum Lūce, cuius faciēs paulō sufflāta, oculī sanguine suffūsī iamque lacrimantēs, tōta figūra priōre quasi minor. Haec extemplō Zoltanem ita amplexātur ut hic corpus eius ob permōtiōnis impetum tremere sentiat. Trāditur deinde ad amplexum Dottiae, quae, inter verba cōnsōlātōria, novam eī cōpiam mūcinniōrum chartāceōrum ē marsuppiō extractam subministrat. Ferdinandus indicat Lūcem eā

spōnsiōne līberātam esse nē Comitātum Angelopolitānum quamcumque
ob causam relinquat; apud sē igitur tantisper mānsitūram ut Zoltan līberē
ac sine negōtiō Dottiae hospitiō quamdiū fuerit necesse ūtī pergat. Lūx,
certior facta Zoltanem Dottiamque Rēnātum nunc adīre cupere, sē quoque salūtātiōnis causā mānsūram dīcit. Ergō manēbit et Ferdinandus.

Contrā levātōrum animōrum causam Zoltan tamen in Ferdinandō aliquid reconditae trīstitiae vel adeō īrae simile percipit, praesertim cum dē
Rēnātō adiuvandō verba habentur. Quod haud omnīnō absonum vidētur;
nam vigilēs Rēnātum Hortōrum Aquifoliēnsium Venēficum esse putant. Sī
quā igitur Rēnātus ex culpā eximātur, Ferdinandus nē Lūx carcerī reddātur timēre possit. Quem autem timōrem Dottia etiam, ut vidētur, percipiēns adsevērat cōram omnibus vigilēs, quantumvīs dēspērātōs, nēminem
iam dīmissum iterum esse comprehēnsūrōs nisi forte interveniat novum
indicium gravius firmiusque – quod sānē nēquāquam esse vērīsimile. Aliter enim agentēs eōs – id quod vigiliārī ingeniō prōrsus repugnāre –
aporiam suam palam fassūrōs esse lūdibriōque sē oblātūrōs. Cēterum,
huius reī vēritās sī nōscātur, ut Rēnātō nīmīrum ēmolumentō fore, ita
Lūcem haud laesūrum. Quō argūmentō Ferdinandō quīnquāgintā et ūnā
centēsimīs partibus persuāsum esse vidētur.

Vigil nigrīta corpulentus quī salūtātiōnem petentēs prōcūrat hōs
quattuor ad caput agminis succēdentēs docet mātūtīnō tempore aditum
ad Rēnātum Cardon nōn patēre, tamen ex secundā hōrā pōmerīdiānā nihil
obstātūrum. Hanc moram inlātam Dottia, dum ōstium petunt, eō tribuit
quod "miser gemmārius noster" hōc ipsō tempore interrogātiōnī subici-
tur. Quā sententiā nōnnihil gravātī atque Ave Igneā haud longē abhinc
dēportātī thermopōlium nancīscuntur in quō meritum gaudium dē Lūce
absolūtā hinc Dottiae querēlīs dē Rēnātī dīrā condiciōne, hinc omnium
tacitō angōre dē ignōtō Marniae fātō mergitur. Posteā prandiī grātiā in
vīcīnam trānsītur popīnam Mexicānam cuius ōrnāmenta īnsulsē laeta,
quibus nē crepitaculōrum Mexicānōrum paria quidem dēsunt, graviōre
animō prandentēs lūdificārī videntur.

Paulō ante secundam hōram pōmerīdiānam in Custōdiam Mētropoli-
tānam sagīnātī revertuntur. Zoltanī, forsan ob caffeīnī temere sūmptī
satietātem, dolet tundenter caput. Dottiam, quamvīs videātur dēfessa,
apertē tamen speciem quam cōnfidentissimam speciōsissimamque praebēre temptat. Vestem versicolōrem ad cēram tinctam necnōn magnās
inaurēs circulārēs affatimque armillārum gerit, ōrnātum annum ferē
mīllēsimum nōngentēsimum septuāgēsimum revocantem. Quīn immō

succurrit fierī posse ut Dottia, quō magis vel Rēnātō animum ērigat, eās-dem vestēs nunc gestet quās eō tempore quō cum Rēnātō amōrī operam dabat.

Salūtātiō prīmum impedīrī vidētur, sed Henkle, seu forte seu cōnsultō, opportūnē affertur, pavīmentō strīdōrem exprimentibus calceīs nigrīs quī ob figūram corporōsam videntur minimī. Locumtenentem quī, solitā sagā-citāte canīnā, Zoltanem circumiectīs prūdenter immīscērī temptantem nihilominus iam cōnspicātus est, Dottia interveniēns distinet, suum simul exercēns – quod opus, quodcumque est, manifestō fēlīcem habet exitum. Vidētur quidem hunc hominem crassum et incultum ūnicum honestāre: quod anīs, vel saltem Dottiae, indulget. ...An fuerit Dottiae cum Henkle umquam...? Vtcumque hoc sē habet, sat diū loquuntur illī antequam Henkle abit Zoltanem ita respiciēns tamquam Bosniēnsis quondam vīcī-num. Dottia tribus comitibus sē sequendam esse manū mōtā indicat.

"Dīc mihi tē id nōn fēcisse, Rēnāte!"

Rēnātus post fenestellam vitream auscultābulum tēlephōnicum dextrā vix sustinēns caputque nunc quatiēns in lacrimās effunditur. "Quōmodo Olīviam nec ... necāre potuissem" inquit, "quam tantopere amābam? ...Nostrum, cum sorōris fīlia esset, illicitum fuisse nōn negō, sed eam amāvī. Ac tot tantaque ab eā accēpī!"

Patet Dottiam, cum sonum ad māximum auxisse videātur necnōn aus-cultābulum paululum ab aure sēmōtum teneat, Zoltanem cūncta Rēnātī dicta exaudīre velle.

Dottia sē ad vitrum propius premit, eum apertē tangere, manum arripere manifestō gestiēns. Rēnātum nec propius sē movēns nec retrō-cēdēns inclīnātō tantum capite plōrat. Crīnēs quondam glabrī dēpexīque hīc exstant, hīc vultūs partēs cēlant.

"Illa quoque ā tē accēpit multa."

"Nihil fuit. Libenter dabam. Illa iuvenis pulchraque fuit; ego quīnquā-gintā nātus nec iam bellus."

"Nōn vērum'st."

"Est. Quod eam habuī admodum fuī fortūnātus. Mē eam magnā ex parte per dīvitiās retinuisse haud latet. Hoc autem nihil rēfert. Quidlibet eī dōnāvissem."

"At quid accidit? Quōmodo ... dēcessit?"

"Potestās eī plānē data erat biochēmiae exercendae; quārē omnia eī patēbant pharmaca. Experīmenta agēbat. Adeō mihi quondam cōnfessa est indolem suam nōnnihil 'dēditīvam' esse. Vt auxilium peteret plūriēs suādēre sum cōnātus. Renuēbat semper illa. Quantum poteram opitulārī temptābam. Herī māne forīs quasi āmenter deerantem eam offendī. Alicuius venēnī nimium sūmpsisse patēbat. In vīllam indūxī. Pēius..." ingemit, "...pēiusque sē habēbat."

"Manicīsne eam dēvīnxistī?"

"Nos quidem manicīs subinde, ut ita dīcam, lūdēbāmus. Quamobrem in promptū erant. Postquam latus sibi cultrō percussit, dolīs eam addūxī ut ligārētur. Dēvinctam sē amplius vulnerāre nequīre ratus sum. Attamen dēlīriō sēnsim mergēbātur altiōre ... nec sānē cōnfecta est vulnere istō utpote in summā tantum cute factō, quod ego vidēlicet prō modicā perītiā meā cūrāvī. Liffschultz Doctōrem cōnsultāre in mentem vēnit, at interrogātiōnēs eius metuēbam. Olīviam ad aquae pōtum incitābam dōnec trānsīret malum."

"Henkle Locumtenēns," īnfit Dottia, "nunc suspicātur Venēficum Hortōrum Aquifoliēnsium victimās suās perēmisse dosibus, fortasse āere illātīs, chēmicī alicuius velut LSD cum medicāmentō generis statīnī summē condēnsātō commixtīs; statīnī cuiuspiam dosin paralysin satis magnam sēnsim efficere posse atque, sī forte supersit victima, amnēsiam; cui sī additur LSD aequē condēnsātum, praedam ante paralysis plēnum impetum summā horrendāque āmentiā capī, in superstitibus amnēsiam subsequam cēteraque signa etiam magis intendī; tē dēmum in īnfāmis venēficī adumbrātiōnem ā vigilibus parātam optimē congruere nōn tantum quia equōs habēs ac cum negōtiō cīnēmatographicō coniūnctus es sed etiam quia esset tibi ad Olīviae medicāmenta aditus. In angustiīs haerēre vidēmur..."

Dottia quoque – quamvīs cōnsīderāta, immō, prōfessōrālis modo vīsa esset haec expositiō biochēmica – lacrimīs nunc proxima vidētur.

"Omnia istaec iam mihi sunt fūsius inculcāta. Necdum praeter solita trīta quicquam mihi dīxit advocātus quod fidem faciat."

Rēnātus, cuius vidētur prōrsus īnfrāctus animus, caput iterum agitat; gestus nīmīrum deditiōnis ultimae. Zoltanem ad Rēnātum iam inclīnāvērunt nōn sōlum Dottiae nārrātiōnēs sed etiam ipsīus Rēnātī verba ac mōs sē gerendī; quārē numquam antehāc magis frūstrātus esse vidētur sibi, hoc est, et Rēnātī causā et, longē intentius, ob Marniam, fēmellam vix ūnum annum sibi nōtam sed iam prope tam cāram factam quam Vudium ipsum. Hanc igitur forsan post venēnōsae pōtiōnis megalodosin acceptam āmentem sē prōripuisse! Dē rūpe sē praecipitāvisse? Cerebrum – prō dī immortālēs! – dīrūpisse? Anne in psȳchōpathicum aliquem inciderit? An eam interfēcerint adulēscentēs istī? An hī cadāverī inventō aurem abscīdērunt? Māximē excruciat rērum tam simul horrendārum et ambiguārum exitum nescīre! Necopīnātō occurrit in mentem fēlēs illa Schroedingeriāna in arculā capta, secundum lēgēs quantālēs simul vīva et mortua antequam arcula aperiātur ut biographiae fēlīnae undae quantālēs circumstantī vēritātī sīve circumiectīs undīs quantālibus cōnfundantur. Quod prīncipium Zoltan, ut artium physiologicārum existimātor inveterātus, per experīmenta scientālia paene ad nauseam dēmōnstrātum probātumque esse perbene scit. Quae in pectore volvēns Zoltan, post Dottiam stāns, solūtīs paulō genibus, in proximam sellam cōnfugit.

Haud sciō an corporis mentisve tuae quoque partēs, hārum aerumnārum lēctor sēdule lēctrīxve sēdula, iam vacillāre titubāreque oportet; nam eaedem lēgēs quae Zoltanem nostrum regunt omnia simul moderantur tua. Enimvērō huius fābulae posteriōrēs pāginās sī vel cūriōsē temereque petās quō celerius Rēnātī Marniaeque fāta nōscās, nōn Zoltanis nostrī futūra sed potius tua sciās; nam observantem simul creāre (ex īnfīnītā undā singulārem explicātamque particulārum cōnfōrmātiōnem sēligī efficientem) iam prīdem saepiusque, crēdās nōn crēdās, per experīmenta compertum est. Sīn autem Zoltanem cēterāsque persōnās nostrās sua ipsōrum fāta patefacere sīveris, potest ut ēventus omnīnō alius futūrus sit quam is quem tū illēgitimē et quasi ardeliōnis mōre expertus sīve experta essēs. Immō, quandōquidem in rēbus physiciquantālibus observandī modum exitum mūtāre neque inter "subiectīvum" et "obiectīvum" discrīmen certum exstāre cōnfīrmātum est, haud sciō an repertōris animus condiciōque necnōn spēs cōnsequentiam cuiusque reī gestae cōnstituit et sī tū, verbī grātiā, ūnus ūnave ex eōrum numerō sīs quālēs semper bonae sint speī omniaque optima semper augurentur, vērīsimile est ut sīve fābulae ēventum praeripiēns sīve rīte ōrdineque ad fīnem perlegēns laetiōra inveniās quam persōnae nostrae suō Marte. Hae enim videntur esse quantālis cosmī lēgēs.

"At quī fit..." tē oppōnere audiō, "...Quī fit ut fābulae persōna mihi, vērō germānōque hominī, aequētur? Nōnne quae fābulae persōna cōnstituit vēra sunt tantum in fābulā, quae ego tamen vēra in vītā vērā?"

Ad quod ego, scrīptor, ut certē opīnor, omnīnō tam sēdulus quam lēctor quīcumque, respondeō experīmenta quantālia etiam duālismum omnem iam dūdum penitus refellisse; inter "cōgitāta" et "māteriālia" dicta in rēgnō quantālī, reālitātis nostrae fundāmentō, nihil dēmum interesse;

immō eās "particulās" subatomicās ē quibus "corpora" omnia cōnstāre rē
vērā nīl māteriēī in sē habēre nec dēnique quicquam aliud esse quam vim
captam ... nec vim sīve energīam – seu potentiālem et "immōtam" seu
cīnēticam atque ut "mōtam" ā nōbīs perceptam – quicquam aliud esse
quam īnfōrmātiōnālem et abstractam; tē igitur quoque inhabitāre reālitātem virtuālem sīve ... fābulam. Sīn autem istam fābulam, quam "vītam"
tuam nōminās, prō priōre habēs, persōnās nostrās Zoltanem Marniam
Vudium cēterāsque prō posteriōribus minusque vērīs, nē illud oblivīscāris
quod investīgātōrem quendam illustrem in doctōrum forō quondam affirmantem audīvimus: īnfōrmātiōnis cōpiam in undā quantālī nōn
permagnam inesse sed potius *īnfīnītam*; omnia igitur quae fierī posse
"alicubī" vērē fierī. Sī igitur vīta tua in undā quantālī implicātur, ita et
eōrum quoque. Istud autem "alicubī" sānē nōn virtuālis hologrammatis
propriī nostrī "spatium" quodcumque indicat sed potius "situm" propriē
īnfōrmātiōnālem intrā undam quantālem īnfōrmātiōnālem et, ut ita
dīcam, metacosmicam sīve "suprā-ūniversālem." Hanc ob causam et cum
tū quoque meram speciem "mundī corporālis" habitēs, Zoltan et Vudius
... et Marnia (adhūc, quod ad nōs Zoltanemque attinet, simul mortua et
vīva) omnīnō tam dignī sunt quam tū et ego quī mundō propriō fulciantur
et ūtantur ac, sī licet, fruantur.

Restat sānē ūna quaestiō. Alterā enim ex parte secundum artem
mathēmaticam nihil est cūr ex īnfīnītīs possibilitātibus in undā quantālī
conditīs ūna sōla, scīlicet "reālitās" illa nōbīs nōta, sēligātur quae ad exitum perdūcātur, quīn potius omnēs quī exsistere possunt mundī prō
probābilitātis lēgibus exsistant necesse est, id est, probābiliōrēs frequen-
tius, minus probābilēs minus frequenter, omnēs tamen minimum semel.
Alterā tamen ex parte sunt quī, seu ex multiplicum reālitātum merō
fastīdiō seu Cōnscientiam Vniversālem vel Dīvīnitātem ex īnfīnītīs mundīs
quasi ē bibliothēcā īnfīnītā ūnum tantum, quasi librum ūnicum, ad expli-
cātiōnem sēligere opīnantēs, generātim sint "monocosmistae" sīve
"monocosmologicī" nōminandī. Contrā sectam monocosmicam ventūrā
quādam in huius fābulae parte argūmenta nōnnūlla per cuiusdam Sanctī
sīve 'Αγίου sīve Bodhisattvae sīve Sapientis experīmenta cognōscēmus;
neque īnfitiātur hic scrīptor sē in sententiā polycosmicā stāre Zoltanemque igitur nostrum cēterōsque huius fābulae participēs crēdit velut sub
speculōrum nostrōrum superficiē vītam suam omnīnō tam "vērē" (hoc
est, vērīsimiliter) dēgere quam nōs, hōsque, sī forte dē vītā tuā meāque
sint doctī, nōs aequē esse vērōs quam sē ipsōs nīmīrum dubitātūrōs.

Immō, etiamsī nēmō ūsquam versāns quicquam aliud facit quam fābulās, sīve suās et intimiōrēs sīve aliōrum ideōque paulō leviōrēs minusque coāctās, perpetuō innectere, ipsīus tamen quasi nātūrae īnstinctū nēminem quemquam alterīus vītam prō tam vērā habēre quam suā patet.

Quōcircā nē Zoltanem nostrum angustiāsque eius neglegāmus minōrisve habeāmus quia eum mundumque eius nōn omnīnō tam intimē nōvimus quam nōsmet ipsōs nostrumque; nam cuiusque fābula est, ob holismum quantālem, simul et omnium. Etiam Dottia, ūsque ad hunc temporis articulum in Rēnātum cōnsōlandum intenta, nunc, ē misericordiā nostrae ipsōrum haud dissimilī, animdaversā Zoltanis figūrā recēdentī, sē ad eum in sēde torquet.

"Hic vir Zoltan Hollis est," inquit profestrīx Rēnātum respiciēns manūque ad cūrīs cumulātum quasi sollemniter extendēns, "hospes sociusque novus meus, Vudiī amīcus et ... Marniae."

Rēnātus ad assurgentem versus aegrē annuit subrīsulī simulācrum praebēns.

"Tūne igitur is fuistī, domine," īnfit Zoltan, "quī ad vīllam iistī Dottiam monitum? Tū quoque herī eam tēlephōnicē compellāstī?"

Rēnātus terram mūtus dēspicit.

"Hās rēs," inquit Dottia Zoltanem paulō ānxiē respiciēns, "ēnōdābimus, illūstrābimus. Nē dēspērēs, Rēnāte..."

Hic oculōs tandem ērigit alium subrīsulum dētegēns quasi ineptum aegrōtumve.

"Nēminem necāvī; sed tamen ... sum in culpā. Id est ... Id est..."

"Quia Olīviam ut auxilium peteret nōn tandem coēgistī?" inquit Dottia. "Neglegentis culpā?"

Rēnātus nīl prōferre valet.

*

　　　　*　　　　　　*

　　　　　　*　　　　　　　　*

*

　　*　*　*　*　*　*　*　*　*　*　*　*　*　*

Caudam Incīsus frīgidō dulcīque fluentō innāns grātē horret. Tantisper iuvat ... etsī piscēs hīc prope terrae apertūram rārēscunt. Hīc locus ad nīl prōdest nisi ad lūsūs. Sapidissimī piscēs generis rigidī oleōsī ōceanicī secundum ōram subeunt, inde ubi aqua minus lūminis continet ac metalla fimumque resipit, ubi passim molestē sonātur resonāturque.

Caudam Incīsus Rubōram leviter dextrōrsum trūdit, fīnītī lūsūs cibīque nunc quaerendī signum. Rubōrae Īnfāns, cuius nūtrīcātiō ob hoc interrupta, lēvis velut alga mollis Caudam Incīsum stringit. Caudam Incīsus, ubicumque Rubōrae Īnfantem aut sēnsū sonārī aut oculīs aut tāctū percipit, sibi quasi in propriam īnfantiam reductus vidētur, simul cūriōsissimus et cautus, parvus, cinerāceus. Īnfantēs enim cinerāceī sunt. Longē post fiunt rosāceī.

Quae commemorātiō tamen tantum perbreve manēre solet. Nunc prōruendum'st. Caudam Incīsum sē iam cēterīs maribus fēminīsque expedītīs iungere oportet vehementiōrum lūsuum causā certāminumque ... dummodo ē Rubōrā Rubōraeque Īnfante angōris angustiārumve sonitum quemcumque auribus cōnstanter quaerat ... vel minanter meantis mōnstrī sonum. Minōrēs squalulī sānē nōn sunt timendī, nam ipsa Rubōra tālēs scītē tractāre valet.

Capite Mulcāns, ut mōs est, in Caudam Incīsum incidit. Ambō summum per rōrem agitātum luctitantur. Hāmus interim ē profundīs sursum contendit tamquam squalī ventrem tenerum petēns, modo ante ictum lētālem dēsistēns. Haec sānē est suēta exercitātiō. Hāmus tamen, id cui nōnnumquam indulget, Caudam Incīsō quasi per valedictiōnem tangit rōstrō nātūrālia. Numquid Nebula Orchisque eī nōn satis concēdunt? Tālia utcumque Caudam Incīsum nōn vexant; nam nōn sunt prōrsus iniūcunda. Hāmus dēnique bonus comes est atque ex omnibus celerrimē natat.

Dum certātim cursitant, fit salsior dūriorque aqua. Strepitōsam viam sibi facit in proximō gravis bālaena metallica. Bom. Bom. Bom. Bom. Bom. Bom. Hīc turbidius fit, sed hāc perveniunt longē plūrēs pisciculī, quōs Caudam Incīsus ante sonāre sentit quam oculīs. V̄nus fortuītō in Caudam

Incīsī ōs quasi sponte involat. Alium capit Plāga Laterālis. Immō duōs. Alium Hamus. Alium Nebula. Alterum nunc ipse Caudam Incīsus. Nunc sunt etiam plūrēs. Pisciculōrum grex tōtus splendicāns.

Rubōra ūnā cum Rubōrae Īnfante pōne Orchin et Orchis Infantem appropinquat. Marēs opus coniungunt ut rapidus volūbilisque pisciculōrum grex ad mātrēs, īnfantēs, necnōn seniōrēs segniōrēsque versus dīrigātur. Sonāre sentit Caudam Incīsus ad Rubōram mittī nōnnūllōs. Quōrum ūnum videt Orchin ad Orchis Infantem intendere, nam hic, ut Rubōrae Īnfante māior nātū, piscēs sūmere valet. Effugit piscis. Proximā vice Orchis piscem bene extinguit antequam trādit. Quem tamen Orchis Īnfāns, ut novissimē assolet, tantummodo circumrōdit. Orchis Īnfāns aliquā īnfirmus est. Aequālibus segnius nat. Subinde etiam prāvē tortēque. Ac nunc cibum fastīdīre vidētur. Haec iam, ut annōsior, vīdit antehāc Caudam Incīsus. Īnfantēs enim saepe labōrant. Interdum et adultī. Rubōrae Īnfāns idem patiētur?

Haec omnia delphīnī rosāceī plānē nōn per verba syntaxinve hūmānam experiuntur; nam cerebra permagna eōrum māximā ex parte ad cursum regendem, praedam investīgandam, necnōn et ad lūsūs agitandōs atque ad animī affectuum thēsaurum ampliandum adhibentur. Fluenta enim vaga inhabitantibus manibusque carentibus ēvolvuntur cerebra multō minus ad problēmata ēnōdanda cīvitātēsque condendās apta quam ad ipsīus vītae gaudia dēcerpenda nēdum ad potentis exquisītīque corporis voluptātēs ac plānē ad dēfēnsiōnem cōnstantemque vigilantiam. In fluidō fluctuant fermē omnia; quōvīs spectēs, aut quondam captus et ablātus es aut tandem aliquandō capiēris aut hōc ipsō mōmentō caperis.

Quī hōs igitur per artem logicam hūmānam cōnsīderat est forsan Vudius ille dum amethysteās natābulī undās intuētur post lēctās symbolās aliquot dē gente eōrum scrīptās.

Serēs eōs tantum ob rōstrī fōrmam quantum ob colōrem rosāceum "porcōs marīnōs" vocitant.

Vel fortasse haec mentis oculīs observāns fuit ille Vudius Fava quī annō abhinc in valētūdināriō dē hīs cētāceīs per tēlevīsiōnem prīmum didicit.

Cum sint hī cēterīs delphīnīs rāriōre adipe, cutis sanguinis rubōre suffunditur.

Vel adeō forsitan futūrī temporis sit hic Vudius quī Siamkiāmī ipsīus oculīs tandem investīgāns hōrum vītam sibi imāginābitur sē simul rogāns num illa genōmatis hūmānī particula quae novārum rērum comminīscendārum facultātem suppeditat praesentis delphīnōrum rosāceōrum clādis

- nēdum cēterārum clādium ab hominibus effectārum - āvertendae modum reperīre possit. *Cadmium hydrargyrusque in catēnā alimentāriā exstantia - id quod pulpae delphīnicae exempla abundē dēmōnstrāvērunt - omnia quidem animantia sed praesertim summōs praedātōrēs pessum dat. At rēctōrēs Siamkiāmiēnsēs venēnōsōrum purgāmentōrum effūsiōnēs in mare crēbrō factās eō excūsāre cōnantur quod aequor istud iam tam inquinātum sit ut nova addita neglegī possint. Hoc scīlicet arguit illa speciēs biologica quae sē tōtīus planētae praestantissimam aestimat.*

Sī tū, prūdēns lēctor, quōdammodo et simul Vudius es (scīlicet eā holisticā lēge quae suprā aliquātenus exposita est), cum cuiusque vīta sīve interdum sīve adsiduē angustiīs nimis scateat necnōn et animum nostrum nihilōminus quōdammodo identidem effascīnāre capereque pergat, ut homō sānē funditus theātrālis tē rogās num id ferē dēnique dē vītā dīcendum sit quod ēnūntiāvit ille Vicecomes Vallimontēnsis in librō, ante paucīs mēnsibus perlēctō, cui titulus *Necessitūdinēs Perīculōsae*, hoc est: "Potestātem meam exsuperat." Haud sciō an vērum sit quod dīcitur: Deum deōsve vel Parcās Arāneāsve fāta omnia statuere; nec tē, praesertim cuius ingenium ā mūltīs prō dēteriōre habētur, contrā haec quicquam dēmum mōmentī effingere posse.

An potest ut ipsa quoque Dea perpetuō sē roget quid proximē sit adventūrum ... an ut Ipsa, quā immortālis Dea, fātōrum sit omnīnō incūriōsa nōsque Īllī tantum paulō māiōris sīmus quam ephausia ... an haud māiōris? An latent et alia longē magis arcāna, mīrābilia, intellēctum nostrum cēlāta quae sōla comprehendit Ipsa? Ecquid Ipsa etiam natābulī aquam mortiferam dīvīnē possidet? Etiam in dēfūnctīs ōceanīs metallicīs istīs perpetuō placida exspectat? Adeō aliōs ōceanōs, alia prōrsus maria, ā quibus nōs tantisper exclūsī, incolit simul peraliēna, intrā venetum cȳaneumque purpureīs radiīs exitiōsīs clam nōs coruscāns? Delphīnus singulāris dephīnāceumve ūnum quasi Platonicum mare aeternum laetificat innumera Eius singula necopīnāta simul undique exciēns? Vudiusne est an ego scrībēns an tū legēns an sumus dēmum omnēs quī, verbī tantum grātiā, necopīnātās conchās illās quasi barōcās, velut vīvās cathedrālēs, exspectantēs fulgentēs serēnās semper spīrantēs potius praesentīmus quam dispicimus eō locō ubi manūs corporālēs nīl nisi amārum chlōrum nostrum tepidum tangunt? Ā nōbīsmet ipsīs an ab aliīs nōbīs persimilibus cōnspiciuntur astacī subtīliter articulātī hīc illīc autem ob vītae aerumnās dēcolōrātī frāctīve tamquam maris osseī pedēs rubricōsī corniculīs tenuibus albicallaïnam arēnam prō vīribus palpantēs ... ubi et trāns saxa corāliaque incrustāta phoenicoptericolōria cucumerēs marīnī, velut vīscera mundī et simul velut phantasmata, prasinīs dīgitīs trahī numquam dēsinunt? Ipsane prīsca patria aquōsa nostra simul vadōsa et fundō carēns, ōlim crēbrō et dīlāpsa et accrēscēns, quam contemplāmus dēsīderium nostrum adhūc, tamquam intrā nōs, partītur commūnicatque velutsī nōs, tū, ego, vel clārissimus quī fingī potest tubae sonus, in maris simul caelīque, temporis spatiīque, tenebrārum sūdīque ecstasin aporiamque īnfīnītam versus aliquandō tollāmur? An nīl nisi faciem spectāre possumus nostram ipsōrum semper et ubīque vēritātis absolūtae impotēs? Super aeternum altum ātrum impervium piscium perpetuō trepidantium argenteum iubar? Estne Illa similī modō, quotiēscumque appāret, assiduē alia, sīcut fābula perennis semper nova sed eadem? Estne tam immītis quam pulchra? Aequē prompta ad clēmentiam et caedem? Arāneī habitum iam exuit an, intrīs nīxa, arāneum nunc partītur cum vespertiliōne cervō crocodīlō algā pōlypō alcē? Nāsō etiam paulō repandō est? Subrīsus eius nesciō quō modō simul simplex et īrōnicus tē sine apertā causā etiam inter noxia ita gaudiō quondam afficiēbat ut – rem īnsolitam! – nē rīdiculum quidem timērēs? Oculī eius pulchritūdine, vel pictūrārum vel arborum super collem cōnsitārum seriēī vel cuiuslibet reī fortuītae, subitō capiēbantur, prīvātim mīrante reverenteque semper tē? Vt Dea, ita simul nimis erat hūmāna ... quasi puella hīs ipsīs brācchiīs quondam fōta? Poteratne, sīcut delphīnī quibus tacitē vehebātur, sē in somnium phantasticum quodcumque implicāre? Sīcut et in āctiōnem reciprocam chēmicam ēvolūtiōnemque Darwiniānam aliamve? Omnia Eius tam simplicia erant quam intorta? Cum Ea aderat, vītae mōmenta tē penitus perfricābant tamquam ūniversālis pluvia? Vbicumque ob stupōrem cōnfūsiōnemque exclāmāre volēbās, fiēbat tōtum illud tenerum mare dentibus acūtius?

θάνατός ἐστιν ὁκόσα ἐγερθέντες ὁρέομεν, ὁκόσα δὲ
εὕδοντες ὕπαρ.[42]

—Hērāclītus

---

[42] "Quae vigilantēs vidēmus mors est; quae dormientēs, vērus rērum aspectus."

18

Arcula Obscūra: Pars Altera
sīve
"Sekhmet"

Apud numerum 1422 in Viā Lauper Septentriōnālī nēmō adest praeter anatem et terrārium taurīnum Americānum, quōrum ambō prīmum cōmēs cūriōsīque vīsī sunt dōnec Zoltan portam ē fīlō rēticulātō factam digitō tetigit, quō terrārius furiēbat et anas, magis adulēscēns quam adulta, ad casam versus sē recēpit, dein paulō reversa sed adhūc ē longinquiōre incitātī tetrinnītūs fluctū gravem terrāriī lātrātum cōnfirmāvit. Zoltan nunc, trāns viam pede relātō, quid sit faciendum dēlīberat. Casa cistifōrmis tēctōriō asperō subrubicundō obducta, ā viā ferē trīgintā metrīs sēposita, hominibus vacāre vidētur. In hāc vīciniā campestriōre cōnspiciuntur passim et equī et equīlia, hīc autem nihil praeter terrārium, anatem, fruticētum arrōsum, quercum sōlitāriam, ā dexterā, prope saeptum merīdiānum, māteriēī imperviae volūmen ingēns carbasō male tēctum. Prope ōstium antīcum sub quercī umbrā est parvum natābulum puerīle īnflātile caeruleum et rosāceum in quō anas bellē tranquillēque natitat atque ex quō terrārius nunc bibit, tamquam sī vīrēs dēfēnsōriās sīc firment ambō. In terrēnī postīcī ultimā parte cernitur ligneum claustrum vetustum cuius valvae clausae. Vehiculōrum statiō obtēcta casae apposita vacua est. Ipsīus casae marginēs fenestrālēs ē nihilō cōnstant nisi chartā piceā, tālis forsan operis signum quālī nūlla pōnātur manus ultima.

Postquam Zoltan decem minūtās in raedā sēdit, terrārius, eum nōn iam spectāns, sub quercō recumbit. Anas in stāgnulō plasticō manet. Mīrum est tam dīversa animālia tam concorditer inter sē conversārī. Cuiusque historiam prīvātam omnia dēcernere scit sānē iam prīdem Zoltan.

Paene merīdiēs est. Peregrīnus tandem cōnsilium capit ut, prōspectō prandiō speusticō aliquō, hūc reversus dum Guenevera Vrbant domum veniat vigilum mōre opperiātur. Plānē potest ut diū sit exspectandum.

Herī nocte et hodiē māne eam compellāre cōnātus est, sed nēmō, nec respōnsōrium īnstrūmentum quidem, respondit. Haec autem animālia, quae satis vigēre videntur, ab aliquō homine cūrārī patet.

Post mediam hōram revertitur Zoltan cuneīs Mexicānīs, lāmellīs maiziīs, pulticulā ex perseō, tinctūrā rubrā, pōtiōne spumantī saccharō carentī, magnā vī mappulārum chartāceārum praetenuium īnstructus. Cum sub betulā patulā, ut prius, statuitur Caballārius, terrārius hāc vice nōn sōlum nōn lātrat sed nē sē excitat quidem, etiamsī anteā longē postquam Zoltan ad sēdem gubernātōriam redierat obtestātiōnēs canīnās prōdūxit. Numquid huic raedae hōc locō statūtae iam est assuēfactus? Laus superīs quod hōc annī tempore tālīque locō mediterrāneō caelum tamen nūbibus obductum est neque aestuat. Immō apertīs fenestellīs hīc cessāre omnīnō nōn molestum est. Praeter auram vīcinia silet.

Cum ad perscrūtātōris artificia – praeter ea quae ē tēlevīsiōne pelliculīsque forte iam imbibit – rudior sit, Zoltanem haud latet quam sit vērīsimile ut aut tempus perdat aut incommoda perīclitētur; attamen, ut homō fervidus, nōn potest quīn Dottiae Lūcīque, investīgātrīcibus sat quidem perītīs, Interrētis āctōrumque diurnōrum tāliumque scrūtātiōnem crēdat dum ipse, eōsdem duōs fīnēs cōnsectāns – Rēnātum scīlicet purgātum repertamque Marniam – alticinctiōra precāriōraque suscipiat. Ipse utcumque Dottiae computātōrium, quō magis sit ūsuī, māximopere dēpurgāvit expedīvit corrōborāvit – quamvīs parvam spem nunc videātur praebēre tālis inquīsītiō. ...At illīus fēminae ingenium nēquāquam est praetermittendum!

Mediā ferē sūmptā prandiī parte, canem nōn iam requiēscere videt sed potius ventum nāribus captantem ad eam fīlōrum metallicōrum colligātōrum saepīmentī partem accessisse quae Zoltanī proxima est, būbulae cāseīque adipe nīmīrum allectum. Afflātū improvīsō adductus recentem cuneum, ex eīs quī ācerrimō liquāmine nōndum perlutī, sacculō extrahit apertōque ōstiolō ad canem cautē, praelātō cuneō, appropinquat tālia fatua blaterāns quālia *Catelle bone!* et *Hocine cupis, mī Cerbere?* Tandem iuxtā saepīmentum stāns per ūnum ē forāminibus diagōniīs mollis cuneī alteram extrēmam partem īnserit, quam terrārius prīmum suspiciōsus nāribus probat, dein praelambit, dein probē obsorbet. Zoltan, cum tōtum cuneum per saepīmentum ad canis avidum ōs iam trūsit, ita summissē ad portam versus spatiātur ut minārum nē suspiciōnem quidem suscitet. Ita est porta ut meminit: pessulō clausa vāricō quī invicem serā pēnsilī

firmātur. Sī claustrum tentet, canis ad tempus plācātus certō certius iterum furōre capiātur.

Zoltan ad raedam revertitur; in quā plūs duās hōrās sedet. Vixdum
somnō cēdere incipit cum vōcem cantantis, vel forte cantiloquentis, nunc
auribus sentit, nunc per viam accēdentis puellulae esse oculīs cōnfirmat.
Tōtō hōc tempore tantum duo vehicula trānsiērunt, nūllus homō. Puella,
aspectū decem ferē annōs nātae, seram pēnsilem clāve reserit.

"Salvē, Samuēl!" inquit laetē dum ita oblīquē per portam ingreditur ut
animālia praeterlābī nequeant. "Salvē, Theodōre!"

Zoltan, relictā raedā, appropinquat dum omnēs trēs – puella, terrārius,
anas – cūriōsī spectant.

"Ignōscās quaeso. Quandō Guenevera Vrbant sit domum reventūra
scīre cupiō."

Puella umerōs allevat; dein addit haec: "Novissimō tempore Guenevera
abesse solet. Vt Samuēlem et Theodōrum cūrem mēnsuāle mihi dat."

"Samuēl igitur canis est?"

"Minimē. Hic Samuēl est," inquit anatem brācchiīs sublegēns. "Dīc
Salvē, Samuēl!"

Māsculus anatīnus suggrunnit dum aliquid ē pennīs subitō horrificātīs
rōstrō ēvellere temptat. Puellae brācchiīs comprehēnsus commodissimē
esse vidētur.

"Erit mihi pol igitur, dum veniat, opperiundum; nam cum eā colloquī
dēbeō." Quae verba Zoltan eō praesertim dīxit nē puellae molestum sit sī
ipse ad statiōnem redeat ibique mancat.

"Haud sciō an diūtissimē sit manendum tibi cum eam hōc triduō nōn
viderim." Quod dīcentem puellam, ob sōlis radiōs līmīs oculīs suspi-
cientem, dēlectārī patet. Gracillima est; cutis crīnēsque eōdem fuscō colōre; dentēs candidī.

Zoltanis manum, sine dubiō cuneōs adhūc redolentem, ad saepīmentum tentam lambit Theodōrus; quō ille hīs hōrīs sē aliquid dēmum effēcisse cernit.

Dum Zoltan num sit cum puellā adhūc sermōcinandum sēcum cōnsīderat, ingēns clabulāre rūsticum nigrum tardātō gradū ad portam accēdit. Sōl pōmeridiānus gubernātōrem bene dispicī nōn sinit; fēmina autem
esse vidētur. Vehiculum, generis GMC, "Iukōnia" nōmine, nōn sōlum
novissimum lautumque est sed etiam pūrissimum fulgidissimumque.
Gubernātōris fenestra nunc ēlectronicē aperītur, quō paulō magis dētegi-
tur fēmina, cuius quidem vultus phōtographēma vigiliāre Gueneverae

Vrbant refert, etsī oculī nunc lentibus speculāribus, puniceā compāge, cēlantur. Capillī flāvī sunt nunc breviōrēs comptiōrēs splendidiōrēs.

"Guenevera!" inquit puella exclāmāns. "Hic vir tē petītum vēnit!" Theodōrus lātrat.

"Zoltan Hollis vocor. Paucīs tē velim."

Guenevera nihil respondet. Zoltan puellam portam iam aperientem adiuvat. Clabulāre ad casam pergit.

Guenevera mōnstrō mēchanicō ēscendēns ā Theodōrō salūtātur, quem manū cito dēlēnit antequam sē ad advenam in immūnītō raedārum aditū stantem vertit.

"Pauca temporis mōmenta concēdere possum," inquit Guenevera sonitū nōnnihil rūrestrī. "Plūribus careō; nam, vēnditā modo casā, crās ēmigrābō."

Antequam Zoltan quicquam ēnūntiāre possit, Theodōrus eum industriē odōrātur dum Guenevera cum puellā ratiōnem putat. Vidētur puellae, pecūniam iam numerantī, mūnusculum contigisse cum haec Gueneverae Zoltanīque valedīcēns dentibus omnibus renīdeat.

"Iubē mātrem tuam meīs verbīs valēre!" inquit Guenevera puellam alloquēns quae terrēnum suum nunc relinquit. Puella tantum subrīdet.

"Cuius generis, cedo, vigil es?" inquit Guenevera vōce iam longē dūriōre tamquam sī eī cum vigilibus sit crēbrum commercium nec quicquam metuat. Quamvīs nunc subuculā rubrā, braccīs Genuēnsibus dēcurtātīs (quibus dēteguntur crūra prōlixa pulchraque), calceīs āthlēticīs candidīs vestīta, Zoltan eam facile sibi imāginārī potest būsequae vestēs ēlegantiōrēs micantēsque gestantem.

"Nūllus tōtō corpore sum vigil. Immō vērō huius locī vigilibus displicēre videor."

Guenevera in dubiī signum labia aliquantulō prōtrūdit; dein ad Iukōniae ōstiolum postīcum prōcēdit.

Zoltan loquī pergit: "Sīdera iūrō. Ecce, crumēnam meam īnspice." Ē brācārum loculō prōfert crumēnam, quam Guenevera, Zoltanī paulō inopīnātum, excipit et quae in eā sunt fūsius scrūtātur. Quod dum ea facit, Zoltan expositiōnem suam continuat.

"Vnica causa cūr hūc vēnerim est quod fēminam quandam dēsīderātam quaerō. Nīl aliud, crēde mihi, mōlior. Quam quaerō amīca est mea ... ac cuiusdam amīcī meī amāsia."

Quod Dottiam adiuvat ut Rēnātum culpā līberet nōn vidētur prūdēns statim patefacere.

Guenevera crumēnam reddēns dīcit: "Īnsignia igitur alibī geris."

Tantam incrēdulitātem incrēdulus ipse mīrātur.

"Ecce, sī quid tē rogāverō ad quod respondēre nōlīs, nē respondeās. Nīl reperīre volō nisi Marniam. Scīlicet nōmen eius est Marnia Barry."

"Nōmen mihi prōrsus ignōtum."

Vōx eius nīl prōdit certī. Num nōmen rē vērā agnōscat necne nīl in eā cōnfitētur. At mūnere scelestō fungēns plānē splendidē dissimulāre calleat.

Duōs saccōs portāns pergit Guenevera ad casae ōstium antīcum, quod aperit.

"Licetne mihi intrāre?" inquit Zoltan.

"Hem ... quidnī?" oppōnit illa tamquam sī nihil minus eius rēferat.

Villōsō super tapētō viridī hīc dētrītō īnfuscātōque hīc adhūc recentiōre rīdiculēque tumidō cōnspiciuntur cistae sarcinae fasciculīque; magna autem mediānī pars vacat. Parietēs clāvōrum forāminibus aliīsque pūnctīs obsitī sunt; tēctō passim dēsquāmātur pigmentum. Sinistrōrsum dispicitur culīna abacō factīciō longō hīc inde pandō. Nē multa, casae pars interior quam exterior tam putris est Iukōniaeque admodum nihil congruit. Hanc esse vel recentis crīminis fructum?

"Mente tandem amplectī tē cupiō mihi cum vigilibus nūllam prōrsus exstāre cōnsuētūdinem."

"Parce dum. Bene est. In amīcam tuam quaerendam tōtus intenderis. At quid mihi cum istā?" Guenevera duās cistās, alteram alterī cumulātam, sublātās per ōstium ad Iukōniam versus portat.

"Bene. Istud penitus comprehendentem tē rogāre velim num ... num tibi nōtus sit quīdam Rēnātus Cardon. Quī prō eō raedam nūper condūxit mihi est alloquendus cum haud sciō an hic sīve haec, sciat nesciat, mē ad Marniam vestīgandam adiuvāre possit. ...Nec sānē quod raeda forsitan, Rēnātō scīlicet tūtāmentō, falsō sit nōmine conducta meā quicquam rēfert."

Cistīs Iukōniae postīcō solō impositīs, Guenevera ad casam tacita revertitur.

"...Vīn' opem feram?" īnfit Zoltan cētera per solum strata indicāns.

"Profectō. Illās sarcinās cape."

Zoltan vestustārum sarcinārum pār arreptum effert post Gueneveram māiōrem cistam nunc portantem.

"Vīn' igitur?"

"Quid velim?"

"Vīn' tū respondēre num prō Rēnātō raedam adepta sīs?"

"Istum Rēnātum tuum ignōrō," inquit Guenevera, post plūra in Iukōniā condita. "Ego tālia agitem? Quidnam reī? Raedās prō aliīs condūcere? Ista quidem haud sunt meae farīnae. Nōvī tamen quī tālia pusilla amplē callet. Cum aedēs eius ā novīs meīs haud procul distent, quīn mē sequeris illūc?"

**

Moriente Sōlis diē, viae properātae, huius nōminis interdum dignae, velut taeniae lātae innexae per regiōnēs suburbānās, collīnās, urbānās, nunc iterum suburbānās, iterum urbānās, nunc collīnās, nunc iterum suburbānās et ita porrō undulātae serpunt, dum bīnī amnēs lūcifluī, ā dexterā ruber, albus ā sinistrā, lentē cēdentibus speciōsīs sōlis radiīs rubricōsīs, minācius mināciusque fulgent. Gueneverae ātrum portentum sequī haud difficile est. Zoltan quasi rate per factīcium flūmen simul speciōsum et fūnestum fluit cuius rīpae hortīs omnigenīs versicolōribus neonicīs, halogenicīs, incandēscentibus tamquam dēfōrmibus silvīs extrāterrestribus horrent. Hīs Stygiīs innāns undīs rogat sē Zoltan num quis nōn vergat in Hādēn?

Duās ferē post hōrās in locum quendam, cēterīs similem sed etiam pēiōrem, Chīnum vocātum, exspuuntur. Haud mīrātur Zoltan tot exstitisse pelliculās urbium clādēs celebrantēs; nam quis, vel saltem mentis parte subcōnsciā etiamsī cōnsciē relanguēscēns, tālem megistopolim nefās nōn sponte abōminētur? Immō ipsam Terram, tālibus mīliōnum hominum hūmānārumque sordium compustulātiōnibus irrītātam, in tōtum genus aliquandō animadversūram Zoltanī haud in dubiō vidētur.

In raedam agendam animum iterum intendit cum Iukōniam videt ē viā māiōre commerciō datā dēflectere in seriem minōrum viārum aedibus humilibus saeptārum puerīsque crepusculō intūtius lascīvientibus interdum scatentium. Iukōnia tandem sistit statuiturque ante domum eō cēterīs dissimilem quod et superiōre tabulātō et aspectū vetustiōre superbit velut luscus inter caecōs. Hanc ōlim fuisse praediī vīllam?

Post clabulāris mōlem statūtā raedulā conductulā, Zoltan accēdit ad fēminam sē nunc exspectantem in sēmitā veterā ex opere concrētō factā passimque rīmōsā quae caespitem sēmianimum in duās aequās partēs dīvidit. Antequam autem Zoltan Gueneveram adipiscātur, prōgreditur haec, paucōs trānscendēns pergulae gradūs, ad ōstium antīcum amplius.

Excitātō tintinnābulō concessōque temporis spatiolō, prōdit tamen nēmō. Nunc Guenevera ē marsuppiī loculō, reserātā tractilī clūsūrā, clāvem solūtam prōmit, quā iānuam aperit. Intrant ambō.

Ā laevā parte praebētur oculīs mediānum ut nōn omnīnō ēleganter ita tamen sat probē īnstructum. Lūmine vestībulārī revelātur magnārum lucernārum mēnsālium pār quārum murrinae basēs rosāceae eandem spīram nautilifōrmem praestant quam Dētroitēnsis aviae quondam lychnī minōrēs menthicolōrēs. Post longum iter Zoltan adeō sēmisomnus torpet ut praesentī susceptō quādam ratiōne congruere videātur et avītae supellectilis memoria. Immō praecocior quondam adulēscēns cochleifōrmibus tenēbātur quippe ut cōnstantem auctum significantibus, neque ignōrābat ratiōnem spīrae nautilī, hoc est, 1:1.618034..., dum tōtam suam historiam dēsignātam post sē relinquit, in īnfīnītum sē extendere; circulō porrō dissimilem, figūrae per sē clausae, nautilum cūnctōs 360 gradūs identidem ad īnfīnītum petere; cellam quamque novissimam, quamvīs vidērētur carcer parvus, proximum tamen māiusque semper cōnstituere vītae incrēmentum.

Guenevera, postquam nōmen "Geōrgī" aliquotiēs vocat, prōcēdit nōn in mediānum sed potius ad scālārium quō dēgrediuntur ūsque in officīnam parvam hypogēicam. Super mēnsam variīs onustam iacent duo magnētoscopia. Mūrō longinquiōrī appositum est armārium magnētocapsulīs refertum quārum cistula nigra quaeque titellō albō litterīs nigrīs māchinā scrīptō distinguitur. In angulō stat phōtographicōrum vel cīnēmatographicōrum tripodum pār. Omnia longō videntur occupāta sitū.

Ā sinistrā positum pēgma librārium veteribus librīs aliīsque rēbus sēmiplēnum Guenevera adiēns laevā manū sine ūllā dubitātiōne ā pariete retrahit, quō occultus reserātur brevissimus andrōn. Iānua cuius exterior pars pēgma est intus lāminā metallicā est obducta. Post andrōnem hypogēī cētera, hoc est, longē māxima pars.

"Ei! Telephōnulum in vehiculō relīquī," inquit Guenevera. "Geōrgium, quī sē hāc hōrā adfore dīxit, compellāre volō. Scīlicet, etsī mē aedēs intrāre sinit, tēlephōnī suī ūsum nesciōcūr vetat. Licetne mihi tuum ūsurpāre?"

Zoltan suum, braccārum loculō extractum, porrigit dum spatium iānuā carēns intrat quod, versō ā Guenevērā epistomiō, tubulīs lūcifluīs modo trepidantibus illūminātur. Nihil autem appāret praecipuī: duae sellae plasticae forasticae tenuī aspectū; sponda magna stragulō auricolōrī tēcta; vetustissima lampas statīva ōrnātū tam intortō quam neglectō; post haec mūrī caementīciī partem operiēns fictīcium tapēte orientāle. Locus aspectum praebet scaenae cīnēmatographicae vīlissimae. Zoltanem autem nōn latet cīnētomāchinās, perītē positīs lūminibus, squalida praeterīre solēre.

LĀĀĀPPSS!!!!

Zoltan sē convertēns hoc spatium iānuā dēnique nōn carēre videt; nam ex hiātū in mediō replō positō ēlābēns iānua metallica ōstium modo clausit!

"Quid malum istud?!" inquit Zoltan ad ōstium ruēns iānuamque aperīre temptāns; quam autem tam fixam quam solidam esse statim patet. Superiōre parte paulō suprā oculōrum fastīgium est fenestella exigua dīrēctiangula clāthrīs īnstructa.

Post unīus ferē minūtae īrātissimās acclāmātiōnēs audiuntur tandem pedēs per scālās dēscendentēs.

"Bonō sīs animō" inquit Guenevera altrinsecus saeptī. "Tabernam pōtōriam quam Geōrgium frequentat modo compellāvī. Pincerna mihi dīxit amīcum nostrum modo discessisse. Cum sit taberna in proximō, Geōrgium mox adventūrum esse haud dubitō."

"At hercle cūrnam mē hīc inclūsistī?"

Quod dīcēns clāthrōsque tenēns Zoltan sē ita sublevat ut Gueneverae tantum verticem cōnspiciat; quī, tamquam sī cōnsternētur fēmina, paulō retrōcēdit.

"Geōrgius ignōtōs apud sē versantēs aegrē fert; inclūsum tolerābit. Scīlicet assentandō eī plūra impetrābis."

Cōnsternātiōnis mōtū istō prōditae vōce tamen nihil inest.

"Tēlephōnum mihi redde!" inquit Zoltan clāthrōs quatere cōnāns aequē solidōs quam iānuam.

"Hīc relinquam. Nē sollicitēris."

"Sī Geōrgium istum ab advenīs abhorrēre scīvissem, plānē extrā exsecrābilem casam eius opperīrī potuissem!"

"Dēfervēsce dum."

Guenevera, cum scālās ascendat, iam perspicuē appāret speculārēs lentēs adhūc gestāns.

"...Paucīs minūtīs veniet ille ubi sīs gnārus."

"At tū abis? Prō Iēsu Chrīste! At...! In malam crūcem...!" Iānuam metallicam pugnō tam vehementer ferit ut doleat. "Furcifera!" inquit ob propriam tard   itātem iam furēns. "Laecasīn tibi sescentiēs!"

Tōtum saeptum inambulāns dīmētītur tamquam mente aestimāns, rē autem vērā longē nimis agitātus quam ut sānē cōgitāre valeat. Nunc cōnsistēns ut auscultet nihil prōrsus audit praeter āerem spīrāculum, ā dextrā ōstiī positum, permeantem. Spīrāculum alterum, quod ā sinistrā est, eandem fōrmam habet nec vērō quicquam sonat. Sūmitne āerem? Tālī spīrāculō opus sit sōlummodo sī - id quod Zoltanis mentem modo percellit - saeptum aliōquīn āerī sit impervium neque exstet quā immissus āer exeat ...... vel forte sī impervium fierī possit.

Zoltan ōstium adiēns inter solum et īmam iānuam nihil esse spatiī oculīs manibusque probat. Iānua per orbitam pavīmentō inaedificātam trānscucurrerit. Immō vērō Zoltan sē intrantem līneolam vīdisse meminit.

At iānuae fenestella nōnne pervia est? Zoltan surgēns per dextimum fenestellae intervallum, hoc est, per spatiolum inter dextimum clāthrum et fenestellae marginem, sinistrae manūs quattuor tantum digitōs exserit; pollex enim nōn ūnā capitur. Dein, cum fenestellam pōne clāthrōs, quōrum sunt septem, nūllā rē - nē quadrā quidem plasticā nec fīlulīs rēticulātīs - tegī cōnstet, illam exteriōrem iānuae partem palpat quae digitīs patet. Nihil sentit inaequī; nihil quod fenestellae operculum lāpsile esse videātur. Nunc dexterae manūs digitōs invicem per sinistimum exserit intervallum. Hīc - prō dī īnfernālēs! - omnīnō alia est condiciō; nam digitī continuō offendunt ēlevātam superficiem, tantum autem iuxtā fenestellam. Suprā īnfrāque latus alterum iānuae tāle prōrsus est quāle ā dexterā fenestellae. Haec rēs sine dubiō foricula est. Cum tamen digitīs attrahere temptāns nōn possit, hoc operīmentum nōn lābī sed potius cardine vertī rētur, quamquam ipse vertere nequit.

Hoc igitur saeptum āere externō forsan prīvārī potest. Quod perpendentem Zoltanem vōx neque ex circumiectīs neque ex propriō animō nunc turbidissimō sed potius tamquam ē longinquō, immō, quasi ab amīcō Vudiō - ubiubi nunc versante - oriēns alloquī vidētur; quae quidem suādet ut persōnās sīve in spectāculīs saepe vīsās sīve in fābulīs scrīptīs precāriīs vehementōsīsque dēpictās imitētur, scīlicet ut ingenium nunc, sī umquam, quam māximē intendat, perītiam quamcumque quam māximē adhibeat. Quod, simulac cōgitātum, aequē fatuum vidētur atque ūtile. Occurrit enim imāgō acūtae mentis perspicācisque speculātōris vigilisve quī omnēs prōrsus modōs, praesertim intellegentiam audāciamque propriam, exercet ut māximō discrīmine ēlābātur.

Quā imāginātiōne, quamvīs sit subīnsulsa, nōnnihil tamen in animō corrōborātus cosmum novum suum nunc etiam intentius quam antehāc scrūtārī ingreditur. Conclāve sat simplex est: quattuor mūrī, pavīmentum, tēctum omnīnō caementīcia; supellex iam animadversa; in tēctō duo lūminum lūcifluōrum adfixa; iānua ista metallica, in cuius īmā parte trēs subtīlēs rīmae, alterīus foriculae forsan signa; metallum ibi tamen omnīnō tam solidum quam in cēterā iānuā; spīrācula illa duo; supellectilem aspicientis ā dexterā, in spatiō ā lūminibus sēmōtiōre ideōque obscūriōre, mēnsa metallica necnōn, in ultimō angulō, vīlissimō aspectū lasanum cuius sēdēs, cooperculō carēns, ē plasticō vārō turcoïsinō albōque.

Zoltan ad mēnsam metallicam accēdēns in ūnō quōque angulō catēnam cōnspicit, immō manicam quasi ad manum pedemve refrēnandum aptam. Quās manicās inspiciēns tentānsque nōn cochleīs sed potius trabālibus clāvīs tam solidē mēnsae coniūnctās esse animadvertit ut sine īnstrūmentīs speciālibus haudquāquam āvellī posse videantur. Ā mēnsā paulō recēdēns videt īnfrā positum rotundum dēfūsōrium plānō crībrulō rōbīginōsō īnstructum.

Antequam haec diūtius cōnsīderāre possit, audiuntur post iānuam sonitūs ambiguī. Zoltan statim ad ōstium contendēns videt summī scalāriī iānuam lentē per sē ita sēmiclaudī ut clārae lūcis rīmula maneat tamquam sī iānua pessulō ante clausūram capta sit. Nōndum quisquam per ōstium superius intrāvisse vidētur; quīn potius permānant nunc tantum colloquiī sonī tam obtūsī ut singula verba internōscī nequeant. Vōcēs sunt fēminae et virī quī rixārī videntur. Zoltan tandem pauca verba discernere potest. Vir crēbrīs exsecrātiōnibus ūtī vidētur. Respōnsa fēminae surdiōra sunt. Vir vidētur dīcere "male fictī cīmicēs" vel forsan "maledictī vigilēs." Immō vir ēnūntiātū aliēnō ūtī vidētur.

Vōcēs tandem silent. Zoltan, quamvīs exclāmāre cupiat ut sē dēnique līberent, silentium prō prūdentiōre dūcit sī forte suprā versantēs nōn sōlum iānuam superiōrem sed etiam brevis andrōnis iānuam sēcrētam ad hunc carcerem ducentem nōn occlūsam esse ignōrent. Superior iānua sine dubiō potius ultrā quam citrā obserātur. Certē potest ut, adhūc sēmiapertā illā iānuā, plūra exaudīrī possint. Pessimum fātum tandem habendum vidētur prō vērīsimillimō: istīs animum esse captīvum suum aut in incertum retinēre ... aut perimere. Quae cum ita sint, iānuae quae imprūdenter apertae relinquantur Zoltanī prōdesse possint. Vel, sī discesserint plagiāriī, vīcīnōs conclāmitāre possit.

Quō commodum excōgitātō, iānua superior ūnicō magnō strepitū clauditur, quō clāriōris lūcis rīma extemplō ēvānēscit.

Post temporis spatium hōrae simile – scīlicet Zoltan, quī gestabilis telephōnī mūnere hōrologicō nītī solet, brācchiālī hōrologiō vacat – superiōrem iānuam aperīrī hominemque per scālās dēscendere audit. Ipse simul spondae īnsidentem animōque obstupefactiōrem se dēprehendit. In sē continuō rediēns ā spondā laevē surgit iānuamque petit ... quō ipsō temporis articulō virī fortuītō caput, post virum tōtam Gueneveram dēgredientem dispicit. Huius oculī, dēmptīs oculāribus, nūdātī sunt. Hāc hōrā – ecquid ūndēcimā ferē? – nōx iam omnīnō sit obscūra. Nunc neutrum eōrum iam vidēns aliquid tamen, quasi sellam scabellumve, trāns pavīmentum trahī audit.

Vultus māsculīnus fenestellam subito occupat ... nōn comminus sed ita paulō sēmōtus ut lineāmenta habitusque ōris aegrē discernī possint. Calvum eum tamen esse patet.

"Quid malum hīc fit?" īnfit Zoltan rūdēns, ad fenestellam autem nōn nimis appropinquāns nē vir etiam magis retrōcēdat. "Quīn mē statim exsolvis? Quaerō tantum nova dē amīcā meā! Nihil in tē, nihil in vōs, intendō perīculī! Hoc vōbīs spondeō!"

"Ita sānē. Fāma dē amīcā tuā ad mē mānāvit," inquit vir ēnūntiātū vel Russicō vel saltem Slavicō. "Rēs vērē dēplōranda. Tibi autem nūntium praebēre nequeō." Verba eius mīrē sīncēra videntur. Praeter sonum peregrīnum necnōn rērum statum incommodissimum notābiliter tamen lentē remissēque loquitur.

"Em, bene est. Scīlicet..." inquit Zoltan prō parte aequē remittī cōnāns, "...quae comperīrī licet temptō. ...Quidnī autem mē nunc exsolvās? Hīc quid negōtiōrum agātur neque sciō nec mihi cūrae est. Vel sī forte aliquantillum pornographiae exercētis, nōn tantum meā nōn rēfert vērum etiam ipse sum quī tālibus interdum frūniscar. Ā mē nīl plānē cavendum'st. Rēbus vestrīs minimē quidem teneor. Quid Marniae acciderit, immō quid accidat, omnibus unguibus corrādō. Timeō enim nē sit eī opus auxiliō meō." Zoltan sē temere effūtīre nōn ignōrat nec tamen dēsinere vult.

"Verba tua animō penitus complector," inquit vir adhūc tranquillē lēniterque ... etsī Zoltan eum nunc ēbrietātem cēlāre sentit. "Attamen Gueneverae nostrae sunt, ut ita dīcam, prōrsus aliae cūrae."

"Cūrae? Quaenam? Ecquid succurrere possum? Nūllus plānē sum vigil. Immō vērō vigilēs mē āversārī videntur. Scīlicet sum ... ecce, negōtiātor, Seattlī forum computātōrium mox īnstitūtūrus." Zoltan cōnsilium sibi sponte capere vidētur ut sē quam germānissimum hūmānissimumque praebeat, noxiōrum in oculīs putāns cēterōs nimium facile in mera "incommoda" imminuī posse.

"Vtinam, Domine Hollis, rēs tam simplex esset. At Guenevera tē, ut dīcis, 'āversārī' vidētur ... neque eam saepe compēscuī. Rēctē autem dē negōtiolō meō cīnēmatographicō opīnātus es. Hoc est, tālia ēdō quālia magistrātibus displicent." Vōcem quae est *magistrātibus* ita prōnūntiat tamquam sī dē KGB loquātur.

"Istud meā haud interest."

"Sadomasochistica est māxima pars, scīlicet paulō nimis aspera quam ut liceat. Interdum etiam puerīlia concinnō."

Quibus dictīs, summissē rīsitāns vultum fenestellae propius admovet velutsī familiāriter colloquī cupiēns. Zoltan fixus manet nē hunc virum, quī sine dubiō 'Geōrgius' est, absterreat ... etsī sānē fenestella nimis dēmum parva est, clāthrī nimis cōnfertī, quam ut prōruēns quicquam efficere possit.

Geōrgius quīntum decennium suum agere vidētur, immō huius ultimam partem. Caput undique rāsum est; mentum barbulā, lanna laeva inaure simplicī decorāta. Quem habitum Zoltan iuvenibus aptiōrem, aetāte prōvectiōrēs in dēgenerum dēferre cēnset. Geōrgiī vultus nimium mātūrus est necnōn et nimium singulāris; immō prope grȳllus hominis esse vidētur. Nāsus perlongus cuius apex bulbulō distinctus; latum ōs labrīs grandibus; vultūs līneāmenta quasi cummea histriōnī forsan secundāriō vel comoedō idōnea, quibus autem rāsum caput, barbula, inauris aspectum tribuunt magis sexuāliter corruptī – id vidēlicet quod, inter alia, hunc hominem esse cōnstat. Ē corruptōrum numerō tālis vidētur esse quālis interdum vītam suam scrūtētur animōque contorqueātur quālis autem īnstitūta mōrēsque nihilominus mūtāre nōn valeat ... quālis porrō in tēmētīs quaerat refugium. Oculī quidem sanguine suffūsī sunt; quōusque autem sit inēbriātus nōn liquet. Nōnne enim Russī tēmulentiae gradum quemvīs bene tegere sciunt?

"...Puerōs tamen numquam contrā voluntātem adhibeō," ait Geōrgius in excūsātiōnem. "Nūllōs nisi volentēs accipiō. Hāc scīlicet ferreā ūtor lēge. Estne tibi lēx ferrea, Domine Hollis?"

Quā audītā interrogātiōne ōtiōsā fatuāque, incipit Zoltan Geōrgium aut valdē dēmum ēbrium aut mōrologum ultimum esse crēdere.

"...Em, scīlicet est sānē. Vītam id esse quod nōs eam facere. Cūncta attingī posse dum cōnstanter petātur."

Geōrgius rīdet. Quō rīsū nec gaudium inest nec crūdēlitās. Nīl nisi rīsus solūtus.

"Iūdicium Americānissimum, Domine Hollis."

"Nōmine Zoltan mē appellēs."

"Bene est, Zoltan. Geōrgius vocor." Hic nunc – haud crēdendum! – clāthrātae fenestellae manum admovet velut sī dextrās cum Zoltane iūnctūrus; sed Gueneverae manus ex īnferiōre exsistēns manum Geōrgiī dētrahit. ...At plānē ob frequentēs clāthrōs nīl inter sē efficere potuissent virī nisi vel digitōs aliquot iniuncāre.

Ad quod Geōrgius umerōs paulō ēlevāns Zoltanem aspicit tamquam dīcēns *Ecce tibi mulierēs*! Sed cum Zoltan manum invicem cōmiter ad fenestellam versus porrigit, Geōrgius sōlum subrīdēns argūmentum mūtat.

"Placet haec bellula scaena ā priōre possessōre excepta. Adeō āeris meātum regō. Spīrāculum istud..." indice mōnstrat dextrōrsum Zoltanis, "...occlūdere possum. Hoc quoque operculum." Quod dīcēns fenestellam obsaepit ōstiolō in cuius media parte est fenestella vitrea obsaeptā etiam minor ē vitrō sine dubiō crassissimō. Per hanc minōrem fenestellam Zoltan Geōrgium quasi iocantem manum iactāre videt. Statim autem aperit.

"Hōc modō intus versantem āeris prīvāre habeam." Rīdet malignitāte ēbriā. "...Quod numquam fēcī."

"Istud audiēns gaudeō quidem, neque umquam fore tibi causam ex corde spērō, Geōrgī mī."

"Is autem cuī succēdō cellam vapōre chlōrofōrmī minimum bis terve complēvisse compertum habeō. Per spīrāculum immittī potest. Artēs Russicās!"

Īnsulsē cachinnat aliud simul Russicē dīcēns quod Zoltanī haud liquet, etiamsī quondam, dōnec gravī morbō adflictus est grammatista, Russicē paulisper studuit.

"Quot mīliōnēsimīs partibus opus sit ad amussim sciō ex tabulā mihi lēgātā. Quās dein exhaurīre possum." Ōre quasi sugentis sonum facit. "...Haud difficilski!" Incontinentius, rīdet.

"Quod dīcis sat ... ingeniōsum est, Geōrgī, sed quōrsum tū umquam tālia faciās?"

"Dēcessor meus vidēlicet," inquit Geōrgius paulō ingravātō vultū, "tālēs interdum faciēbat pelliculās quālēs 'exstinctōriae' dīcuntur, hoc est, ecce, in quibus vērē caedēbātur."

Verbum quod est *exstinctōriae* īnsolitē prōnūntiat velut "n" litterā nāsālī "r"-que litterā in palātō collīsā.

"...Victimae solēbant esse vagī dēstitūtīque, id est, tālēs quālēs dēsīderāret nēmō. Ad extrēmum tamen exstinctōriās facere mūnus nimis dubium factum est. Paucae vel, quoad sciam, nūllae iam fiunt in nostrā terrā."

Oculōs ad laevam suam flectit ... ad Gueneveram versus, ut vidētur saltem.

"Egomet sānē," inquit Zoltan tranquillum animum adfectāns, "nūllus sum dēstitūtus."

"Quod sānē haud ignōrō," inquit Geōrgius capite dolenter negāns. "Sed haec mulier saevitiā KBG nōn cēdit. Quid faciendum est?" Vmerōs iterum allevat. "Tē, em, vult esse, ut ita dīcam, victimam cīnēmatographicam ... neque cūrat dē perīculīs. ...At sī quis ē grege paulō loquāciōrem sē praebeat, rēs in strāgem vergat!"

Geōrgius gestum sē cultrō iugulantis imitātur caesūrae simul ēdēns sonum.

"Nec sciō quamdiū sit exspectandum ut aptum gregem inveniāmus ... haud sciō an mēnsēs. Quō tempore pāscendus sīs. ...Fierī potest ut damna sint prōrsus praecīdenda."

"Praecīd....?"

Geōrgius, īrātior īrātiorque factus, Zoltanem nōn iam valdē animadvertere vidētur.

"Damna praecīdere?" īnfit iterum Zoltan. "Fātum plānē haud optandum!"

Geōrgius Zoltanem iterum intuētur tamquam sī hunc modo agnōvisse putet nōn captīvī fātum sed potius captōris aerumnās.

"At curnām sit tibi vōtīs istīus mulieris concēdendum?"

"Pecūnia, ēn tibi, pecūnia dēmum est." Quod dīcēns, summissō vultū, digitōs pollicī adfricat.

Zoltan, Gueneveram huic perditō pecūniam solvisse vel solūtūram esse intellegēns, dēspērāre incipit.

Antequam haec sēcum fūsius volvere possit, Geōrgium scamnum, cui nōn iam superstat, ē mediō abstraxisse animadvertit. Per apertam nunc foriculam īnferiōrem impelluntur rēs duae: pastillus fartus catillō crūstālī aluminicō impositus et pōtiōnis spūmantis generis "Septem Sūrsum" viridis lagoena plastica. Guenevera scālarium iam ascendit; quam sequitur Geōrgius.

"Guenevera! Heus, Guenevera! Sī mē carnificī trādidistī, nōnne hoc mihi explānāre dēbēs? Quōnam malō tē affēcī? Nīl habēbam cūr sim tibi īnfēnsus vel inimīcus! Sī quid mē scīre putās quod per tē nōn licet, oblivīscar sānē! Rēs tuae nihil meā intersunt! Intersunt tantum Marnia ... et Vudius!"

Ōstium superius ingentī strepitū operītur.

Id quod prīmum īra fuit, dein timor, nunc plēnum vertitur in pavōrem. Tōtō corpore tremit. Horrōris discutiendī grātiā iterum inambulat permixta cōgitāns, cōnsilia cōnfūsē quaerēns. Sī cloācam obstruat, inundētur quidem saeptum, sed sē ipsum dēmergere possit neque cuiquam sit cūr eum servet. Immō Geōrgius vel gaudēret ob captīvum inopportūnum ā sē ipsō āmōlītum. Sī invicem hanc "scaenam" dīctam, quam Geōrgius tantī habēre vidētur, dīripiat, hoc Geōrgium haud indūcat ut ipse intret, quīn potius, sī quāvīs causā intrāre velit, Zoltanem prius cōnsōpiat ... vel venēnātō āere ēminus perimat.

Dēnique, cum interdum summīs pedum digitīs stat ut quid pōne iānuam sit dispiciat, pōtiōnem quasi invītus sorbet pastillumque fartum lībat: farcīminis Bonōniēnsis lāminās duās, cāseum Americānum, liquāmen Magōnicum intrā candidī panis segmenta angustiōra. Paulō post, exstinctīs lūminibus lūcifluīs, omnia merguntur āterrimā umbrā. Videntur nīmīrum hypogēī lumina ē superiōre locō temperārī. Sine dubiō lūmina per reliquam noctem exstincta manēbunt. Māne forsan iterum incendentur ... scīlicet sī Geōrgius meminerit cūrābitque.

Manibus cēnam portāns pedibusque viam temptāns Zoltan spondam cautē quaerit.

```
**  **  **              **   **   **   **   **
            **
**  **  **  **   **   **   **   **   **
  ** **         **
**  **  **  **   **   **   **   **   **
**  **  **  **
  **        **   **   **   **   ** **  **   **
** ** **    **   **   **   **   **   **   **
** ** ** ** **   **   **   **   **   **
  ** **    ** **  **   **   **   **   **   **
** ** **    **
**********************************
*******************************
```

Ea quae prius prō oculōrum solitō lūsū habēbās nunc vērō scintillulae videntur esse per immemorābilia foliōrum fastīgia alicunde alterīus mundī percolātae, quōcircā alicubī post silvās ūniversālēs suspicāris casās, viās paulō illūminātās, adeō stēllās. Ipsam hanc silvam habitant pāscendī ... immō edendī sonitūs. Quō nōnnihil turbāris ... simul tamen nesciōcūr quiēscis ... fortasse quia tālēs tenebrae passim nāscentēs simul tē tegunt et mūrōs tollunt.

Quārum imāgunculārum nōnnūllae paene sunt hūmānae, aliae corvifōrmēs; aliae būbōnem prōpōnunt; aliae animantia prius invīsa; forsitan etiam pistricēs dīnosaurōsque. Praeter tōtam hanc vigentium imāginum interminātam opulentiam, ea quae, nescīs quā causā, mentis oculōs identidem prōlicit quaedam leaena est, maris tamen iubā praedita adsiduēque, tēcum pariter, ut vidētur, augēscēns. Obtūtūs tuī ope cōnsurgit an suīs ipsīus vīribus? Nōn fulva sed onychina est, vel interdum porphyrētica, neque usquam geniālis. Truncus fēminae ferē hūmānae rōbore, nōn pellācī sed potius pollentī dūrōque, tumet. Caput nīl nisi persōnam esse suspicāris, quam gestantem Vltrīcem Aequātrīcemque esse patet. Per ōs fertur ūsque cruor. Num nunc an posthāc tē sit cōnsūmptūra nōndum liquet; sed sērius ōcius seu resistentem seu obsequentem vorābit. Iam trepidus hinnuleus factus utrum sit cōnsistendum an fugiendum haerēs. Manēre autem dēcernis ... vel forsan aliquis hoc iam prō tē dēcrēvit.

Ē Lacū surgēns sīve per Fenestram intrāns sīve in Speculō Ūniversālī subitō cōnspecta gliscit iam necopīnātō Leaena illa, cuius umbra tōtam tuam comprehendit vītam. Immō ipsum crepusculum cottīdiānum Eam tandem fuisse recordāris. In oculīs Eius sunt ībēs, cōnōpēs, rānae, rōdentia, vīrus quodque radiīque gamma innumerī necnōn squalī aliaque māiōra permulta; passim etiam stēllae crīnītae asteroīdēsque. Illa aeterna est omniaque pūtida, aegra, nimis obsita mortīve quōquō modō prōmpta dēmetere solet. Restaurātrīx enim est. Molestum tantum est quod, cum semel dēmetere incēperit, vix et aegrē refrēnātur. Saepissimē enim quasi cāsū moritur quispiam, gestū vel fortuītō, saxō cadentī obtrītus gigantisve laevō pede. Mātrem Deam almam illam tōtō corpore dēsīderās, sed nunc nīl percipis nisi dentēs unguēs villōs. Spīrāns nunc nīl olfacis, nīl sentīs nisi ingentem fēlem fervidam ... anne huius locī āerem crāssum?

*

Expergīscēns Zoltan nec quicquam oculīs percipiēns angōris tamen quasi circumiectō fluctū obruitur. Tenebrae internae externīs omnīnō congruunt.

Īnsolitum somnium. Deam quandam Aegyptiam – cuius excidit nōmen – quoddam ad Societātis colloquium aptē celebrandum ōlim investīgātam modo est somiātus. Tantam vim figūrārum mȳthicārum! Praesentia cōnspectusque Eius nihilōminus mīrum in modum quasi sōlātur ... tamquam mors, etiamsī absurda, sit dēmum nōn sōlum iūsta nātūraeque īnsita sed etiam, cum sit hic mundus dēmum nē contemptū quidem dignus, optanda. Nōnne quisque post vītam rīdiculē brevem tenuemque aeternum dēmum aevum mortuus dēgit?

Quod contemplāns similia in somnia resīdit dōnec accenduntur subitō lūmina. Anne iam dūdum accēnsa modo sēnsit? Dexterā oculōs inumbrāns habitātiōnem illaetābilem circumspicit. Ante ōstium iacet cibus. Circumfluunt etiam strepitūs post profundum silentium ēnormēs. Pōne clāthrōs cernit Zoltan faciem ... forsan Gueneverae, quae scabellō superstāre captīvumque spectāre vidētur. Zoltan veternōsus ē lectō surgit gravisque ad fenestellam versus tendit.

"Hīc igitur pernoctāstī?" Quō interrogātō eī nihil ōtiōsius innoxiusve in mentem venit. Quōrsum enim contumēliae?

"Haudquāquam," refert Guenevera quasi sē dēfendēns. "Mē apud istum pūtidum bibōnem dormīre?"

"Mihi, em, nōndum bene nōta es."

"Vltimam vehem petītum ad casam meam rediī."

Gueneveram ē proximō intuēns prīmum bene dispicit oculōs; quī sunt māiōrēs et caesiī, vultuī ōvātō necopīnātam mollitiam tribuentēs. Quamvīs nāsō paulō nimis longō est mentōque exīliōre, in coetum tamen venustiōrum est plānē dīscrībenda. Immō, bene tandem expositīs oculīs, mīrum quam vidētur obnoxia. Patet igitur causa cūr perspicillō istō speculārī ūtī soleat. Faciēs opīniōne suāvior nihilōminus nūllā firmat Zoltanem spē ... sē scīlicet eam fortasse commovēre posse; nam nōn tantum vulnerārī posse vidētur quantum iam penitus identidemve vulnerāta ideōque, pulchrō artificiō similis, intrā vitrī sclopētātibus imperviī lāminās īnclūsa.

"Sarcinam ad amīcae tuae ōstium attulī," inquit Guenevera argūmentum novum iniciēns.

Quō acceptō, Zoltan invītus resilit.

"Illud meum fuit. Nēminem autem necāvī. Tantummodo sarcinās aliquot trādidī."

"Itaque ... Itaque..."

"Quid itaque?"

"Prō Rēnātō Cardon opera efficiēbās? Prō illō raedam illam condūxistī?"

Guenevera mōtō capite aspernāns, dein illūdāns, negat. "Sincipite istō parum tenēs!"

"Vt vidētur. Rem tamen complectī velim ... vel saltem ea quae ad Marniam dūcant."

"Istī tē haud iam opitulārī posse reor."

Zoltanī īlicō frangī vidētur animus.

"Nonne Rēnātō serviēbās?" inquit Zoltan sē tamen loquī cōgēns.

Quam nōtiōnem etiam magis fastīdīre vidētur illa. "Istam raedulam sānē condūxī – quod tamen nūllīus fuit mōmentī. Cum prō fēminā eius utīque operārer, scīlicet Olīviā, hoc ut superadditum effēcī."

"Prō Olīviā?"

"Ita sānē. Olīvia mē āthlēticē quidem remūnerābātur. Immō, ob mercēdem quam istā dēlīrantī lamiā effōdī iam rūde dōnāta mihi videor. Quamobrem stercorōsum gurgustium istud tandem vēndidī. Paedidus vītae modus sustinendus fuerat dōnec essem discessūra. Aliōquīn haud sciō an vigilēs scrūtābundī lucellum meum odōrātī essent. Nunc tamen est refugium parātum."

"Olīvia igitur hostīmenta tibi praebēbat ut fasciculōs quibusdam trāderēs? Sīcine tam multōs exstinxit?"

"Ego tantummodo afferēbam ... nec plūribus novem. Prō ūnō quōque trīcēna mīlia solvit illa. Olīvia Rēnātusque aere cōnfertī sunt ... erant."

"Quid igitur dē cēterīs? Nōnne circiter quīndecim tālī modō sunt peremptī?"

"Nesciō. Haud sciō an aliōs quoque in tālia condūxerit ... nisi ipsa fēcit."

"Venēnum fuit LSD?"

"Nesciōquod genus, nī fallor, 'PCP' fuit. Istud saltem mihi recordārī videor. Scīlicet omnia mihi fūsē āmenterque exposuit tanquam sī floccī facerem. Bene īnspīrantēs animam īlicō ebullītūrōs praedīxit; aut cōmatī prīmum illāpsūrōs, dein obitūrōs. Sīn autem tantum sēmihālitum indūxissent, lymphātum īrī sīve 'cruciātū' nesciōquō 'toxicō' comprehēnsum, vīgintī post minūtās aut ictū cardiacō restinctum īrī aut sibimet ipsīs mortem cōnscītūrōs. Quae omnia rē accidisse videntur. Eam pol, quod dīxī, tōtō corpore furere patēbat – quod tamen omnēs perītē cēlāre valēbat. Dē aliquā rē mentiōnem fēcit, quae per 'lipo-' inībat velut 'lipofacilitās' vel 'lipophilicitās', quam valdē prōdesse assevērābat cum ob hanc nūlla invenīrī possent vestīgia; venēnum tam dēnsum esse ut dētegī nequīret cum in cerebrum citissimē absorbērētur. Quod nōnnihil mīrābar ego, hoc est, venēnum indēprehēnsībile ... sī forte alquandō futūrum esset opus." Pectore ērumpit rīsus valdē "tunicātus" dīcendus.

"Cūr mē igitur istō modō nōn es ... āmōlīta?"

"Numquid ēcastor taberna tibi medicāmentāria videor? Dēfunctā istā, vīlla vigilibus scatet. Nec dē locō ubi rem conditam habet sum initiāta."

"At tālem mortem multō pauciōrēs, vel breviōrēs, dolōrēs effectūram fuisse suspicor quam fātum quālecumque mihi apud Geōrgium imminēns. Cūr mē, armīs vacuum, nōn ipsa sclopētāstī?"

Fenestellā ēlābitur subitō Gueneverae vultus. Scabellō dēscendisse vidētur illa ... quam tam temere verbīs aggredī iam incōnsultum vidētur.

"Estō! Teneō. Tū nūlla sīcāria es. Sarcinās tantum afferēbās quōcumque postulābātur. Nōndum autem omnia nōvī. Cum singula aperīre nōn iam recūsēs, quīn mihi cētera retegis? Fāmam ēvulgātūrus haud videor."

Aliquantulam post moram, revenit Gueneverae faciēs ... iam paulō magis lapidea.

"Quid vīs audīre?" inquit tabācī bacillum extrahēns accendēnsque. Aspectū quōdammodo simul impatientī et neglegentī prīmam fūmōsam auram ex ōris laevō angulō perītē ēmittit. Cūr hūc vēnerit, utrum clēmentiae an vellicātiōnis causā, nē ipsa quidem fuerit gnāra.

"Cūrnam Olīvia tālia...?"

"Nōnne eam prōrsus vēsānisse dīxī?"

"At cūr istōs praecipuē ... tamque saevō rītū?"

"Cūr aliquot perēmerit nesciō; multōs autem sēminis equīnī grātiā."

"Sēminis ... equīnī?"

"Ita est. Āmentia eius, ut ita dīcam, equīna fuit. Simul tamen strīga ista perastūta erat; nam quandō aut quōmodo quisque āmōliendus esset equusque abripiendus vaferrimē sibi ratiōcinābātur."

"Fūrābātur equōs?"

"Scīlicet. Sed ipsōs necābat ut nimis facilēs vestīgātū. Sōlī spermatī inhiābat...., hoc est, quō facilius tōtīus orbis terrārum optimōs maledictōs equōs generāre posset. Sēmen collēctum congelābat terrēnōque tantum sibi nōtō condēbat; quod terrēnum nōn sōlum aliquis mihi ignōtus possidēbat, sed, nī fallor, prius aliquotiēs vēnditum erat nē cum Olīviā vidērētur coniūnctum. Quīn, nī fallor, ego semel possestrix fuī ... etsī ubi sit nec sciēbam nec scīre volēbam. Haud sciō an, sī locum comperissem, ipsa quoque 'dōnum' aliquod Olīviānum accēpissem. Sēmen dēnique nesciō quō in congelātōriō arcānō subterrāneō latet. Penitus dēlīrābat ista plānē. Permultōs sibi habēbat equōs dīvitemque amāsium necnōn et vīllam exquīsitam, sed istī lymphaticae necesse fuit strāgēs facere sēminis equīnī causā!"

"Erat Cardon istōrum facinorum cōnscius?"

Hōc interrogātō, ignōtā causā, Guenevera vidētur perturbārī. Prīmum nihil respondet, quō Zoltan timēre incipit nē scabellō iterum dēscendat aufugiatque. Quod tamen nōn facit illa.

"Cōnscius quidem erat iste!" inquit vōce magnā et stomachōsā, velutsī acū tāctum sit vulnus aliquod. "Ita vērō, etiamsī ille nostrae farīnae, hoc est, meae et Olīviae, haud est. Nūllus est per sē scelestus, neque īnsānus. Quaedam autem ēmolumenta recūsāre nequībat. Cui vel societās tēlephōnica prō ratione dēbitī magnam summam inopīnātō reddit rārō quaestiōnem refert. Olīvia dēmum vīgintī ferē annīs minor erat nec, mōre istō sēmirūgōsō, invenusta. Quid mulieris esset sērius ōcius eum animadvertisse reor, nīl tandem firmī oppōnere valuisse."

"Quī autem fit ut tū illīs admixta sīs?"

"Eram ... nōta, id est, mihi erat cum Rēnātō necessitūdō prior. Per eum Olīviam cognōvī. Rēnātus autem prōrsus innocuus est; quod ad maleficia attinet, idiōta abiectus. Nē quālis essem ego quidem percēpit. Ista autem statim. Olīvia, sī nōn fuisset lūnatica, optima certē fuisset malefica."

"At quī factum est ut Rēnātum nōvissēs? Fuitne quondam amātor ... an ... adventor?"

"Nempe ... ita ut..." inquit verba arripiēns tamquam aspernārī parāns; sed, quasi statim suppūrante interrogātō, manifestō īrāscī incipit haecque addit: "Scīn' tū? Laecasīn tibi!" Scabellō dēscendit. "...Ī in māximam malam crucem!" audit Zoltan extrinsecus iterum adiectum.

Quibus factīs Zoltaneque appellante plācāreque temptante, furibundē exiēns fēmina iānuam tandem superiōrem vehementissimē claudit. Zoltan bis terque nōmen Gueneverae exclāmāns nīl tamen efficit.

Spē nunc dēiectus Zoltan, arreptīs clāthrīs, sē tam longē in altum sublevat ut per fenestellam pavīmentum paene cōnspicārī possit; sed ob clāthrōs nimis parvōs cōnfertōsque nimis dolent digitī quam ut sē altius tollat. Immō iam nē laedantur timet. Etsī scabellum, vel quicquid id est, nōn videt, plūra tamen sē oculīs offerunt, velut pluteus ā dexterā parte duōbus ferē pedibus ā pavīmentō ēlātus. Quem sibi vidētur intrāns ita vīdisse ut tamen mentem nōn intenderet. Aliquid nunc pluteō impositum spectat, sed...

Dolōrem nōn iam sustinēre valēns in pedēs recidit lēniterque digitōs fricāre incipit. Mox, paulō in sē reversus prūdentiōreque animō, sellīs plasticīs haud fidēns, spondae longae inhabilisque ad ōstium labōriōsē tractae ascendit alterum finem quō diūtius id tenebrōsum spatium īnspiciat quod est inter īnferiōrem iānuam et scālās. Cum autem ob huius saeptī lūminōsum nīl ultrā positum satis distinctē cernere queat, oculōs prīmum trēs ferē per minūtās clausōs tenet oculōrum umbrīs paulō assuēfaciendōrum causā; dein iterum speculārī temptāns aliquid ātrum in abacō vērē videt. Nihil probābilius quam ut sit proprium suum tēlephōnum gestābile ... quod heri ibi dēpositum neglēxisse vel oblita esse vidētur Guenevera!

Aliquamdiū haec sēcum volūtat. Dein subitō ipsī spondae, cui īnsidet, scrūtātur sutūrīs accomodātum stragulum. Tam foedum est quam aureiviridēs (quamvīs pseudobarōcae) nārium sordēs; sed, cēterīs in saeptō positīs dissimile, haud vīle vidētur. Immō, inter alia ōrnāmenta, limbīs assūta est resticula.

Raedāriā clāve ūtēns resticulam ita labōriōsē excīdere incohat ut neque, hinc, nimis magnam textī cōpiam comprehenderet nec, illinc, resticulae sūtūram scindat. Sat longum post temporis spatium ē stragulī antīcō margine omninō extractam resticulam rudem in laqueum parvum nōdat cuius cauda quīnque ferē pedēs longa. Ad fenestellam nunc accēdēns sed propter huius angustiās iam in antecessum in dēspērātiōnem adductus Zoltan ut spondam āmoveat iānuaeque foriculam cibāriam temptet subitō temereque movētur. In tālōs subsīdēns foriculae īnferiōrem marginem summīs ēlevāre cōnātur digitīs ... et, ecce, levātur! Quī iēntāculum, Zoltanis spondam attrahentis pede sinistrōrsum nūper sēmōtum, hodiē māne per foriculam trūsit, serā claudere plānē oblītus est! Foricula vidētur trēs ferē ūnciās et dīmidiam alta, quō satis spatiī datur ut manum ulnamque cubitō tenus exserere aegrē queat. Sī nōn corpulentus esset, sine dubiō magna quoque lacertī pars caperētur. Nihilōminus, ūsquequāque manum tendēns nihil, nē scabellum sellamve quidem, attingere potest.

Spēs tamen nīl nunc vidētur dēpōnenda. Tantō attractā spondā ut rēctō pede fultus perque fenestellam rīmāns tēlephōnī locum cōnstituere memoriāque capere possit, Zoltan nunc super pavīmentum recumbit sinistramque tantum eātenus per foriculam prōtrūdit ut manus adhūc movērī possit. Prīmus iactus, id quod cōnfirmat Zoltan spondam iterum ascēndēns perque fenestellam īnspiciēns, tantum mediam ferē partem viae ad abacum ēmēnsus est. Exigitur ut nōn sōlum prīmōris manūs āctiōne nitātur sed ut tōtum brācchium inter ambō foriculae latera ē sinistrō dextrōrsum agitandō quam māximam simul mōmentī vim sibi acquīrat.

Quō ūtēns cōnsiliō resticulāque pollicī alligātā minimum trīciēns temptat, pollice nōdum identidem cūriōsē laxāns spondamque ascendēns ut cuiusque iactūs ēventum experiātur. Bis terve laqueum adeō pluteum feriisse sed statim in pavīmentum recidere sentit. Quamquam resticula satis longa vidētur ut tēlephōnum assequī possit, quō līberius temeri- usque iacere possit Zoltan plūs resticulae addendum esse dēcernit. Itaque, eōdem modō quō resticulam antīcō limbō expediit, postīcō nunc etiam paulō longiōrem eximit; quā priōrī alligātā atque ob residuum māximum nōn pollicī sed tōtī prīmōrī manuī circumligātā, māiōre fīdūciā impetūque iacere incipit.

Cum manus brācchiumque iam nōnnihil contūsa hoc susceptum in indēfīnītum sustentāre haud valeant, Zoltan in iactum quemque omnēs vīrēs omnemque perītiam suam intendere cōnātur. Ēvenit ut – id quod exspectandum – ad scopum saepius appropinquet. Vīcēsimā ferē vice, valdē dolente manū, laqueus tēlephōnum tandem cingit. Zoltan leviter trahit. Tēlephōnum cadere audītur. Nunc iterum illaqueandum est ... quod post sōlum trēs cōnātūs contingit. Apparatulum, quem nunc per ipsam foriculam vidēre potest, cautissimē ad sē trahit. Capit, accendit. Nullae prōrsus appārent ministeriī virgae, quod in locō subterrāneō aedi- busque tēctō haud mīrum vidētur. Additur autem quod accumulātōriī onus iam minimum est ... nam ex hesternō die tēlephōnum accēnsum manet!

Restat tamen ūnum.

τῷ μὲν θεῷ καλὰ πάντα καὶ δίκαια.
ἄνθρωποι δὲ ἃ μὲν ἄδικα ὑπειλήφασιν ἃ δὲ δίκαια.[43]

—Hērāclītus

19
Arcula Obscūra: Pars Tertia
sīve
"Frustula Pānis"

"Hoc tibi accipis, pinguis caudex lentiginōse!"

Culter ad pectus dēscendēns antequam fodiātur sistit. Anhēlat celeriter victima. Cutis tantum leviter insecātur. Circumstantēs rīdent. Ē praecordiīs stillat utrōque tepidus cruor. Nec manūs nec pedēs sē movēre possunt; paene nōn iam exstāre videntur. Quī cultrum tenet nōn Geōrgius est sed alter, ignōtus, Geōrgiī similis nec vērō Russus. Ipse Geōrgius alicubī ultrā oculōrum captum versārī vidētur, forsan cīnētomāchinulam administrāns aut cerevīsiae lagoenam. Pōne acerbum splendōrem victima Leaenam rītuī praeesse sentit; Cuius līneāmenta sīve cōnspicit sīve sibi imāginātur. Vt mors aliquid significet, forsitan Eam adōrāre dēbeat, sē Eī reddere, faucēs corpus iam stringentēs amāre ... nē frīvola haec vellicātiō animam capiat ... nē ūna cum sanguine suō in cloācam tōtus ferātur...

Expergīscitur Zoltan suffōcātus atque īnsūdātus. Vt cūncta hīc prōrsus ātra sunt, ita illa fulgida memoria adhūc animō haeret. Somnium illud minus somnium fuisse vidētur quam singulāris imāgō brevissima potentissimaque. Cessantibus imperiōsīs lūminibus, Zoltan sē per saecula dormīvisse sentit. Forsan in illō mundō externō sēmifictō iam lūcet sōl, agitant avēs, pulsant cordolia. Quod cōgitāns captīvus animum suum quasi in duās partēs dīvidī sentit, nec quārē hoc fiat mente complectitur. Animus quasi suī ipsīus fit anthrōpophagus. Immō vīta ipsa sē vorat. Vīta dēmum tantummodo error est; fallācia rāra ex ātrōcis Chaī plūmīs cāsū scintillantia. Vīta epiphaenomenon est; mortis subspeciēs. Id quod vīta vocātur nōn nisi prope dēcessum omnīnō tāctile fit. Vīta morī gestit. Mors dēnique est exsistentiae ultimum, pūrum, placidum fundāmentum; ultimus Deus.

Zoltan nunc languidior rē vērā ē somnō suscitātur; quem simul istīus somniī vel magis istōrum cōgitātōrum vagē somniātōrum magis magisque, prout expergēfit, pudet pigetque. Lūmina dēmum trīste lūcent. Labōribus ad tēlephōnum attinentibus cōnfectum sē in spondā subsēdisse iam meminit, quamdiū dormīverit ignārus. Subitō, quōdam cōnsiliō in mentem revocātō, surgit spīrāculum petēns. Clāvēs in brācārum loculō praetentāns nunc etiam recordātur sē ūnam iam forsan inūtilem reddidisse cooperculum āmovēre cōnantem. Haec maledicta rēs perbene affixa est. Quamvīs magna pars eius dē effugiō iam dēspērāvisse videātur, corpus opus prope autonomicē exsequī pergit tamquam tālem mundum adhūc habitet in quālī ex causīs mānent certa effecta. Ita est. Zoltan corpus suum alterīus clāvis, scīlicet illīus quae Dottiae vīllam quondam aperiēbat, exitium mōlientem spectat.

Iam enim ubīque saeptī gestābilī ūtī temptāvit neque usquam fūnctum est. Restat tantum – susceptum futtile? – ut tēlephōnum per spīrāculum quam longissimē sursum porrigat. Neque exinde vērīsimile est ut apparātus trānsmittere possit; sed quidnī experiātur? Hoc saltem prōpōnit corpus ut adhūc impudenter cūriōsum neque, ut vidētur, quicquam intractātum relinquere volēns.

Cochleam clāve labōriōsē retorquēre temptantem obruunt aliquandō subitī strepitūs velutsī hic nunc prīmum ē somnō ambiguō vērē excitētur. Cibus per foriculam intrat. Quī cibus? Prandium? Cēna? Alius pastillus fartus. Zoltan ā pariete retrōcēdit. Prōdit pōcillum styraphricum caffeā plēnum. Corpus Zoltanis quasī suō arbitriō – ut vidētur, sopōris taediīque iam impatiēns – caffeam invādit. Calidissima caffea ōs adūrit ... nec tamen ob digitōs, manūs, brācchia saucia, tōtum corpus dolēns novus dolor multum significāre vidētur.

"Omnia tandem sunt cōnfecta." Loquitur Guenevera. Faciēs ad fenestellam appāret. "Ontāriō hodiē āvolābō. Id dē novō domiciliō meō prope Geōrgium sitō mentīta sum; Ōram enim Dīvitem petō. Quod hīc multī ibi permultī quidem valet. Cūncta īnstrūmenta chartācea sunt parāta."

Zoltan tacet. Quid enim dīcendum'st? Quō ista sit volātūra quid, malum, cūret quī hinc numquam exsolvētur? Nūllā plānē aliā dē causā hūc locūtum vēnit ista quam quod aliquā sollicitūdine omnīnō suā et egoïsticā labōrat ... vel forsan propter aliquid ā Zoltane dictum quod ista in animō nōndum pertractāre potuit. Potest ut dē fātō suō cum eā amplius expostulāre dēbeat, at quid eam commoveat haud succurrit. Quīn cōpia dīcendī vel tantum bene ratiōcinandī hoc temporis quasi computātōriō īconidiō continērī vidētur quod, quotiēscumque ipse mūre īcit, nūllum tamen aperītur ligāmen. Haud scit Zoltan an silentium iam cuivīs blaterātuī praestet. Spēs, sī qua restat, nōn apud malōrum auctrīcem sed forsan potius apud custōdem invītum adhūc est quaerenda.

"Scīn' tū?" īnfit Guenevera. "Hoc, ut vērum dīcam, ...supersedēre mālim, id est, ...aliud fuit sarcinās afferre. Illōs hominēs nōn vīdī."

Et nunc illa varia fatuissima – quippe in tam crudēlis hominis ōre crēdulitātem longē exsuperantia – effūtit: sē in animī fundō malae indolis nōn esse; pueritiam suam angustam fuisse; nihilō magis opus esse quam ut nunc in Ōrā Dīvitī vītam dēnuō incipiat. Zoltan quam abiecta sit simulātrīx magnā vōce exclāmāre cupiēns, īram nihilōminus extrēmō fastīdiō comprimit. Guenevera interim silet. Pedēs commodum scālās ascendentēs audiuntur, cum ē Zoltanis ōre velut suā sponte exsiliunt haec verba:

"Ergō Rēnātus pater tuus est."

Pedēs cōnsistunt ... quō Zoltanis mēns corporī inopīnātō coniungitur.

"Hoc est, tibi dīcere velim, sī ille pater est, mē anteā dictōrum paenitēre. Ignārus enim dīxī."

Clāvēs brācārum loculō dextrā mittēns ad fenestellam appropinquāre tandem dignātur. Illa in mediō scālāriō immōta stat vultū vacuō, indūtīs speculāribus oculāriīs.

"Ille plānē nunc māximē perīclitātur. Vigilēs prō sontī habent. Haud sciō an eum ad summum supplicium sunt datūrī."

Guenevera cunctanter scālās dēscendit. Vultus ad fenestellam prōdit; nīl tamen prōfert illa.

"Quōmodo eum patrem tuum esse comperistī?"

Adhūc nīl respōnsī.

"Adoptāta sīs. Tē in aliam familiam inductam esse sine dubiō indignāta es. Sed quī factum est ut Rēnātum et Dottiam genitōrēs tuōs esse discerēs?"

Sescentās alternātās fābulās sibi imāginātus est. Haec tamen, etsī prīmum excussa, nunc subitō vērīsimilior vidētur.

"Quisnam est ista Dottia?"

"...Māter tua. Annō ūndēseptuāgēsimō amōrēs illicitōs habuērunt. Cum ad marītum revertī vellet, tē in adoptiōnem concessit; nam tam diū ā marītō sēiūncta erat ut hic tē nōn suam esse scīvisset ... atque eō tempore tālēs rēs etiam sevērius quam nunc notābantur. In familiam Colōrātēnsem inducta es. Quae adoptiō nōn ita bene tibi successisse vidētur..."

"Mentīris! Māter mea mortua est! Rēnātus..."

"...tibi dīxit? Rem bene cōnsīderā, Guenevera. Annō septuāgēsimō nāta es. Quisnam fuerit māter tua?"

"Dōro ... thēa," inquit Guenevera nōmine haerēns nec tamen vultū quicquam prōdēns. "Id mihi dīxit ille. ...Dōrothēa."

"Dōrothēa Scuderia. Dottia. Mihi nōta est. Apud eam habeō hospitium. In Faucibus Aquārum Frīgidārum habitat ... permultōs iam annōs."

Guenevera semel tantum renuit tamquam sīc cōgitātum arcēre cupiēns.

"Rēnātus mātrem tuam mortuam esse dīxerit nē quandō in eam vindicārēs; nam hanc adultam tē trādere dēcrēvisse patet, ille tantum adulēscēns erat."

Zoltan tamdiū loquī cessat ut audiēns modo dicta animō amplectātur. Zoltanī autem occurrit simul sē scelestae solūtae modo stultē dētexisse īram in Dottiam iūstam esse.

"Istud quid, malum, mihi?" inquit Guenevera exclāmāns. "Quid num māter vīvat necne cūrem?! Quid sī ipsa dēcrēvit? Ille pater est! Pater est, sed mihi indāgandus fuit! Nec, postquam eum invēnī, quicquam sum cōnsecūta!"

Digitō sub oculāria utrimque positō lacrimās dētergēre vidētur, quamquam vōx īrāta flētum nōn prōdit.

"Nec quicquam es cōnsecūta?" inquit Zoltan modo audītum replicāns. "Scīlicet pecūniam minīs cōgere temptāvistī."

Guenevera nīl respondet.

"Commināta es tē dīvulgātūram esse fīliam eī spuriam exstāre, sed ... sed istud nōn bene successit tibi cum ille neque uxōrem habēret neque īnfāmiam valdē timēret. Ēvēnit ut laesū opīniōne difficilior fuerit. Ille autem, quā est hūmānitāte, sibi vīsus est obligātus tibi; quārē prō tē quaesīvit opera aliquot ... quō facilius possēs honestē vīvere ... dōnec Olīvia tē arripuit."

"Istud male coniectās. Ego potius Olīviam petīvī. Rēnātus, ut prōrsus ingenuus, quid post tergum suum fieret nē odōrābātur quidem. Cum ego eum nōn dē omnibus sed dē nōnnūllīs minōribus facinoribus certiōrem fēcī, stupefactus quidem est sed post aliquot diēs sē ob 'amōrem' plūra audīre nōlle adsevērāvit, rogāns simul ut eam ā pēiōribus cohibērem. Quod mē factūram esse ita pollicita sum ut iam pollicēns mē fidem haud praestatūram esse scīrem ... nōn tamen quod eum in ruīnam trahī vidēre vellem sed quia quam effrēnāta esset Olīvia modo cognōscēbam."

"Ā Rēnātō igitur pecūniam cōgere iterum temptāvistī ... nunc mināns tē amāsiam eius prōditūram?"

"Nūllō modō! Immō vērō tunc temporis ipsam Olīviam minārī cōgitābam – quod mē nōn fēcisse nunc summē quidem gaudeō cum interim quam trux esset experta sim. Illa, ut ita dīcam, 'professiōnālis' esse potuisset sī – id quod tibi iam dīxī – nōn adeō dēlīrāsset. Ēvāsit tamen ut societātem cum eā coiēns tōtīus vītae prūdentissimum fēcerim. Atque haud sciō an idcircō temperāverit quōminus mē sērius ōcius perimeret quod Rēnātī fīlia eram. Eam quemquam rēvērā 'amāre' potuisse dubitō, sed ille eī plānē quādamtenus cārus erat."

Sīc dē Olīviā loquitur ut Zoltan Gueneveram quondam redemptrīcem, quamvīs īnsānam, tēctē tamen admīrātam esse suspicētur; numquam anteā, sprētīs omnibus dētrīmentīs, tantum flōruisse eam quantum apud Olīviam.

"Rēnātum praetereā nōnnihil dīligere coepistī. Pater dēmum tuus est satque hūmānus etsī paulō ... ēnervātus. Sē nunc plānē Olīviae memoriae causā sacrificat. Sine dubiō vēritātem quoque cēlāre cupit Vudium, cui Olīvia paene mātris locum occupāsse vidētur."

"Nōn sōlum Vudium ā vēritāte prōtegit," inquit Guenevera acerbē. "Magdālēnula quoque Olīviam adōrābātur. Immō eam prope prō ipsissimā Mātre Terentiā habēbat. Olīvia vidēlicet tōtīus Californiae optima fuit histriō. ...Sed quid tū mōliāris clārē dispiciō..." addit tenebrōsius, "nec cōnsequēris. Istinc nōn solvēris cum sīs iam nimis multōrum cōnscius. Ego enim..."

"Tū enim novam istam vītam incipiēs tuam. Mīram quidem novam vītam adipīscēris patrem cellae vapōris lētālis trādendō mātremque impotentem aspicere patiendō ... mēque, nē oblivīscāris, carnificī mandandō. Immō novā tuā vītae sectā valdē commoveor, Guenevera. Quam mīrābilis homō propediem fiēs!"

Guenevera nec vituperat invicem nec scālās ascendit sē, ut solet, per ōstium abripiēns; sed potius, contrā exspectātiōnem, apertē frangī vidētur sub fenestellam simul dīlābēns. Post aliquantum temporis Zoltan sinciput eius videt. Scālās nunc tacitē ascendit, sē plānē furtim subdūcere volēns. Sē volvit tamen.

"Rēnātus quod fēcit fēcit," inquit aspectū simul obdūrātiōre et fragiliōre quam anteā, "...et ego quod faciō faciō. Prō Rēnātō nōn recipiō. ...Nec mātrem umquam nōvī." Sē convertit et scālās lentē ascendere pergit.

"Sī nōn Rēnātum sed Olīviam caedēs effēcisse testificēris, Rēnātum tē, quod fīlia es, nōn sōlum corrōborātūrum sed etiam testimōniō suō dēfēnsūrum haud dubitō. Num quis tē sarcinās illās attulisse dēmōnstrāre potest? Nisi quis te forte vīdit, nēmō, nam Olīviam valdē prōfessiōnālem fuisse dīxistī. Omnia perbene perspexisset et ōrdināvisset. Eādem dē causā pecūnia ā tē accepta pūra fuerit. Nōnne vōs sōlī quid vērē fieret sciēbātis ... Olīvia quia faciēbat et tū quia nec caeca nec stulta erās? Tū et Rēnātus inter vōs adiuvāre possītis. Vigilēs quidem ut inter vōs colloquāminī nōn sinant, sed Dottia et ego internūntiōrum officiō fungī possīmus. Aut Rēnātum aut tē aut ambōs alicuius crīminis participātiōnis damnārī posse haud īnfitiās eō, sed nōnne custōdia aliquot annōrum perpetuō exsiliō praestat? Quodsī peccātum..."

Iānua superior strepitū tragicō clauditur. Quō Zoltan in spondam iterum īnscendēns tamquam saevus īram in spīrāculum convertit. Cum iam longō labōre ūna cochlea – ut vidētur, longissima – pauxillō sit retorta, spīrāculī cōperculum, ā parte dexterā et īnferiōre iam pariter laxātum, ā pariete pauxillō, centimetrō minus, abstrahī possit, Zoltan āvellere mōlītur, prīmum clāve velut fulcrō nīxus, dein ipsīs nūdīs digitīs, quōrum aliquot ob acūtum marginem iam sanguinantēs tamquam candentēs dolent. Quō Zoltanis furor etiam magis augētur ipseque etiam vehementius saeviusque nītitur. Tandem cochlea īnferior magis laxātur. Nōn ipsī caementiciō intorta est sed potius vagīnulae caementīciō īnfixae glūtineque firmātae. Nunc tōtīs digitīs sub angulum īnferiōrem īnsertīs summīs vīribus trahit. Nōn gradātim sed tam subitō impetū ūnicō prōrsus laxātur dexterum latus ut Zoltan ā spondā paene abiciātur. Anhēlus nunc sēque stabiliēns modo patrātum opus cruōre passim cōnspersum mīrātur. Collēctīs iterum vīribus cōperculum sat facile sinistrōrsum replicat. Gestābile nunc, loculō exceptum, manū porrigit in spīrāculum, quod post ūnum ferē pedem sursum flectitur. Fortasse, nisi spīrāculī meātus plūs saepe flectitur longēve abest exitus externus ... ac praesertim sī in proximō est turris exceptōria, etiam dēbilis nūntius capiētur. Summō sinistrō pollice, ut quam dexterō minus sauciō, tēlephōnulum excitat inditīsque casūs urgentis numerīs, 9-1-1, orbiculum viridem premit. Nīl audit, sed in hōc meātū amplificātur laterum aluminicōrum contāctōrum sonulus quisque, nec manum, brācchium, ālam, quōrum omnia funditus dēfatīgāta, immōta tenēre valet. In spīrāculum exclāmat nunc verba haec:

"In īmō hypogēō captus sum! Mē sunt interfectūrī! Vigilēs ad Viam Zant mitte! Domus, nisi fallor, prāsina est, duōrum tabulātōrum! Fierī potest ut ante domum statūta sit Iukōnia nigra aut Caballārius orchidāceus. Repetō: in secundō hypogēō teneor! Ōstium post pēgma librārium occultātum est!"

Gestābile cruōre iam madidum extrahit auscultatque. Praeter solitam perturbatiōnem atmosphaericam nīl audit. Vīs accumulātōriī paene ad zērum subsēdit. Ex efferātā īrā tēlephōnum tam violenter trāns saeptum ūnā cum sanguinis guttīs multīs conicit ut contrā longinquum parietem collīsum in complūrēs partēs discutiātur. In spondam nunc collābitur quid faciat nōn iam valdē cōnscius. Tandem autem abscissā spondae stragulī parte tōtam dexteram, dein sinistrae trēs digitōs involvit ut paulō sistātur sanguinis fluxiō. Quod faciēns cachinnat dum mundus in turbinem versātur.

...Quamdiū hīc iam stupidus sēderit nescius, aliquandō levem sed īnsolitum sonitum auribus percipit tamquam maīziī quod in ollā coopertā īnflātur. Cui accēdunt nunc strepitūs surdī sed simul gravēs. Nunc fragor tantō māior ut Zoltanis aurēs, silentiō assuēfactī, resiliant.

"Recēde et aurēs tege!"

Quō audītō, Zoltan ē spondā cito surgit ac sinistrōrsum currit in saeptī angulum, quem sibi septentriōnālem et orientālem imāginātur, aurēs simul operiēns. Clausīs oculīs, paulisper nihil audit.

CARRVVVVVNNC! Displōsiō opīniōne minor est sed longior.

Zoltan, apertīs oculīs, per partim disiectum ōstium vigilem armātum ingredī videt id intendentem quod sclopētum sēmiautomatārium esse vidētur. Vigil per dioptram tōtum claustrum aliquotiēs oculīs perlūstrat antequam, Zoltanem aspiciēns, sclopētum summittit.

"Iēsu Chrīste!" inquit vigil dum intrant secundus tertiusque.

Zoltan rīdēre incipit. Hīc rīsus tamen alius est quam prior cachinnātus; nam vidētur simul esse flētus et dolor magnus ... necnōn et vērus rīsus. Zoltanī enim ambās manūs tollentī dē dexterā iam dēcidit fascia quā manum ex tempore ligāvit. Haec manus et altera ac sine dubiō multae vestium partēs cruōre, hīc iam siccātō, hīc adhūc viscōsō, obductae sunt. Misellus vigil rīdentem captīvum forsan cruciātum esse nuncque īnsānīre putat!

* * * * * *

Post cūram medicam in valētūdināriō praebitam testimōniumque pūnctiliōsōs apud vigilēs Chīnēnsēs dictum necnōn schidulās assēcūrātiōnis implētās raedamque conductīciam ūnā cum novīs clāvibus ad statiōnem vigiliārem tandem allātam Zoltan nōn ante ūndecimam hōram nocturnam in Faucēs Aquārum Frīgidārum advenit. Dottiam profectō iam prīdem interpellāvit, ē valētūdināriō. Appropinquāns quādam ex parte Dottiam aut abesse aut iam dormīre spērat. Ad villam autem adveniēns et raedam eius Lincolniānam et superiōrēs lūcēs accēnsās videt.

Tēlephōnicē prius loquēns, de Gueneverā mentiōnem facere nōlēbat; sed Dottia, postquam dē Zoltanis condiciōne rogāvit sēque post Zoltanem duās noctēs dēsīderātum māximē sollicitātam fuisse dīxit, dē Gueneverā quaerere coepit. Vēra eī dētegere, praesertim tēlephōnicē, plānē perdifficile fuit ... ut Dottiae ita et Zoltanī. Ipse anteā tantum ūnum vīderat cadāver, scīlicet virī quī Fontibus Saxōsīs Viominēnsibus in dēverticulī nocturnī lātrīnā nimiam stupefactīvī portiōnem sūmpserat. Gueneveram invicem paulō ante vīderat vīvam, cum eā nūper collocūtus erat ... atque huius cadāveris aspectus longē turpior fuit quam illīus Viominēnsis ā sē venēnātī. Glande sat magnā ... sīve plūribus sit concussa. In raedā vigiliārī dictum est iactum mortālem collum perforāvisse ā dextrō latere ūsque per sinistrum. Cum Guenevera ante ōstium antīcum occiderat, domicilium ita aegrē relinquī posse vidēbātur ut relinquentem cruōrem eius calcāre nōn oportēret. Vigilēs māximē quidem stomachabantur Geōrgiō; quem super antīcō caespite prōstrāverant ... ēbrium sed integrum, manibus post tergum manicīs cōnstrictīs, utrum singultāret an rīsitāret ambiguum.

"Sī iste Russus mūricīdus nōn adeō deēbriātus nec tam īnsipiēns fuisset, haud sciō an fēmina adhūc vīveret," inquierat vigil nigrīta corpulentus praefectum aliquem modo advenientem alloquēns. "Sed istī vomicae, mehercle, continuō sclopētandum esse vīsum est!"

Quārum rērum Dottiae sānē nihil per tēlephōnum impertīvit; tantummodo Gueneveram peremptam esse cum pugnā sclopētāriā implicita esset; nec quicquam dē huius cōnsiliō tantum Rēnātum quantum sē ipsum, Zoltanem, crūdēlī fātō relinquendī. Immō num omnia eī sit patefactūrus necne nōndum dēcrēvit. Videntur tamen aliquandō patefacienda, ut Dottia vel mortem Gueneverae paulō minus lūgeat. Accēdit quod vērīsimile est tam versūtam fēminam vēritātem sērius ōcius compertūram esse.

Nunc autem omnia cōnfūsa sunt et Zoltan valdē fessus; immō nōn tantum corpus, quod in hypogaeō satis diū dormivisse vidētur, quantum animus. Cum Caballārius raedārum tabernāculum intrat, ipsa Dottia anabathrō suō modo ēgreditur, nōn, ut vidētur, Zoltanī obviam itūra sed aliud factūra. Cum eum videt, ōs hiat tamquam sī omnīnō improvīsum videat ... etiamsī prius certior facta est eum hāc ferē hōrā esse adventūrum. Hiātus ōris igitur signum magis sit beātitūdinis ... vel saltem, hīs sub condiciōnibus, levātī animī.

Cum Zoltan raedulam iuxtā Dottiae carrūcam statuit, Dottia illum adit tamquam amplexūra; attamen, cum sit veterum mōrum reconditiōrisque nātūrae, grandēs manūs eius, quārum digitī plērīque fasciīs sunt obvolūtī, suīs tantum parvīs amanter arripit. Zoltan autem, nūllum renīsum tolerāns, ita cautē amplexātur anum ut vestibus sordidīs eam nōn valdē premat ... dum propriō pectore plōrātum continēre temptat. Ibi stāns, post Dottiam, contrāriam carrūcae iānuam apertam esse animadvertit. Profestrīx modo advēnisse plūraque sēcum attulisse vidētur ... nec forsan hāc hōrā Mōnam turbāre voluisse. Manet super sedem postīcam magnus saccus carbasinus caeruleus ruberque quō complūra ācta diurna condita esse videntur, quod videntī contemplantīque appāret subitō animī oculīs Marniae vultūs pūra perfectaque imāgō.

*

Hōc biduō multae sunt rēs gestae, dē quibus Zoltan per tēlephōnum iam aliquot nōvit. Cum saccum carbasinum portāns Dottiam in superius tabulātum comitātur, iam discit plūra. Patrem Vudiī adiutōrem satis fīdum tandem invēnisse quem pīstrīnum per aliquot diēs administrāre potuisse. Illum Dottiam hīc breviter salūtāsse ... certē satis diū ut adfirmāret collēgās in pistrīnā sine dubiō illō temporis mōmentō omnia sua strēnuē expīlāre. Hunc ūnā cum Vudiō in vīllā Rēnātī nunc dēversārī; iam crās Seattlum reversūrum. Dottia nūllum alium commentarium fēcit quam "Īnsolitum homunculum!" Michaēlam, quam Dottiam fātālī illō diē prīmum convēnisse quō omnēs quattuor Montis Nīdum vectōs, herī et hodiē hūc vēnisse ut, cum Dottiā iūnctīs cōnsiliīs, per ācta diurna atque Interrēte vestīgia quaereret Marniae ac modōs quibus forsan possit succurrī Rēnātō.

Sermōnibus ūsque ad tertiam hōram mātūtīnam agitātīs, Zoltan in lectum tandem cadit permultīs quidem cōgitātiōnibus onustus sē autem praesertim rogāns quōmodo Rēnātō persuādērī possit ut tōtam vēritātem dē fīliā suā revēlet: hanc scīlicet nec ipsum Rēnātum crīminum participem fuisse. Nam, sī tālia audiant vigilēs, potest ut hī indāgantēs etiam plūra indicia fīliam crīminantia, patrem expurgantia inveniant. Ipse sānē Zoltan omnia sibi nōta in testimōniō retulit vigilibus Chīnēnsibus; quī tamen, forsitan ob sectae dolum, omnīnō nōn vidēbantur commovērī quod testimōnium eius multa dē tam celebrō cāsū illūstrābat. Ecquid eum nīl nisi fāmam captāre putant? Vtut haec sē habent, sī Rēnātus ea, sīve pauca sīve multa, quae dē Olīviae facinōribus scit ex inappositā fide silēre pergit, sōns adhūc vidēbitur. Cēterum, quid sī Vudiō et Magdalēnae innōtēscat Zoltanis testimōnium? Quō afficiantur? Praesertim Vudius? Sed, hercle, dē vītā Rēnātī agitur! Quam prīmum sunt igitur certiōrēs faciendī nē hoc fortuītō fiat ... quamquam, laus superīs, Dottia neutrum eōrum āctīs diurnīs operam dare adfirmat. Sīn autem Vudius et Magdalēna vēritātem sciant, Rēnātus nōn iam sibi cōgī videātur ad eōs prōtegendōs. Quid tamen dē fidēlitāte eius in Olīviam huiusque memoriam? Nōnne enim, sī Gueneverae crēdī potest, Rēnātus tantopere Olīviae indulsit ut adeō facinora aliqua eius neglegere dēcrēverit? ...Cēterum, Rēnātusne fuit quī persōnātus Dottiam monitum vēnit? Gueneverae dicta, contrā patris negātiōnem, hoc tamen cōnfirmāre videntur. Rēnātus igitur adeō factus est Olīviae susceptōrum cōnscius ut Dottiam dē incursiōne imminentī praemonendam putāre habēret? Ecquid prīmum sub fīnem dēterrima omnium dē amāsiā rescīvit? Manet et interrogandōrum omnium māximum, hoc est, quōmodo Olīvia rē vērā excesserit. Num vērē immodicā medicāmentī sūmptiōne? Sē ipsam dēmum pugiōne vulnerāvit? An Rēnātus ipse eam interfēcit ... forsan ut simul strāgēs et hārum nōtitiam dēnique continēret?

Īnsequentī diē Zoltan Vudium invīsere cupit, sed domum Cardoniānam tēlephōnicē petentī dīcit quīdam Carolus, minister, Vudium ūnā cum therapeutā patrem ad āeriportum afferre hōsque īnsuper magnam diēī partem ōtiōsō itinerī dare in animō habēre. Magdalēnae gestābilis siglīs invītē ā Carolō trāditīs, Zoltan tamen nōn ipsam Magdalēnam sed tantum arcam cursuālem vōcālem plēnam adipīscitur ... nec Vudius gestābile hōc tempore habēre vidētur. Estō. Cūr illī hominēs hoc temporis aliquid sēcrētī petant haud latet.

Zoltan autem, cum occurrit āeriportūs cōgitātiō, nōnnihil contrīstātur; nam hoc nōn sōlum Gueneverae admonet sed etiam prōpōnit fierī posse ut sibi tandem aliquandō dē Marniā prōrsus dēspērantī Seattlum petendum sit. Ipse quidem ita ā morte salvātus esse sibi vidētur ut sortem hūmānam tamen prō aliquantō ātrōcī habeat, immō prō putidā carne passim foetentī.

Huius diēī māximam partem dēgit inānēs pugnās cum vehiculōrum commeātū exsequendō. Sub quartam hōram ad Fabricās Vniversālēs fertur, quō Ferdinandus eum ad salūtātiōnem invītāvit. Salutātiō brevior est cum in aedificiō statīvō modo facta est calamitās nōn mortālis quidem sed ob quam duo laesī in nosocomīum sunt vehendī. Exiēns offendit Zoltan complūra folia māxima pelliculās prōpōnentia quārum omnēs, praesertim post propriam vītam nūper vērē perīclitātam, sīve frīvolae sīve absurdae sīve aliōquīn variē īnsulsae videntur.

Vesperī, dum pluit atque intempestīvē frīgidulum fit, Zoltan et Dottia magis magisque inter sē rixantur. Cum Rēnātō colloquendum esse patet, sed quid sit dīcendum in īnfimō dubiō manet. Nec tamen inter sē omnīnō dīversa prōpōnunt. Tālis potius exstat in utrīusque animō cōnfūsiō ut alter, spē magis magisque dēiectus, in alterum interdum dēsaeviat. Dottia etiam coram Mōnā nunc pōtat fūmatque.

Circiter dēcimā hōrā cum quadrante iūrgia magis magisque languida interrumpit tintinnābulī sonitus. Interventor est vir flāvicomus trīgintā ferē annōrum, paulō minōre statūrā, corpore tamen rōbustō dīcendō, aspectū aut timidō aut sollicitātō, thōrācem lanneum cyaneum brācāsque Genuēnsēs caeruleās gerēns. Quamquam vultus hodiē nōndum tōnsus esse vidētur oculāriaque cornea nigra aliquantō in īnfōrme vergunt, huius hominis color necnōn aliquid in largī ōris ambitū Zoltanem illīus verbī quod est *anas* admonet.

"Profestrīx Scuderia," inquit salūtātor Dottiam affāns, immō adoriēns, dum Zoltanem et Mōnam tantum līmīs et anxiē aspicit, "precor ut tēcum sēcrētō loquar. Dē rē summī mōmentī agitur. Paulus Suttner vocor. Cīnēmatographicī scrīptōris mūnere fungor."

Dextra eius surgit caditque velut sī dextrās iungere prīmum cōgitantem continuō paeniteat. Oculīs iterum sollicitē stringit Zoltanem tamquam hunc suspicāns ad displōdendum esse īnstrūctum.

"Quidnī, domine Suttner, in tablīnum meum veniās? Ibi sōlitūdine ūtī poterimus."

Dottia advenam ē vestībulō, in mediō tabulātō positō, in magnum scālārium pēnsile dīdūcit quō in summum ascenditur.

Cum tablīnī ōstium – forsan adeō ambitiōsē sonōrē – claudī audītur, Mōna et Zoltan, quōrum sē ē vestīgiō mōvit neuter, inter sē ita aspiciunt tamquam sī alter exspectet alterum aut aliquid dīctūrum esse aut diaetam capessītūrum vel sē saltem aliquō subductūrum. Attamen post obtūtum paulō audāciōrem parumper sustentum animadvertit tandem Zoltan Mōnae oculōs amygdalifōrmēs quasi dēspērātiōne esse suffūsōs. Quō ipsō temporis mōmentō haec, āversā faciē, manūs inter sē fricāre et torquēre incipit – gestus quī Zoltanī sānē aliōquīn sat rīdiculus videātur, nunc autem vērum animī dolōrem arguit.

Nihilōminus, quantumvīs sē ipsum prō inurbānō improbāns, Zoltan adhūc aliquamdiū obtuērī pergit dōnec altera, postquam aliquam contrōversiam interiōrem sēcum agitātam composuisse vidētur, hospitī vultum gestūsque subitō omnīnō aliōs praebet: oculōs dēmissōs ūnā cum invītī subrīsūs minimō indiciō, quod, nisi fallitur Zoltan, nūllīus reī magis quam dēditiōnis sit signum. Digitum indicem labiīs velut scēnicē praepōnit dum simul inversā manū ut Zoltan sē sequātur indicat. Ē vestībulō prōcēdunt in proximum andrōnem longiōrem quī ad hospitium dūcit, eundem manūs gestum saepe repetente Mōnā velut moram aegrē tolerante. Andrōnis pariēs dexter, hoc est, occidentālis, omnīnō vitreus est, per quem habētur ad viam humilius iacentem dēspectus. Sinister pariēs lycopersicō colōre pictus, post quem scit Zoltan positam esse culīnam ac recessum iēntāculārem, inānis est praeter duās persōnās Āfricānās mīrē prīstinās – alteram pinnātam mītioremque, alteram torvam, hīc illīc, praesertim suprā, saetigeram. Quae persōnae Zoltanis mentem iam aliquotiēs in tempora, etiam recentiōra, impulērunt, quālia quadrāgēsimōs quīnquāgēsimōsque annōs, quibus hae persōnae indubiē māiōribus vīribus praeditae fuissent cum exstārent adhūc hominēs prīmigeniī quōs nōn ōrnārent vel calceī generis Nikē vel subuculae Būsequārum Dallasiēnsium vel monīlia ex clāvibus extractōriīs pyxidum aluminicārum.

Mōna in thermostatō parietālī interruptōrium vertit quō āeris temperātōrium, hāc hōrā utīque nōn excitātum, omnīnō stetisse vidētur. Nunc cellāria, id quod Zoltan nōnnihil mīrātur, ad andrōnis marginem prope parietem vitreum sē quadrupedem facit. Ibi, tabulātō ligneō tesselātō purgātissimō illūstrissimōque – quāle vel Palātiī Versaliēnsis vel forulī reciprocī tībiālium Donaldī Trump sit dignum – aequum iacet āeris coāctī spīrāculum ad quod Mōna gestibus nunc urget ut Zoltan aurem admoveat.

Quod contemplāns etiamsī prīmum necopīnātō subnauseat, cūriōsitāte tamen impulsus Zoltan in statum canīnum dēscendit et – ecce, vērum est! – quid in superiōre modo dīcātur tabulātō, etsī vōcēs ex longinquō ēmānant, sat perspicuē exaudīre valet. Repentī autem crepitū statim cōnsternātur. Nīmīrum metallicus meātūs expanditur contrahiturve. Subtīle simul percipī potest alicunde percōlāns foetōris vestīgium.

DONALDVS   ...quārē antequam hūc venīrem nōn compellāvī. Scīlicet hīs dē rēbus in spatiō ēlectronicē speculātō loquī perīclitārī nequeō ... nec quicquam cum vigilibus aut accūsātōre pūblicō conversābor; quid enim sit

Inquīsītiō sciō. Quī hīs rēbus immiscētur aut comprehēnsus aut mortuus ēvādit. Licet mē ignāvum dūcās. Estō, sed adhūc integer sum et solūtus.

DOTTIA   Lūx Tapia autem līberāta est post suspiciōnem in Rēnātum Cardon conversam.

DONALDVS   Num eam vērē "līberātam" esse putās? Certō certius eam perpetuō speculantur, tēlephōnīs invigilant, omnia eius rīmantur. Etiam vīlla tua, dī immortālēs, cīmicibus ēlectronicīs sit cōnferta!

DOTTIA   Nūgās! Iterum cōnsīdās quaesō, domine Suttner! Iam prīdem pernoctat hīc semper hospes minimum ūnus. Quōrum omnibus māximam habeō fidem. Post Olīviam dēfūnctam haec vīlla perpetuō habitāta est. Absente mē, Mōna semper adest.

Haud latet Zoltanem quam callidē Dottia praetereat quod, illō diē quō Marnia ēvānuit, domus tamen hōrās aliquot vacāvit.

DONALDVS   Atquī haud sciō an nunc extrinsecus vel ex aliā vīllā speculātōriō apparātū nōs observent vel adeō auscultent.

DOTTIA   Mihi sunt bene nōtī omnēs vīcīnī proximī. Ex nūllā vīllā eōrum nōs observat quisquam. Neque, ecce, ūllum in viā suspiciōsum vehiculum.

Audiuntur nunc strepitūs gravēs tamquam sī Dottia per tablīnum ambulāns fenestrās aulaeave claudat. Plūrēs strepitūs. Ipsene adiuvat Donaldus? Nunc subitō nīl nisi silentium.

DOTTIA   Iam, cedo, domine Suttner, quae nārranda sunt tranquillē fāre.

DONALDVS   (*Puene susurrāns sed adhūc satis liquidē*) Dē morte Olīviae Brusson agitur. Equidem haec tibi nārrō, Profestrīx, ex meā ergā tē observantiā atque cum innocentem hominem iniūstē condemnātum īrī angar.

DOTTIA   (*Minōre iam vōce sed quam advena validius*) Quid igitur dē Olīviae morte?

DONALDVS   (*Adhūc summissē*) Mē scīlicet eam ... interfēcisse dīcās ... mē ipsum tamen dēfendentem.

Silentium.

DOTTIA   Age modo. Perge nārrāre.

DONALDVS   Ita. Mē explānāre sinās. Nōnnūllī ex peremptīs, hoc est, ā Venēficō Hortōrum Aquifoliēnsium absūmptīs, id quod sānē sciās, cīnēmatographicī fuerunt. Ex tribus mihi nōtīs ūnus chorāgus fuit, alter praefectus phōtographiae, tertius scrīptor collēga. Quō nīmīrum plūs quam sollicitābar ... immō sollicitābāmur omnēs. Quīdam amīcus meus, effectōrum praecipuōrum perītissimus, ita perterritus est ut urbem prōrsus relīquerit. Quamquam in āctīs diurnīs nūllum venēnum adhūc inventum esse nūntiābātur, dē subtīlī venēnō, forsan simul ālūcinigenicō, agī conveniēbant sententiae. Vītricum meum, quī chēmicus est, cōnsuluī dē antidotō parandō quod semper mēcum habēre possem. Ille tamen antidotum fierī posse dubitābat nisi dē quō agerētur venēnō rescīscerētur.

Donaldus, cum iam aliquantō māiōre vōce loquātur, sēnsim vidētur minus angī.

...Quādam nocte sub ūndecimam hōram mē invīsit sēriusculē ipsa Olīvia, quācum eram necessitūdine coniūnctus ut ūnus ex tribus scrīptōribus quī istīus pelliculae scrīptum scaenicum composuerāmus.

DOTTIA   Cuius?

DONALDVS   *Ēlinguis Seattlī.* Numquam anteā mē domī adierat, quārē salūtātiō illa mihi posteā reputantī īnsolitissima vidēbātur ... etsī, fateor, eō ipsō tempore nīl mīrātus sum ... quippe enim illa solēbat esse iūcunda remissa hūmāna perlepida. Gerēbat prīstinī cultūs stolam subgenuālem. Quam honestō mōre in spondā meā cōnsīdēns īnferiōrem stolam manibus collēgerit meminī. Vtcumque, cum sē dē intempestīvā salūtātiōne excūsāvisset studiōsamque ā mē accēpisset veniam, sē modo in vīciniā meā, hoc est, Fēlīcium regiōne, utīque versantem mē invīsere cupīvisse utpote quia excōgitāvisset quōmodo coniūnctīs vīribus novam versiōnem *Gummicipitis* suscipere possemus. Illa dīxit sē scēnicum scrīptum habēre vulgō accomodātius quam prīscum multōque ideō forsan quaestuōsius; in pelliculā Vudium suum partēs Henrīcī sē agere velle; sē porrō ā Davīde Lynch iūra iam ēmisse, quārē sibi iam ex arbitriō pergere licēre. Quae omnia, ut vērum dīcam, mihi paulō īnsolita vīsa sunt, cum per urbem īret modo fāma societātem Marathōniam opus vetus aliquod artificiōsae farīnae quaerere cuius posset facere novam versiōnem – quod quidem paulō perīculōsum esset sed quod, adhamātō aptō histriōne prīncipe, sat bene posset "gradātim expergefierī," ut dīcimus. Opera itaque aemula erant, ut mihi vidēbātur, duo: Olīviae *Gummiciput*, cuius scrīptum scēnicum ēlābōrāverat fortuītō quaedam amīca mea, et *Strātae* Fellīniānae versiō ā mē accomodāta quam recēns, ut ita dīcam, ōstiātim prōdūcere coeperam. Cum societāte Ītalicā dē iūribus nōndum ēgeram, sed sunt mihi Rōmae aliquot necessitūdinēs, quibus frētum mē chorāgōs acceptūrum esse augurābar; nam fabricae Ītalicae nunc temporis labōrant. Nummīs scīlicet est eīs opus. Ad Gelsōminam agendam in mente prōpōnēbam Chrīstīnam Riccī, sed Britanniam Murphy quoque accēpissem ... aut forsan utrīusvīs nesciōquod īnstar. Marathōniī utcumque eō tempore ad *Strātam* inclīnā-

bant, quamobrem gubernāculum tenēbam ego. Quod scīret sānē illa ...
atque eam scīre sciēbam. Quārē ob hanc īnsolentiam nōnnihil haerēbam;
nam illam mē quasi subtīliter pertrectāre temptāre suspicābar ... quamquam quid sibi certī spērāret dīvīnāre nequīvī.

Silentium breve. Dīmidium hōrae nūntiat īnficētē hōrologium aliquod.

...Cōmiter tamen cum eā agere cōnāns mē libenter scrīptum eius īnspec-
tūrum dīxī, *Strātam* autem meam minimē dīmissūrum. Tunc Olīviam cistam albam, tālem quālibus conduntur dōna, sēcum habēre animadvertī,
etsī nūllā erat chartā dōnāriā involūta. Illa respondit sē mē opus meum
dēpositūrum nēquāquam exspectāsse; immō sē, aemulātiōnem quamcumque in inimīcitiam vergere nōlentem, dōnulum mihi apportāsse quō
māior sibi esset grātia mēcum quippe cum fierī posset ut opus et cōnsilium essēmus aliquandō quāquā causā iterum coniūnctūrī. Quae dīcēns
cistam albam sustulit ... ac – scīn' tū? – nē tunc quidem quicquam īlicō
suspicābar quamvīs novissimō tempore animum meum obsēdisset venēfi-
ciī nōtiō! Tarditātem meam difficile est explicāre ... nisi quanta inesset eī
fidūcia hūmānitāsque, vel hūmānitātis speciēs, commemorandō.

Pausa. Zoltan sibi imāginātur Donaldum Suttner ācerrimōs animī mōtūs nunc
vix dēglūtientem.

...Deinde cistam aperiēns duās ingentēs pulcherrimāsque rosās perpur-
pureās cellophanicā cūriōsē involūtās retexit. Simul aliquis forīs exclāmāre coepit. Prīmō vīcīnōs iūrgāre vel aliquid simile agī rēbar. Scīlicet condominium sat honestum habitō, sed cum diaeta in pedeplānīs sit, nōnnūlla ex proximā crepīdine ad aurēs meās mānāre solent. Hae autem ex-
clāmātiōnēs ē valdē proximō veniēbant ... et vōciferantem mox audīvī Olīviam nōmināre! Vōx erat virī quī eam "dēsinere" iubēbat. Quem virum
tunc per antīcam fenestram inter trānsennae lāmellās cōnspexī. Per sēmi-
apertam fenestram clāmāns Olīviam "dēsinere ac domum venīre" quasi
imperāvit; ad quod illa, in spondā conversa "Quid malum hīc agis tū?"
inquit. Vir sē eam secūtum esse respondit iterumque postulāvit ut sēcum
extemplō concēderet. Dein Olīvia ad mē versa hunc strepentem hominem
esse avunculum suum adsevērāvit, prō cuius īnsolentiā sē simul veniam
petere; sibi cum eō capessendum esse quidnam hoc sibi vellet compertum. Quae dīcēns vōce vultūque significāre vidēbātur avunculum vel
difficilem vel nōn ita compotem suī esse solēre. Et, ecce, antequam quid
fieret intellegerem, illa rosās ad mē porrēxerat involūcrum cellophani-
cum simul solvēns. Tunc prīmum vēritās mihi tandem praefulgurāvit
spīritumque comprimēns illam simul idem sed dissimulanter facere sēnsī.

Scīlicet, dum flōrēs ad faciem meam tendit, immoderātius subrīdēbat, simile sed oppositum faciēns dolī illīus in scaenā strēnuissmē saltantium quī sānē per largum subrīsum sē vehementissimē anhēlāre dissimulant. Comprimēns ego adhūc spīritum manūs eius rosās tenentēs ad faciem versus prōpellēbam. Mox caput eius ūsque ad tabulātum ita dētrūsī ut rosae ōs eius operīrent. Olīvia, laus superīs, ante luctārī cessāvit quam ego nōn iam regere possem pulmōnēs ... quī quidem – mihi, ut reor, haud spernendō ēmolumentō – eō capāciōrēs sunt quod feriātus prope īnsulās Californiānās nōn sōlum apparātū īnstructus sed etiam sat saepe expedītus ūrīnārī soleō. In proximam lātrīnam tunc cucurrī nē āerem venēniferum īnspīrārem. Quae cum fēcissem, vir, quem nunc Rēnātum Cardon fuisse sciō, antīcam fenestram aperuit, per quam ita laevē diaetam intrāvit ut transennās magnō strepitū hīc illīc duplicāverit, corrūgāverit, disiēcerit nōmen Olīviae simul identidem dēspēranterque repetēns. Olīviam, nīl nunc facientem sed tantum paulō palpitantem, brācchiīs sublevāvit et, stupente mē, per andrōnem ōstiumque antīcum properanter extulit. Mihi, simulatque ex stupōre ēmerseram nec venēnātus mihi vidēbar, occurrit vigilēs esse compellandōs; sed, cum auscultābulum manū iam tenērem, nūllum tamen tēlephōnātum facere dēcrēvī quia ... em, id quod iam dīxī, omnibus hunc cāsum vel perstringentibus Dāmocleūs imminet gladius. Quidsī porrō periisset Olīvia sīve mox peritūra esset? Vigilēs nōs aemulōs fuisse statim essent compertūrī – quod prō caedis perspicuō incitāmentō essent habitūrī. Accēdēbat quod ūnicus testis erat Cardon, Olīviae longē vērīsimilius quam meī dēfēnsor. Ergō tacendum cōnstituī. Sī forte superesset Olīvia, cōnsilia extrēma fore mihi capienda. Īnsequentī autem diē in āctīs diurnīs Olīviam mortuam esse lēgī, Cardon prō sīcāriō habērī, quem nunc et cēterōs perēmisse exstāre suspiciōnem. Cum nēmō vigil apud mē appāruisset, Rēnātum Cardon culpam sibi libentius sūmpsisse opīnābar quam ut vēritātem cōnfitēns Olīviae scelera mundō dētegeret. Quāpropter prīmum, immānī perīculō exonerātus, gaudēbam sānē; exinde tamen summam iniūstitiam istam nōn tolerandam esse sentīscēbam.

Silentium longius. Mōna, immōta manēns neque umquam suspiciēns, offās porcīnās leviter redolet.

DOTTIA   Nōnne autem aliquid pacīscī poterimus? ...Scīlicet quō, illaesō sēcūrōque tē, fiat tamen ... vēriverbium?

DONALDVS   Ita tamen – quod iam dīxī – ut nūllus adsit vigil, nūllus accūsātor pūblicus. Dē hīs mortibus omnia exstantia perlēgī. Praefectus vigilum, utpote quī perīclitētur mūnere, quidlibet admittet dummodo damnētur aliquis. Ille cum accūsātōre pūblicō, quondam commīlitōne Pepperdīniēnsī, coniūrat. ...Et Rēnātum Cardon ut vēra aperiat haud facile, sī vel omnīnō, allicī posse cēnseō. Sī, cum diaetam meam invāderet, quantum esset in eō studiī, amōris, animī dēditiōnis vīdissēs, eum adeō morī mālle quam dehonestāre Olīviae fāmam crēderēs. Ōlim, cum in Īnsulā Sanctae Crucis vēnābar, aprum marem coniugem suam ūsque ad mortem ferōciter dēfendentem sum mīrātus. Tālem ferē fidem dēvōtiōnemque post vēnātum illum sōlummodo in Rēnātō sēnsī.

DOTTIA   Quid sī tē iūdicī trādam? Testērisne apud iūdicem sī dē immūnitāte satisdētur?

Longa pausa.

DONALDVS   Dummodo nē dīvulgētur nōmen meum. Ego sōlus, plānē cum causidicō, apud iūdicem. Tū hoc īnstituere possīs?

DOTTIA   Efficī possit sī Rēnātō persuādeātur ut in cognitiōne sēcrētā, cuius obsignentur tabulae, omnia sibi nōta fateātur. Quod facere, dummodo bonō pūblicō, nī fallor, licet iūdicī.

DONALDVS   At ... at quid dē accūsātōre pūblicō et vigilum praefectō? Haec omnia ita patiantur istī ut vērae interfectrīcis nōmen pūblicē cēlētur? Māximē dubitō. Et vulgus diffīdet. Maleficia tegī īnsimulētur. Quōmodo iūdex quīlibet tot tantīsque impetibus politicīs resistere possit?

Strepitus surdus. Forsan aliquis surrēxit et nunc ambulat. Silentium iterum.

DOTTIA   Praefectum urbis ambōs regere posse prō compertō habeō. Cum ille nunc studiō populī fruātur, auctōritāte pollet. Sī aut hic aut praefectus vigilum ab illō coāctus cīvibus renūntiet quīndecim hominum vērum homicīdam mortuum esse et hanc īnfōrmātiōnem prō anōnymiā permūtātam esse ... ecce, sit utīque clāmor pūblicus...

DONALDVS   ...et coniūrātiōnis īnsectātōrēs undique...

DOTTIA   ...Rēctē dīcis, coniūrātiōnis īnsectātōrēs. Attamen nōs hoc efficere posse cōnfīdō; nam ex hominum memoriā urbs numquam magis flōruit, trāmen subterrāneum fēliciter dīlātātur, āeris inquinātiō multō imminūta est, et ita porrō. Haec tāliaque, seu rēctē seu immeritō, urbis praefectō assignantur. Haud sciō an fiat sērius ōcius quaestiō foederālis, sed testimōnium Rēnātī tuō corrōborātum māximē quidem valeat nec tabulās, vel ante medium saeculum, resignātum īrī cēnseō.

DONALDVS   (*Subvāgiēns*) Quīn. ...Minimē. Minimē! Alterum alterum dēfendere existiment; illum vērum esse venēficum; mē eum adiuvāsse ut culpa in Olīviam verterētur ... scīlicet cum ego et Olīvia aemulī fuerimus vel cum Cardon, vir dīves, mē subōrnāverit indicem ... vel ob ambō. Ei mihi! Hoc dīrum'st! Vtinam nē hūc vēnissem!

Strepitus varius. Sonī gravēs. Vōcēs nunc surdiōrēs. Suprā audītur aperīrī iānua. Mōna perītē in culīnam iam contendit, quō Zoltan in andrōne sōlus inermisque restat. Hic pedibus calceīs gymnicīs vestītīs quam tacitissimē corrēpit ad hospitium, ubi sē cautē inclūdit. Antīcum ōstium aperīrī audit, dein aliās vōcēs obtūsās sonōsque īrātōs, praesertim ā Dottiā ēditōs. Iam stomachōsē sonat mōtōrium acūtisonum, quī sonus per viam in inmēnsam merīdiem versus cito ēvānēscit.

Zoltan ānxius apud sē manet, num Dottia sē aditūra sit dubius. Nōn venit. Post aliquot minūtās Zoltan singultūs audit; sed, antequam dēcernere possit utrum prūdēns sit eī cōnsōlātum occurrere annōn, eam in superius tabulātum sē iam quiētē recēpisse sentit. Relictō hospitiō, ad īmās scalās paulisper stat dōnec sibi persuādet illam nōn esse obeundam sed potius exspectandam.

Proximō diē Mōnae vultus lapideus vidētur; lapidea etiam verba eius. Zoltan, cum cellāria herī nocte eum ad spīrāculum addūceret, sūmpsit inter Mōnam et Dottiam conventum esse tālem speculātiōnem licitam esse; sed illa per hodiernum modum sē gerendī rem nōn ita esse dēmōnstrat. Vidētur sibi Zoltan nunc potius quasi sceleris particeps; immō animum comprimit quod tam facile inductus est ut ergā hominem quam admodum observat colitque tam abiectē inhonestēque sē gereret.

Dottia ad iēntāculum sūmendum solitō sērius dēscendit, sobriā synthesī stolārī vestīta, foedō aspectū. Sōlummodo dīcit, simulac Mōna exiit, Rēnātum caedis innocentem esse iam cōnstāre, paucissima autem in promptū remedia malī. Ad quod Zoltan nihil refert dum īnstinctuī resistere cōnātur ut īnstrūmentulō sonōrum excipiendorum armātus Donaldum Suttner invīsat ad cōnfessiōnem extorquendam parātus; plānē enim tālis cōnfessiō nec tribūnālī admittātur nec Dottiae sit digna. Nec sānē sē Dottiae sēcrētum violāsse fatērī vult; immō, etiamsī Zoltan hoc ita faciat ut Mōnam nōn nōminet, Dottia tamen cellāriam suam reī inesse sciat. Quōrsum Mōna in discrīmen mittātur cum nusquam cernitur remedium? Haud scit Zoltan an Suttner dēmum iūstē timuerit: sē, sī testimōnium offerat, ūnā cum Rēnātō in causā īnfestā Olīviae mortis convictum īrī; vel forte magistrātūs coniūrātōs, sōlūtō Rēnātō, ipsum simul ob omnia et prō omnibus sacrificātūrōs.

Mundus nūper pervicāciōrem pervicāciōremque sē praebet. Vel senior quisque magis in annōs dispiciat tāle in rēbus hūmānīs latēns fātum; quō aliquandō ultimās in angustiās coāctī mortis dēfīnītiōnem simul discimus et experīmur. Quamquam nec suffocātus est neque in pelliculā exstinctōriā mactātus, hoc tamen tālī in mundō omnīno fierī potuisset. Quīn immō aliīs hominibus accidunt tālia ... cottīdiē. Sī hīc sumus ut discāmus, cūr haec disciplīna virtuālī reālitātī nōn similior esse potest? Aequē didascalica sed facilior? ...Nīmīrum hoc sē rogantī Zoltanī respōnsum iam patet. Illō diē haec nōtiō ēlūxit (nōn ē sūdō quidem sed magis ambiguē quasi ē brevī "spatiōlō aprīcō" trālātīciō Seattlēnsī) quō id programma "Disnēī Terrae Mōtus" nōminātum nōn in fābulam perstringentem sed potius in Autistilandiam trānsvexit amīcum. Virtuālis reālitās sine dubiō semper erit quasi circuïtus interrūptus; nam in eā nōn eātenus mergimur quā in vītā mundānā. Vt discenda funditus discāmus disciplīnae elementīs velut immānī fluctū obruāmur necesse est ... neque vērē obruitur quisquam nisi videātur perīculum penitus vērum. ...Vērumtamen querēlārum intimārum suārum nōn paenitet Zoltanem; nam magis minusve iūstae querēlae, sīcut lūgubrēs cantūs operāriī vel magistrī karatēī vōciferātiō, dolōrēs timōrēsque cum virtūte coniungunt, impetuī animī vīrēs omnēs quālēscumque simul addentēs. Hanc aciem habet vītae secūris.

Sūmptō iēntāculō, nūntiat praecīsē Dottia sē in mediam urbem itūram esse Rēnātum invīsum nec comitum hodiē "indigēre."

Zoltan, praeterquam quod Aquifoliīs Septentriōnālibus crīnēs tondendōs curat, diem in vīllā dēgit; inter hōrās tertiam et quīntam somnum longum capit. Dottia nōn ante octāvam hōram et sēmis appāret, manifestō dēfatigāta, cinerāccā cute, taciturna quamvīs Zoltan ita observanter salūtet ut eam, sī fierī potest, in aliquam expositiōnem cōgat. Profestrīx, postquam per culīnam aliquamdiū inambulāns nīl aliud efficit quam ut altiusculīs calcibus strepat, absente Mōnā, committit tandem cūrās auribus Zoltanis:

"Multa adhūc sunt tacenda singula, mī Zoltan, sed ... hodiē urbis praefectum cōnsuluī..."

Stupentis Zoltanis hiat ōs. Haec fēmina quid nōn mōliātur? Vbi nōn pollet? Quās potestātēs conciliāre nōn valet?

"...quōcum sum prīdem necessitūdine coniūnctus..." addit illa velut quid Zoltan sit relātūrus cūriōsa dum digitābula candida exuit marsuppiōque suō, super abacum culīnārium iuxtā solitum saccum āctīs diurnīs perscrūtandīs plēnum positō, quasi fastīdiōsē impōnit.

"...omnia mihi nōta commūnicāvī ... tūtīs auribus. Iūdicem convēnimus. Rēs intortissima est, Zoltan. Dē mortibus habēbitur quaestiō in tribūnālī clausō. Testābor ego. Testimōniī nīl praeter audītum habeō, sed iūdicium mītigāre poterit. Scīlicet urbis praefectus, approbante Rēnātī causidicō, cum accūsātōre pūblicō pactus est. Rēnātus plānē alicuius crīminis citrā homicīdium prīmī gradūs coarguētur; sed certē capitī parcētur."

"Sed nēminem interfēcit," inquit Zoltan partēs suās agēns. "Homicīdiī innocentem esse dīxistī!"

"Vērum est ... sed nihilōminus quandam culpae habet partem."

Quod immodicē amāvit, cōgitat Zoltan, quam sit melodrāmaticum hoc cōgitātum simul cōnscius.

"At quid dē vērō homicīdā?" inquit vōx, sī nōn mēns, Zoltanis. "Scīturne quis fuerit?"

"Olīviae homicīda ... vērus homicīda, ut ita dīcam, āmōtus est. Nūllum iam exstat perīculum. Plūra reclūdī nōn licet."

"Putāsne Rēnātum, interpositā fide, ...tandem aliquandō dīmissum īrī?"

Dottia sē āvertit velut īrāta. "Nesciō, Zoltan. Prōrsus nesciō."

Ita vērō. Irāta est ... et summā spē dēcepta. Ad Zoltanem nunc revertit vultum ... oculōsque lacrimōsōs.

"Ecce, Rēnātus fuit dēmum ille persōnātus," inquit Dottia. "Is quoque fuit quī mē tēlephōnicē monuit dum ad eius vīllam vehor. Quōmodo is perīculum cognōverit interdictum est mihi dīcere. Licet tantum aperīre eum mē perīclitārī scīvisse. Mē tuēbātur ... et amīcōs meōs..."

Ē parvō involucrō plasticō extractō ultimō mūciniō, sē iterum āvertit, oculōs siccāns. Zoltan dextrō brācchiō tergum eius amplectitur. Quī fit ut hominis tam gravis corpus sit tam parvum fragileque?

Prelum Vallis Imperialis

Ignota Vigilibus Traditur

CENTRI, CA — Hodie circa sextam horam matutinam iuvenis femina albi coloris ad praetorium vigilum Centrensium allata est ab Ernesto et Rosa Gutierrez Holtvilliensibus. Quod coniugium adseveravit se quis sit femella ignorare, eam autem a multis nomine *La Güerita* (sive "Flavicomula") vocari ac minimum unam septimanam apud quandam familiam operariam vagam Mexicanam hospitium habuisse; quam familiam, cuius nesciri nomen gentilicium, nuper in Mexicum regressam, feminam sibi, h.e., dominis Gutierrez, tradidisse.

Ipsa *La Güerita* aliquanta amnesia laborare videtur cum nec nomen suum nec locum domicilii indicare possit. Relatum est quendam raedae onerariae gubernatorem, qui operarios peregrinos vehebat, feminam de qua agitur in viae publicae margine sedentem vidisse. Quam, cum vecturam petere putaret, gubernatorem in raedam excepisse, in regionem Centrensem attulisse, familiae ignoti nominis tandem commendavisse.

Michael Halahan, vigilum Centrensium decurio, feminam nunc sermonis capacem esse atque alioquin illaesam videri dixit.

Halahan "Flavicomulam" forsan aliquamdiu ut servam tentam esse primo opinatus erat; quam opinionem tamen paulo post revocavit.

TEMPORA ANGELOPOLITANA

Iuvenis Amnesiaca Familiae Amicisque Redditur — Coniunctio cum Casu Renati Cardon et Veneficiis H.A.

ANGELOPOLI — Marnia Barry, Seattlensis xx annos nata, parentibus suis, Austino et Maiae Barry, necnon amicorum coetui Angelopoli versanti heri reddita est. Barry, iam tredecim dies amnesia capta, maximam huius temporis partem apud turmam agricultorum Hispanophonorum in Valle Imperiali degisse videtur.

Opera Prof. Dorotheae Scuderiae Angelopolitanae constitutum erat quis esset haec femina amnesiaca. Scuderia amica est et quondam parocha fuit Marniae Barry, quae xxxi d. m. Iunii a domicilio Scuderiano abiit et quam vigiles quintam decimam esse hominem a Venefico Hortorum Aquifoliensium peremptam opinati erant.

Morbus amnesiacus videtur fuisse effectum secundarium homicidii venefici temptati. Quamvis letifer sit etiam minimus halitus illius compositi chemici, iam infamis facti, quod Fluoroaryl-PCP-Statinum vocatur et quod vigiles in villa Renati Cardon invenerunt, nihilominus videtur domina Barry vere exiguissimam portionem inspiravisse. Sicut in casibus mortiferis, neque in venenatae physiologia neque in villa Scuderiana, venenationis loco, potuerunt reperiri veneni vestigia ulla, etiam cum adhibitum est spectrographum massale duplex, additis et radio-immunispectationibus persensibilibus.

Vt antehac a medico forensi Comitatus Angelopolitani renuntiatum est, vestigia minima FluoroarylPCP-Statini in tela cellulari adiposa aut in crinibus aut unguibus relicta tam rara sunt ut picogrammatis (0.000 000 000 001 gr.) vel adeo femtogrammatis (0.000 000 000 000 001 gr.) sint calculanda neque instrumentis nostris deprehendi possint.

Iacobus Klemper Doctor Praetorii Medici Vniversitatis Californiae Australis praedicavit quindecim vigintive minutas cruciatum toxicum —quo musculos rigescere et rhabdomyolysi (sive rapida dissolutione telae musculosae) laborare, totum corpus spasmis et hyperthermia vexari— longe mitiorem fore si quis dosin non letiferam accepisset, immo hominem sic venenatum se vehementissimum impetum pavoris pati raturum. Quam phasin cruciatus toxici secuturas esse complures minutas iucundae levationis anaestheticae propter diruptiones dissociativas, occurrentibus tamen interdum alucinationibus terrificis. Sumpta autem dosi letali, post cruciatum toxicum venefici praedam comate mersum iri nec longius paucas minutas cessaturam esse mortem; sin autem portio sumpta non sit letalis, coma aut brevissimum fore aut omnino defuturum. Si quis tam gravi systematis nervosi laesioni supersit, hunc nihilominus talia mala metatraumatica qualia amnesiam et musculorum debilitationem ad tempus esse passurum.

Adfirmavit porro Klemper maxime condensatum Fluoroaryl-PCP-Statinum tam potens esse posse ut tantum microgramma (0.000 001 gr.) flori aut tragematis impositum — quibus modis aliquot ex homicidiis effecta esse dicuntur—letiferum fore si res vectoria statim post adhibitionem tam absolute involvatur ut non prae-

mature evaporetur. Huius porro pharmaci synthesin in conclavi purissimo speciali apparatu securitatis instructo esse efficiendam. Klemper crimina Hortorum Aquifoliensium tali fere modo perpetrata esse se credere professus est. Quo adiecit Fluoroaryl-PCP-Statinum, quamquam sit alucinogenum LSD simile, hoc chemico longe venenosius esse; post sumptum LSD tantum raro incidere mortem, plerumque aut fortuito aut cum mors ultro consciscatur.

Casus Brusson/Cardon

ANGELOPOLI — Marcus Walker, accusator publicus, nuntiavit heri in contione diurnaria plura indicia orta esse ad casum mortis Oliviae Brusson attinentia, sc. contra Renatum Cardon, defunctae avunculum, tendentia. Adseveravit autem hunc non homicidii sed tantummodo homicidii participationis secundariae necnon homicidii participationis "data apta causa" criminatum iri —id quod sibi velle fore ut post biennium domino Cardon fidem interpositam petere liceat. Proporro Veneficum Hortorum Aquifoliensium obiisse iam esse compertum, quis autem fuerit divulgari non licere ob fidem pro testimonio datam; propter testes anonymia praeditos huius causae tabulas utcumque esse clausas.

Perhibetur Iosephus Armatrading, advocatus Renati Cardon, ob quasdam res culpam minuentes, clienti absolutionem petiturus esse, quamquam ipse Armatrading ad commentarios reddendos non patuit.

TEMPORA ANGELOPOLITANA

Cardon Post Brevem Causam Convictus
— Sequuntur Tumultus

ANGELOPOLI — Post solum duarum hebdomadum causam in tribunali clauso habitam Renatus Cardon homicidii non capitalis damnatus est atque in vincula perpetua sine fidei interpositae spe addictus. Miltonis Gantenfleck iudicis sententia durior fuit quam iudicium ab accusatore petitum. Qualem exitum sunt qui ob plebis animos parum contentos iudicem quasi ex pacto dedidisse opinentur. E demoscopiis rescitum est lxix centesimas partes Comitatum Angelopolitanum incolentium Renatum Cardon pro vero Venefico Hortorum Aquifoliensium habere ac complures reo parcitum esse credant ob divitias auctoritatemque necnon luminum cinematographicorum necessitudines. Vudius Fava, qui primas partes egit pelliculae titulo inscriptae *Elinguis Seattli*, maritus est huius sororis filiae atque villam Cardonianam nuper habitavisse dicitur.

Ira publica abhinc duabus septimanis aucta erat cum ex urbis praefecti magisterio fama manavit amicitia diutina cum Cardon coniunctam Prof. Dorotheam Scuderiam—quam quondam adeo amores illicitos cum Cardon habuisse traditur—pro reo feliciter deprecatam esse, quo hunc graviores criminationes homicidii capitalis et multiplicis homicidii capitalis vitavisse.

Dicta sententia, exarserunt cum extra basilicam Irvinensem tum alibi regionis metropolitanae Angelopolitanae reclamationis demonstrationes ac turbae. Omnium gravissimus tumultus factus est Angelopoli in quadrivio Viarum Expositionis et Viridis Montis, ubi quattuordecim laesos, neminem autem interfectum esse tradunt vigiles.

Nonnullis in demonstrationibus agitatum est de quodam viro Afro-Americano xxxii annorum, quondam scaenarum magistri cinematographici adiutore a Venefico Hortorum Aquifoliensium perempto.

Turbae hesternae, si comparantur cum tumultibus anno 1992 propter casum Rodneii King factis, in quibus quinquaginta sunt mortui nongentique laesi, urbis comitatusque magistratibus magna ex parte potius symbolicae fuisse videntur. Elmer Johnson, praefectus vigilum, opinione minorem violentiam attribuit vigilum Angelopolitanorum "Suscepto Digitabuli Vellutini" quod pars est conatus recens facti ut biocolytae et diversae stirpis cives concordius inter se congruant.

Iosephus Armatrading, advocatus Renati Cardon, se contra hesternum iudicium ad superiorem iudicem ob causae locum reo infestum provocaturum esse spopondit. Accusatrix autem vicaria, Selma Riddle, talem provocationem prospere eventuram minimam esse spem autumavit cum causa extra Comitatum Angelopolitanum dicta, tribunal occlusum, iure iurati sacramento silentii obstricti sint.

ψυχῆς πείρατα ἰὼν οὐκ ἂν ἐξεύροιο,
πᾶσαν ἐπιπορευόμενος ὁδόν·
οὕτω βαθὺν λόγον ἔχει.[44]

—Hērāclītus

Vēritās nihil est nisi nōmen quod perpetuīs errōribus
nostrīs indimus.

—Rabindranath Tagore

---

[44] "Animae līmitēs numquam reperiās omnēs viās perlūstrāns—tam profundam ratiōnem
habet."

20
Avis Ignea

Ōlim in terrā longinquā prīnceps iuvenis per prīmigeniae silvae nebulās sōlitārius vēnābātur. Quādam vesperā in prīncipem canemque vēnāticum ex ingentis arbutī superiōribus rāmīs radiāvit aureus fulgor. Prīnceps canem silēre iubēns, sūmptīs simul arcū et pharetrā, cautē successit ad arborem cōpiōsō flammeō fructū horrentem. Cum autem nec ignōtae arborī fīderet nec tālium acinōrum aliōquīn magnī faceret sapōrem, crispantem arbutum nōn tetigit.

Mox tamen iubar nōn ā sōlā arbore ēmittī sēnsit; quīn immō per summās frondēs agitāre vidēbātur animāns aliquod. Īnsonō gressū prīnceps locum petīvit unde dispicere posset lūcis fontem. Quem tamen simulac bene vīdit, invītus singultāvit; nam lūmen hoc ab ave tam ēgregiē speciōsā fulgēbat ut neque in palātiīs basilicīsve splendentibusve urbibus quicquam umquam tōtīus vītae tam mīrificum cōnspexisse sibi vidērētur. Vt plērīque avis colōrēs inter aureum et rubrum fluctuābant, ita tamen, cum prīnceps intentius spectābat, plūrēs plūrēsque vel adeō omnēs quī mente fingī poterant colōrēs capiēbat oculīs. Etiam corporis fōrma adsiduē ita simul per vicēs ēvānēscere et trānsfigūrārī vidēbātur ut dē mōmentō in mōmentum quālis esset vērus solidusque aspectus eius cōnstituī nequīret. Immō prīnceps, sat vegetī ingeniī iuvenis, coruscantem avem igneam obtuēns per hoc spectāculum, īnsolitum dictū, sē quasi līberārī sentiēbat; nam et concīvēs et, praesertim, aulicī simul superbī et adūlantēs ūnam quamque rem prō ūnicā et singulārī habēbant nec bīna miscēre solēbant nisi rārō et veniam petentēs. Prīnceps autem quam hominum latebrās multō libentius vastitātēs perlūstrābat cum hīc quaeque rēs saepius et ipsa esset et alia, immō aliae, velut glāns quae erat simul quercūs sēmen et fungus quīdam atque cucurbita necnōn marum mūcrō ac, sēnsū paullilō trānslātō, quercuum dēnique per vallēs cum cupida tum pūtida displōsiō ... vel etiam, aliud exemplum, cantus numerīque avium sīcut mōtūs sonīque frondium, aurārum ipsa agmina, diērum perpetuō plūrifōrmium undantiumque omnium aequorum seriēs, multiugī chorī sīderum.

Quāpropter dēcrēvit prīnceps, cum ā patriā nimis longē versārētur quam ut tam praeclārum corpus ūsque domum afferēns aptē adservāre posset, tam ēgregium praemium nōn caedere. Immō, quō magis hoc mīrāculum animālis intuēbātur eō ārdentius avis igneae pulchritūdinem, quam sē verbīs dēpingere utīque nequīre putābat, cum aliīs commūnicāre gestiēbat ... ac patris mātrisque, id est, Caesaris et Caesarīnae, animōs hāc glōriā commovēre gestiēbat.

Itaque prīnceps rēte aviārium suum petīvit, et, cum rediit, avis ignea in arboris parte etiam īnferiōre et propiōre inter flexuōsōs rāmōs acinīs onustōs incūriōsa et tamquam hūmānī perīculī īnsuēta lūdēbat. Dein prīnceps rēte scītē exercitō avem cēpit, aucipis corbe metallicō querentem plōrantemque inclūsit, spādīcī equō suō imposuit.

Per sequentis diēī tōtum iter avis ignea equī linguam paulātim discere et līberius līberiusque cum equō colloquī vidēbātur, quod prīncipī quidem magis magisque cūrae erat cum ipse sermōnis equīnī parum intellegeret nec dēmum hunc collocūtiōnis modum bona portendere cēnsēret.

Proximō illūcēscente diē, cum iterum discēdendum esset, equus onera solita sua renuit nec quō prīnceps dūcēbat pergere volēbat.

"Hocine fēcit avis?" inquit prīnceps castīgātōrius.

Equus autem tantum hinniit fremuitque aliōsque ēmissit sonōs quōrum significātiō admodum ambigua erat; quō prīnceps subitō mente dēprehendit avem equum ā dominō abaliēnāsse. Et ēvāsit ut prīnceps equō nūllō modō persuādēre posset ut iussīs oboedīret. Itaque perpulchrum spādīcem suum adflictō animō in tesquīs relīquēns tergō propriō impedīmenta bāiulāns sinistrāque avis igneae corbem tenēns patriam dehinc, sōlō comite cane, pedibus petere coepit.

Interdiū, etsī prīnceps prō virīlī parte prohibēre cōnābātur, avis ignea cum cane sermōnēs identidem serēbat, eīs praesertim occāsiōnibus ūtēns quibus prīnceps dēpositīs impedīmentīs aut ē blandō rīvulō aquam hauriēbat aut cētera corporis officia cūrābat aut, interdum, pellācī in prātō somnulum diurnum intercipiēbat. Vergente diē, cum prīnceps et canis coturnīcem, quam ambō cēperant, super ignem coctam, ut mōs erat eōrum, partiēbantur, prīnceps intus stupefactus sed nīl dum admīrātiōnis prōdēns, comitem leviter, quasi ex īmīs faucibus, subfremere audīvit tamquam – rem prius invīsam – aliēnōrum canum rītū cibum sibi vindicāns!

Revenientis diēī tremulā adhūc sub lūce princeps nōnnihil sollicitus summā cum observātiōne reverentiāque canīnum comitem adiit rogāns num ad castellī focum rēgumque amplum carnārium concanēsque lūdibundōs iter continuāre vellet. Ad quod canis tamen nīl nisi lātrāvit anxiusque strīdit tamquam nihil dictōrum comprehendere valēret; et cum prīnceps viam capessere vellet, canis nōn secūtus est sed potius remānsit, secundum rīvulum deinde et per arbusta quasi lymphaticus discurrēns dōnec ab oculīs omnīnō abiit, neque umquam revēnit.

Prīnceps, acceptissimum cārissimumque sibi canem āmissum dēflēns, nōn – quod incassum fore sciēbat – indāgāre temptāvit sed sē tandem silvae immīsit, avem simul in caveā sedentem acerbē obiūrgāns quod haec sē dēdere nollet nec tantam tamque exōticam corporis plūmārumque pulchritūdinem rēgibus tōtīque rēgnō mōnstrārī sineret.

Proximō diē, quamquam nēmō animal manēbat ut auscultāns corrumperētur, avis tamen garrīre et blaterāre perrēxit. Post merīdiem prīnceps arborum fruticumque circumiectōrum rāmōs vegetius sē movēre quam sub ventō solēbant animadvertit. Multōs adeō in īnsolitās fōrmās sē contorquēre. Cum prīnceps tandem cōnstitit ut castra nocturna pōneret, arcum umerō exūtum tam tortum et dēprāvātum esse vīdit ut iam penitus inūtilis esset. Quō valdē turbātus arbusculam proximam adiit et cultrō suō nitidō beneque exacūtō rāmum probē fōrmātum invēnit excīditque. Attamen, cum hoc aptum bellumque lignum sculpere coepisset avisque ignea simul mīrābiliter modulāns cantāret pīpiāretque, māteria pulchra sē pervicāx flectēbat atque in manibus ita tortābātur et sinuābātur ut in nihil ūtile cōnfōrmārī posset. Similī modō pharetram īnspiciēns prīnceps sagittās irritās redditās esse comperit. Adeō rēte, cuius fīla dēmum ē māteriīs quondam vīvīs concinnāta erant, ita distorquēbātur dēprāvābāturque ut nihil iam capere potuisset.

Prīnceps autem pervicācitāte nihil cuiquam cēdēns īnsequentī diē bene māne sine arcū sagittīsve profectus est dēstinātō animō ut cibāriīs reliquīs paucīs vēscerētur, additō eō quod forte lapidibus cultrīque lāminā (nam capulus ligneus iam inūtilis erat) sibi arripere posset; nam ārdōrem dēpōnere nōlēbat ēgregiī lūculentīque portentī familiae, amīcīs, cīvibus ostendendī quō hī dociliōre animō in mundō modernō dēfessō arcāna peraliēnaque mīrācula adhūc exstāre crēderent.

Per tōtum diem avis ita fritinniēbat canturiēbatque ut prīnceps quid sibi vellet hic concentus prōdigiōsus frūstātim mente capere posset. Ipsa avis, dum cantat, dēbilior, verbōrum significātiō fūnestior fiēbat.

"Perniciōsum hoc iter mē superātūram dubitō..." inquit avis quasi exspēs cantillāns, "...nam vincula diū patī nequeō. Propediem morītūra mihi videor, quārē praeter plūmās cinereās nihil speciōsī dēmōnstrāre poteris, vidēlicet cum plūmae vī vītae colōrentur. Cēterum, inter hunc locum et rēgnum tuum interest ingēns erēmus nec tū equō prīvātus trānsitum sustinēre valēbis nisi corpus meum cōnsūmēns. Nīl igitur nisi pullārum plūmārum manipulum exhibentem tē inrīdēbit populus."

Haec saltem dīxisse vidēbātur avis aspectū nunc hebetī et aegrōtō tamquam esset vērē mox excessūra. Quārē prīncipem tandem miseritus est, sē avis dicta crēdere cōnfitēns; arcū enim sagittīsque et cane vēnāticō carēns praeter mūrēs grȳllōsque aliquot nīl praedae capere potuerat ac terra circumiecta iam nimis sicca sterilisque facta erat quam ut is satis multa edūlia invenīre posset; minimē igitur dubitābat sē ut avem comederet tandem coāctum īrī. Tunc sē sordidum sēmimortuumque imāginābātur in patris rēgnum advenientem paucās īnspeciōsās plūmās tenentem dēlīrāsque ōre profundēns fābulās; patrem incrēdulum supercilia contrahentem; mātrem patienter indulgentem; cēterōs eum, ut prīncipem, observanter auscultāntēs, post tergum autem prō mente captō dērīdentēs; quam ob fāmae dēminūtiōnem sē tandem rēgnī iūs āmittentem.

"Quid autem sī tē solvam?" inquit prīnceps. "Tunc nē carnis quidem tuae ēsum habēbō. Omnia prōrsus perdiderō!"

Ad quod respondit avis ignea haec: "Māiōrēs tuī erēmum ut eurīpum in gȳrum fabricāvērunt ad hostēs rēgnō arcendōs. Quī dolus haud sciō an tunc temporis prūdēns fuerit; sed hoc facientēs dīlectum hodiernum tibi perdifficilem statuērunt. Scīlicet aut mē cōnsūmere et equō cane arcū tōtōque dēmum apparātū orbātus ad ignōminiam rīsūsque prōcēdere potes aut mē caveā solvēns atque ad arborem meam rediēns exquīsītum illum fructum dēgustāre. Plantae animāliaque in reditū, dummodo ad patriam meam tendās, tibi nōn resistent. In lībertātis meae remūnerātiōnem duo tibi polliceor, quōrum haec plūma erit signum et pignus."

Quibus dictīs, avis ignea ex plūmīs coruscīs suīs caveā extrūsit ūnam, quam prīnceps manū prehendit. Quō factō, plūma aliquot temporis mōmenta scintillāns tandem ēvānuit.

"Plūma mea, iam pars tuī facta, tē corrōborābit."

"At prōmissa ista duo quaenam sunt?"

Prīmum, sī quandō auxiliī indigēbis, mē vocāns accipiēs. Deinde, ut ego nūllō dēfīnior nōmine propriō, ita alterum prōmissum verbīs nōn circumscrībitur. Dōnum autem, crēde mihi, fīnem nōn habet."

Quae animō imbibēns neque hīlum dubitāns prīnceps caveolam aucipāriam reclūsit, et avis fulgēscēns exsiluit renovātā vī magicā ferāque vibrāns, ob lībertātem reciperātam forsan etiam magis quam anteā luxuriāns, immō, cum ālās panderat, multō māior facta quam ut caveolā capī potuisset. Et prīnceps, magnificum animāns illud spectāns ut aurīs ferēbātur sanguineās mūsculōsāsque ad nūbēs crepusculārēs versus, simul trīstitiā et incognitā aliquā voluptāte affectus est tamquam sī mundus quem habitābat vel vīta quam agēbat incrēdibiliter pulchra nūbēs esset quam admīrārī quidem numquam autem comprehendere capereve posset ... vel tamquam sī ipse, quippe ut vir solidus quī post sē iānuās claudēbat, māximam beātitūdinis ūniversālis partem iam ā priōrī perdidisset ... etsī nihilōminus eī restāret aliquid incognitum et ineffābile cuius gaudia et tremōrēs adhūc mente fingī nequīrent.

Arbutī locum iterum petēns sēmitās recalcāvit in diēs frondōsiōrēs, laetiōrēs, quasi patentibus brācchiīs ita accipientēs ut nunc reputantī vidērentur haec loca peregrīnum prīmā vice trānseuntem īnfestōrum rūricolārum mōre omnīnō neglēxisse. Praeda nunc magis magisque abundābat. Animal quodque vēnātōrem sīcut ūnum ex suīs tractābat, prō corpore captō tantum postulāns ut prīnceps animam post mortem honōrāret adiuvāretque ut novum corpus invenīret – quae petītiō prīncipī prīmō paulō rāra et captāta vidēbātur cum tālia tantum in fābulīs populāribus audīvisset.

Quōdam diē, cum post plānitiem aridam vastamque nemorōsās convāllēs minōrēs flāvivirentēs trānsībat, canem suum ūnā cum quattuor canibus ferīs ruentem cōnspexit. Dum ambiguō cōnsiliō appropinquant, sollicitābātur prīnceps; sed grex eum – forsitan propter canis eius, cēterīs māiōris, auctōritātem – nōn vexāvit. Canis quidem ille dominum, quī fuerat, tantum fūrtīvē et līmīs aspexit quasi sī cōram aequālibus dominī hūmānī pudēret. Itaque grex canīnus, tamquam fābula māximā ex parte adhūc indicta, per implicātōs alveōs longā aetāte rūgōsōs ē vīsū recessit.

Īnsequentī diē similēs mōrēs praestitit equus spādīx, quem prīnceps fortuītō in prātō herbōsō ūnā cum tribus sociīs – hōc glaucō, hōc fuscō, hōc maculōsō – lūdentem vīdit. Spādīx prīncipem, quondam dominum, agnōscēns ē longinquō quidem salūtāvit nūtū; ex corporis autem statū patēbat eum barbarīs cum aequālibus aliquamdiū adhūc conversārī cupere cyclamīnī trifoliīque suāveolentiam necnōn et quandam equam sequentem.

Proximō diē paulō ante sōlis occāsum prīnceps integer vegetusque ad illum lūcum advēnit cuius latus occidentāle ingēns arbutus ōrnābat. Merīdiānī montēs niviferī, perennēs custōdēs aevōrum, iam hīc in sūcineum, hīc in venetum colōrābantur. Prīnceps, quamquam huius arbutī acinōs anteā numquam lībāverat neque ad hōs, ut ob avis dicta nōnnihil ōminōsōs factōs, metū omnīnō līber accessit; praedulcem fructum tamen fidiōre fidiōreque animō sūmpsit, forsan quia eum phantasticī animantis illīus admonēbat quod aliquandō revidēre iam gestiēbat.

Illā nocte prīnceps arctissimē dormiēns in somniīs vīdit patris castellum, Ferreum vocātum, cuius plūrimās aulās, ātria, exedria, andrōnēs, diaetās, cubicula, procoetōnēs, culīnās, cēnātiōnēs, cēnācula, claustra, mediāna, maeniāna, stabula, carcerēs, latebrās, cēteraque simul omnia oculīs perlūstrāre poterat tamquam sī mūrī parietēsque ab ūnō latere perspicuī factī essent; quō efficiēbātur ut Castellum Ferreum aspectum praebēret nōn castellī sed potius urbis terraeve in quā aliī alia omnīnō dīversa simul agēbant, hī colloquentēs, hī dormientēs, hī amantēs, hī canentēs, hī labōrantēs, hī rixantēs, hī cōnspīrantēs, hī comedentēs et ita porrō. Sed sīcut ingēns hoc aedificium omnēs hās pervariās vītae hūmānae speciēs et faciēs coniungēbat, ita omnēs simul dīvidēbat; nēmō enim praeter prīncipem somniantem cūnctōs cūnctaque vīsū amplectī valēbat. Castellum Ferreum, terrae inmēnsae vigentisque īnstar, quōdammodo vel quōdam ex aspectū etiam mortuum erat, cum plērīque intus versantēs, somniantis prīncipis dissimilēs, quae ultrā parietēs suōs agerentur prōrsus īnsciī essent, animōs potius in ea intendentēs quae intrā spatiola propria accidēbant.

Tunc subitō clārē dispexit, etiamsī avem igneam adhūc vīvere nōn dubitābat, Castellum Ferreum quōdammodo avis igneae cadāver esse, scīlicet tāle quāle fuisset sī ipse eam necāvisset: in sē collāpsum, dēcolor, sobrium ... vel adeō politicum, rēligiōsum, "technicum."

Quō ē somniō prīncipem excitāvērunt vōcēs ... vōcēs, ut vidēbātur, virginum lūdentium. Quī sonus, simulac ille omnīnō expergēfactus erat, effēcit ut animus sēmioblītā laetitiā exsultāret. Ē locō paulō ēlātō fruticibusque tēctō nymphās vīdit inter stāgnulum proximum et arbutum renīdentem saltantēs luxuriantēsque sēmidulcī fructū simul fruentēs. Hoc est, id verbum quod est *nymphae* prīmum in mentem vēnit cum, etiamsī hūmānā speciē ūtēbantur, manifestō aut ferae aut effascinātae incantātaeve aut aliquid etiam arcānius essent. Nymphārum ūna, pulchritūdinis portentum, tam simplicī veste quam cēterae amicta, aspectū tamen habitūque corporis nōbilī generōsōque cēterārum coryphaea dominave esse vidēbātur. Immō, quamvīs rēgiā nunc carēret, haec omnēs circumstantēs, omnia circumiecta ad sē quasi magnēticē attrahēbat; nec dubitābat prīnceps quīn archinympha cantū ipsa sīdera, sī vellet, caelō dēmittere posset. An forte haec prīncipī ideō tālia vidēbantur quod is hanc nympham obtuēns iam perditē adamāverat?

Prīnceps adhūc observāns surrēxit spontēque īnsolitōs modulōs partim dissonōs ā nymphīs ēditōs summissā vōce cantillāre coepit – quod animadvertēns ūna ex nymphīs cēterīs extrāneum mōnstrāvit concitātīs digitīs. Prīncipis suspiciō hās rē vērā nymphās dryadēsve esse nec fēmellās solitās eō cōnfirmāta est quod in mediā vastitāte prīncipem iuvenem videntēs quī eās ad patriam eārum, quaecumque et ubicumque esset, redūcere posset nōn gaudēre sed potius trepidāre vidēbantur quasi mox vel minimā causā aufugitūrae. Quō autem cōgitātō prīnceps incitātus est ut sē ipsum cōnsīderāret ... et continuō animō crēvit vestēs suās longīs itineribus discissās foedātāsque, barbam incultam, apparātūs rēgālis inopiam sibi indubiē aspectum commodāvisse nōn prīncipis sed magis latrōnis vel trōglodytae vel lūnāticī.

"Ignōscātis quaesō habituī solūtō meō, dominae," inquit prīnceps quam cōmissimē iūcundissimēque. "Quamvīs aspectū terream, prōmittō vōbīs mē prīncipem esse et equum canemque in proximō habēre quī, simul atque lūsum suum dīmīserint, mē adiuvāre poterunt ut vōs in quodlibet vōbīs arrīdēns rēgnum perdūcam."

Hanc adfirmātiōnem paulō māiōrem vērō esse sciēbat plānē prīnceps, attamen aliquid dīcendum vidēbātur quod animōs mōtūrum esset nymphārum, praesertim illīus nymphae quam iam tantopere amābat ut libenter prō eā īnferās īlicō obiisset.

Quibus acceptīs verbīs, nymphae omnēs in rīsum sunt effūsae. Vidēlicet hunc iuvenem pannōsum spurcumque nunc prō scurrā habēre vidēbantur! Enimvērō statim patēbat nymphās inter sē effūtientēs sermōne, etsī nōn omnīnō aliēnō, perīnsolitō tamen ūtī – id quod sibi invicem volēbat ipsīus prīncipis loquēlam eundem in gradum īnsolitam rīdiculamque vidērī nymphīs. Amoenōs garrītūs eārum satis tamen intellegēbat ut sē, exercitō modo ōre, haud iam sēriō ab eīs observārī existimāret, quamvīs ratiōne aliquā ambiguā, sēmitēctā, nymphaeā advenae vidērentur iam propitiātae.

Certō gressū subit nympha rēgia nec tremit; ūdās albō cāricēs virectum pede premit. Incicur corōna nunc silēscit asseclārum; anadēma cingit nymphae caput oenanthārum. Rhoeās dextrā tractat dum ex ōre saliuncam spīrat verba prōdēns quasī vocāns in spēluncam. Trepidat nunc advena cum āmēns aut dēvōta aut forte daemonica aut aconītō ūncta videātur illa fāns prōdigia disiūncta, verba vēra plēraque sed sēnsū perremōta. Miscētur salūtātiō lacūnīs caenulentīs, sincēra dēprecātiō althaeīs aquilentīs, rēgnīs ōlim tremulīs sisymbria ūmecta, decōrī virginālī nunc spurcifica īnsecta!

Prīnceps iam cantāmine sē līberāre temptāns, velutsī hinnuleus palūde ēnītātur, ōs āvertit, pedēs trahit, ad patriam spectāre coeptat boreamque nōtiōrem. At post rāmōs fruticēsque sentit tenebrōsās vīrēs vorācēs. Nec nympham reprehendit nec tacitē castīgat; nam, līmīs cautē spectāns, horridulā sub vittā genam nunc sulcārī lūgubrī cernit guttā.

Quid sit faciendum antequam decernat, gelidus subitō oritur Carbas velutī crūdēlī quatiātur morbō mundus indēfēnsus. Vmbrae quārum ortūs nusquam videntur trepidant undique āērque replētur marcidīs et metū. Nymphae autem pavōre carēre ... quīn immō iam prīdem esse captae nunc videntur. Nam gravī vultū velut somniantēs inter sē sequuntur ātrās in lūcī tenebrās – quem lūcum nunc cōnsīderāns certō incantātum esse rētur prīnceps.

"Vōs quō pergitis?" effātur prīnceps ōs resolvēns. Nympha, iam recēdēns sē ad prīncipem revolvēns nec iam sēmiplēna antiphrasium caecārum, tamquam eī saltem haec iam liceat fatērī, "Casshēius," inquit, "magus est īnfestus tenebrārum quem mortālēs vōs dēbētis māximē verērī; dolō enim cēpit ad ūxōrem ipsam Lūnam cuius attrectāvit et secrēta prīmitīva. Nōs ubīque temperat. Observat per lacūnam, verba eius..." vī alicui nunc renītī vidētur, "...tēla sunt ubīque obrēptīva."

Quibus ultimīs vix expressīs verbīs alterāque admissā lacrimā, sē convertit invīsīs obluctāns fēmina ōminōsamque in silvam aequālēs sequitur. Prīnceps autem prō miserā praecantātā vītam dēvovēns ūsque sequitur ad loca tam abdita perplexaque ut ipse num vigilet an somniet nōn iam prō certō habeat. Celsō ē monte vidētur aliquandō excrēscere castellum immāne, patriō, immō cūnctīs prius vīsīs, dispār; nam fōrmam exprimit ingentis cochleae ātrae. Immō perinde ac, fulgoribus longinquīs vagē illūstrātum, nīl māius esse vidētur quam cochlea super folium magnum pāscēns, vidētur sibi prīnceps quasi cīmex minimus morientia folia rāmāliumque fragmentula in turgidum madōrem ātrum sēnsim putrēscentia perrēpēns.

Cui vānae speciēī resistere nītēns prīnceps nymphārum calōrī arōmatīque adhūc studēns cōnspicit subitō bicornem lūnam, quae quōdammodo simul summergitur et observantem summergit cuiusque fōrma, nihilō collāta, vērārum rērum magnitūdinum nīl aperit. Necopīnātō rēbus sē moventibus circumdarī sibi vidētur. Velut in vasta dēvagātus puer, vespertīliōnēs trepidantēs sentit arāneāsque vīperāsque ēmicantēs bēstiolāsque intractābilēs ac ferās dubiē ingentēs. Quārē cultrum magnum, cuius capulus iam integer lēvisque, stringit hūcque illūc temere truxque mittit ad quicquid accēdere percipit suspicitve; nam nymphās servāre, archinympham uxōrem dūcere tantopere gestit ut sibi spondeat sē potestātibus maleficīs nōn cessūrum esse nisi aut susceptum sacrum perficiat aut pereat.

> Māne sonīs prātī prīnceps mulcētur aprīcī
> sēnsibus et grātīs nemoris vernō viridātī.
> Lascīvōrum alacer cantus volucrum īnsinuātur
> aurī. Solvuntur rēpentī lūmina sōle.
> 5 Quae simul atque valet surgēns intendere prīnceps
> in sibi circumiecta, gelantur vīscera, sistit
> spīritus ad faucēs. Tam dīrum tamque nefāstum
> nunc videt ut coeptet iam continuō dissolvī
> mēns. Prius autem quam saxīs illīdere possit
> 10 adflictum caput aut scopulō sē praecipitāre
> aut pontō mergī, in maculōsō margine prātī
> cernit nunc aliquid. Fōrma est ātrāta virīlis
> observāns. Hunc esse patet praecantātōrem
> daemonicum quī strāgēs hās vānīs speciēbus
> 15 fraudeque mōlītus. "Vēcors es perfatuusque,"
> ātrōx dēridet. "Vīrēs hās corniculantēs
> cum potuissēs nōscere vel saltem speculārī,
> tū tamen omnia concīdēns terram hanc intrāstī
> vastus tamquam percussor crūdusve idiōta
> 20 hīllās dīlaniāns. Ēn incidit umquam mentī
> nymphās noctivagās nōnnumquam habitāre palūdēs
> et silvestria prāta? Meae bacchantur alumnae!

Haec prōmiscua caedēs ā tē sōlō facta est!"
Quae dīcēns faciē prōdit tamen exhilarārī
25   sē nec maerēre, at mortēs hās sē statuisse
ingeniī īnsidiīs. Quō prīnceps īram odiumque
cōnfundēns, angōrem animī bīlī permiscēns
īnsānit penitus furiōsusque inruit ātrum
in magum, at aggrediēns aliās aliāsque vicissim
30   fōrmās contrā sē videt oppositās simulātās.
Sed prīnceps nihilō āversus ruit ūsque ad inīquum
hostem. Dēlīrāns aequābile quid sit floccī
nempe facit. Cultrō īnfestō longōque repulsō
vī magicā fortī tamen ūsque adipiscitur ipsam
35   Casshēiī vestem necnōn praecordia rādit.
Proximus attamen ā Casshēiō ēlūditur ictus
promptius; advena enim pugnāns cum multipotentī
archimagō baculum magicum tractante perītē
lassātur cito et atteritur. Quārē excutit omnēs
40   ictūs nunc reliquōs etiam aptius iste theūrgus.
Involat autem aliquid nitidum mūrōs trepidanter
collūstrāns antrī. Quāle antrum? Nunc agitātur
plūmula, pars iam facta animī, quō lūmina glīscunt
interiōra ita ut hīscat nunc speciēs aliēna
45   prātēnsis mendāx – ēn! – taetra et scaena cruōris!
Margō nunc nemoris nōn arbustīs foliīsve
cōnstat sed potius saxō. Per culmina silvae
mānantēs sōlis radiī mūrīs affixīs
exoriuntur nunc taedīs. Nunc membra cruenta
50   nymphārum horrendē prīmā speciē cōnstrāta
per prātum cēdunt trepidae turbae muliebrī
inter spem iam suspēnsae vērō propiusque
fātum. Sīcut avis magicē dedit ignea rērum
cernere iam vēram faciem, sinit et deprehendī
55   intima Parcārum factōrum et significātum.
Ergō scit prīnceps minimē sē caedere posse
cultrō vīripotentem istum gnārumque theūrgum;
haud etenim tēlīs certat magus archimagister
quīn contrā arcānīs armīs aciēque animōrum.
60   Cum pateant igitur technae fraudēsque oculōrum,

non nisi vīribus intentīs animī ingeniīque
exhinc luctandum est – quīs archimagus manifestō
longē praevalet. Vnō autem praestat peregrīnus;
pūrus enim sanctusque animus quō dēcantātās
65   vel summō pretiō vult servitiō ēripere omnēs
– nec sōlum summam – Casshēium lūnipotentem
magnā ex parte potest ēvertere. Nam tenebrōsī
rītūs sacrilegī mystae fōrmīdine fīdunt,
contrā quōs mortem quī nōn metuunt bene possunt
70   pugnāre. Haec saltem dat avis subitō nebulōsa
clārē ut percipiat prīnceps. Vnum simul autem
praevidet adversum: sē vīrēs posse hebetāre
– quippe ut fūneris impavidum – perquam fūnestās
tantum adeō tamen ut captīvās ēruat umbrīs,
75   nōn ut cōnficiat colluctātōrem opulentum
cōnsociīs magicīs ... neque ut ipse queat superesse
– id quod perspicit advena. Erit nunc victima vindex!
Obscūrās igitur magus ut nunc colligit omnēs
vīrēs intenditque iterum iuvenem in generōsum,
80   hic tamen, utpote iam plūmae vī cōnfirmātus,
cōnfīdit certō captīvīs sē morientem
suppeditātūrum vītam. Compēscit cūrās.
Dīrigit omnem vim mentālem et spīrituālem
nunc in amōrem. Dīmittit quoque mente manūque
85   cultrum. Quō factō, quod sūmpserat esse cavernam
nunc videt esse aulam sat vastam et sēmiagrestem,
Īnfōrmis tholus est rārō passimque fenestrīs
distinctus velutī prīscō mōre astronomōrum
quaedam sīdera quī certō ōrdine temporibusque
90   certīs cōnantur perscrībere ut ōmina captent.
Quae vīsa omnia mōmentīs paucīs sibi volvit
dum simul ātra magīa animam corpusque adorītur.
Haec prout aggreditur tamen angōrisve metūsve
nīl offendit quod prēnsātum et magnificātum
95   in praedam valeat convertere. Proptereā ipsum
plūs animōrum vīsque suae prōfundere oportet
Casshēium. Iuvenem intrepidum saevē labefactāns
ipsum sē simul ēvertit rēgnumque remittit.

Spectātōrum ūnus, Īstvan Bōdor vocātus, ut Gēzae Bōdor frāter ideōque quōdammodo iuxtā cosmī medium pūnctum vīvēns, quā viā ad nōtis-
simae fābulae fīnem hoc spectāculum perventūrum sit praedīcere nequit;
nam, ut ipse huius scrīptor est, ita tamen quīnque exitūs dīversōs composuit, ē quibus quī ad hanc fābulam agendam ēlectus sit ignōrat.

Cum Lūna ē Terrā quondam exorta esse dīcerētur propter Terram
cum vagō sīdere ad Martis magnitūdinem vehementissimē concurren-
tem, factae sunt Terra et Luna ob hoc quasi duo pūncta separāta sed
simul quantāliter implicita ... haud quidem valdē aliter atque ipse Īstvan
et frāter. Cum bīnae particulae subatomicae – id quod Īstvan apud Gēzam
saepius audīvit – ita semper inter sē coniūnctae maneant ut, sī alterī
proprietās quaepiam impōnitur, altera, ubicumque ūniversī versātur, simul et sine morā ūllā oppositam proprietātem accipiat, similī modo
māiōra corpora, velut Īstvan et Gēza sīve Terra et Lūna, inter sē ita reciprocē agunt ut utrumque pergat esse ipsum nec fiat alterum – quamvīs
sānē māiōra corpora tam intorta et multiplicia sint ut in eīs tālēs reci-
procae āctiōnēs ā plērīsque nōn ita bene animadvertantur, nēdum sponte
temperentur. Quae autem, nōn sōlum manifesta sed etiam subtīliōra,
inter Terram et Lūnam intersint percipiunt quidem nōnnūllī ... neque
hāc in rē cēdit multīs Īstvan, quī, inter alia multa, Terram lascīviōrem
sed simul cōnstantiōrem esse didicerit, Lūnam invicem sobriōrem sed
simul – quamvīs hoc sit paradoxum – incōnstantiōrem.

    Corporis ut vīrēs quasi per coria āvelluntur,
100   prīnceps firmō adhūc animō neque sollicitātus
forte animadvertit cōlātōs per speculāre
pallentēs lūnae radiōs velut invidiōsē
palpantēs altē suspēnsum ex aediculā ōvum
tamquam sit sacrum. Quamvīs iam dēbilitātus
105   īnstinctum sequitur; tūnsus fluctū exitiālī
vīs ātrae, cultrum titubāns nunc sublegit aegrē
perque ferārum ac larvārum turbās minitantēs
mōnstraque gesticulantia, quae tamen omnia prīnceps
dispicit ut vānās speciēs, prōcēdit ad ōvum
110   valdē lābilis ac fessus passimque cadūcus.
Lūmine perfīdō dēmōnstat Lūna supernum
ōrnāmentum dēpendēns quasi līvida coniūnx
indignāns fastūs longōs dūrum et dominātum.
Quō sēnsō, prīnceps tōtā nunc vī residentī

115 cultrum contorquet mīrum ad celsum decorāmen
gemmātum. Attingit. Mucrō dēflectitur ōvō.
Dēcidit in dūrum lapidem strepitū miserandō
culter. Dērīdet iuvenem magus attenuātus
iam paene exanimātum. Nunc nymphae resolūtae
120 Casshēiī imperiīs animōsum ad prōripiunt sē
rēgālem iuvenem impavidum cito dēmorientem.
At quid nunc? Sursum mōnstrat digitō ūna puella
argūtō mīrāns. Ōvō exit virgula fūmī
ātrivirentis. Rīma ācta est cultrō ēiaculātō!
125 Sībilus et minimus, tacitīs nunc omnibus, aurēs
inrēpit. Magus ipse recēdit vultū fixō
glaucīs blanditiīs succumbēns dum vapor ōvō
ēmānat citius citiusque. "Anima est scelerātī!"
Prōdit verba iacēns prīnceps cui iam revocantur
130 vīrēs. "Tam fuerit fallāx – vītae simulācrum! –
cōnsūtusque ita panniculīs ut corpore nōn iam
conderet ipsam animam!" Respondet nunc coryphaea
nymphārum: "Dūxit magus illam perfidiōsē
quam colimus, Lūnam, dominam somnī noctisque et
135 phantasiae. Nunc ex andrōnibus arboribusque,
hortīs et triviīs ēmergent undique vultūs
singultantēs rīdentēs mānsī indomitīque!"
Quod dictum obscūrum prīnceps tamen assequiturque
cordeque – quōmodo fit? – fovet atque amplectitur ūsque.
140 Casshēiō quid contigerit nōn trāditur usquam.
Caesaris at gnātus, quī maestus sōlivagusque
lūcūs, plānitiēs, lāta aequora concita sōle
ōlim vexābat, dūcit rūfam niveamque
fēmellam quondam vinclīs magicīs contentam;
145 quae Lūnae cultrīx manet abscēditque aliquandō
in latebrās miscēns peramoenīs īnsidiōsa.
Posthāc ē rēgnō patriō sēnsim ēvānēscet
pār rēgum iuvenum dum carnēs pōmaque eduntur,
dēsūdat vulgus, celsīs soccī poliuntur.

Tālia, dum clauduntur rubra aulaea, partim ēnūntiāta audit Īstvan, partim ēgregiā incitātus arte sibi imāginātur; nam spectācula Radcaeī, orbis terrārum ingeniōsissimī pūpariī, et persōnās et rēs gestās tam vīvācēs prōpōnit ut subtīlissimōs sēnsūs saepe agitent, stimulent, ipsa animī fundāmenta nōnnumquam attingant ... saltem in doc[iliōribus. Tametsī puellī, quibus scatet haec magna corōna, per sat longum mūnus magnā ex parte dēfixī mānsērunt, adulēscentium globus – quid aliud fuit exspectandum? – applausum nunc īnsonantem plānē aspernāns inurbānē nunc discēdit quasi alterum nunc fastīdiī taediīve scopum petēns. Quam effūsissimē plaudunt praecocēs puellae nōndum pūberēs necnōn et adultī admīrātōrēs quī aut propriās attulērunt sellās aut subsellia fixa, sine dubiō mātūrissimē, occupāvērunt.

Postquam modo perāctī spectāculī pūpae omnēs, inter quās et avis ignea, ante sīparium latebrās Casshēiī mōnstrāns approbantium plausibus sē per vicēs ostendunt, identidem clausīs reclūsīsque aulaeīs, offeruntur nunc et aliārum fābulārum hīs diēbus āctārum scaenae pictae pūpaeque; nam post fābulās per hās trēs ferē hebdomadēs saepe aliās praebitās theātrum Radcaeānum Budapestinō crās ēmigrābit ... ut, id quod fit quotannīs, Segedūnum iterum capiat. Mōnstrantur nunc, ecce, Āfricae antīquae plagae quārum puteī ab ipsīs incolīs quondam sunt, mīrissimum dictū, venēnīs īnfectī ... et Anglia medioaevālis omnis generis hominibus pecoribus bēstiīs nūminibus portentīs reconditīs referta tamquam biblica arca Noē partim occulta vel metaphysica facta. Ex permultīs fābulīs dē Novō Mundō āctīs, Īstvanī ferē acceptissimīs, praestat plānē Historia Duārum Vrbium quia in hāc persōnae novīs semper sub condiciōnibus nova dē sē ipsīs dētegunt. Et, ecce, nunc vidētur fortuītō Vrbs illa Smaragdina iuxtā Vulcānum magicum sita ... et nunc Nūmen Faeēricum Scintillāns acūtissimā acū, ut ita dicātur, cosmicē pollēns diaetamque habitāns quae extrinsecus exiguissima vidētur sed intus, velut nūminis elfinī latebruncula arboris truncō inaedificāta, supellectilis apparātūsque ēlegantis absonā ratiōne capāx tamquam sī thēsaurus rēgius hīc magicē contractus condātur.

Īstvan sānē, ut huius theātrī pūpāriī scrīptor et ipsīus archipūpāriī familiāris, quōmodō tot sīparia tam cito alternārī possint bene scit; nam sunt post pūpās, in mundī Radcaeānī postīcā parte, proscēniī arcū tēctae septem rīmae per quās sīparia vicissim īnserī āmovērīque possunt.

At, ecce, nunc prōdeunt Prīncipis Ligneī Corpus et Anima, quōrum haec velut pūpāria, quamvīs et ipsa līneīs rēcta, illī moderātur ... vel mīrā arte moderārī vidētur – nē quid dīcātur dē modō illō quō aliōquīn tantum līneīs ductae quantum manuālēs tam nātūrālibus mōtibus partēs agunt ut, verbī grātiā, Prīncipis Corpus, prout postulant fābulae vicissitūdinēs, nunc summā grātiā venustāteque nunc rigidē haudque convenienter nātūrae sē movēre videātur.

Vērē quidem nēmō pūpārius vītae speciem simul vērī similem et phantasticam tam perītē sustinēre potest quam Radcaeus Magnus … etiamsī, aliter atque illūstria theātra pūpāria Monachiēnse et Pragēnse, Radcaeānum etiam Budapestinī propriō caret tēctō. Quam ob pēnūriam – magnā ex parte concessiōnum pūblicārum Hūngaricārum inopiā effectam – prō fābulīs scrīptīs trānslātiōnibusque Theodiscīs, Serbicīs, Ītalicīs (alter quīdam facit Gallicās cum Īstvan, Gallicē nōn mūtus quidem, claudicet tamen) Īstvan mercēdem modicam accipit … necnōn interdum etiam, tantum animī quantum benignitātis causā, sīparia grātīs pingit. Tantum autem rārissimē cum grege iter facit quī ut lūdī magister suffectus ac trānslātor diurnārius saepe operētur … nec Radcaeus sānē scrīptōrī viāticum suppeditāre solet, cum tēlephōnō cēterīsque viīs ēlectronicīs sat facile fierī possint cōnsultātiōnēs.

Enimvērō, cum Īstvan apud Acadēmīam Artium Nātiōnālem Hūngaricam studia sua iam prīdem fēlīciter perfēcerit, multō aptius vēra spectācula ballēmatica vel saltem theātrica lēgitima quam pūpāria doceat, cum ad illa sit dēmum ērudītus. Sōlāciolō autem est quod mūnus, etsī tantum pūpārium, exquisītum tamen exercet. Accēdit quod tāle opus sollertiam propriam ingeniumque allt. Vel fābula illa dē Hūngariae prōle in Novō Mundō prospera sibi vindicantī nihil quidem novum est, sed quod Īstvan hanc cum Leopardinī Virī fābulā trālātīciā coniūnxit vērē callidissimum fuit – etiamsī quis fuerit auctor scit paene nēmō.

Complūrēs – plērīque puellī, parentēs aliquot, sine dubiō ūnus alterve quaestum glōriamque pūpāriam appetēns – scaenam nunc urgent velut tineae flammam, pūpās dispicere temptantēs etsī iam nimis umbrēscit quam ut perspicuē videantur. Nēmō Īstvanem animadvertit – quam condiciōnem ipse sibi postulat. Et bene nōvit Radcaeus molestum sibi fore Īstvanem studiōsīs indicantī. Hic enim, quamvīs intimō corde tālia opera haud parvī aestimāns necnōn prō operā datā praemiolum plērumque accipiēns, cum eīs tamen pūblicē coniungī nōn vult. Vt ācrōāma triviāle, quantumvīs ēlēctum, rīte sollemniterque fiat nōndum inclīnātur.

Quamquam ut intret saeptum spectātōrum aureīs fūnibus dēsignātum – unde habentur spectāculī prōspectūs cum meliōrēs tum optimī –

Iōannēs tesserārius nīl honōris aditiālis ab eō poscit, Īstvan nihilōminus petasō ā Dominā Radcaeā post mūnus perāctum circumlātō raudusculum additīcium inicere solet ... tantum cēterōrum spectātōrum stimulandō-rum causā quantum nē ipse omnīnō ēmineat ... necnōn et aliā quādam causā. Nunc illa, prō quā Īstvan libenter bella gerat īnferāsve petat, rēgī-nae faeēricae veste cūmātilī candidāque splendēns petasum afferēns ita scrīptōrī renīdet ut eum tamen nōn nimis īnsigniat – quō simul oculīs sēmiclausīs atque expositīs dentibus illīs superiōribus paulō exstantibus inappositī amōris flammās in Īstvane, ut fierī assolet, accendit. Perīnsoli-tum est hoc trium et vigintī annōrum bacciballum semper, etiam prīvā-tim, "Dominam Radcaeam" nōminārī; sed et ipse Radcaeus magis minusve iuvenis est – nōnne trīginta nātus est ille terrae fīlius? – et uxōrem vel pūblicē aliter numquam appellat. At hoc ad sectam ācroāmaticam attine-at. Nōnne eam saltem domī "Iudittam" vocārī necesse est?

Hanc āream iam relīquērunt mūsicī, pilāriī, cēterī; nam plēraeque huius vīcī tabernae, māximā ex parte ēlegantiōrēs, iam sunt clausae. Longinquō in angulō iam valdē obscūrāto Grex Perūviānus, modōrum mūsicōrum tam pulchrōrum quam nimis aequābilium fōns diūrnus quasi perpetuus, apparātum discōsque compactōs perpetuō vēnālēs tacitē compōnit conditque, cute furvā nigrīsque crīnibus circumcircā strātōrum foliōrum ūdōrum colōribus sē iterum immiscentibus – quō, contrā lūmina urbāna paene nūllam vēram lūcem praebentia, noctem hīc tandem prope īnfīnītiēs vīcisse nūntiātur. Numquid exsulibus illīs hoc angustum forum tamquam carcer diurnus factum est?

Etiam hīs mēnsis Octōbris sērīs septimānīs restant complūrēs pere-grīnī, praesertim Germānī nummōsī illōrum locōrum vīsendōrum cupidī quae et suum ipsōrum et, posteā, Russōrum complexum ōlim effūgērunt ... quae scīlicet, ut permulta alia, nunc tandem blandiōrī quidem sed māiōrī hiātuī, hoc est, "Occidentālī" sē sponte cēdunt.

Cum Īstvan Bōdor Pontem Catēnātum adipiscitur, tantum ob annī tempus et hōram quantum ob interspersam nebulam, ingentium custō-dum leōnīnōrum minus sentīrī possunt corpora saxōsa quam animae perpetuō inter īrācundiam et trīstitiam suspēnsae. Proximī leōnis ōs oculīque ob tenebrās dēsunt. Īnfrā – id quod hīc semper velut mente sub-cōnsciā subintellegitur hāc autem nocte ob auram suprā Dānuvium frīgi-diōrem membra quoque percipiunt – mānant līma tālibus longinquīs locīs imbūta sigillātaque quālibus Moraviā et Vindobonā ac Silvā Nigrā. Immō āēr Īstvanī dīcit hiemem Tatrae Montī Slovaciēnsī iam incubāre ut super Budapestinum incidat parātam, aliam ex exercituum frīgidōrum seriē.

Pest nunc relinquēns Budamque māternam ingrediēns, ut solet, gaudet. Buda clīvōsa arcānaque ōlim fuit prōvinciae Rōmānae Pannoniae Īnferiōris praesidium māximum, hūmānitātis prīmum antīquae, dein mediaevālis prōpugnāculum. Plānus invicem locus Pest posteā vocātus, palūdōsa quondam latebra sēmiferōrum pictōrum, Eraviscōrum Illyricōrumque, urbis Budapestinēnsis nunc temporis dīmidium modernum, latē patēns, industriae māchinālī dēditum novam barbariem hebetiōrem sed nihilōminus exitiōsiōrem nunc propāgat.

Īstvan praeter aerūginōsās turrēs sacrās saxeōsque mūrōs viam carpit ūsque in vīcōrum obscūrōrum nexūs illōs veterem Budam sīc notantēs ut regīnam viduam varicēs arāneōsae. Praeterit et fenestrās paulō, neglectō frīgore, apertās ē quibus puerīlēs vocēs ūnā ēmānant cum clāvichordiī modīs statīvōrumque hōrologiōrum aequābilī crepitū necnōn arōmatīs āliī capsicīque annuī flōrisque lactis acerbī porrōrumque atque agnīnae quae in caccabīs modo concoquitur. Etiam eīs diēbus quibus haec urbs trīstis vidētur hī odōrēs, plānē nōn sine inēvītābilī halitū Dīseliānō, Hūngarum quemque ā barathrī margine paulisper retinent.

Vltimō paene temporis mōmentō, sed antequam tabernam Szabōnis praeterit, meminit Īstvan sē Gēzae nōndum quicquam prospexisse. Scīlicet ad frātrem, quī rārō exit, aliquam rem parvam afferre solet. Quidnī hāc nocte ampullam vīnī Tokaeī pārque *langōrum*? Placet cōnsilium. *Langōs* sūmentēs ūnā cum carunculārum Hūngaricārum reliquiīs vīnōque vīlī laetābuntur quod Radcaeus ideōque ambō frātrēs Bōdor fortūnā modicē prosperiōre ūtuntur. Gēza sāne, quamvīs Īstvane iūnior, cum aliquantō sit imminūtus, ad paucissima opera quaestuōsa ūtilis est. Immō praeter gradum ob studia architectonica adeptum Gēza iam decennium ferē mūnere vacat ... nisi quod prō aenigmatīs intortissimīs excōgitātīs dēlīneātiōnibusque minimīs ātrāmentō factīs nec minus aenigmaticīs mercēdulam subinde accipit. Secundum iūdicium Īstvanis Gēzam, utpote quī tam ingentī ingeniō sit praeditus, quaestum facere nōn oportet. Tālēs quidem ad māiōra sunt idōneī. Sed Gēza et commūnem eōrum quaestum oblīquē fulcit quia ad fābellās pūpāriās cēterāsque condendās nēmō alius quam ille nōtiōnēs speciōsissimās praebet frātrī ... necnōn et, cum ipse Īstvan oleīs rārō pingit, imāginēs quasi magicē aptās subicit.

Paulō ante clausūrae hōram Īstvan tabernā Szabōnis potītur vīnumque et *langōs* emit dum ipse Szabō bursītidem suam conqueritur. Exeuntem

Īstvanem iubet tabernārius ut prō sē salūtet Gēzam, quem ille ā puerō nōvit hīs autem multīs mēnsibus vel adeō annīs nōn iam ante oculōs habet. Gēzae plānē numquam oblīvīscitur. At quis possit? Īstvanis cerebrum adhūc vibrātur fābulīs quās Gēza herī nocte effūdit: in Eurōpā orientālī adhūc exstāre vampȳrōs haud paucōs; quibus nātūrālēs philosophōs hodiernōs in multīs esse opitulātōs velut cērōmata sōlāria mīrē efficācia reperientēs ac lentēs oculāriās adhaesīvās radiōrum sōlārium damna multō minuentēs; vampȳrōrum nōnnūllōs adeō colōrātam esse cutem ob exquīsīta nova unguenta tinctōria. "Mortuī Vīventēs facile agnōscuntur," inquiisse meminit eum, "nam pūram lānam etiam per tōtum diem gerentēs nūllam umquam imprimunt rūgam." Quod frātrem nōn per iocum dīxisse Īstvanī cōnstat, cum is iocāns ita vōciferārī solet ut tōta ferē possit audīre īnsula.

Sīc sēriē tranquillēque fābulantem māvult quidem frātrem, id est, nec prōrsus lūdicrantem nec pavōre captum ... et Gēza sobriē quidem, immō, pergraviter dē sanguisūgīs Hūngarīs Dācorōmānīsque est locūtus tamquam sī dīcta propria vērē crēderet: vel inter cibōs Hūngaricōs sanguinem quīntō locō stare post *guliāsum*, *langōs*, crambēn fartam et, quod etiam magis dolendum, īnsiciās Hammabūrgēnsēs; haud fortuītō novam Cūriam Hūngaricam secundum ōrdinem Neogothicum exstructam esse cum hoc architectūrae genus innumerās ālās, aediculās, angulōs admittat quibus condantur satis multī sarcophagī necessitātis diurnae ūnā cum "Bibliothēcā Nātiōnālī Vēmortuōrum" simul sēcrēta et lātē suspectātā cēterōque appositō apparātū, velut vespertīliāriō et hirūdināriō. Mīrum autem esse quantum Orientālis Eurōpae vampȳrī ab occidentālibus et praesertim Americānīs istīs vēdulcibus īnsulsēque pulchellīs discrepent. "Nostrōs" sānē, praeter quōsdam paucōs, contrā cosmētica quaedam fallācissima vulgō ūsurpāta, ipsam turpitūdinis summam et exemplar cōnstituere, immō saepius inter hominēs et īnsecta, velut blattās, obscēnam speciem aliquam tertiam repraesentāre. "Nostrōs" porrō sē dīcentem et Hūngaricōs et Dācorōmānōs significāre explānat: scīlicet Eurōpaeōs Orientālēs nōn Slavicōs, velut inter moechōs necrophilum, quid sit vērē odiōsum cēterōs docēre.

Ē mentis errōribus Gēzae ēminet quod hī ūsque in minūta singula excōgitantur. Sed unde tālium nōtiōnum sēmina habet? Ā Dominā Madach vīcīnā? Ab illō sene Mīlōtā īnfrā habitante? Haud vērīsimile. Gēzam sōlum tēlevīsiōnem spectantem rārō vīdit. Domī diūtissimē nūllum fuit computātōrium. Īstvan nunc in bibliothēcā, nunc in āctōrum diurnōrum officīnā commūnibus ūtitur computātōriīs īnstrūmentīs variīs. Frāter plērumque ōdisse vidētur technologiam; cum quā iam dūdum eātenus trānsigit quod radiophōnium ligneum antīquum in cubiculō positum saepe auscultat. Nūper autem computātōrium gestābile vīlius ab Īstvane accipere dignātus est; quod tamen paene sōlummodo adhibēre vidētur ad quaedam aenigmata tractanda atque ut rārōs conventūs Interrētiālēs alcuius societātis scientālis sīve pseudoscientālis participet. Īstvan ē bibliothēcā frātrī, cum hic paene numquam exeat, librōs petītōs trādit ... māximā ex parte physicōs, philosophicōs, aenigmatologicōs, historicōs ... nūllōs, quoad meminit, dē mystēriīs occultīs vampȳrīsve scrīptōs.

Gēza sānē adsevērat, cum experīmenta quantālia ipsum spatium vānam speciem esse prīdem mōnstrāverint, omnia propter ūniversālem implicātiōnem quantālem rēctā inter sē "tangere." Cuius doctrīnae versiōnem pecūliārem, immō perfugium plānē pathologicum, exercēns Gēza sē per avēs īnsectaque omnia necessāria commūnicāre affirmat; haec sānē cum tōtum planētam agitantibus cōnspeciālibus sociīsque quantāliter coniūnctiōra manēre quam "sīmiōs glabrōs."

Neglēctīs autem iūdiciīs clīnicīs quibuscumque, Gēzam nārrantem auscultāre peramat Īstvan. Vel illīus fābulae, immō, disputātiōnis abhinc aliquot septimānīs dē Bellō Frīgidō dēprōmptae, sanguinem huiusque sūctum metaphoricum paulō aliter referentis, nōndum oblītus est. Sovieticās methodōs sanguisūctilēs, etsī quam nazisiticās nōn omnīnō tam crūdās, nihilōminus haud subtīlēs fuisse dīcendās: scīlicet sanguinem prō ideologiā permūtātam ... tamquam sī lātrunculus tē expīlāns sē, cum prīmum fierī possit, tē remūnerātūrum spondeat. Id est, neutrum hoc crēdere. Commūnisticam sententiam fuisse hanc: "Illī sē nostram vītam meliōrem reddere fingunt; nōs invicem nōs vīvere fingimus." Occidentālēs et praecipuē Septentrioamericānōs, contrā omnēs necessāriās dēmocratīae laudēs, in Bellō Frīgidō māximā ex parte vīcisse ob monētam suam praecipuam, quam monētam pecūniam nec fuisse nec esse sed potius phantasiās. Septentrioamericānōs, cum sanguinem sūgerint, praedae vēnās replēre brācīs Genuēnsibus, lūsibus computātōriīs, cīnēmatographicīs spectāculīs velut *Tītanicā* et *Fēminā Pulchrā*, cibīs speusticīs magis celebrātīs quam sapidīs. Immō nēminem ante Septentrioamericānōs hominēs mōvisse ut sanguinis suī sūctum adeō poscerent.

Īstvan, ob crēbrās repetītiōnēs, ā frātre iam didicit sanguinis sūctum indicium secundārium esse illīus, iam memorātī, prīncipiī bīnōrum pūnctōrum quantālium reciprocōrum quōrum proprietātēs inter sē oppōnī dēbēre; in hōc cāsū scīlicet alterum bīnōrum elementōrum sūgere atque ex alterō, necessāriō, sūgī. Enimvērō ratiōnem reciprocam quantālem nōn sōlum omnia quae sunt dēscrībere sed etiam omnium rērum generātiōnem fōrmātiōnemque cōnstituere; nam prōrsus ūbīque "spatiī" dīctī et ubīque cosmōrum pāria particulārum quantālium, tamquam cōgitātiōnēs fugācēs, perpetuō exsistere simulque ipsās particulās, nisi in rērum vorticem attractās, inter sē perpetuō exstinguere; scīlicet īnfīnītās possibilitātēs "ubīque" semper exorīrī quās, sī ā Cōnscientiā ēlēctās, mundī corporālis fierī posse partem, quamquam plērōsque hominēs, artem physicam quantālem nōn callentēs, eī cosmī Newtoniānī vetustō obsolētōque mȳthō adhūc favēre secundum quem rēs tantum dēfīnītās per spatia vēra, cōnstantia, vacua, "mortua" fluere.

Īstvan autem nescit nec scīre potest utrum Gēza rēs tam pecūliārī ratiōne spectet quia physica quantālis cosmum vērē īnfīnītē "plēnum" esse pōnat an tantum quia mēns eius tālī modō utīque fungātur. Vtut hoc sē habet, adfirmat Gēza tyrannōs hōrumque sacerdōtēs et philosophōs autumāre solēre nōn sōlum pauciōra vēra exstāre sed adeō tantum ea quae tyrannōs corrōborent; plūra invicem ulteriōraque dēfendentēs saepissimē neglegī, pessimō in cāsū interimī. Caium Terentium Varrōnem saepius affert, quem prīmum commūnis aevī saeculō bactēria repperisse nec tamen quemquam collēgārum aequālium ad tam mīrum repertum animum attendisse ... scīlicet quia quōmodo haec scientia illō tempore esset adhibenda nescīrent. Nec tamen quod populī tālēs novārum rērum ōrdinēs nōn semper accipiant continuō improbandum. Vel alterā ex parte scientiam contāgiōnum bactēricārum mīliōnēs Rōmānōrum sānāre, vītam servāre potuisse; ex alterā autem nōtiōnem illam mundum invīsibilibus animantibus perīculōsīs scatēre, sī immātūrē accepta esset, vītam plērīsque nimis formīdulōsam reddere innumerōsque Huardōs Hughes gignere potuisse. Gēza, quamquam technologiam magnā ex parte spernit, philosophiam nātūrālem scientificōsque eō tamen laudāre solet quod novōs magnitūdinis ōrdinēs saepe, etsī nōn semper, citius accipiant. Vel Edvīnō Hubble indicat, cum innumerōs extrā nostrum exstāre et aliōs galaxiās certīs cōnfīrmāvisset indiciīs – quod repertum sānē nūllum rēgnum in discrīmen addūxisse – restitisse paene nēminem scientificum etiamsī per hoc cosmus noster ratiōne quam cōgitārī nequīre sit ampliātus.

Māximōrum inventōrum praemātūrōrum perīculum ita saepenumerō patuisse ut repertōrēs prūdentēs damnātiōnī anteposuerint obscūritātem ... velut Indiae boreālis antīquī māchinātōrēs quōrum automata bellicās que māchinās ēlectronicē āctās tantum ā paucīs scrīptōribus et ambiguē trādī. Ingeniīs māximīs nunc temere, nunc tempestīvē frēnōs impōnī. Novōrum exterminātōrem nōnnumquam et ipsum esse tyrannum: velut Tiberium Caesarem quem vitrī ductilis inventōrem exemplum dēmōnstrantem īlicō necārī iussisse; metuisse enim Caesarem nē aurī argentīque pretium ob tālis mīraculī collātiōnem praecipitārētur.

Vt ingeniī māximī praemātūrī documenta memorat Gēza tālēs quālēs Albertum Magnum, Rugērium Bacōn, Archimēdem, Leōnhardum; quōrum hōs ambōs afflātū forsan omnīnō propriō et pecūliārī fructōs esse, cēterōs autem ex arcānae scientiae fluentīs plērīsque inaccessīs magnam doctrīnae partem hausisse ... praesertim Albertum Magnum, quem, per artēs hydrargyrō fundātās atque ē doctrīnīs iam incognitīs trāditās, androīdem quasi vīvum concinnāsse ... quās artēs illō tempore, hoc est, Mediō Aevō rēctē meritōque arcānās mānsisse quippe cum cōgitārī nequeat quōs ad ūsūs adhibērī potuissent quāsve horrendās māchinās finxisset vel Sancta Inquisītiō ut mundum errōre theologicō omnīnō dēpurgāret. Inquīsītōrēs androīdēs?

Bacōnem autem omnium arcāna doctōrum longē perīculōsissimum futūrum fuisse nisi aequālēs, etsī eum velut ē longinquō admīrantēs, plēraque dicta scrīptaque eius tamquam pestilentia ēvītāvissent, post mortem māximam partem combussisent. Immō vītam Rugēriī Bacōnis firmum statuisse indicium populōs sponte atque quasi ex nātūrae īnstinctū novās, animōs hominum obruendī capācēs, nōtiōnēs hīc temperāre hīc coercēre. Enimvērō Bacōnem saeculō decimō tertiō ācroplana, autocīnēta, nāvēs subaquāneās nōn sōlum dēscrīpsisse sed etiam – id quod forsan nūllum prius archimystam – tālium fabricātōrēs sibi esse nōtōs adfirmāvisse necnōn sē hās māchinās mūnera sua exsequentēs cōram vīdisse. Bacōnem scīlicet prīmum solitam summōrum doctōrum prūdentiam adeō neglēxisse ut cūncta ea exōtica incrēdibiliaque quae ipsum nōn excōgitāvisse sibi nōn quasi inventa propria adrogāverit; circulum mīrācula sēcrētē exsequentium exstāre innuisse. In Ītaliā, ubi Bacōnem et scientiam suam cum Papā Clēmentī IV commūnicāvisse et multōs annōs ob pervicāciam contumāciamque in vinculīs dēgisse, trādī etiam "Doctōrī Mīrābilī," quem ab aequālibus esse dictum, nōtam fuisse ratiōnem quā corpus hūmānum, adhibitīs secundum corrēctam seriem quibusdam vīribus nātūrālibus, immortāle reddī posse.

Prīmum igitur carcere, dein relēgātiōne, postrēmō librōrum combustūrā esse effectum ut immātūra scientia Bacōniāna compēscerētur. Nicolāī Teslae autem mīrissima reperta ēlectronica, scālāris physicae fructum, velut autocīnēta ācta ēlectride quam ex ipsīs rēbus circumiectīs extrahī vel vim ēlectricam grātuītō per tōtam terram sine fīlīs missam neque ā tyrannīs neque ā sacerdōtibus neque ā vulgō sed potius ā capitālistīs ad irritum esse redācta; scīlicet dīvitissimum magnātem illum J.P. Morgan aliōsque tālia mīrācula omnia et adversātōs esse et repressisse ut vim ēlectricam et petrochēmicam vēndentibus nihil lucrī praebentia; quam ob avāritiam tōtum genus hūmānum etiam hodiē sine iūstā causā miserandum in modum labōrāre.

Hanc rātiōnem novae scientiae quasi longissimō cōnflictātōque puerperiō ēnītendae arbitrātur Gēza vītārī nequīre nōn sōlum quia cosmī mystēria prope īnfīnīta sē per vicēs obiciant sed etiam et praesertim quia mundī quantālēs parallēlī rē vērā īnfīnītī sint. Cūncta scīlicet exstantia ex undā quantālī ūniversālī exorīrī, quam undam – id quod crēbrō dēmōnstrātum esse – īnfīnītās frequentiās in sē continēre tamquam illās frequentiās ēlectromagnēticās quās in megacosmō classicō nostrō offendī; singulās speciēs singulōsque populōs idcircō singulās frequentiārum quantālium fasciās habitāre solēre ut singulī singulās exsistentiae faciēs experientēs inter sē reciprocē agere atque vītam quādamtenus commūnem experīrī valeant. Post longam autem cōnsuētūdinem plērōsque (sed tamen nōn omnēs) hominēs et cēterās exstāre frequentiās oblīvīscī solēre; quamobrem ea quae interdum – immō, ut vērum dīcātur, sat saepe – lābī necopīnātōve ēmigrāre vīcīnīs ē frequentiārum quantālium fasciīs explānārī nequīre ideōque ā plērīsque et praepicuē ab rēgnantibus sacerdōtibusque promptē negārī ac respuī ... nōn autem ā magīs philosophīsque extraōrdināria cognōscentibus māximīsque ingeniīs aliīs.

"Ecquid meī similis," inquit quondam Īstvan nōn sōlum ut disputātiōnem aleret, "tālem magum in sēcrētō agitantem adīre possim, vel doctrīnās arcānās cognitum?"

Ad quod Gēza aliquid huiusmodī: "Vt in omnibus est varietās īnfīnīta. Tālem quālem Rugērium Bacōnem, dummodo nē vel custōdiā sōlitāriā coerceātur, adīrī posse haud dubitō; nam illud genus digitō mōnstrārī amat. Quālēs autem iam suō tempore māchinās illās et finxisse et exercuisse dīxit Bacōn – neque tālēs nunc temporis mīrāculīs nostrum aevum longē exsuperantibus incubantēs passim latēre dubium est – sē ita sēcernere solent ut tuī similī cuipiam, nisi forte vīs et scientia propria mīlle gradibus adaugeantur, invītīs illīs nūllī omnīnō pateant aditūs."

"At quōmodo mē arceant?"

"Cum summī mystae magīve frequentiās quantālēs moderārī atque adeō quasi contexere valeant, tē ita dēflectere queant ut nē animadverterēs quidem. Scīlicet tē vel rēctam līneam sequī putāns circulōs agās."

"Nōnne autem est rēcta līnea rēcta?"

"Quid sit rēctum dēfīnit quaeque quantālium frequentiārum implicātiō, velut geōmetria nōn Euclīdēāna in quā sunt līneae speciē tantum 'rēctae' ut terrestris globī aequātor."

"Sīn autem et archimystam quempiam nesciō quō modō indāgāre possim, quālianam experiar?"

"Haud sciō an quasi ē pluviā in sūdum trānsīre videāris tibi. Vel forte contrārium. Vel fugae pūncta paulō sursum deōrsumve discēdere sūbiectīvē videantur quamvīs obiectīvē movērī nequeant. Vel, subitō in auribus sēnsō crepitū, numquam anteā audīta percipere vel prōrsus aliud genus animantis fierī tibi videāris. Quoniam secundum doctrīnam mysticam ea quae cōnscientia efficere potest nusquam circumscrībuntur, viae subiectīvae quibus ad abditās vetitāsve plagās accēdī possit fīnem nōn habeant. Quī autem nōn satis corrōborātus trānsīre temptet haud sciō an dēlīrāre videātur sibi ... vel rē vērā dēlīret. Trāditur ūnīus hominis cōnscientiam in formīcārum apiumve examen disicī posse. Immō tōtum cosmum hoc quondam passum esse dīcitur, quārē apud nōs Cōnscientiam Vniversālem dispertītam esse vidērī."

Ex hōc mentis sēcessū, cuius argūmentum ā Casshēiī magī persōnā recēns vīsā haud disiūnctum esse patet, excitat Īstvanem quaedam aedicula topiaria familiāris cuius flōrēs quasi hypertrophicī, interdiū tenelliōrēs, nocturnīs autem captī lūminibus vēvīvidī, immō velut tēlevīsificē hūc prōiectī videntur. Hīc sinstrōrsum flēctēns videt nunc hortulōs pūblicōs parvamque ecclēsiam; quārum rērum līneāmenta, lūce tantum repercussā illūmināta, obscūram adumbrātiōnem carbōnāriam nōnnihil ōminōsam imitantur. Mīrum quam quaedam fōrmae immōtae simul tamen movērī, immō quasi aggredī posse videantur. Cuiusque profānī diēī mātutīnō tempore fidōrum Catholicōrum globulus, māximā ex parte anūs, missam simul fēstīvam et mēchanicam frequentat inter fenestrās laetē tinctās mundōsque parietēs albōs; post quod singulīs septimānīs semel vel puellōs saltātiōnēs vernāculās exsequentēs vel adulēscentēs pyraulōs lūdicrōs in sublīme ēmittentēs tāliaque alia domestica et vulgāria comiter spectant. Quae tamen aprīca gesta hīs nunc figūrīs cinereīs, trīstibus, tētricīs alicubī latent involūta perinde atque obscūrā nocte rēs sē sōlem nūper nōvisse tangentī testantur vel sīcut dē vērē malignīs odiōsīsque commemorātur tamen rārō benefactum iam marcidum vel sīcut, id quod saepe fierī assolet, laeta in sē complectuntur horrida invīsa tamquam decōrus hymnus nātiōnālis dissidentium līberōs iugulātōs. Sīc dēmum cōgitet Gēzae frāter prope necesse esse vidētur.

Īnsulae propriae frōns, ad quam Īstvan nunc appropinquat, dēscrībī potest ut "neoclassica būrgēnsis sēmiputris." Immō līneāris imāgō eius pulchrior est, sed comminus spectāns dēsquāmātum iam pigmentum ligneīque ōrnātūs particulās passim deesse dispiciat. Hoc aedificium sī senex esset, baculō caelātō ambulāns ūterētur, petasō coāctilīciō trītō sed adhūc ēlegantī caput opertus. Īstvan īnsertā clāve iānuam aperit mergiturque pallentī obsolētāque urbānitāte ātriī, quod omnī iam supellectilī caret praeter ūnicam sēllam ligneam cui Starker iānitōr uxōrem fugiēns īnsīdere solet.

Sprētō secundum mōrem suum anabathrō, Īstvan, antīquum scālārium anacarticum ad quīntum summumque tabulātum versus ascendit. Quartum praeteriēns vastīs obruitur arōmatīs agnīnae *paprikash* domiciliō Mīlotārum exsūdantibus – quibus cōram arōmatīs sacculus plasticus dextrā suspēnsus, quō vīllum *langī*que supportantur, subitō parcus flēbilisque vidētur.

Diaeta Gēzā vacāre vidētur dōnec Īstvan culīnam intrat frātremque videt eōdem ambiguō, sēmi-ānxiō modō focum contemplantem quō aliōquīn ē sellāriae fenestrīs Montem Faeëricum Turrimque Elizabēthae ... id quod signum vidētur esse Gēzam īnsolitē ēsurīre, nam temporis māximam partem dēgere solet aut legendō aut modōs mūsicōs auscultandō aut chartae trītae tesserīs schidīsque perplexa illinendō.

"*Langōs* attulī, Gēza, vīnumque."

Nīl refert ille nec quicquam immūtātur. Scīlicet ē 'diēbus īnfaustīs', quī dīcuntur, patitur hodiē ūnum.

"*Langōs* tibi sapere prō certō habeō ... atque hodiernī recentissimī sunt. Ā Szabōne obiter praestināvī – quī tē suīs verbīs salvēre iubet."

Ē quōcumque somniō ecstasīve modo obtinentī suscitātur paulō Gēza, quī nunc prīmum *langōs* chartā pistrīnālī involūtōs dein Īstvanem aspiciēns annuit tamquam dīcēns *Bene est, tē audīvī.* Plānē – id quod interdum, immō, satis saepe accidit – vigilāns somniābat. Fortasse iam tōtum diem hoc facit. Ac quōmodonam efficiētur ut minus in sē ipsō versētur nisi interdum exībit? Prope nēminem iam praeter frātrem paucōsque invīsentēs – in annōs pauciōrēs – tractāre solet. Nēmō ex Īstvanis necessāriīs, quantumvīs amābiliter dissimulent, apud Gēzam valdē commodē esse vidētur. Ac rārissimae excursiōnēs eō ferē suscipī videntur ut Gēza cum avibus lacertīsque sermōcinētur. Accēdit quod cūnctōs iam timēns pontēs urbis dīmidium Pestēnse hōs octō annōs nōn intrat. Hic vir ingeniōsissimus necdum valdē annōsus (tantummodo enim quadrāgēsimum secundum agit annum), velut simulācrum vestibus mōnstrandīs claustrō aliquō tumultuāriē conditum dissipat vītam. Cūr ingeniōsiōrēs hominēs animī mōtibus commōtiōnibusque obnoxiōrēs esse soleant ac saepe psȳchologicē prōsternentur haud quidem latet, sed hoc nihilōminus valdē dolendum est. Hodiē quidem, forsitan ob iūcundam fābulam puppāriam modō spectātam cuius verba composuit ipse, sat bonō animō est Īstvan; antehāc autem interdum frātris condiciōnem cōnsīderāns bis terve sponte flēvit – id sānē quod post flētum semper vīsum est rīdiculum cum ipse Gēza dē vītae sectā suā nē semel quidem sit questus. Immō hic sat saepe quidem queritur ... dē rēbus tamen externīs velut forāminibus ozōnosphaericīs sīve dē quarciōrum incōnstantiā sīve dē mūsicīs opera Haydniāna in radiophōniō nimis graviter canentibus. Scīlicet Haydn et Penderecki sunt Gēzae modōrum scrīptōrēs acceptissimī. Vulfgangum Mozart minōris habet, inter Mozartiāna et Haydniāna īlicō discrīmināre valēns.

Guliāsī reliquiās, intimē nōtum mare ob frīgus tamen nebulāsque brevēs paulisper sēmialiēnum factum, super focum lentē sed fidenter calefacit Īstvan dum Gēza frustātim loquī aggreditur. Omnēs praeter ūnum frāctī sunt caliculī vīnāriī neque ut plūrēs emerentur opera adhūc data est, praesertim cum ex aquāriīs aequē facile faciliusve pōtētur. Dē quā rē etiamsī nescītur quid opīnētur frāter, quippe quī dē tālibus proximīs praesentibusque plērīsque tacēre solet, huic tamen ad mēnsam sedentī ūnicum integrum restantem, violāceō latice sēmiplēnum, porrigit dum *guliāsum* iam ligulā blandē, immō, amōrōsē movet. (Profectō dē microcȳmaticō nē cōgitētur quidem!) Hās carunculās herī, diē Sōlis, secundum māterna praescrīpta parāvit ad excipiendum salūtātōrem quendam, Bōris Gömbös nōmine, quondam commīlitōnem scholārem, quī nunc Pragae habitat nec iam, quamvīs Hūngarus, valdē volūbiliter Hūngaricē loquitur cum, iam aliquot decennia in mūnere et circulō dēsignātōriō versāns, Theodiscē, Anglicē, Tzechicē commercium adsiduē agitet. Mōrēs Gēzae Bōrim vexāvisse nōn videntur, at hic, estō, vodcā sēcum allātā cito est indulgēns redditus.

Vtcumque haec sē habeant, hoc *guliāsum* hodiē etiam sapidius erit; nam vel secundum Īstvanis opīniōnem *guliāsum* – nempe dum īnsint apposita impēnsa velut optima būbula, satis āliī, capsicum recēns ācriusque – secundā noctē praestat cum tunc quam fēlīcissimē subtīlissimēque commixtī esse soleant sapōrēs. Tertiā etiam nocte plērumque adhūc sat bene sapit etiamsī, huic vīciniae aliīsque quondam fēstīviōribus iūcundiōribus aerātiōribus sed nunc nōnnihil extābēscentibus haud dispār, iam paulō nimis homogenēum fierī perīclitātur nec iam sīcut anteā superbē mordēre.

Dum Īstvan *guliāsum* fovet, Gēza, quod post longum silentium facere solet, plūrēs plūrēsque sententiās, vel sententiārum frūsta, prōdit quōrum tamen interdum deest contextus.

"Vīnulum sūme," inquit Īstvan. Ad quod hic tamquam iussus bibit. Pallidissimus est barbaque male rāsa tamquam hodiē māne neglecta. Gēza vidēlicet hoc saepe oblīvīscitur cum sit eī plērumque prope nūllus ōrdō cottīdiānus. Quod ad hoc attinet, nūllō labōrāns morbō, synthesis tamen dormitōriae striātam tunicam adhūc gerit ... brācās autem simul Genuēnsēs. Enimvērō Īstvanī nūper in mentem vēnit fierī posse ut Gēza idcircō nōn iam exeat quod vītae propriae chaī cēterī mundī chaos addere dubitet.

Īstvan Gēzam in colloquium magis mūtuum dīrigere cōnātur dē Ave Igneā ac praesertim dē Cassheīō magō generātimque et ūniversē dē archimagīs tālibusque loquēns. Quibus argūmentīs etsī nōn statim capī vidētur frāter, magis magisque tamen cum Īstvane quasi synchronizātur. Ac Gēzam dēmum, etiam cum neglēxisse vidētur, omnia circumiecta sua percēpisse sērius ōcius ēvādere assolet. Tenērī autem magis vidētur Gēza nunc aliā rē: *guliāsō*. Īnsolitum quidem, praesertim cum Īstvan frātrem rārō dē proximīs praesentibusque loquī sibi modo in animō notāvit.

Aliam quoque tangit ille rem: aliquid quod Effectum Einstein-Podolsky-Rosen dēnōminātur. Scīlicet Gēza illās symbolās physicās ē bibilothēcā nūper allātās lēgisse eīsque stimulātus esse vidētur.

"Istud Effectum quod 'Einstein-Podolsky-Rosen' dīcitur quidnam est?" inquit Īstvan sēmidolōsē.

"Cum bīnae particulae inter sē implicantur, altera alterīus, ubivīs cosmī versantis, statum quantālem inversā ratiōne regerit. Ergō *guliāsum* tēleportārī potest."

"Dē particulārum paribus mē iam nōnnūlla docuistī, dē tēleportātiōne autem, nēdum *guliāsī* tēleportātiōne, silēns. Ita explānēs quaesō ut animus lāicus assequī valeat."

"Sī vel Holmiam migrāveris hominīque canonicō putātīvō proprietā-tibus certīs omnīnō carentī implicēris, perfectum meī apographon creēs ... et haec meī versiō simul Budapestinī versāns ēvānēscat cum ūnicā in reālitāte quantālī ūnica singulāria sint ... ac sānē cum in rē quantālī spati-um, ut ita dīcam, ignōtum sit."

"Quid sī tū sōlus Holmiam migrēs?"

"Vt in analogiā maneāmus, ego nimis videor incōnstāns mūtābilisque; nam īnstrūmenta perscrūtātōria proprietātēs tantum certās cōnstan-tēsque excipere possunt. Tū, ut mē longē cōnstantior, potius movendus videāris. ...Quamquam, estō, nec vērē dē ipsīs locīs agitur neque ōrdō qui-dem temporālis – "tū ante mē aut ego ante tē" – ad ēventa quantālia rēctā attinet. Sī Holmiam migrem ego, tū *mē* nihilōminus – paradoxum quantāle quod sit longum explicāre – istūc attrahās. Ambō nōs utcumque simul ibi versantes reperiāmus.

"Hoc, scīlicet, sī tū et ego pār sīmus particulārum quantāliter coniūnc-tārum. In Austrāliā sunt iam māteriae biologicae frūsta microscopica huius prīncipiī ope tēleportāta."

"Mē iuvat quidem quod mihi peregrē versantī coniungāris, quid tamen hoc ad *guliāsum*?"

"Vt tēleportētur *guliāsum* tōtum, tantummodo oporteat eius īnfōrmā-tiōnis partem praedīcibilem accūrātissimē duplicārī; inpraedīcibilis īn-fōrmātiō in aptum locum statim sponteque migret."

"Mihi igitur videor corpus esse," inquit Īstvan quī haec tantum partim intellēxit, "et tū anima: certum et incertum."

Gēza nihil prōfert.

"...Quō explānātur cūr sit rēs tam dubia anima, hoc est, cum corporī oppōnātur necesse sit." Quae sententia quam sit fatua Īstvan nōn ignōrat; sed frātrem, quandōcumque hic proclīvior volūbiliorque fit, sīcut nunc, temptāre solet in quamlibet cōnfābulātiōnem allicere.

"Rēctē dīcis," inquit tandem Gēza. "Verba tua *guliāsum* animā prae-ditum esse docent."

Ā focō coquus oculōs vertit ad frātrem; quī prīmum nīl dissimulātiōnis prōdit, post tamen decem quīndecimve nimium gravēs secundās solitum tandem rīsum effundit magnum, praecipitem, paulō sollicitantem – quā trepidā cōnsuētūdine cūr et quandō misellus foedātus sit ignōrat Īstvan; nōn enim semper tam intimā familiāritāte coniūnctī fuērunt. Haec eōrum "implicātiō," tālis quālis nunc est, abhinc ferē decenniō incēpit eō tempo-re quō parentēs mōnstruōsā calamitāte autocīnēticā absūmptī. Eōdem tempore, vel paulō post, Gēza, cuius mēns fēcunditāte nūllī cēdit, ā mundō externō sē subdūcere coepit. Sunt quidem cognātī nōnnūllī quī Gēzam, propter "īnfirmitātem" – quaecumque haec vērē est – valētūdināriō phrēnocomiōve mandārī velint; cui cōnsiliō Īstvan plānē iam aliquotiēs restitit semperque resistet cum Gēza, etsī magnā ex parte erēmīticē, contentē tamen hīc habitāre videātur ac praesertim cum ipsō Īstvane, ut cui frātris pecūliāris cosmotheōria sit pernōta, nēmō colloquiōrum particeps inveniātur aptior. ...Nec sānē negārī licet quantum Īstvanem incitet īnspīretque frātris ingenium summē proprium suīque generis.

Quibus cōgitātīs, Īstvan sibi subitō imāginātur anachōrētās ascētāsque Chrīstiānōs illōs quī sērā antīquitāte vel in spēluncīs latendō vel altīs columnīs īnsidendō vel inter urbium turbās immōtī standō magnam vītae partem sūmpsērunt. Ecquid Gēzānā pathologiā intrōversā labōrāvērunt illōrum aliquot? Anne dēsīderābilem condiciōnem aliquam adfectāvērunt quā frāter reconditus ex nātūrā est praeditus?

Quibus obscūrīs ēmergēns rūminātiōnibus Īstvan Gēzam iam aliquamdiū verbificāre animadvertit. Sanctum Antōnium tractat – nōn Pataviēnsem doctum hodiē āmissārum rērum grātiā crēbrīs precibus invocātum sed potius erēmītam illum Aegyptium, monasticae sectae occidentālis invītiōrem conditōrem. Vērī simile vidētur hoc argūmentum, scīlicet erēmīticum, Īstvanī eō in animum vēnisse quod frāter modo effutiēns, quamvīs adhūc incertā causā, in medium id iam prōtulerat. Sē Gēzamque eīsdem quibusdam undārum frequentiīs aptātōs esse Īstvan utcumque haud mīrātur. Immō iam gemellīs disparibus similiōrēs factī sunt.

Īstvan ex mōre frātrī inertiōrī parciōrem, sibi māiōrem *guliāsī* portiōnem ligulā partītur et, repositō in focō tēctōque caccabō, cōnsīdit sēque simul ex longā cōnsuētūdine remittēns, dictōque *orexin*, ad cuiuscumque disputātiōnis excursūsve fābulaeve iam ingruentem fluctum, apud hanc exiguam familiam virtuālis reālitātis longē acceptissimum genus, accingit aurēs. Antōniī Erēmītae figūram gracilem, crepidātam, pannōsō habitū tēctam videt locum quendam petentem remōtum, ex saxīs arēnāque mixtūram, nōn tamen ā Nīlō valdē longē situm, ab Aegyptiīs Pispir vocātum. Ad longae viae mētam, castellum quoddam ruīnōsum, ā duōbus tantum indigenīs dūcitur; sōlitūdinem enim absolūtam petēns, gurgustium suum Hērācleopolitānum, priōris ascēsis situm, clam admīrātōrēs noctū relīquit. Īstvan, utpote quī ascēsin animō parum complectātur, nēdum probet, fierī posse putat ut hominem mentis oculīs vidēns ā sē tam aliēnum ac longius sesquimīllenniō sēmōtum minus velut hominem quam ut puppam vel larvam vel īnsectum spectāre videātur sibi; sed prō Gēzae nārrātiōne hic nōn sōlum homō sed adeō iūcundus cōmis affābilis vidētur, quem ē gestibus corporisque mōtibus patet, contrā magnam fāmam propriam, humilēs comitēs omnīnō sīcut aequālēs tractāre, immō adeō cum eīs iocāre. Nec, quod in sevērisssimō ascētā sit exspectandum, corpore est macilentō, sed potius rōbustus validus integer est, vultus flōridus oculīque pervīvidī.

Dē quō rogantī Īstvanī Gēza, fābulae partem posteriōrem forsan anticipāns, respondet adeō post vīgintī annōrum sōlitūdinem, quō tempore prōtomonachum in castellō ita habitāsse ut nēmō eum oculīs cerneret, Antōnium castellō tandem exstitisse nōn tantum sānum salvumque sed etiam paene eundem aspectum praebentem quem ante duo decennia. Dē quō mīrāculō sē, Gēzam, propriās quidem fovēre theōriās haud tumultuāriās nec bonīs indiciīs carentēs, quās tamen nōn ante aptum locum esse prōferendās.

Īstvan nunc, cui et diēs operibus refertus et multiplex fābula puppāria necnōn ambulātiō haud brevis plānave ingentem famem excitāvērunt, cōnsūmptā iam prīmā *guliāsī* portiōne, secundam petit. Per Gēzam, quī suam nōndum absolvit, licet frātrī cēterās sibi capere reliquiās – quam condiciōnem Īstvan haud respuit.

Rursus ad mēnsam cōnsīdentī Īstvanī frātris perpallida faciēs canātrā barbā īnfrā praetexta, subturbātī capillī nigrī ā fronte iam refugī, oculī nigrī parvī per sē haud gravēs, immō attenuātī dīcendī, nihilōminus nunc, ut interdum fit, quōdammodo intus aestuāre videntur tamquam apparātus ēlectricus ob nimium fluentum ēlectricum mox exārsūrus. Sī alterīus reālitātis plānī Tītān ingēns praepotēnsque in mundō nostrō velut in rīvulō minimum tantum laevī pedis digitum intingat, Gēza hic sit digitus: immānis potentiae lēgātus parvus, īnspeciōsus, pertrīcōsus quī mīrae lēgātiōnis suae māximam partem forsan oblītus est vel tantum obscūrē sollicitēque suspicātur.

Videt nunc Īstvan erēmītam Aegyptium per aliquod temporis spatium potentiae suae nodōs prīmum secundum tertium, hoc est, salūtis et Veneris et voluntātis, domāre cōnfirmāre purgāre, quīn immō hāc in sōlitūdine animae suae architectūram māiōrem multipliciōrem mīriōrem esse reperientem quam prius iuxtā Hērācleopolitānōs factiōsōs fānaticōsque expertus est. Immō diabolus, quī circum angulōs atque ex aediculīs forāminibusque saepius saepiusque prōsilit, nōn sōlum tentātor Antōniī sed etiam quōdammodo et adiūtor eius est, per annōs aliquot vānās minimēque exoptātās imāginēs eī mōnstrāns bēluārum hostiliumque mīlitum necnōn et fēminārum nūdārum cōmissātiōnumque Venereārum ultimārum. Quibus omnibus resistēns, ut tālis quālis nihilō umquam dēterreātur neque quicquam nōn mōliātur dum scopum petītum attingat, sē dēmum tamquam rudem stīpitem ūsque eō sculpit dōnec vērum sē ipsum sīve ipsīus animae medullam propriam ex supervacāneīs additāmentīs scōriāve resolvit.

Profectō omnium māximum est mortem contemnere; quem gradum adeptus Antōnius mīrum quam cōnfirmētur corōborēturque. Diūtius autem contrā corporis libīdinēs certat – quod certāmen autem omnīnō ipsō in animō eius geritur neque illī, multīs disparī, corpus verberandum cruciandumve vidētur. Cūr haec tālī modō patrāre valeat liquēre incipit cum, nōn tantum voluntātī penitus sūbiectā quantum iuxtā vērae vītae spīritālis ēmolumenta pallente concupīscentiā, cēterās animae eius partēs iam prīdem sat purgātās integrāsque esse patefit. Accēdit quod, nūllā adhūc conditā monasticā, nēdum erēmīticā, lēge, hōc aevō quō prīncipēs etiamnum persequuntur passim sectātōrēs Chrīstī necdum solidārī potuit disciplīna clērica Chrīstiāna generālis, prōtomonachus noster integritātem temperantiamque absolūtam offirmātē cōnstanterque quaerēns, quamvīs in prīncipiīs per sacra scrīpta sibi trādita (quōrum magna pars subsequīs saeculīs aut ignōta aut prō apocryphīs habita) manēre cōnāns, scīlicet ob doctīnam metaphysicam Chrīstiānam adhūc variam atque, ut ita dicātur, "versicolōrem," animae terrās ingreditur ā nūllō Chrīstiānō adhūc dēscrīptās eōque nūllīs Chrīstiānīs rēgulīs sūbiectās. Antōnius nempe praecursor est. Χάριν Deī semper petēns et Σοφίαν Sacram assiduē colēns nōndum ā quōquam sibi nōtō dēsignāta investīgāre pergit.

Quōdam diē igitur quattuor ferē annīs post castellum occupātum, Antōnius, cuius tōta anima adeō purgāta ēmundāta cōnfirmāta amplificāta est ut ē capitis vertice ipsam Conscientiam Vniversālem quasi animae oculō speculātur, potentiam illam quam nōnnūllī philosophī *"derlāmicam"* vocant nunc, etsī nōn petītam, nihilōminus quasi sponte suam facit. Quā potentiā frētus – ut saltem explānat nārrātor Hūngarus tamquam sī modo sūmptā cēnā refectus mīrābilīque studiō, quod eī interdum accidit, ārdēns – Antōnius nunc ex īnfīnītā īnfōrmātiōnis summā in Vndā Quantālī conditā, quam ipse sānē aliō nōmine, velut "Sophia Dīvīna Sempiterna" dēnōminet, singulās frequentiās sēlēctās carpere valet tamquam citharoedī digitī chordās, quō omnia phaenomena ephēmera "corporālia"que dicta mūtārī regīque possunt. Quam novam adeptus habilitātem, summae quidem magīae fundāmentum, quam tamen mysticī plērīque ut ὕβρεως fontem aut ēvītant aut tantum interdum pietātis causā adhibent, Antōnius tamquam puer īnsōns sed praecox, quī utīque Lūciferī dolīs vānīsque speciēbus somniīsque mendācibus restitit tālibusque igitur magnā ex parte assuēfactus est, ipsam reālitātis multiplicem implicitamque "mūsicam," ut ita dīcātur, mox scītē canere incipit. Post aliquot annōs mēnsēsve diēsve vel forsan aliquot post mōmenta temporis – quis enim tālia in numerōs referre potest? – id quod Chrīstī fidēlēs posterō aevō "Vīsiōnem Beātificam" sunt vocāturī, aequālēs autem doctōrēs Āsiāticī hārum rērum perītissimī aliīs nōminibus iam dūdum dēscrībunt, intimē cognōscit Antōnius adhūc – id quod īnsolitum eī vidētur – corpus habitāns, ūnum quodque somnium experiēns dē Omnipotentis Deī glōriā māiestāteque umquam vel ā praeceptōribus prō-positum vel per Biblia Athanāsiāna Evangeliāsve Gnōsticās Mystēriave Coptica arcānamve doctrīnam Iudaeïcam trāditum, perpetuō Amōre Dīvīnō ūsque fōtus, cum cārōrum familiārium necessāriōrumque ut vīven-tium ita etiam mortuōrum aequē ac nōndum nātōrum animīs conversāns, tōtō complectēns animō ūnicam vēritātem ūniversālem: Deum tōtīus esse Cōnscientiae Amōrisque summam ūnumque quodque animāns, etiam humillimum, in mediō cosmō sīve, ut ita dīcātur, mediā in Animadversiō-ne Dīvīnā stare, immō tōtum mundum tōtōsque mundōs nīl esse nisi cōgitātiōnem per Deī mentem trānseuntem, nōs esse quasi somnium Deī, mala porrō dolōrēsque eā causā exstāre quod nūllō modō nisi nītendō ac luctandō novōs attingī cōnscientiae gradūs. Dē quā luctātiōne Gēza com-memorat sententiam in plēbis ōre nunc versantem: sine dolōre nīl magnī patrārī.

Beātitūdinī huic succēdit necopīnātō īnsolita diffīdentia, quae prīmō saltem explicārī nequit. Praesertim vexat quod Antōnius adhūc in corpore manet quamquam anima angustās condiciōnēs terrestrēs iam exsuperāsse vidētur. Cūrnam ē vītā mortālī nōndum excessit necdum in Gnōsin Dīvī-nam est assūmptus? Restatne eī opus in Terrā adhūc perficiendum? Vtcumque hoc sē habet, in castellō ultrā persistere quid prōdest? Simul autem, sī in rērum corporālium plānō utīque manendum est, nōnne animae et fōrmās physicās gubernantī et admīrātōrēs hominumque com-mentāriōs effugere cupientī ūtile ēvāsit quod in castellō absconditus per-dūrāre putātur?

Hōc locō, quod ad subsequās Antōniī rēs gestās attinet, Gēza obscūram quandam fāmam Āsiāticam fontēsque aliquot scrīptōs perstringit eīs nōn dissimilēs quī ipsum Iēsum iuvenem Indōs Casimiriamque ōlim petīvisse affirmant.

Antequam Antōnius quid sibi proximē suscipiendum sit dēcernere queat, animadvertit sē – nōnnūllīus quidem cōnsternātiōnis mōmentum – dēsīderāre Diabolum! Forsitan postulet Voluntās Dīvīna ut etiam plūribus perīculīs diabolicīs subiciātur. Itaque mīrā temeritāte Lūciferum ad sē vocat … quī tamen nōn venit. Hoc plānē Antōnius nōnnihil mīrātur cum Lūcifer antehāc eum semper libentissimē comitātus sit, scīlicet occāsiō-nem semper quaerēns ut Antōniī immortālī animā potiātur. Prōtomona-chus igitur quasi subitō īnstinctū ingeniōsō immānī ex potentiā *derlāmicā* suā proprium creat Lūciferum – cuius quidem, ut exspectandum erat, et aspectus et indolēs et mōrēs ab ipsīs Lūciferānīs in nihilō differunt.

"Tē, quod faterī perarduum est," inquit nunc Antōnius, "ex corde dēsīderābam. Vīsiō Beātifica permīra quidem est…"

"Istud sciō," interiicit verba Lūcifer fictīcius.

"…sed nunc mente assequor cūr Deus novās scaenās perpetuō creet quos ut animantia singula habitēmus tamquam inter nōs dīversa et reci-procē agentia. Id scīlicet genus amoris praestat quō quempiam nōbīs dissimilem nostrīve indigentem amēmus. In Vīsiōne Beātificā, quamvīs sit perfecta summēque ecstatica, omnia omnēsque sunt Vnum. Nihil perīclī-tātur. Nec quicquam, vērum ut fatear, novī discitur. Anima mea ut in Vīsiōne Illā permaneat tandem aliquandō parāta erit. Nunc autem quod mihi datum vidētur rēs mundānās trānsfōrmāre posse, nīl mē tamen magis trahere vidētur – mīrum dictū – quam quaedam rēs quās vel neque-am vel nōlim mūtāre. In mentem nūper venit iterum iterumque domus familiāris Comēnsis necnōn Moeridis Lacus prope situs ūnā cum quibus-dam turribus candidīs longinquīs quasi ē pālūde crēscentibus, quās aliē-nās, omnigenās, perexōticās esse parvulus mihi imāginātus sum. Ac sciō mē, etiamsī eōdem revertar, nihil inventūrum esse quod vīvāciōrēs affec-tūs animī suscitet quam eōs quōs iam in pectore foveō. Quī affectūs sānē cum Vīsiōne Illā nūllō modō sunt cōnferendī; at haud sciō an mihi eō paene cāriōrēs sint quod ūnicī sunt atque omnīnō meī utpote per propri-am operam datam comparātī, adeptī, carptī: velut ea quae sēnsī cum frāterculīs lūdēns vel mātrem caput sibi perluentem spectāns eam simul nōn sōlum pulchram sed etiam pulchrē imperfectam esse prīmum ani-madvertēns, vel lacum et caelum intuēns … cum vīdī quōmodo lōtium meum, quod lacū inesse certō sciēbam, caelestī glōriae – seu roseae seu caesiae seu caeruleae – sine impedīmentō immiscērētur, vel inter coruscās undulās ībēs ardeāsque et prasiniviridēs iuncōs admīrāns, rānārum-que et lintrāriōrum cantum et..."

"Haud latet," inquit – incertum utrum iocōsē an ācriter – Lūcifer, "cūr super Terram maneās."

"Tālia parva, ecce, ob ipsam eōrum parvitātem amō ... et quia brevia sunt ... et quia per tālia ipse sine auxiliō aliquid discere valeō quamvīs dolōrēs mihi nōnnumquam īnferēns. Hoc tibi fatuum vidētur?"

"Nēquāquam mihi, quī utīque ab Ipsō dēscīvī."

"Ā Deō dēscīscere haud volō, sed – hoc didicisse videor – multa adhūc experīrī velim antequam in Eum omnīnō ... omnīnō..."

"Antequam dīlābāris ... ēvānēscās ... in Ipsissimum?"

"Haud pessimum fātum ut cum Deō aliquandō coniungar! Tū autem in perpetuum rebellāstī."

"Quod Ipsī tamen, mihi crēdās, haud ingrātum est."

"Āin'?"

"Āiō. Ecquid putās Eum mē vērē abolēre velle? Facile quidem possit. Cūr nōn facit tamen?"

"Cūr?"

"Quia, etsī hoc fātērī nōlit, ego quoque, praeter omnia et contrā omnia, fīlius Eius sum. Mē absentem dēsīdērāret. Quid dēmptō mē faciat? Cum Cherubim sermōnēs piōs serat? At Ipse, ut intelligentissimus, omnium lepidissimōs scit esse eōs quī prōrsus līberē et suō Marte cōgitāre valeant. Quānam aliā dē causā ego nunc nūllus cinerum cumulus sum sed potius hīc ante tē versor?"

"Sed tū tantum meus es Lūcifer. Ad Deī Lūciferum vocantem mē nēmō vēnit."

"Deī Lūcifer. Tuus Lūcifer. Idem est. Immō vērō mē ad tē prīmō nōn vēnisse reor quia nōn tuum sed alterīus vocāvistī. Ipsissimum Lūciferum arcessere nequis sicut et nēmō Ipsissimum Deum arcessere valet. Fīnītus Īnfīnītum ad sē trahere nōn potest. Paradoxum sit. Quisque semper ad sē vocat tantum proprium, ut ita dīcam, exemplar. Ego īdem dēmum sum quī tē tam assiduē temptāvit."

"Tūne igitur..., dīcam an, Ipsissimus Lūcifer, sīcut Deus, etiam īnfīnītus est?"

"Vt prīncipium ūniversāle sim ferē īnfīnītus nōminandus."

"Mihi adhūc īnsīdiāris?"

"Mihi negantī nē ego quidem crēdam."

"Respōnsum istum, etsī nōn probō, grātus tamen audiō. Vt vērum dīcam,..."

"Tē mendāciīs abstinēre prō compertō habeō."

"...ultrā temptārī probārīque gestiō. At hoc utrum impium sit necne in incertō sum."

"Quid pium impiumve sit nē mē rogēs; sed, cum iam per māximam vītae partem probārī soleās, tē tam longae cōnsuētūdinī haerēre nōn mīror. Quae patimur tandem fīmus."

Antōnius, dīcere cupiēns "sīcut tū," tacet tamen, ulcus tangere forsan nōlēns, quālis nam sit "ūniversālis prīncipiī" vīta sē simul rogāns.

"Quadrāgintā diēs noctēsque sūmpsisse trāditur colloquium hoc vel simile..." inquit Gēza quasi incōnsciē scrūtāns lūnam plēnam, quam Īstvan nunc quoque fenestram modo intrāvisse videt, "...cuius in fīne Lūcifer prōposuisse dīcitur ut Antōnium, ubicumque darētur occāsiō, adhūc temptāret, probāret, experīrētur, vītam eius nunc lūbricam, nunc pellācem, nunc vērē pulchram, nunc immānem, nunc foedissimam reddēns omnibus quī excōgitārī poterant modīs omnibusque sub condiciōnibus eum sēdūcere, corrumpere, dēprāvāre atque ā propriae animae cūrā aliēnāre cōnāns ... eā autem lēge ut Antōnius huius pactī nōn meminisset. Fierī poterat, estō, ut vir tam cordātus quam Antōnius quōmodo ferē rēs sē vērē habērent interdum fēlīciter coniectātūrus esset; numquam autem quicquam omnīnō prō certō scītūrus erat. Semper necesse futūrum erat rēgulās sibi vel sacrās vel philosophicās vel cīvīlēs vel familiārēs persuāsiōnēsve quāspiam sibi assūmere quās ut arma contrā īnfīnītōs Lūciferī dolōs gereret. Ipsīus foederis quondam īctī oblīvium poposcisse fertur ipse Lūcifer vidēlicet nē Antōnius aliquandō, cum vel māximē premerētur, foedus ā sē īctum ā sē aequē rescindī posse animadverteret. Affirmāvisse dīcitur Lūcifer tālem dēmum condiciōnem cum plērīsque sē pactam habēre; omnium efficācissima experīmenta aliter fierī nōn posse."

Cum mīra nārrātiō hōc locō interrumpī videātur, Īstvan, cēterā fābulā paulō commodius fruī cupiēns, in sellāriam trānseundum admonet, vāsum lavātiōnem differrī licēre. Quō audītō, Gēza circumspicit tamquam sē ipsum commonefaciēns ubi accidat ut nunc versētur, continuōque surgēns sellāriam petit. Frāter, captā ampullā vīnāriā, sequitur, culīnāria lūmina in trānsitū extinguēns. In amplā sellāriā prīstinī generis cum iam accēnsa sit lucernula haud multa illūstrāns, Īstvan lampadem māiōrem prope spondam longam sitam accendit; dein, meliōre captō cōnsiliō atque extinctā rūrsus lampade, aulaea fūnem trahēns aperit. Quō conclāve, quondam lautum, hīs annīs obsolētius, ē duābus fenestrīs locuplētātur irruentī glōriā argenteā, quae, lucernulae fulgōrī flāvidō admixta, subtīle continuum lūminōsum creat per multōs gradūs ex calidō internō ūsque in frīgidum externum diffūsum. Iam lūna, cum Īstvan sē in dextram spondam dīmittit, proximā fenestrā pulchrē inclūditur tamquam pictūra in fōrmā ... vel tamquam haec tertia sit convīva. Gēza, ut mōs eius est, nec longae spondae nec minōrī sed potius sellae anacarticae speciōsae quidem sed dūriorī insīdit velut magna avis perticae, plēnilūnium nunc, tam amantium quam versipellium incitāmentum, rēctā aspectāns. Vultuī pallidō longōque tribuit lūnāris candor colōrem succaesium.

Dum Īstvan sē super spondam commodum facit ultimamque vīnī portiōnem in pōculum reverenter effundit, sē simul, etsī haud dīvēs sit neque aerumnīs cottīdiānīs vacet, inter fortūnātiōrēs nunc tamen numerāns, praesertim hodiē quō dīversīs causīs vel forsan tantum fortuītō cōnfirmātus atque quasi vegetus factus vidētur, frāter in nārrātiōnem solitō intentior, magis quam quicquam aliud tapētum Persicum spectāns – cuius in mediā parte dēpicta aprī vēnātiō labyrinthēō margine circumdatur – ad prōpositum quam celerrimē revertitur. Animī oculīs Īstvan nunc quasi novum Antōnium dispicit, scīlicet utpote colloquiī cum Lūciferō modo habitī aequē ac foederis cum eō īctī iam ignārum ... immō etiam paucōrum aliōrum foedere nōn comprehēnsōrum oblītum. Quis enim Diabolum in pactīs condiciōnibus omnīnō stāre exspectet?

Ingentī iterum taediō oppressus sibi vidētur sēque ipsum reprehendit quod optiōnēs aliās quam Beātificam Vīsiōnem in intimō corde quaerit, quamvīs cūnctās alternātās optiōnēs necessāriō pēiōrēs ac, sī cum illā cōnferantur, nīl nisi frīvolās fore scit. Antōnius, secundissimam ascēsin nunc tamen in incertum dirimendam ratus, aspectum suum mūtat, barbam cultrō cibāriō tondēns sordidumque habitum prōtomonasticum lacernā illā tegēns quam quīdam Pispirēnsēs piī ūnā cum solitīs cibīs super castellī mūrum quondam iēcērunt.

Nōta est Antōniō quaedam iānicula postīca castellī, saeculīs fragilis reddita; quam cum hodiē facile perrumpit, saeptum alterum, immō castellum minus, antīquius, ruīnōsius invenit, cuius māxima pars prōgrediente lapidulōrum monte iam ita implēta est ut inoperta maneant tantum mūrōrum septentriōnālis et austrālis minōra segmenta. Antōniō, quamvīs rōbustō virō, aliquantī tamen labōris cōnstat ut solūtōrum lapidulōrum cumulum altum in trānsversum ascendat – quī enim clam discēdere cupit, eī per portam antīcam exīre haud licet. Cum tamen accessiōnis summō mūrō potītur, sōlis radiī paene ad lībram advenientēs ipsum radium vectōrem eius per clīvum extentum ita intersecant ut Antōnius subitō fīnem aut suī aut mundī attigisse sibi videātur. Immō quid sit incertum hoc quod lacernam novam implet subitō prō certō nōn habet nec discernere valet utrum ante sē pateant campī lātī collēsque an tantum lūcis schēmata abstracta umbraeque strēnuae. Animae dēfendendae purgandaeque causā cōnscientiae circulum hīs annīs tam assiduē diūque in pūnctum contraxit ut nunc, terrārum orbī redditus, quid inter ineffābilium conquīsītiōnem et Nīlum flexuōsum, cōnstantem, tōtam Aegyptiam terram ā calce in verticem dīvidentem intersit nōndum ita bene amplectātur. Nihil dīcit exclāmatve cum nōndum quicquam fatērī velit. Sē ipsum quidem iam peremptum esse sentit, nec tamen huius eum paenitet; nam id quod post Hērācleopolitānulum istum extinctum restat longē est ignōtius, intūtius, praecipitius ... amplius. Inter avēs lābentēs et aurās per quās nunc lābuntur, inter cōnsilium et rēs gestās hiat barathrum quō novus homō discrīmine vērē minimō, immō stēllulae tantum cōgitātiōnisve lātitūdine magis attrahitur quam absterrētur.

Priōribus cōnsimilēs per lapidulōs dēscendit in proximae valliculae caeruleās tenebrās. Suntne hae circumiectae saxōrum strāgēs struēsque – in hāc crepusculī prōlūsiōne tam vīvidae ut tremere vībrāreque videantur – etiam aliae ruīnae an tantum siccī alveī partēs subitāneīs ēluviōnibus exēsae?

Diū per vastitātem taciturnam ambulat nīl audiēns nisi forte interdum phantasmata antīqua vīvōs trānseuntēs prō aequē phantasmaticīs neglegentia, ōlim oblitterāta bella gerentia, īnfīnitiēs repetītās causās agentia. Longē post occāsum sōlis callem sequēns odōrātur crambēn rancidam. Quī foetor, cito in paene intolerābile crēscēns, ad vīcum metallārium sordidiōrem dūcit. Advena coemētērium praeteriēns dīrās imprecātiōnēsque pessimās audit, quae nōn tamen ē proximīs casīs nunc māximā ex parte obscūrīs sed potius ē caupōnā post hās sitā lampadibusque illūstrātā ēmānant. Nē quemquam ēvītāre videātur, peregrīnus rēctā pergēns, in dextrō viae latere, ubi est caupōna, manet. Aegyptiī iuvenēs duo tunicātī cum virō quīnquāgitā ferē annōrum longā chlamyde ïanthinā vestītō ingentī vōce rixantur. Hīc vīlis zythī odor, grātum etsī breve levāmen, brassicae paedōrem paene vincit. Vir, plānē ēbriolus, male loquitur Aegyptiē, Graeca verba saepe iniciēns; iuvenēs Aegyptiē bene, Graecē male respondent. Post hōs stat picta Aegyptia, speciē huius vīcī meretrīx, dē quā sīve dē cuius pretiō agī vidētur. Trēs marēs trānseuntem nē vident quidem;

fēmina autem eum amīcē aspicit. Nōn quidem valdē pulchra est nōminan-
da, nec vērō est turpī aspectū; nōn iam iuvenis est, sed corpus muliebrī
decore adhūc satis luxuriat. Quō cōgitātō, ut iam prīdem inter tālēs
tentātiōnēs fierī assolet, peregrīnī anima, corpore sponte relictō, omnia
quasi dēsuper observat membra puppāriī modō regēns, simul autem,
mīrābile dictū, omnia vidēns quae puppa oculīs fictīciīs suīs percurrit.
Quod nōn in sēmōtō saeptō ascēticō sed in ipsō hominum mundō cottīdiānō fierī animadvertēns advena nunc nōn sōlum sē in prōdigium aliquod
conversum esse intellegit sed etiam – quod num minōris sit an māiōris
nōndum perspicit – ascēsin animam tantum īnstruere armāreque quantum purgāre mente complectitur.

Quibus cōnsīderātīs animāque corporī aliquot post passūs restitūtā,
peregrīnō videntur, nescit quā causā, oculīs smaragdī effluere, ē manibus
mānāre carbunculī. Immō, ubicumque quicquam sēnsibus nunc tangit
quasi gemmās omnigenās continuō nāscī sentit. Quae gemmae, quamvīs
videantur prīmum dūrissimae, tragēmatum tamen modō molliuntur dul-
cēsque fiunt sī modo sēnsuum īnsolitō tactuī cēditur: prūnārum per
casulae fenestram vīsārum aspectuī hīc lūteō, hīc rutilantī, hīc candidō,
ipsam fugācem sed fervidam admonentī vītam; ante holerārium commūnem Nīlōticō latice ē longinquō allātō nūtrītum purpureōrum flōsculōrum
seriēī tenera corda subicientī; altae palmae imāginī oblīquae ātraeque
contrā nocturnī caelī ūberum splendōrem; huic, ecce, novae herbārum
suāveolentiae in ultimā huius vīcī parte ubi in modicum minuitur cram-
bēs odor, quī aliōquīn iam minus vexat. Ecquid cuius voluntās per longam
ascēsin adamantina reddita est corpus simul ob longam inōpiam sēnsilius
et cordātius? Neglegentia alit? Acuit?

Cēterus vīcus somnulentiā tenētur; plēraeque domūs casaeque illūmi-
nae sunt tamquam sī māxima cīvium pars dīlūculō opus agitāre dēbeat.
Lātrant passim post oppessulātās iānuās canēs; nēmō autem aliēnum
speculātum prōdit. Tandem post fānulum Mithraicum tam rude ut advena
aliōquīn sobrius sponte tamen subrīdeat – nam Mithras valgus minus
petrā genetrīce quam cāseō oxygalāve nāscī vidētur – oculīs sē praebet
casa, huius vīcī, ut vidētur, ultima, modesta quidem sed honestiōre
aspectū, in cuius parvā āreā laterālī iuvenis puellīque ab humō tollunt
rūdera cumulīsque ōrdinant.

Cum advena quam blandissimē rogat num forte – quod ipse tamen nōn
sēnsit – terra sit mōta, iuvenis gracilis conversus pulveremque manibus
excutiēns nōn ob terrae mōtūs sed potius ob praefectum Rōmānum casās

ruīnōsās, sacculōs vacuōs, cīvēs pannōsōs esse affirmat. Quod sē tam temere dīxisse statim paenitēre patet … dum trēs puellī, quōrum duo manifestō gemellī, tamquam catellī vulpīnī peregrīnum dociliter obtuentur.

Advena, quī veterum sē superāre cupit nec iam in priōre fāmā aprīcārī vult, nūllum sē in tōtō corpore esse Romānum asseverāns nōmen sibi tumultuāriē indit Hygiēnum. Exortō dein colloquiō dē rē cīvīlī argūmentīsque aliīs, Hygiēnus mox in casam humilem quidem sed mundam indūcitur ubi ā iuvene, Bes vocatō, uxōrī Īrēnae Acaciōque patrī trāditur. Mox praebētur ptisanārium tepidum, dein, paulō post, ministrante Īrēnā, panis alicārius ūnā cum tribus mātūrissimīs dulcissimīsque ficīs ātriviolāceīs – quae omnia iēiūnus advena ter et variē, ut bonī mōrēs postulant, reddēns grātiās avidē cōnsūmit.

Bes, sīcut pater, Aegyptius chthonius furvissimus, hortulānus vīvāx fēstīvus cūriōsus, Hygiēnum multa interrogat dē itineribus ab hōc factīs; ad quōrum rogātōrum plēraque Hygiēnus ex propriā experientiā, ad alia ut in librīs nōnnihil exercitātus respondēre valet. Perpauca ā Bese prōlāta intācta relinquit. Hygiēnus invicem – quō nōmine īnsuper mīrum quam cito appellārī assuēscat – certior fit hunc vīcum, Tebnis nōminātum, haud longē ab aurifodīnā situm esse quam, etiamsī ā virīs huius locī alternīs sedulēque custōdītur, hīs temporibus parum aurī efferre; quārē Tebnēnsēs in annōs pauciōrēs fierī, nōnnūllās casās domūsque diū vacuās in ruīnam venīre; ruere etiam dēlūbra; Hermanūbis sacellum, quamvīs parvum, quondam illūstre fuisse, nunc tamen neglegī. Quod Bes, etiamsī sē sōlīs Mithrae et Īsidī servīre affirmat, nihilōminus dēplōrandum dūcit.

Factā dē sacrīs mentiōne, Bes tamen nimium cōmis hospes est quam ut advenam roget quōs venerētur superōs; sed Hygiēnus, pariter observāns peregrīnus, parochōrum aegrē tēctam cūriōsitātem omnīnō praeterīre inurbānum, immō inhūmānum esse aestimāns, sē Chrīstum sequī cōnfitētur. Quō dictō, quamquam nec Bes nec pater taciturnus quicquam immūtārī vidētur, Īrēna nīl dīcēns vultū tamen sē turbārī, immō forsan terrērī prōdit. Quod Hygiēnus sānē nōn mīrātur cum Rōmānī Chrīstiānōs interdum magnō tumultū exagitent. Bes, forsan uxōris tantum tranquillandae grātiā quantum hospitis allevandī, raptim nōnnūlla prōfert quae inter Chrīstiānōs et Mithriacōs commūnia esse plērumque dictitātur: vel ambōs, Chrīstum et Mithram, vīcēsimō quīntō diē mēnsis Decembris nātōs esse, ambōs peccāta purgāre, ambōbus esse apostolōs et ita porrō. Tālis quālis Antōnius, sī adesset, sine minimō dubiō sē obstrictum habēret in hōs simplicēs pagānōs ad Salvātōrem vertendōs. Hygiēnus autem hoc nōn facit, nescius ē multīs causīs quae afferrī possint quaenam hoc dēcrētum melius explicet... Num quod Chrīstiānī, in urbibus satis vigentēs, in vīcīs autem plērumque perīclitantur neque hōs hominēs mala patī vult? An quod aliēnīs nunc tegitur nōmine persōnāque neque – sānē ob cōnsilium ipsī Hygiēnō nōndum manifestum – hominum oculōs ad sē convertere cupit?

Casa ē saxīs discolōribus cōnstructa habet conclāvia duo: alterum māius in quō culīna, cēnātiō, līberōrum avīque cubīlia; alterum exiguum coniugālis thalamī vicēs obtinēns. Bes Hygiēnō thalamum tam īnstanter offert, sē Īrēnamque in "mediānō" saepissimē commodissimēque cubuisse assevērāns, ut ille, quī nūdō saxō incubāre solet libentissimēque excubet, impūne tamen negāre nequeat. Super torum mīrē mollem quālem etiam ante sectam ascēticam inceptam sē numquam nōvisse vidētur paulisper iactātur; in solō tandem grātum reperit refugium.

Māne post fīcōs panemque et ptisanārium inter renovāta colloquia amoena sūmpta Hygiēnus sē affirmat viam capessere oportēre. Ante discessum autem ad Acacium appropinquat, cuius corpus, quamvīs gracile, adhūc rōbustum, mentem tamen senīlī morbō afflīctam sentit. Tōtum hominem quasi ūnō ictū nōn corporis sed potius animī oculīs cernit comprehenditque, haec dīcēns verba:

"Sub terrae faciē condita manent aurum, aes, gemmae thēsaurīque aliī innumerī, quōs, sī quandō fūsius explōrētur, terra hominum avāritiae ostendat. Quanto autem pretiōsior est thēsaurus in corde tuō reconditus quem nunc temporis ob quandam corporis īnfirmitātem nēmō videt. Sincērē autem explōrantī tibi revēlābit Deus quasi novās vēnās ē quibus animae tuae thēsaurī novī renāscentur."

Quibus dictīs, in senis oculīs videt subitō novam fīdūciam ūnā, ut appāret, cum aliquantulō novī timōris commixtam. Manibus autem senem commōtum firmāns quasi magnam terram videt montibus silvīs fluviīs bēstiīs avibusque plēnam: signum perspicuum hunc hominem per Deum iam reanimātum redintegrātumque esse. Quod vidēns – rem admodum īnsolitam! – Hygiēnus Deum per sē agere admīrātur sēcumque glōriārī cupit. Immō sē tamquam ipsī Petrō apostolō parem habērī cupere perculsus pudibundusque animadvertit. Adeō pompās sacrās sibi dicātās in mente imāginātur! ...Quō magis extemplō discēdendum vidētur. Itaque Tebnim per viam pulverulentam relinquēns Hygiēnus duplicī onere gravātur: tantum huius locī hōrumque hominum absentiā quantum dīrā cōnscientiā culpae.

Ā sapientibus saepe monitum est parēs cum paribus congregārī, immō adeō quemque suī similia similēsque vel fātō propriō vinctōs ad sē attrahere solēre. Cuius sententiae vēritātem, sī nōn omnēs, plēraeque saltem subsequae Hygiēnī rēs gestae dēmōnstrāre videntur. Hoc est, dum ad septentriōnēs primum, dein ad orientem versus pergit, hominēs identidem tam amābilēs quam Besem offendit inter quōs vel apud quōs haud paucī īnfirmitāte aerumnāve aliquā labōrant quam Hygiēnus, ut se pellere posse sentiēns, ita nōn potest quīn pellat ... quod quotiēs facit superbiae totiēs illecebrīs tentātur. Sānātor igitur, nē fāma antecēdēns augeātur, itinerāns dē vīcō in vīcum dēque oppidō in oppidum nōmen sibi attribuit semper aliud īnfirmīsque aliterque labōrantibus, ut quondam Acaciō, modo sub discessum subvenit. Interdum adeō, quantum potest (quod multum quidem est), aspectum suum mūtat nec semper rēctā viā inter bīnās regiōnēs quāspiam pergit sed, ubi licet, iter potius per ānfrāctūs agit; neque cuīquam quō sit proximē perrēctūrus fātētur. Quālium tergiversātiōnum perfugiōrumque ope efficit ut nēmō novum sē cum antīquō coniungat. Immō adeō ipse interdum rūmōribus excipitur dē thaumatūrgō priōre aliquō nōmine suō appellātō cuius mīrācula vīcīnā in terrā effecta nunc agnōscere potest, nunc in rīdiculum sunt ampliāta ... vel, nōnnumquam, inūstē obtrectāta.

Quibus dē causīs is quī iam sōlum in intimō corde Hygiēnus vocātur, quamvīs cūnctōs vēritātem cēlāns, nūllam tamen sentit culpam; nam fāmae glōriaeque concēdēns quōmodonam sequī possit Chrīstī mandātum illud: *quī māior est in vōbīs fiat sīcut iūnior et quī praecessor est sīcut ministrātor?* Cui autem nūlla persōna pūblica nūllaque identitās eī patent omnēs viae in humilitātem absolūtam. Immō enimvērō haec ultima vidētur esse ascēsis: ut ascēta quōdammodo nēmō fiat; sibi mortuus; super vānam mundī scaenam anima sine persōnā; sine familiae, gentis, auctōritātis, rērum gestārum superbiā ūllā; sōlus in sōlō Deō quamvīs super terram adhūc versāns; hominēs ita amāns adiuvānsque ut nēmō quis amāverit quisve adiūverit sciat, ut nūllus omnīnō exsistere possit persōnae cultus ... nōn ita tamen ut doctōrēs et sanctōs episcopōsque tacitē, nēdum apertē, reprehendat. Aliud enim est fidēlēs docēre et pāscere, aliud animā purgandā Deī grātiam quam māximam prō omnibus mortālibus sēcrētō conciliāre. Vērum enim dīcitur apud Marīam: *quod in intimā animā, idem super tōtam terram atque in ipsō rēgnō angelōrum.*

Erēmī omnigenae, magis magisque subvirentēs, cum oasibus vīcīs oppidīs urbibus alternant; saxa et arēna cum palmīs argūtīs hominumque et animālium tumultuōsīs nīdāmentīs. Hīc flagrant focī, hālant herbae, spīrat pulpa; hīc silent plāna, gemmant caela, dūrat cutis, vergit vultur. Vndique aut scrūtantur vultūs aut prōvocant tesqua. Aurae necopīnātae calamitātēs, exspectātae solitam mortem plangōremve afferre solent. Super ingēns saxum pedēs dolentēs fricantī capit oculōs avis praetervolāns, quam sequentī aperit sē subitō arduae urbis prospectus. Noctū scintillant fenestrae coccineae, interdiū vapōrant ōtiōsē camīnī. Vt montēs altiōrēs altiōrēsque circueat, cālōnēs passim comitātur peregrīnus. Hūmānitātem videt passim saevitiamque affatimque imprīmīs stupōris. Lūna, semper alia semperque eadem, omnēs tandem ex aequō vigilat et illūdit. Sōl aeternum refovet et torret alternīs. Sermōnēs semper novōs audit advena. Quōs nōn intellegit praefert, nam linguae utīque nīl nisi rērum cutem lambere solent.

Strepitū fulminant dēverticula caupōnaeque; templa nunc reboant nunc vapidīs sōlum crepitant susurrīs; murmurāns sāga in forī angulō nunc ossa nunc surculōs iactat; nunc faecem legit, nunc exta palumbīna. Gregārius mīles post custōdiam nunc pōtat, nunc calceōs reficit propriōs, nunc nefanda nūmina colit, nunc ab amāsiā uxōreve stupidus obiūrgātur. Mōrēs ubīque observantur, dissolvuntur, refōrmantur, iterum iterumque refinguntur. Vīllā pulchrā inclūditur dēmēns; rēgiam tenet īnsipidus; fossam philosophus. Perpetuā viā formīcīnā trānseunt pompae, fūnera, nūptiae, peregrīnōrum exulumve agmina. Cum morbīs clādibusque certant carmina; cum bustō medicāmina irritaque hōrologia. Senēs vītae mōmenta ūsque ad ultimum captant; puer clēmentī facilīque sūmitur morte. Nusquam nōn dolet caput, claudicat crūs, suppūrat ulcus, corrumpitur vīscus, capitur oculus, auris, lingua, mēns.

Chrīstum sequī sē autumantibus nec Petrus est nōtus nec Magdalēna; quae autem sit Virgō Marīa Māter paucissimī videntur esse quī ignōrent ... etiamsī, quō longius in Āsiam pergitur, alia saepius saepiusque Virginī dantur nōmina. Vīcī pāgīque rīvulīs faucibus callibus undique commiscentur; ipsī callēs mox inviīs silvīs; vallēs montibus hīc modicīs hīc celsīs, mox nūbibus, pernīcibus dein imbribus ningōribusque, prīscae dēmum rērum memoriae. Nūllus nōn condit sēcrēta pōns mūrusve, nūlla arbor; locō haud speciōsō lateat nepa aut nipparēne. Ipse advena sānāns, salūtāns, precāns, identidem ēvānēscēns, semper nova permeāns quam homō fit multō magis elementum, cūnctārum rērum mītis proprietās.

In sinibus rūgīsque quārundam abditārum regiōnum, nunc post freta speculāria, nunc in saltū caecō, nunc in celsīs latebrīs scopulīs ōlim arcānā arte exterebrātīs iam incānus peregrīnus, illī hominī quondam captātō nōmine *Hygiēnus* vocātō tam similis ut īdem ferē esse dīcī possit, antīquae accipit disciplīnae mystēria ultima. Prīstinōrum ōrdinum monachī nūllīus ōrdinis circumforāneum occidentālem nāsūtiōrem rēgulā omnīnō propriā īnstructum fōrmātumque valdē, immō interdum tēctā invidiā, admīrantur tamquam arborem ita centiēs fulminātam recreātamque ut ipsa sit iam quasi vīvum fulmen facta. Cum porrō omnēs animae quās ipse umquam tetigit tangit tangetve per grātiam dīvīnam advenaeque potentiam propriam quasi simul perpetuōque corrōborentur, dēpendent hae tamquam tenuia vēla incolōria paeneque invīsibilia ē membrīs, digitīs, ōre, oculīs, gestibus, verbīs eius. Hic iam minus homō est quam nātiō, tametsī ipsīus corporis aspectus valdē modestus est neque in viā cāsū cōnspectus, contrā vultūs līneāmenta paulō aliēna, praecipuam movet admīrātiōnem. Eadem lacerna, sēnsim pannōsa facta, ad quamvīs terram satis convenit.

"Omnem, quae per nōs fluit ē caelō, didicistī doctrīnam," inquit archimonachus coccinātus coram cōnsiliō sapientium propter advenam convocātō. "Restat tamen adhūc ūnus in orbe quī praebēre potest doctrīnam convenientem īnsolitē obstantī. Mox est tamen ille abitūrus. Huāhūius vocitātur Sēr. Vbi nunc versētur mortālis nēmō scit. Sentīmus tamen omnēs..."

Hygiēnus, antequam cētera archimonachī verba excipere queat, sē pergere dēprehendit per viam ad Huāhūii recessum dūcentem, quōmodo hūc pervēnerit nescius, hoc est, utrum magicē an pedibus allātus sed itineris oblītus. Viā utcumque nōn valdē fessus vidētur sibi nec sitit neque ēsurit ... nisi quod, novae doctrīnae disciplīnaeque ultimae avidus, Sēris sapientiam gustāre gestit. Immō, etiam antequam ad ipsās magistrī forēs perveniat, nōnnulla dē eō aliquā iam cognōvisse vidētur: flōribus prīmō eum, dein arboribus studuisse; quās eum repperisse perlongīs undīs potentiālibus ūtī quibus exsistentiam suam sustinēre necnōn cum cēterīs animantibus quōdammodo aliquot vītae rudīmenta assiduē commūnicāre. Huāhūium porrō quadringentōs annōs vīxisse sentit; quārē eī Hygiēnum appropinquantem, contrā barbam comamque incānēscentēs, velut adulēscentem vidērī, cuius quidem simplicitāte innocentiāque grandaevum mysticum nūper captum esse nōnnihilque dēlectārī. Cuiusque porrō undae vītālis longitūdinem percipit nunc peregrīnus – sine dubiō ā magistrō ad quem appropinquat tēctē doctus – eō per vicēs paulātim prōdūcī redūcīque quia hae ūnā mūtantur cum spatiō quō Lūna, semper sēcēdēns accēdēnsque sed ad summam paulō magis sēcēdēns, ā Terrā distat. Immō Terram aliquā ex parte idoneum esse arboribus viridārium propter āctiōnem reciprocam inter Terram et Lūnam obtinentem. Ipsum Huāhūium, utpote aevīs hermaphrodītum factum, aptissimum esse arborum interpretem cum hae quoque hermaphrodītae esse soleant. Vt omnia sīdera saxōsa solidiōrave, Terram Lūnamque quoque magis fēminīnās esse, quamobrem hās ad animantia potentiā fēminīnā praedita facilius citiusque respondēre. Cum autem Terrā īnsint vapōrēs multī, etiam nōnnūllōs virōs vīs Terrestris fluenta satis perniciter dīrigere posse; virōs autem Lūnārēs vīrēs ūsurpantēs oportēre ipsā Lūnā modō animōque magis superbō imperiōsōque ūtī; quārē hōs saepius tēctōs malevolōsque fierī. Planētās invicem vapōrōsiōrēs velut Iovem Sāturnumque, ut multō magis māsculīnōs, vī māsculīnae amīciōrēs esse. Sōlēs sānē, quamvīs sexū īnstabilēs et fluxōs, prō elementōrum suōrum ratīs ratiōnibus magis aut minus vīs māsculīnae condūcere; iuvenēs, ut calidiōrēs vapōrōsiōrēsque, magis esse māsculīnōs; veterēs, ut solidiōrēs minusque calidōs, magis fēminīnōs. Itaque Huāhūium, utpote hermaphrodītum, nātūrā optimē īnstructum esse ut Sōlem sīve Hēlium sīve Riū Miū, sīdus minus calidum, aliquandō tractet. Hanc dē planētīs sōlibusque scientiam patefactam esse nōn sōlum ā magīs peripateticīsque astrālibus aequālibus sed etiam ab illīs Cīvitātibus "Vernālibus" dictīs, quārum scientiam sapientiamque longē māiōrēs fuisse quam hodiernārum, quās invicem "Aestīvās" vocārī atque adhūc valde esse iuvenēs.

Immō Hygiēnus, dum ad Huāhūiī latebram gradātim dūcitur, passum quemque faciēns viaeque flexum ānfrāctumque quemque superāns dē plūribus ā magistrō subtīliter certior fierī sibi vidētur. Mystam annōsum prīmō vel nōnnihil mīrārī accēdentem "philosophum Rōmānum" Hēliam illam prōrsus ignōrāre ... dōnec patet Hygiēnum magnam vītae partem extrā Imperium Rōmānum iam dēgisse necnōn Hygiēnum et Hēliam sectārum esse inter sē aemulārum. Hanc quidem, cuius imāginem exteriōrem "Sōsipatra" nōmine appellārī, omnium huius aevī sōlārium magōrum prōvectissimam, mox in rēgnum Sōlis esse migrātūram ut mūnere quasi "lēgātae sōlāris" fungātur.

Vtcumque haec sē habent, Hygiēnus, utpote iam quādamtenus Huāhūiī Māximī pupillum, arborum fit necessārius intimus, quārē etiam animālium hīs respondentium, hoc est, elephantōrum, fit gnārus. Immō intrā Huāhūiī *mercabam*, sīve mundī imāginem propriā *derlāmā* gnātam, versantur entia Elephantoīda solitīs elephantīs longius ēvolūtiōra quae magistrum iuvant quibusdam in experīmentīs arboreīs. Vidēlicet prīmātēs et pachyderma, ūnā cum camēlopardalibus avibusque multīs ac quibusdam rōdentibus mūscīsque, arborum familiārissimī sunt.

Dum tempus Hygiēnusque parī ferē prōgrediuntur passū, huius *mercaba* Huāhūiānae magis magisque implicātur ... tametsī ipse Hygiēnus, ut umbrīs tenebrīsque iam saepius inhaerēns, sōlitūdine saepius et gravius premitur. Offendit sānē passim hominēs, quī dīcī possunt, atque interdum sapientēs necnōn et, hīc illīc, māchinam Vernālem pervetustam obscūrum ambiguumque questum rārō ēmittentem rārōque magōs procellīs eclīpsibusve subterrāneīsve rīvīs vectōs; quōrum prope omnēs Hygiēnum tamquam novum hominem terraeve fīlium paulō praecocem ingeniōsulumque tractant.

Vt vērum dīcātur, Hygiēnō, mysticō magis "āctuōsō" dīcendō, tortuōsus calculus multidīmēnsiōnālis Huāhūiī āridior vidētur. Elephantoīda, ut minus abstracta arboribusque vīvāciōra, eī quidem magis arrīdent. Immō quōdam diē Hygiēnus animadvertit haec propriam habēre *mercabam*, quam invicem alterī cuīdam *mercabae* mīrē vastae implicārī hominibus partim coniūnctae. *Mercabās* videt esse velut bullās īnfīnītīs seriēbus implicātiōnibusque inter sē impositās; nūllum igitur exstāre "mesocosmum" cum "microcosmus" quisque eum inhabitantibus tam magnus esse videātur quam eī quōs nōs perperam sīve prō "mesocosmīs" sīve prō "macrocosmīs" habēmus; ergō, contrā Aristotelem, īnfīnītātem "parvam," quae nōbīs vidētur, omnīnō tam īnfīnītam esse quam eam quae nōbīs "magna" vidētur.

Hygiēnus ūsque "prōrsum" pergēns aliquot annōs in Elephantoīdum *mercabā* dēgere sibi vidētur, genera – magnā ex parte rudiōra – architectūrae, artium, cīvitātum eōrum observāns. Māiōris esse vidētur quod hominēs quīdam hominoīdave, "Pulverulentī" saepe vocātī, Elephantoīdibus serviunt. Quōdam autem diē aliquid etiam māiōris mōmentī animadvertit ... quod, datā proximā occāsiōne, cum Huāhūiō, in arborēs semper longē intentiōre, extemplō commūnicāre dēcernit.

Hanc gravem nōtōriam quasi simul atque impertīre cōgitat advena, magister ipse perspicāx in caldāriō ligneō, ubi annōsa membra herbīs vapōribusque recreāre solet, sedēns sē paulō ērigit angustīs oculīs castaneīs advenam ita intuēns ut hic sē ad illum iam vērē proximē accessisse sciat. Immō Hygiēnus intentius quam umquam anteā sē scrūtātum sentit tamquam folium cadūcum speciōsum antehāc neglectum vel schēma in harēnā fortuītō factum oculōs tamen nunc dubiā causā alliciēns.

"Tū, amīce, nōn omnīnō id es quod vidēris," inquit Huāhūius spīrantibus thermīs exsurgēns continuōque collutus et dētersus amictūque balneārī quasi manibus invīsīs involūtus – nōn autem antequam Hygiēnus nātūram illīus cōnspiciēns solitam esse videt nec mammās expressās animadvertit. Vultus rotundus annīs tam obdūrātus est ut iam sit persōnae similior. Amictus nunc est integumentum sepulchrāle. Hygiēnus nunc sē rogat num vēra videat an sōla ea quae magister eī mōnstrāre vult. Animī oculus, quasi mediō āerī ante Huāhūium innāns, palpebrā parumper vēlātur deinde rūrsus quasi diffīdenter aperītur.

"Hoc dīcēns significāre volō..." inquit archimysticus nunc super tegetem mōre meditātōriō poplitibus alternīs genibus impositīs sēdēns, "...tē solitōs gradūs nōn observāre. Mīrē rapidē tamquam nova herba adventīcia crēvistī, iam dūdum marcidīs rādīcibus surculīsque quibusdam. Similis es oleī bullae sīve sēminī in iūsculō ita cito temereque coctō ut putāmen dūrēscat neque umquam mergātur essentiamve suam in iūsculum ēmittat. Immō immātūrē illūminātus es, quō velut cāsū in bullulam es conversus; quārē Cosmī Animam etiam intimē tractāns nōn penitus participās. Attamen cum Lūciferō tuō pugnāns tē saltem valdē corrōborāstī. Ante omnia nunc aptissimus es quī observēs. Hoc quidem aliquot per aeva faciēs: observābis, cōnsīderābis, sentiēs, cōgitābis; nunc crēdēs, nunc dubitābis. Omnium mōrum Rōmānōrum pessimum repraesentās cum praeter sapientiae dēfectum tamen longē nimis es versūtus. *Nirvānam* sīve illūminātiōnem idcircō spernis quod tē quōdammodo in capsulam istam tuam inclūsistī."

Quae verba admīrātur Hygiēnus quippe quī sibi videātur post domitōs metūs libīdinēsque atque castellum Pispirēnse clam relictum tōtam subsequam vītam ita aliīs dedisse ut, secundum sententiam illam, "sibi ipsī sit mortuus."

"Quam paradoxa haec tibi videantur mē haud latet," pergit dīcere magister tamquam advenae cōgitāta clārē vidēns. "Ad ipsam reī summam quīn rēctā eāmus? Omnia exercitia tua partim ipsōrum hominum grātiā fēcistī, partim propriae animae purgandae, imprīmīs autem, sciās nesciās, ad sectam philosophiamque tuam cōnfirmandam probandamque spectāvistī ... haud sciō an quia secta tua novissima est. Sed, sīcut omnia corporālia, ita etiam omnia mente effecta vāna sunt; omnis opīniō, omnis mēns frustrā. Omnis doctrīna ac dogma quodvīs, quīlibet deus et sacra omnia ...

quicquid dēmum aut verbīs dēscrībī aut mente fingī potest ... speciēs vāna est. Vēritās ūnica, etsī ubīque est, nec tangī nēc cōgitārī potest. In hōc mundō nihil nōtātū dignum facimus nisi quod nōs īnstruimus quō citius faciliusque ē rērum circulō vitiōsō effugiāmus neu plūrēs vītās suscipere dēbeāmus. Diūtissimē potestātēs magicās meās ināniter excoluī. Contigit autem ut etiam post illūminātiōnem meam hīc diūtius dēmorātus sim ut aliōs similem ad fugam excitārem parāremque."

Tālia quidem pagāna iam saepe audīvit Hygiēnus Āsiam peragrāns; ut Chrīstum autem Evangeliāsque prō vānīs neget haud exspectet quisquam. Terrās hīs decenniīs ita perlūstrāvit ut omnēs semper tamquam frātrēs suōs tractāret, Chrīstī nūntium eīs offerēns quōrum corda aperta, cēterōrum animās benedīcēns secundum Chrīstī amōrem.

"Nihil in doctrīnā tuā per sē vidētur improbandum; sed doctrīnam quamlibet 'sīmiae mente' tenērī dīcimus. Sīmiae est mēns factōrum suōrum cōnscia, mēns 'practica' cuius ope nōs in vītā servāmus. Sī tōta anima tōtum caelum est, sīmiae mēns spatium capit tantum sōlis, cētera mēns cēteraque anima tōtum caelum."

Sine sōle nihil vīvere posse cōgitāns, peregrīnus tamen Huāhūiō illī cuius imāgō eī obversātur oculīs haec sōla refert verba: "Vōs vītam quam citissimē esse effugiendam putātis; ego autem crēdō nōs in Terrā versārī ut discāmus, ut nōs meliōrēs reddāmus, ut Deī glōriam percipiāmus et laudēmus. Cūrnam Deus nōs in vītam mittat tantummodo ut effugiāmus? Nōnne hīc quasi in scholā sumus magis quam – id quod opinīnantur Gnōsticī – in carcere? Nōnne opus nostrum hīc suscipiendum propter ipsās huius locī sordēs eō nōbilius est? Terra mihi minus vidētur carcer quam campus bellī. Novīs Hierosolymīs tandem aliquandō post extrēmam victōriam vītam perfectam agēmus."

"Istud dē scholā dictum antepōnō. Fugam tandem efficientēs quōdammodo gradum adipīscī prōmovērīque dīcam ... tibi autem persuādēre nēquāquam flagitāns; nam haud sciō an tibi cōnfrātribusque Rōmānīs sit in tempus alia via calcanda. ...At haec parum attinent ad lacertās ālātās quās nūper repperistī ac dē quibus nōn immeritō sollicitāris; istī enim dracunculī, Hundūnī – sīve, ut dīcis tū, Satanae – Līberī, sē ostendere solent quotiēscumque *mercaba* quaepiam paulō ferōcior fit. Vt chaī egoïsticī nūntiī mundō nostrō immittuntur. Quō in Elephantoïdum *mercabam* facinus aliquod imprūdēns admissum esse suspicor. Ecquae animantium speciēs mente praedita vinculīs ibi tenētur?"

Hygiēnus haeret quia iam semel bisve eō tempore Pulverulentōs observāvit quō Huāhūium prope sē suscitātumque sentiēbat. Ipsī gracilēs dēmissīque Pulverulentī Elephantoīdum societātī satis bene accommodātī semper vīsī sunt ... etsī, estō, ut ita dīcātur, laetitiā numquam stupentēs ... ōrdinem īnferiōrem officiō certō coniūnctum satis habentēs. Ipse cum eīs interdum, utut licuit, conversāns animōsque eōrum firmāns paulum animadvertit dolōris vel morbī. Quod cōnsīderantī Hygiēnō subitō in mentem venit lacus ē quō repercutītur multiplex imāgō *mercabae* Elephantoīdum quasi simul īconica et symbolica; mentis autem oculum paulō tollēns aliam speciem – ut nunc vidētur, ipsam vēram – cernere valet, cuius fōrma persimilis est sed cuius līneāmenta potentiaeque fluenta subtīliter mūtāta ... vel nōn tantum mūtāta quantum omnīnō aliter explicāta. Caelum nunc obscūrātur (anne iam obscūrum erat?), cooritur ventus frīgidus; horret cutis; suprā migrant furtim avēs ... quōrsum autem? Diēs integrī iam trānsīre videntur titubante raptim tōtō orbe velut eō mōmentō cum ē somnō excitāmur. Advena nauseā maris afficitur; nunc ārdent Pulverulentōrum oculī, quī sunt quōdammodo simul et oculī ipsīus advenae. Elephantoīda, mīrum dictū, nunc quasi ūnā conqueruntur. *Mercabae* prīscī dominī coercentur hīs temporibus ā ministrīs. Tutēla speciē praebētur, rēapse tēctā subtīlīque vī obtrūditur. Quibusdam adeō in forīs ocultīs vēnum dantur Elephantoīdum pellēs, ossa, ebur, interdum novellus!

Horrōre captus Hygiēnus in pectore sentit haec: "Animōs, ut dīcis, firmāns nīl male fēcistī, mī amīce. Etiam mordācibus et inhūmānīs sōlācium amorque numquam incassum offeruntur; nam haec et offerentem et tōtum cosmum in aeternum ōrnant. Sed animadvertendum est hoc plānum phaenomenōrum sē assiduē mūtantium ob ipsam suam nātūram per perpetuum circulum nunc in melius nunc in pēius vertī, perfectiōnem hīc numquam attingī. Ita in vītā agendum est ut ipsa āctiō quam rēctissima probissimaque sit, dē ēventō autem nōn cūrētur. Etiam ipsae undae ē quibus oritur huius mundī vāna speciēs ita prāvē et asymmetrē sunt dispositae ut omnēs rēs gestae sērius ōcius in contrārium vertantur: bonae aliquandō in malum, malae tandem in bonum. Dē hōc mūsicōs Sīnēnsēs nostrōs rogā, quōs, ut diagramma continuum et aequum efficiant, frequentiārum nātūrālium seriem flectere et adaptāre oportet. ...At tē tandem ad latebram meam pervēnisse nōn iam silendum est. Scīlicet iam diū hīc versāns ipsum introitum antehāc nōn invēnistī."

Quae verba simulatque animum eius pervāsērunt, Hygiēnus sē stare sentit in altō prātō quod humiliōris montis culmen sēmirotundum tegit. Ā septentriōnibus atque ab ortū sōlis prātum lēniter dēclīve est ad longinquōs campōs lātē patentēs. Ā sōlis occāsū stat cōniferārum lūcus haud multō ēlātior quam Hygiēnus ipse. Ā merīdiē caelum nebulā lūcidā ita cēlātur ut nihil aliud cōnspicī possit; sed Hygiēnus fulgidam post nūbem magnam urbem alicubī latēre suspicātur ... immō sentit. Nec mīrum vidētur quod Huāhūius tam prope hominum gregēs habitat cum tam potēns magus etiam ipsā mediā urbe, sī velit, ab omnī parte sēcrētus manēre possit.

Prātum grāminis flāvivirentī tapēte rārīsque cristīs tegitur dispersīsque tenellīs flōsculīs ïanthinīs. Ab oriente accēdit, immō iam tacitus accēssit, Elephantoīdum grex aspectū prope mīlitārī – ecquid custōdum mūnere fungēns? Grex nōn propius appropinquat sed potius subitō, nūllō interiectō, ut vidētur, temporis spatiō, Hygiēnum mināx arduusque circumdat. Numquid īrāta sunt pachyderma quod advena Pulverulentōrum cōnsuētūdine implicitus est ... quod eōs, crīminum dolōrumque imprūdēns, corrōbōrāre temptāvit? Tremēns sed fātō dīvīnō sē penitus committēns clausīsque oculīs in animō cōnstituit ingentium bēstiārum incantātārum poenam nōn dēfugere.

Nunc tamen nec gravibus pedibus elephanticīs nec nāsīs perlongīs sed levī potius zephyrō tangitur, oculōsque aperiēns aedificium videt quasi iam dūdum mediō prātō positum. Extrinsecus videntur tantum mūrī albidī quōrum fastīgia alta et ēlabōrāta indicumque violāceō colōrī coniungentia in obelōs exeunt quasi magnārum fēlium auriculās simulantēs. Hygiēnus statim ad ōstium versus ambulāns Elephantoīda nunc animadvertit māximō circulō aedificium, quod is nunc prō vīllā bene mūnītā habet, circumscrībentia. Quō propius accēdit eō magis vīllae aspectus īnsolitus fit; nam lūcem ita repercutit ut leviter tremere vel vibrāre videātur. Contrā hārum aedium aspectum praemūnītum valvae tamen manibus tam commodē cēdunt ut vix videantur tāctae.

Intus offert sē aula ampla cuius arēna aequē subtremulum aspectum habet; post hanc duārum triumve contignātiōnum domus cuius tēctum largum ūsque ad pedeplāna porrēctum superiōra ab hōc latere ita claudit ut domūs frōns sē ad intrantem profunda inclīnāre videātur. Ab ūtrōque latere est porticus cuius crēbrae columnae ob duplicēs ōrdinēs colōrēsque dīversās hūc illūc discurrere videntur praetereuntī. Ligneam pergulam antīcam trānsiēns hospes sē quasi domūs linguam calcāre putat. Iānua antīca tāctuī tam facile cēdit quam modo antehāc valvae exteriōrēs. Hygiēnus, ūsque adhūc aliōquīn paulō sollicitus, nunc vērē angī incipiēns prōdigiaque praesentiēns sē subitō, dēpositā dignitāte, effugientem imāginātur ... dum corpus tamen vestībulum pulchrum intrat ita pictūrīs imāgunculīsque variīs passim ōrnātum ut hae videantur aedēs multōrum commūnēs ... vel aliquandō fuisse. Nunc autem nēmō cōnspicitur inquilīnus ... et imāginēs – prō Deus optimē! – imāginēs assiduē immūtantur! Hīc equus pulcher ē fronte cornua agit; hīc ossa in vītam excitantur; hīc rēx in soliō rēgiō sedēns vehementer titubāre incipit; hīc saevē dīvellitur sūs; hīc duo amantēs dulcissimum sāviolum prīmum commūnicant; hīc captīvus vincula sua tentat; hīc dea pagāna plūrimembrem speciem exuit quasi vermiculārem fōrmam interiōrem dētegēns.

Quō magis spectat, eō plūrēs prōdeunt imāginēs sē mūtantēs. Nē igitur ā cōnsiliō āvocētur, advena oculōs āvertēns in grande ātrium pergit et laevōrsum flectēns longum latumque scālārium ligneum pulchrē īnsculptum epimēdiōque īnstructum cautē ascendit. Tōtae hae aedēs ad ūnum sōlum hominem? Quod sē rogāns Hygiēnus respōnsum in animō prōtinus accipit: hīc quondam habitāsse discipulōs multōs; quōs dēmum aut phaenomenōrum circulō iam excessisse aut novae vītae iam īnsistere; Huāhūium ipsum nāvis magistrī mōre ad ultimum remānsisse; corpus eius ūnā cum tōtō hōc domiciliō ex ambitiōsā speciē corporālī in Vacuum aeternum iam iamque reditūrum.

Sed, ecce, ipsa vīllae supellex nōn subtīliter vibrat sed adeō undat volūtāturque! Immō praebent sē oculīs hīc illīc omnis generis imāginēs nōn sōlum ē scālāriī et parietum tēctīque superficiē sed etiam passim ex ipsō āere. Ad prīmum tandem tabulātum ascendentī appāret ē proximō conclāvī per valvās patentēs ipsa Huāhūiī iam intimē nōta nunc autem prīmum oculīs vīsa fōrma, quae aut, pariter atque vīcīnae imāginēs multae, in āere nat aut forsan super suggestum aliquod sedet propter circumdatum āerem fulgentem undantemque nunc latēns. Hospes peregrīnābundus circum sapientem Sīnēnsem tōtumque per conclāve crēbrō fluitantēs imāginēs sentiēns nunc intellegit illum fluxum dīvīnum revēlāre quī cūnctārum vānārum speciērum aut permūtātiōnem aut dissolūtiōnem antecēdit; nam ipse similia sed multō breviōra interdum expertus est dum in castellō ā diabolō temptātur. Mente quoque comprehendit Huāhūium eō tantum hīc remānsisse ut advena occidentālis sē in aeternum trānscendere in ipsum Animam Ūniversālem experiātur; imāginēs fluctu-

antēs īnsuper eō adesse ut īnfīnītam vītae terrestris cōnfūsiōnem ac vānitātem dēmōnstrent.

Sēr, quī etiamnum nihil effātur, oculōs antehāc aut clausōs habuit aut
forsan tantum per palpebrae pilōs intrantem spectāvit. Nunc autem,
ūsque tacēns, patulīs oculīs hospitem apertē aspicit tamquam mūtae prō-
vocātiōnī. Hygiēnus autem nōn potest quīn aliam aliamque mīram imāginem oculīs animōque perlūstret: hīc hominēs cottīdiānō quaestuī
illigātōs; hīc perīnsolitās urbēs praegrandibus turribus ōrnātās; hīc silvās
palūdēsque pedetemptim explōrantium catervam; hīc arcāna cruentaque
sacra exsequentēs; hīc in hortīs oblectātōriīs terram calamitōsē mōtam;
hīc sapientēs congregātōs argūmenta imperspicua tractantēs. Mox autem,
quō intentius spectat, sē ipsum vel potius quasi suī ipsīus exemplāria
aliēna cernit. Sē videt hīc per altum mare natantem. Alibī in casā silvīs
circumsaeptā ūnā cum uxōre līberīsque vītam difficilem quidem sed
nihilōminus satis amoenam agit. Aliā in imāgine – quam intuēns ā subrīsū
temperāre nequit – coenobium monasticum administrat, rēgulam impōnit, tīrōnēs, plērōsque litterārum indoctōs, ērudit; prō sectae monasticae
conditōre habērī vidētur. Alibī ut episcopus praefectum Aegyptiae prō
Chrīstī fidēlibus dēprecātur. Alibī ipse est praefectus quem Chrīstiānulō-
rum fātum dēcernere oportet!

Etiam alibī ipsī hominēs nōn sunt iam solitī hominēs sed potius summē
aliēnigenī. Vel sunt quī sīcut piscēs per branchiās spīrent pinnīsque
natent. Sunt quī variīs modīs volent. Aliī per calidōs humōrēs lentē serpunt. Aliōrum et fōrma et terra tam exōticae sunt ut vīsa parum intellegī
possint, quamvīs spectātor animās eōrum perstringēns aliquātenus, hās
magis hās minus, comprehendere valeat. Hygiēnus nunc animō assequitur
tōtum cosmum ā Deō creātum īnfīnītae spongiae similem esse cuius innumerās cellulās innumerōs esse mundōs inter sē paradoxō modō simul
disiūnctōs et colligātōs: hoc est, disiungunt rērum corporumque fōrmae
dīversissimae, colligat autem quod omnis anima, id quod apud Chrīstiānōs dīcitur, in Deī imāginem creāta est. Omnia haec vidēlicet quasi singu-
lō aspectū complectitur.

Hygiēnus venerābilem Sērem nunc sē intuērī animadvertit tamquam sī
ille cūriōsus sit quid hospes ad haec mīrācula tam vīvidō modō obiecta sit
relātūrus. Haud scit Hygiēnus an prīscus ille Antōnius tam prōdigiōsō rērum aspectū obrutus esset. Praesēns autem Hygiēnus duōbus est magis
quam corrōborātus. Prīmum, plūrimās terrās perlūstrāns innumeraque
hominum ingenia fōrmās vestēs mōrēs linguās artēs opīniōnēs rēligiōnēs

philosophiās expertus – etsī, estō, nūllōs dum ālātōs pinnātōsve hominēs vīdit! – tantā tamen varietāte quōdammodo parātus est ad etiam plūrem animō aliquā ex parte tolerandam. Ad hoc additur Vīsiō Beātifica, scīlicet Dīvīnae Perfectiōnis Vnitātisque experīmentum illud summē laetificum et ineffābile. Huius memoria variat quidem dē diē in diem, nunc hebetior facta dīlūtiorque, nunc multum adaucta et cōnfirmāta, nunc per pauca tantum temporis mōmenta pretiōsissima velut plēnē restitūta, dein iterum magnā ex parte animō excidēns, numquam autem omnīnō perdita aut āmissa sed potius semper aliquā praesēns tamquam quaedam memoriae puerīlēs quibusdam colōribus sonīsve interdum in vītam excitātae ūnā cum quibusdam animī affectibus ab adultīs aliōquīn numquam sēnsīs. Haec Antōniī-Hygiēnī animae pars parva quidem sed adamantina lūceque glōriā sōlārī potentiōre illūmināta cēterum hominem ē dēspērātiōne et īnsāniā plūriēs servāvit. Immō quotiēs paulō īnsāniit totiēs memoria illa eum rūrsus ēripuit.

"Quī in hīs mundīs Vēritātem Dīvīnam inveniunt," inquit dēnique Huāhūius sollemnī – num ōris an mentis, incertum – vōce, "sēmitam tandem sequuntur hūc numquam redūcentem. Certē enim cōgitantēs et vēra amplectentēs numquam renāscī oportet."

Ad quae verba praecox advena respondet haec: "Sine dubiō rēctē dīcis, domine. In Chrīstiānōrum numerō sunt quī animās inter corpora migrāre crēdant; sunt autem quī nōn crēdant."

"Idem est. Omnis sententia, omnis doctrīna dēmum falsa est cum sint vāna prōrsus omnia quae dīcī vel cōgitārī, nēdum quae tangī, possunt."

"Nihilōminus Deus nōs hūc mittit."

"Nōsmetipsōs hōc errōre, quī est mundus phaenomenōrum, implicāmus."

"Sinente, immō, ut vidētur mihi, adeō incitante illō ipsō Deo quī nōs dēmum incorporāvit. Nōnne autem hunc errōrem, quem dīcis, inhabitātēs ex alterā parte in ipsīs oculīs cordibusque hominum atque in rērum nātūrae mīrāculīs Dīvīnae Glōriae documenta videntēs – id quod saepenumerō fēcī egomet – mīrāmur? Nōnne alterā ex parte in huius mundī miseriā et lacrimīs anima quaeque purgātur, firmātur nōbiliorque fit quam sī fuisset semper sēcūra et intācta et intemptāta?"

"Anima, filī mī, iam nōbilis et firma et immortālis est. Quod cum tandem intellegimus, anima aerumnīs mundānīs omnibus līberātur. Īnfīnītī mundī, quamvīs, estō, interdum speciōsī, sunt dēmum, ut vocābulō tuō ūtar, diabolicī. Hoc didicī ego ōlim ē magō monachus factus."

*

excutitur globus
invertuntur polī
acūtō cīvium
capite āvolat petasus
quae omnia efficiō ego
vel aliquis meī similis
haud sciō an
prope lacum sedēns
pedemque paulō movēns

cum omnia dēmum cōgat cor
deest passim caelum
deest terra
iam nūllus ulterior petitur usquam
fīnis
dē quibusdam māximīs
plūrima sapit
quispiam velut
ē rīvulō sorbēns
noctemque scrūtāns
aere perennior
hinnulea tremēns

*

"Ipse diabolus, id quod dicta tua cōnfirmāre vidētur," inquit Hygiēnus, "sē 'Legiōnem' quidem nōminat, quae appellātiō numerō īnfīnītārum fōrmārum fastīdium chaoticum proculdubiō significat; attamen sī Deus nōs hūc migrāre atque hīc parumper versārī sinit, hōrum mundōrum 'diabolicum' adhibēre – sīve adhibērī sinere – vidētur ut purgēmur sīve immūtēmur sīve, id quod anteā dīxī, ut discāmus. Tū, domine, sine dubiō respondēbis discendum esse hoc sōlum: hunc mundum, ut nostrī indignum, quam prīmum esse relinquendum. Ad quod oppōnō interrogātum hoc: Quid autem sī sint nōbīs plūra discenda quam ista sōla fugae via vestra?"

"Sunt quī dīcant hanc contrōversiam," inquit Gēza nunc vōce magis perōrātōriā quam sōlum nārrātōriā, "seu tēlepathicē seu verbīs perācta seu ambōbus modīs, tredecim diēs dūrāvisse dum Huāhūius magister in ipsō īnfīnītātis līmine dēmorātur. Aliī autem fontēs tōtam rem ūnum sōlum mōmentum temporis postulāvisse trādunt, id est, quia duōbus hominibus tam sapientibus tamque exercitātīs atque caelestia tam doctīs, etsī ratiōnibus dīversīs, haud sit temporis spatiō magnō opus ut tālia inter sē commūnicent. Vtcumque hoc sē habet, omnēs ferē fābulae per aeva trāditae necnōn et scrīpta variae fideī atque aliquā ex parte inter sē discrepantia ūnum tamen cōnfirmant: Hygiēnum (sīve 'Higiandram' sīve 'Hūi Gān', nam ipsa nōmina nōnnihil fluctuant) in fīne disputātiōnis – vel hōc modō disputātiōnem fīnientem – tālem addidisse sententiam: 'Tē, domine, et sapientiam tuam longissimamque animae corporisque exercitātiōnem et meditātiōnem honōrantī et observantī aliquid tamen mihi modo, tēcum disceptantī, in animum vēnisse sentiō quod velut ab ipsō Deō mihi afflātum opīnor. Hoc est: Etiamsī nōs omnēs Deī fīliī sumus et cuiusque anima in ipsissimī Deī imāginem est creāta, sīve, ut sententiīs vestrīs ūtar, mē abūsum vītāre simul spērāns, etiamsī sumus nōn sōlum *Athman* sed etiam *Brahman*, inter ūnum quodque animāns fīnītum et Deum īnfīnītum atque omnipotentem sunt necessāriō, ut ita dīcam, īnfīnītī gradūs quī, Deō volente, ascendī possunt. Itaque nunc mihi liquet cūr etiam post Vīsiōnem illam Beātificam gustātam nōndum tamen mihi parātus vidērer ut vītam temporālem prōrsus trānscenderem. Vt enim Vīsiōnem illam experiātur aliquis, hic "aliquis" singulāris anima sīve *Athman* sit necesse est, nam Deus, sīve *Brahman*, quem dīcitis, Sē Ipsum plānē iam experītur. Singulārem autem animam quamcumque, quamvīs sit immortālis, mūtārī, ēmendārī, purgārī, multīs modīs excolī posse scīmus; nam ad hoc in corpus mittitur. Sī igitur anima quaepiam singulāris purgārī sīve melior reddī potest, Vīsiō Beātifica alia erit in aliīs. Hoc est, anima paulō minus explicāta et amplificāta Vīsiōnem nōn tam plēnē experiētur quam anima excultior atque ideō amplior. Sīn autem Vīsiō Beātifica prō cuiusque animae amplitūdine et fastīgiō alia est in aliīs, quī fit ut anima singulāris in hōc rērum plānō exculta et purgāta, immō etiamsī sit quam excultissima et purgātissima, nōn tamen in īnsequentī sīve altiōre plānō aliquō sē amplius excolere possit ... immō, quō profundius Vīsiōnem illam experiātur, quidnī sē adeō etiam ampliōrem meliōremque reddere gestiat? Mīrum enim est quantum mē commōverint, immō, quantum mē docuerintque hī ūtilissimī aspectūs ā tē circumcircā ēlicitī. Sīquidem tam multiplicī et complexā ratiōne ōrdinātur tamque, ut ita dīcam, expānsum gȳrum sequitur "phaenomenōrum circulus," tū, domine, hōc plānō nunc excessūrus haud sciō an, potius quam ut – id quod spērās – cum ipsā Deī Animā omnīnō atque in aeternum cōnfundāris, in aliō et superiōre plānō tē versantem sīs nihilōminus sērius ōcius dēprehēnsūrus. Immō, haud sciō an illa Vīsiō Beātifica vel *nirvāna* quam in hōc plānō sentīs et participās nihil aliud sit quam nesciōcuius altiōris plānī, ut ita dīcam, sēnsus anteceptus ... ac quālis dēnique fūtura sit *nirvāna* illa quam altiōre plānō purgātī et amplificātī experiantur nōs nē coniectāre quidem valeāmus. Etiam ipsae Novae Hierosolymae quās Chrīstiānī post huius mundī fīnem nōs inhabitātūrōs exspectāmus – urbem "habentem clāritātem Deī, lūmen eius simile lapidī pretiōsō tamquam lapidī iaspidis sicut cristallum" – nunc cūr necessāriō ultimus gradus futūrus sit Chrīstiānīs nōn videō ... neque in Bibliīs Sacrīs nostrīs, etsī dē *huius mundī* fīne passim agitur, dē *mundōrum* fīne quicquam vīdī.'

"Quibus prōnūntiātīs, antequam Huāhūius quicquam referre valēret, Hygiēnus aliquam in imāginem vel scaenam sīve prius sīve illō ipsō temporis articulō temere ēlēctam continuō quasi īnsiluisse neque umquam posteā super terram Sīnēnsem cōnspectus esse trāditur. Quis hās rēs hominum memoriae mandāverit incompertum est. Sunt quī Huāhūiī scrībam in aediculā latentem omnia in tabulās retulisse contendant; sunt quī post Huāhūiī tōtīusque vīllae eius discessum volūmen in prātō montānō vacuō inventum esse affirment congressum disceptātiōnemque Huāhūiī cum Hygiēnō expōnēns. Quae quālisve fuerit imāgō illa sīve, ut ita dīcam, 'porta' illa in alium mundum dūcēns atque ab Hygiēnō quasi subitō impulsū sēlēcta aguntur dīversae sententiae. Dīcunt quidem multī eum monasticam illam optāvisse cum Sanctō Antōniō Erēmītā nōbīs nōtō coniūnctam; aliī autem priōrī sectae vītae perdissimilem, velut luxuriōsam. Ego plānē ambō interpretāmenta probō ... cūnctāsque aliās quae afferrī possint."

Cum nārrātiō magis minusve absolūta esse vidētur, Īstvan, flōridae fābulae voluptātī adhūc quasi ālūcinanter indulgēns, paulisper silet. Frātrem, sīve ex mīrandā prūdentiā astūtiāque sīve obscūriōre aliquō stimulō āctum, duo argūmenta ob scaenam puppāriam nūper ante auscultantis oculōs obversantia subtīliter tractāvisse grātus animadvertit, hoc est: archimagōs atque lūnae potentiam.

Oculōs tandem ad oppositam sellāriae partem ōtiōsius vertēns Gēzae vultum somnolentum, immō somnō speciē iam commissum minōrisque spondae pulvīnō sincērē impressum obtuētur; cēterum corpus, ad pectus versus rectractīs crūribus, thalassinī bisselliī fōrmae, tamquam profugum

cymbulā vectum, adaptātum. Īstvan scīlicet in fābulam intentus nārrātō-
rem ē sēllā migrāvisse nōn vīdit.

Īstvan surgit et lōdīcem caesiam, ad tālēs occāsiōnēs praestō et super
spondae tergum complicātam, nunc explicat frātrisque corpus mentō
tenus operit. Cum lūna ē fenestrīs iam deerrāverit, spississima tamen
nebula lūnārī luce repercussā fulgēns īnsulae aulam interiōrem lentī lati-
cis modō invādit sub stēllīs aliquot interim audāciōribus factīs. Quae glauca clāritās nōn sōlum omnia interna mīte perluit sed etiam multa singula,
praesertim Gēzae capillōsum caput, umbrīs canātrīs velut in somniō am-
plificat. Immō Īstvan nunc temporis nōn potest quīn sē Gēzam aspiciendō
modo creāvisse sentiat. Quae perdubia cōgitātiō, quandōcumque accidit,
aliquot tantum temporis mōmenta sibi poscere solet; nunc autem, forsan
ob argūmenta recēns agitāta, necopīnātō in mente morātur. Quam
quidem mōnstruōsum sit sī – dī immortālēs! – iam abhinc aliquot annīs
dēfunctus sit Gēza et ipse Īstvan frātrem tam profundō animō lūgeat ut
hunc, animae suae fortasse meliōrem dīmidiam partem, abesse nōndum
percipiat concēdatve et, huius dēplōrandae condiciōnis causā, cēterī,
velut Szabō, miserābilī errōrī indulgentēs Gēzam rē vērā obiisse sileant!
Quid enim sit Īstvan sine frātris nūgīs dēlīrāmentīsque? Sine phantasiīs
eius arcessītīs? Gēza, sī mortuus sit, Īstvanī sit certē rēmīs vēlīsque
recreandus etiamsī, ut hoc faciat, in sē ipsō eum invenīre oporteat.
Biblicum illud, Deum hominem ex homine finxisse, iūre et meritō vidētur
scrīptum.

Qui inmensā somnī tranquillitāte sīc fovērī vidētur minimē sit, utcumque, excitandus. Īstvan, frātris imāginem in mente quantum potest retinēns nec iam – ob sēmisubcōnsium timōrem nē frāter iam nōnnihil
chīmaericus tandem omnīnō ēvānēscat – vērum Gēzam aspiciēns, lucer-
nulam exstinguit cubiculumque petit suum. Dum forēnsēs vestēs exuit
synthesinque dormītōriam induit, in animō sibi somnolentior repetit
quam sit necesse Gēzam, sī nōn exstāret, comminīscī ... scīlicet ut exstāre
possint et tālia figmenta quālia vel Mōrōrum Nympha et Hūngaricissimus
ille Prīnceps Ligneus necnōn et, plānē, omnium gentium "prīncipissae"
illae. Quālēs omnēs, etiamsī sibi imprīmīs ad secundum mūnus suum
exercendum retinendumque ūsuī esse dūcere solet, simul tamen et quōdammodo, quō vīvācius exsistant, suī ipsīus invicem indigēre suspicātur
nunc subitō Īstvan. Immō praeter memoriam et identitātem sīve similium
repetitiōnem nīl certī exstāre vidētur. Haec utīque fuerit causa cūr
hominēs fābulās nārrent: ut id quod ipsī sint meminerint.

In lintea frīgidula immīssīs membrīs clausīsque oculīs, Īstvan, ecce, cūrārum sēmisenīlium circumcircā surgentem sentīnam neglegere cōnāns, tōtam urbem tālem quālis saepe antehāc fuit et ventūrīs mēnsibus aliquandō sine dubiō iterum erit in mente nunc sibi imāginātur, prōspectum quasi prīdem praeparātum volentemque spectātōrem opperientem: levem nivem placidē affriātam in pinnācula, campānāria, turrēs, tēcta, foriculās, repla, lanternās viāriās, vehicula, viās, crepīdinēs rārōsque globōs pedestrium subhorrentium somniaque hiemālia iam valdē proxima appetentium. Omnia quae vidērī possunt rubēculae ōvī colōre suffulgent. Dēsuper imminent spissēscentēs nūbēs illūminātae tamquam tranquillae urbis lānūginōsum tēctum. Licet autem altius ascendentī cautōrumque līvida monita vītantī multō plūra obscūriōra dīversiōraque explōrārī ... donec attingitur tandem aliquandō ipsum terrestrium summum fastīgium sideribus eōdem modō illūstrātum quō irrēpēns nebula ex humiliōre locō quondam vīsa. Immō, neglectīs cēterōrum mortālium vicibus, arcuātus ille semper nōnnihil fulgēns fīnītor, inaudītārum ambāgum initium, gestientī ūsque annuit. ...Quod quidem antīquās fābulās noctū quondam ā patre praelēctās admonet animumque puerīlem hīs numquam nōn excitātum, innumerīs vicibus umbrās praetercurrentem repertum loca plēna aurōrīs glōriōsīs, acīnacibus, coruscantibus vēlīs, suāvī improperātōque hēdysmate prīncipissae incantātae quae aliquandō nubet. Mīrum dictū, Persa haec aliave similis sed etiam invērīsimilior hōc ipsō temporis mōmentō alicubī vērē opperītur, theam arōmaticam sorbillāns, pedum unguēs pingēns, cum ancillīs argūtē garriēns, crēbrās fābulās, ut saltem nunc vidētur, ex merā voluptāte perdiscēns. Haec autem, sī quisquam, ad quid sit ūtile alterum Avis dōnum experiētur.

....

Tineam ex candēlā eius aestimā.

—Rūmius

21
Vegetī Mortuīque

Illō diē caelum trīste animum meum rīdiculum in modum assimulābat. Nebulātim rōrābat, condiciō nōbīs quidem satis nōta. Nīl vērē solidī restāre vidēbātur. Crassō sub rōre subtīliter rārēscēbant tantum laterēs quantum ipsum opus concrētum. Fontis rotundī nostrī Tahōmaeque Montis prōspectus ille quī ē bibliothēcae fenestrīs habērī solet eō diē tantum velut rūmor exstābat in mente paucōrum fatuōrum pulchritūdinem magīamque adhūc esse crēdentium.

Scrīptōriam mēnsulam illam dissaeptam, studiōrum meōrum ōlim reconditum nīdum, lexicīs grammaticīsque librīs Graecīs cumulātam animī oculīs etiamnum videō ... necnōn enchīridion illud viride fragmentīs Hērāclītānīs hōrumque doctīs expositiōnibus refertum eō tempore ā mē, quamvīs adhūc baccalaureandā cursūs tamen postbaccalaureī participe extraōrdināriā, prope cottīdiē agitātum. Ā dextrā iacēbant adversāria quōrum nitidīs pāginīs ātrāmentō calligraphicō mundē cōnsecrābam sententiolās illās quās vītae meae vicibus gradibusque – vel quōs tunc temporis dispiciēbam – sīcut titulōs superpōnere nūper solēbam. Philosophī Ephesiī dicta illa dēnsa, prīstinīs ā circumiacentibus plērumque sēiūncta, alia aliīs significābant ... nimīrum saepissimē alia atque voluit ipse. Quae ambiguitās tantum mihi quantum nōnnūllīs aliīs arrīdēbat; nam, Hērāclītus, modō quōdam zenicō, singulīs verbīs saepe dīversissima simul indicābat. Quārē lēctor quisque, velut Diabolus Biblica prōferēns, nigrum albō commūtāre valēbat.

Eō tempore cum ego, ad artēs ēlegantēs, velut pictōriam sculptōriamque, aliōquīn prōpēnsa, animum studiumque tamen in Palaeograeca intendere īnstitueram, aliquid simul magnum et mīrē leve, immō, ventōsum admīsisse mihi vīsa sum; sed etiam apium errātiōnēs speciē temerāriae lēgibus dēmum chēmicīs physicīs astromonicīs cosmologicīs ōrdinantur. Rēs Palaeohellēnica, comminus īnspecta, similis erat exōticae

saltātrīcī agilī cuius membra, sīve litterae, praesertim lambda delta xi
zētaque, in āerem quōquōversus arrēctae, magnā spē et futūrōrum reper-
tōrum avidā exspectātiōne vibrābant; simulatque autem satis longē ab
illīs pāginīs recesseram ut tālia quālia vel lātrīnam muliebrem vel syngraphārum libellum meum dispicerem, vidēbam etiam quam *solitaire* esse
posset hic *plaisir* cum haec lingua, quamvīs iūcunda, quōdam sēmōtissimō
aevō, ut ita dīcam, congelāta esset. Quārē mihi illō praesertim annō fātō
quōdammodo praestitūtum vidēbātur ut Graecissāns in bullā propriā
sōlipsisticā mānsūra essem, quantumvīs ingeniī et salis et phantasiae
meae in dicta immortālia sed saepe ambigua illa cōnferēns ... neglectīs
etiam illīs theōrēmatīs Platonicīs fācundiā fulgentibus ... contrā omnēs
mȳthistoriās pelliculāsque illās simul īnsulsās et amābilēs quārum argūmenta ex Homērō Argonauticīsque surrepta ... sed tamen omnīnō secundum istam sēdulam subtīlemque īrōnīam meam id temporis in satis
magnam huius mundī partem intentam. Palaeograecus sermō erat mihi
Vellus Aureum: splendidum quidem sed – id quod amplectābar – penitus
dēfūnctum. Lingua mortua sed simul in mente hominum quādamtenus
adhūc vīva ideōque exsistentiāliter labōrantibus (nēdum cadāveribus
ambulantibus) aptissima. ...Quae scrībēns sānē nōn ipsa studia Graeca
classica sed potius ambiguam condiciōnem meam tunc obtinentem dēpin-
gō. Nīl omnibus idem.

Lūx mihi prōposuerat ut vītam meam cōnscrīberem, nōn quō plūra
oblīta continuō recordārer sed potius ut ē singulīs elementīs biographicīs
meīs mihi nōtīs coniectāns quisnam vērē essem plēnius cognōscerem.
Etenim, quamquam, ob medicōrum interdicta, nēmō ea quae perdideram
temere suppeditābat, alia tamen aut sponte tandem in mentem revocāve-
ram aut ē variīs dīversīsque indiciīs collēgeram. Attamen quam ipsa memoria multō māiōris erant significātiōnēs quās ego memorātīs tribuēbam.
Lēgeram enim in symbolā nesciōquā scientālī nōs nōn ipsa quondam
experta vērē revidēre iterumve experīrī sed potius ē quibusdam fragmentīs minimīs nōs praeteritōrum "memoriam" dictam quasī ē tēlā novā
effingere. Quamobrem tantum adhūc opertīs quantum imperfectē restitū-
tīs, ut etiamnum quādamtenus aliēnīs, nōnnihil repugnābam; sī enim in
mentem revocāta rē vērā māximā ex parte fictīcia erant, cūrnam (mē
rogābam) ad mē magis attinēbant quam illa mihi iam pernōta mentīque
cottīdiē obversantia? Immō, praeter omnēs cautās benevolāsque prohi-
bitiōnēs medicās, illa mente quondam dīlāpsa saepe indignābar, tamquam
sī animae meae "salvandae" causā mihi vel ā rēligiōsīs fānāticīs

ingererentur. Id plānē nōndum comprehendēbam quod nunc mihi quasi sōlis lūx affulget: ea quae animam patī vēra esse et manēre et hominem vērē fōrmāre quamvīs pauca aut multa hārum rērum memoria nostra retinēre queat. Illō tempore quod tibi nunc nārrō, cāre lēctor, nōs persōnam nostram quādamtenus līberē fingere posse opīnābar; nunc autem nē morbō quidem Alzheimeriānō labōrantēs nihilque meminisse valentēs praeterita sua, quantumlibet in gradum oblīta, effugere posse putō. Oblīvīscantur. Meminerint. Idem est. Sunt eī quī sunt et tālēs quālēs sunt propter omnia quae per tōtam vītam sunt expertī. Ea quibus tunc resistēbam iam in mē erant.

Quō scrīptō, aliquid nunc quasi contrāriam in partem assevērāre volō; nam eō tempore quō aliquantī meī tractūs aut ignōtī erant mihi aut invērīsimilēs vidēbantur, cōnfīnia inter mē et aliōs adeō obscūriōra et cōnfūsiōra facta erant ut interdum vīta et rēs gestae alterīus hominis cuiuspiam mihi propiōrēs vidērentur quam quaecumque mihi prōpōnēbātur vīta propria mea. Alterā ex parte ambiguitāte interdum extrēmā angēbar, ex alterā animī habitum, ut ita dīcam, "expānsīvum" experta sum quī, sīcut omnia vītae nostrae experīmenta, etiam pars meī factus est. Immō cuiuspiam vītam ambāgēsque nārrātās audiēns saepe tantō amplius quam ante amnēsiam imbibēbam participābamque ut mihi imāginārī coeperim fore ut aevō aliquō ūtopicō hominum mentēs animaeque inter sē multō minus aut minimē distārent.

Quam aliēna illa fragmenta Marniāna seu omnīnō obscūra seu adhūc tantum incohāta mīrum est quantō magis pollērent ea in quibus tunc cottīdiē versābar vel recēns eram versāta. Vel Dēlia et Casimīrus tantummodo aliquot hebdomadēs, antequam in patriam esset eīs revertendum, parentēs meī fuerant, hoc est, parentium locō steterant, atque egō sānē aspectū et sermōne ab eīs valdē discrēpāveram; nihilōminus in vērōrum parentium amplexum reddita supposītīciōrum adhūc disparem in modum studiōsa manēbam ... etiam postquam vērōrum memoria mihi integra rediit. Scīlicet pueritia illa falsa apud parentēs Mexicānōs ācta, quamvīs brevis et ā cēterā vītā meā sēiūncta tamquam pictūrcula anthrōpographica rubra in vīllā aliōquīn viridibus prasinīsque colōribus pictā, in animō meō quam longiqua illa pueritia vēra mea mihi adhūc longē propior vidēbātur ... ūnā, plānē, cum recentī memoriā vel cuiusdam pergulae calidae gallīnāceaeque āssātae fūmidae et pānis dulcis atque etiam dulciōrum pōtiōnum necnōn singultim cantātōrum carminum populārium aliōrumque permultōrum quae verbīs dēpingere longum sit arduumque.

Priōris aestātis ambāgēs calāmitātēsque quandam fāmam mihi ingrātam sed etiam – laus superīs – brevem, immō perbrevem, attulit. Haud rēctius dīcātur hominēs aliōs hominēs mala superāre videntēs gaudēre quam hominēs ipsa mera adversa et īnfortūnia mīrārī amāre – quod nēmō neget mȳthistoriās, pelliculās atque imprīmīs spectācula tēlevīsifica nostra contemplāns. Quae fāma brevis sed nihilōminus variē et multipliciter odiōsa mē sōlitāriam reddiderat. Parentēs, singula nārrāre vītantēs, mē prius fēstīvam errābundam noctivagam fuisse adfirmāverant – quibus mōribus ambōs, praesertim mātrem, praesentēs clam antepōnere patēbat.

Librīs cēterōque scholārī apparātū collēctō saccōque dorsuālī caeruleō impositō, induī gunnam Arcticam caesiam ātramque, quā illō annī tempore ūtī solēbam, et scālās petīvī. Frīgidae nebulae externae immissa cucullum sustulī nōn tantum contrā frīgus rōremve – nōn enim iam vērē rōrābat – quantum sēcrētī causā. Ad occidentem versus ambulāns prīmum incerta eram num pedibus an raedā longā domum petere māllem, cum autem praesertim illō diē sōla manēre vellem, mox mē pedibus fāvēre sentiēbam. Quod dēcrētum longius pergentī mihi paulātim forsitan falsum fuisse vidēbātur; nam nebula, sēnsūs aliquot hebetāns, aliōs, scīlicet interiōrēs, nimium acuēbat. Cum circumiecta clārē dispicere nequīrem, rērum fōrmae magis suprāreālisticae sīve subiectīvae fiēbant, animī opāca ēminēbant. Per nebulam ambulāns receptāculum sēnsuum auferendōrum intrāvisse vidēbar. Hominēs et loca quae aliōquīn minus intentē experiēbar nunc quasi in pauca eōrum prīncipia cōnspissāta erant.

Mentis oculō Lūcem amāsiī, mihi plērumque ignōtī, diaetam habitantem vīdēbam ūnā cum repulsārum gaudiōrumque acervō tamquam fēstīvōrum ōrnāmentōrum congeriē hīc ad Diem Chrīstī hīc ad Vesperam Sanctam aptōrum. Illam post Dottiae Scuderiae fūnus, abhinc trēs mēnsēs factum, nōn iterum vīderam. Ipsīus Dottiae memineram sānē, ita tamen ut vīllae eius, quam numquam revīderam, memoria obscūra manēret – nec quicquam in mente retinēbam dē illō īnfaustō diē quō furere coeperam. Dottia ignōtā causā, hoc est, "senectūte" mortua erat.

Lūx, cum quā commercium litterārum ēlectronicārum habēbam, satis laetam vītam dēgēbat, quamvīs eō nōnnihil dēdecorāta sibi vidērētur quod in commentātiōnem doctorālem nōn iam incumbēbat. Immō studiōrum ūniversitās omnia iūra sibi arrogāverat investīgātiōnum ad Vudiī Favae indolem condiciōnemque pertinentium dīvulgandārum quās illa per quadriennium operōsē composuerat – quibus tamen investīgātiōnibus facultās psȳchologica in perpetuum incubāre in animō habēre vidēbātur

propter duōs professōrēs Lūcis conclūsiōnibus coniectūrīsque dissentien-
tēs. Nē violārētur lēx dē tabulīs pūblicīs adeundīs, scrīpta illa congesta
atque in scrīptōrum īnstrūmentōrum protēgendōrum subterrāneā caveā
pulchrē carcereā condita restrictīs hōrīs pūblicō obtūtuī praestābantur.
Quās ob vītae vicissitūdinēs quasi schizophrenicē dīversās, hīc pulchrās
hīc amāriōrēs, vidēbātur mihi Lūx talī simulācrō Picassiānō nōn dissimilis
in quālī vultūs dīmidia latera colōre, fōrmā, perspectīvā valdē inter sē
discrepent. Saltem diplōma hypnotherapeuticum adepta erat. Nesciōquō
in macellī segmentō Resēdēnsī therapīam regressīvam exercēbat tempo-
reque subsicīvō poēmata pangēbat.

Nec Zoltanem Hollis, tunc Kirkopolī habitantem, in oppidō tantum
octō ferē mīlibus passuum ā mē distante, post fūnus revīderam. Eō tempore ille prō quādam societāte computātōriā ut programmātor operābā-
tur; nam, ex causīs ad priōris sociī aerumnās vectīgālēs attinentibus, forus
lūsōrius computātōrius, susceptum commūne, biduō antequam inaugu-
randus esset, intempestīvē ignōminiōsēque occubuerat. Nihilō tamen
sētius Zoltan, foedissimī exitiī superstes titubāns quidem, nōn tamen ūsque dēlāpsus est. Immō nimis propriō et singulārī ingeniō praeditus esse
vidēbātur mihi quam ut impūne posset cum sociīs quibuscumque opus
coniungere. Tunc temporis, māiōris quidem speī mōmentum, redemptōris
prīvātī ūtēbātur condiciōne. In exsequiīs sē dīxerat casam prope Lacum
Vasintoniēnsem sitam iam habitāre māximam temporis partem tālēs
symbolōs compōnentem quālibus incursibus obstārī posset effrāctōrum
computātōriorum. Cuius sentīnae cum ipse pars fuisset (et esset?),
societās eum tractābat tamquam diabolum proprium, aliēnō diabolō aliquantō minus timendum exsecrandumque – quā lēge Zoltan, ob summam
lībertātem adiūnctam, admodum fruēbātur. Dummodo enim societātis
penetrālia cybernētica integra intāctaque manērent, ille plērumque, extrā
rārōs aliquot conventūs īnsulsōs, magis minusve latēre poterat velut illa
"umbra in māchinā," quae dīcitur. Cui ēmolumentō addēbātur quod sē
quādamtenus prō *Wundermonster* habērī sciēbat illīs missilium dēsignātō-
ribus quondam nazisticīs nōn ita valdē dissimilī quī sub fīnem Secundī
Bellī Mundānī apud Americānōs et Sovieticōs, vel prīmō, palam tantum
reprehendēbantur quantum clanculum ambiēbantur fovēbantur praete-
gēbantur. Quō nīmīrum satisdatum erat numquam necesse fore Zoltanī
societātis prandiīs subdiālibus interesse chartulāsve salūtātōriās probē
prūdenterque ēligere. Immō ipse Zoltan nefāriī mȳthum eō propāgābat
quod in cursūs ēlectronicī subscrīptiōne automatāriā inclūdēbātur hic

titulus: *Effrāctōrēs computātōriī pecūniam prīsco mōre faciunt: īnscrīptiōnem domesticam eius mūtant.*

Tantum post aliquot septimānās recuperātiōnis amnēsiamque multō imminūtam inter longum tēlephōnātum ac, paulō post, per aliquot symbolās ex āctīs diurnīs resectās cursūque pūblicō missās ā Dottiā adhūc vīvā certior facta eram dē eīs quae Zoltan meā causā ēgerat pertuleratque. Cum autem ipsī Zoltanī posteā prō hīs factīs grātās grātiās ita ēgeram ut nūlla incommoda in medium prōferrem neque ūllum, sī fierī posset, tangerem ulcus, ille nihilōminus aliquantum haerēre vidēbātur tōtamque rem, velut ē pudōre, sē parvī pendere adsevērābat. Quō perceptō, statim dēstitī.

Mīrum utīque atque īnsolitum vidēbātur quemadmodum ad vītae meae fābulam attinērent passim tractūs appendicēsque mihi sīve partim sīve penitus ignōtae. At, sī rem clārē spectābam, tālis sine dubiō erat omnis vīta tantum ob coniūnctiōnēs invīsās persubtīlēsve quantum propter tālia quālia mentis partēs subcōnsciās; "autobiographiae" dictae nīl nisi rudia mīlliāria aliquot erant mediā in silvā inmēnsā passim et temere disposita. Id quod "vītam" nōminābāmus nihil erat nisi abstrāctiō inepta sīve aliquō in saxō sub Quomlangmā Monte tenuī graphide facta dēlīneātiuncula.

Affirmāverat Zoltan Dottiam, quam quicquam cēlāre arduum erat, quae quālisque esset Guenevera rescīvisse, cēterīs hoc tegere incassum temptantibus. Quod compertum obitūs eius alteram causam fuisse, alteram Rēnātī exitium sentiēbant plērīque. Immō haud sciō an illa, ut quondam amātōris iam servandī impotēns potestātemque tūtātōriam quasi magicam in aliud fastīgium ideō iam migrāre cernēns, sibi ipsī idem dēmum faciendum opīnārētur. Levāmentō quidem erat quod nōn tam diū vīxerat ut Rēnātī prōvocātiōnem lēgālem cadere experīrī dēbēret. Vidēlicet hunc ēventum quasi sponte moriendō vītāverit. Accēdēbat quod vulgī factiōnēs solitō prāviōre abiectiōreque animō quōquōversus saevierant: tantum in Rēnātī fautōrēs quantum in obtrectātōrēs, aequē adversus poenam capitālem probantēs ac contrā improbantēs. Egomet etiam fūne subsultantēs puerōs crūdēlem cantilēnam ūnō ōre prōferre audīveram in quā, sī bene meminī, fiēbat homoeoteleuton inter "Cardōnis flōrēs" et "venēnī rōrēs" necnōn inter "pernix papāver" et "praecox cadāver" – quod, sī quicquam, tubulōrum ōvāriōrum ligātiōnem suādēre vidēbātur. Puerī adulēscentēsque quidem, quā immītium lēgum nātūrālium plasmata, acerbās quāsdam vēritātēs animō obiciunt quās adultōs animadvertere piget. Vel scrīptor quīdam in commentāriīs *Physiologia Hodierna* titulō īnscrīptīs embryōnem nōn per concordiam sed potius per implācābilem certātiōnem crēscere affirmāvit, hoc est, tālī ratiōne ut quaeque cellula embryōnica dē vīctū vītāque dīmicāret, geneticē superiōrēs cēterōs inexōrābiliter dēvastārent, adeō gemellī in uterō dē prosperō sitū inter sē contenderent. Scīlicet – vel secundum eum animī habitum quō tunc temporis ūtēbar – posse vidēbātur ut existentiālistae rēctē monuissent vītam biologicam cōgitābundōrum hominum indignam esse. Nōnne hominēs excultī hūmānēque dissēnsiōnēs suās compōnentēs ipsās condiciōnēs nātūrālēs dēmum fugiēbant? Nōnne, praeter omnēs ēlegantiās nostrās, paucīs tantum passibus distābāmus ā bēstiīs dē praedae pulpulā inter sē luctantibus?

Postrēmam viam ante īnsulam meam trānsiēns cōnspexī carrūcam caninigram suprā mōrem glabram fulgidamque cuius notam nē coniectāre quidem potuī. Carrūcārius, iuvenis ēgregius līneāmentīs nigrantibus, cui ob tenellam aetātem tam opulentam technologiae congregātiōnem crēditam esse nōnnihil mīrābar, in viae crepīdine stāns gubernātōriāque iānuā nīxus minūtō ex operculō pōcillifōrmī pōtiōnem, quam expressam caffeam esse existimāvī, ūnicō haustū sorbuit. Dum paulō lentius accēdō, cito intorsit operculum ēlegantī lagunculae thermicae metallicae; quam invicem per apertam fenestellam dextrā porrigēns alicubī carrūcae dēposuit. Dein dē carrūcae tēctō in manūs sūmpsit aliquid largīs chartīs solūtius involūtum quod mox dispexī esse tālem hīllam pāniculō conditam sināpī flāvō, liquāmine lycopersicō rubrō, pulmentāriō viridī mācerātam quālem ego semel quondam comparāveram ē proximō macellulō Sīnēnsī "Lōtus" nōminātō ab accolīs tamen, ob ipsārum hīllārum dubiōsum ortum, "Lōtor" vel interdum "Lōtōris Labia" vocābātur.

Lautissimās carrūcās carrūcāriō īnstructās ubīvīs urbis exsistere posse plānē sciēbam, illā autem in vīcīniā, cuius incolae māximā ex parte discipulī, rārissimē comparēbant. Magis appropinquantī mihi cursim tantum subrīsit ille, animum, ut vidēbātur, magis in artificium expressiōnisticum merendae intendēns ... sīve aliam rem sēcum cōgitāns velut īnsolitum torpōrem fervidum ōs sine dubiō modo invādentem. Nesciōquā causā mē dēlectābat quod, contrā iēiūniōrēs vītae meae condiciōnēs, urbem tamen incolēbam in quā tālēs iuvenēs tālēsque raedae interdum cōnspicerentur tamquam mediō aevō ūnicornuī vel in Graeciā Homēricā dī Olympicī quantumvīs dissimulātī ... atque adeō sagīnam nostram dēgustantēs.

Potuissem sānē apud parentēs habitāre, sed displicēbat commeātus pūblicus longior ... neque eō tempore propriam raedam cūrandam habēre volēbam. Praetereā studium ūniversitārium cum ēmancipātiōne ā parentibus in animō coniungēbam. Magnā ex parte mē ipsam sustinēbam subsicīvī temporis quaestum popīnārium duōbus stipendiīs scholāribus exīliōribus adiungēns. Parentēs, ubi ūsus fuerat, dispersē subveniēbant.

Illō annō diaetam vetustam ampliōrem, priōre aliquā in vītā proculdubiō honestae familiae dignam, cum duōbus discipulīs saxophōnistāque ūnō adversīs obnītente partiēbar. Aedium adhūc nōnnihil decōrārum laterēs scabiōsī quondam rubrī, lignea ōlim alba fuerant. Pediplānōrum ātrium assiduē leviter redolēbat stercus, quamquam misellus ille Dominus Manāris tapēta purgitābat cūnctaque certīs intervallīs antisēpticō aspergēbat. Animālia domestica eō tempore nōn licēbat habēre cum hoc iūs quondam idcircō tollendum fuisset quod (ut quidem ob odōrem dētrīmentaque vidēbātur) nesciōquī priōrēs habitātōrēs in pediplānīs rhīnocerōtum armentum tenuerant. Diaeta nostra fēlīciter, cum in summō tabulātō esset, longē extrā pūtorculī iactum sita erat. Addēbātur quod multī discipulī caffeīnō etiam dēditiōrēs erant quam parentēs, quārē caffeae suffīmentum praesertim in superiōribus tabulātīs saepe tam rōbustum erat ut ego – crēdās, nōn crēdās – interdum Columbiēnsēs montēs somniārem.

Ātrium ingressa scālāsque, ut solēbam, anabathrō senīlī praepōnēns pedibus domicilium petīvī. Hōc modō crūra paulō exercēbam neque anabathrō capta ut cum quōlibet iuvene īnsolitē tacitō, forsan novae aetātis Geofrīdō Dahmer, incerta mōmenta partīrī cōgēbar. Cum ex ascēnsū paulō rubēscēns calefactaque in contignātiōnem nostram advēneram, iānuam solūtam invēnī atque ex culīnā vāsōrum strepitum audiēbam – id quod significābat Chandam et domī versārī et iuvenem aliquem eā vesperā dēstinātum habēre ad solitam suam "viam fabricātiōnis" cēnae-pelliculae-concubiī.

"Salūtātrīcem habēs," inquit indice mediānum significāns Chanda, cuius exōticam pulchritūdinem, corvīnōs oculōs, accessītās vestēs (solūtissimās gerēbat modo braccās Āfricānās, camisiam agrestem vanillicolōrem, nigrum humerāle crispātum, būbulcī Argentīnī petasulum ātrum) etiam magis mīrābātur quī audiēbat loquēlae eius rūsticitātem Īdahēnsem tam Septentrioamericānam quam scriblītās tostātōriās ālāsque gallīnāceās Buffalēnsēs. Haud autem centum centēsimīs ex partibus Americāna vidēbātur mihi quae secundum nesciōquam novissimam praeposteram schēmam Lutētiēnsem Tokiēnsemve amicta vel mundam ollam spacellīs idoneam quaereret.

Dorsuālī sacculō adhūc onerāta in mediānum trānsiī. Ante longam illam fenestram, quae longiquārum turrium mediā urbe sitārum prospectum quondam praebuisse incertē recordābāmur plērīque illō tamen diē cinerāceum tantum mōnstrābat nihil, iacēbat sponda aequē longa cuius vēram nātūram ignōrābāmus cum esset ē nostrā omnium memoriā operta cooperīmentō aptābilī imāginibus pellium tigrīnārum harundinumque Indicārum decōrātō mihi semper "Īnsulam Phantasticam" in mentem revocante. Locō autem Dominī Roarke vel Tatū super spondam sedēbat potius fēmina mihi ignōta, ēmendātissimē exōrnāta veste compōtātōriā cȳaneā quam ego mihi agnōscere vidēbar ut ex exemplārī Iacobī Galanī nūper restitūtō factam. Vestis illa – id quod arbiter temerārius nōn dispexisset mihi tamen perspicuum erat ob crēbērrimās plicātūrās ūbertātemque sūmptuōsam et flexilem quā membra simul luxuriōsa et solida amplectēbātur – haud sciō an paene tria metra singulāris chiffae bombȳcinae continēret. Intrōrsum vestī īnsūtus erat opulentissimō mōre pannus violāceus cuius colōrem imitābantur cum cingulum māius tum id cingillum quod amplissimā ālā petasō cȳaneō affixum erat necnōn et ipsīus petasī partēs passim quasī plūmifōrmēs ubi violāceus cȳaneō nesciō quōmodo immīscēbātur. Immō hae partēs, ut altum mare aliquod fābulōsum subicientēs, in mentem mihi revocāvērunt illud "Mare et Nāvis Sinbādī," Scheherazādae partem. In pedibus gerēbat aequē patriciō aspectū calcēs altiusculās violāceās singulōrum lōrōrum quae, ut patēbat, aliquō in aprīcō cēnāculō Mediolānēnsī palatiōve Rōmānō amanter fabricātae erant. Prope fēminam occupābat spondae tractum paenula pluviālis cuius color indicus secundum eandem "auream ratiōnem" veste obscūrior vidēbātur quā dēsignāta sunt Parthenōn et *Taj Mahal*.

Contrā haec omnia fēmina tamen superba nōn vidēbātur. Magnus catīnus cavus plasticus subalbus maīziō īnflātō modo nōn vacuēfactus, quī super longam arcam itinerāriam mēnsae caffeāriae vices praestantem relictus erat, per fēminae praesentiam nōn sōlum nōn obtrectārī vidēbātur sed vestīmentōrum fulgōrem caeruleum quasi ōceanicum adeō amplectābātur; quō conversus est catīnus ē signō incommodō dēfectūs urbānitātis in inanimārum rērum pictūram Henrīcī Matisse Geōrgiīve Braque dignam in quā maīziī minima fragmenta, grāna nōn īnflāta, būtȳrum passim concrētum, salis scōria tam līberē laetēque diffūsa erant ut illa faex folliculīs theānīs nōtātū longē digniōra portendere posse vidērētur.

Enimvērō, contrā cēterum aspectum aristocraticum, fēmina illa, quae nunc sēmi-īrōnicē in mē subrīdēbat, tālibus circumiectīs nē paulō quidem vexārī vidēbātur. Immō, quod nōnnihil īnsolitum, speciēs eius mē admonēbat locum quendam apud Carolum Castanēdam quondam lēctum in quō magus ille Iacus, Dominus Iōannēs Matūs, necopīnātō ēlegantem synthesin negōtiālem cineream gerit ... quō hic praecipere vidētur neque dīvitiīs neque astūtiā vestiāriā sed potius ipsā vī intimā metaphysicā voluntātis cuique nītendum esse ut rērum faciēs mūtētur; potentiam fallācium speciērum ubīque dēmum versārī. Nōnne enim fierī poterat ut Dominus Iōannēs rē vērā brācās solitās Genuēnsēs camisiamque virgulātam gereret?

"ĀĀvēē, Māārnia!," inquit fēmina, memoriam aliquam in animō meō īlicō suscitāns. Ad sinistram eius trānsiēns in eandem spondam cōnsēdī. Vōx illa mihi familiāris quidem vidēbātur ... necnōn et vultus, quamvīs hic, lūce ā tergō intrante, paulō obscūrārētur.

"Vt Spōnstrīx Faeērica tua hūc vēnī," inquit fēmina ad mē ita nunc conversa ut faciēī līneāmenta albicinerāceā lūce iam clārē illūstārentur ... nec quicquam clārē cernerētur rūgārum cērōmatisve cosmēticī.

Illō minimō temporis articulō experta sum trānscendentālis apocalypsis genus mihi adhūc incōgnitum ... sed ad quod mihi nihilōminus aliquantum parāta et īnstructa esse subitō vidēbar. Hoc est, simulac animadvertī "fēminae" vultūs singula rōbustiōra ac loquēlae sonum merīdiānum necnōn istud vocābulum *faeērica* quod in vulgārī ōre "homophȳlophilus" per iocum significāre poterat, varia mihi, quasi fulgure ictae, mentem simul invāsērunt: nōn sōlum ipsum cōram mē nunc sedēre Scintillum, quem bene recordābar, revidēre autem haud exspectāveram, sed etiam aliud paulō difficilius explānātū. Animō enim nesciōquō modō sentiēbam illud "somnium falsum" sīve illam "vānam speciem" fēminae aliquantisper prōrsus tam vēram fuisse mihi quam "vēritātem" novam in mentem meam modo ingressam. Quod phanerōsin modo acceptam hōc ambiguō modō in pectore aestimābam haud disiūnctum vidēbātur mihi ab amnēsiā meā; nam haec mē docuerat brevia, immō brevissima, omnīnō tam vēra esse posse quam longa; ambō scīlicet nīl esse nisi, ut ita dīcam, cōnscientiae dīmēnsiōnēs dīversās. Sīcut ego "pueritiā" meā Mexicānā velut *tamal* foliīs maīziīs involūta diēs aliquot brevēs quidem sed animum sēnsibus mīrum in modum commoventēs et obruentēs dēgeram, ita alquid potēns et paene sacrum modo experta esse vidēbar cuius tamen coniūnctiō cum reālitāte cottīdiānā "cōnsentānea"que – hoc est, cum mundō patātārum frīctārum, gāsōrum ē raedīs longīs ēmissōrum, mercium dīvenditiōnibus et ita porrō – minima erat. ...Immō potius nōn minima. Quōmodo enim ūnum ex tālibus mōmentīs quasi "ā temporis fluxū sēpositīs" experīrī poterat quisquam nisi in mundō vērō cottīdiānōque cōnstanter vīvendō et versandō ad hoc gradātim parātus?

"Scintille!" inquam. "Tū hīc?"

Et ille palpebrārum pilīs vibrāns: "Nōnne mē vidēns gaudēs?" Etiam comptiōre vigentiōreque aspectū erat quam illō diē, longē ante id intervallum amnēsiā mihi perdubium factum, quō eum postrēmum, in Vudiī cubiculō valētūdināriō, vīderam ... neque, mīrum dictū, quicquam vidēbātur ille dissolūtus. Fortasse eīs paucīs adnumerandus esset quōs opēs ingentēs nōn – vel nōn cito – in abyssum rapiant. Tam nitidam in integritātem ipsam nātūram simul imitantem et superantem manifestō subtīlissimē commūnitus et subfūcātus erat ut mē rogārem quanta opera, quot opificēs, quantae cōnsultōrum mercēdēs, quot forsan etiam administrātiōnēs chīrūgicae ad hoc mīrāculum efficiendum adhibitae essent. Scintillus nōn sōlum artificium erat. Ipsa erat ars! Quamobrem eum cum Vudiō quondam sat concorditer congruisse haud admīrandum vidēbātur.

"Praesentiā tuā ... valdē commoveor. At quamdiū mē iam opperīris? Nōn nimis..."

"Nē sollicitēris, cāra," inquit, suppressō iam ēnūntiātū patriō, Scintillus dextram meam suā sūmēns muliebrī cum levitāte sed simul fidenter premēns tamquam sī in tōtō mundō nīl eī cēlandum negandumve esset. Aut psychōsī labōrāns sē iam rē vērā prō fēminā habēbat aut, quod vērī similius, vērae suae nātūrae omnīnō cōnscius quicquid tamen esse cupiēbat sē fierī posse vel iam esse cōnfīdēbat.

"Tibi aliquid dōnāre volō," perrēxit dīcere ille vultū quasi cōnspīrātōriō aliquid simul, tamquam sī esset merx illicita, ē paenulae sinū prōmēns. Pulchrō margine īnstructa imāgō erat. Ob lūcem externam ā vitrō coöpertōriō repercussam mē nihil perspicuī prīmum dispexisse meminī. Cum autem rem in manūs sūmpseram et ita aptāveram ut imāgō, immō phōtographēma, in cōnspectum caderet, quid intuērer pauca mōmenta temporis adhūc certum nōn habēbam. Rōstrī fōrmam habēbat ūna cum ōre ex īnferiōre locō vīsō. Cum rōstrum glabrum esset, in mentem mihi vēnit prīmum porcus, dein squalus praeternāns. Cito tamen hūmanum esse patēbat. Nōn sōlum hūmānum sed etiam mihi nōtum. Vudiī vultus erat! Ita ex īnferō phōtographātus ut nec cernerentur oculī nec frōns!

Hīc verērī incipiō nē quī hōs commentāriōs ēvolvit mē multa augēre atque in māius extollere solēre putet, nam mē fatērī oportet illam apocalypsin, nē dīcam apotheōsin, Scintillī ā mē modo passam prope nīl fuisse ad id quod nunc experta sum huic inexpectātō vīsō obiecta. Quod ut intellegās, lēctor mī, erunt nōnnūlla dē meā Vudiīque condiciōne nōnnūllīsque aliīs rēbus ad hunc attinentibus prius ēnārranda.

Vt Dottiae exsequiīs interesset, Vudius, quī Seattlum iam iterum incolēbat quem autem eō tempore ego – ut nōnnūllōrum immemor ita et complūribus imminentibus memoriīs adhūc nesciōquā causā quādamtenus resistēns – rārissimē, nesciō an bis et brevius, vīderam, ūnō diē ante discessum meum Angelopolim petīverat. Ēvēnit ut ego, praeter exspectātiōnem et, vel prīmō, nōnnihil gravāta, volātum commūnicārem cum Vudiī patre, virō taciturnitātis haud Latīnae, quamvīs indolis, ut cito experta sum, facilis et hūmānae. Immō apud Dominum Fāvam magis magisque sentiēbam eō paucīs tantum verbīs opus esse quia omnia necessāria iam satis patēbant ac benevolentia in omnibus praesūmēbātur. Dottiam, cum quā ille paucōrum tantum diērum necessitūdinem habuerat, tam reverenter quam facētē "la doctora" nōmināre solēbat.

In fūnere vigiliāque extrinsecus sollemnibus intrinsecus autem animī mōtibus impetibusque variē concussīs nihil mē magis commōvit quam ratiō quā Vudius et pater paene sine verbīs inter sē reciprocē agēbant. Subitō vīdī patris remississimum animum forsan coniūnctum esse cum illīs longīs annīs quibus necesse fuerat modōs methodōsque reperīre quibus dēlēnīrētur conciliārēturque filius cuius apparātus neurologicus esset pathologicē extenuātus ... etsī nōn omnīnō inermis. Apertē is quī tālem īnfantem et adulēscentem quālem Vudium ēducāverat necessāriō tantum didicerat quantum ipse Vudius – quod pars meī admīrāns cum homine illō familiāritem colendam esse rēbātur.

Ista locūtiō quae est pars meī quid in amnēsiacā significet explānāre nōn facile est; nam nūllō modō schizophrēnica fuisse videor. Verbī grātiā, omnia, vel paene omnia, quibus ego cum Vudiō ūsa eram iam saltem, ut ita dīcam, quasi sī essent antīquiōribus pelliculīs bicolōribus relēgāta recordābar. Scīlicet ipsae rēs ā nōbīs gestae māximā ex parte in animō adhūc servātae aderant; vērum latēbant multōrum significātiō vel animī mōtūs et affectūs ad hās pertinentēs. Quamobrem mē Vudium adhūc amāre mente sciēbam, in ipsā autem intimā animā nīl sēnsī nisi... Vt vērum dīcam, quid eō tempore sentīrem nē nunc quidem dēscrībere valeō. Tōtam rem nunc velut tȳphōnem Caribbicum videō, cuius cōnfōrmātiō ē spatiō cosmicō quidem perspicuē vidētur esse tamquam brācchiātae raedae igneae, ipsīs terricolīs tamen nīl nisi macula obscūra tam immānis esse vidētur ut quālis quantaque rēs vērē sit scīrī nequeat. Ac

sānē ante satellitēs et volātūs per cosmum factōs gentēs ad quās accesse-
rat tālis tӯphō, propter cursum ambiguum fōrmamque brācchiātam pro-
cellās saepe inaequālēs et inaestimābilēs excitantem, quantum malī
dēmum ingrueret minārēturque praescīre aegrē poterant. Immō vērō,
propter fōrmam similem, nōn tantum tӯphōnis sed etiam galaxiae exemplum mihi ante oculōs obversābātur, cum huius quidem mediam partem
occupāret nōn tranquillitātis atmosphaericae spatiolum, in tӯphōne
"oculus" dictus, sed potius – trepidātiōnis meae haud sciō an aptior
symbolus – forāmen ātrum vērē et quasi īnfīnītē omnivorum. Cum "pars
meī" scrībō nōn igitur "alteram mē" sed tantum aliquid intrā mē indicāre
volō quod tӯphōne illō nunc partim obscūrābātur, nunc, ūsque rotantibus
procellārum brācchiīs, paulisper dispiciēbātur, nunc iterum ab oculīs
recēdēbat.

Dottiae fūnus cōnsiderantī mihi nunc praesertim in mentem venit
Magdalēna, cui, ubi Vudium comitāns advēnit, mē aliquantum invīdisse
fateor. Post exsequiās autem in "vigiliā" sīve illō parvō convīviō Angelopolī Occidentālī apud collēgam quendam professōrem, cui nōmen Al-
brechtus Dahn, celebrātō therapeuta illa rūfa summē mītem, indulgentem, aequanimam nec quicquam dēfēnsīvam sē praestitit. Immō adeō prō
illā rixā vociferā nostrā in vīllā Cardoniānā habitā veniam petīvit ... quam
excūsātiōnem omnīnō nōn simulātam esse sēnsī. Sī quid eō diē cēlābat vel
sī quid ergā Vudium amōrōsī dissimulābat, tōtīus mundī – id quod ego
plānē dubitābam – optima fuerit histriō. Dēmptā invidiā, manēbat mihi
tamen aliquid īrae in eam quae, gubernante Olīviā, Vudiī ēgregium et ūnicum et – quōmodo aliter dīcam? – īnsolitum supprimere cōnāta esset
nihil, meō quidem iūdiciō, relinquere cōgitāns nisi hebes monumentum in
honōrem modestōrum āridōrumque finium therapeuticōrum exstructum.

Cēterum, quod etiam Pollex iste exsequiīs intererat tantum mīrandum
quantum aegrē ferendum vidēbātur. Sīn autem tribūnālibus criminālibus
pūblicīs fidēs habenda erat, J. Thōmas Thumberman neque Olīviae male-
ficiīs neque vī Vudiō Vesperā Sanctā illātā ūllō modō implicitus erat,
quamquam haud dubium erat eum Vudiī clāde necnōn et huius mātrimōniī vānī cōnscientiā frūctum esse ut autoparōdiam istam "Glopiānam"
novō nōmine tēctam ūsque Aquifolia trānsferret. Ergō sub praeparātōriunculī vestibus latēbat nōn lupus quidem sed tantum vermiculus sat commūnis.

Nōnnūllōrum praeteritōrum memoriam arduam reddēbat repugnantia
inter Vudium priōrem et Vudium quī nunc erat; nam, etiamsī in prīstinō

suō grege ballēmaticō mūnus dēnuō fungēbātur, nunc quāslibet partēs eī oblātās, etiam vel Casshēiī vel Spōnsōris Drosselmeier vel Bēstiae, sine minimā querēlā accipiēbat. Nunc sub nōmine "V. Prīnceps" partēs agēbat, et mīrābile erat, tantum ūnō ferē annō post pelliculam istam pseudobiographicam ēditam, quantō minus iam celebrārētur. Scīlicet, triviālia nūgāsque cīnēmatographicās callentēs quis esset ille "V. Prīnceps" sē scīre iactābant; cum autem pellicula mediocris multitūdinī haud diū grāta mānsisset, plērīque ignōrābant. Accēdēbat quod, contrā persōnam pūblicam quondam simul amābilem et nōnnihil miserandam, immō amābilī ratiōne miserandam, praesēns Vudius, vel saltem vīta eius ut in īnstrūmentīs commūnicātiōnis pūblicīs dēscrīpta colōre, ut ita dīcam, carēbat ... quō nōndum quicquam dīcitur dē vultū super scaenam plērumque amplē pictō nec dē illīs persōnīs vērīs faciem omnīnō obtegentibus – quōrum ambō ballātōrēs magis "speciālēs" sīve "versātilēs" dictōs incertiōrēs reddunt celebritātemque ideō minuunt.

Vtrum ob venēnātiōnem oblīviōnisque accessum animī affectuum meōrum captus imminūtus esset an Vudium forsan prīmitus eō modō adamāvissem quō adulēscēns īnsolitō titillantīque *objet trouvé* aliquō tenētur ... hoc mihi dēcernere difficile erat. Immō forsan ambābus ex causīs Vudium post fūnus tam rārō convēneram nec iam plūs quam "amīcī" erāmus. Illum autem, sīve similibus sīve omnīnō aliīs causīs, tantum quantum mē vel plūs haerēre appārēbat. Vudiō nēminem esse amantem satis compertum habēbam. Diaetam lautam suam – eandem quam anteā – nunc ūnā cum fēle pinguī veternōsāque, Aenigma nōminātā, habitābat. Num quicquam illīus aureī temporis, illōrum fēstōrum vestiumque mūtātārum ac rērum cottīdiē temere tumultuāriēque gestārum umquam erat reditūrum?

Minimē quidem, ut vidēbātur. Quisque enim adultus vītam dēmum māximā ex parte foedam trīstemque esse sciēbat. Propter spīritum saeculī inaestimābiliter variābilem Vudiānae īnfirmitātis notae nec iam ēlegantiae arbitrīs pūblicīs placēbant nec cum vulgī libīdinibus congruēbant. In Vudiō eiusque similibus appārēbat plēbī nihil iam magīae. ...Attamen ille tam bellus venustusque quam anteā manēbat neque, praeter novam taciturnitātem eius, decōre dulcēdineve carēbat. Quod familiāritās nostra, nēdum amor noster, marcēbat effēceram multo magis ego quam ille; nam, etsī hoc mihi illō tempore fatērī nōlēbam, aliquā in intimā parte meī – quod haud sciō an tunc negāssem – mē adhūc graviter perturbātam esse sciēbam. Nec sānē volēbam prāvā iniūstāve causā ad eum redīre, hoc est, sīve ex misericordiā sīve ob culpae cōnscientiam ... scīlicet propter īmam imprūdentiam meam in vīllā Cardōniānā quondam praebitam. Addēbātur quod Vudius facilior esse poterat laesū quam ego opīnābar. Quōmodonam enim prō certō habēre poteram methodum therapeuticam Magdalēnae nōn tandem efficāciōrem esse viā illā magis temerāriā quam secūta eram ego?

Sed, cāre lēctor, quīn nārrem quid passa sim illam inūsitātam rōstrī imāginem subitō intuēns iam satis diū distulī. Nec mē distulisse negō; nam, etiamsī ex ipsō illō articulō exōrdium cēpit ultima sānātiō mea – nōnnūllōrum quidem dolōrum levāmentum ac plānē aliquantae laetitiae causa – nihilōminus ad tantam mentis perturbātiōnem animīque mōtuum vehementiam nē nunc quidem perfacile est accēdere.

Prīmum omnium fatendum est mē ipsam phōtographēma illud quondam fēcisse ... scīlicet eō prōdigiōsō tempore quō nōbīs omnia īnsolita, temerāria, inaudīta atque, estō, fatua permittēbāmus, quō nūlla paene erat lēx nisi propriī arbitriī ac libīdinis. Quae praeceps aestās mihi adhūc multō magis fictīcia quam vēra vidēbātur. Dum igitur imāginem illam intueor, nōn sōlum quid esset sed etiam quandō et cūr et quōmodo facta repente atque imparātā et quasi indēfēnsā mente arripientī mihi tōtae illae meī partēs quondam suppressae tamquam ē Iovis capite subitō exoriēbantur; ea quae prius tantum velut somniāta cinereōve colōre tantum ambiguē adumbrāta erant necopīnātō nunc ūnā cum omnibus colōribus, fōrmīs, sēnsibus, omnibus dēmum cum voluptātibus, dolōribus, cōnflictibus offēnsiōnibusque quondam sēnsīs mē simul invāsērunt. In ipsum mundum dēnuō immersa sum ... vel in tālem mundum quālem ōlim ut iuvenca sēcūra, paulō levis, vīs tamen vītālis prōdiga habitāveram. Nē multa, ad mē ipsam, volēns nōlēns, tandem reddita mihi vidēbar.

...Haec autem nōn sine animī convulsiōne, nōn sine angōre quōdamque planctū ac lacrimārum fluxū. Scintillus, quī sē tantam perturbātiōnem efficere haud cōgitāvisse quīn potius tantummodo animum meum aliquantum viae ad Vudium revertere et conciliāre cupīvisse dīxit, mē flentem prīmum permulcēns dēlēnīre cōnātus est, in gremium tandem accēpit, ubi exquīsītam illam vestem ōceanicolōrem flētū meō passim madefēcī.

"Nī tū Vudiī nostrī dēmum memineris spōnsiōne contendō," inquit Scintillus subrīsulum exprimēns cum iam satis tranquillāta eram. Dein gravior factus oculōsque in meōs fīgēns:

"Quid inter vōs nunc intercēdit?"

"Nōs ... adaptārī vidēmur. Cūncta ista in Californiā facta ...... mihi adhūc perplexa et indistincta manent."

"Idem dīxit mihi Vudius. Ambōs ineptīre putō."

Haec sententia ita mē percussit ut mē commodum ērigēns dextrāque spondae marginem petēns sed aberrāns mēque recipere temptāns haud multum abessem quīn ōs in Scintillī gremium rēctā praecipitārem. Laevā tamen fulta mē vix recipiō ... mē simul rogāns quīnam fiat ut is aliēnam cōnsuētūdinem improbet.

"Mortuī adaptātī sunt," inquit ille, aegre vītātum lāpsum meum indignātiōnemque neglegēns. "Ad istud aliquandō quidem cōpiōsē vacābitis. Dum autem adhūc spīrātis, quidnī vōs tamquam vīvī gerātis?"

Adhūc paulum indignāns nihil tamen prōferō ... per fenestram post Scintillum positam nōn iam īnfōrmia cinerācea vidēns sed nunc potius dispiciēns līneārum figūrārumque hīc magis diagonālium hic magis rēctārum hīc dīlūtārum hīc dēfīnītiōrum, variīs ē rēbus proximīs longinquiōribusque suggestārum compositiōnem īnsolitō modō speciōsam. Eōdem autem ipsō temporis mōmentō mentīs oculīs appārent mihi oculāria prasina – ea quae abhinc paene sesqui-annō in superiōris tabulātī vīllae Cardōniānae oecō ā tapēte lacteō correpta marsuppiō meō raptim iniēcī ... ea quae nunc intrā armāriī loculum quendam īnferiōrem sub vestium cumulum thēcā flannelāriā condita exspectant.

Epilogus Hesternus

Hoc Samuēlem Levin fugit. Dīvulgātiōnis ratiō longē nimis ambigua est. Tōtum istud cōnsilium, ubi prīmum neque aptum neque ūtile fore patēbat, abrogandum fuit; exauctōrandī cūnctī istī mūsicī, āctōrēs, mīmī, vestificēs, redemptōrēs secundāriī; dīmittenda dēmum tōta turma. Tantum ista pompula īnsolita, vix ūnīus hōrae spectāculum subitārium, omnīnō duodēseptuāgintā thalērōrum mīlibus cōnstitit. Quod quidem ut praecōnium sēmifūrtīvum nōn omnīnō absurdum fuit, sed istī "bellātōrēs solūtī" – quōs dīcit illa – posteā conductī īnstructīque ūndēquadrāgintā addidērunt! Hī rem suam paene tōtum mēnsem intermittentēs exercuērunt ... dum minus minusque animadvertuntur. Tantum duae statiōnēs tēlevīsificae hārum nūgārum quicquam mōnstrāvisse videntur. In āctīs diurnīs phōtographēmata duo triave sunt ēdita.

Samuēl albam cistulam chartāceam iam vacuam, gallināceae *Kung Pao* paulō antehāc receptāculum, dē mēnsā scrīptōriā tālī cum cūrā digitīs urget ut mundē sineque iūris effūsiōne in scirpiculum cadat – quod hīs diēbus longārum rixārum dē disculōrum capsulārum dēsignātiōne habitārum "Circuitūs"que "Subterrāneī" sērārum commūtātiōnum tāliumque labōrum aliōrum in officīnā diū prōductōrum tam saepe fit ut tālēs cistulae tamquam suā sponte vel quasi taeniā continuā prōvectae trāns mēnsam migrent.

Emplastrulum nicōtīneum digitō probat. Haeret. Fungiturne? Samuēl utīque bacillum tabācī accendere cupit; haud enim mīrandum est quod probus negōtiōrum cūrātor sē cōnsōlārī vult cum domina etiam minima singula negōtiī regere temptat. At Samuēl sē prō nūllō habet rigidō caudice collāris bullulīs fixī calceōrumque Budapestīnēnsium. Immō brācās Genuēnsēs notae *Jordache* gerere solet in officīnā, alterā auriculā adeō inaure īnsignītā. Adulēscēns apud Vnīversitātem Columbiēnsem īmā citharā canere solēbat, subsequum annum quibusdam in dēverticulīs nocturnīs minōribus superiōris Manhattanī; quō tempore sē etiam in cocaīnī portiunculās aliquot effūdit – sānē ante allūrgiam istam exortam.

Minimē igitur in numerō eōrum administrōrum est quī "chartārum fibiculās numerāre" dīcuntur. Attamen Samuēlis est cūrāre ut societās quaestuōsa "Suscepta Cinerellica" nōmināta reāpse quaestuōsa maneat, scīlicet ut exeunte quartā quāque annī parte compendia dispendia praeponderent – quod haud facile est sī imperātrīx simul artifex est quae prō absonīs iussīs suīs "licentiam poēticam" causētur. *Commedia d'arte* peridōneum īnstrūmentum erit novī nūntiī meī pervulgandī." Hoc dīxit illa ex solitā suā ignōrantiā dē mercium prōmovendārum prōscrībendārumque ūsū et ratiōne. Dīxit scīlicet abhinc aliquot mēnsibus tēlephōnicē; sed Samuēl nihilōminus mentis oculīs vīdit eam sē in sellam versātilem retrōrsum inclīnāre manibusque, quod solet facere nova cōnsilia pariēns, in āere schēmās dēsignāre. "Sī cosmus sē nōbīs ostendere velit, haud sciō an animōs hominum permoventem synthesin scurrīlem gerat clāvāque magnā sē īnstruat. Circuitum quem per multās terrae partēs factūrī sumus volō vīribus perpulchrīs, irratiōnālibus, prīmitīvīs scatēre – id est, potestātibus omnia modō perpropriō et aliēnō et praeter nātūram intellegentibus ... quibus nōs in multīs clām permovēmur et dīrigimur. Cūncta sunt mīrāculīs et mystēriīs complenda."

Cuius sententiae cardō fuit, secundum Samuēlis iūdicium, istud verbum quod est *irratiōnālibus.*

Posteā, in sessiōne fūcātōriā fulgentissimīs undique lūminibus speculīsque etiam magis veneranda reddita, dē praecōniīs per "bellātōrēs solūtōs" faciendīs cōram interrogāta respondit haec verba:

"Praecōnia nostra nōn sōlum ideō fierī volō quō plūrēs vēneant tesserae, discī compāctī carminumque dēprōmptiōnēs. Haec efficiunt artis nostrae tantummodo alteram partem. Artēs enim ultrā scaenae marginem minimē cessant. Artēs, ut rēs prōrsus vīvās, in vīvum mundum rādīcēs agere oportet. Ante omnia tamen retinēre ac temperāre dēbent id mōnstrum perpetuum quod nōs peperit partīsque mammam dedit, utrum autem vīvāmus an moriāmur nōn cūrat. Artēs ēlegantēs igitur magīae similēs sunt. Samānī est locum parāre, foliīs purgāre, idōneōs hominēs in idōneam schēmam undique cōnstituere, rēctās plūmās rēctaque amulēta gestāre, ventōs auscultāre, daemonia dolīs addūcere ut sē nostrī similēs esse crēdant, ea adeō ad cēnam vocāre. Quis autem scit quōrsum haec omnia ēvāsūra sint? Nūllī sunt limitēs. Nihil certum."

Immō potest ut aliīs verbīs haec dēclārāverit. Forsan Erīcē, imperātrīcis assentātrīx, hōrum multa dīxit. ...Aut ipse Samuēl sua quoque pauca addiderit. At quaecumque mōre suō temerāriō vērē dīxerit ipsa dīva idem ferē sibi voluerint. Vt rēs nunc prosperiōrēs dispendia lascīva in praesēns tempus compēnsant, ita tamen corporātiō avēs caelī līliave agrī in incertum imitārī nequit, quippe quod hoc cum tōtā doctrīnā oeconomicā et negōtiālī pugnat. Haec plānē est causa cūr Samuēl prope cottīdiē mūnus suum renūntiāre cōgitet.

Sed tamen ab officiō suō sē numquam abdicāvit. Quod cūr ita sit satis patet. Patet quidem ex ipsā praesentī imāginātiōne fōrmae illīus perfectae, renuentis, inaccessae ... dēspērātō lūmine illō, ut saepe fit, perfūsae. Patet quia Samuēl eius praesentiā tantopere obruitur ut quid modo ipse dīxerit illave labiīs illīs responderit meminisse nequeat. Quod is sānē, absente illā, saepe aegrē fert cum ipse huius dēlictī sit, estō, sēmivoluntārius particeps. Pulchritūdinem grātiamque nōn tantī dēmum aestimandās esse haud ignōrat; superiore locō scit ōrdinanda esse tālia quālia vēritātem, logicam internam, probitātem, virtūtēs innātās, imprīmīs lībertātem; nōn cutis, crīnium, oculōrum fulgōrem, rēs brevēs cadūcāsque. Pulchritūdō enim externa meram biologiam exprimit, cum id quod vōce illā *venustās* dēnōmināmus vāna speciēs sit per ipsam biologiam commenta quā procreētur genus. Sapientis est speciem vānam illam perspicere superāreque quō profundiōrem rērum nātūrae vēritātem dispiciat, ipsum vērum Doriānum Gray, ubiubi hic turpis latitet, reperīre. Programmata biologica nostra fortuītīs concursibus coniūnctiōnibusque seriērum genōrum efficiuntur. Circumiecta radiātiō cosmica illās genōrum mūtātiōnēs fortuītō affert quibus nōn sōlum secundō ūtilīque innumerābiliter excēditur sed etiam, longē rārius, fōrmātur nova speciēs quaeque. Cum igitur venustās tantum biologiae serviat, biologiam nōn superat. Hominis est fortuītam biologiam suam superāre, ea quae ipse numquam dēcrēvit voluitve respuere, condiciōnis hūmānae absurda indignaque negāre, aliquid attingere quod nūllum fātum absurdum impōnit.

At cūr, cum apud eam est, cum eam alloquitur, splendōrem eius simul incoāctum et crūdēlem simul obtuēns ... tam proximum quam nunc hoc īnstrūmentum computātōrium ... cum lūx umbraeque quodque eius līneāmentum permulcent ... genās incrēdibilēs, temporum incīsūrās dēlicātās, sinūs flexūsque aurium, nārium, labiōrum, cirrōrum ... et, ecce, oculōrum velut minōrem clāvem mūsicam illam Samuēlis mentem aliēnantem, tamquam sī ipsī oculī ob aethereum suum haud vērīsimile sē submaestē excūsāre temptent ... cūr, cum sē sponte parātum sentit ad quidlibet eius grātiā faciendum, prō eā vīvere, prō eā morī ... cūr haec abiecta venerātiō – etiamsī vānīs tantum speciēbus fulta – tam vēra genuīnaque vidētur ...

tam nōbilis ... adeō tam rēligiōsa? Cūr, prō dī immortālēs, tam vēra et aequa et iūsta vidētur servitūdō?

Epilogus Hodiernus

Involucrum – hoc nōn negō – vehementer, tamquam sī sit antīquum vulnus, rescindō. Mittentis enim īnscrīptiō est Seattlēnsis neque ūllum nōmen praepositum ... sed aperiēns nīl inveniō nisi solitum genus epistulae missae ā fānāticō adulātōre ... cuius (hāc vice) nōmen est Radvulfus Beltrán. Quam epistulam in cūpulam tālibus dēstinātam iniciō. ...Sed meritō hās litterās mihi trādidit Iosēphus, quī bene scit mē quidvīs sīve ab ipsō Sebastiānō Pistoiā missum sīve sine nōmine īnscrīptō Seattlō tamen oriundum quam prīmum accipere postulāre.

Paene fīnītō "Circuitū Subterrāneō," iam prope duās septimānās Siamkiāmī versor, ubi Sebastiānum, quem hīc mānsitāre quondam putābam, adhūc tamen nusquam invēnī. Sīn autem ille diaetam suam Seattlēnsem iterum habitāret, Robertus Tundale investīgātor prīvātus hoc sine dubiō cognōvisset. Vbi igitur lateat tālis quālis Sebastiānus, vir omnium sollertissimus, tantō ingeniō, tantō corde praeditus? Et quārē lateat? Eum abhinc benniō amāre coepī, paulō ante commorātiōnem illam Seattlēnsem, quōdam in convīviō ā diurnāriīs constitutō. Sat bellus quidem ille, sed mundus meus bellīs vīrīs tamquam prandium subdiāle formīcīs scatet. Ille autem tunc omnēs sollertiā, lepōre, sale, argūtiīs vincēbat. Immō ... ad id dīcendum quō ille vincit nūllum exstat aptum verbum. Sebastiānus Pistoia, artium existimātor, tam scītus est ut eī nē necesse quidem sit sē scītum esse mōnstrāre. Cum sincērē loquitur – quod saepissimē quidem facit – audītrīx grātās grātiās eī habet quippe ut iam gnāra tālem virum tantā mente praeditum sescenta lepida vel īrōnica vel acerba dē quālibet rē prōferre valēre. Sebastiānus porrō is est quī vel vestīmentum petasumve indecōrum ineptumve obsolētumve induēns īlicō novum mōrem indūcat scītīs. Nunc temporis omnibus Aquifoliēnsibus in ōre versātur sententia: Zōēn Deschanel nīl falsī facere posse. Quod dictum autem Sebastiānō et nunc convenīre et semper conventūrum esse firmē opīnor. ...Vbi autem latet ille?

Quamquam tempore commorātiōnis illīus Seattlensis concentuumque ibi praebitōrum ipse aberat, diaetam ēmī in illīus aedificiō, immō in eōdem tabulātō, hoc est, in summō. Quia ille autem nōn appāruit tuncque Siamkiāmī versārī dīcēbātur, tantopere spē dēpulsa eram ut duās irruptiōnēs sim in diaetam illīus māchināta. Tālium, fateor, est capāx cui, sīcut mihi, est magnārum opum potestās – quod nōn superba sed potius Parcīs grātissima dīcō. Prīmō, ex "bellātōribus" meīs aliquot mihi familiāriōrēs passim diaetae disparsērunt *billets doux* necnōn imāginēs meās quam venustissimās, aliquot etiam "cispornographicās." Sī quis diaetam absente dominō cūrābat, hunc Sebastiānum dē lūdō singulārī sed satis benignō certiōrem factūrum esse, Sebastiānum apud mē questūrum cōnfīdēbam. Quōrum autem neutrum factum est!

Secundā vice bellātōribus māiōrem potestātem dedī, iubēns ut sē mūtātā veste dissimulātōs et per diaetam lascīvientēs cīnēmatographicē imprimerent sitibusque Interrētiālibus permultīs committerent imāginēs; sī quid esset valdē singulāre quod ille ut suum esset agnitūrus, hoc quam perspicuissimē ostentārent; quicquid sibi vīderint facerent, quō omnium Interrēte lūstrantium oculōs ad diaetam illam converterent; lūdōs aliquōs audācēs facerent, ita tamen ut mē ipsam cōnsciam participemve fuisse negāre possem. Quibus perāctīs Bacchānālibus lūdicrīs, diaetam in bonum ōrdinem reddidērunt atque omnēs rēs nostrās collēctās āmovērunt ... praeter ūnam.

Scīlicet ēvāsit ut miserum illum, quem prō Sebastiānī cūrātōre habēbant, caveā inclūsum altē pependerint. Iocus exquīsītus quidem; sed ille tantum saltātor fuit quī fortuītō ingressus ... homō, ut vidētur, eiusdem īnsulae satque dīves sed mente paulō captus ... is scīlicet quī posteā in istā fatuā pelliculā prīmās partēs ēgit. Quod ob errātum veniam petō; nam venia petenda vidētur antequam vōtum meum explicem. Quamvīs quid dē caelestibus crēdam dubia, sī quis precēs meās audit, velut angelus custōs sīve spīritus dūx sīve Iēsus sīve Buddha sīve nūmina amōris velut Aphrodītē vel Erōs ... quīcumque, dīcō, mē exaudīre valet et cūrat, tē vōsve rogō ut Sebastiānus, ubicumque est, servētur atque ut mihi restituātur. Sī mē spernit, rogō ut mītēscat. Sī nōn cupit, calefiat rogō. Sī mē timet, omittat timōrem bonōque sit animō. Sī aliam aliumve amat, rogō ut, sī quandō dēsierit, ad mē tandem vertātur!

...Sed illud quid est? Aliquis, apertē Mahometānus, in ūnō ē mīlibus maeniānōrum super stragulum pūniceum quadrupes factus precātur sē, ut quidem vidētur, ad occidentem inclīnāns. Immō inter occidentem et merīdiem sē dīrigere vidētur. Māximī utcumque rēferre reor quod Meccam prō suā parte quaerit. At quōmodo Mahometānus Siamkiāmī sē habeat? Nōnne sīcut rāna in ērēmō ... vel camēlus in palūde? Forsan nōn melius quam ego, quae hās faucēs ex caementō vitrōque, hanc ingentium bactēriōrum bacillifōrmium silvam in diēs magis ōdī. Prōspectū sinūs ūtimur quidem, vērum nōn ē proximō. Haec nostra appendix commodissima est, sed ego vīllam silvestrem magnopere māluissem. Samuēl autem ē paucīs vīllīs conductīciīs Siamkiāmēnsibus nūllam nōbīs praestō fuisse affirmat; plērāsque nimis parvās; māximās prīvātās; paucās conductīciās māiōrēs iam occupātās.

Laus superīs quod sextum post diem, hoc est, post cōnfectum ultimum concentum discēdere licēbit. Hīc mihi iam quasi in carcere dēgere videor. Vrbis caupōnae bonae quidem sunt, sed carrūcae per refertās viās rēpunt. Cum forīs ambulāmus, satellitēs ā multitūdine tunduntur, ego ā satellitibus. Ergō intrā hoc dēversōrium plērumque manendum'st, ubi sunt certē caupōnae, macella, quaedam argentāria, et ita porrō: terrēnum habitātum inquilīnīs ferē tam idōneum quam meliōrēs hortī zōologicī bēstiīs captīvīs. Hāc in urbe eī quī ā vulgō celebrantur magis captīvī sunt quam alibī. Herī nocte tōtīus huius dēversōriī, cuius quīnquāgēsimō secundō tabulātō continēmur, tōtum apparātum plumbārium ēluviemque somniāvī ... dein et cēterōrum multizōniōrum faecem continuō ēgurgitātam. Quōnam hae turrēs extrinsecus fulgidae intus stercoreae suum prōfundunt? In mare, cibōrum fontem? Prō dī immortālēs!

Aliud tamen cūrā tū, Brambilla! Tū cuius nōmen vērum est Rosa Klepp, cuius patria Cānsiopolis est ... quandō tū tam mōrōsa facta es?

Angelopolim utcumque reversa quid dē Sebastiānō faciendum sit cōnsulam. Samuēl ut dēsistam suādet, at...

Epilogus Arcānus

τὸν πάντ' ἀληθῆ ὄντα εἰδότα
τῇδέ φησιν καὶ εἰδέναι δυνάμενον μόνον ἕν.[45]

—Aphrodīsios Chalcēdonius

---

[45] *Sophistērium*, Frag. xxiv. Latīnē: "Omnia vēra esse scientem dīcit ob hoc scīre et tantum ūnum fierī posse." Interpretis annotātiōnēs: a. Sunt quī dīcant Hypoxenippum ut subiectum illīus verbī quod est *φησιν/dīcit* subintellegendum esse. (Vidē fabulam *Ēōs* titulō īnscrīptam.) b. Vidētur haec sententia paradoxō nītī quia *δυνάμενον* significāre potest et "fierī posse" et "potēns esse" necnōn et "magnum/grave (esse)." Quid inter haec intersit subsequīs in fābulīs fūsius expōnētur.

Epilogus Perpetuus

Noctū longinquā fortasse et pernebulōsā
in terrā aut super intortās cautēs aliēnī
orbis disiūnctī cui fulgent sīdera pauca
praecīsusve galaxias aut aliā in mēnsūrā
5   ipsīus spatiī vel – et hoc prōpōnere fās est
ob quantālia iam patefacta – sub orbe aliēnī
cosmī saetōsōs minitantēsque inter echīnōs
ōceanī vastī vel echidnās linguimicantēs...
ecce animantēs inter sē duo percipientēs
10 accēdunt cautē xērampelinōs super agrōs
fractōs, ēgelidōs. Cum lābitur altera caenō
falsa alter promptē cōnfirmat suppeditātā
sīve manū seu corniculō pinnāve nitentī
sīve ālā mōllī perrōbustōve flagellō
15 seu membrō nōbīs ignōtō. Vel stabilītur
mās fortasse cadēns adiūmentō muliebrī
vel sexūs aliī permīrī nōsque latentēs
inter sē servant. Num terrīs ingrediantur,
an potius sulcent undās an pervolitantēs
20 incōnstantibus et variē fluitantibus innent
aurīs in dubiō est. Expertēs immemorēsve
sunt enim et ipsī quidnam sint atque unde oriundī
quōve vagentur nunc. Cōnstat tamen hōs aliēnam
praebēre speciem. Nōbīs sint prōdigiōsī.
25 Est in eīs simul et larvārum aliquid leviumve
pūpārum. Fōrmae mōtūsque videntur inīquī
sed simul – ēn paradoxon! – sunt aliquā quoque ... cārī.
Altera sīve alter noctem aspiciēns tenebrōsam,
vastam, vōciferātur nunc subitō titubanter
30 incertēque velut dīcat "Quō pergimus autem?"

aut "Vbinam sumus?" Et simul atque oculīs lūstrāre
circumiecta vidētur, tū tunc lūmina cernis
forte ēius ... vel quicquid inest huic vīsificōrum aut
sēnsificōrum membrōrum. Paulisper et, ecce,
35 in mōnstrō sentīs aliquid mīrē tibi nōtum!
Sentīs tē! Quod erat prius anceps cōnsolidātur
in tē! Nunc alius fīs, fit mōnstrum sibi nōtum!

......Tōtārum rērum, cosmīve, explēta figūra
sīcut multa potest dēscrībī prōrsum adamussim
40 arte mathēmaticā, quā nōn sōlummodo "praesēns"
vērum etiam dēscrībuntur quae praeteriēre
exprimiturque "futūrum" per methodum vocitātam
"optimum adaequātum." Sānē tantummodo parva
quattuor in mēnsūrīs sīc systēmata adūsque
45 hoc tempus penitus numerīs pinxēre perītī;
convenit autem hoc prīncipium quod īnfitiārī
nēmō usquam potuit. Systēmatis omnia sī iam
scīmus singula certa ac sī radiō vectōre
certō intrātur certā et vī, tunc omnia scīmus
50 subsequa; cursus tunc reliquus patet īnspicientī
mōre mathēmaticō. Quīn quōvīs dūcere possunt
ē pūnctō cursum ratiōnem hanc quī didicēre.
Scīlicet et spatiī possunt reputāre utrōque
temporisque omnia. Sī quod praetereā occupat usquam
55 pūnctum mēns animusve, figūra statusque exāctus
tōtīus systēmatis in minimīs nōn sōlum
continet et mōnstrat cursūs utrōque tenentēs
vērum etiam poscit. Fit ut huic pūnctō quī īnsīdat,
tempus praeteritum spectāns, tantum videātur
60 esse sibi expertus rēs quās systēma requīrit,
quās haud vērē ēgisse sibi et passum esse necesse est.
Omnia num vērē faciāmus fēcerimusve
nōbīs quae persuādēmus nōndum perapertum est.
Nīl nisi praesēns exstiterit gustāverimusque
65 vītam vel vītās ita ut expertī videāmur.
Rēbus enim in physicīs intrant ex "posteritāte"
particulae minimae tam prōlixē crēbrōque

doctōrum inter cōnātūs quam "praeteritō" quae
exoriuntur. Cum cōnsistant corpora nostra
70 ē variīs prōcessibus et ratiōnibus ūsque
ūniviīs seu quae nusquam possunt invertī
propter chēmica prīncipia et lēgēs atomōrum,
mēnsūram quartam, quae funditus est spatiālis,
sentīmus sōlum mōre ūniviō quasi captī
75 flūmine sat vehementī quod nōsmet vocitāmus
"tempus." Temporis at cosmus, rēs omnivia atque
aequāta, īnscius est. Illa entropia undique praesēns
omnia quae cōnstāns terit exedit atque fatīgat,
omnia perferventia quae perfrīgida reddit
80 sēnsim discutiēns vim, nīl nisi proprietās est
fōrmae cosmī complētī, quī sī īnspiciātur
ex superīs mēnsūrīs (nam nunc ūndecim habēre
dīcitur), hīc subtīlior et tenuis videātur,
hīc bene concrētus firmusque, hīc aestuet, hīcque
85 frīgeat. Immō quod nōs prīncipium vocitāmus
et fīnem nīl sint nisi dīversae faciēs vel
oppositae rērum speciēs "simul" exsistentēs
continuā in cosmī compāgine multimodārum
mēnsūrārum. Sunt quī mentem animamve reantur
90 vānum tantum esse īdōlon compāgine rērum
mīrē multiplicī ēmergēns. Sunt quī rogitent sē
num Mēns sīve Animus seu Spīritus hās creet artē
cōnsertās speciēs vānās, technēmata mīra,
"cosmī" nōmine, quae quasi tangēns perpetiātur
95 vītās tōtās per "tempus" quasi praetereuntēs
vel tamquam videat fābellās pelliculāsve
cīnētoscopiō. Sed sōlum sēnsibus entis
cuiusque īnspectī rēs gestās experiātur,
extrā sē quae sint tantum obscūrē dubiēque
100 coniectāns, extrā hanc vītam versantium ubīque
phaenomenōrum mīrōrum miserābile caecus.
Sīn autem "optimum adaequātum" dēscrībere cosmum
rēctē pōnimus et sī sunt systēmata fixa
cosmoi temporis hāc demptā speciē fallācī,
105 fātōne omnia cōguntur? Torpetne voluntās

lībera? Nōn ita continuō; nam sī Deus ipse
sīve Animus cosmum īnspiciēns sibi vītās scīscit,
fātum quodque habitāns, quotiēs sint condiciōnēs
bīnae vel plūrēs, liceat trānscendere cosmum
110 singulum et ēligere ex īnfīnītīs aliīs quōs
sūmit quantālis physicae secta appellāta
"multōrum mundōrum" seu "polycosmica" necnōn
exortīvae doctrīnae multae et sapientēs
somnia lūstrantēs dīvīnī sīve "samānī."
115 Finxērunt physicī prīmō cosmōs sēiūnctōs
inter sē Prīmam ob Lēgem solidam *dynamis* quae
thermica dīcitur, at nōn sōlum sunt cava nigra
ē cosmō nostrō sorbentia magnam aliōrsum
vim sed nunc scīmus minima et cava pungere ubīque
120 omnia nostra ac cōnstanter vānēscere ubīque
innumerās et particulās invādere ubīque
quārum paene omnēs inter sē extinguere iuxtim.
Magnus et ipse Fragor, quamvīs nōn tempore rēctā
vīnctus sed potius cosmī pars, sī ratiōnem
125 cūnctārum mēnsūrārum nōs reddimus, aptē
dēmōnstrat cosmum vim dūcere māteriamve
– quae sunt rēs eadem – nōn ex sē vērum aliunde.
Cosmum quemque patet vīcīnīs continuārī.
Pōnunt nunc igitur quōs exercet *dynamis* quae
130 *thermica* dīcitur haud cosmōs systēmata clausa
esse sed omnēs id quod iam vocitant "Megacosmum"
efficere atque igitur nōs ēligere inter cosmōs
cum quicquam in vītā nōbīs optāre vidēmur.
Vndae quantālēs nōn āere aquāve feruntur
135 aethereve aut spatiō ipsō quīn potius permānant
id quod sīve mathēmaticum spatium vocitātur
sīve "probābilitās." Cōnstat nunc esse programma
hunc Megacosmum et nōs nōn rēs vērum indicia esse
rērum atque ipsās particulās quae "māteriālēs"
140 dīcuntur nōn māteriam sed vim pūram esse
nec, cum nōn exstet rēs quam "tempus" vocitāmus,
"vīs" usquam fierī cīnēsin, sed ratiōnēs
esse potentēs inter "rēs" sīve ipsa elementa

īnfōrmātica – cui "vī" deest dēmum undique tempus.
145 "Cosmoi" sunt staticī. Mēns tantum Animusve movētur
līber. ...Sīn autem Mēns Cōnscia pūra Animusve
cosmum nec creet ipse neque autonomē lūstrētur
sed potius permultiiugā compāgine rērum
ēmergat, Megacosmus nīl nisi carcer vastus
150 sit; nam sī cosmoi rē sint numerō īnfīnītī,
omnia quae fierī possunt ad nauseam abundent
absente arbitriō, nec lībertāte fruāmur.
Hīc vigeās, hīc aegrōtēs, hīc dēmoriāris,
hīc prōrsus dēsīs, nec sit locus usquam Fātīs.
155 Quīn immō ipsa regantur fāta novīs ā Fātīs
mēchanicīs physicīs. Etiam mors quaesita plēnē
lībertāte vacet, nam cosmīs īnfīnītīs
restēs. Factum significet nūllum umquam quicquam......

Haec utcumque animantia quae nōs hīc speculāmur
160 hīs dē sēnsibus argūtīs quicquid sibi crēdunt,
hōrum ūnīus mēns, sēnsūs, rēx, gēns et amīcī,
mōrēs, nūmina iam tua sunt. Circumspicis antēs
saxōrum ac scopulōs, aliēnō pectore volvēns
quō sit suffugiendum nunc, quid suscipiendum.
165 Altera dēsubitō sīve alter saltitat ultrō
tē simul invītāns – quod nunc meminisse vidēris
vōs fortasse ōlim fēcisse sub altivolantī
aulaeō ... vel sub tenebrīs per subdola prāta aut
sēcrētās spēluncās aut putridam prope lāmam.
170 Saltās nunc et tū – quod cum facis, omnia quadrant.
Nescīs cūr. Quamvīs sint mōnstrōsa, omnia vibrant.
Iam pūra ecstasis, ecce, potītur corpore tōtō!
Spatia tācta ā tē mūtantur! Membrula mōta
efficiunt hominēs! Ē vōbīs ōmina surgunt.
175 Lascīvōs ubinam sītis nunc praeterit ambōs.
Vōs dīversōs umquam alibīve fuisse aliōsve?
Hoc quidnam rēfert? Amplectiminī experiendō
inter vōs ... vel sāviolum nunc participātis...
vel quicquid poscunt peregrīnula corpora vestra
180 blanditiārum. Vel fortasse rogās puerīlis

vērane sint cūncta haec an permīrē magicēque
ficta ... simul spērāns ficta esse; etenim quot amoena et
iūcunda esse tot hīc simul esse nocentia nōstī.
Ēminus aspicit oblīquē vōs, ecce, aliquis seu
185   incola tellūris seu cētus sīve recurvus
vultur sīve aliquid quod verbīs pingere nostrīs
nēmō umquam poterit. Suētīs intentior urget
nōn vestīgia vestra sed aurīs conditum odōrem
(sīve fluentīs) lēgitimae sibi praedae – vōbīs
190   quod nunc fēlīciter fit. Pār, ēn, arctius haeret
iam tibi, dum trepidōs vōs angunt caeca perīcla
aequoris anthracinī dēfōrmiaque aggera terrae.
Adduntur rūpēs trīstēs et turbida lustra,
ardua chasmata caelōrum vastaeque procellae,
195   crūdēlēs cosmī vīrēs, inmēnsa barathra.
Vōcēs aeternī ōceanī crēscunt dubiōsae,
dīminuuntur perplexae. Quod hae tamen exstant,
quamvīs ancipitēs, sōlātur. Nōn tamen inde
sed potius surgunt ex tē. Mare vōciferātur
200   per tē. Praemeditātur prō tē nunc ululātūs.

Heptologiae Sphingis ecce cunctorum librorum tituli:

CAPTI
Fabula Menippeo-Hoffmanniana Americana

PRAECVRSVS
Fabula Neophysiologica

EOS
Carmen Methistoricum

DAEMONOLOGIA
Fabula Synaesthetica

CAELA PONE CAELA
Fabula Cubistica

TANTISPER
Fabula Neoheroica

SPHINX
Carmen Arcanum

De Auctore

Stephanus A. Berard, Ph.D., natus est Bostoniae; Angelopoli adolevit; nunc in civitate Vasintoniensi habitat. Plus XL annos – primo ut hypodidascalus, dein magister, tandem professoris munere fungens – linguas Graecam, Hispanicam, Latinam, Theodiscam docuit. Anno MIIM ad sermonis Latini usum "vivum" est conversus; inde ab anno MM, praeter librorum recensiones, nihil iam nisi Latino sermone exaratum divulgat. Nunc temporis illi *Heptologiae Sphingis* insudat cuius est *Capti* pars prima, *Praecursus* secunda. Inter alia scripta Latina eius sunt *Vita Nostra: Subsidia ad Colloquia Latina* quaedamque monographia glottologica, *De Theoria Casuum Generativa deque Methodo Philologica*, necnon et libellus cui est titulus *De Philosophia Quantali Deque Institutione Publica*.

INDEX LOCVTIONVM NOVARVM DIFFICILIVMQVE

Sigla: c. = commūnis generis; dēm. = figūra dēminūtīva;
e.g. = exemplī grātiā; f. = fēminīnī generis; i.e., id est;
m. = māsculīnī generis; n. = neutrī generis; sc. = scīlicet

Ad Lēctōrem

plēctrōrum ōrdō (sīve "synthesis plēctrōrum"), tabula ōrdinem plēctrōrum (sīve "clāvium") continēns ad varia īnstrūmenta (computātōria et alia) moderanda

Caput 1

accumulātōrium reonerābile, accumulātōriī reonerābilis, apparātus ēlectridis accumulandae quī per conexum ēlectricum facile iterum atque iterum ēlectride onerārī potest (minus rēctē "accumulātōrium recarricābile")

ad nodulōs tingere (sīve per nodulōs tingere), vestem ita post ligāmentulīs cummeīs arte temereve colligātam tingere ut tinctūrā inīquē signāta eveniat

(h)amaxicula, -ae (sc. īnfantilis), chīramaxium

Anaheimum, -ī, urbs ubi sita est Disnēī Terra

antipostmodernus, -a, -um, *Antí-* est praefīxum Graecum quod "contrā" sibi vult, quāpropter "antipostmodernum" est quod resistit mōtuī illī "postmodernō," modernismum scīlicet artiumque (imprīmīs dēcorātīvārum) novitātem reiicientī, in fōrmās priscās respicientī, eōque saepe ā modernistīs prō būrgēnsī īnsulsōque habitō.

atomillum, -ī (sīve **atomiscum,** quae figūra Graecior eōque integrior), atomon (dēm.)

barōcus, -a, -um, ad modum architectonicum opulentum pertinēns quī saeculō XVII ineunteque XVIII in Eurōpā flōruit

cephalacūstica, -ōrum, apparātus quī capite geritur megalophōniīsque exiguīs praeditus est quō gerēns sonōs audiat, proximī autem nōn possint (ā nōnnūllīs et pictūrātē ut "conchae auditōriae" dēnōmināta; cf. "auriculāre" quod est īnstrūmentulum ēlectricum ā surdastrīs adhibitum)

Cervīnus Mōns, mōns Helveticus pernōtus: Ītalicē *Monte Cervino;* vernāculē *Matterhorn*

cīnēmatomāchinula, -ae, parva māchina cīnēmatographica (seu magnētoscopica seu digitālis)

crūricrepus, -a, -um, crūribus crepēns

cyberecclēsiasticus, -a, -um, ad eōs pertinēns quī artem cybernēticam ad locum rēligiōnis tollunt

darvisus, -ī, (forsan et darvisa, -ae, c.), sodālis ūnīus ex complūribus ōrdinibus ascēticīs Mahometānīs, ut verbī grātiā Sūfīs, quōrum aliquī sacra ecstatica exsequuntur, velut saltātiōnēs vehementēs velōcēsque corporis versātiōnēs necnōn et cantūs clāmōsōs (ā Persicō *darvish*, quod est "pauper")

eidēticus, -a, -um, vōx Graeca ad imaginēs pertinēns quae et vīvidissimē percipiantur et facillimē accūrātissimēque omnibus (sīve permultīs) cum singulīs iterum referrī possint

ēlectrificīna, ergastērium ēlectridem generāns

ēlectronifictus, -a, -um, scīlicet ēlectricīs, sīve ēlectronicīs, māchināmentīs fictus

ēlectristīpes ēlectristīpitis (c.), homō artis computātōriae, saepe omnis quoque technologiae aut scientiae nāturālis aut litterārum generis scientiae fictae, adeō studiōsus ut cēterās grātiās hūmānās, e.g., comptum atque vestis cultum, neglegat, quōcircā et plērumque ab aliīs prō īnsulsō habētur (etiam "Disculifer," "Dictyodūlos," "Plicifex" sīve "Scāpifex," "Mūripalpus," "Hyper-textiunculus," "Caudex bīnārius," "Computātruncus")

faeëricī deī, scīlicet nūmina minōra Celtica quae "faeëriae" sīve "faeriae" sīve "fāëriae" nuncupantur

genum, -ī, monas minima hērēditātis corporālis (secundum scientiam geneticam)

Geōrgius Will, professor atque diurnārius Septentrioamericānus

Grandipēs Grandipedis, Grandipēs horridus nemorivagus, animāns cryptobio-logicum in reconditissimīs, ut trāditur, silvārum locīs latēns in eā regiōne Cīvitātum Foederātārum Americae quae inter sōlis occāsum septentriōnēsque spectat necnōn in Canadae regionibus cōnfīnibus

iacca, -ae, vestis superior tunicae curtae similis

identiplasticus, -a, -um (vel Graecius, sed dēfōrmius, "tautotētoplasticus"; Latīnius sed aequē dēfōrme "identitātifōrmātīvus"), vōx technica psȳchotherapeutica ad id pertinēns quod hominis identitātem (sīve suī ipsīus nātūrae condiciōnisque nōtiōnem) fōrmat (vidē subsequa capitula)

incīsor computātōrius, incīsōris computātōrius (sīve **effrāctor computātōrius**), latrō aut homō turbulentus quī perītiā artis computātōriae fultus in aliēna computātōria datōrumve ōrdinātōria irrumpit ut maleficia perpetret

lēns lentis, f., nōn sōlum legūminis grānum pernōtum sed etiam similī fōrmā orbis vitreus rērum imāginem sīve augēns sīve minuēns

Līberimontānus, -a, -um, eius vīcī Seattlēnsis cui nōmen Mōns Līber: vernāculē *Fremont*

lūdicrifex lūdicrificis, is quī puerōrum lūdicra fabricat

maīzium īnflātum, -ī -ī: merendula ex maīziī grānīs displōsīs cōnsistēns, saepe sāle aut būtȳrō, interdum dulciolō, temperāta, quae in theātrīs cīnēmatographicīs aliīsque locīs oblectāriīs cōnsūmī solet

Miculus, sc. Miculus Mūs, quī est persōna in spectāculīs animātis Disnēiānīs

neuricus, -a, -um, ad neura (i.e., ligātūrās fibrātās intrā systēma neuricum signa ēlectrochēmica ferentēs) pertinēns

notīs persignātus, -a, -um, imaginibus scrīptūrāve, ardentī ferrō adhibitō, compūnctus – quae notae apud Cicerōnem (Off. 2.7) Thrēiciae vocantur

noviaevālis, -e, ad Novum Aevum, quod dīcitur, pertinēns

nȳlōnium, -ī, id generis māteria plastica (ex petroleō cōnfecta) quae vernāculīs linguīs *nylon* dēnōminātur

orbiculī captantēs, orbiculōrum captantium (sīve butōnēs captantēs), pāria orbiculōrum/butōnum/globulōrum ad vestēs colligandās adhibita, quōrum orbiculus superior, quī est fēminīnus, et īnferior, quī māsculīnus, digitōrum pressiōne coaptantur

palaeopōlīum, -ī, taberna ubi redivīva, plērumque nōn per sē valdē pretiōsa saepe autem in pretiō habita, vēneunt (etiam "taberna nūgigerulāris"; cf. "taberna antiquāria," ubi vēnduntur opera antīquiōra atque interdum antiquissima ēlegantissimaque)

Parātus LA™ , nota fabricātiōnis calceolōrum vestīmentōrumque āthlēticōrum (litterae initiālēs ēnūntiandae ut "el-a"): vernāculē "LA Gear™"

pendulātim, modō pendulī (ā "pendulum," quod est neologismus XVII. saeculī ad apparātūs hōrologiōrum pertinēns)

periodicitās periodicitātis, quālitās rērum quae repetuntur, saepe, praesertim apud doctrīnās philosophiae nātūrālis, per intervalla aequa sīve ōrdināta (minus rēctē "frequentia," quod autem ad crēbritātem sed nōn necessāriē ad temporis intervalla spectat; Graecius "periodicotēs periodicotētis," f.)

perspicillum -ī (et dēm. "perspicillulum"), vōx ad omnis generis oculāria significanda, forsan autem rēctius id quod et "tēlescopium" vocātur dēnōmināns

pictūricula, -ae (sīve pictūrcula vel pictūrculum), minimum elementum pictūrārum sīve impressārum sīve īnstrūmentīs vīsificīs ēlectricīs pertractātārum: vernāculē *pixel*

Praedōnēs: turma harpastica Quercupolitāna (vulgō *Raiders*)

pūmilinūmen, -inis, scīlicet nūmen pūmilum; vernāculē *elf*

radiātiō astrālis, radiātiōnis astrālis (sīve radiātiō cosmica), radiī ēlectromagnēticī semper et ubīque in ūniversō exsistēns

rattus, -ī, rōdēns ex familiā Mūrīdārum, antiquitus "mūs" vocātum, modernō autem aevō prō speciē dīversā habitum

Rēte, -is, (n.) h.e., Interrēte

retrōneuromysticus, -a, -um, ad eōs pertinēns quī ad neuromysticismum ā doctōre medicō Ioānne C. Lilly propāgātum (partim et ā philosophīs Buckminster Fuller, Aldous Huxley, Alan Watts atque psȳchotherapeutīs R.D. Laing et Fritz Perls mōtum), hoc temporis minus lātē nōtum, revertī volunt

Saxum Olōrīnum Novum, castellum nōtissimum pulcherrimumque in Bāvariā superiōre ad Alpēs Germānicās situm, ā rēge Ludovīcō II exstructum: Theodiscē *Neuschwanstein*

Seattlīta, ae, substantīvum adiectīvumque toponymicum ad hominēs aptius quam "Seattlēnsis," quod rēctius ad rēs adhibētur (nam ipsī Seattlum incolentēs vernāculē sē *"Seattlites"* dēnōminant)

Stulticulānus, -a, -um, ad Stulticulum pertinēns, quī est persōna in spectāculīs animātis Disnēiānīs

tachyonium, -ī, particula theōrētica lūce citius sē movēns eōque ūniversum
nostrum iniēns statim exstincta (secundum scientiam physicam)

tenilūdiacus, -a, -um, ad lūdum tenisiam sive tenilūdium pertinēns,
tenisilūsōrius

teratoctētus, -ūs (m.), trīliō (1,000,000,000,000) octētuum (in scientiā
cybernēticā)

trāminiductus, -ūs (m.), pōns ferriviam super aliam viam dūcēns

TV, dēnōminātiō acronymica pervulgāta prō vocābulīs quae sunt "tēlevīsiō" et
"tēlevīsōrium," quod ultimum ipsum īnstrūmentum receptōrium significat
(litterae initiālēs clāritātis grātiā duābus syllabīs sunt ēnūntiandae ut "te-u"
vel "te-ve")

Tȳlenol (n.), acētomenophēnī quaedam nota fabricātiōnis

vectis lūsōrius, -is -ī, vectis quī in lūdīs computātōriīs atque etiam tēlevīsificis
ad lūdī prōcessum moderandum adhibētur: vernāculē *joystick*

viscium, -ī, pōtiō alcoholica, scīlicet ā XLIII ūsque ad L centēsimās partēs vīnī
spīritum continēns, quae ex frūmentōrum mixtūrā fermentātā cōnficitur.

tānus, -a, -um, cīvitātis Septentrioamericānae cui nōmen ta

vellūtellum, -ī, textile velvētō/vellūtō simile ex sēricō factīciō aut lānā aut aliīs
textilibus nātūrālibus factīciīsve cōnfectum

VR, dēnōminātiō acronymica prō Virtuālī Reālitāte, quae est systēma
computātōriē gubernātum imāginēs mundī inānēs quidem sed
tridīmēnsiōnālēs spectātōrīque circumdatās creandō, quibuscum spectātor
etiam sibi reciprocē agere vidērī possit (litterae initiālēs clāritātis grātiā
duābus syllabīs sunt ēnūntiandae, scīlicet ut "u-er" vel "ve-er")

V̄tēnsis ex V̄tā oriundus

Caput 2

anax anactis, "dominus" Graecē (ἄναξ ἄνακτος)

antipalus, -ī, "adversārius" Graecē (ἀντίπαλος)

cacodaemōn, -onos/-onis (m.), daemonium (malignum); diabolus; homō
miserandus (Graecē: κακοδαίμων)

kryptonita, -ae (m.), metallum mȳthicum quod in fabulīs (initiō nūbēculātīs)
traditur esse sōla substantia quae Virō Chalybicō nocēre vel etiam eum necāre
possit

Mastīgophorus, -ī (c.), quī flagellum tenet flagellōve verberat (vōx Graeca:
μαστιγόφορος)

Sataniscus, -ī, figūra dēminūtīva Graeca illīus vocābulī Hebraeograecī quod est
Satanas

Caput 3

associātīvus, -a, -um, vōx psȳchologica hodierna (Neolatīna) ea significāns
quae attinent ad "associātiōnem" sīve ad theōriās "associātīvās" rēs scīlicet
psȳchologicās multiplicēs explānantēs hāsque ex aggregātiōne

congregātiōneve multōrum sēnsuum prīmōrum et stimulōrum
respōnsōrumque simplicum cōnstāre prōpōnentēs

autocarrūca, -ae, autoraeda grandis et perlauta

Bīvis Pȳgocephalusque, spectāculum animātum tēlevīsificum abiectā indolē,
quondam satis populāre, prō prōtagonistīs īnsipientibus sordidīsque
titulātum

braxātōrium, taberna in quā cerevisia concoquitur atque appōnitur

būrgēnsis, -e, ad ōrdinem cīvīlem medium attinēns sīve proprius eōrum
hominum quōrum omnēs sententiae politicae et oeconomicae et
coenōniologicae crēdantur imprīmīs ad bonōrum familiārium pretia et fāmam
honestātis spectāre

Campānodūnum, -ī, regiō urbis Seattlī (barbarē *Belltown* vocāta)

Campī, -ōrum, urbs in cīvitāte Americānā Nivātā sita, lūsibus āleātōriīs pernōta

canis aureus, -ī -ī, nōn canis aureus Laborātōriēnsis sed ille canis aureus
Āfricam Asiamve inhabitāns quī cum sōlus vagāns cadāverīnā vescitur tum
gregātim praedātur (Persicē: "shaghāl"; etiam **thōs thōis,** m.)

capsicum annuum (rubrum frutēscēns), capsicum rubrum quod in Hūngariā
in cibōrum condītiōnem contunditur

carnelevāliter (adv.), mōre eōrum quī **carnelevālia,** sc. fēsta quādrāgēsimālia
aliave spectācula oblectāria vīlia, ēdunt

carpodacus, -ī avis passerīna parva familiae Fringillidārum (*finch/
Fink/pinzón/pinson/fringillide*)

cathexis, -is/eōs, (f.) collocātiō significātiōnis ad animī mōtūs pertinentis
quāpiam in āctiōne sīve rē sīve nōtiōne

contrāserendipitās, -tis, vocābulum facētum originis partim arabicī (*serendip* =
"summa fēlīcitās omnīnō necopīnāta fortuītaque") sibi volēns "summum
īnfortūnium omnīnō necopīnātum fortuītumque"

cummeus, -a, -um, ex cumme factus aut cummī similis > Cummis, -is (*f*) est ea
substantia quae quibusdam arboribus plantīsque Merīdioamericānīs
extrahitur pertractāturque ad complūrēs rēs concinnandās.

expressārius, -ī, quī caffeam expressam concoquit (Neoītalicē: *barista*)

factīciōsus, -a, -um, huius vōcis significātiō moderna, i.e., coenōniologica
psȳchologicaque, est "id attingēns quod ā rērum perītīs 'factīcium'
dēnōminātur, quod est rēs aut nōtiō quam homō quispiam omnīnō crēdulus
reverētur cuive potentiam magicam cōnfert; sīve, propriō sēnsū psȳchologicō,
rēs aut corporis pars nōn genitālis quae habituālem efficiat 'reāctiōnem'
erōticam sīve 'respōnsum' erōticum sīve 'fixātiōnem'."

factīcium, vide "factīciōsus."

fixātiō, -ōnis (f.), vōx moderna psȳchologica significāns morātiōnem
particulārem prōgressūs affectīvī atque īnstinctuālis immatūrā aetāte aut
propter trauma grave aut propter quoddam experīmentum summē
voluptuōsum incidentem

Frasier et Niles, prīmae persōnae cuiusdam cōmoediunculae tēlevīsificae
Septentrioamericānae contemporāneae, sc. frātrēs Frasier et Niles Grus,
psȳchiātrī Seattlītae urbānissimī fastīdiōsissimīque

impressum, -ī, id quod brevī temporis spatiō summae docilitātis pernōscitur,
plērumque post partum vel post exclūsiōnem ex ōvō, atque in sē gerendō

"reāctiōnem" diūtinam (sīve "rēspōnsum" diūtinum, ut dīcunt rērum perītī) indūcit ergā hominem aut rem quampiam, velut studium in parentem vel prōlem vel locum > **super aliquem imprimor** > **impressor** (= is quī sibi impressa efficit)

īnstrātum, -ī, cutis sīve inductūra super cutem aut dentem aut intrā artēriam accrēscēns

īnstructor /-ōris (centuriae militum), mīles sagātus quī aliōs mīlitēs, praesertim tīrōnēs, ōrdine incēdere aliīsque officiīs mīlitāribus fungī docet

Klingōnica lingua, lingua ā Dr. Marcō Okrand in ūsum programmatis tēlevīsificī cui titulus "Peregrīnātiō Interstēllāris" ficta atque in aliīs spectāculīs tēlevīsificīs cīnēmatographicīsque cum hōc coniūnctīs ūsurpāta

Līberāceānus, -a, -um, ad Līberāceum attinēns, quondam pernōtum clāvicinem populārem Septentrioamericānum, arte quidem perītissimum sed īnsulsitātī vulgārī omnimodīs dēditum

liposuctus, -a, -um, liposūctiōnī subiectus (vōx Latīnograeca "liposūctiō," quamvīs spuria, est minus inhabilis quam "lipomyzēsis" vel "lipobdellisis" quōrum verbōrum figūrae verbālēs participiālēsque difficulter Latīnē reddantur)

monoxylon/-um, -ī, nāvigium Amerindicum ex ūnicō truncō cōnfectum

multizōnium, -ī, aedificium complūra tabulāta habēns anabathrōque īnstructum (Praealta multizōnia nuncupantur et "caeliscalpia.")

Panōramatēnsis, -es, urbis satis opulentae, prope Seattlum sitae, cui nōmen est Panōrama (barbarē *Bellevue*)

perspicillāris, -is, -e, attinēns ad perspicilla, quae sunt cuiuslibet generis īnstrūmenta humānī vīsūs per lentēs extendendī, etiam tēlescopia, quae dīcuntur

pīlātārius, -ī, alīpta exercitātiōnēs quāsdam corporālēs praecipiēns quōdam ā Iosēphō Pīlātō, Germānō, repertās

Pius Vius Hērmānus, persōna quaedam rīdicula in spectāculīs pelliculīsque puerilibus quondam prōdiēns, ab āctōre Paulō Rubēns repraesentāta

pompeūs, -eōs, pompae particeps

pȳgopērophorus, -a, -um, pērulam super natem gerēns (πυγοπηρόφορος)

pyraulicus, -a, -um, ad pyraulōs attinēns > "Pyraulus" est īnstrūmentum tēlifōrme alimentō combūrendō in altum caelum prōpulsum.

Quakiutlēnsis, -e, cuiusdam populī indigenae ōram maritimam inhabitantis inter occidentem septentriōnēsque spectantem (vernāculē: *Kwakiutl*)

quotiēns, -tis (n.), nōmen Neolatīnum (Mediī Aevī recentiōris), ab adverbiō quod est *quotiēns* tractum, sibi volēns dīvīsiōnis arithmēticae prōventum, scīlicet numerum indicāns quotiēns altera quantitās in alterā capiātur > "Quotiēns intellegentiae" est summa numerālis ab intellegentiae exāminātiōne cōnsequēns, quae summa comperītur singulōrum hominum "aetātem mentālem" per aetātem chronologicam dīvidendō atque cum centum multiplicandō. Cuius computātiōnis summa C exsecūtiōnem examinātī indicat esse ad normam lēgitimam exāctam.

reāctiō, -ōnis (*verb. reagere*), vōx recentiōris Latinitātis indicāns āctiōnem contrā alteram āctiōnem patrātam sīve id quod aut contrā aut propter alteram āctiōnem vel stimulum quempiam agātur

regressio, -ōnis (f.), vōx psȳchoanalytica reversiōnem indicāns ad tempus
superius statumve minus adaptātum
rubēcula, -ae turdus rubripectoreus
silicāceus, -a, -um, ad elementum silicum attinēns (ex quō tālī integrātī
cōnficiuntur)
squa squae, fēmella mulierve uxorve Amerindica, vocābulum Prōtoalgonquiā-
num nōnnumquam, sed nōn necessāriō, malignum (vernāculē: *squaw*)
stīria dulcis, -ae, -is, glaciēs condīta crāmumve gelidum quod in bacillulō
vēnditur
subcōnscientia illa obscūra mentis pars quam plērīsque tantum rārō, sīve in
somniīs sīve apud psȳchīātrum, dispicere licet
subcortex silvodendriticus, -icis -ī, pars cerebrī in quā plēraque hūmānī
sermōnis elementa pertractantur
tōtīus linguae īnstitūtiō, ratiō īnstitūtōria singulās litterās singulōsque sonōs
in docendō neglegēns, discipulum hortāns ut, verba singula simul tōta vīsēns,
cōniciat sīve divīnet quō dē verbō agātur
trāmen onerārium, -inis -ī, sc. id genus trāminis ferriviāriī quod onera
trānsportat
Velcrō, -ōnis (m.), appārātus textilis ex duābus fōrmīs textī nylonicī fabricātus
ad vestīmenta et vāsa variaque implēmenta occlūdenda adhibitus. Adiect.:
velcrōnilis = ex Velcrōne factus.
vīnī spīritus, -ī -ūs, id quod etiam "alcohol" vocātur

CAPUT 4

ambivalentia, -ae, proprietās imprīmīs bīnās simul significātiōnēs inter sē
dīversās admittendī, quae vōx tamen saepe ad habitum animī refertur, quō
homō quispiam duōs simul animī affectūs inter sē discrepantēs experiātur
aphasicus, -a, -um, propter cerebrī morbum damnumve loquendī vel etiam
verba intellegendī nōn iam capāx
atropīnum, -ī, medicāmentum quod ad spasmōs sēdandōs sēcrētiōnēsque
minuendās adhibētur
authypobolicus, -a, -um, ad authypobolēn attinēns, quae est appellātiō
technica atque psȳchoanalytica indicāns ab homine admonitiōnem sīve
"suggestiōnem" sibi ipsī praebitam (sīcut per monitūs saepe iterātōs quibus
homō sēsē exercet) quā mōs sē gerendī immūtārī temptētur > Vidē
"suggestiō."
brācae Genuēnsēs, -ārum -ium, brācae astrictae crassaeque, ex linteō trilīcī
caeruleō cōnsūtae, ōlim tantum ab operāriīs huius autem nārrātī tempore ab
omnium aetātum hominibus neglegentiōre modō sē vestīre volentibus gestae
braxātōrium (Vidē Caput 3.)
cabārētus, -ī, vōx Mediō Aevō prīmitus exorta thermopōlium indicāns in quō
cibī quoque appōnuntur necnōn ācroāmata tumultuāria, satirica, argūmenta
contemporānea tractantia praebentur
cēnsūra, -ae (sīve censor, -ōris), in psȳchologiā Freudiānā vīs psȳchologica
prōhibēns quōminus cōgitātiōnēs subcōnsciae omnigenae mentem sibi
cōnsciam in fōrmā originālī atque īnsimulātā intrent

cholinergicus, -a, -um, ad receptra cholinergica sīve acētylcholīna attinēns (quae īnfōrmātiōnem per systēma nervōsum trānsmittunt)

clāvichordium, -ī, nōmen trālāticium illius īnstrūmentī mūsicī quod Neoïtalicē *piano* sīve *pianoforte* (sc. "lēne-forte") dēnōminātur > **clāvicen, clāvicinis, c.** = quī clāvichordiō canit

clīnicus, -a, -um, morbōrum in ipsīs aegrōtīs observātiōne cūrātiōneque magis quam experīmentō theōriāve fundātus

coenautocīnētum, -ī, autoraeda longa

cōnfectōrium, -ī, locus sīve aedificium in quō pecus mactātur

cōnfixus, -a, -um, adiectivum psȳchoanalyticum ex nōmine ortum quod est "cōnfixiō," quod invicem est propter trauma grave voluptātemve vehementem prīmīs temporibus aetātis acceptam commorātiō accidēns cuiuspiam hominis progressūs aut in affectibus aut in impetibus nātūrālibus

(suī) dēfēnsīvus, -a, -um, perīcula aut vēra aut ficta "ego" propriō imminentia nimis cavēns

dēlūsiō, -ōnis, in rē psȳchologicā, suī ipsīus dēlūsiō; opīniō falsa quam homō subcōnsciē sibi impōnit > adiect. = **dēlūsiōnālis**

digitāria (sanguinālis), -ae (-is), grāminis quaedam speciēs annua, frondis satis crassae, quae saepe in prātīs novālibusque aut colitur aut tolerātur sed in hortīs atque praesertim in caespite prīvātō, prō herbā malā habita, oppugnātur

dosidion, -ī, figūra dēminūtīva Graeca eius nōminis quod est "dosis"

ego (n. indecl.), vōx Freudiāna partem indicāns apparātūs psȳchicī mundum exteriōrem experiēns reagēnsque ad hunc

epideiximanēs, -is, (homō) psȳchologicē perpulsus ut aliōrum animum in sē convertat sīve suās ipsīus potestātēs suumve ingenium etc. ostentet (minus doctē: exhibistiōnista, exhibistiōnisticus)

ēthologicus, -a, -um, ad ēthologiam pertinēns, quae est scientia hodierna hominum animāliumque mōrem sīve ratiōnem se gerendī investīgāns (Graecē: ἠθολογικός)

factīciōsus, -a, -um (Vidē Caput 3.)

factīcium (Vidē Caput 3.)

Gēō Gēōnis (sīve Gaeō Gaeōnis) (f.), genus autoraedae

iadziācus/iassiācus, -a, -um, ad artem mūsicam iadziācam (sīve "iassiācam") pertinēns, quae est modōrum mūsicōrum populārium genus ineunte saeculō vicēsimō Novae Aurēliae in Ludovīciānā nātum

impressiōnisticus, -a, -um, ad animī impressiōnēs volūcrēs lābilēsque attinēns hīsve fundātus (adiectīvum ab artis pictōriae genere quī dīcitur "impressiōnismus" ductum)

imprimor super aliquem, locūtiō psȳchologica speciālis (vide "impressum" in cap. III)

incōnscium ūniversum, -ī -ī, vidē "Iūngiānus"

īnfōrmātiō, -ōnis, scientia aut impertīta aut accepta

Iūngiānus, -a, assectātor Carolī Iūng, psȳchologī nōtissimī, "Incōnsciī Collectīvī" sīve "Incōnsciī Ūniversī" repertōris

lāophoricum, -ī, autoraeda longa

Lex Murphiāna, -ae -ae, lēx per iocum ficta secundum quam omnis rēs quae secus cadere potest secus cadet

malleolus, -ī, in computātōriīs: ūna ex bullulīs in ōrdine positīs quae, extrēmo digitō pulsae, circuitum ēlectronicum aperiunt quō aut typus aut iussum ēligitur (etiam **plēctrum;** minus rēctē **"clāvis"**)

modālitās, -ātis proprietās aut mōmentum modum denotāns

neuron, -ī, cellula sōmatica impetūs biochēmicōs perdūcēns, elementum systēmatis nervōsī (adiect. = **"neuricus"**)

parametrum, -ī, variābile cui necesse est indicātūra certa aliqua attribuātur priusquam programma quodpiam operētur vel aequātiō quaepiam persolvātur vel prōcessus quīpiam perferātur

pathologia, -ae, morbī cuiuslibet ratiōnēs condiciōnēsque

psȳchē, -ēs (f.), vōx psȳchoanalytica cuiuspiam hominis cōnfōrmātionem psȳchologicam vel mentālem indicāns

psȳchometria, -ae, mēnsūra mentis facultātum et mōrum et prōcessuum

Pūnicus, -a, -um, (per trānslātiōnem) ad linguae vernāculae Neoanglicoamericānae speciem quandam pertinēns, scīlicet sermōnem sēmispurium huius tamen narrātī tempore satis lātē ut koenēn ūsurpātum

reductiōnismus, -ī (*adi.* reductiōnista *sive* reductiōnisticus), mōs rēs nōtiōnēsve condiciōnēsve disiungendō dissecandōve magis perspicuās reddendī, praesertim sī hoc ita fit ut ipsae rēs hōc modō investīgātae propter eārum integritātem necessāriō perditam iūstō minus pendantur sīve obscūrentur sīve dētorqueantur

sēnsōrius, -a, -um, attinēns ad sēnsūs corporālēs atque generātim ad structūrās quae impulsūs convehunt, sīcut neura

subiectīvus, -a, -um, in cuiusvīs hominis mente vel nātūrā positus; in opīniōne tantum situs

suggestiō suggestiōnis (f.), vōx psȳchoanalytica āctiōnem indicāns hominem ita in aliquid cōgitandum aut sentiendum aut faciendum addūcendī ut hic quicquam sibi suādērī nōn animadvertat > **suī suggestīvus, -a, -um** = authypobolicus (Quod vidē.)

theobrōma theobrōmatis (n.), cibus ex sēminibus apparātus cui est nōmen vulgāre "cacao" (vulgō etiam: "socolāta" sīve "chocolāta/-um")

Tomographia Positroniōrum Ēmissōrum, -ae __, methodus cerebrī examinandī quā ex isotopīs in corpus īnfūsīs ēmissa gamma-radiātiō actīnographicē relāta cerebrī mūnera exāctē dēpingit

trānslātiō, -nis, vōx psȳchoanalytica condiciōnem morbidam indicāns quā in homine aegrō affectūs propriē parentī dēbitī in psȳchoanalyticum tractantem "trānsferuntur" utpote quī aliquātenus in locō parentis esse sentītur > **trānslātiō inversa,** condiciō quā in ipsō psȳchoanalyticō affectūs propriē fīliō dēbitī in aegrum quī tractātur trānsferuntur

Caput 5

Aquifolia, -ōrum, regiō quaedam Angelopolitāna, negōtiī cīnēmatographicī symbolus

Aōzum, -ī, urbs et regiō Tzadiae septentriōnālis

attalicus, -a, -um, ad pannum attalicum attinēns, quī est textile nitēns, permolle, lūbricum, ex acētātō aut radiōnō aut nȳlōniō aut sēricō cōnfectum (ā vocābulō Arabicō quod est "atlas" dērīvātum, propter similitūdinem et nōminis et reī prō "vestīmentīs Attalicīs" antīquīs vocātum, quae, ut fīlīs aureīs intexta, nitēbant; vernaculē *satin/Atlas-*)

avatāra, -ae (c.), vocābulum Indicum quō nūminis incarnātiō ūnica indicātur

camaeus, -ūs, lapis sīve gemma ita sculptus ut imāgine caelātus ēveniat, quae imāgō deinde aliō colōre variīsve pingitur

catalēpsis, -eōs (f.), oppressiō sīve impetus vehemēns repentīnusque morbī cuiuspiam, sīcut comitiālis

catatonia, -ae, vōx psȳchoanalytica eam syndromēn indicāns quae, saepius in schizonphrēniā vīsa, efficit ut mūsculī rigeant, mēns stupeat

chiffa, -ae, textilis genus bombȳceī, persubtīlis (ā vocābulō Arabicō *shiff*)

chorēum, -ī, locus ubi saltātur

circus patinātōrius, -ī -ī, ārea in quā pretiō patinātur

cōnōrum āreola, -ae, locus ubi cōnīs lūditur (quō in lūdō lūdēns pilā gravī cito advolvendā dēnōs cōnōs dēicere cōnātur)

cyttarītideus, -a, -um, cyttarītide cōnflictātus, quī morbus est īnflammātiō tēlae cellulāris (minus rēctē "cellulītis")

Dux Ducis, agnōmen histriōnis cuiusdam, nōmine Iōannis Wayne, propter pelliculās dē būsequīs Americānīs et bellīs et aliīs argūmentīs vehementōsiōribus factās, in quibus partēs ēgit prīncipālēs, quondam fāmōsī

epideiximanēs (Vidē Cap. 4.)

Equitātiō Lātifundiāria, -ōnis, -ae, vernāculē *the Ranchero Ride*

eutrombicula, -ae, acariī (arachnidae microscopicī) larva sexipēs hominēs aliaque vertebrāta parasītāns (vernāculē *chigger/Sandfloh*)

Flōridānī agellī emptiō, verba prōverbiī locō fraudis genus referentia quō lactātor agellī inūtilis (e.g., Flōridānae palūdis), nōndum īnspectī, ab ipsō tamen eximiē laudātī emptiōnem alterī tumultuāriē obtrūdit

gestābile, -is, hoc est, tēlephōnulum gestābile

harpastum, -ī, lūsus athlēticus Septentrioamericānus saepe, sed minus rēctē, "pedifollium/ pedilūdium Americānum" vōcitātus

homophȳlophilos, -ī, quī ab aliīs eiusdem sexūs Veneriē allicitur (spuriē: homosexuālis)

iadza, -ae, sīve "mūsica iadziaca/iassiaca," Novā Aurēliā oriunda

iungala, -a, abdita silva pluvia ac tropica (etiam "sangala"; ambō verba dērīvāta ā vōce Indicā, sc. Palicā et Pracriticā, quae est *jungala*)

Ludovīciānēnsis, -e, illīus cīvitātis Americānae cui est nōmen Ludovīciāna

mustēlīnā vīsōniā, -ae -ae, mustēlae vīsōnis, animālis mustēlae similis cuius pellis māximī aestimātur

multizōnium (Vidē Caput 3.)

ornīthōdēs, -is, ad avēs attinēns (vōx Graeca)

Pugnus Iudiaque, spectāculum pūpāle vel Angloamericānē *Punch and Judy* nōminātum

Stadium Māximum, -ī -ī, Septentrionālis Americānī harpastī contentiō quotannīs ultima facta quā cuiusque annī summī dēcernuntur victōrēs

spargibulum, -ī, apparātus tubulifōrmis quō sparguntur scatebrōsē gāsa liquidave

subium, -ī, genus barbae super labiō superiōre cultae, quae etiam "mystax" dīcī potest

tāftas, -ae (m.) (seu **taffata, -ae),** textilis genus lēve, rigidulum, illūstre, bellō aspectū in trānsversum costātō praeditum, ex acētātō aut radiōnō aut nȳlōniō aut sēricō cōnfectum (ā vocābulō Persicō "tāftah")

"tertia dēpositiō et longum intervallum," locūtiō harpastō (sīve "pedifolliō") Septentriōnālī Americānō propria (vernāculē quae sibi vult *"third down and long"*) turmae offensīvae rem tantō in discrīmine versārī indicāns ut extemplō, scīlicet in proximō lūsūs spatiolō, sit opus facinore athlēticō aliquō summae artis atque audāciae

Tzadia, -ae, terra Āfricāna, ē nōmine Lacūs *Tchad* appellata, quae vastīs ac dēsertīs spatiīs Saharae continētur

vēla, -ae, textilis genus levis, sēmitenuis (dērivātum ā vocābulō Latīnō vulgārī quod est "vēla," sc. "vēlāmen capitāle muliebre" sīve "flammeolum"; Francogallicē *voile*)

vellūtinus, -a, -um, ad vellūtum sīve "velvētum" attinēns vel ex hōc cōnfectum, quod textile mollissimum opīmissimumque tāctū est, utpote plērumque cōnsistēns ex fundāmentō gossȳpinō super quō contexitur ōrdō filulōrum laqueātōrum (vōx Mediī Aevī)

Zoloftiānus, -a, -um, attinēns ad quoddam medicāmentum, autismum nōnnūllōsque aliōs morbōs interdum extenuāns, cui nōmen *Zoloft*

CAPUT 7

ballerīnus/a, -ī/-ae, saltātor ballēmaticus sīve ballātor (vōx propria artis ballēmaticae, ē Neoītalicō *ballerino*)

carnelevālārius, -a, -um, ad festa carnelevālia pertinēns (Vidē Caput 3.)

cuneārius, -ī, quī cuneōs Mexicānōs (carne fartōs) vēndit

hēmianthrōpoīdēs, -es, sīve (paulō prāvius) "sēmihumānoīdēs" vel minus rēctē "sēmihūmānus"

mappulārium, -ī, mappulārum chartāceārum tenāculum

mōrum Īdaeum, mōrum rubrum, aptissimum quod in marmelātā sīve liquāmine pōmāriō condātur

palpum, -ī, vōx Neolatīna membrum tāctūs indicāns, sīcut antennam vel tentāculum

sēpiacus, -a, -um (sīve sēpiāceus), colōris sēpiae ātrāmentī

styraphricus, -a, -um (sīve styraphrōdēs, -es), ad "styraphron" pertinēns, quod est genus māteriae plasticae levissimae sīc extentae ut spūma dūrāta esse videātur, ē vōcibus Graecīs quae sunt στύραξ (genus cummis) et ἀφρός (spūma)

tentāculum, -ī, membrum prehēnsile (Latīnitās biologica oderna)

thalērus, -ī, complūrum nātiōnum nummus prīncipālis (etiam **thalerus** et **dollārium**)

Tribbulum, -ī, bēstiola mȳthica, hominum amantissima, cuius est aspectus pilae villōsae (orta ex spectāculō tēlevīsificō cui titulus "Peregrīnātio Interstēllāris")

CAPUT 8

acardiāceus, -a, -um, colōris acardiī (occidentālis) quod est nux tropicālis Americāna incurva

acrolexum, -ī, (ē vōce Neograecā ακρολέξον, vulgō "acronyma," quod minus prāvē forsitan et "acronoma" dīcī liceat)

āctiō ātra, -ōnis -ae, ā magistrātū speculātōriō cīvīlī inceptum tam sēcrētē perāctum ut nē aliī magistrātūs quidem ipseve cīvitātis rēctor dē eō certior fiat

antiolae, -ārum, prīmī crīnēs ante frontem pendentēs

Ānsgārius, -ī, prīscum nōmen hodiernō *Oscar* congruēns

ānulus calcātōrius (sc. canthī, rotae, etc.), -ī -ī, pars canthī quae in viam innītitur

apparātus Crapperiānus, -ūs -ī, prīma sella familiārica ēluibilis moderna (Neoanglicē *Crapper Device*), nōmināta prō Thōmā Crapper (ca. 1836-1910), māchinātōre Britannō īnstrūmentōrum purgātīvōrum

authypobolicus, -a, -um, (Vidē Caput 4.)

Aquifoliēnsis, -e, (Vidē Caput 5.)

cāseus sectīvus Ītalicus, -ī -ī -ī, (Neoītalicē *mozzarella*)

clābulāre rūsticum, -is -ī, vehiculum "āthlēticum plūrifāriam ūtēnsile"

coāctilis, -e, ex pannō nōn textō factus quī calōre et humōre et māximā pressūrā ut cohaereat addūcitur (vulgō *felt/Filz/fieltro*)

cōnilūsōrius, -a, -um, ē vōce quae est "cōnilūdium" (sc. lūdus in quō lūsōrēs gravissimam pilam prōvolventēs cōnōs ēvertere conantur)

cornīx (ostiāria), cornīcis (f.), īnstrūmentum iānuae pulsandae ipsī iānuae affixum

Crapperiānus (Vidē **apparātus Crapperiānus.**)

dēfrūtum (Anglicum), -ī (-ī), pōtiō perdulcis ē pōmīs acinīsve facta quae in adulēscentium cōnvīviīs, vel hōrum sollemniōribus, nūllō additō vīnī spīritū ministrātur, in adultōrum cōnvīviīs alcohole saepe permūnīta bibitur > **dēfrūtālis** (adiectīvum)

digitāria (sanguinālis), (Vidē Caput 4.)

Elmer Fudd, spectāculōrum animātōrum quōrundam persōna, vēnātor calvus, fatuus, magnō lūdibriō "w" sonum prō "r" litterā ēnūntiāns

flannelārius, -a, -um, ex flannellō (sc. lāneō pannō tenuiōre)

flānellātus, -a, -um, flānellō vestītus

grānōsa, -ae (sc. pōtiō), pōtiō dulcis Neoītalica ex glaciē condītā (vulgō *granita*)

hadzia, -ae, iter sacrum quod Islāmicus quisque saltem semel Meccam facere dēbet

Hispānanglicus, -a, -um, ad sēmisermōnēs variōs attinēns ex Hispānicō et Anglicō commixtōs, quī vulgō vel *Spanglish* vel *espanglés* dēnōminārī solent

Humalibum, -ī, oppidī maritimī, *Malibu* vulgō vocātī, nōmen prīscum

Iennia Craig, titulus cuiusdam negōtiī quod mulierēs adiuvat ut remacrēscant

impīlia, -ōrum, "tībiālia" breviōra solummodo pedēs vel sōlum pedēs ipsōsque talōs tegentia

Iupulus Iupulaque, agnōmina facēta per acrolexum ē locūtiōne orta quae est "Iuvenis Vrbicola Professiōnālis" (cf. Neoanglicum *Yuppie* ex *Young Urban Professional*)

lībācunculus, -ī, opus pīstōrium praecipuē Anglosaxōnicum quod est placentula rotundula intrā furnum in fōrmā propriā cocta, placentulā minus dulcis

Magnolia, -ae, regiō quaedam urbis Seattlī

malvāceus color, -ī -ōris, (Francogallicē *mauve*)

Micromalacus, -ī, quī prō societāte commerciālī quādam programmatifice labōrat quae irrīsōriē "Micromalacīa" vocātur

neuron, -ī (n.), cellula biologica, systēmatis nervōsī elementum, impetūs ēlectrochēmicōs trānsmittēns > **neurōrum putātiō,** sēmitārum sīve catēnārum neurālium veterum āmōtiō novārumque creātiō, quō factō cerebrī cōnfigūrātiō subtīlis denuō fingitur eiusque mūnerum dispositiō immūtātur

nīdificātiō, -ōnis (f.) (sc. computātōria), hierarchica positiō ōrdinum programmaticōrum intrā aliōs ōrdinēs

ocellātum, -ī, tessera lūsōria nunc temporis vulgō *domino* nōmināta

Oecotopiōta, ae, incola Oecotopiae – quod nōmen Septentrioamericae ōrae maritimae boreoccidentālis quondam inditum est ex spē in regiōne illā inquinātiōnem circumiectōrum nātūrālium propter incolārum prūdentiam māximā ex parte ēvādī posse

ōrdō subiūnctus, ōrdinis subiūnctī (m.) (sc. computātōrius), mandātōrum seriēs in programmate vel ipsīus māchinae compositiōne praescrīpta ad quam, datā necessitāte, ad arbitrium recurrī potest (Anglicē *subroutine*)

pyrobolus, -ī, apparātus displōsīvus

scōnum, -ī, pāniculus Batāvicus levior, durior, paulillō dulcis, nōnnūllīs quoque in terrīs Anglophōnīs accepta, cui nōmen prīncipāle *schoonbrot,* quod sibi vult "pānis dēlicātus" sīve "pānis candidus"

sēmifactīciōsus, -a, -um, (Vidē "factīciōsus" sub Capite 3)

soccī cessātōriī, -ōrum -ōrum, calceī ēlegantiōrēs remissiōrī tamen ūsuī aptī, corrīgiīs carentēs

styraphricus, -a, -um, (Vidē Capite 7.)

xērochrōmaticus, -a, -um, pertinēns ad xērochrōmata, quae sunt colōrēs dīlūtī, attentuātī (Francogallicē *couleurs pastels*) > **testeixērochrōmaticus** = simul xērochrōmaticus et testeus sīve terreus

Vashōniēnsis, -e, cuiusdam īnsulae, Vashōnia nōmine, inter Seattlum Occidentāle et Tachomam sita

zinnia, -ae, genus flōrum pulchrōrum in Mexicō et regiōnibus propinquīs inventōrum et cuius speciēs commūnissima *Zinnia ēlegāns* nōminātur (vōx Neolatīna ā J. G. Zinn, botanicō Germānō, dērīvāta)

CAPUT 9

blatta, -ae, Blattidum scīlicet ipsum īnsectum lūcifugum, nōn tinea lūcipeta quam veterēs cum blattā cōnfundēbant quia volant ambō

chīrālitās, -ātis, in omnibus corporibus circulum partemve circulī mōtū dēscrībentibus assymetria extāns dīrectiōnālis et bīnāria, seu bīdīmēnsiōnālis sīcut in rotā seu tridīmēnsiōnālis sīcut in cochleā vel helice (Latīnius forsan "sinistridexteritās")

cōnfābulātōrium, -ī, locus Interrētiālis, "colloquiōrum conclāve" quī etiam vocābātur, in quō computātōriīs scrībentēs inter sē commercium litterārum eōdem tempore efficere poterant

ēlectris, -idis (f.), vīs ēlectrica

Hauniēnsis, -is, Hauniae, urbis capitis Dāniae

iūlium, -ī, monas pancosmia labōris sīve vīs idem valēns quod 10^7 erga et vattium ūnum ūnam per secundam prōlātum

mentālista monisticus, -ae -ī, quī crēdit mundum corporālem fallācem esse omnemque existentiam ex Mente sīve Animō (illō Noû Platonicō) cōnstāre

meteōrum, -ī, obiectum meteōroīdes quod atmosphaeram quampiam iam intrāvit

physiopathicus (medicus), -ī (-ī), quī nec synergiam nec pharmaca synthetica sed potius vīctūs ratiōnem, herbās, vītamīna, malaxātiōnēs ad aegrōtantēs sānandōs adhibet

plasmaticus campus, -ī -ī, campus (physicus) ex plasmate (sīve gāsō summē ïonizātō) cōnstāns

prālīnum, -ī, dulciolum ex amygdalā aliāve nuce cōnstāns saccharō ustiōne īnfuscātō obducta – vel similis cuppēdō quaevīs (nōminātum ā Marchall César du Pressis-Praslin, cuius coquus prālīnum prīmum repperit) (etiam forsan "praslīnum")

redigere in notās arcānās, encryptologizō

speculātōrium, -ī, īnstrūmentum speculandī

theānus, -a, -um, theae sīve ad theam attinēns (quae est pōtiō herbāria Āsiātica)

Tourettānus, -ī, morbō sīve syndromē Tourettī afflictus, quō morbō aegrōtāns cōgitur, inter alia, ut sonōs ineptōs ēmittat necnōn et saepe sententiās contumēliōsās dē hominum modo vīsōrum vitiīs raptim vōciferētur

trānsrelātīvus, -a, -um, ad duās plūrēsve simul partēs librī vel operis similis referēns (Neoanglicē: *coreferential*)

Caput 10

ammōniacum, -ī, gāsum acūtum aquā solūbile, cuius fōrmula chēmica NH_3

ampullae, -ārum, chartulārum lūsus populāris quō saepissimē prō pecūniā lūditur

anabathrum, -ī, īnstrūmentum quod hominēs inter aedificiī tabulāta tollit dēmittitque

alsūlegia equestris, -ae -is, lūdus equestris quibusdam dīvitibis acceptissimus, etiam "polilūdium" dictus

Barbia, -ae, genus pūpae flāvicomae

Bellōnius, -ī, persōna in Nōnī Operis Symphōnicī Iōannis Wernerī Henze quīntā parte mūsicē dēpicta

Borgōrum Rēgīna, scientiae fictīciae spectāculōrum titulō "Peregrīnātiō Interstēllāris" īnscrīptōrum persōna (cybernēticorganica sīve cyborganica)

būrgēnsis (Vidē Caput 3.)

cadmiāceus, -a, -um, ad cadmium, elementum metallicum, attinēns

cartusiānus, -a, -um, colōris Cartusiae, sc. flāviviridis

cerevisia rādīcālis, -ae -is, pōtiō spūmāns dulcis Septentrioamericāna quae contrā nōmen nōn est cerevisia

chapatium, -ī, pānis plānus Indicus plērumque trīticeus quī antequam appōnātur frīgitur

chrōma, -atis (n.), colōris vīs satūrātiōve vel in colōre praesentia albī nigrīve

cocoīnus, -a, -um, cocī sīve "nucis Indicae magnae" sīve "nucis cocoīnae"

collagenum, -ī, proteīnum extrācellulāre cellārum tēlam coniungēns, ā chīrūrgīs plasticīs adhibitum

condēpendentia, -ae, (i.) condiciō quā alter alterō mutuā fīdūciā nītitur; (ii.) bīnōrum hominum coniūnctiō quā alter modō psȳchologicē parum sānō alterō, venēnō cōnsuētūdinīve exitiōsō dēditō, nītitur

epistomium (ēlectricum), -ī, vectis commūtātōrius quō īnstrūmentum ēlectronicum accenditur extinguiturque

fascālis, -is, tyrannidis fautor

fēdora, -ae, genus petasī coāctilis

forulus (reciprocus), -ī (-ī), loculus in armāriō aliōve genere supellectilis in quō rēs servandae pōnuntur quīque vicissim extractus aperītur, īnsertus clauditur

libellī nūbēculātī, -ōrum -ōrum, libellī fābellās per grȳllōs pictōs narrantēs quārum dēverbia in nūbēculīs scrībī solent

maīzius, -a, -um, maīziī, sc. Novī Mundī frūmentī generis commūnissimī

mēnsūra, -ae, sc. dīmēnsiō (sc. vōx poētica)

mūscāceus, -a, -um, mūscī colōris

neobūrgēnsis, -s, (Vidē "būrgēnsis" sub Capite 3.)

Numerōsus, -ī, ūnus ex illīs hominibus quī post Secundum Bellum Mundānum adolēvērunt, annīs quīnquāgēsimīs flōruērunt, mōrēs cīvīlēs occidentālēs in dubium vocāvērunt, vestītūs et urbānitātis normās trānslātīciās repudiāvērunt. (Subsequa generātiō, exeuntibus sexāgēsimīs annīs flōrēscēns, aequē magisve rebellis, pharmacōrum sumptuī plērumque dēditior, in bonam partem "Scītī" vocantur, in pēiōrem "Hispidulī.")

orchis, -is (f.), flōs tropicālis pulcherrimus

platineus, -a, -um, colōris platinī metallī; huius coloris crīnibus

polybolum, -ī, sclopētum māchināle automatārium

Pompa Rosāria, -ae -ae, illūstris pompa Septentrioamericāna cuiusque annī prīmō diē Pasadēnae habita

Praefectus Lēgātus Data, scientiae fictīciae spectāculōrum titulō "Peregrīnātiō Interstēllāris" īnscrīptōrum persōna (androīdēs)

relātīvisticus, -a, -um, ad lēgem relātīvitātis attinēns > velōcitās relātīvistica: velōcitās tam magna ut lēgis relātīvitātis effecta clārē observārī possint

rumbālis, -e, "rumbae" saltātiōnis Cubānae

sambālis, -e, "sambae" saltātiōnis Brasiliēnsis

Scapī X, seriēs quaedam spectāculōrum tēlevīsificōrum generis hinc scientiae fictīciae illinc horrōriferī

Sodālitās Sāturnia, sodālitās cuius sociī omnēs raedam generis 'Sāturnus" possident

subavellānāceus, -a, -um, colōris nucis avellānae sed pallidior (avellāna est nux parva rotunda, glandī similis)

sublātrātōrium, -ī, gravissimum megaphōnium sīve gravissima ēchēōrum pars cuius sonus nōn iam ut sonus sed potius ut merus vibrātus gravissimus percipitur

supernova, -ae, tōtīus stēllae displōsiō māximē calamitōsa

suprāreālisticus, -a, -um, ad suprāreālismum attinēns, cuius doctrīnae artificiālis interpres vel nōtissimus exstitit Salvātor Dalí Hispānus

svāmius, -ī, honorātus sacerdōs doctorve rēligiōsus Indicus (Sānscriticē *svāmī*)

tamālicus, -a, -um, tamālum (Tamal est cibus Mexicānus ex maīziō et carne cōnstāns folliculōque maīziō involūtus.)

vazīrus, -ī, magistrātus quondam in rēgnīs califātibusque Islāmicīs māximē pollēns (Arabicē "vazīr")

Vulpēs Mulder, "Scapōrum X" persōna

Zorrō Zorrōnis, antīquae Californiae hērōs populāris fābulōsus, corruptōrum magistrātuum Angelopolitānōrum adversārius (Hispānicē *zorro* = "vulpēs")

Caput 11

arcuballista, -ae, arcus mediaevālis radiō retractōriō manuleāque īnstructus

Caput 12

ADN, acidum deoxyarabīnōsinucleïcum (minus rēctē "deoxyribōnucleïcum"), sc. illa macromōlēcula longissima quae cuiusque animantis īnfōrmātiōnem ad duplicātiōnem biologicam, sīve "replicātiōnem," necessāriam in sē continet

alsūlegiālis (brūmalis), alsūlegiae, quae est lūdus in quō super glaciē patinantēs pilā clāvīsque certant

anthemarachnē, -ēs, idem quod "flōridarāneus" (compositum Graecum)

arachnē, -ēs, f., arāneus (vōx Graeca)

Avōnāria īnstitrīx, -ae -ae, quaelibet ex innumerīs fēminīs 145 ferē terrārum quae remedia cosmētica generis "Avōn," vēnditant, saepe ōstiātim

Barnius, -ī, persōna tēlevīsifica, parvulōrum in oblectāmentum ficta, cui erat fōrma dīnosaurī violāceī

bīl(l)iō (f.) = 1,000,000,000 sīve "mīlliardus"

Brīgēnsis, -is, eius Francogalliae regiōnis quae nunc *Brie* nuncupātur

carnelevālis, -is, (Vidē Caput 1.)

Cōnānus, -ī, sc. "Cōnānus Barbarus," persōna fictīcia pelliculārum, libellōrum nūbēculatōrum, cēt.

elfinī/elvinī dī, -ōrum -ōrum sīve **elfina/elvina nūmina, -um -um,** entia praeternātūrālia mȳthica quae loca sēmōta et rūrestria inhabitāre putābantur quaeque interdum et aspectū et indole prō dīs faeëricīs similibus habita sunt (sermōne Anglosaxonicō antīquō: *elfen* sīve *elven*)

Estefan, Glōria, cantuum populārium cantātrīx Hispanoamericāna in vulgus quondam grāta

faciālis, -e, faciēī (vōx Mediī Aevī)

frappacināceus, -a, -um, colōris frīgidae pōtiōnis illīus suffuscae quondam populāris, *frappacino* nōminātae, quae imprīmīs ex caffeā, flōre lactis, theobrōmate, saccharō cōnstābat

gausapa, -ae (sīve **gausapa, -ōrum**), thōrāx lāneus vel camisia crassior quae Neoanglicē *sweatshirt* nōminābātur

Grave Metallum, genus mūsicae vibrivolventis magnisonum, perrapidum, violentum

Gutōnēs, sīve Gothī, quī mȳthistoriārum horriferārum "Gothicārum" quondam dictārum exemplārī studentēs vestēs ātrās induēbant capillōsque in ātrum aliōsve arcessītōs colōrēs tingēbant ac curābant ut vultus semper perpallidus labiaque pulla vidērentur

Hermagēdon, -ī, locus Biblicus (Apocal. xvi:xvi), quō nōmine procul dubiō Megiddō campus significātur, ubi praedīcitur fore ut ultimum proelium inter Bonum et Malum gerātur

laticia cummis, -ae, -is (f.), quae vulgō "latex" dīcitur

libellus nūbēculātus (Vidē Caput 10.)

Manilōv(us), Barrius, cantuum populārium, saepissimē amātōriōrum, cantor Septentrioamericānus in vulgus quondam grātus

Mauia, -ae, quaedam īnsula Havaiāna

mōrum Īdaeum, -ī -ī, mōrum magnī aestimātum rubicundō sīve rosāceo colōre quod saepe condītur

novicoquīnāriā, -ae novae coquīnae vel barbaricē *nouvelle cuisine* (Nova coquīna, vīcēsimī saeculī annīs octōgēsimīs prīmum dīvulgāta, coquīnā ipsā Francogallicā fundāta est sed saepissimē levior erat, quam exercentēs impēnsa quam recentissima praepōnēbat, compositiōnibus semper novīs studēbant.)

octūpēs, octūpedis, hoc est, octipēs

orca, -ae, (i.) mōnstrum mȳthicum; (ii.) bālaenae genus

phōtographēma, -atis (n.), imāgō phōtographica

pūrum, -ī, sc. pūrum tabāci volūmen sine chartā factum

quantālis, -e, ad scientiam physicam quantālem (sīve "quanticam") pertinēns

rapicus, vel rapisticus, sc. ad genus cantuum Āfroamericānōrum pertinēns quod rhythmum fortem cōnstantemque atque in versibus homoeoteleuton semper postulat

rāpum, -ī > caulēs rāpa vocātī, "caulorāpa" sīve "rāpocaulis" (m.) cuius nōmen Linnaeānum est *Brassica oleracea gongylodes*

sclopētātim, modō quō sclopētō ēmittuntur globulī (Sclopētum est īnstrūmentum manū manibusve tolerātum, quō, pulveris bombardicī/ pyriī ope, proiectilia parva ad scopum māximā, immō mortiferā, velōcitāte mittuntur.)

sīsmographāre, id quod facit īnstrūmentum sīsmographicum, terrae mōtuum dētēctōrium

Spurcī, vel Squālidī, quī artis mūsicae vibrivolventis cuidam generī Seattlī nātō studuērunt (vulgō *grunge*)

Stephanus King, mȳthistoriārum horriferārum scrīptor Septentrioamericānus in vulgus quondam grātus

tudiculāris, -is, eius ludī in quō pilae super mēnsā crepīdine īnstructā positae
baculō, "tudicula" nōminātō, in sinūs sīve marsupia impellendae sunt
vellūtinus, -a, -um, (Vidē Caput 5.)

Caput 13

acarus, -ī, m., īnsectum microscopicum in pulvere vigēns, multōrum apparātum
respīrātōrium irritāns (vulgō *acarien, mite, Milbe*)
ammōniacum, -ī, compositum gāsōsum mordāx, incolor, praefōcābile quod
aquā facile dissolvitur cuiusque compositiō chēmica est NH_3.
bioton, -ī, animāns, organismus (ē Graecitāte scientālī)
cyclus oestrālis, -ī -is, seriēs mūtātiōnum physiologicārum intrā genitālia
aliaque mammiferārum viscera ex alterō in alterum lascīviae Venereae
tempus sē extendēns
embryō embryōnis, m., fētus nōndum partus (ē Graeco-Latīnitāte scientificā)
ephausia, -ae, cuiusvīs generis crūstācea cammarifōrmia exiguissima quibus
vēscuntur bālaenae quaedam
hormon hormontis, n., quodvīs ex permultīs compositīs biochēmicīs, velut
īnsulīnum et thyroxīnum, quae in glandulīs fōrmantur atque in quibusdam
organīs textibusque corporālibus commūtātiōnēs chēmicās efficiunt (etiam
"hormōnum")
"Iūgera Viridia," spectāculum tēlevīsificum levis mōmentī quondam, sīcut et
"Sinūs Vigilia," in vulgus grātum
manicomium, -ī, aedēs in quibus coercentur quī īnsāniā sīve dēmentiā labōrant
(Vocābulum Graecum. Aequē Graecum est "phrenocomium.")
meteōron, -ī, lapis sīve saxum per cosmum vagāns: etiam "meteōrolithus" vel,
praesertim sī minor est, "meteōrītēs"
microbium, -ī, animāns microscopicum vel, saepe, bactērium pathogenicum
oestrālis (Vidē "cyclus oestrālis.")
Pān Pānis (acc. Pāna), c., simia Āfricāna hominis cōnsanguinea (vulgō
chimpanzee, chimpanzé, Schimpanse)
psȳchē, -ēs, f., mentis structūra sīve compositiō psȳchologica, praesertim ut
impulsuum fōns vel causa
psȳchōsis, -is/eōs, f., mentis perturbātiō ultima
sperma spermatis, n., sēmen, praesertim id quod genitālibus māsculīnīs
efficitur
steroīdes, -is, n. > Medicāminum "steroīdum" vocātōrum sunt ūsus et effecta
pervaria.
tetracyclīnum, -ī, medicāmen antibioticum dīvulgātum cuius compositiō est
$C_{22}H_{24}H_2O_8$

Caput 14

ADN (Vidē Caput 12.)
anaplasticus, -a, -um, ad chīrugiam anaplasticam sīve calliplasticam attinēns,
quā arte corporis partēs pulchritūdinis causā chīrūrgicē ēmendantur sīve
exōrnantur

Angelīna Jolie, scaenica cīnēmatographica quondam celebris

Aquifolia, -um, regiō Angelopolitāna vulgō "Hollywood" dicta

arachis arachidis, f., biiugis putāminis nux Novī Mundī indigena, in CFA acceptissima, plērumque ad pastilla farta paranda ūsurpāta, saepe ūnā cum quilō aut pōmīs condītīs

astēr astēris, m., genus flōrum dīversōrum colōrum

Avis Ignea, -is -ae, nōmen raedārum "mūsculōsārum" dictārum quae quondam apud sociētātem *Pontiac* fabricābantur

Barbaropolitānus, -a, -um, Barbaropolis (sīve Sanctae Barbarae urbis)

Cabūrcula, -ae, dē nōmine "Cabūra," quae est Afgānistaniae sīve Bactriae caput

Caesaraugustānus, -a, -um, Caesaraugustae sīve urbis nunc *Zaragoza* nominātae

cariī condīmentum, -ī -ī, condīmentum Indicum et Asiāticum ex complūribus variīsque odōribus parātum (etiam "pulvis carius")

Carmēlus, -ī, rēmōtum oppidum Californiānum aerātissimum (etiam "Carmēlum")

celluloīda, -ae, māteriēs ex quā fit pellicula phōtographica et cīnēmatographica

chartophylacium (negōtiōsum), -ī (-ī), sarcina parva, rigida, ā negōtiātōre saepe ūsurpāta

CFA, id est, Cīvitātēs Foederātae Americānae

cīnēmatēum, -ī, sc. theātrum cīnēmatographicum

clāvichordium, -ī, sīve plēctrocymbalum (variōrum generum) > clāvichordium prīstinum (sīve mēnsāle sīve epitrapezium) > clāvichordium classicum (sc. modernō minus – vulgō *fortepiano*) > clāvichordium modernum (sīve rōmanticum – vulgō *pianoforte*)

Comptōnēnsis, -e, Comptōnī, quod est megalopolis Angelopolitānae urbs quaedam egēnior (vulgō *Compton*)

convectiōnem petere, ā gubernātōribus trānseuntibus vectūram petere

Crataegodūnēnsis, -ē, urbis Crataegodūnum nōminātae, quae vulgō nōminātur *Hawthorne*

Cripānus, -ī, cuiusdam gregis praedōnum et pharmacopōlārum urbānōrum (Neoanglicē *Crip*)

currus tractōrius, -ūs -ī, sc. quī cēterum trahit tramen ferriviārium

dēficientis immūnitātis pathogonum, -ī, pathogonum litterīs HIV signātum

delphīnium, -ī, genus flōrum dīversōrum colōrum

Didacopolis, -is, f., urbs Californiāna incolārum numerō secunda, iuxtā Mexicum sita

Diēs Memoriālis, Diēī Memoriālis, m., ultimus diēs Lūnae mēnsis Māiī, quō CFA cīvēs veterānōrum dēfūnctōrum memoriam colēbant (etiam "Memoriālia")

excipiō excipere excēpī exceptum, sc. sīve cīnēmatographicē sīve taeniā vīsificā phōtographāre (Quī māchinā cīnēmatographicā ūtitur est "exceptor.")

Genuēnsēs brācae/braccae, ium -ārum (Vidē Caput 4.)

gerbillicus, -a, -um, ad gerbillōs attinēns (quī sunt rōdentia cricētīs similia quae quondam ad nefanda ūsurpābantur)

gestābile, -is, n., hoc est, tēlephōnum gestābile (sīve "cellulāre" sīve "habile")

glycōsa sanguinis, glycōsae sanguinis, sacchari genus ($C_6H_{12}H_6$) sanguinī necessārium

gymnogȳps gymnogȳpis, c., avis raptrīx māxima vulturifōrmis quondam paene
extincta, nunc temporis in Californiā et Nevātā modicē vigēns (cuius nōmen
Linnaeānum est "Gymnogȳps
californiānus")

haematothēcārius, -ī, quī sanguinis trānsfūsī frīgidārium administrat vel
novum sanguinem trānsfundendum ambit (etiam sed minus rēctē:
"haemothēcārius")

hinna, -ae, nōmen Arabicum tinctūrae rubricōsae parātae ex illā plantā cuius
nōmen Linnaeānum est *Lawsonia inermis*

homophȳlophilus, -ī, c., vōx Graeca quam *cinaedus* minus contumēliōsa neque,
ut *homosexuālis*, spuria

Huardus Stern, hospitum radiophōnicōrum Americānōrum odiōsissimus
scurrīlissimus nefandissimus ideōque in vulgus quondam grātissimus

Humalibum, -ī, urbicula maritima Californiāna satis aerāta prope Angelopolim
sita, quod nōmen ortum est ex "Humalibo," nōmine invicem indigenā
cuiusdam antiquī fundī illō locō ōlim sitī (*etiam* Vmalibum)

iātrēum, -ī, nosocomīum parvum, quāle etiam "clīnica" vocātur

Īlicum, -ī, regiō Angelopolitāna vulgō *Encino* nōmināta

imprimō imprimere impressī impressum, sīve in pelliculam cīnēmatographicam phōtographicē referre sīve magnētographicē in taeniam sīve
mēchanicē in discōs plasticōs sīve ātrāmentō in chartam

Issaquā(c)hum, -ī, suburbium quoddam Seattlēnse

iūniperum vīnum, -ī -ī, tēmētum ē iūniperō factum (etiam "iūniperātum" sīve
"aqua vītae iūniperāta")

Lamborgīnia, -ae, genus raedae cursōriae summē sūmptuōsae (Ītalicē
Lamborghini)

lanternāria cucurbita, -ae -ae, cucurbita grandis luteō colōre, plērumque ad
crūsta paranda ūsurpāta, quae in Cinerellae fābulā in carrūcam vertitur

LAX, sigla Āeriportūs Angelopolitānī Internātiōnālis

lēns (Vidē Caput 1.)

lycopersicum, -ī, Novī Mundī fructus vulgō "tomāta" similiterve nōminātus

macarēnicus, -a, -um, ad macarēnam attinēns, quae fuit saltātiō rīdicula in
vulgus quondam grāta

multizōnium, -ī (Vidē Caput 3.)

Novum Eborācum, -ī -ī, Cīvitātum Foederātārum urbs omnium crēbērrima

octētus octētūs, m., in arte cybernēticā "bitī" (sīve bīnāriī digitī) octōnī quibus
in linguīs computātōriīs significārī solent litterae digitīque numerālēs

omnivius, -a, -um, in quō aequē in omnēs partēs prōcēdī potest

paxamatium, -ī, crūstulum tenue fragileque, seu salsum seu dulce

perseus, -ī, f./m., arbōs cuius fructus viridis pinguiorque est persēum, ab
indigenīs *avacāte* dicta, Latīnē etiam "avacātum."

plūmārium opus, plūmāriī operis, n., sēricum figūrīs ēminentibus sīve
pulchrīs fīlīs (saepe aureīs argenteīsve) intertextum

Raleiēnsis, -is, Raleiae, Carolīnae Septentriōnālis capitis

rappisticus, -a, -um (Vidē Caput 12.)

Rattōrum Grex, _ Gregis, coetus cantātōrum et ācroāmatum vīcēsimī saeculī
sexāgēsimīs annīs nōtissimōrum ac prō scītissimīs lepidīssimīsque habitōrum

(Petrus Lawford, Franciscus Sinatra, Samuel Davis Iūnior, Decānus Martin, Iosēphulus Bishop)

Rēgīnēnsis, -e, Rēgīnī, quod est urbis Neoeboracēnsis regiō (vulgō *Queens*)

Rockford, Iacobus, -ī, cuiusdam seriēī tēlevīsificae persōna, perscrūtator prīvātus Angelopolitānus, ab histriōne Iacobō Garner quondam repraesentāta

samba, -ae, saltātiōnis genus Brasiliānum

scaenārum magister, -ī, quī fābulae pelliculaeve scaenātim parandae dīrigendaeque praeest

Schwarzeneggerānus, -a, -um, Arnoldī Schwarzenegger, cuiusdam histriōnis pelliculārum vehementōsārum, quī posteā in rē pūblicā versātus est

sēmīophorum, -ī, sc. lūminibus īnstructum viridī, rubrō, sūcineō ad vehiculōrum commeātum regendum

spatitempus spatitemporis, n., systēma quattuor coōrdinātōrum physicum in quō versantium rērum (atomīs māiōrum) locus certō temporis mōmentō cōnstituī potest (locūtiō ē doctrīnā Albertī Einstein dērīvāta)

tēlephōnēma, -atis, n., vocātus tēlephōnicus

tēlephōnotypicum signum (vel nūntium), nūntium inter tēlephōna missum sed litterīs scrīptum

terrārium, -ī, vīvārium, praesertim parvum ex vitreō in quō mōnstrantur plantae bēstiolaeque

thea, -ae, quae est pōtiō herbāria Āsiātica, Anglīs acceptissima

theobrōma theobrōmatis (n.), (Vidē Caput 4.)

τὸ καλόν, pulchrum decōrumque, pulchritūdinis exemplar (ūsus Platonicus)

tropicus, -a, -um, ad zōnās tropicās (sīve Cancrī sīve Capricornī) pertinēns vel ibi vīvēns vigēnsve (etiam "tropicālis")

turcoïsinus, -a, -um, cuiusdam lapidis color, quī etiam "turcicus" vel "turcōsus" dīcitur (quae vōcēs omnēs sērā Latīnitāte exortae sunt)

vanillāceus, -a, -um, ē vanillā factus, vanillam resipiēns redolēnsve

vellūtinus, -a, um, (Vidē Caput 5.)

versātilis discus, -is -ī, id genus discus cuius nōmen integrum est "discus versātilis digitālis" (sīve "DVD")

vertitōrium, -ī, īnstrūmentum cochleīs (sc. metallicīs) extorquendīs impellendīsque

Viltiscīra, -ae, longissima via Angelopolitāna emporiīs caeliscalpiīsque passim frequēns

virtuālis, -e, nōn vērus sed mentem sēnsūsve valdē similiter afficiēns atque is quī vērus est (Latīnitās hodierna)

Vrbisaeculāris, -e, Vrbis Saeculāris, quae est regiō Angelopolitāna prope Beverlicollēs sita, sc. ubi quondam positae erant fabricae cīnēmatographicae *20ᵗʰ Century Fox*

Caput 15

antholops antholopis (m.), dorcas māior (etiam "antalapus")

aphis aphidis (m.), īnsectum succisūgum, saepe plantārum vastātor

cacteus, -a, -um, cactī; cactō similis (Latīnitās Mediī Aevī)

cynocephalus, -ī (m.), sīmia mediae magnitūdinis fūcōsārum clūnium (vulgō *baboon/Pavian/ babuino* cēt.)

leucaethiops leucaethiopis (c.), cuius cutis capillīque peralbī sunt – quae vōx, quandam anōmaliam geneticam indicāns, dērīvāta est ā nōmine *Leucaethiops* quod adhibētur ad nigrā cute Āfrōs dēscrībendōs, velut imprīmīs quondam Aethiopēs morbō cutāneō quōdam labōrantes pigmentum dēlente

mīl(l)iō mīl(l)iōnis, f., deciēs centēna mīlia (sc. verbōrum compendium modernum, veteribus parum necessārium, nōbīs invicem perūtile)

oryctēropūs oryctēropodis/oryctēropodos (c.), animal vulgō *aardvark* sīve "porcus terrestris" nōminātus

samānus, -ī, magus et sānātor quī inter mundōs nātūrālem et supernātūrālem officium exercet internūntiī

Sōsia, -ae (sīve Sōsias, -ae, m.), sc. "alter ego" quod dīcitur (Vidē Plautī cōmoediam titulō īnscrīptam *Amphitryon.*)

subclassis, -is, f., classis/dīvisiō secundāria (vulgō *subset*)

Caput 16

adhaesīvae (lentēs), -ārum (-ium), sc. quae sine compāgulā ūllā oculīs rēctā applicantur

anabathrum, -ī (Vidē Caput 10.)

anaplasticus, -a, -um (Vidē Caput 14.)

asymmeter, -tra, -trum, nōn symmetros (quod apud Boëthium legitur)

autobirotārius, -ī, quī birotam automatāriam gubernat

Barbara Eden, scēnica Septentrioamericāna quae quōdam in spectāculō cōmicō tēlevīsificō daemoniī ampullāriī partēs ōlim ēgit

beānus, -ī, tīrō acadēmicus quī prīmō annō studiīs incumbit (vōx seriōris Latīnitātis)

coiōtānus, -a, -um, coiōtis (Sc. **coiōtēs, -is** est vocābulum indigena illīus bēstiae canīnae cuius nōmen scientificum Linnaeānum Latīnē loquentibus inūtile est *canis lātrāns.*)

Colōniēnsis aqua, -is -ae, odōrāmentum virīle

crucella, -ae, sc. crux parva

Edmundiēnsis, -is, illīus oppidī Vasintoniēnsis, suburbiī Seattlēnsis, cui nōmen est Edmundiī

elixīr elixīris (sīve elixīrium, -ī), n., alchēmistārum pōtiō potēns vel pōtiōnum quoddam genus, seu vītālis seu alia (vōx Mediī Aevī ex Arabicō sermōne orta)

endophōnum, -ī, apparātus ēlectronicus per fīla interiūnctus quō intrā aedificium aut nāvigium vōce commūnicātur

Gemma, -ae, cantātrīx quaedam generis mūsicī agrestis Septentrioamericānī

garūpa, -ae, genus percae maritimae magnae (Anglicē *grouper*)

grȳllicus, -a, -um, "grȳllōrum" sīve pictūrculārum cōmicārum

hippoglōssus, -ī, piscis plānus māior (vulgō *halibut / Heilbutt / grand flétan*)

index albus, indicis albī, index tēlephōnicus hominum, saepe etiam īnscrīptiōnēs cursuālēs suppeditāns (Sc. societātum mercātōriārum indicēs flāvī, reī pūblicae caeruleae esse solēbant.)

iuniperum vīnum, -ī -ī, temētum vulgō *gin* dictum

lōtor lōtōris, m., mammiferum omnivorum Americae Septentriōnālis et Mediae quod super oculōs persōnam ātram gerere vidētur atque cibōs suōs lavat

manūballista, -ae, f., sclopētum manuāle (Vidē Caput 12.)

minūta, -ae, sc. hōrae pars minūta ē sexāgēnīs invicem secundīs (partibus) cōnstāns

mōtōrium, -ī, sc. īnstrūmentum māchinae agendae

muppetāna puppa, -ae -ae, puppa māior generis vulgō quondam grātī (etiam "muppetta")

Nāopolitānuus, -a, -um, illīus suburbiī Angelopolitānī cui nōmen est Nāopolis sīve "Vrbs Templī"

orbiculī captantēs (Vidē Caput 1.)

orchidāceus, -a, -um, colōris cuiusdam perpulchrī flōris plūvisilvestris (i.e., orchis orchis, f.)

pictūrcula, -ae (Vidē Caput 1.)

praeparātōria schola, -ae -ae, Septentrioamericāna schola secundāria sīve "superior" sūmptuōsa quam frequentāre solēbant potentium līberī, quōrum loquēla vestiumque modus nōnnumquam perfastīdiōsus erat, quamobrem tālēs hominēs per tōtam vītam "praeparātōriunculī" vocābantur

pūnctilisticus, -a, -um, ad id genus pingendī quod *pūnctilisimus* dīcitur secundum quod pictor nōn līneīs ictibusve longīs pingit sed tantum pigmentī pūnctīs

Seattlīta, -ae (Vidē Caput 1.)

secunda, -ae, temporis pars brevis, quarum in singulīs minūtīs sunt sexāgēnae

sclopētātus, -ūs, m., sclopētī displōsiō (Vidē Caput 12.)

Siamkiāmum, -ī, urbs Sīnēnsis dēnsissima (vulgō Honkongum)

subūcula lōrea, -ae -ae, sc. cuius partēs superumerālēs lōra sunt

Caput 17

ad cēram tinctus, sc. eō modō tinctus quī vulgō *batik* dēsignātur

algorismus, -ī praeceptōrum ōrdō quō problēma mathēmaticum per numerum fīnītum ratiōnum solvī possit (vocābulum Arabicum Mediō Aevō in Latīnitātem acceptum)

auscultābulum, -ī, trālāticiī tēlephōnī pars quā tēlephōnicē et auscultāmus et loquimur

autocīnēticus, -a, -um, sc. vehiculōrum automatāriōrum

Aviārius Īnsulae Pelicānōrum, homicīda Septentrioamericānus fāmōsus, nōmine Robertus Stroud (1890-1963), quī duōs librōs dē fringillīs Canāriīs in carcere cōnscrīpsit indidemque dīvulgāvit

cadmium, -ī, metallum, elementum ūndēquīnquāgēsimum, cuius pondus atomicum est 112.4

chlōrum, -ī, elementum halogonicum venēnōsum quō ad varia purganda ūtimur cuiusque numerus atomicus est 17, pondus 35.453

Chrīstīna Baranski, scēnica Septentrioamericāna alicuius fāmae prīmum adepta cum iam mediae aetātis erat, cui saepissimē partēs tribuēbantur prōtagōnistae amīcae māiōris nātū profāniōrisque indolis

Columbus, -ī, persōna tēlevīsifica Septentrioamericāna quondam vulgō grāta, homicīdiōrum sc. investīgātor quī speciē nōn sōlum clēmentiae sed etiam imperītiae sīcārium vērum, saepissimē magnātem astūtum potentemque, semper dēprehendēbat (vulgō *Columbo*)

crūstulum, -ī, nota vel vestīgium cybernēticum quod per situm Interrētiālem apertum in aperientis īnstrūmentī computātōriī discō dūrō relinquitur

dosis, -is, f., medicāmentī venēnīve portiō (vōx Graeca)

embryō embryōnis, m. (Vidē Caput 13.)

ephausia, -ae, crūstācea minima gregātim nantia, bālaenārum aliōrumque cibus (etiam: ephausia, -ōrum, n. pl.)

forulus reciprocus, -ī -ī, "armāriī loculātī" loculus suprā intēctus in quō rēs conduntur et quī, ut ānsā īnstrūctus, per vicēs ēlābitur atque iterum in armārium illābitur

genōma genōmatis, n.: Tōta cuiuspiam organismī chrōmosōmata (sīve, Graecius, chrōmatosōmata); scīlicet animantis apparātus geneticus integer; quī apparātus per gonidiōma, sīve "linguam geneticam," symbologicē dēscrībitur. (Latīnitās moderna.)

gobelīnī, -ōrum, lemurēs daemonēsve Germānicī

graphium, -ī, stilus plūmeus/plumbātus

hydrargyrus, -ī, m., metallicum elementum, solitō cubiculī calōre liquidum, cuius numerus atomicus 80, pondus 200.59 (vulgō "Mercurius")

intron, -ī Nōnnūllōrum genōrum seriēs nucleosīdicae ē partibus cōnstant quae amīnoacida symbologicē indicant atque etiam aliīs ē partibus, hīs immixtīs, quae nūlla indicant amīnoacida. Illae partēs āctīvae quae trānsferuntur "exa" vocantur; cēterīs nōmen est "intra." Intra prō chrōmosōmatum "quisquiliīs" habentur cum ē priōribus speciēbus restent neque ad praesentem organismum regenerandum pertineant.

LSD, sc. lysergicum acidum diethylamidum, potēns pharmacon psȳchotropicum

lyophilis(s)āre, simul exsiccāre et congelāre (etiam "dēhydrocongelāre")

malvāceus, -a, -um, (hīc) colōris malvae (quae vōx varia inter orchis et lavandulae chrōmata indicāre potest; etiam "malvīnus")

megalodosis, -is, f., dosis (quod vidē) māxima

multizōnium, -ī (Vidē Caput 3.)

necropōla, -ae, c., quī vel quae mortua mortuīsve similia vēnum dat

necropōlīum/necropōlium, -ī, taberna ubi vēnum dantur mortua mortuīsve similia

pharmacon, -ī, n., medicāmentum; venēnum

(tabācī volūmen) pūrum, (tabācī volūminis) pūrī, scīlicet nōn chartā sed potius foliīs tabāceīs involūtum

quantālis, -e (Vidē Caput 12.)

Rodnēius, -ī, sc. Rodnēius Dangerfield, comoedus Septentrioamericānus quondam nōtissimus quī iocōs suōs tālibus verbīs incipere solēbant quālibus *Nēmō mē honōrat!*

sonār sonāris, n., īnstrūmentum quō dēteguntur rēs subaquāneae ope "ultrāsonōrum" repercussōrum; "echogoniometrum" (*Neues Lateinlexicon*, Eggers); in cētāceīs etiam "sēnsus sonāris" (Latīnitās moderna.)

statīnum medicāmentum, -ī -ī, medicāminis genus enzyma interdīcēns (vernāculē *statin* sīve *HMG-CoA reductase inhibitor*)
theobrōma theobrōmatis (n.) (Vidē Caput 4.)
vellūtum, -ī (Vidē "vellūtinus," Caput 5.)

CAPUT 18

cōma cōmatis, n., somnus prōductus ex quō patiēns suscitārī nequit (vōx Graeca)
cōnōps cōnōpis (m.), culex sanguisūgus molestissimus inter alia malariam propāgāns
cummeus, -a, -um, ex cumme factus vel ex cumme factō similis (*Cummis cummis, f.,* est māteria flexilis ē cuiusdam arboris succō concinnāta.)
epistomium, -ī (Vidē Caput 10.)
Genuēnsēs brācae/braccae, ium -ārum (Vidē Caput 4.)
halogenicus, -a, -um, ad quaedam lūminum ēlectricōrum genera spectāns
Interrēte, -is, n., congeriēs locōrum cybernēticōrum inter sē iūnctōrum quae in tōtō orbe terrārum per īnstrūmenta computātōria adīrī potest
KGB, *Komitet Gosudarstvennoy Bezopasnosti,* hoc est, Concilium Sēcūritātis Cīvīlis (Sovieticum)
lūcifluus tubulus, -ī -ī, lūmen tubulātum cuius lūx gāsō excitātō gignitur
magnētoscopium, -ī, cīnētomāchina quae moventēs imāginēs taeniā magnēticā imprimit
menthicolor menthicolōris, ment(h)āceō colōre, sc. ment(h)ae colōre
megistopolis, -is/eōs, f., compositum facētum sibi volēns vel "megalopolis māxima"
neonicus, -a, -um, (generātim etiam "lūcifluus"), quae adiectīva ad quaedam luminum ēlectricōrum genera spectant
PCP, pharmacon stupefactīvum "phēncyclidīnum" vocātum
persēum, -ī, arboris perseī fructus (Vidē Caput 14.)
pharmacon, -ī (Vidē Caput 17.)
sclopētātus, -ūs (m.) (Vidē Caput 16.)
sperma spermatis, n., sēmen, praesertim spermatozōon sīve, coniūnctim, spermatozōa (vōx Graeca)
terrārius taurīnus Americānus, -ī -ī -ī, genus Americānum canium intellegentium, fortium, strēnuōrum quī, nisi bene assuēfiunt īnstitu-unturque, perniciōsī fierī possunt
turcoïsinus, -a, -um (Vidē Caput 14.)

CAPUT 19

cellophanica (māteria), -ae (-ae), rēs folifōrmīs ex petrōleō facta, quasi textilis perspicua, mollis, ad mollia fragiliave involvenda apta
dēmoscopium, -ī, opīniōnum pūblicārum studium per interrogātiōnēs praescrīptās effectum
dioptra, -ae, apparātus tēlī igniferī superiōrī partī affixus quō ūtēns tēlum accūrātius intendere potest (vōx Graeca)

forulus (reciprocus), -ī (-ī) (Vidē Caput 10.)

Gummiciput Gummicipitis, **n.,** opus cīnēmatographicum suprāreālisticum horriferumque, annō MCMLXXVII ēditum, cuius titulus vernāculus est *Eraserhead*

interruptōrium, ī, epistomium ēlectricum (Vidē Caput 10.)

karatēus, -a, -um, illīus artis Martiālis quae karatē nōminātur

LSD (Vidē Caput 17.)

maīzium, -ī (Vidē Caput 1.)

Marathōnia societās, -ae -ātis, cuius nōmen sollemne erat "Pelliculae Marathōniae"

metatraumaticus, -a, -um, quī vulgō dicitur "post-traumaticus"

Pepperdīniēnsis, -e, Vniversitātis Pepperdīniae, vulgō *Pepperdine* vocāta

pharmacon, -ī, n., medicāmentum (praesertim sī venēnōsum)

radio-immūnispectātiō radio-immūnispectātiōnis, f., ratiō persēnsibilis quā spissātiōnem antigenōrum mētīmur (vulgō: *radioimmunoassay*)

spectrographum massāle, -ī -is, īnstrūmentum quō mōlēculae exemplāris compositiō elementālis cōnstituitur (vulgō: *mass spectrometer*)

styraphricus, -a, -um (sīve styraphrōdēs, -es) (Vidē Caput 7.)

thermostatum, -ī, īnstrūmentī āeris temperandī modulātōrium in quō est etiam thermometrum

vellūtinus, -a, -um (Vidē Caput 6.)

virtuālis reālitās, -is -ātis, f. (Vidē *VR* in Capite 1.)

Caput 20

anabathrum, -ī (Vidē Caput 10.)

anacarticus, -a, -um, ē lignō Anacartiī occidentālis factus (vulgō *mahogony/Mahagoni*)

apographon, -ī, exemplar novum

archimystēs/a, -ae, c., disciplīnīs sēcrētīs imbūtōrum summus doctor sīve sacerdōs (vōx Graeca)

ascēsis, -is/eōs, f., immānitās in voluptātibus aspernandīs (Cicerō, *Partītiōnēs Ōrātōriae,* 23, 81)

asymmetrē, modō haud symmetrō, anōmalē (adverbium ex *asymmeter,   -tra, -trum;* vōx Boēthiāna)

autocīnētum, -ī, sc. raeda automatāria

Budapestinum, -ī, urbs duplex, caput Hūngariae, cuius praesertim antīqua pars, "Buda" (sīve "Blēda") ā Rōmānīs Aquincum vocābātur, pars nova "Pest" (sīve "Furnus") habet nōmen

bursītis bursītidis, f., īnfirmitās (bursae īnflammātiō) forsan sollemnius "thylacītis" dīcenda

capsicum annuum (Vidē Caput 3.)

carunculae Hūngaricae, -ārum -ārum, *guliāsum* sīve būbula concīsā cum capsicō annuō

chthonius, -a, -um, indigena, nātus, germānus

clāvichordium (Vidē Caput 14.)

coāctilīcius, -a, -um, ē textō coāctilī factus (vulgō *felt/Filz*)

cosmotheōria, -ae, (Theodiscē *Weltanschauung*)

crotala, -ae, figūra fēminīna illīus nōminis quod est *crotalus,* sc. Novī Mundī anguis venēnōsus quī, cum perturbātur, crotalō crepitat

cyclamīnus, -ī, flōsculus generis Cyclamen, prīmulae vulgārī similis

derlāma, -ae, ea potentia metaphysica quam nōnnullī crēdunt esse fontem omnium fōrmārum corporālium > adiectīvum: *derlāmicus*

diurnārius, -ī, quī ācta diurna cōnscrībit

Dīseliānus, -a, -um, Rudolfī Diesel et benzīnī generis ab eō repertī

egoïsticus, -a, -um, omnia tantum suā causā faciēns (Latīnitās psŷchologica moderna)

elfinus/elvinus, -a, -um (Vidē Caput 10.)

faeëricus, -a, -um (Vidē Caput 1.) Mōns Faeëricus = *Tünder-Hegy*

forāmen ozōnosphaericum, forāminis -ī, locus in ozōnosphaerā ubi ozōnium, quod radiātiōnem astrālem terrā arcet, ob āerem quibusdam chēmicīs inquinātum rārius factum est

fugae pūnctum, -ae -ī, locus in horizonte positus ad quem versus tendentēs rēs dēcrēscere (sīve "fugere") videntur

guliāsum, -ī, carunculae Hūngaricae (quod vidē)

Holmia, -ae, urbs caput Suētiae

hypertrophicus, -a, -um, solitō māior vegetiorque, nimium vel immodicē pāstus (terminus technicus)

identitās identitātis, f., quālitātum notārumque congeriēs cuius ope ūnum quemque hominem eundem semper esse scīmus, cuiuspiam hominis propria quibus *identidem* agnōscī potest (Latīnitās hodierna)

ineffābilis, -e, quī verbīs exprimī nequit

karmaticus, -a, -um, attinēns ad *karma* (prīncipium cosmicum quō facta nostra ēventa aut bona aut mala afferunt)

langus, -ī, m., farīna subācta modo Hūngaricō frīcta

mercaba, -ae, tōta reālitās *derlāmae* cuiuspiam ope creāta (Ē vocābulo Hebraïcō מרכבה, quod sibi vult "carrus." Vidē Ezekiel 1:4-26.)

microcŷmaticus, -ī, sc. scīlicet clībanus microcŷmaticus, quī vulgō "furnulus microündārius" quoque dīcitur

missa, -ae, praecipuus rītus Catholicus Rōmānus

phrēnocomīum, -ī, valētūdinārium mente captīs

prīncipissa, -ae, sīve rēgis filia sīve prīncipis coniūnx (Latīnitās sērior)

pyraulus, -ī, m., missile quod cuiuspiam generis vī chēmicā "pyraulocīnēticā" in caelum prōpellitur

quantāliter, modō quantālī/"quanticō" (Vidē Caput 12.)

quantālis/quanticus (Vidē Caput 12.)

quarcium, -ī, quaevīs ex illā particulārum hypotheticārum classe quae generātim cūnctās particulās subatomicās, hoc est, baryōnia et mesōnia, compōnunt

radius vector, radiī vectōris, m., quantitās quaepiam simul viam et magnitūdinem continēns, quae quantitās sagittā repraesentātur cuius cursus viae quantitātem indicat et cuius longitūdō quantitātis magnitūdinem (vulgō *vector*)

rubēcula, -ae, quaevīs ex variīs avium speciēbus turdifōrmibus, etiam
    "erithacus" vel "rubisca" dēnōminātīs, quārum pectus sīve rubidum sīve
    castaneum est

Segedūnum, -ī, scīlicet *Szeged* Hūngaricum neque castellum illud Britannicum

Σοφία, f., *Sophia,* hoc est, sapientia (dīvīna)

statīvum hōrologium, -ī -ī, chronometrum domesticum magnum altumque,
    lībrāmentō sīve "pendulō" oscillantī īnstructum, quod super tabulātum stat

tēleportāre (sc. quantāliter), ē quōpiam locō in alium locum sēmōtum statim,
    neglectā lūcis velōcitāte, trānsportāre ("tēleportātiō" doctius sollemniusque
    ut "tēlemetaphora quantālis" redditur)

thaumatūrgus, -ī, quī mīrācula efficit (vōx Graeca)

thea, -ae (Vidē Caput 14.)

ὕβρις ὕβρεως, f., *hybris* sīve superbia impotēns

vampȳrus, -ī, vocābulum mediaevāle prō lamiā sīve mōnstrō sanguisūgō

vēmortuus, -a, -um, "mortuus vīvus" sīve vampȳrus aut "cadāver ambulāns"
    (Latīnitās populāris)

Χάρις, f., *charis,* hoc est, grātia Deī

Caput 21

amnēsiacus/a, quī/quae amnēsiā labōrat

anthrōpographica pictūra, -ae -ae, hominis hominumve simulācrum pictum
    (etiam "anthrōpographia")

antisēpticum, -ī, purgātīvum quod bactēria efficāciter tollit

baccalaureandus/a, -ī/-ae, quī ad gradum baccalaureum nītitur

boreoccidentālis, -e, illīus regiōnis inter boream et occāsum sōlis spectantis

caffeīnum, -ī, chēmicum stimulāns, caffeae theaeque pars

chiffa, -ae (Vidē Caput 5.)

chīrūgicus, -a, -um, ad sectiōnēs medicās, sīve chīrūrgīam, attinēns

clāvis minor, f., sc. in artis mūsicae modernae doctrīnā ūsūque

dēfēnsīvus, -a, -um, facta propria ultrō dēfendēns vel quasi ex culpae
    cōnscientiā (terminus psȳchologicus)

embryō embryōnis, m. (Vidē Caput 13.)

existentiālista, -ae, philosophus sectae Martīnī Heidegger, Carolī Jaspers,
    Iōannis Paulī Sartre; ē verbō *ex(s)istentia* quod sibi vult dīcere "esse" sīve
    quālitātem statumve exsistendī sīve exstandī (vōx philosophica Neolatīna)

existentiāliter, hoc est secundum ratiōnēs existentiālistārum; ratiōne quae ad
    ipsam existentiam pertinet

flannelārius, -a, -um (Vidē Caput 8.)

Galanos, Iacobus, altī cultūs vestifex quī vīcēsimī saeculī annīs quīnquāgēsimīs
    sexāgēsimīs septuāgēsimīs flōruit

galaxias, -ae, m., ēnormis stēllārum nebulārumque gāsōrumque interstēllārium
    congregātiō saepe plāna et rotifōrmis, id quod "cosmus īnsulāris" interdum
    nōminātur (Via Lactea nostra est ūnus galaxias ex minimum trescentīs
    bīlliōnibus/mīlliardīs in cosmō versantium.)

gāsum, -ī, vapor, saepe chēmicē multiplex vel etiam toxicus (Latīnitās physiologica moderna)

Geofrīdus Dahmer, anthrōpophagus Americānus quondam pernōtus

gunna Arctica, -ae -ae, crassissima tunica quae nunc *parka* dīcitur

homophȳlophilus, -ī, c. (Vidē Caput 14.)

hypnotherapeuticus, -a, -um, ad hypnotherapīam attinēns, quae est genus cūrātiōnis quō ūtēns therapeuta aegrōtum hypnotizat

Iacus Iacī, tribūs indigenārum quī "Iacī" vocantur

indicus color, -ī -ōris, h. e. canāter color ātrāmentī Indicī

Īnsula Phantasmatica, -ae -ae, spectāculum quoddam tēlevīsificum in quō explēbantur intima vota et voluptātēs īnsulam invīsentibus

lōtor lōtōris, m. (Vidē Caput 16.)

lycopersicus, -a, -um, lycopersicī, quod est illud Novī Mundī pōmum, sīve rubrum sīve flāvum sīve viride, *tomate* vel *tomato* vulgō vocātum

Lutētia (Parīsiōrum), -ae, urbs caput Francogalliae

macellī segmentum, -ī -ī, seriēs paucārum tabernārum, semper propriā āreā statīvā īnstructa, nōn satis magna ut vērum macellum nōminārī possit

perspectīva, -ae, ē quōpiam angulō prōspectus (terminus technicus modernus)

praeparātōriunculus, -ī (Vidē "praeparātōria schola" sub Capite 16.)

Quomlangma Mōns, Quomlangmae Montis, mōns tōtīus orbis terrārum celsissimus ("Māter Ūniversī") sīve Sagarmatha ("Caelī Frōns") sīve Everestius Mōns 8,848 m /29,029 p

receptāculum sēnsuum auferendōrum, -ī ___, apparātus quō hominēs sēnsuum corporālium stimulīs ad breve prīvantur quō facilius animī phaenomena percipiant

regressīvus, -a, -um, quī sīve ad priōrēs condiciōnēs vītaeve partēs sīve ad priōrēs vītās redūcit

Resēdēnsis, -e, regiōnis Angelopolitānae vulgō *Reseda* vocātae

Roarke et Tatū, Īnsulae Phantasmaticae parochī quī hospitēs accipiēbant

Scheherazāda, -ae, h.e., eiusdem nōminis opus symphōnicum Nīcolaī Rimsky-Korsakov

spacellī, -ōrum, pasta commūnis Ītalica

Spōnstrīx Faeërica, -īcis -ae, quae vel in Cinerellae fābulā pulchram vestem tālārem, carrūcam, equōs, carrūcāriōs magicē praestitit

subiectīvus, -a, -um (Vidē Caput 4.)

supersymmetricus, -a, -um, ad "supersymmetriam" dictam attinēns, quae est illa mīra symmetria mathēmatica inter omnium particulārum subatomicārum proprietātēs exstāns

suprāreālisticus, -a, -um, ad "suprāreālismum" dictum attinēns, quī est artium genus quō rēbus solitīs impōnuntur significātiōnēs obscūrae sīve subcōnsciae et modīs perīnsolitīs coniunguntur dīversa (Francogallicē: *surréalistique*) (Vidē Caput 10.)

symbolōs compōnere, cuiuspiam linguae computātōriae notās ūsurpāns programma cōnscrībere

syngrapha, -ae, assignātiō argentāria

Tahōma Mōns, Tahōmae Montis, m., quī vulgō *Rainier* nōminātur

tamal tamālis, n., cibus Mexicānus ex pulte maīziā et, saepissimē, carne quī folliculīs maīziīs involvitur

trānscendentālis, -e, ad proximum existentiae plānum sīve rēgnum metaphysicum attinēns (Latīnitās philosophica)

Vespera Sancta, -ae -ae, h.e., tricēsimī diēī mēnsis Octōbris, quō tempore multī vestītum aliēnum perīnsolitumque induunt, mortem īnfaustaque celebrant, aliōs lūdificantur, nōnnūllī etiam variīs modīs comissantur (etiam "Vespera Omnium Sacrōrum")

zenicus, -a, -um, ad sectam philosophicam "zen" vocātam attinēns

Epilogus Hesternus

allūrgia, -ae, quae vulgō "allergia" dīcī solet

Budapestinēnsēs calceī, calceī ēlegantēs quōrum apicēs terebrā ōrnātē decorātī

dēprōmptiō, -ōnis, f., āctiō plicam plicāsve ēlectronicās ē māiōre īnstrūmentō, velut Interrēte, in māchinam computātōriam singulārem dēprōmendī

Genuēnsēs brācae, -ium -ārum (Vidē Caput 4.)

genum, -ī (Vidē Caput 1.)

samānus, -ī (Vidē Caput 15.)

Epilogus Hodiernus

appendix appendicis, f., diaeta, plērumque lautissima, in summō caeliscalpio posita

multizōnium, -ī (Vidē Caput 3.)

Siamkiāmum, -ī (Vidē Caput 16.)

Zōē Deschanel, Zōēs ___, scaenica cīnēmatographica vulgō quondam grāta

Epilogus Perpetuus

adaequātus optimus, -ūs -ī, quī prōrsā orātiōne ā mathēmaticīs "adaequātiō optima" dīcitur (Neo-Anglicē: *best matching*)

autonomē, līberē, secundum proprium arbitrium (vōx Graecolatīna)

cīnētoscopium, -ī, genus antīquum māchinae, cuius ope singulī hominēs, per apparātum oculārem spectantēs, imāginibus sē moventibus fruēbantur

dynamis dynamis, f., vīs sīve energīa (vōx Graeca) > dynamis thermica = vīs thermodynamica

ēns entis, n., id quod exstat exsistitve, sīve ut nōtiō ideave abstracta sīve ut rēs corporālis sive, id quod hīc significātur, ut organismus biologicus (Latīnitās philosophica)

mēnsūra, -ae, hīc = dīmēnsiō (terminus technicus mathēmaticus et physicus)

potēns potentis, hīc = potentiālis (terminus technicus physicus)

radius vector, radiī vectōris, m. (Vidē Caput 20.)

samānus, -ī (Vidē Caput 15.)

technēma technēmatis, n., artificium astūtē factum (vōx Graeca)

vīsificus, -a, -um, vīsiōnī serviēns